La chambre des curiosités

Douglas Preston
& Lincoln Child

La chambre des curiosités

Traduit de l'américain
par Sebastian Danchin

ÉDITIONS FRANCE LOISIRS

Ce livre a été publié sous le titre
The Cabinet of Curiosities
par Warner Books Inc., New York, 2002.

Édition du Club France Loisirs,
avec l'autorisation des Éditions L'Archipel.

Éditions France Loisirs,
123, boulevard de Grenelle, Paris.
www.franceloisirs.com

ISBN : 2-7441-9184-1

LE CHARNIER

1

Pee-Wee Boxer était dégoûté. Le contremaître du chantier était un trou du cul de première, les manœuvres une bande de minables, jusqu'au conducteur du bulldozer, incapable de piloter son engin convenablement. Encore un type soutenu par le syndicat, ou bien un protégé des patrons, conduisant son bull comme si c'était son premier jour chez Queens Vo-Tech. Boxer restait planté là, ses gros bras croisés sur sa poitrine, observant d'un air dubitatif la pelle mécanique s'enfoncer dans le mur de briques du vieux bâtiment. La pelle ploya sous le choc et grinça dangereusement avant de s'arrêter pour repartir aussitôt en bringuebalant. Mais où est-ce qu'on était allé chercher une bande de branleurs pareils ?

Boxer entendit des pas derrière lui. Il se retourna pour voir le contremaître, le visage noir de poussière et de sueur.

— Alors, Boxer ! Tu te crois au cirque ou quoi ?

Boxer, faisant négligemment jouer ses muscles, ne répondit même pas. Il était le seul sur ce chantier à connaître son boulot et les autres lui en voulaient pour ça. Mais, solitaire de tempérament, il n'en avait rien à foutre.

Le grincement du bull s'attaquant à un nouveau mur le ramena à la réalité. Les vieux immeubles rasés étalaient leur cicatrice béante sous le soleil. Une cicatrice d'asphalte et de ciment, couronnée d'un lit de briques et de gravats. En dessous seulement apparaissait la terre. Il fallait creuser en profondeur, jusqu'à la roche, pour assurer la solidité des fondations de la tour de verre qui s'élèverait bientôt là.

De l'autre côté du chantier, de vieilles maisons du Lower East Side dressaient leurs façades austères dans la lumière vive de cette fin d'après-midi. Plusieurs d'entre elles avaient déjà été restaurées et ravalées. D'autres suivraient. Le quartier était en pleine réhabilitation.

— Hé, Boxer ! T'es sourd ou quoi ?

Boxer fit à nouveau jouer ses muscles, prenant plaisir à imaginer la satisfaction qu'il éprouverait à enfoncer son poing dans la figure rubiconde de l'autre crétin.

— Allez, bouge-toi le cul ! On n'est pas au peep-show.

De la tête, le contremaître lui désignait le chantier, sans s'approcher pour autant. Courageux, mais pas téméraire… Boxer chercha ses hommes du regard. Ils empilaient de vieilles briques dans une benne, sans doute pour les revendre cinq dollars pièce aux yuppies des environs. Il se mit lentement en mouvement, prenant son temps, histoire de bien faire comprendre au contremaître qu'il n'avait pas peur de lui.

C'est à cet instant précis que le cri retentit. Le bourdonnement du bulldozer s'arrêta net. En crevant un mur de soutènement, l'engin venait de mettre au jour un grand trou sombre. Intrigué, le contremaître s'approcha du conducteur et les deux hommes s'engagèrent dans une conversation animée.

— Boxer ! cria le contremaître. Puisque t'as rien d'autre à foutre, viens donc faire un petit tour par ici.

Boxer modifia sa trajectoire, l'air de rien, comme s'il n'avait jamais eu l'intention d'aller ailleurs. Tout dans son attitude trahissait son mépris pour le petit contremaître. Il se planta bien en face de lui, regardant dédaigneusement ses chaussures de chantier. Petits pieds, petite bite.

Puis il leva les yeux sur lui.

— Maintenant que t'es revenu sur terre, Pee-Wee, je voudrais bien que tu jettes un œil là-dedans.

Boxer se contenta d'un regard dédaigneux en direction du trou béant.

— Passe-moi ta lampe de poche.

Boxer détacha la torche jaune de l'anneau qui pendait à sa ceinture et la tendit au contremaître qui l'alluma.

— En plus, elle marche ! s'émerveilla-t-il d'un air faussement surpris, avant de passer la tête dans l'ouverture. Il avait l'air d'un parfait idiot comme ça, sur la pointe des pieds au sommet de ce tas de gravats, la tête et le torse dans le trou. Il prononça quelques mots qui se perdirent dans les profondeurs de l'excavation, puis ressortit la tête.

— On dirait un tunnel souterrain. Il s'essuya le visage, laissant sur sa joue une longue traînée noire. Qu'est-ce que ça pue, là-dedans !

— T'as trouvé le jumeau de Toutânkhamon ? demanda l'un des ouvriers.

La plaisanterie fit rire tout le monde, excepté Boxer qui n'avait jamais entendu parler de ce Toutanmachin.

— En tout cas, croisons les doigts pour que ce ne soit pas un site archéologique quelconque, reprit le contremaître avant de se tourner vers Boxer. Toi qui es grand et fort, Pee-Wee, va voir un peu ce qu'il y a là-dedans.

Boxer reprit sa lampe de poche et, sans un regard pour les poules mouillées qui l'entouraient, escalada le tas de briques et s'enfonça dans le trou ouvert par le bull. À genoux dans les gravats, il commença par faire courir le faisceau de sa lampe sur les parois, découvrant un tunnel étroit. Des fissures le long des murs et du plafond dévoilaient la précarité de l'édifice. Il marqua une hésitation.

— Alors ! Tu y vas ou faut qu'on te pousse ? lui cria la voix du contremaître.

Un manœuvre en profita pour ajouter, prenant un ton geignard :

— Je peux pas, le syndicat est pas d'accord.

Tout le monde éclata de rire et Boxer se décida à avancer.

Des briques jonchaient le sol du tunnel et Boxer trébucha, soulevant des nuages de poussière. Parvenant tant bien que mal à retrouver son équilibre, il éclaira devant lui, mais sa torche avait du mal à trouer l'obscurité. il attendit que la poussière retombe et que ses yeux s'habituent au noir. Les voix et les rires de ses collègues lui parvenaient faiblement, comme étouffés.

Il fit quelques pas, faisant courir le pinceau de sa lampe autour de lui. De minuscules stalactites pendaient du plafond et une bouffée d'air âcre le frappa au visage. Sans doute un rat crevé. Le souterrain était vide, à l'exception de quelques vieux morceaux de charbon. Le long des parois, il discerna une série de niches voûtées d'un mètre de large sur un mètre cinquante de haut, toutes grossièrement bouchées à l'aide de briques cimentées. Les murs étaient luisants d'humidité et des gouttes d'eau s'écrasaient régulièrement sur le sol avec un petit bruit mat. Le silence qui enveloppait Boxer semblait le couper du reste du monde.

Il fit encore un pas, éclairant le plafond et les murs avec sa torche. Les fissures allaient en s'élargissant et des pierres s'étaient même détachées de la voûte. Il jugea plus prudent de reculer et ses yeux rencontrèrent à nouveau la longue litanie des niches murées. Il s'approcha prudemment de la première et constata qu'une brique s'était détachée. Curieux, il se demanda si on avait pu y cacher quelque chose ou si les alcôves s'ouvraient simplement sur d'autres galeries. Il éclaira le trou sombre laissé par la brique manquante, sans parvenir à dissiper l'obscurité. Il passa la main et en descella une autre sans grande difficulté, provoquant une pluie de chaux. Il recommença avec une deuxième, puis une troisième. La même odeur âcre l'assaillit à nouveau, nettement plus forte que tout à l'heure.

Cette fois, il pouvait passer sa lampe dans le trou élargi et il découvrit un autre mur de briques un mètre plus loin. Balayant le bas de la cavité avec sa torche, il entrevit ce qui ressemblait à une assiette de porcelaine. Il se recula un instant, les yeux rougis par l'air nauséabond. Une sensation de peur diffuse se mêlait à son envie d'en savoir davantage. La niche renfermait quelque chose, c'était certain. Sûrement quelque chose de précieux, sinon pourquoi avoir pris la peine de la murer ?

Un jour, en démolissant une vieille baraque, un de ses copains était tombé sur un sac de pièces de un dollar en argent. Il y en avait pour pas mal de fric et il avait pu s'acheter un petit tracteur tout neuf pour tondre sa pelouse. S'il trouvait quelque chose d'intéressant là-dedans, il avait bien l'intention de le garder pour lui tout seul. Que les autres aillent se faire voir.

Il déboutonna sa chemise, se couvrit le nez avec son T-shirt et enfonça sa lampe au fond de la cavité avant de passer résolument la tête et les épaules pour en avoir le cœur net. Il se figea aussitôt. Puis, relevant brusquement la tête, il se cogna contre la voûte et laissa échapper sa lampe au fond du trou avant de s'enfuir dans le noir. Dans sa hâte, il buta sur les gravats qui jonchaient le sol et s'étala en poussant un cri.

Le silence était opaque et une poussière invisible tournoyait autour de lui. Entrevoyant enfin une faible lueur à l'autre extrémité du souterrain, il se remit debout, haletant, cherchant désespérément la sortie, glissant sur les briques, trébuchant à chaque pas, se retenant comme il le pouvait. Il finit par émerger du trou comme un diable de sa boîte, s'affalant la tête la première sur le petit monticule qu'il avait dû escalader pour pénétrer dans le boyau. Les rires qui avaient accueilli sa sortie se turent aussitôt.

Un court instant de silence, et tout le monde se précipita vers lui pour l'aider à se relever dans une cacophonie de questions.

— Mais bon Dieu, qu'est-ce qui t'est arrivé ?

— Il est blessé, cria quelqu'un. Il a du sang partout.

— Reculez !

Boxer tentait tant bien que mal de reprendre son souffle et de calmer les battements de son cœur.

— Ne le déplacez surtout pas ! Qu'on appelle une ambulance.

— Tu crois que ça s'est écroulé, là-dessous ?

Ignorant les interrogations qui fusaient de toutes parts, Boxer parvint finalement à s'asseoir après avoir longuement craché la poussière qui lui bloquait la gorge.

— J'ai... j'ai trouvé des os, murmura-t-il.

— Des os ? Qu'est-ce que tu veux dire ?

— Il ne sait même plus ce qu'il dit.

Boxer retrouvait peu à peu ses esprits. Il regarda ses collègues longuement, le visage maculé de sang.

— Des crânes et des ossements, eut-il juste le temps de souffler avant de s'évanouir sous le soleil.

2

Depuis la fenêtre de son bureau, au troisième étage du Muséum d'histoire naturelle de New York, Nora Kelly apercevait Central Park, par-delà les toits de cuivre, les coupoles, les minarets et les tours gothiques du bâtiment. Ses yeux se posèrent un instant sur les immeubles de la 5e Avenue montant la garde au loin, dorés par la lumière d'automne. Aujourd'hui, la beauté du spectacle la laissait indifférente.

C'était presque l'heure de son rendez-vous. Elle réprima une bouffée de rage avant de se reprendre : elle allait avoir besoin de toute son énergie. Depuis dix-huit mois, son budget de recherche n'avait pas été augmenté. Dans le même temps, elle avait vu passer de trois à douze le nombre de vice-présidents du Muséum, et quand on sait qu'ils étaient tous payés deux cent mille dollars par an… Elle avait également vu le service communication, autrefois une sinécure pour journalistes vieillissants, se transformer en une ruche bourdonnante d'attachés de presse aux dents longues, dépourvus de toute connaissance scientifique ou archéologique. Elle avait surtout assisté à la mutation radicale du Muséum, avocats et gestionnaires prenant progressivement le relais des enseignants et des chercheurs. La moindre pièce un peu spacieuse avait été transformée en bureau pour haut fonctionnaire zélé, et l'argent servait dorénavant à monter des opérations censées récolter des dons qui alimenteraient à leur tour d'autres opérations similaires en spirale infernale et parfaitement stérile.

Nora tenta de se rassurer en se disant qu'elle avait la chance de travailler pour ce qui était encore le plus grand Muséum d'histoire naturelle de la planète. Après l'échec de ses dernières recherches, en particulier son expédition archéologique en Utah et le projet avorté du musée Lloyd, elle avait plus que jamais besoin de ce job.

Elle s'éloigna de la fenêtre et embrassa son bureau du regard. Il lui fallait impérativement de l'argent pour faire aboutir ses recherches sur les liens entre la civilisation aztèque et les peuplades anasazis[1] ; en particulier, faire dater au carbone 14 les soixante-six échantillons rapportés de ses fouilles de l'été précédent en Utah. Elle avait fait le calcul : il y en avait pour dix-huit mille dollars, mais c'était indispensable si elle entendait poursuivre ses travaux. Elle avait l'intention de demander sans plus attendre un crédit exceptionnel ; pour la renégociation de son budget, elle aviserait plus tard.

Il était l'heure d'y aller. Elle sortit de la pièce et emprunta un escalier étroit jusqu'à l'étage supérieur, celui de la direction comme l'indiquaient l'épaisseur des portes ainsi que celle de la moquette. Elle s'immobilisa un instant devant le secrétariat du premier vice-président et prit le temps d'ajuster son tailleur gris, consciente que la réussite de sa démarche dépendait en grande partie de son élégance. Adoptant une expression de neutralité souriante, elle poussa la porte.

La secrétaire était sortie déjeuner et Nora s'avança bravement vers le bureau du premier vice-président, le cœur battant. Il lui fallait absolument ce crédit et elle ne sortirait pas de ce bureau sans cet argent. Elle s'arma de courage et frappa. Le tout était de se montrer avenante, mais ferme.

1. L'une des plus anciennes peuplades amérindiennes du Sud-Ouest américain, dont l'histoire s'étale sur plus de deux millénaires jusqu'aux Indiens pueblos d'aujourd'hui. (N.d.T.)

Une voix autoritaire lui dit d'entrer. Situé comme de juste à un angle du bâtiment pour bénéficier de davantage de fenêtres, le bureau du premier vice-président baignait dans la lumière du matin. Roger Brisbane, troisième du nom, trônait derrière une table de verre Bauhaus immaculée. Nora avait déjà vu des photos de l'endroit à l'époque où le curieux professeur Frock y travaillait encore. La pièce était alors l'archétype de l'antre d'un conservateur de musée, poussiéreux et désordonné à souhait, avec ses piles de vieux livres et ses centaines de fossiles, ses bergères victoriennes, ses sagaies massaïs et son dugong empaillé. Aujourd'hui, la pièce faisait davantage penser à la salle d'attente d'un dentiste, à l'exception d'une vitrine de verre, posée sur le bureau de Brisbane, dans laquelle reposaient un nombre impressionnant de pierres précieuses, certaines brutes, d'autres taillées, brillant de tous leurs feux dans leurs écrins de velours. À en croire la rumeur, Brisbane était un gemmologiste contrarié par un père autoritaire qui l'avait obligé à faire son droit. Nora souhaitait que Brisbane ait conservé un peu de sa fibre scientifique.

Elle s'efforçait de sourire le plus naturellement possible. Avec son visage lisse et rose comme un coquillage exotique, son menton rasé de près et frictionné à l'eau de Cologne, ses cheveux bruns et souples, portés assez longs, Brisbane était la personnification vivante de la confiance en soi.

— Mademoiselle Kelly, je vous en prie, installez-vous, lui dit Brisbane onctueusement, découvrant deux rangées de dents parfaites.

Nora se posa timidement sur une étrange chaise

de bois, de cuir et de chrome qui ressemblait à tout, sauf à un siège. L'objet n'en était pas moins inconfortable et grinçait à chacun de ses mouvements.

Le jeune vice-président se cala dans son fauteuil dans un bruissement de tweed anglais et croisa nonchalamment les mains derrière la tête. Ses manches de chemise étaient méticuleusement relevées et le nœud de sa cravate en soie dessinait un triangle parfait. *Je rêve,* se dit Nora, *ou bien il met du fond de teint pour cacher les rides autour de ses yeux ? Mais non, je ne rêve pas.*

— Expliquez-moi un peu comment ça se passe du côté des vieux ossements, lui demanda Brisbane.

— Tout va très bien, mais j'aurais voulu voir avec vous un point de détail.

— Voilà qui tombe bien, il fallait également que je vous parle.

— Monsieur Brisbane, poursuivit Nora, je…

Brisbane l'arrêta aussitôt d'un geste de la main.

— Je sais parfaitement ce qui vous amène ici, Nora. Vous avez besoin d'argent.

— Exactement.

Brisbane hocha la tête d'un air compréhensif.

— Vous en avez besoin pour poursuivre vos travaux, mais votre budget de recherche est gelé depuis deux ans.

— Exactement, répéta Nora, soudain méfiante. J'ai eu la chance de bénéficier de la bourse Murchison pour mes recherches sur les Anasazis en Utah, mais je ne vois pas comment achever mes travaux sans faire réaliser une série de datations au carbone 14.

La précision de ces datations est cruciale pour l'aboutissement de mes recherches.

Elle s'efforçait de parler d'un ton soumis.

Brisbane hocha à nouveau la tête, les yeux mi-clos, son fauteuil animé d'un léger balancement. Nora se sentait presque rassurée. Elle ne s'était pas attendue à tant de compréhension de la part de son interlocuteur. La rencontre s'annonçait plutôt bien.

— De combien auriez-vous besoin ? demanda Brisbane.

— Avec dix-huit mille dollars, je pourrais faire procéder à la datation de mes soixante-six échantillons par l'université du Michigan, qui dispose du meilleur laboratoire au monde dans ce domaine.

— Nous disons donc dix-huit mille dollars pour soixante-six échantillons.

— Exactement. Je ne demande pas une majoration permanente de mon budget, mais une aide ponctuelle.

— Dix-huit mille dollars, répéta Brisbane d'un air posé. Quand on y pense, mademoiselle Kelly, ça n'est pas grand-chose.

— Non, pas grand-chose.

— C'est même une somme plutôt modeste.

— Surtout quand on pense aux résultats scientifiques escomptés.

— Dix-huit mille dollars. La coïncidence est pour le moins surprenante.

— Une coïncidence ? On sentait poindre l'inquiétude dans la voix de Nora.

— Il se trouve que c'est *très* précisément la coupe budgétaire qui va vous être demandée l'an prochain.

— Une *coupe* budgétaire ?

Brisbane approuva.

— Tous les départements de recherche vont subir une réduction de dix pour cent.

Tremblant de tous ses membres, Nora agrippa les bras chromés de son fauteuil. Sans ses bonnes résolutions, elle lui aurait dit tout ce qu'elle avait sur le cœur.

— La nouvelle salle des dinosaures a coûté nettement plus cher que prévu, poursuivit le premier vice-président. Et, comme vous venez de me dire que dix-huit mille dollars, ce n'est pas grand-chose…

Nora faisait des efforts surhumains pour se contrôler.

— Monsieur Brisbane, il me sera tout simplement impossible de poursuivre mes travaux si on réduit mon budget.

— Vous n'aurez pas le choix. Vous devez bien comprendre que la recherche ne représente qu'une partie très limitée des activités du Muséum, mademoiselle Kelly. Nous avons des expositions temporaires à monter, de nouvelles salles à rénover, et vous savez comme moi que le public exige toujours davantage.

Nora était au bord de l'implosion.

— Mais enfin, la recherche scientifique est le fondement même de notre crédibilité. Sans nos recherches, le Muséum n'est rien.

Brisbane se leva et fit le tour de son bureau pour se planter devant la vitrine de verre. Il composa un code sur le clavier de sécurité et inséra une petite clé dans la serrure.

— Avez-vous déjà eu l'occasion de contempler le Tev Mirabi ?

— Le quoi ?

Brisbane entrouvrit la vitrine et tendit une main prude en direction d'une émeraude de la taille d'un œuf d'oiseau. La saisissant entre le pouce et l'index, il la sortit de son cocon de velours.

— Je vous présente le Tev Mirabi. Une pierre parfaite. J'ai suffisamment de connaissances en gemmologie pour vous dire que les émeraudes de cette taille ne sont jamais parfaites. Celle-ci est l'exception qui confirme la règle.

Il tenait la pierre à hauteur de son œil qu'un effet de loupe rendait ridiculement grand. Sa paupière cligna et il tendit l'émeraude à son interlocutrice.

— Observez vous-même.

S'obligeant une nouvelle fois à contenir sa fureur, Nora saisit la pierre.

— Faites attention de ne pas la faire tomber. Les émeraudes sont extrêmement fragiles.

Nora la roula prudemment entre ses doigts.

— Allez-y, regardez-la. Le monde est différent à travers une émeraude.

À travers l'eau de la pierre, Brisbane ressemblait à un poisson géant nageant au milieu d'un aquarium vert.

— Fort intéressant. Cela dit, monsieur Brisbane…

— Pas le moindre défaut.

— Je n'en doute pas, mais nous parlions d'autre chose.

— À combien estimez-vous cette merveille ? Un million de dollars ? Cinq, dix millions ? Une pièce unique. Si nous nous en séparions, nos petits problèmes de trésorerie s'en trouveraient réglés d'un seul coup.

Un petit rire incongru agita sa gorge et il regarda à nouveau à travers la pierre.

— Mais il est hors de question de la vendre, bien évidemment.

— J'ai du mal à comprendre où vous souhaitez en venir.

— Comme tous les autres chercheurs de notre institution, vous semblez oublier un détail essentiel : le côté spectaculaire de notre entreprise. Prenez cette émeraude. D'un point de vue strictement scientifique, cette pierre ne nous dit rien qu'une émeraude cent fois plus petite ne pourrait nous apprendre. Le problème, c'est que le public n'a pas envie de voir n'importe quelle émeraude, mais *la plus belle de toutes.* La notion de spectaculaire est justement ce qui fait vivre notre Muséum, mademoiselle Kelly. Combien de temps pourriez-vous poursuivre vos travaux si le public ne venait plus, ne s'intéressait plus à nos collections, ne répondait plus à nos appels à la générosité ? Voilà pourquoi nous réalisons les expositions les plus spectaculaires qui soient. Il s'agit de montrer au public des météorites colossales, des dinosaures, des pépites d'or, des oiseaux dodos, des planétariums et des émeraudes géantes. Vos travaux ne relèvent pas de cette catégorie, ce qui est bien regrettable.

— Mes travaux présentent un intérêt majeur pour la science, ce qui n'est déjà pas si mal.

Brisbane écarta les mains.

— Mais, ma chère, tous les chercheurs du Muséum pensent la même chose que vous.

« Ma chère » était de trop. Incapable de se contenir plus longtemps, Nora se leva, écumante de rage.

— Je n'ai pas à justifier l'intérêt de mon travail vis-à-vis de vous. Mes fouilles en Utah vont permettre de déterminer avec précision le moment où la civilisation aztèque est entrée en contact avec les régions du Sud-Ouest, bouleversant en profondeur la culture anasazi. Grâce à mes recherches…

— Si vous vous intéressiez aux dinosaures, ce ne serait pas la même chose. Il y a un public pour les dinosaures. Ils nous font gagner de l'argent, ce qui n'est pas le cas de vos tessons de poterie, mademoiselle Kelly. Vous en conviendrez.

— Je conviendrais surtout, reprit-elle, que vous êtes un scientifique raté qui se rattrape en jouant au bureaucrate zélé.

Avant même d'avoir terminé sa phrase, Nora sut qu'elle avait passé les bornes. Le visage de Brisbane se figea l'espace d'un instant. Recouvrant aussitôt son flegme, il lui lança un sourir glacial. Il sortit de la poche de sa veste un mouchoir, entreprit d'essuyer minutieusement l'émeraude, la replaça dans son écrin et verrouilla la vitrine avant d'en frotter longuement le dessus et les côtés.

— Ne vous énervez pas, reprit-il enfin. C'est mauvais pour le cœur et pour la santé en général.

— Mes paroles ont dépassé ma pensée. Je suis désolée, mais cette coupe budgétaire est tout simplement inacceptable.

— Je crois vous avoir dit ce que j'avais à vous dire, rétorqua-t-il d'un air affable. Quant aux chercheurs qui ne pourront pas, ou ne voudront pas, accepter ces réductions, aucun problème. Je serai ravi de m'en charger à leur place.

En prononçant ces derniers mots, toute trace d'amabilité avait disparu de sa voix.

Nora resta un moment debout dans le couloir, perdue. Elle s'était jurée de ne pas repartir sans l'argent dont elle avait besoin, et voilà où elle en était. Elle se demanda s'il serait opportun de prendre rendez-vous avec Collopy, le directeur, mais c'était un homme austère d'un abord plutôt difficile, et toute tentative de ce genre risquait de braquer Brisbane encore davantage. Elle en avait déjà assez fait comme ça. Court-circuiter Brisbane pouvait lui coûter son poste et c'était hors de question. Ou alors elle n'avait plus qu'à trouver du boulot dans un fast-food. Elle pourrait toujours essayer de dégoter des crédits ailleurs, en attendant la révision budgétaire prévue dans six mois. La vie est faite d'espoir…

Elle redescendit lentement au troisième et s'arrêta devant sa porte, surprise de trouver son bureau grand ouvert. Avançant la tête, elle aperçut à contre-jour la silhouette d'un inconnu à l'allure étrange, occupé à feuilleter une monographie. Son costume noir, sa pâleur irréelle, ses cheveux d'un blond presque blanc et ses doigts ivoire lui donnaient l'air d'un croque-mort.

— Puis-je vous demander ce que vous faites dans mon bureau ? demanda Nora, interloquée.

— Tout à fait intéressant, murmura l'homme, se tournant vers elle.

— Je vous demande pardon ?

Il leva le livre qu'il tenait à la main, une monographie intitulée *Géochronologie de la grotte de Sandia.*

— Il est tout de même curieux de constater que

des pointes de silex de Folsom ont été découvertes uniquement au-dessus du niveau géologique de Sandia. Vous ne trouvez pas cela intéressant ?

Il s'exprimait avec ce léger accent, à la fois doux et sirupeux, caractéristique de l'aristocratie sudiste.

L'inconnu se dirigea vers un rayonnage et remit soigneusement le livre à sa place avant de procéder à l'examen systématique des volumes voisins, caressant du doigt chaque reliure.

— Ah ! s'exclama-t-il, extrayant un autre ouvrage. Je constate que les découvertes de Monte Verde sont aujourd'hui contestées.

L'étonnement de Nora laissait peu à peu place à la colère. Elle s'avança, lui arracha le livre des mains et le replaça rageusement sur l'étagère.

— Je n'ai pas vraiment de temps à vous consacrer et si vous voulez un rendez-vous, prenez au moins la peine d'appeler. Et n'oubliez pas de fermer la porte derrière vous.

Elle lui tourna le dos, attendant qu'il s'en aille. Une coupe sombre de *dix pour cent !* Elle n'arrivait pas à y croire. Comment allait-elle faire ?

Mais l'inconnu, loin de s'en aller, reprit de sa voix douce et patricienne :

— Si cela ne vous dérange pas, j'aurais préféré ne pas attendre pour m'entretenir avec vous. Professeur Kelly, m'autoriseriez-vous à soumettre à votre sagacité une tracasserie pour le moins contrariante ?

Nora se retourna d'un bloc. Dans la main tendue de l'inconnu, elle découvrit un crâne humain bruni par le temps.

3

Nora quitta le crâne des yeux et regarda son étrange visiteur.

— Qui êtes-vous ?

L'observant avec davantage d'attention, elle remarqua la pâleur extrême de ses yeux bleus, la finesse diaphane de ses traits. Avec sa peau laiteuse et son visage lisse, on aurait dit une statue de marbre.

D'un geste élégant, à mi-chemin entre le hochement de tête et la courbette, il se présenta :

— Inspecteur Pendergast, rattaché au FBI.

Le cœur de Nora se serra. Pouvait-il s'agir des conséquences de son expédition mouvementée en Utah ? Elle avait bien besoin de ça…

— Vous avez un badge ou quelque chose ?

L'homme eut un petit sourire indulgent et sortit de la poche de son costume un étui de cuir. Nora s'approcha.

— Très bien, inspecteur…

Comment s'appelait-il, déjà ? Elle voulut regarder à nouveau le badge mais son interlocuteur l'avait déjà replacé dans le secret de son costume sombre.

— Inspecteur Pendergast, reprit-il avant d'ajouter, comme s'il lisait dans ses pensées :

— Ma visite n'a aucun rapport avec vos activités en Utah, si cela peut vous rassurer. Il s'agit d'une affaire d'une tout autre nature.

Elle l'observa à nouveau. Avec sa distinction naturelle et son allure excentrique, ce curieux personnage en noir et blanc n'avait rien des gros bras du

FBI qu'elle avait pu rencontrer dans l'Ouest. Son visage imperturbable avait même quelque chose d'attachant. Sa curiosité professionnelle reprenant le dessus, elle baissa les yeux sur le crâne.

— Je ne suis pas anthropologue, vous savez, se défendit-elle. Je suis loin d'être une spécialiste des ossements anciens.

Pour toute réponse, Pendergast lui tendit le crâne.

Elle le saisit aussitôt et l'examina longuement.

— Vous ne manquez pourtant pas de spécialistes au FBI pour ce genre de choses.

L'inspecteur se contenta de sourire. Il se dirigea vers la porte qu'il referma avant de donner un tour de clé. Glissant jusqu'au bureau de la jeune femme, il saisit le combiné du téléphone et le posa doucement sur la table.

— Il serait préférable que nous ne fussions pas dérangés.

— Comme vous voulez.

Bien malgré elle, Nora éprouvait un certain trouble face à cet étrange personnage aux manières délicates et impérieuses.

S'installant sur une chaise en bois, il croisa ses longues jambes.

— Quelle que soit votre discipline, je serais curieux de recueillir votre avis sur ce spécimen.

Nora soupira, se demandant si elle avait raison de faire confiance à son curieux visiteur. Après tout, les pontes du Muséum seraient peut-être flattés d'apprendre que le FBI était venu consulter l'une des leurs. Sans doute le genre de « publicité » dont rêvait cet imbécile de Brisbane.

— Pour commencer, je dirais qu'il s'agit d'un

crâne d'enfant, très probablement d'un enfant issu d'un milieu défavorisé.

Pendergast joignit les mains, levant un sourcil d'un air interrogatif.

— Les soudures crâniennes, non entièrement refermées, nous indiquent qu'il s'agit d'un jeune adolescent. La seconde molaire vient tout juste d'apparaître, ce qui donnerait approximativement au sujet treize ans, à peu de choses près. Je pencherais volontiers pour un crâne de fille, à en juger par la finesse de sa ligne de front. La dentition est particulièrement mauvaise, on ne distingue pas la moindre intervention, signe d'une hygiène déficiente. Ces deux cercles au niveau de l'émail dentaire indiquent des problèmes de croissance probablement liés à une mauvaise alimentation, à moins qu'il ne s'agisse d'une maladie. Ce crâne est visiblement ancien, mais les conditions de conservation des dents montrent qu'il ne s'agit pas d'un individu préhistorique. On n'observe jamais ce genre d'effritement dentaire chez un sujet préhistorique. Que dire d'autre ? Il s'agit visiblement d'un individu de race blanche, et non d'un Amérindien. À vue de nez, je dirais que ce crâne est vieux d'un siècle. Sans aucune garantie, bien évidemment. Tout dépend de l'endroit et des conditions dans lesquels il a été découvert. Une datation au carbone 14 pourrait donner davantage d'informations.

La simple mention du carbone 14 lui rappela son entretien avec Brisbane et Nora marqua une pause malgré elle.

Pendergast restait silencieux et Nora comprit qu'il attendait d'elle davantage. Piquée au vif, elle s'approcha de la fenêtre pour examiner le crâne à la lumière du jour. Un détail l'intrigua aussitôt.

— De quoi s'agit-il ? demanda Pendergast à qui rien ne semblait échapper.

— Ces petites éraflures à la base de l'os occipital…

Elle saisit la loupe qui ne la quittait jamais et l'approcha de son œil.

— Poursuivez, je vous prie.

— Ces marques ont été faites par un objet acéré. Comme si on avait voulu découper certains tissus.

— Quelles sortes de tissus ?

Nora se sentit brusquement soulagée.

— Visiblement des marques de scalpel, comme on en trouve habituellement en cas d'autopsie. Cet enfant a été autopsié et ces marques ont été faites en voulant atteindre la partie supérieure de la moelle épinière. Ou peut-être le bulbe rachidien.

Elle reposa le crâne sur la table.

— Mais je ne suis qu'archéologue, monsieur Pendergast, et vous devriez consulter quelqu'un de plus compétent. Je peux facilement vous recommander à l'un des anthropologues du Muséum, le professeur Weidenreich.

Pendergast reprit le crâne qu'il enferma dans un sachet de plastique transparent avant de le faire disparaître dans une poche de son costume, à la manière d'un prestidigitateur.

— En réalité, ce sont bien de vos compétences d'archéologue dont j'ai le plus besoin. Et maintenant, ajouta-t-il brusquement, replaçant le combiné du téléphone sur son support et déverrouillant la porte d'un geste minutieux, je souhaiterais que vous puissiez m'accompagner en ville.

— Vous voulez dire… au FBI ?

Pendergast secoua la tête.

Nora hésita.

— Je n'ai guère le temps de m'absenter du Muséum. J'ai beaucoup de travail.

— Cela ne sera pas long, professeur Kelly. Le temps nous est compté.

— Mais pour quoi faire ?

Pendergast s'engageait déjà dans le couloir à grandes enjambées et Nora lui emboîta le pas à travers les méandres du Muséum, traversant la salle des Oiseaux du monde, puis celles consacrées à l'Afrique et aux Mammifères du Pléistocène, pour déboucher enfin sur la grande rotonde.

— Vous semblez bien connaître le Muséum, parvint-elle à dire, essoufflée.

— C'est ma foi vrai.

Une minute plus tard, ils franchissaient les lourdes portes de bronze et descendaient le majestueux escalier de marbre de Museum Drive. L'inspecteur Pendergast s'arrêta un instant au pied des marches. Dans la lumière vive de cette belle matinée d'automne, ses yeux semblaient avoir perdu toute coloration. Le voyant reprendre sa marche, Nora remarqua que le masque inoffensif de son élégance semblait dissimuler une résistance physique peu commune.

— Connaissez-vous les termes de l'arrêté relatif aux fouilles archéologiques et à la préservation des sites historiques ?

— Bien sûr.

Cette ordonnance municipale prévoyait l'arrêt de tous travaux de construction et de terrassement en cas de découverte archéologique, dans l'attente de l'avis des autorités compétentes.

— On vient de faire une découverte assez intéressante dans le bas de Manhattan. Vous agirez en qualité d'archéologue en chef.

— Moi ? Mais, je n'ai ni les compétences ni les autorisations pour…

— N'ayez crainte, professeur Kelly. J'ai bien peur que votre mission soit de courte durée.

Nora secoua la tête.

— Mais pourquoi moi ?

— Eh bien, je dirais que vous disposez d'une solide expérience qui pourrait se révéler fort utile sur le site pour le moins particulier qui nous préoccupe.

— Quel genre de site ?

— Un charnier.

Elle le regarda d'un air ébahi.

— Il est d'ailleurs temps de nous rendre sur les lieux, poursuivit-il en désignant d'un geste précis une Rolls-Royce Silver Wraith 1959 stationnée le long du trottoir. Après vous, je vous en prie.

4

Nora, sensible aux regards tournés vers eux, se voulait aussi discrète que possible en descendant de la Rolls. Pendergast referma galamment la portière derrière elle, royalement indifférent à la présence incongrue de ce symbole du luxe en plein cœur d'un chantier bruyant et sale.

Ils traversèrent la rue et s'arrêtèrent devant une haute clôture grillagée. De l'autre côté, le soleil éclairait les vestiges d'une rangée de vieux immeubles. Plusieurs bennes à gravats pleines de briques délimitaient le périmètre. Deux voitures de police étaient garées le long du trottoir et Nora aperçut des agents en uniforme au pied d'un mur de brique éventré, discutant avec des hommes d'affaires en costume. Les immeubles alentour encadraient la scène de leurs façades sombres.

— Une entreprise immobilière, la société Moegen-Fairhaven, s'apprête à ériger une tour résidentielle de soixante-cinq étages sur ce lieu, précisa Pendergast. Hier, vers 16 heures, les terrassiers ont percé ce mur de brique, là-bas, et l'un des ouvriers y a trouvé le crâne que je vous ai montré tout à l'heure dans une sorte de souterrain, avec de nombreux autres ossements.

Nora regarda dans la direction indiquée.

— Qu'y avait-il ici, auparavant ?

— Une rangée d'immeubles construits à la fin des années 1890. Mais le tunnel dans lequel ont été trouvés les ossements avait été creusé antérieurement à cette date.

Nora remarqua l'ouverture nette laissée par le bulldozer. L'ancien mur de soutènement reposait sur des fondations contemporaines aux immeubles démolis, mais la paroi béante du souterrain appartenait visiblement à une construction plus ancienne.

De vieilles poutres pourries et à moitié calcinées avaient été repoussées sur le côté.

Longeant la clôture, Pendergast lui murmura à l'oreille :

— Je crains fort que notre arrivée impromptue soit source de difficultés, et nous disposons de fort peu de temps. Moegen-Fairhaven est l'une des grandes entreprises de travaux publics de la ville et ses dirigeants ont le bras long, si vous m'autorisez cette trivialité. Vous aurez sans doute remarqué comme moi que la presse n'est visible nulle part sur le chantier. La police locale semble avoir œuvré dans la plus grande discrétion.

Il entraîna la jeune femme vers un portail gardé par un agent dont la ceinture pendait dangereusement sous le poids d'une paire de menottes, d'une radio, d'une matraque, d'un revolver et de munitions, laissant entrevoir une panse généreuse, recouverte de la chemise bleue réglementaire.

Pendergast s'arrêta face au portail.

— Circulez, y a rien à voir ! s'empressa de réciter l'agent.

— Bien au contraire, rétorqua Pendergast avec un petit sourire tout en exhibant son badge.

Le flic, hébété, se pencha et releva les yeux pour observer longuement l'inspecteur.

— Le FBI ? finit-il par dire en remontant sa ceinture, faisant tinter tout son attirail.

— Bel exemple de perspicacité. Ce sont en effet les trois lettres inscrites sur mon badge.

Pendergast en profita pour rempocher son étui.

— Et elle, c'est qui ?

— Cette jeune femme est archéologue de son état.

Elle a été désignée par les autorités compétentes pour procéder à l'examen de ce site.

— Une archéologue ? Attendez une minute.

L'agent se dirigea vers ses collègues. Quelques instants plus tard, l'un des policiers s'approchait, suivi d'un homme en costume marron. Le policier était petit et trapu, et son cou de taureau éclatait dans un col de chemise trop serré. Il avançait à grands pas du haut de ses petites jambes, ce qui lui donnait l'air de marcher sur un matelas de mousse.

— Qu'est-ce que c'est encore que ça ? grogna-t-il avant de se tourner vers un flic en uniforme qui le suivait comme son ombre. Tu ne m'avais pas parlé du FBI.

Nora nota que le petit policier portait des galons de capitaine. Il avait une calvitie naissante, un teint cireux, de petits yeux très noirs, et il était presque aussi gros que le type en costume marron.

Le capitaine s'adressa à Pendergast :

— Une pièce d'identité, s'il vous plaît.

Il s'exprimait d'une voix aigre et nerveuse.

Pendergast sortit une nouvelle fois son badge. Le capitaine l'examina longuement avant de le lui rendre à travers la clôture.

— Je suis désolé, monsieur Pendergast, mais le FBI n'est en rien concerné par cette affaire. Surtout que vous êtes rattaché au bureau de La Nouvelle-Orléans, si j'ai bien lu votre badge. Vous connaissez le règlement.

— À qui ai-je l'honneur ?

— Je m'appelle Custer.

— Capitaine Custer, je me trouve ici en compagnie du professeur Nora Kelly du Muséum d'histoire naturelle de New York. Mlle Kelly a été chargée d'évaluer l'intérêt archéologique de ce site et je vous serais reconnaissant de bien vouloir nous laisser rentrer…

— C'est un chantier, pas un site archéologique, l'interrompit l'homme en costume marron. On est en train de construire un immeuble, au cas où vous ne l'auriez pas remarqué. En plus, il y a déjà un type chargé d'examiner les ossements. Bon sang ! Chaque journée foutue nous coûte la bagatelle de quarante mille dollars et voilà qu'on nous envoie le FBI !

— Vous êtes monsieur… ? s'enquit aussitôt Pendergast d'une voix onctueuse.

— Ed Shenk.

— Ah, monsieur *Shenk* !

À la façon dont Pendergast prononçait le nom de son interlocuteur, on aurait dit qu'il parlait d'un animal exotique.

— Et, si je puis me permettre, votre fonction chez Moegen-Fairhaven ?

— Chef de chantier.

Pendergast approuva de la tête.

— Bien sûr, suis-je distrait ! Enchanté de faire votre connaissance, monsieur Shenk.

Ignorant superbement le chef de chantier, il se tourna aussitôt vers le capitaine.

— Eh bien, capitaine Custer, poursuivit-il d'un air patelin, dois-je comprendre que vous nous refusez l'accès à ce lieu ?

— Il s'agit d'un projet immobilier particulièrement important pour le groupe Moegen-Fairhaven, et pour la ville en général. Les choses ne vont pas aussi vite qu'on l'espérait et on s'en inquiète au plus haut niveau. M. Fairhaven est même venu visiter le chantier personnellement hier soir. On nous a bien fait comprendre qu'il était hors de question de retarder davantage les travaux. D'autre part, personne ne m'a parlé du FBI ou d'une inspection archéologique et je…

Il s'arrêta brusquement car Pendergast, sortant son téléphone portable, ne l'écoutait plus.

— Qui appelez-vous ? aboya Custer…

Pendergast, toujours souriant, ne répondit pas. Ses doigts couraient sur le minuscule clavier à la vitesse de l'éclair.

Le capitaine lança à Shenk un rapide coup d'œil.

— Sally ? Inspecteur Pendergast à l'appareil. Auriez-vous l'amabilité de me passer le préfet Rocker ?

— Attendez… bredouilla le capitaine.

— S'il vous plaît, Sally. Vous êtes un amour.

— Vous seriez mieux à l'intérieur, s'empressa le capitaine Custer, déverrouillant le portail métallique.

— En réunion ? Soyez gentille, Sally. Faites-le prévenir et dites-lui que c'est urgent.

— Pas la peine, monsieur Pendergast, reprit Custer en ouvrant grand le portail.

— Attendez une seconde, Sally. Je crois que je vais pouvoir m'arranger, en fin de compte. Je vous rappelle tout à l'heure, conclut Pendergast avant de refermer son téléphone.

Il pénétra sur le chantier, Nora à ses côtés. Sans même s'arrêter, il se dirigea vers le tunnel éventré. Surpris, les autres lui emboîtèrent le pas.

— Monsieur Pendergast, il faut me comprendre…

Le capitaine avait du mal à suivre. Quant à Shenk, il fonçait droit devant lui d'un air buté. Il trébucha, faillit tomber et lança un juron avant de poursuivre sa route.

En approchant de l'ouverture, Nora aperçut une faible lueur à l'intérieur du tunnel, ponctuée par des séries d'éclairs. Quelqu'un était en train de photographier le site.

— Monsieur Pendergast... geignit le capitaine Custer, sans parvenir à ralentir la course de l'inspecteur du FBI, trop occupé à escalader le tas de gravats.

Nora, qui suivait Pendergast de près, le vit disparaître à l'intérieur du trou sombre. Elle s'arrêta un instant pour regarder à l'intérieur du souterrain.

— Entrez donc, lui dit Pendergast avec sa courtoisie coutumière de gentleman sudiste.

Elle enjamba les briques et se retrouva sur un sol de terre humide. Un flash illumina brièvement la scène. Un homme vêtu d'une longue blouse blanche examinait le contenu d'une petite niche voûtée. Un photographe armé d'un gros appareil muni de deux flashs se tenait face à une autre niche.

L'homme en blouse blanche se redressa pour les observer à travers le brouillard de poussière qui les entourait. Sa tignasse grise et ses lunettes rondes à verres épais lui donnaient l'air d'un bolchevik de carnaval.

— Pour qui vous prenez-vous pour entrer comme ça sans crier gare ? cria-t-il, sa voix amplifiée par l'écho naturel du souterrain. J'avais demandé qu'on ne me dérange pas.

— FBI, répliqua Pendergast d'un ton cassant et

autoritaire tranchant avec ses manières habituelles. D'un geste sec, il mit son badge sous le nez de l'homme.

— Oh ! Excusez-moi…

Les yeux de Nora allaient de l'un à l'autre. Elle n'en revenait pas de la facilité avec laquelle Pendergast semblait adapter son personnage à la personnalité de ses interlocuteurs.

— Je vous serais reconnaissant de bien vouloir quitter les lieux, le temps que le professeur Kelly et moi-même procédions aux examens d'usage.

— C'est que je suis loin d'avoir fini.

— Vous n'avez rien déplacé, au moins ? répliqua Pendergast d'un ton menaçant.

— Non… pas vraiment. J'ai bien été obligé de toucher à certains ossements, mais…

— Vous avez *touché* certains ossements ?

— Dans la mesure où je suis censé établir les causes de la mort, il fallait bien…

— Vous avez *touché* certains *ossements* ?

Pendergast sortit de la poche de sa veste un petit carnet et un stylo en or, et commença à prendre des notes d'un air dégoûté.

— Votre nom, docteur ?

— Van Bronck.

— J'en prends note pour la suite de l'enquête. Et maintenant, docteur Van Bronck, si vous voulez bien nous laisser seuls.

— Bien, monsieur.

Pendergast regarda le médecin légiste et le photographe s'extraire péniblement du souterrain, puis il murmura à Nora :

— Vous avez les mains libres. Nous disposons

d'une heure tout au plus, et je ne saurais trop vous encourager à faire vite.

— Oui, mais faire quoi ? demanda Nora, paniquée. Qu'attendez-vous de moi ? Je n'ai jamais…

— Votre formation en la matière dépasse de loin la mienne. Faites le maximum d'observations. J'ai besoin de savoir *ce qui s'est passé ici autrefois.* Vous pouvez m'aider à comprendre.

— En une heure ? Mais je n'ai ni outils, ni rien pour prélever des échantillons…

— Nous n'avons pas le temps. Vous avez certainement remarqué que le capitaine de police de l'arrondissement se trouve ici. Comme je vous l'ai déjà dit, Moegen-Fairhaven a le bras très long. Il s'agit de notre unique chance d'observer ce lieu. J'ai besoin de recueillir le maximum d'informations en un minimum de temps. C'est tout à fait capital.

Lui tendant son bloc et son stylo, il sortit deux minitorches de la poche de son manteau et en tendit une à la jeune femme, qui l'alluma.

La minitorche était très puissante. Nora regarda autour d'elle, s'intéressant pour la première fois au décor qui l'entourait. Il faisait froid et un silence quasi absolu les entourait. Des milliers de grains de poussière voletaient dans le rai de lumière matérialisé par l'ouverture. Il régnait à l'intérieur du souterrain une odeur âcre, curieux mélange de moisi et de viande avariée. Nora commença par respirer profondément pour se concentrer. Pressée par le temps, elle ne savait par où entamer ses recherches.

Après une dernière hésitation, elle commença par faire un croquis du souterrain. Longueur : vingt-cinq mètres. Hauteur : trois mètres au plus haut de la voûte. Murs de brique aux deux extrémités. Des fissures couraient le long du plafond. Le légiste n'avait visiblement pas été le seul à déranger la poussière du sol, et Nora se demanda combien de policiers et d'ouvriers étaient passés par là.

Six niches se succédaient le long de chacun des deux murs, dont Nora exécuta de rapides croquis, arpentant le sol humide pour mieux s'imprégner de l'atmosphère du lieu. Les niches, autrefois murées, étaient toutes ouvertes et les briques avaient été entassées devant chaque ouverture. À chaque fois qu'elle éclairait l'une ou l'autre des alcôves, le même spectacle l'attendait : des crânes et des os empilés, des lambeaux de vêtements, des fragments de chair desséchés, des restes de tendons et des touffes de cheveux.

Jetant un coup d'œil derrière elle, elle constata que Penderglast procédait à son propre examen des lieux à l'autre extrémité du souterrain, son profil aquilin clairement dessiné dans la lumière de sa lampe, ses yeux attentifs au moindre détail. Elle le vit s'agenouiller pour examiner le sol et ramasser quelque chose dans la poussière.

Après avoir fait le tour des lieux, Nora centra son attention sur la première niche. Agenouillée devant l'alcôve, elle passa rapidement en revue son contenu afin d'en déterminer la nature exacte, faisant de son mieux pour oublier la puanteur ambiante.

La niche contenait trois crânes, tous séparés de la colonne vertébrale, comme si les victimes avaient été décapitées. À l'inverse, les cages thoraciques étaient intactes et les os des jambes, parfois pliées en deux, étaient encore articulés. Elle nota d'étranges lésions sur plusieurs des vertèbres, apparemment sectionnées en deux pour dégager la moelle épinière. Une touffe de cheveux gisait tout près. Des cheveux courts de garçon. Les corps avaient été découpés avant d'être enfermés dans cette niche exiguë. Il aurait été difficile d'y faire tenir un cadavre intact, mais un corps découpé en morceaux ne posait pas le même problème.

En examinant les restes de vêtements jetés là pêle-mêle, la gorge de Nora se serra. Elle commença par tendre la main avec mille précautions mais, se souvenant des recommandations de Pendergast, elle fit taire ses scrupules d'archéologue et saisit les ossements et les vêtements un à un pour en dresser la liste dans sa tête. Trois crânes, trois paires de chaussures, trois cages thoraciques, un grand nombre de vertèbres et de petits ossements. Un seul des crânes présentait des éraflures similaires à celles observées sur celui que lui avait montré Pendergast. En revanche, de nombreuses vertèbres avaient été coupées en deux, toutes situées entre la première lombaire et le sacrum. Elle poursuivit son inventaire : trois pantalons, des boutons, un peigne, des fragments de tendons et de chair desséchée, six fémurs, autant de tibias et de péronés, de pieds et de chaussures. Si seulement j'avais des sachets pour recueillir des échantillons, songea-t-elle. Elle tira une poignée de cheveux, arrachant du même coup un reste de cuir chevelu et fourra le tout dans sa poche. À l'idée de travailler de la sorte, sans outils, dans la plus grande précipitation, toute son âme d'archéologue se rebellait.

Elle s'intéressa ensuite aux habits. Des vêtements

de mauvaise qualité, tous d'une grande saleté. De même que les ossements, ils s'étaient en partie désagrégés mais semblaient avoir été épargnés par les rats. Elle porta sa loupe à son œil et constata que le vieux tissu était couvert de poux morts. La toile était élimée et plusieurs trous avaient été rapiécés tant bien que mal. Les souliers aussi étaient usés jusqu'à la trame. En fouillant l'un des pantalons, elle trouva un peigne et un morceau de ficelle. Les poches du deuxième étaient vides mais celles du troisième révélèrent une pièce de monnaie. Une pièce d'un cent datant de 1877, qui rejoignit ses autres trouvailles.

Elle passa ensuite à une deuxième niche dont elle fouilla et inventoria le contenu aussi vite qu'elle le pouvait, avec une moisson similaire : trois crânes, trois squelettes démembrés et trois séries d'habits. Cette fois encore, elle veilla à fouiller les poches des pantalons, recueillant une épingle recourbée et deux autres pièces d'un cent, datées de 1880 et 1872. Procédant à l'examen des ossements, elle découvrit les mêmes éraflures et constata que les vertèbres lombaires, toujours les mêmes, avaient été découpées et ouvertes en deux, presque chirurgicalement. Elle décida d'en glisser une dans sa poche.

Procédant de même pour chaque niche et veillant à consigner ses observations dans le petit carnet de Pendergast, elle parcourut toute la longueur du tunnel. Chacune des alcôves contenait les restes de trois cadavres, tous démembrés selon un rituel identique à hauteur du cou, des épaules et du bassin. Si quelques-uns seulement des crânes portaient des marques de dissection similaires à celles du spécimen apporté par Pendergast le matin même, tous les squelettes sans exception avaient été mutilés au niveau de la partie inférieure de la colonne vertébrale. L'examen rapide de la morphologie des crânes lui avait montré que ces corps étaient ceux d'adolescents des deux sexes entre treize et vingt ans, avec une prédominance de garçons. Nora se demanda à quelles conclusions avait pu parvenir le médecin légiste. Il serait toujours temps de s'en inquiéter par la suite.

Douze niches, à raison de trois corps par niche... Un travail net, précis, méticuleux. À hauteur de l'avant-dernière alcôve, elle recula d'un pas pour se concentrer. Elle s'astreignit à regarder longuement autour d'elle, oubliant la marche du temps. Un tunnel souterrain construit avant 1890, des alcôves soigneusement murées, les corps et les vêtements de trente-six jeunes gens, garçons et filles. Dans quel but ? Elle jeta un coup d'œil du côté de Pendergast, à l'autre extrémité du souterrain. Il procédait à un examen minutieux des briques du mur, recueillant un peu de mortier à l'aide d'un canif.

Nora reprit son travail, notant précieusement la position de chaque ossement et de chaque vêtement. Deux pantalons, les poches vides. Une robe sale et déchirée, d'une misère émouvante, qu'elle examina de plus près. De toute évidence, la robe avait appartenu à une jeune fille plutôt frêle. Elle ramassa un crâne bruni par le temps. Celui d'une adolescente de seize ou dix-sept ans. Un frisson la parcourut en découvrant sous le crâne de longues tresses blondes, encore attachées par un ruban rose. L'observation de la mâchoire révéla une mauvaise dentition. À seize ans, la victime perdait déjà ses dents. Contrairement à la robe, le ruban de soie était de bonne qualité, comme s'il avait constitué le bien le plus précieux de la malheureuse. Un détail qui remplit Nora de mélancolie.

Elle cherchait à tout hasard une poche dans le vêtement lorsque ses doigts froissèrent un objet. Un morceau de papier, cousu à l'intérieur de la doublure. Elle s'apprêtait à sortir le vêtement de sa niche lorsqu'une voix la fit sursauter.

— Vous avez trouvé quelque chose d'intéressant, professeur Kelly ?

C'était le médecin légiste, Van Bronck. Sa voix avait perdu toute humilité pour laisser place à une certaine arrogance.

Nora regarda autour d'elle. Trop occupée à sa tâche, elle ne l'avait pas entendu revenir. Pendergast se tenait à l'entrée du tunnel, en pleine discussion avec des agents dont les uniformes se découpaient dans l'ouverture.

— Si on peut appeler ça intéressant, répondit-elle.

— Comme vous ne dépendez pas de l'institut médico-légal, je suppose que vous devez être l'un des experts du FBI.

Nora se sentit rougir.

— Je ne suis pas médecin. Je suis archéologue.

Le docteur Van Bronck haussa les sourcils et un petit sourire sardonique étira ses lèvres. Sa bouche, petite et parfaitement dessinée comme celles peintes par les maîtres de la Renaissance, brillait dans la pénombre.

— Ah bon ? Vous n'êtes donc pas médecin ? J'ai

dû mal comprendre votre collègue lorsqu'il vous a présentée. Et vous êtes archéologue ? C'est passionnant, dites-moi.

Elle n'avait pas eu l'heure promise. À peine une demi-heure.

L'air de rien, elle replaça la robe dans sa niche, veillant à la dissimuler dans un recoin poussiéreux.

— Et vous, docteur, qu'avez-vous découvert d'intéressant ? demanda-t-elle d'un ton aussi détaché que possible.

— Vous aurez l'occasion de lire mon rapport, répondit-il. Si vous y comprenez quelque chose, bien évidemment. Vous savez ce que c'est, nous autres, avec notre jargon médical…

Cette fois, son sourire ne portait plus la moindre trace d'aménité.

— Je n'ai pas encore terminé, répliqua Nora, mais je serai ravie de reprendre cette conversation tout à l'heure.

Elle s'apprêtait à passer à l'alcôve suivante lorsque Van Bronck lui prit le bras :

— Vous poursuivrez vos recherches un peu plus tard, lorsque j'aurai évacué tous les restes humains.

— Il est hors de question d'enlever quoi que ce soit tant que je n'ai pas fini.

— Vous le direz à ces messieurs, dit-il, désignant du menton l'ouverture du tunnel. Je ne sais pas où vous êtes allée chercher qu'il s'agissait d'un site *archéologique*, mais la chose est désormais réglée.

Au même moment, plusieurs policiers descendaient dans le souterrain, chargés de boîtes servant habituellement à recueillir les indices sur le lieu d'un crime. En quelques instants, une cacophonie de voix, de jurons et d'interjections résonnait dans le boyau. Quant à Pendergast, il avait tout simplement disparu.

Ed Shenk et le capitaine Custer furent les derniers à rejoindre la meute des policiers. Voyant Nora, Custer s'avança prudemment sur le sol jonché de briques, suivi d'une nuée d'agents.

— Nous avons des ordres, professeur Kelly, déclara-t-il de sa voix aigre. Vous pourrez dire à votre patron qu'il s'est lourdement trompé. Nous sommes sans doute en présence d'une série de crimes, mais la justice d'aujourd'hui n'a rien à y voir, pas plus que le FBI. Ces crimes ont eu lieu il y a plus d'un siècle.

Et il y a surtout un chantier qui attend, songea Nora, observant Shenk à la dérobée.

— Je ne sais pas qui vous a fait venir ici, mais votre mission est terminée. Nous emportons l'ensemble des restes humains à l'institut médico-légal. Tout le reste sera mis dans des sacs et étiqueté.

Les flics posaient leurs caisses sur la terre humide avec un bruit sourd qui se réverbérait dans le souterrain. Le médecin légiste, les mains gantées de caoutchouc, déposait un à un les ossements dans des caisses, mettant de côté les vêtements et autres objets personnels des victimes. Le son des voix traversait les nuages de poussière que perçaient avec difficulté les faisceaux des lampes torches. Sous les yeux horrifiés de Nora, le site fut détruit en l'espace de quelques minutes.

— Si vous voulez bien suivre mes hommes à l'extérieur, mademoiselle, ordonna Custer avec une politesse exagérée.

— Ne vous donnez pas cette peine, je trouverai la sortie toute seule, répliqua Nora.

Un instant aveuglée par le soleil, elle toussa et respira longuement l'air libre avant de chercher Pendergast des yeux. La Rolls stationnait toujours de l'autre côté de la clôture et l'agent du FBI l'attendait là, nonchalamment appuyé contre la voiture.

Nora franchit la grille, les yeux mi-clos, la tête penchée en avant pour échapper à la morsure du soleil d'automne.

— Je suppose que le capitaine avait raison, dit-elle. Vous n'avez aucun droit d'être ici, c'est ça ?

Il baissa lentement la tête, gêné, et Nora sentit sa rancune s'évanouir. Pendergast tira un mouchoir de soie de sa poche pour s'éponger le front, et son visage retrouva peu à peu son expression énigmatique :

— L'urgence nous empêche parfois de passer par la voie hiérarchique. Si nous avions attendu demain, nous n'aurions rien retrouvé. Vous avez eu l'occasion de constater l'efficacité de Moegen-Fairhaven. Le chantier serait fermé pendant plusieurs semaines s'il était déclaré d'intérêt archéologique, et un promoteur ne peut en aucun cas se le permettre.

— Mais l'intérêt archéologique ne fait pourtant *aucun* doute !

Pendergast approuva :

— Vous avez cent fois raison, professeur Kelly, mais la bataille est irrémédiablement perdue. C'était écrit d'avance.

Déjà, un gros bulldozer jaune se mettait en route en toussant. Les ouvriers sortirent comme par magie des Algecos tandis que les caisses de police bleues étaient extraites une à une du souterrain pour trouver place dans une ambulance. Le bull fit une embardée et se dirigea pesamment en direction du trou, sa pelle levée, toutes griffes dehors.

— Qu'avez-vous découvert ? s'enquit Pendergast.

Nora marqua une pause. Elle n'était pas sûre de vouloir lui parler du morceau de papier caché dans la doublure de la robe. Il s'agissait sans doute d'un détail sans importance, et comme tout était terminé…

Elle déchira plusieurs pages du petit carnet avant de le lui rendre.

— Je vous ferai parvenir mon rapport en fin d'après-midi, répondit-elle. Il semble que les vertèbres lombaires des victimes aient été délibérément ouvertes en deux. J'ai pris la précaution d'en recueillir une.

Pendergast hocha la tête.

— J'ai trouvé de nombreux petits morceaux de verre encastrés dans le sol. J'en ai également prélevé plusieurs pour les faire analyser.

— À part les squelettes, j'ai découvert quelques pièces de monnaie dans les niches, datées de 1872, 1877 et 1880. Sinon, il y avait deux ou trois choses dans les poches de certains vêtements.

— Ces immeubles ont été érigés en 1897, murmura Pendergast d'une voix grave, comme pour lui-même. Il s'agit de notre *terminus ante quem*, notre point de départ. Les meurtres ont donc eu lieu avant cette date et l'on peut penser qu'ils se sont déroulés aux alentours des dates, relevées sur les pièces, c'est-à-dire au cours des années 1870.

Une longue limousine noire s'arrêta derrière eux,

ses vitres teintées étincelant sous le soleil. Un homme de grande taille, vêtu d'un élégant costume anthracite, en sortit, suivi de plusieurs autres personnes. L'homme balaya le chantier des yeux avant d'arrêter son regard sur Pendergast. Il avait un visage long et mince, des yeux écartés, des cheveux très noirs et des pommettes saillantes, comme taillées à la serpe.

— M. Fairhaven en personne, fit Pendergast. Il vient sans doute s'assurer que son chantier ne sera pas retardé plus longtemps. Il est l'heure de tirer notre révérence.

Il ouvrit la porte de la Rolls et laissa passer Nora avant de monter derrière elle.

— Je ne sais comment vous remercier, professeur Kelly, dit-il, faisant signe au chauffeur de démarrer. Mais nous serons amenés à nous revoir demain, dans des circonstances plus officielles, à n'en pas douter.

Alors que la voiture traversait le Lower East Side, Nora observait son compagnon du coin de l'œil.

— Comment avez-vous entendu parler de cet endroit et de ces fouilles, inspecteur ? Le souterrain n'a été découvert qu'hier.

— J'ai quelques relations, ce qui est fort appréciable dans une profession comme la mienne.

— J'imagine. En parlant de relations, pourquoi n'avoir pas rappelé le préfet de police ? Vous avez l'air d'être au mieux avec lui.

La Rolls s'engagea silencieusement sur East River Drive.

— Le préfet de police ? Je n'ai malheureusement

pas le plaisir de le connaître, murmura Pendergast en plissant les yeux.

— Mais alors… qui avez-vous appelé tout à l'heure ?

— Je me suis contenté de composer le numéro de mon appartement.

En disant cela, un léger sourire flottait sur les lèvres de Pendergast.

5

Visiblement soucieux de sa personne, William Smithback se tenait à l'entrée du Café des Artistes. Son tout nouveau costume de soie bleue bruissait à chaque pas. Faisant de son mieux pour corriger une tendance naturelle à l'avachissement, il se tenait raide comme la justice, la mine fière et le regard supérieur. Ce costume Armani lui avait coûté une fortune, mais dans un lieu comme celui-ci, le jeu en valait la chandelle. Jamais il ne s'était senti aussi distingué, un peu comme un dandy à la Tom Wolfe, sans le chapeau blanc et l'attirail qui allait avec, bien évidemment. Il avait tout de même osé le détail qui tue : une pochette de cachemire dépassant de sa veste. C'était peut-être un peu trop mais, après tout, sa réputation d'écrivain célèbre l'y autorisait. Enfin, presque célèbre. Si seulement son dernier bouquin s'était vendu un tout petit peu mieux… À deux places près, il avait failli entrer dans la liste des best-sellers, une consécration qui lui aurait ouvert bien des portes. Il fit des yeux le tour de la salle avec juste ce qu'il fallait d'indifférence, haussant un sourcil afin d'attirer l'attention du maître d'hôtel empressé et souriant.

C'était le restaurant préféré de Smithback à New York. Un restaurant à l'ancienne, consciencieusement à l'écart des modes, avec une carte remarquable. Ici, aucun risque de croiser la faune bo-bo du Cirque 2000, par exemple. Quant à la fresque signée Howard Chandler Christie, elle donnait au lieu la touche kitsch indispensable.

— Quel plaisir de vous compter parmi nous ce soir, monsieur Smithback. Votre invitée est déjà là.

Smithback hocha la tête d'un air pénétré. Il n'aurait jamais voulu l'admettre, mais être reconnu par le maître d'hôtel d'un restaurant de cette qualité constituait pour lui un plaisir rare. Il lui avait fallu plusieurs visites et quelques billets de vingt dollars savamment distribués avant de parvenir à ce résultat. La cerise sur le gâteau avait été de préciser qu'il travaillait pour le *New York Times.*

Nora Kelly l'attendait, installée à une table d'angle. Smithback éprouvait toujours le même plaisir électrique à chaque fois qu'il la voyait. Elle avait beau vivre à New York depuis plus d'un an, elle avait conservé une fraîcheur et une certaine naïveté qui le ravissaient. Et surtout, elle semblait garder à longueur d'année ce hâle craquant rapporté de Santa Fe. Tout ça était d'autant plus drôle qu'ils s'étaient rencontrés dans des circonstances épouvantables, lors d'une expédition archéologique en Utah qui avait bien failli leur coûter la vie. À l'époque, elle lui avait fait comprendre qu'elle le prenait pour un crétin sentencieux ; deux ans plus tard, ils s'apprêtaient à prendre un appartement ensemble. Smithback ne pouvait d'ailleurs plus se passer d'elle.

Il se glissa sur la banquette en souriant. Elle était toujours aussi belle, avec ses cheveux cuivrés sur les épaules, ses yeux d'un vert sombre brillant à la lueur de la bougie et ses taches de rousseur sur le nez qui lui donnaient des allures de petit garçon. Son regard s'arrêta un instant sur ses vêtements. De ce côté-là, c'était loin d'être idéal. Ce soir, elle était même presque… sale.

— Si tu savais la journée que je viens de passer, commença-t-elle.

— Ah oui ?

Smithback remit sa cravate en place et se tourna imperceptiblement afin que la lumière de la bougie mette en valeur la coupe impeccable de sa veste.

— Tu ne me croiras jamais, Bill. Mais surtout, tu gardes pour toi tout ce que je vais te raconter.

Pour un peu, Smithback se serait vexé. Non seulement elle n'avait pas remarqué son costume, mais ses sous-entendus sur son manque de discrétion commençaient à l'agacer sérieusement.

— Mais enfin, Nora, tu sais bien que *tout* ce que tu me dis reste entre nous…

Sans attendre la fin de sa phrase, elle poursuivit :

— Tout a commencé quand ce salaud de Brisbane m'a annoncé son intention de réduire mon budget de recherche de dix pour cent.

Smithback marqua sa compassion d'un petit bruit. Rien de nouveau sous le soleil. Le Muséum avait toujours eu des problèmes d'argent.

— Et c'est en retournant dans mon bureau que je suis tombée nez à nez avec ce drôle de type.

Smithback émit un autre petit bruit, posant habilement son coude à côté de son verre à eau pour accentuer le contraste entre la nappe blanche et le bleu sombre de sa veste.

— Figure-toi qu'il était tranquillement en train de regarder mes bouquins, comme s'il était chez lui. Avec son costume noir et sa peau blafarde, on aurait dit un croque-mort. Je ne sais pas comment te dire ; pas une peau laiteuse et transparente d'albinos, mais une peau incroyablement blanche.

Smithback fut pris d'une appréhension soudaine.

— Il m'a annoncé qu'il était du FBI avant de m'emmener quasiment de force sur un chantier où on venait de découvrir…

Smithback, de plus en plus mal à l'aise, l'interrompit :

— Tu as bien dit le *FBI* ? Non, pas possible. Pas lui…

— Mais si, le FBI. L'inspecteur…

— Pendergast, la coupa Smithback.

Ce fut au tour de Nora d'être étonnée :

— Tu le connais ?

— Si je le connais ? C'est l'un des personnages clés de mon enquête sur les meurtres du Muséum. Ce livre que tu *prétendais* avoir lu.

— Ah oui, bien sûr !

Smithback hocha la tête, trop soucieux pour se fâcher. Si Pendergast était de retour à Manhattan, ce n'était pas dans l'intention de faire du tourisme. Ce type-là avait le don d'attirer les ennuis. En tout cas,

Smithback espérait que ce ne serait pas aussi grave que la fois précédente.

Le serveur vint prendre la commande et Smithback, qui comptait au départ demander un sherry sec en apéritif, opta pour un Martini. Pendergast. Nom de Dieu ! Il avait beau avoir la plus grande admiration pour le personnage, il n'en avait pas moins été soulagé de le voir repartir pour La Nouvelle-Orléans.

— Parle-moi un peu de lui, reprit Nora en se calant sur sa chaise.

— Eh bien…

Smithback s'arrêta, faute de trouver les mots justes, ce qui lui arrivait rarement.

— Un type tout à fait charmant, mais très bizarre. Il vient d'une famille friquée de la vieille aristocratie sudiste qui a fait son beurre dans les produits pharmaceutiques, si je me souviens bien. Je n'ai jamais très bien compris ce qu'il faisait au FBI, sinon qu'il a apparemment toute latitude pour fourrer son nez où ça lui chante. Un personnage brillantissime qui travaille toujours en solitaire, avec un carnet d'adresses long comme le bras. Au plan personnel, c'est une énigme. Impossible de savoir ce qu'il pense vraiment. Pour te dire, je ne connais même pas son prénom.

— Il n'est sans doute pas aussi puissant que tu le décris. Aujourd'hui, il est tombé sur un os. Enfin, façon de parler…

Smithback haussa les sourcils.

— Que s'est-il passé ?

Nora lui raconta par le menu sa visite mouvementée au chantier. Elle achevait son récit lorsque leurs quenelles à la truffe et aux morilles arrivèrent.

— Moegen-Fairhaven, fit Smithback en avalant une bouchée au fort parfum de sous-bois. Ce n'est pas le promoteur qui a eu des ennuis pour avoir rasé sans autorisation un immeuble de studios encore habités ?

— Sur la 1re Avenue ? Si, je crois bien.

— Charmante boîte.

— En repartant, on a vu Fairhaven débarquer dans sa limousine à rallonge.

— Alors que toi, tu te prélassais dans une simple Rolls, c'est ça ?

Autant en rire qu'en pleurer. À l'époque des crimes du Muséum, Pendergast roulait en Buick. Avoir opté cette fois pour une voiture aussi peu discrète qu'une Rolls n'était sûrement pas anodin. Pendergast ne laissait jamais rien au hasard.

— Au moins, le trajet a dû être confortable. Ce qui ne me dit pas pourquoi Pendergast s'intéresse à une affaire comme celle-là.

— Pourquoi pas ?

— Tout simplement parce que cette histoire est vieille de plus d'un siècle. En quoi des crimes comme ceux-là peuvent-ils intéresser la police, et *a fortiori* le FBI ?

— Tu avoueras que ce n'est pas banal. Plus de trente victimes, toutes jeunes, découpées en morceaux et murées dans un tunnel souterrain. Sûrement l'un des crimes en série les plus sanglants d'Amérique.

Le serveur les interrompit à nouveau, posant cette fois un steak au poivre saignant devant Smithback qui saisit aussitôt son couteau d'un air gourmand.

— Enfin, Nora ! Le meurtrier est forcément mort

depuis longtemps et cette histoire regarde les historiens, pas la police. Cela dit, ça ferait un article formidable, mais je ne vois toujours pas ce que le FBI vient faire là-dedans.

Il sentit aussitôt le regard noir de Nora peser sur lui.

— Bill, tu m'as promis de garder ça pour toi.

— Mais c'est de l'histoire ancienne. Je ne vois pas en quoi ça gênerait quiconque que…

— Tu m'as promis !

Smithback soupira.

— En tout cas, je compte sur toi pour me mettre au courant avant tout le monde le jour venu.

— Tu sais bien que tu es toujours le premier, sourit Nora alors que Smithback découpait un morceau de viande.

— Et qu'avez-vous trouvé là-bas ?

— Pas grand-chose, juste quelques objets sans grand intérêt. Des pièces, un peigne, des épingles, de la ficelle, des boutons. Il s'agissait visiblement d'adolescents des quartiers pauvres. Sinon, j'ai emporté une vertèbre et une mèche de cheveux. Mais…

Elle hésita :

— Il y avait autre chose.

— Quoi ? Dis-moi !

— J'ai découvert un morceau de papier dans la doublure d'une robe. On aurait dit une lettre. Je n'arrête pas d'y penser.

Smithback se pencha vers elle.

— Il y avait quoi, dans cette lettre ?

— Je ne sais pas, j'ai été obligée de remettre la robe en place avant d'avoir pu y jeter un coup d'œil.

— Tu veux dire qu'elle se trouve toujours là-bas ?

— Il y a de fortes chances, oui.

— Que vont-ils faire de tout ça ?

— Le médecin légiste a fait enlever les ossements et ils ont dit qu'ils allaient emporter le reste. J'ai comme l'impression que tout ça finira dans un entrepôt quelconque, pour éviter que les autorités archéologiques ne s'en mêlent. Ce n'est pas la première fois que je vois un promoteur immobilier détruire un site en catimini.

— C'est complètement illégal, les promoteurs sont censés tout arrêter s'ils tombent sur quelque chose d'intéressant, s'indigna Smithback.

— Comment savoir si c'est intéressant si tout a été détruit ? Ce genre de truc arrive tous les jours dans ce pays.

Smithback maugréa sans perdre de vue son assiette pour autant. Les steaks du Café des Artistes étaient incomparables. Ici, pas de chichis façon nouvelle cuisine, avec un malheureux bout de viande perdu au milieu d'une assiette d'un mètre carré, entre deux taches de sauce, à la Picasso.

— Pour en revenir à la lettre cousue dans la doublure, pourquoi la malheureuse gamine aurait-elle fait ça ?

Smithback leva la tête de son assiette, prenant le temps de prendre une gorgée de vin rouge et d'avaler un autre morceau de steak avant de répondre :

— Peut-être une lettre d'amour.

— Plus j'y pense, plus je me dis que ça doit être important. Ne serait-ce que pour découvrir qui étaient ces pauvres gosses. C'est notre dernière chance d'en savoir plus, dit Nora, son entrée toujours intacte. Bon sang, Bill, un vrai site archéologique !

— Si ça se trouve, ils ont déjà tout démoli.

— Non, l'après-midi était déjà bien avancée et j'ai caché la robe en la replaçant dans la niche.

— Ils ont dû l'emporter avec le reste.

— Ça m'étonnerait. Je l'ai enfoncée dans une fente au fond de l'alcôve et les types ont fait vite. Ils ont très bien pu l'oublier.

Smithback crut reconnaître la lueur qui dansait dans le regard de Nora.

— Pas question, Nora, s'empressa-t-il de déclarer. Tu peux être sûre que le chantier est gardé et qu'ils ont mis des projecteurs. Tu n'as aucune chance.

Pour un peu, elle était bien capable de lui demander de l'accompagner.

— Il faut que tu m'aides. Ce soir. Je *veux* voir ce qu'il y a dans cette lettre.

— Tu ne sais même pas si c'est une lettre. Si ça se trouve, c'est un ticket de blanchisserie.

— Même un ticket de blanchisserie nous apprendrait quelque chose d'important, Bill !

— On risque de se faire arrêter.

— Mais non, tu ne risques rien.

— *Je* ne risque rien ? Qu'est-ce que tu veux dire, *je* ne risque rien ?

— Je m'occuperai du gardien pendant que tu franchiras discrètement la clôture, reprit Nora, les yeux brillants d'excitation. Il suffit que tu t'habilles en clochard et que tu fasses semblant de faire les poubelles. Si tu te fais prendre, au pire, ils te jetteront dehors.

Smithback n'en revenait pas.

— Moi ? Déguisé en *clodo* ? Tu n'y penses pas ! Fais-le toi-même.

— Non, ça ne marcherait pas. Moi, je vais me déguiser en pute.

Le dernier morceau de steak s'arrêta brusquement à quelques centimètres de la bouche de Smithback.

Tout sourire, Nora ajouta, angélique :

— Bill, tu viens de mettre de la sauce au poivre sur ton beau costume italien tout neuf.

6

Nora regarda furtivement dans Henry Street. Elle frissonna. La nuit était fraîche et ce n'étaient pas sa minijupe noire et son petit haut moulant qui risquaient de la réchauffer. La partie de son anatomie la mieux protégée était encore son visage, grâce à son maquillage outrancier. Elle entendait au loin la rumeur des voitures sur Chatham Square, et la masse sombre du pont de Manhattan se dressait tout près, inquiétante. Il était presque 3 heures du matin et le Lower East Side était désert.

— Tu vois quelque chose ? interrogea la voix de Smithback derrière elle.

— Le chantier est plutôt bien éclairé, mais je n'aperçois qu'un seul gardien.

— Que fait-il ?

— Il est assis et fume tranquillement en lisant un bouquin.

Smithback fronça les sourcils. Un rien l'avait

métamorphosé en un clochard crédible, ce qui le déprimait au plus haut point. Ses placards regorgeaient d'ailleurs de vêtemcnts ringards et il n'avait eu qu'à choisir un jean usé, une chemise à carreaux, une paire de souliers éculés et un vieil imperméable noir pour opérer sa transformation. Un peu de bouchon brûlé étalé sur le front et les joues, de l'huile d'olive dans les cheveux, quelques sacs en plastique lestés de linge sale en guise de balluchon, et l'illusion était parfaite.

— Et il a l'air comment, ton gardien ? s'enquit-il, peu rassuré.

— Grand et fort, avec l'air très méchant.

— Arrête tes conneries !

Smithback n'était pas d'humeur à rire. Attifés comme ils l'étaient, ils n'avaient jamais pu convaincre le moindre taxi de les prendre et ils avaient dû venir en métro depuis l'Upper West Side. Personne n'avait abordé Nora à proprement parler, mais elle n'était pas passée inaperçue et les gens du wagon qui la regardaient avec des yeux ronds se demandaient visiblement ce qu'une poule de luxe pouvait bien faire avec un minable pareil. Le trajet et les deux changements avaient achevé de mettre Smithback de mauvaise humeur.

— Ton plan me semble plutôt aléatoire, reprit-il en ronchonnant. Tu es sûre d'arriver à l'occuper ?

— On a tous les deux nos portables. En cas de pépin, je hurle et tu appelles les flics. Mais ne t'inquiète pas, le gardien ne me fait pas peur.

— C'est sûr qu'avec tes seins à l'air, il a de quoi s'occuper, répliqua Smithback d'un air de reproche.

Je me demande d'ailleurs pourquoi tu as pris la peine de mettre un T-shirt.

— Ne t'inquiète pas pour moi. Et souviens-toi, la robe se trouve dans l'avant-dernière alcôve de droite. Il y a un trou dans le mur du fond. Et dès que tu as fini, tu m'appelles, OK ? Allez, j'y vais.

Nora émergea sous la lueur des réverbères et suivit tranquillement le trottoir en direction du chantier. Ses hauts talons claquaient sur le bitume et ses seins remuaient à chaque pas. À hauteur du portail grillagé, elle s'arrêta un instant pour prendre dans son petit sac à main doré un bâton de rouge à lèvres. Sentant les yeux du gardien se poser sur elle, elle fit tomber le bâton et se baissa pour le ramasser, veillant à mettre en valeur son décolleté, avant de se passer longuement les lèvres au rouge. Puis elle fouilla à nouveau dans son sac, jura, et regarda autour d'elle. C'est alors qu'elle fit mine d'apercevoir pour la première fois le gardien qui la regardait avec des yeux exorbités.

— Voilà bien ma veine ! J'ai laissé mes cigarettes sur le comptoir, fit Nora en souriant.

— Tenez ! Prenez une des miennes, répondit aussitôt le gardien, empressé.

Elle prit la cigarette à travers le grillage, se plaçant de telle façon que le type tourne le dos au chantier. Pourvu que Smithback fasse vite.

Le gardien sortit de sa poche un briquet qu'il tenta maladroitement de glisser à travers les mailles du grillage.

— Attendez une seconde que j'ouvre la porte.

Il déverrouilla un cadenas, entrebâilla le portail et

s'approcha pour allumer la cigarette de Nora qui faisait des efforts désespérés pour ne pas tousser.

— Merci.

— Je vous en prie.

Le gardien était jeune, blond, ni gros ni maigre, pas particulièrement costaud, l'air gentiment abruti. La visite inattendue de cette sirène nocturne le troublait visiblement.

— La nuit est belle, reprit Nora en tirant sur sa cigarette.

— Oui, mais vous devez avoir froid.

— Un peu.

— Tenez, mettez ça, fit-il en retirant son manteau pour le lui glisser galamment autour des épaules.

— Merci bien. Vous êtes gentil, vous.

Le gardien n'en revenait pas de ce cadeau du destin. Nora était mignonne et savait que son corps, musclé par des années de fouilles, était plutôt agréable à regarder. Curieusement, elle se sentait protégée derrière son maquillage épais. Même en cas de problème, jamais le type ne serait capable de faire le lien avec l'archéologue du Muséum d'histoire naturelle. Dans cet attirail sexy, elle éprouvait même une étrange sensation de trouble qui ne lui déplaisait pas.

Elle entendit un bruit de ferraille un peu plus loin. Probablement Smithback en train d'escalader la clôture.

— Vous travaillez ici tous les soirs ? se hâta-t-elle de demander pour détourner l'attention du type.

— Cinq nuits par semaine, répondit le gardien en

la dévorant des yeux. C'est comme ça depuis le début des travaux. Vous habitez dans le coin ?

Elle acquiesça d'un geste vague.

— Et vous ?

— Je vis dans le Queens.

— Vous êtes marié ?

Le gardien dissimula aussitôt sa main gauche derrière son arme de service, mais Nora avait déjà aperçu son alliance quelques instants plus tôt.

— Moi ? Non, c'est pas le genre de la maison.

Elle hocha la tête et tira une nouvelle bouffée. Le tabac lui faisait tourner la tête. Comment pouvait-on fumer des horreurs pareilles ? Pourvu que Smithback se dépêche.

Souriant contre vents et marées, elle laissa tomber son mégot. Elle n'avait pas fini de l'éteindre avec son pied que le gardien lui tendait déjà son paquet.

— Non merci, j'essaie de réduire en ce moment.

Le pauvre type avait le plus grand mal à détacher ses yeux de son décolleté pigeonnant.

— Vous travaillez dans un bar du coin ? demanda-t-il avant de devenir rouge comme une pivoine. Il faut dire que la question était ambiguë.

Au même moment, Nora entendit un bruit de briques renversées.

— Si on veut, fit-elle en tenant le manteau serré contre ses épaules.

Son interlocuteur hocha la tête avant de passer à l'attaque :

— Vous savez, je vous trouve drôlement mignonne, bredouilla-t-il.

— Merci, c'est gentil, répondit-elle négligemment.

Mais bon sang, que pouvait bien foutre Smithback ? Il aurait dû en avoir pour une minute.

— Vous seriez… euh, libre, ce soir ?

Elle le regarda longuement des pieds à la tête.

— Pourquoi ? Tu veux un rencard ?

— Ben… ouais. Pourquoi pas ?

Nora entendit un nouveau bruit métallique. Smithback devait être en train d'escalader le grillage pour ressortir. Cette fois, le gardien fit mine de se retourner.

— Un rencard comment ? demanda-t-elle aussitôt.

Le gardien, renonçant à toute discrétion, la déshabillait du regard. Un nouveau bruit de ferraille se fit entendre. Le type tourna la tête et aperçut Smithback qui essayait désespérément de décoincer un pan de son imperméable accroché à la clôture.

— Hé, vous ! hurla le gardien.

— Laisse-le donc, fit Nora. C'est qu'un clodo. Il ne fait rien de mal.

Smithback se battait furieusement contre le grillage dans lequel il s'était totalement empêtré en voulant ôter son imperméable.

— Mais il n'a rien à faire là ! s'insurgea le gardien.

C'était bien leur chance de tomber sur un crétin consciencieux.

Le gardien porta la main à son arme.

— Hé, vous ! cria-t-il. Hé, là !

Il s'avançait déjà vers Smithback, toujours accroché à son grillage.

— Tu sais, ça m'arrive de le faire gratis, risqua Nora.

Le gardien se retourna d'un bloc, les yeux hagards, oubliant brusquement le clochard pris au piège.

— C'est vrai, ça ?

— Ben, oui. Surtout quand je tombe sur un beau gars comme toi…

Le type souriait béatement. Nora remarqua qu'il avait les oreilles décollées. Un crétin immature, prêt à tromper sa femme à la première occasion. Un crétin, radin en plus.

— Pourquoi pas tout de suite ?

— Non, il fait trop froid. Demain si tu veux.

Nora entendit un bruit de tissu déchiré, suivi d'un choc sourd et d'une bordée d'injures plus ou moins étouffées.

— Demain ? Le type était visiblement dépité. Et pourquoi pas tout de suite, chez toi ?

Nora se débarrassa du manteau qu'elle lui tendit.

— Non, je ne reçois jamais chez moi.

— Il y a un hôtel au coin de la rue, fit-il en faisant un pas en avant, tentant de lui passer un bras autour de la taille.

Nora recula d'un pas en souriant. À cet instant précis, son portable se mit à sonner dans son sac et elle l'ouvrit précipitamment, soulagée.

— Mission accomplie, lui dit la voix de Smithback. Tu peux laisser tomber ce connard.

— Oui, monsieur McNally. Avec le plus grand plaisir, répondit-elle sur un ton enjôleur. À tout de suite.

Elle fit sonner un gros baiser dans le téléphone et coupa la communication avant de se tourner vers le gardien :

— Désolée. Les affaires reprennent.

— Attendez ! Ne vous en allez pas comme ça ! Vous m'avez bien dit…

Le pauvre type était au bord de la crise de nerfs.

Nora recula de quelques pas, lui claquant la porte grillagée en pleine figure.

— Demain, c'est promis ! Attendez !

Elle s'éloignait déjà d'un pas alerte.

— Allez ! S'il vous plaît, mademoiselle ! geignit-il d'une voix qui se répercutait sur les façades défraîchies.

Elle tourna le coin de la rue où Smithback l'attendait. Il la serra furtivement dans ses bras.

— Ce connard ne te suit pas, au moins ?

— Avance.

Ils se mirent à courir le long du trottoir, ce qui n'était pas une mince affaire pour Nora avec ses talons hauts. Ils s'arrêtèrent un peu plus loin, haletants, afin de s'assurer que le gardien ne les avait pas suivis.

— Putain ! fit Smithback en s'appuyant contre un mur. Je crois bien que je me suis cassé le bras en tombant de cette saloperie de clôture.

Son imperméable et sa chemise étaient déchirés à hauteur du coude, laissant entrevoir une écorchure.

— Te voilà beau, dit Nora en l'examinant. Tu as la robe, au moins ?

Smithback lui montra fièrement son vieux sac en plastique.

— Super !

— On ne trouvera jamais de taxi dans le coin, gémit Smithback d'une voix abattue.

— De toute façon, jamais un taxi ne nous aurait

pris, tu le sais bien. Donne-moi ton imper. Je suis gelée.

Smithback le lui passa autour des épaules avant d'ajouter, avec un sourire canaille :

— Tu sais que tu me plais, comme ça.

— Ne dis donc pas de bêtises, répondit-elle en se dirigeant vers l'entrée du métro.

Smithback lui emboîta le pas. Arrivé à la station, il s'arrêta.

— Vous voulez pas me filer un rencard, mademoiselle ? S'il vous plaît ! fit-il d'une voix geignarde.

Nora le regarda. Avec ses cheveux gras et hirsutes, sa figure encore plus sale qu'à l'aller et l'odeur de moisi qui lui collait à la peau, il avait l'air complètement ridicule. Elle ne put s'empêcher de sourire.

— Cette proposition risque de te coûter bonbon, mon joli. N'oublie pas que je suis une poule de luxe.

— Des diamants ? Un collier de perles ? Du fric ? Une soirée romantique au cœur du désert ? Tout ce que tu veux, chérie.

— Voilà un client comme je les aime, roucoula-t-elle en lui prenant la main.

7

Nora donna un tour de clé à la porte de son bureau, déposa son précieux paquet sur une chaise et débarrassa sa table de travail de tous les livres et papiers qui l'encombraient. Il était 8 heures du matin et le Muséum donnait encore l'impression de somnoler, mais Nora prit la précaution d'occulter la porte vitrée donnant sur le couloir afin d'éviter toute indiscrétion, non sans un sentiment de culpabilité qu'elle ne s'expliquait pas vraiment. Elle recouvrit sa table d'une grande feuille de papier qu'elle fixa aux quatre coins avec du scotch avant de préparer plusieurs sacs à échantillons, quelques flacons de verre fermés par des bouchons, une pince à épiler et des épingles. Puis elle tira du tiroir de son bureau les divers objets récoltés la veille sur le chantier : pièces de monnaie, peigne, touffe de cheveux, bout de ficelle et vertèbre. Enfin, elle étala la robe sur la feuille de papier avec mille précautions, comme pour s'excuser de la manière indigne dont ce malheureux chiffon avait été manipulé depuis vingt-quatre heures.

Smithback avait failli s'étouffer d'indignation la nuit précédente lorsqu'elle avait catégoriquement refusé de déchirer la doublure de la robe pour examiner le morceau de papier qui s'y cachait. Elle le voyait encore, pitoyable et risible dans sa tenue de clochard. Mais il avait eu beau user des arguments habituels du journaliste outré, drapé dans sa dignité, Nora avait tenu bon. Le souterrain était détruit désormais, et il n'était pas question d'opérer à la va-vite, au risque de perdre définitivement les quelques informations que pouvait encore receler cette robe.

Elle recula d'un pas, s'assurant que la lumière entrant à flots par la fenêtre éclairait convenablement son précieux trésor. Un examen général révéla que la laine verte était de mauvaise qualité. Sa forme, plutôt longue avec sa collerette et son corsage plissé, était caractéristique des vêtements féminins de la fin du XIXe siècle. Le corsage était doublé de simple coton blanc, jauni par les ans. Nora palpa le tissu et détecta le morceau de papier juste en dessous de la taille. *Pas trop vite,* se dit-elle en s'installant à sa table. *Une chose à la fois.*

La robe était copieusement tachée, mais il était difficile de savoir, sans procéder aux tests appropriés, s'il s'agissait de sang, de graisse, de poussière de charbon ou encore de cire fondue. L'ourlet, très usé, s'était déchiré par endroits, tout comme le tissu même de la robe qu'on avait rapiécé ici et là. Nora s'empara de sa loupe pour examiner de plus près les taches et les déchirures. Les trous avaient été repris à l'aide de fils de différentes couleurs, mais aucun n'était vert : il ne faisait guère de doute que la malheureuse avait raccommodé le vêtement du mieux qu'elle le pouvait.

Pendant toutes ces années dans le souterrain, la robe avait été préservée des rongeurs et des insectes, prouvant ainsi que les niches constituaient la plus hermétique des cachettes. Ajustant à sa loupe une lentille plus puissante, elle découvrit toutes sortes de saletés, en particulier de minuscules grains de poussière noire, probablement du charbon. Elle en préleva quelques-uns à l'aide de sa pince à épiler et les plaça dans une pochette transparente. Elle procéda de même avec d'autres poussières, mais aussi avec des cheveux et des fils qu'elle enferma méticuleusement dans les pochettes préparées à cet effet. Elle se servit ensuite d'un microscope stéréoscopique pour rechercher des particules encore plus petites.

Des dizaines de poux desséchés lui apparurent

aussitôt, mêlés à quelques puces géantes, et elle recula involontairement d'un air dégoûté avant de reprendre ses observations en souriant intérieurement. À ce niveau de grossissement, les fibres de laine servaient de refuge à une faune exotique qui aurait fait la joie de n'importe quel expert médico-légal.

Nora s'apprêtait à prélever d'autres échantillons lorsqu'elle prit brutalement conscience du silence anormal qui régnait dans son bureau. Se retournant brusquement, elle sursauta en découvrant l'inspecteur Pendergast, debout derrière elle, les mains dans le dos.

— Seigneur ! s'écria-t-elle en faisant un bond sur sa chaise. Vous m'avez fait une de ces peurs !

— Croyez bien que j'en suis sincèrement désolé, répondit Pendergast avec une légère courbette.

— J'aurais pourtant juré avoir fermé la porte à clé.

— On ne peut rien vous cacher…

— Dites-moi, inspecteur. Vous avez des dons cachés de magicien, ou bien vous avez crocheté ma serrure, ?

— Disons… un peu des deux, même si le terme « crocheté » ne me semble pas adéquat lorsqu'il s'agit d'ouvrir les serrures antédiluviennes du Muséum. Comme je suis trop connu à mon goût dans ce lieu, je me vois contraint d'user de discrétion.

— La prochaine fois, passez-moi un coup de fil, ça évitera de me donner des frayeurs.

À la vue de la robe, Pendergast ne put réprimer un commentaire :

— Vous n'aviez pas ce vêtement en votre possession hier, n'est-ce pas ?

— Non.

— J'en déduis donc que vous ne manquez pas de ressources, professeur Kelly.

— Je suis retournée sur le chantier cette nuit et…

— Tut, tut, tut ! l'interrompit-il d'un geste de la main. Je préfère ne rien connaître de vos activités nocturnes douteuses… Mais cela ne m'empêche pas de vous féliciter pour votre esprit d'initiative. En tout état de cause, je ne voudrais pas interrompre plus longtemps votre, labeur.

Nora se remit aussitôt à sa tâche. Au bout de quelques minutes, n'y tenant plus, Pendergast demanda :

— Nous avons retrouvé bien d'autres vêtements dans le souterrain, hier. Alors, pourquoi cette robe en particulier ?

Sans un mot, Nora retourna la robe, découvrant une pièce grossière au niveau de la doublure. Pendergast s'approcha vivement.

— Il y a un morceau de papier cousu dans la doublure, dit-elle simplement. Je venais de le trouver quand on m'a priée de vider les lieux.

— Puis-je me permettre d'emprunter votre loupe ?

Nora la lui tendit. Penché sur la robe, Pendergast procéda à un examen minutieux avec un professionnalisme impressionnant. Il se redressa enfin.

— Du travail rapide, visiblement improvisé. Vous remarquerez que toutes les autres réparations ont été effectuées avec soin, presque avec amour. La propriétaire de cette robe considérait ce vêtement comme un bien précieux. En revanche, ce travail a été effectué à l'aide de fils prélevés directement sur la robe. Les points sont inégaux, maladroits, et je soupçonne leur auteur d'avoir travaillé à la hâte, se servant d'une écharde de bois, à défaut d'une aiguille.

Nora plaça le microscope au-dessus de la pièce et prit plusieurs clichés photographiques à différents niveaux de grossissement avant d'en réaliser une nouvelle série à l'aide d'une bague macrophotographique, s'appliquant sous le regard attentif de Pendergast.

Enfin, elle repoussa le microscope, saisit la pince à épiler et déclara d'une voix émue :

— Et maintenant, voyons un peu ce qu'il y a là-dedans.

Dénouant délicatement l'extrémité du fil, elle décousit la pièce. Après avoir déposé le fil dans un flacon, elle la souleva et mit au jour une feuille de papier pliée en deux, probablement une page arrachée à un livre.

Nora prit le temps de placer la pièce dans une pochette plastique avant de déplier précautionneusement la feuille à l'aide d'une pince à épiler à bouts de caoutchouc. Un message à moitié effacé y avait été tracé maladroitement en lettres brunes qu'elle n'eut aucun mal à déchiffrer :

Je m'appele Mary Greene âge 19 Ans n° 16
Watter street

Nora plaça la feuille sur la platine du microscope et l'examina, puis elle s'effaça pour céder sa place à Pendergast, impatient de regarder à son tour. Au terme de longues minutes d'observation, il rompit le silence :

— Sans doute aura-t-elle usé de la même écharde pour écrire.

Nora approuva de la tête. Les lettres, inégales, avaient en partie arraché le papier.

— Puis-je tenter une expérience ? demanda Pendergast.

— Laquelle ?

Pendergast sortit de sa poche une petite éprouvette fermée par un bouchon.

— Il s'agit d'enlever quelques particules de cette encre à l'aide d'un dissolvant spécial.

— Allez-y.

Nora n'eût pas été surprise de découvrir tout un laboratoire médico-légal dans les poches de son étrange compagnon.

Pendergast ouvrit l'éprouvette, découvrant un minuscule tampon à prélèvement qu'il approcha de l'un des coins de la feuille avant de le replacer dans l'éprouvette. Secouant celle-ci tout en la mettant à la lumière, il attendit quelques instants et le liquide vira au bleu. Lentement, il se tourna vers Nora.

— Alors ? demanda-t-elle vivement, tout en lisant sur son visage la réponse à sa question.

— Ce message a été écrit à l'aide de sang humain, professeur Kelly. Le sang de cette jeune fille, à n'en pas douter.

8

Nora Kelly éprouva le besoin de s'asseoir. Un silence pesant s'installa dans son bureau, troublé par la rumeur de la circulation dans le lointain, une sonnerie de téléphone quelque part dans le bâtiment, des pas dans le couloir... La découverte du chantier prenait peu à peu toute sa dimension tragique : le souterrain lugubre, les restes de trente-six victimes découpées en morceaux, ce message pathétique vieux d'un siècle.

— À votre avis, quelle est la signification de cette lettre ?

— Il ne peut guère y avoir qu'une seule explication. Cette jeune personne devait pertinemment savoir qu'elle ne sortirait pas vivante de ce sous-sol, et elle n'a pas voulu mourir anonymement. Pour cette raison, elle a délibérément écrit son nom, son âge et son adresse sur ce papier avant de le coudre dans sa doublure. Une épitaphe artisanale, en quelque sorte.

— C'est atroce, murmura Nora en frissonnant.

Elle suivit du regard Pendergast qui s'approchait lentement des rayonnages de livres.

— De quoi s'agit-il ? D'un tueur en série ?

Pendergast ne répondit pas. Son visage était aussi grave que la veille sur le chantier, et il restait figé devant les étagères.

— J'ai une question à vous poser, reprit Nora.

Pendergast inclina la tête.

— Pourquoi vous intéressez-vous à cette affaire ? Je ne vois pas bien le rapport qu'il peut y avoir entre le FBI et une série de meurtres vieux de cent trente ans.

De ses doigts agiles, Pendergast saisit sur l'étagère une petite poterie anasazi qu'il examina longuement.

— Un superbe exemple de motif kayenta en noir et blanc, dit-il avant de poursuivre en levant les yeux vers Nora :

— À propos, où en sont vos recherches sur les Anasazis ?

— Au point mort. La direction du Muséum vient de me refuser la subvention dont j'avais besoin pour faire réaliser une série de datations au carbone 14. Mais je ne vois pas en quoi…

— Fort bien.

— Fort bien ? Vous avez un curieux sens de l'humour.

— Professeur Kelly, connaissez-vous l'expression « cabinet de curiosités » ?

Nora n'en revenait pas de la facilité avec laquelle il passait du coq à l'âne.

— Bien sûr, c'était le nom donné autrefois aux collections d'histoire naturelle.

— Très précisément. Vous savez donc que le cabinet de curiosités n'est ni plus ni moins que le précurseur du Muséum d'histoire naturelle. Au cours des XVIIIe et XXe siècles, de nombreux érudits mettaient à profit leurs pérégrinations à travers le monde pour réunir sous forme de collections les objets les plus insolites : fossiles, ossements, têtes réduites, oiseaux empaillés, *et cætera*. À l'origine, ils réunissaient essentiellement ces objets dans des lieux privés, pour l'amusement de leurs amis et connaissances. Par la suite, quand il est apparu que le public était prêt à payer afin d'admirer de telles curiosités, ces cabinets sont devenus des entreprises commerciales, auxquelles on continuait à donner le nom de « cabinets de curiosités », alors même que ces collections s'étalaient dorénavant sur plusieurs salles, à la manière d'un musée.

— Merci pour ce cours d'histoire, mais je ne vois toujours pas le rapport avec nos meurtres.

— En 1848, un jeune homme fortuné de la bonne société new-yorkaise, Alexander Marysas, a mis sur pied une expédition qui l'a conduit du Sud Pacifique à la Terre de Feu. Il est mort à Madagascar, mais ses collections – des pièces tout à fait hors du commun, faut-il le préciser – ont été rapportées à New York où elles ont été achetées par un homme d'affaires du nom de John Canaday Shottum, qui ouvrit en 1852 le Cabinet de curiosités et d'éléments naturels J. C. Shottum.

— Où voulez-vous en venir ?

— Le Cabinet de curiosités Shottum se trouvait à l'époque dans le bâtiment situé au-dessus de notre souterrain de Christine Street.

— Où êtes-vous allé dénicher toutes ces informations ?

— Il m'a suffi d'une demi-heure en compagnie d'un ami qui travaille pour la bibliothèque municipale de New York. Le souterrain que nous avons exploré hier était en réalité un tunnel à charbon conduisant à la chaudière de l'immeuble. L'immeuble lui-même était un bâtiment de brique de trois étages, construit dans le style néogothique fort prisé dans les années 1850. On y trouvait au rez-de-chaussée le Cabinet, ainsi qu'une pièce baptisée « Cyclorama ». Shottum avait établi son bureau au premier étage et le second était en location. Il semble que ce Cabinet ait été particulièrement florissant, en dépit de sa situation géographique douteuse, en plein cœur de Five Points, l'un des quartiers les plus malfamés du Manhattan d'alors. Un incendie a détruit le bâtiment en 1881, au cours duquel Shottum a trouvé la mort. La police de l'époque penchait pour la thèse de l'incendie criminel, mais le coupable n'a jamais été identifié et le bâtiment est resté en ruines jusqu'à la construction d'une série d'immeubles en 1897.

— Et qu'y avait-il à cet endroit-là avant le Cabinet Shottum ?

— Un modeste élevage porcin.

— De sorte que ces gens ont dû être assassinés à l'époque du Cabinet Shottum ?

— En toute probabilité.

— Qui était le coupable ? Shottum ?

— Il est trop tôt pour le déterminer. Les quelques fragments de verre retrouvés hier dans le souterrain provenaient essentiellement d'éprouvettes, mais aussi d'un distillateur. J'y ai relevé des traces de divers composants chimiques qu'il faudra faire analyser, mais nous avons encore beaucoup de choses à apprendre sur J. C. Shottum et son Cabinet de curiosités. Je me demandais d'ailleurs si vous accepteriez de m'accompagner.

En disant cela, Pendergast ouvrait déjà la porte du bureau et Nora le suivit machinalement dans le couloir. Tout en continuant à discuter, ils prirent l'ascenseur pour monter au quatrième. Ce n'est qu'au moment où les portes s'ouvraient avec un petit sifflement que Nora recouvra ses esprits.

— Attendez une minute ! Où m'emmenez-vous ? J'ai beaucoup de travail, en ce moment.

— Comme je vous l'ai dit, chère amie, votre aide me serait infiniment appréciable.

Le ton était d'une extrême courtoisie, mais l'assurance avec laquelle Pendergast semblait disposer de sa volonté et de son temps exaspérait Nora.

— Je suis désolée de vous décevoir, mais je suis archéologue, pas flic.

— N'est-ce pas un peu la même chose ? répliqua-t-il d'un air faussement candide.

— Et d'abord, qui vous dit que cette affaire pourrait m'intéresser ?

— Elle vous intéresse déjà, et vous le savez fort bien.

Nora était d'autant plus furieuse qu'il avait raison.

— Et comment suis-je censée expliquer la chose à ma hiérarchie ?

— C'est précisément ce que je m'apprêtais à faire, professeur Kelly.

Tout en parlant, il lui désignait du doigt un bureau à l'autre bout du couloir.

— Oh, non ! Pas lui ! gémit Nora en lisant le nom du premier vice-président en grosses lettres dorées sur la porte.

Ils trouvèrent Roger Brisbane, trônant comme à l'accoutumée derrière son bureau Bauhaus. Avec les manches de sa chemise Turnbull & Asser soigneusement relevées, il poussait ses allures d'avocat jusqu'à la caricature. Ses chères émeraudes n'avaient pas quitté leur cage de verre depuis la veille, donnant à la pièce un peu de chaleur bienvenue. Brisbane leur fit signe de s'asseoir. Il avait l'air de fort méchante humeur.

— Vous êtes l'inspecteur Pendergast, commença-t-il en jetant un coup d'œil sur son carnet de rendez-vous, sans prêter la moindre attention à Nora. Votre nom me dit quelque chose…

— J'ai déjà eu l'occasion de travailler au Muséum, répondit Pendergast de sa voix la plus onctueuse.

— Et qui vous avait engagé ?

— Vous m'aurez mal compris. J'ai dit que j'avais eu l'occasion de travailler *au* Muséum, et non *pour* le Muséum.

Brisbane fit un geste irrité de la main.

— De toute façon, ça n'a guère d'importance. Monsieur Pendergast, j'ai pour habitude de passer mes matinées tranquillement chez moi et je suis impatient de savoir pourquoi vous avez tenu à me voir ici à une heure aussi matinale.

— Le crime n'attend pas, monsieur Brisbane.

Le ton ironique de Pendergast n'échappa pas à Nora.

Pour la première fois depuis leur arrivée dans le bureau, Brisbane tourna brièvement la tête vers la jeune femme avant de reposer son regard sur Pendergast.

— Le professeur Kelly travaille pour le Muséum, je pense avoir été assez clair à ce sujet au téléphone. Nous sommes tout prêts à collaborer avec le FBI, bien évidemment, mais je ne vois pas en quoi nous pourrions vous être utiles dans le cas présent.

En guise de réponse, Pendergast se pencha sur les pierres précieuses.

— Je ne savais pas que le célèbre Mogul Star avait été retiré des collections publiques. Car il s'agit bien du Mogul Star, n'est-ce pas ?

Brisbane se tortilla sur son siège, mal à l'aise.

— C'est-à-dire que nous renouvelons périodiquement les collections afin de présenter au public le plus grand nombre de pièces possible.

— De sorte que vous conservez pour vous les pierres non exposées.

— Comme je vous l'ai dit, monsieur Pendergast, répliqua Brisbane d'un ton agacé, je ne vois pas en quoi nous pouvons vous être utiles.

— Il s'agit de crimes uniques et, comme votre établissement dispose précisément de ressources uniques…

— Les crimes auxquels vous faites allusion ont-ils eu lieu au Muséum ?

— Non.

— Alors j'ai bien peur que ma réponse soit négative.

— Est-ce votre dernier mot ?

— Ma foi, oui. Nous ne souhaitons pas que le Muséum soit mêlé, de près ou de loin, au travail de la police. Ce genre de situation sordide ne peut que nous être préjudiciable. Vous devez me comprendre, monsieur Pendergast.

Pendergast sortit de la poche de son gilet une feuille de papier qu'il posa sous les yeux de son interlocuteur.

— De quoi s'agit-il ? interrogea Brisbane sans même y jeter un œil.

— De la convention liant votre établissement à la ville de New York.

— Quel rapport avec notre affaire ?

— Le rapport est très simple. Il est dit très clairement dans cette convention que le Muséum s'engage à mettre son personnel gratuitement au service de la ville de New York.

— C'est ce que nous faisons au quotidien en veillant à la bonne marche de cette institution.

— Vous touchez du doigt la difficulté. Jusqu'à une période récente, le service d'anthropologie du Muséum mettait régulièrement sa compétence au service de la police, ce qui était, somme toute, normal. Vous aurez sans doute en mémoire le meurtre dit « de la poubelle », remontant au 7 novembre 1939 ?

— Je suis désolé, j'ai dû sauter l'article en lisant le *New York Times* ce jour-là.

— L'un des administrateurs du Muséum a largement contribué à résoudre cette affaire, découvrant dans une poubelle les restes calcinés d'un os orbital, dont il a pu prouver qu'il était d'origine humaine…

— Monsieur Pendergast, je ne suis pas d'humeur à recevoir une leçon d'histoire médico-légale, l'interrompit Brisbane en se levant. Ma réponse est non, et j'ai du travail. Quant à vous, professeur Kelly, je vous demanderai de bien vouloir retourner à vos occupations sans plus tarder.

— Comme c'est regrettable… Sans parler de la mauvaise publicité que tout cela risque de faire au Muséum.

Au mot « publicité », Brisbane se figea. Un sourire glacial se dessina sur ses lèvres.

— Voilà qui m'a tout l'air d'une menace.

Imperturbable, Pendergast poursuivait avec sa politesse raffinée habituelle.

— À dire vrai, la convention avec la ville exige la pleine coopération du Muséum, en plus de la gestion quotidienne de cet établissement. Il semble que ce point particulier ne soit plus respecté depuis bientôt dix ans, malgré l'importance des subventions annuelles versées par la municipalité, et donc par les contribuables. Loin de remplir votre mission de service public, vous avez fermé vos archives au grand public, à l'exception des chercheurs universitaires ; de même, vous exigez des honoraires pour le moindre service, au nom du principe sacro-saint de la propriété intellectuelle. Vous avez même été jusqu'à envisager de faire payer l'entrée du Muséum au public, en violation des termes de la convention, comme on peut le lire ici : *... la création d'un Muséum d'histoire naturelle pour la ville de New York, ouvert gratuitement au public, sans restriction...*

— Faites-moi voir.

À la lecture du document, le front lisse de Brisbane se fronça imperceptiblement.

— Ces vieilles conventions sont parfois bien contrariantes, ne trouvez-vous pas, monsieur Brisbane ? Tout comme notre constitution, toujours là quand nous en avons le moins besoin.

Brisbane reposa lentement la feuille sur son bureau, son visage plus rouge qu'à l'habitude.

— Il faudrait que j'en parle au conseil d'administration.

Pendergast sourit faiblement.

— Voilà qui se présente sous les meilleurs

auspices. Je pense que nous pouvons faire confiance au Muséum pour résoudre cette légère difficulté, n'est-ce pas, monsieur Brisbane ? Pendant ce temps, le professeur Kelly sera en mesure de m'éclairer de ses lumières.

Un silence s'installa, que Brisbane finit par rompre :

— Je vois.

— En contrepartie, je m'engage à ne pas abuser du temps du professeur Kelly.

— Bien évidemment, répliqua Brisbane d'un ton sarcastique.

— J'ai essentiellement besoin d'elle pour consulter les archives du Muséum, de sorte qu'elle reste à votre disposition en cas de besoin.

Brisbane hocha la tête.

— Je ferai mon possible afin d'éviter de donner à cette affaire une publicité malvenue, poursuivit Pendergast. Tout cela reste confidentiel, naturellement.

— Naturellement.

— Il me semble nécessaire d'ajouter que le professeur Kelly n'a rien à voir avec tout cela. Lorsque je suis venu la chercher, elle m'a d'ailleurs fait comprendre sa préférence pour les tessons de poteries.

— Je n'en doute pas.

Un voile sombre s'était abattu sur Brisbane. Nora aurait été bien en peine de dire à quoi il pensait, mais cet épisode ne pouvait que nuire à sa carrière. Elle jeta à Pendergast un regard de reproche.

— Où m'avez-vous dit que vous étiez basé ? s'enquit Brisbane.

— Je ne vous ai rien dit, mais je dépends du

bureau de La Nouvelle-Orléans, si cela peut vous être utile.

Brisbane, se calant confortablement dans son fauteuil, répliqua avec un sourire forcé :

— La Nouvelle-Orléans ! Votre accent aurait dû me mettre sur la voie. Mais, dites-moi, vous êtes plutôt loin de chez vous, monsieur Pendergast.

Pendergast se contenta de lui répondre par une courbette, tenant galamment la porte à Nora. Ils avaient à peine fait quelques pas dans le couloir qu'elle prit la parole :

— Vous m'avez vraiment prise de court. Si j'avais su, je ne serais pas venue.

— Mes méthodes ne sont peut-être pas toujours très orthodoxes, répondit Pendergast en la fixant de ses yeux clairs, mais elles ont au moins un avantage.

— Lequel ?

— Celui d'être efficaces.

— Pour vous peut-être, mais pas pour moi.

Pendergast sourit.

— Je suis prêt à parier que vous bénéficierez d'une promotion avant la fin de cette affaire.

— C'est ça, ironisa Nora. Pour vous remercier de l'avoir humilié et de lui avoir fait du chantage, mon patron va me donner de l'avancement.

— J'avoue avoir du mal à souffrir les petits bureaucrates de son espèce. Une bien mauvaise habitude, mais on ne se refait pas. Vous constaterez toutefois, professeur Kelly, que le chantage et l'humiliation peuvent se révéler des armes d'une efficacité redoutable, à condition d'en user à bon escient.

Ils atteignaient le palier inférieur et Nora s'arrêta.

— Vous n'avez toujours pas répondu à ma question. Pourquoi le FBI s'intéresse-t-il à ces crimes vieux d'un siècle ?

— Chaque chose en son temps, professeur Kelly. Pour l'heure, et d'un point de vue strictement personnel, je me contenterai de vous dire que ces meurtres sont… comment dirais-je… captivants.

À sa façon de prononcer le mot « captivants », Nora fut parcourue d'un léger frisson.

LES HOMMES DE SCIENCE

9

Le service des archives, installé dans les sous-sols du Muséum, n'était accessible que par un dédale d'ascenseurs de service, d'escaliers en colimaçon, de couloirs sinueux et de passages mal éclairés. Au sein même du personnel, peu de gens avaient l'occasion de s'y rendre et Nora allait découvrir l'endroit pour la première fois. S'enfonçant de plus en plus profondément dans les entrailles du Muséum, elle en arrivait à se demander si elle ne s'était pas perdue.

Lorsqu'elle avait été recrutée, elle avait eu droit à l'une des visites rituelles à la gloire du Muséum ; le guide n'avait pas manqué de préciser qu'il s'agissait du plus grand musée au monde, avec sa vingtaine de bâtiments du XIXe tous reliés les uns aux autres, son labyrinthe de plus de trois mille pièces et ses trois cents kilomètres de couloirs. Des chiffres qui traduisaient imparfaitement la sensation de claustration émanant de ces corridors interminables. *De quoi donner de l'urticaire au Minotaure,* sourit-elle intérieurement pour se rassurer.

Elle s'arrêta un instant pour regarder son plan et poussa un soupir. Une longue galerie en briques s'ouvrait devant elle, éclairée par une guirlande d'ampoules, coupée à mi-chemin par un autre boyau. Une forte odeur de poussière régnait partout. Comment se repérer dans tous ces couloirs ? Sur une porte blindée, elle lut *Titanothéridés,* et sur une autre *Chalicothéridés et Tapiridés.* À l'aide de son plan, elle constata qu'elle était presque au but et se remit en route, ses talons claquant sur le béton.

Un peu plus loin, elle s'arrêta devant une vénérable porte de chêne portant l'inscription *Archives centrales.* Elle frappa, déclenchant un bruit caverneux. Elle distingua un bruissement de vieux papiers, le choc sourd d'un livre tombant sur le sol et un long raclement de gorge. Enfin, une voix aiguë parvint jusqu'à elle :

— Un petit instant, je vous prie !

Des pas traînants, le grincement de nombreux verrous, et la porte s'ouvrit sur un vieil homme tout en rondeurs. Il avait un grand nez crochu et une couronne de longs cheveux blancs, comme posée sur un crâne luisant. La mine de l'homme s'éclaira d'un large sourire lorsqu'il aperçut sa visiteuse.

— Mais entrez donc, chère petite mademoiselle. Ne vous laissez pas impressionner par tous ces verrous. Je ne suis qu'un vieil homme, je ne mords plus depuis longtemps. *Fortunate senex !*

Nora pénétra dans la pièce. Un voile de poussière recouvrait la veste de son hôte. Une lampe munie d'un abat-jour vert diffusait une auréole de lumière sur un bureau couvert de documents épars. Seule une vétuste machine à écrire Royal semblait avoir échappé à l'invasion de la poussière. Plus loin, une mer d'étagères débordant de livres et de boîtes se perdait dans l'obscurité.

— Je cherche Reinhart Puck, demanda Nora.

— Votre serviteur, répondit le vieil homme, hochant la tête avec une telle énergie que son nœud papillon faillit s'envoler. Il se pencha et Nora eut peur un instant qu'il ne lui fasse un baisemain, mais il se racla bruyamment la gorge.

— Je cherche des renseignements sur les cabinets de curiosités, reprit Nora.

Tout en verrouillant soigneusement la porte derrière elle, le vieil homme lui lança un regard gourmand.

— Ah ! Vous êtes à la bonne adresse, chère petite mademoiselle. Au fil du temps, le Muséum a fini par accueillir la plupart des cabinets de curiosités du New York d'autrefois. Nous sommes donc en possession de l'ensemble de leurs collections et de leurs archives. Voyons, par où commencer...

Il repoussa bruyamment le dernier verrou et se frotta les mains, visiblement heureux d'avoir de la visite.

— Je m'intéresse plus particulièrement à un cabinet de curiosités du bas de Manhattan, le Cabinet Shottum.

Puck fronça les sourcils.

— Shottum, Shottum... Ah, oui ! Ma foi, ce cabinet semble intéresser bien du monde, ces temps-ci. Mais procédons par ordre. Avant toute chose, je vous demanderai de bien vouloir signer le registre.

Il invita la jeune femme à le suivre et s'approcha de son bureau, extrayant d'un tiroir un registre de cuir si usé que Nora faillit lui demander s'il avait une plume d'oie. S'emparant du stylo-bille qu'il lui tendait, elle inscrivit ses nom et qualité.

— Pourquoi vous barricadez-vous comme ça ?

demanda-t-elle en lui rendant le stylo. Je croyais que les objets précieux, les pièces d'or et autres diamants, étaient conservés dans des coffres.

— Ce sont les ordres de la nouvelle direction, à la suite des problèmes que nous avons connus il y a quelques années. Je ne reçois pourtant pas grand monde ici, tout juste quelques chercheurs, des étudiants qui préparent une thèse, ou encore certains généreux donateurs passionnés d'histoire des sciences.

Il replaça le registre dans son tiroir et s'approcha à petits pas d'une rangée de gros interrupteurs en ivoire, en allumant quelques-uns. Dans l'immensité du sous-sol, quelques lueurs trouèrent péniblement l'obscurité et Puck s'ébranla lentement en traînant des pieds sur le sol de pierre. Dans son sillage, Nora observait en passant la masse sombre des rayonnages. Elle avait l'impression de traverser une forêt sans fin à la recherche d'une clairière salutaire.

— Les cabinets de curiosités sont l'une de mes marottes. Comme vous le savez sans doute, le tout premier cabinet a été crée en 1804 par Delacourte.

La voix de Puck résonnait entre les étagères.

— Une collection hors du commun, comprenant un œil de baleine conservé dans du whisky, plusieurs dents d'hippopotame, la défense d'un mastodonte trouvée dans un marécage du New Jersey. Et bien sûr le, dernier œuf de dodo – un solitaire de l'île de Rodrigues, pour être exact. L'œuf a été rapporté dans une caisse, encore vivant, et l'on raconte qu'il a éclos après avoir été exposé, de sorte que… Ah ! Nous y voilà.

S'arrêtant brusquement, il descendit d'une étagère une boîte dont il souleva le couvercle. Nora, s'attendant à y trouver les archives du Cabinet Shottum, découvrit à regret un énorme œuf, cassé en trois morceaux.

— À défaut de connaître la provenance de ces choses, on les conserve ici au lieu de les exposer, fit Puck, désignant respectueusement les éclats de coquille. Mais où en étais-je ? reprit-il. Ah oui ! Le Cabinet d'histoire naturelle Delacourte ! Le droit d'entrée était de vingt-cinq cents, une somme pour l'époque.

Après avoir remis la boîte à sa place, il s'empara sur un rayonnage voisin d'un classeur, qu'il entreprit de feuilleter fébrilement.

— Que souhaiteriez-vous savoir sur le Cabinet Delacourte ?

— À dire vrai, je m'intéresse surtout au Cabinet de curiosités et d'éléments naturels Shottum. John Canaday Shottum.

Nora dissimulait son impatience tant bien que mal, sentant qu'il était inutile de presser le vieil archiviste.

— Le Cabinet Shottum ! Mais où avais-je la tête ? lança-t-il en reprenant lentement sa marche dans le dédale des archives.

— Comment le Muséum a-t-il été amené à acquérir tous ces cabinets ? demanda Nora.

— Lorsque le Muséum a ouvert ses portes gratuitement au public, la plupart de ces endroits n'avaient plus de raison d'être. Et puis, vous savez, beaucoup des objets exposés étaient des faux. Au fur et à mesure des fermetures, l'un des premiers administrateurs du Muséum, M. McFadden, a racheté leurs collections.

— Que voulez-vous dire en parlant de faux ?

— Une double tête cousue sur un veau empaillé, un os de baleine peint en brun pour faire croire qu'il s'agissait du vestige d'un dinosaure, ce genre de choses. Nous en possédons encore quelques-uns.

Tout en s'enfonçant dans les profondeurs des archives derrière son guide, Nora se mordait les doigts d'avoir poussé Puck à la digression.

— Ces cabinets étaient très à la mode, vous savez. Même Barnum en a dirigé un, le Scudder's American Museum, dans lequel il présentait des expositions vivantes. C'est d'ailleurs comme cela qu'il a fait ses débuts dans le monde du cirque.

— Des expositions vivantes ?

— Oui, chère petite mademoiselle, des expositions vivantes. Je pourrais vous citer l'exemple d'une vieille femme noire toute ratatinée, Joice Heth, que Barnum présentait comme la nourrice de George Washington, et dont il affirmait qu'elle avait cent soixante et un ans. Cette supercherie fut dénoncée à l'époque par le père de Tinbury McFadden, cet administrateur de la fin du XIXe siècle dont je vous ai parlé tout à l'heure et qui se passionnait pour ces cabinets de curiosités. Un curieux personnage, qui a tout simplement disparu un beau matin.

— Je m'intéresse surtout au Cabinet de John Canaday *Shottum*, répondit Nora, désespérant de parvenir à ses fins.

— J'y viens, j'y viens, chère petite mademoiselle, fit Puck avec une pointe d'agacement. Nous ne possédons pas grand-chose sur Shottum, malheureusement. Son cabinet a brûlé en 1881.

— D'après ce que je sais, la plupart de ses

collections provenaient d'un certain Alexander Marysas, tenta Nora.

— Marysas ! Un personnage pour le moins curieux. Fils d'une famille new-yorkaise fort riche, mort à Madagascar. Si je me souviens bien, un chef indigène a utilisé sa peau pour fabriquer une ombrelle qu'il a offerte à son petit-fils.

Avançant à travers les étagères pleines à craquer d'objets insolites, Puck allumait ici et là des interrupteurs, dessinant devant eux des oasis de lumière au fur et à mesure que les ténèbres se refermaient dans leur sillage. Ils débouchèrent soudain sur un vaste espace au centre duquel trônaient d'immenses spécimens, posés sur des socles en bois : un mammouth tout mité, un éléphant blanc, une girafe sans tête. Voyant Puck s'arrêter une nouvelle fois, Nora sentit le découragement la gagner.

— Ces cabinets de curiosités auraient fait n'importe quoi pour attirer le public. Prenez ce petit mammouth, par exemple, découvert intact dans les glaces de l'Alaska.

Se penchant sous le ventre de l'animal, il déclencha un mécanisme et une trappe s'ouvrit.

— Cela faisait partie du spectacle. Une inscription dans la rue signalait que le mammouth était congelé depuis cent mille ans et qu'un scientifique allait tenter de le ranimer. Avant de laisser entrer le public, un homme de petite taille se glissait dans le ventre de l'animal par cette trappe. Lorsque la salle était pleine, un pseudo scientifique faisait un long discours avant de réchauffer l'animal à l'aide d'un brasier. C'est alors que l'homme caché à l'intérieur actionnait la trompe en faisant toutes sortes de bruits bizarres ; dans la panique, la salle se vidait en quelques secondes, pouffa Puck. Il faut dire que les gens étaient plus naïfs qu'aujourd'hui, ajouta-t-il en refermant soigneusement la trappe.

— Tout ça est passionnant, monsieur Puck, et même très amusant, mais je suis assez pressée et j'aurais bien voulu examiner les collections Shottum.

— Nous y sommes, fit le vieil archiviste en allant chercher une petite boîte tout en haut d'une étagère à l'aide d'un escabeau métallique. *O terque quaterque beati !* Voici votre M. Shottum, chère petite mademoiselle. Son cabinet n'était pas très intéressant, j'en ai bien peur. Après l'incendie, il n'est guère resté que ces quelques papiers.

Puck ouvrit la boîte dont il examina le contenu d'un air désolé.

— Seigneur ! Quel fatras ! C'est d'autant plus curieux que… Enfin ! Lorsque vous aurez terminé, je peux facilement vous montrer les archives Delacourte, nettement plus substantielles.

— J'ai bien peur de ne pas avoir le temps, tout du moins aujourd'hui.

Puck émit un petit grognement de dépit et Nora sentit naître en elle une certaine pitié pour le vieil homme.

— Ah ! Voici une lettre de Tinbury McFadden, reprit Puck, extrayant une feuille de papier jauni de la boîte. C'est lui qui a contribué au classement des mammifères et des oiseaux de Shottum. McFadden était le conseiller scientifique attitré d'un certain nombre de ces cabinets. Il était très ami avec Shottum.

— Pourrais-je examiner cette boîte ?

— Dans la salle d'étude, chère petite mademoiselle. Aucun objet ne doit quitter les archives.

— Je comprends, répondit Nora, soudain pensive. Vous dites que Tinbury McFadden était très ami avec Shottum. Où peut-on trouver les archives qui le concernent ?

— Mais, mon Dieu, nous en avons des tonnes ! Ainsi que *l'ensemble* de ses collections. Il possédait lui-même un cabinet assez intéressant, cependant le public n'y avait pas accès. Il l'a légué au Muséum, mais comme on ignorait la provenance exacte de la plupart des objets et que certains d'entre eux étaient des faux, ses collections ont été stockées ici.

— Pourrais-je les voir ?

— Mais bien sûr, chère petite mademoiselle, bien sûr !

Puck s'éloignait déjà.

— Par ici, suivez-moi.

Ils s'arrêtèrent enfin devant une double étagère, dont la partie supérieure débordait de documents et de boîtes de rangement. Sur l'une d'elles avait été collé l'inventaire des objets donnés par J. C. Shottum à T. F. McFadden, pour « services rendus ». Dans sa partie inférieure, l'étagère recelait une série d'objets inattendus. En regardant de plus près, Nora distingua divers animaux empaillés ficelés dans du papier paraffiné, des fossiles douteux, un cochon à deux têtes dans une jarre de verre, un anaconda séché enroulé sur lui-même, un poulet à six pattes et quatre ailes, ainsi qu'une curieuse boîte creusée dans un pied d'éléphant.

Puck se moucha bruyamment avant de s'essuyer les yeux.

Le malheureux Tinbury se retournerait dans sa tombe s'il savait que ses chères collections ont atterri ici. Il était persuadé de leur valeur scientifique inestimable. Il est vrai qu'autrefois les administrateurs du Muséum étaient pour la plupart des amateurs fort peu au fait des progrès de la science.

— Cela tendrait à prouver que Shottum a fait don à McFadden de certaines pièces en échange de ses services.

— Une pratique courante à l'époque.

— Certains de ces objets proviendraient donc du Cabinet Shottum, c'est ça ?

— Sans le moindre doute.

— Puis-je les examiner ?

Puck était ravi.

— Avec plaisir, chère petite mademoiselle. Je vais les transporter dans la salle d'étude afin que vous puissiez vous y installer. Je vous préviens dès que tout est prêt.

— Vous pensez en avoir pour combien de temps ?

— Une journée, répondit-il, ravi à l'idée d'être utile à sa visiteuse.

— Je pourrais peut-être vous aider.

— Pas la peine. Mon assistant, Oscar, va s'en charger.

— Oscar ? fit Nora en regardant autour d'eux.

— Oscar Gibbs. Il travaille la plupart du temps dans le département d'ostéologie. Nous n'avons pas beaucoup de visiteurs ici, et je fais appel à lui uniquement en cas de besoin.

— C'est vraiment très gentil de votre part, monsieur Puck.

— Mais tout le plaisir est pour moi, chère petite demoiselle.

— Je reviendrai avec l'un de mes collègues.

Une ombre passa sur le visage de Puck.

— Un collègue ? Le règlement est très strict, vous savez, et…

Il hésita, visiblement déconcerté.

— Le règlement ?

— Seul le personnel du Muséum est admis ici. Autrefois, les archives étaient ouvertes au public, mais ce n'est plus le cas aujourd'hui.

— Sans doute, mais l'inspecteur Pendergast dépend en quelque sorte du Muséum et…

— L'inspecteur Pendergast ? l'interrompit Puck. Ce nom me dit en effet quelque chose… Pendergast. Oui, je m'en souviens à présent. Un gentleman du Sud. Oh, mon Dieu !

Le vieil archiviste n'avait pas l'air enchanté.

— Enfin, c'est vous qui décidez. Je vous attendrai tous les deux à 9 heures demain matin.

10

Patrick Murphy O'Shaughnessy, installé sur une chaise face au capitaine Custer, attendait que celui-ci ait raccroché. Il attendait depuis cinq minutes, et le capitaine ne l'avait pas regardé une seule fois. O'Shaughnessy ne s'en portait pas plus mal. Il observait distraitement les plaques commémoratives et les coupes de tir accrochées au mur lorsque son regard s'arrêta sur l'unique tableau de la pièce : une cabane en bois sous la lune, en plein marais, l'eau moirée de reflets argentés. Cette croûte était la risée de tout le commissariat du 7e arrondissement où l'on s'expliquait d'autant moins sa présence dans le bureau du capitaine que ce dernier ne cachait pas ses prétentions intellectuelles et culturelles. Ses hommes avaient même parlé à une époque de faire une collecte pour lui acheter une toile un peu moins horrible. O'Shaughnessy était généralement le premier à rire des goûts douteux de son supérieur mais, aujourd'hui, il trouvait la chose plus navrante qu'autre chose.

Un bruit de téléphone raccroché le tira de sa rêverie et il quitta le tableau des yeux à l'instant où Custer appuyait sur l'interphone.

— Appelez-moi le sergent Noyes, je vous prie.

C'était mauvais signe. Après avoir longtemps travaillé pour la police des polices, Herbert Noyes venait d'être nommé au rang d'adjoint de Custer dont il était le lèche-bottes en titre.

Noyes pénétra aussitôt dans le bureau. O'Shaughnessy était persuadé qu'il passait ses journées à attendre derrière la porte, en bon chien fidèle. Un sourire servile accroché à sa tête de fouine, Noyes mastiquait du chewing-gum comme à son habitude. Ignorant superbement O'Shaughnessy, il salua Custer obséquieusement et prit un siège tout près du bureau de son supérieur. Il était si fluet qu'il avait l'air perdu dans son fauteuil de cuir rouge.

Custer profita de cet intermède pour se tourner vers O'Shaughnessy.

— Alors, Paddy ! Comment se porte le dernier flic irlandais de New York ?

O'Shaughnessy prit le temps de répondre :

— Je m'appelle Patrick, capitaine.

— Patrick, Patrick ! Je croyais que tout le monde t'appelait Paddy, rétorqua Custer, un peu moins sûr de lui.

— Et je suis loin d'être le seul Irlandais dans le service, capitaine.

— OK, OK, mais tu en connais beaucoup qui s'appellent Patrick Murphy O'Shaughnessy ? Tu ne vas pas me dire que c'est pas un nom irlandais, ça. Comme Chaim Moshe Finkelstein ou Vinnie Scarpetta Gotti della Gambino. Il y a plus américain, non ? Mais je te rassure tout de suite, j'ai rien contre les immigrés, tu sais. C'est une bonne chose, l'immigration.

— C'est même une très bonne chose, ajouta Noyes.

— J'ai toujours dit que la police devait être ouverte à tout le monde.

— Mais bien sûr, répondit O'Shaughnessy.

— En fait, Patrick, nous avons un petit problème. Il y a quelques jours, on a découvert trente-six squelettes sur un chantier tout près d'ici. Tu en as peut-être entendu parler. Je me suis personnellement occupé de l'enquête. Le chantier appartient à un promoteur, Moegen-Fairhaven, tu connais ?

— Bien sûr, rétorqua O'Shaughnessy en fixant le gros stylo Mont Blanc dépassant de la poche de Custer. L'année précédente, Fairhaven avait offert le même pour Noël à tous les responsables des commissariats de Manhattan. Les petits cadeaux entretiennent l'amitié.

— Une très grosse boîte, beaucoup d'argent, beaucoup de relations. Des gens bien, quoi. En plus, ces squelettes sont vieux de plus d'un siècle. Pour ce qu'on peut en savoir, ces gens ont été assassinés et cachés là par un fou à la fin du XIXe. Tu me suis ?

O'Shaughnessy hocha la tête.

— Tu as déjà travaillé avec le FBI ?

— Non, capitaine.

— Ils ont une fâcheuse tendance à croire que tous les flics municipaux sont des imbéciles, et ils nous écartent volontiers de leurs enquêtes.

— Ça les amuse, ajouta Noyes avec un petit geste de la tête.

— Exactement, reprit Custer, ça les amuse. Tu me suis, Patrick ?

— Jusque-là, oui.

Il avait déjà compris qu'on allait lui refiler une mission merdeuse avec le FBI.

— Bon. Pour une raison inconnue, on nous a mis un inspecteur du FBI dans les pattes. On ne sait pas en quoi cette affaire le concerne, d'autant qu'il n'est même pas d'ici, mais de La Nouvelle-Orléans. Toujours est-il que ce type-là a des relations. Les gars du FBI de New York ne le portent pas non plus dans leur cœur et il y a des bruits bizarres qui circulent sur son compte. À chaque fois qu'il pointe son nez quelque part, ça tourne mal. Tu me suis ?

— Oui, capitaine.

— Ce type passe des coups de téléphone à droite et à gauche. Il exige de voir les ossements, le rapport du légiste et tout le tremblement. Il n'a pas l'air de comprendre que ces crimes sont de l'histoire ancienne, et M. Fairhaven commence à s'inquiéter. Il ne voudrait pas qu'on fasse une montagne de cette histoire. Il a un immeuble à construire et des appartements à louer. Tu vois où je veux en venir ? Et quand M. Fairhaven a des soucis, il appelle directement le maire, et le maire appelle le préfet de police Rocker qui appelle le divisionnaire qui m'appelle moi. Aujourd'hui, c'est sur moi que ça retombe.

O'Shaughnessy approuva de la tête d'un air détaché. *Et tu aimerais bien que ça retombe maintenant sur moi, sauf que ça ne me regarde pas.*

— Alors, voilà ce qu'on va faire. À compter d'aujourd'hui, tu représentes officiellement la police de New York aux côtés de ce type du FBI. Tu lui colles au train comme une mouche sur une… euh, tartine de confiture. Je veux savoir ce qu'il fait, où il va, ce qu'il pense. Mais attention : ni zèle ni fraternisation.

— Bien, capitaine.

— Il s'appelle Pendergast. Inspecteur Pendergast, précisa Custer en s'arrêtant pour regarder un papier sur son bureau. Ils ne précisent même pas son prénom sur ce fichu rapport. Aucune importance. Je me suis arrangé, tu le rencontres demain à 14 heures et tu ne le quittes plus d'une semelle. Officiellement, tu es là pour l'aider, mais arrange-toi pour faire ça le plus mollement possible, en faisant attention tout de même. Ce type-là a déjà fait virer des collègues pour moins que ça. Tiens, voici sa fiche.

— Capitaine, souhaitez-vous que j'effectue cette mission en civil ou en uniforme ? demanda O'Shaughnessy en saisissant le dossier.

— Bonne question. Ça lui compliquera la tâche si tu restes en uniforme. Tu me suis ?

— Oui, capitaine.

Custer se cala sur son fauteuil avant d'ajouter, d'un air sceptique :

— Tu crois que tu peux y arriver, Patrick ?

— Bien sûr, fit O'Shaughnessy en se levant.

— Parce que j'ai remarqué que tu avais un foutu caractère ces temps derniers, poursuivit Custer. Laisse-moi te donner un petit conseil : garde tes sautes d'humeur pour l'inspecteur Pendergast. J'ai pas besoin de petits malins dans le service en ce moment.

— Ce ne sont pas des sautes d'humeur, capitaine. Je suis ici pour protéger et servir mes concitoyens, c'est tout, dit-il en forçant son accent irlandais avant d'ajouter :

— Je vous souhaite le bonjour, capitaine.

En sortant du bureau, O'Shaughnessy entendit Custer souffler à Noyes :

— Encore un qui joue au petit malin.

11

— Un temps idéal pour passer l'après-midi dans un musée, annonça Pendergast en observant le ciel menaçant.

Patrick Murphy O'Shaughnessy aurait été incapable de dire si l'inspecteur parlait sérieusement ou non. Debout sur les marches du commissariat d'Elizabeth Street, il se demandait ce qu'il avait bien pu faire pour mériter ça. Ce type ressemblait plus à un croque-mort qu'à un flic, avec son costume funèbre et son accent de carnaval. Comment les têtes pensantes du FBI avaient-elles pu le recruter ?

— Le Metropolitan n'est pas un simple musée, sergent, c'est un paradigme. L'un des plus beaux musées au monde. Mais je ne vous apprends sans doute rien. Êtes-vous prêt ?

O'Shaughnessy haussa les épaules. Musée ou paradigme, il était censé coller aux basques de cet énergumène. Quelle mission de merde…

Au moment où ils arrivaient sur le trottoir, une longue automobile grise glissa silencieusement vers eux. O'Shaughnessy n'en croyait pas ses yeux. Une Rolls ! Cette espèce d'erreur de la nature menait ses enquêtes en Rolls ! Pendergast ouvrit la portière et lui fit signe de monter.

— Vous l'avez confisquée à un dealer ? demanda O'Shaughnessy.

— Non, non, il s'agit de ma voiture personnelle.

Il aurait dû s'en douter. Tout le monde sait que La Nouvelle-Orléans est un repaire de flics véreux, et ce type-là devait toucher des pots-de-vin, ou alors être mêlé à des trafics de drogue. Si ça se trouve, Custer voulait sa part du gâteau. Et il avait fallu que ça tombe sur lui ! Quelle mission de merde…

— Après vous, je vous en prie.

Pendergast lui tenait toujours la portière. O'Shaughnessy s'installa sur la banquette de cuir blanc où Pendergast ne tarda pas à le rejoindre.

— Au Metropolitan, fit-il à l'adresse du chauffeur.

Au moment où la Rolls s'éloignait, O'Shaughnessy aperçut le capitaine Custer, debout devant le commissariat, les yeux écarquillés. Il dut se retenir de lui faire un pied de nez.

O'Shaughnessy se tourna vers Pendergast et le regarda longuement avant de déclarer :

— À notre succès, inspecteur.

Puis il se tourna vers sa fenêtre et le silence s'installa.

— Je m'appelle Pendergast, finit par dire l'agent du FBI d'une voix douce.

O'Shaughnessy regardait toujours par la fenêtre. Au bout d'une minute, il reprit :

— Alors, quoi de neuf au Metropolitan ? On a retrouvé une momie morte ?

— Il serait tout de même surprenant qu'une momie fût vivante, sergent. Mais ce n'est pas le département des antiquités égyptiennes qui nous intéresse.

C'était bien la chance de O'Shaughnessy de tomber sur un flic du FBI qui faisait de l'esprit. Il se demanda combien de corvées de ce genre on allait encore lui refiler. Tout ça parce qu'il avait fait une connerie cinq ans plus tôt. À chaque fois qu'un truc bizarre se présentait, il pouvait être certain qu'on viendrait le chercher. La plupart du temps, il s'agissait d'affaires sans intérêt, mais cette fois, c'était différent. Ce type avec sa Rolls n'était visiblement pas le premier venu. Tout ça était louche.

O'Shaughnessy eut une pensée pour son pauvre père et une bouffée de honte l'envahit. Heureusement qu'il n'était plus là pour le voir. Cinq générations de O'Shaughnessy avaient servi dans les rangs de la police new-yorkaise, et voilà que l'honneur de toute cette lignée se trouvait entaché à cause du petit dernier. Encore onze ans à attendre… Il n'était pas sûr de tenir le coup jusqu'à l'âge de la préretraite.

— Alors, à quoi joue-t-on ? finit-il par demander.

Assez de conneries. Il n'avait pas l'intention de se laisser faire. Pas question d'en prendre plein la gueule cette fois-ci.

— Sergent ?

— Quoi ?

— Il ne s'agit pas d'un jeu.

— Non, bien sûr, ironisa-t-il. On ne joue jamais dans la police, tout le monde le sait.

Tout en parlant, il s'aperçut que l'inspecteur le regardait fixement, et il détourna les yeux.

— J'ai comme l'impression que vous vous méprenez, sergent. Même si je crois comprendre la raison de cette méprise. Il y a cinq ans, vous avez été surpris par une caméra de surveillance alors qu'une péripatéticienne vous glissait deux cents dollars dans la main pour la laisser partir. Il existe un terme pour les fonctionnaires de police coupables de ce genre de délit. On appelle ça des « ripoux », je crois.

O'Shaughnessy hésitait entre la honte et la rage. Voilà qu'on remettait ça sur le tapis. Il préféra ne rien dire. D'ailleurs, qu'aurait-il pu dire ? À tout prendre, il aurait mieux valu qu'on le vire.

— La bande vidéo a été envoyée à la police des polices qui s'est penchée sur votre cas. Plusieurs versions des faits ont été avancées et rien n'a jamais été prouvé, mais le mal était fait. Depuis cette époque, votre carrière se trouve… comment dirais-je ?... en sommeil.

O'Shaughnessy regardait de plus en plus fixement par la fenêtre. *En sommeil. Tu parles !*

— Depuis, votre existence professionnelle n'est qu'une longue suite de missions douteuses et d'affectations médiocres. Vous êtes tout naturellement enclin à penser que votre mission d'aujourd'hui est tout aussi banale.

— Pendergast, je ne sais pas à quoi vous jouez, mais je me passerais volontiers de vos commentaires, répliqua O'Shaughnessy d'une voix lasse, les yeux rivés au-dehors.

— J'ai vu cette bande vidéo.

— Tant mieux pour vous.

— J'ai notamment pu y entendre la péripatéticienne vous supplier de la laisser partir et vous dire que son proxénète la battrait si vous ne lui veniez pas en aide. Je l'ai entendue insister pour que vous preniez les deux cents dollars, arguant du fait que son proxénète, pensant qu'elle vous avait acheté, l'épargnerait. C'est pour cette raison que vous avez accepté.

O'Shaughnessy avait revécu la scène des centaines de fois dans sa tête. Et alors ? Personne ne l'avait obligé à prendre ce fric. Il ne l'avait pas non plus donné à une bonne œuvre. Quant aux putes, c'est leur lot quotidien de se faire tabasser par leur maquereau. Il aurait dû l'abandonner à son sort.

— Aujourd'hui, vous vous sentez las, vous n'êtes pas exempt d'un certain cynisme et vous pensez désormais que le concept même de *protéger et servir* est un vaste canular, en particulier dans une ville comme celle-ci où le mal et le bien vont de pair, où personne ne mérite service et protection.

— Vous avez fini de m'analyser ? demanda O'Shaughnessy après un long silence.

— Pour l'heure, oui. J'ajouterai que votre mission présente est en effet discutable. Mais pas exactement de la façon dont vous l'imaginez.

Un long silence s'installa.

O'Shaughnessy profita d'un feu rouge pour jeter subrepticement un œil en direction de son voisin. Pendergast devait s'y attendre car il croisa aussitôt le regard furtif du sergent et celui-ci sursauta presque.

— Par le plus grand des hasards, auriez-vous visité, la saison dernière, l'exposition l'Histoire en costumes ?

— Quoi ?

— Cette réaction m'incite à penser que la réponse à ma question est négative. Je le regrette pour vous. Le Metropolitan possède dans ses collections toute une série de costumes exceptionnels, dont certains remontent au Moyen Âge. L'année dernière, ils ont exhumé ces reliques de leurs réserves afin de monter une exposition consacrée à l'évolution du costume depuis six cents ans. Une exposition proprement fascinante. Saviez-vous que les femmes à la cour de Louis XIV étaient tenues à un tour de taille maximal de 33 centimètres, et que leurs robes pesaient en moyenne 15 kilos ?

O'Shaughnessy, déconcerté par le tour que prenait la conversation, ne savait que répondre.

— J'ai également été ravi d'apprendre qu'au XVe siècle, la braguette des costumes masculins…

Les considérations historico-vestimentaires de Pendergast furent heureusement interrompues par un coup de frein, un chauffeur de taxi téméraire ayant brusquement coupé la route de la Rolls.

— Ces Yankees sont d'un barbare, marmonna Pendergast avant de reprendre :

— Où en étais-je ? Ah oui ! La braguette…

La Rolls était bloquée à présent dans un embouteillage et O'Shaughnessy commençait à trouver le temps long.

Le grand hall du Metropolitan, avec ses marbres de style beaux-arts et ses décorations fleuries, était bourré à craquer. O'Shaughnessy se tenait en arrière pendant que son étrange compagnon s'entretenait avec l'une des volontaires débordées du bureau d'accueil. Elle prit son téléphone, dialogua avec un interlocuteur invisible pendant quelques instants et raccrocha, visiblement mécontente. O'Shaughnessy se demandait ce que pouvait bien fabriquer Pendergast. Tout au long de leur traversée de la ville, il n'avait rien dévoilé de ses intentions.

Regardant autour de lui, il reconnut sans peine la faune habituelle de l'Upper East Side : des femmes en hauts talons déguisées en sapin de Noël, des gamins de bonne famille en uniforme de leur école, évidemment sages et bien élevés, quelques universitaires arpentant le hall d'un air pénétré. On le regardait de travers, comme si un flic en uniforme n'avait pas sa place dans un lieu comme le Metropolitan. Quelle bande d'hypocrites.

Pendergast lui fit signe de le rejoindre et ils coupèrent la file d'attente devant les caisses, traversant successivement des salles de statues, de poteries, de peintures et autres momies. Pendergast devisait en chemin, mais O'Shaughnessy ne l'entendait que par bribes dans le tumulte ambiant.

Arrivés dans les salles consacrées à l'art asiatique, la foule était déjà moins dense et les deux hommes parvinrent enfin devant une porte gris métallisé que Pendergast ouvrit sans frapper, découvrant une hôtesse ravissante, assise derrière un bureau de bois blond. Ses yeux s'écarquillèrent légèrement à la vue de l'uniforme de O'Shaughnessy, et celui-ci lui jeta un regard noir.

— Puis-je vous aider ?

Elle s'adressait à Pendergast, sans quitter O'Shaughnessy des yeux.

— Dites au professeur Wellesley que le sergent O'Shaughnessy et l'inspecteur Pendergast souhaitent le voir.

— Vous avez rendez-vous. ?

— Je suis au regret d'avouer que non.

L'hôtesse hésita.

— Vous êtes l'inspecteur… ?

— Pendergast, du FBI.

— Un instant, je vous prie, fit la jeune femme en rougissant fortement. Elle décrocha son téléphone et O'Shaughnessy entendit la sonnerie dans un bureau voisin.

— Professeur Wellesley ? Il y a un inspecteur Pendergast du FBI et un policier pour vous.

On entendait clairement la voix à l'autre bout du fil. Une voix féminine, à la fois décidée et glaciale, à l'accent britannique si prononcé que O'Shaughnessy en était tout hérissé.

— S'ils ne sont pas venus pour m'arrêter, Heather, ils n'ont qu'à prendre rendez-vous comme tout le monde. Je suis occupée, fit la voix avant de raccrocher sèchement.

L'hôtesse d'accueil, mal à l'aise, tenta de faire passer le message :

— Le professeur Wellesley…

Mais Pendergast n'avait pas attendu pour se diriger vers le bureau d'où venait la voix. *Enfin, quelqu'un qui sait s'y prendre,* pensa OShaughnessy alors que Pendergast ouvrait sans complexe la porte du bureau. *Ce type-là est peut-être prétentieux, mais au moins il ne se laisse pas faire.*

La voix féminine se fit aussitôt sarcastique :

— Ah ! La célèbre méthode policière qui consiste à mettre le pied dans la porte. Dommage qu'elle n'ait pas été fermée à clé, vous auriez pu la démolir à coups de matraque.

Faisant celui qui n'entendait pas, Pendergast s'adressa à son interlocutrice avec tout le charme dont il était capable :

— Professeur Wellesley, je m'adresse à vous car vous êtes une autorité mondialement reconnue dans le domaine du costume. Laissez-moi d'ailleurs vous dire à quel point j'ai été impressionné par vos observations sur la tunique de Vergina, un sujet qui ne m'a jamais laissé indifférent.

Un bref silence suivit sa déclaration.

— Vous êtes trop versé dans l'art de la flatterie, monsieur Pendergast, pour que je vous ferme ma porte.

O'Shaughnessy suivit l'inspecteur dans un bureau de taille modeste, mais confortable. Les meubles provenaient probablement des collections du musée et plusieurs aquarelles du XVIIIe représentant des personnages d'opéra ornaient les murs. O'Shaughnessy identifia aussitôt les héros du *Barbier de Séville.* L'opéra était son jardin secret.

Il s'assit, croisant et décroisant les jambes, essayant vainement de trouver une position confortable. Le bleu de son uniforme faisait tache au milieu des bibelots et des meubles précieux qui l'entouraient. Il porta à nouveau les yeux sur les tableaux et une aria d'un opéra de Mozart lui traversa l'esprit.

Le professeur Wellesley portait élégamment sa quarantaine.

— Je vois que vous vous intéressez à mes aquarelles, fit-elle à l'adresse de O'Shaughnessy.

— Pas mal, mais il faut aimer danser en perruque avec une camisole de force, répondit-il avec une rustrerie volontairement exagérée.

— Votre collègue a un sens de l'humour pour le moins curieux, s'étonna Mme Wellesley en se tournant vers Pendergast.

— Je ne saurais vous donner tort sur ce point.

— Mais peut-être me direz-vous ce que vous attendez de moi.

Pendergast extirpa de son costume un paquet enveloppé dans du papier kraft.

— Je vous serais infiniment reconnaissant si vous acceptiez d'examiner ceci, fit-il en déballant le paquet sur le bureau du professeur.

Celle-ci recula de dégoût à la vue d'un vêtement crasseux.

La défroque avait une odeur très particulière et, pour la première fois, la pensée que Pendergast travaillait vraiment sur une affaire sérieuse traversa l'esprit de O'Shaughnessy.

— Grand Dieu, s'exclama Mme Wellesley, portant la main à son visage. Ôtez immédiatement cette immondice de mon bureau !

— Cette immondice, professeur Wellesley, appartenait à une jeune fille de dix-neuf ans assassinée, disséquée, coupée en morceaux et enfouie dans un souterrain de Manhattan il y a plus d'un siècle. Dans la doublure de cette robe se trouvait un message rédigé par la malheureuse avec son propre sang. C'est ainsi que nous avons pu apprendre son nom, son âge et son adresse. Rien d'autre, malheureusement. Ce n'est pas le genre d'encre qui incite à se montrer prolixe. Elle savait qu'elle allait mourir, et que personne ne viendrait la sauver. Elle souhaitait juste pouvoir être identifiée, afin qu'on ne l'oublie pas. C'est ce que je tente de faire aujourd'hui.

Dans la main de l'inspecteur, la robe tremblait imperceptiblement et O'Shaughnessy constata non sans étonnement que Pendergast était ému. C'était la première fois de sa carrière qu'il voyait un enquêteur prendre autant à cœur une affaire.

Un silence épais suivit la déclaration de Pendergast.

Sans un mot, Mme Wellesley se pencha sur le vêtement qu'elle palpa et examina longuement avant de sortir d'un tiroir une loupe avec laquelle elle s'intéressa au tissu et aux coutures. Elle finit par se reculer sur sa chaise en soupirant.

— Il s'agit d'un vêtement tel qu'on en trouvait couramment dans les hospices à la fin du XIXe siècle. La laine est de qualité médiocre, quoique assez chaude, et la doublure est de coton écru. À la coupe de la robe et à la manière dont elle est cousue, il est probable que la jeune fille l'a fabriquée elle même à l'aide de tissu fourni par l'hospice. On en trouvait alors de différentes couleurs : vert, bleu, gris ou noir.

— De quel hospice pourrait-il s'agir ?

— C'est difficile à dire. Il existait à l'époque à Manhattan un certain nombre de lieux susceptibles d'accueillir les enfants, les orphelins et les fugitifs. La plupart du temps, il s'agissait de maisons de redressement à la discipline très dure, tenues par des religieux ou reconnus comme tels.

— Est-il possible de dater cette robe ?

— Pas avec précision. C'est une imitation d'un modèle populaire du début des années 1880, la robe Maude Makin. Les pensionnaires de ces asiles reproduisaient volontiers les modèles trouvés dans des magazines populaires ou sur des publicités.

Le professeur Wellesley haussa les épaules et poussa un nouveau soupir.

— J'ai bien peur que ce soit tout.

— Si vous pensez à quoi que ce soit d'autre, vous pouvez me contacter par l'intermédiaire du sergent O'Shaughnessy.

L'historienne jeta un coup d'œil à la plaque d'identité accrochée à l'uniforme du policier en hochant la tête.

— En attendant, je vous remercie de votre obligeance.

Tout en remettant la robe dans son emballage, Pendergast ajouta :

— L'exposition que vous avez organisée l'année dernière était tout à fait remarquable.

Mme Wellesley hocha une nouvelle fois la tête.

— Contrairement à la plupart des expositions, la vôtre était pleine d'esprit. La salle consacrée aux houppelandes en était un exemple parfait. J'ai personnellement trouvé la chose tout à fait amusante.

Dissimulée dans son emballage, la robe perdait de son pouvoir sinistre et l'atmosphère commençait déjà à se détendre. De même que le capitaine Custer, O'Shaughnessy aurait bien aimé savoir en quoi le FBI s'intéressait à cette affaire vieille de plus d'un siècle.

— Votre compliment me touche d'autant plus qu'aucun journaliste n'avait remarqué la chose, répondit Mme Wellesley. J'ai en effet tenu à y glisser une note d'humour. Quand on prend le temps d'aller au-delà de son rôle purement fonctionnel, le costume est un attribut d'une absurdité charmante.

— Professeur, votre science m'a été fort utile, fit Pendergast en se levant.

Son interlocutrice l'imita.

— Appelez-moi Sophia.

Elle regardait visiblement l'agent du FBI d'un œil nouveau, un détail qui n'échappa pas à O'Shaughnessy.

Pendergast fit une courbette gracieuse en souriant et se dirigea vers la sortie. L'historienne prit le temps de l'accompagner jusqu'à la salle d'attente. Arrivée à la porte, Sophia Wellesley marqua une pause, rougit légèrement et dit :

— J'espère avoir l'occasion de vous revoir bientôt, monsieur Pendergast. Peut-être pourrions-nous dîner ensemble.

Cette remarque fut suivie d'un court moment de silence que Pendergast ne jugea pas bon de rompre.

— En tout cas, reprit-elle un peu sèchement, vous savez où me trouver.

Pendergast et O'Shaughnessy retraversèrent les

salles du musée l'une après l'autre, se faufilant à travers la foule des visiteurs entre les devatars khmers, les reliquaires chargés de pierreries, les statues grecques et les vases antiques. Arrivés au bas des marches du Metropolitan sur la 5e Avenue, O'Shaughnessy sifflota l'ode de Sade à la séduction masculine, *Smooth Operator.* Si Pendergast l'entendit, il n'en montra rien.

Quelques instants plus tard, O'Shaughnessy retrouvait le confort de la banquette arrière de la Rolls. La portière se referma avec un bruit mat et rassurant, le coupant instantanément de la rumeur du monde. Le sergent ne savait toujours pas quoi penser de son compagnon ; après tout, derrière ses goûts de luxe, peut-être était-ce un type correct. En tout cas, il avait la ferme intention de l'avoir à l'œil.

— Au Muséum d'histoire naturelle, de l'autre côté de Central Park, ordonna Pendergast au chauffeur. La voiture se mit en marche et l'inspecteur se tourna vers son compagnon :

— Comment se fait-il qu'un policier d'origine irlandaise s'intéresse d'aussi près à l'opéra italien ?

O'Shaughnessy sursauta. Jamais il n'avait parlé à quiconque de sa passion pour l'opéra.

— Vous êtes un piètre dissimulateur, sergent. Lorsque vous observiez ces reproductions des personnages du *Barbier de Séville*, j'ai remarqué que l'index de votre main droite battait la mesure de l'aria de Rosina, *Una voce poco fa.*

O'Shaughnessy regardait Pendergast avec des yeux ronds.

— Vous vous prenez pour Sherlock Holmes ou quoi ?

— Il est rare de trouver des amateurs d'opéra dans la police.

— Et vous ? Vous aimez l'opéra ? rétorqua O'Shaughnessy.

— J'avoue avoir pour la chose le plus profond m'épris. L'opéra était la télévision du XIXe siècle : bruyant, vulgaire, tapageur. Sans parler des intrigues que l'on peut sans peine qualifier d'infantiles.

Pour la première fois de la journée, O'Shaughnessy se prit à sourire.

— Mon pauvre Pendergast, dit-il en secouant la tête d'un air désolé. Décidément, vos dons d'observation sont loin d'être aussi développés que vous l'imaginez. Mon Dieu, quel béotien vous faites !

Un partout, songea O'Shaughnessy en voyant une ombre furtive passer sur le visage de l'agent du FBI. Il avait fini par trouver la faille.

12

Nora, satisfaite d'avoir retrouvé cette fois son chemin sans difficultés, fit signe à Pendergast et à O'Shaughnessy de pénétrer dans le local des archives.

À peine entré, Pendergast s'arrêta pour respirer à pleins poumons l'air poussiéreux et confiné qui régnait dans l'antre de Reinhart Puck.

— Ah ! Le doux parfum de l'histoire ! Allez-y, sergent, humez cette merveille.

Les mains en avant tel un somnambule, il semblait se réchauffer à la chaleur des vénérables trésors qui l'entouraient.

Puck s'avança en dodelinant de la tête. Il s'épongea le crâne à l'aide d'un mouchoir qu'il remit ensuite maladroitement dans l'une de ses poches. La vue de l'agent du FBI semblait l'enchanter et l'inquiéter tout à la fois.

— Professeur Pendergast, s'écria-t-il. Je ne crois pas avoir eu le plaisir de vous revoir depuis... voyons un peu, depuis les tragiques événements de 1995. Avez-vous pu vous rendre en Tasmanie comme vous en aviez l'intention ?

— Tout à fait, merci de vous être souvenu de ce détail. Un voyage qui a grandement contribué à enrichir mes connaissances sur la flore australienne.

— Et comment vont vos... euh, affaires ?

— Fort bien, fort bien. Laissez-moi vous présenter le sergent O'Shaughnessy.

Le policier sortit de l'ombre de Pendergast et le visage de Puck se voila aussitôt.

— Oh, mon Dieu ! Comme vous le savez, le règlement est très strict et toute personne étrangère au Muséum...

— Je me porte garant du sergent, l'interrompit Pendergast d'une voix autoritaire. Il s'agit d'ailleurs d'un représentant éminent de la police de New York, il a donc toute sa place ici.

— Très bien, très bien, fit Puck sans enthousiasme, tout en repoussant les nombreux verrous de la double porte. Je vous demanderai à tous de bien vouloir inscrire vos noms et prénoms sur le registre.

Se retournant en direction de la salle, il ajouta :

— Je vous présente monsieur Gibbs.

Oscar Gibbs fit un petit salut général. C'était un Afro-américain court et trapu, le crâne rasé de près. De constitution étonnamment robuste pour un homme de sa taille, il avait la carrure d'un billot de boucher. Il était couvert de poussière et donnait l'impression de n'apprécier que modérément l'honneur de se trouver là.

— Monsieur Gibbs a eu la gentillesse de tout installer pour vous dans la salle d'étude, reprit Puck. Mais avant de nous y rendre, n'oublions pas les formalités d'usage.

Ils signèrent le registre avant de suivre leur guide dans les méandres des archives du Muséum. Comme il l'avait déjà fait lors de la visite de Nora, Puck allumait et éteignait les lumières au fur et à mesure de leur progression, actionnant ici et là des interrupteurs antédiluviens. Au terme d'un cheminement interminable, ils atteignirent une porte munie d'une vitre grillagée que Puck s'employa longuement à ouvrir dans un tintement de clés avant de s'effacer pour laisser entrer Nora. Les lumières s'allumèrent et la jeune femme retint un cri d'étonnement.

De splendides panneaux de bois poli recouvraient les murs depuis le sol de marbre jusqu'aux moulures alambiquées d'un plafond rococo. Trois énormes tables en chêne, ornées de pattes de lion, trônaient au centre de la pièce, que venaient compléter des sièges recouverts de cuir rouge. Des lustres de cuivre, lourdement chargés de pendeloques de cristal, éclairaient chacune des tables. Toute une série d'objets hétéroclites avaient été disposés sur deux d'entre elles, tandis qu'un amas de boîtes, de livres et de vieux papiers encombrait la troisième. Une grande cheminée de brique, habillée de marbre rose, se dressait à l'autre extrémité de la pièce.

— Quel endroit extraordinaire ! s'exclama Nora, troublée par la majesté intemporelle du lieu.

— C'est ma foi vrai, approuva Puck. L'une des plus belles pièces du Muséum, en vérité. Elle date d'une époque où les recherches historiques et scientifiques se trouvaient encore au centre des préoccupations des conservateurs.

Il soupira longuement avant de poursuivre :

— *O tempora, o mores.* Les temps changent, comme on dit. Je vous demanderai de vous débarrasser de vos stylos et autres accessoires d'écriture avant de passer ces gants en tissu pour manipuler ces objets. J'aurai également besoin de votre attaché-case, professeur.

Il jeta un regard désapprobateur à l'arme de service et aux menottes pendant à la ceinture de O'Shaughnessy, mais préféra ne rien dire.

Chacun déposa sur un plateau crayons et stylos. La première, Nora enfila une paire de gants immaculés, bientôt imitée par ses compagnons.

— Je vous abandonne à présent. Lorsque vous en aurez terminé, il vous suffira de m'appeler à l'aide de ce téléphone. Mon poste est le 42 40. Si vous souhaitez faire des photocopies, je vous demanderai de bien vouloir remplir ces formulaires.

La porte se referma doucement sur le vieil

homme et ils entendirent une clé tourner dans la serrure.

— Vous voulez dire qu'on est enfermés ici ? demanda O'Shaughnessy.

Pendergast hocha la tête.

— M. Puck ne fait qu'appliquer le règlement.

O'Shaughnessy alla s'installer dans la partie la plus sombre de la pièce. *Quel drôle de type,* se dit Nora. *Aussi imperturbable qu'impénétrable, mais plutôt beau garçon si on aime le type irlandais.* Pendergast semblait l'apprécier. O'Shaughnessy, de son côté, n'aimait visiblement personne.

L'inspecteur, les mains derrière le dos, commençait déjà à tourner lentement autour de la première table, observant les objets les uns après les autres. Puis il fit de même avec la deuxième table avant de s'intéresser aux dossiers étalés sur la troisième.

— Commençons par jeter un œil sur l'inventaire dont vous m'avez parlé, fit-il à l'intention de Nora.

Celle-ci lui montra du doigt le document découvert la veille. Pendergast le saisit précautionneusement et l'examina attentivement avant de faire à nouveau le tour des tables, l'inventaire à la main.

— Ceci faisait autrefois partie des collections du cabinet Shottum, déclara-t-il en montrant du doigt un okapi empaillé, avant de désigner du menton la boîte en pied d'éléphant. Tout comme ceci. Idem pour ces trois cache-sexe masculins, ce *baculum* qui n'est autre qu'un os de baleine, ou encore cette tête réduite jivaro. Tous ces objets ont été cédés à McFadden en contrepartie de ses lumières.

Il se baissa pour observer de plus près la tête réduite.

— Un faux. Il s'agit d'une tête de singe et non d'une véritable tsantsa. Professeur Kelly, ajouta-t-il en se tournant vers la jeune femme, auriez-vous l'amabilité de vous pencher sur ces documents pendant que j'examine ces objets ?

Nora s'installa à la troisième table où plusieurs boîtes l'attendaient : une première, de dimensions modestes, renfermait la correspondance de Shottum ; une autre, nettement plus grande, ainsi que deux caisses, contenaient les archives de McFadden. Nora commença par la boîte consacrée à Shottum. Comme l'avait remarqué Puck la veille, il y régnait le plus grand désordre, et les quelques lettres qu'elle y trouva étaient toutes du même ordre : des questions sur la classification et l'identification de divers objets, mais aussi des polémiques avec d'autres scientifiques sur des sujets obscurs. Peut-être de quoi éclairer d'un jour nouveau l'état des connaissances en histoire naturelle à la fin du XIXe siècle, mais rien qui puisse les aider à résoudre l'affaire du charnier de Catherine Street.

À mesure qu'elle parcourait sa correspondance, Nora commençait à se faire une idée plus précise de J. C. Shottum : avec ses dadas inoffensifs, ses petites querelles et ses rivalités scientifiques, il semblait s'être intéressé exclusivement à l'histoire naturelle. *Rien qui puisse désigner un tueur en série, mais on ne sait jamais*, se disait-elle en feuilletant les documents qui sentaient le renfermé.

Ne trouvant rien à se mettre sous la dent dans les archives de Shottum, Nora passa aux deux caisses volumineuses réservées à la correspondance de Tinbury McFadden. Il s'agissait principalement de notes de la main de l'ancien administrateur du Muséum, rédigées d'une écriture en pattes de mouche : des listes entières de classifications de plantes et d'animaux, ou encore des croquis de fleurs dont certains ne manquaient pas de charme. Au fond de l'une des caisses, elle découvrit une épaisse liasse de lettres retenues par une ficelle qui tomba en poussière lorsqu'elle s'en empara : la correspondance de McFadden avec de nombreux scientifiques et collectionneurs. Passant les lettres en revue, elle finit par en trouver plusieurs émanant de Shottum. Elle lut la première :

Mon cher ami et estimé collègue,

Je vous transmets par la présente une curieuse relique probablement originaire de l'île de Kut, au large de la côte de l'Indochine. Il s'agit d'un primate en plein coït avec une déesse hindoue, sculpté dans une dent de phoque. Oserais-je vous demander d'identifier pour moi ce primate ?

Votre collègue,

J. C. Shottum.

Le courrier suivant n'était guère différent :

Mon cher collègue,

Lors de notre dernière réunion au Lycéum, le professeur Blackwood nous a présenté un fossile, prétendant qu'il s'agissait de crinoïdes du dévonien provenant des dolomites de Montmorency. Le Professeur se trompe lourdement.

LaFleuve lui-même a pu prouver que les dolomites de Montmorency dataient du permien, de sorte qu'il me semble indispensable de publier une rectification à ce sujet dans le prochain Bulletin du Lycéum...

Nora examina attentivement le reste de la correspondance. On y trouvait des lettres échangées avec toute une coterie de scientifiques, au nombre desquels figurait Shottum. Tous se connaissaient visiblement bien et Nora se demanda si le tueur en série aurait pu être l'un d'entre eux. C'était d'autant plus envisageable que l'assassin était nécessairement un familier du Cabinet Shottum, à défaut d'être Shottum en personne.

Elle décida de dresser une liste des correspondants de McFadden, indiquant pour chacun d'entre eux la nature de leurs recherches. Elle perdait probablement son temps, le meurtrier aurait tout aussi bien pu être le gardien de l'immeuble ou le charbonnier. C'est alors que Nora se souvint des marques de scalpel retrouvées sur les ossements, de la manière quasi chirurgicale dont les corps avaient été découpés. Non, il ne pouvait décidément s'agir que d'un homme de science.

Prenant son calepin, elle s'attela à la tâche.

Courrier échangés avec Finbury McFadden :

Correspondant / Sujet de la correspondance / Profession / Dates de la correspondance

J. C. Shottum / Histoire naturelle, anthropologie, le Lycéum / Propriétaire du cabinet de curiosités et d'éléments naturels Shottum, New York / 1869 - 1881

Professeur Albert Blackwood / Le Lycéum, le Muséum / Fondateur du Muséum d'histoire de New York / 1865 - 1878

Docteur Asa Stone Gilcrease / Ornithologie / Ornitologue, New York / 1875 - 1887

Colonel Henry C. Throckmorton, Baronet, menbre de l'Académie des sciences / Mammifères africains (gros gibier) / Collectionneur, explorateur et sportif, Londres / 1879 - 1891

Professeur Enoch Leng / Classification des espèces / Chimiste et spécialiste en taxinomie, New York / 1872 - 1881

Mademoiselle Guenevere LaRue / Missions chrétiennes de Borriobola-Gha, Congo / Philantrope, New York / 1870 - 1872 Dumont Burleigh / Fossiles de dinosaures, le Lycéum / Chercheur de pétrole et collectionneur, Cold Spring (New York) / 1875 - 1881

Docteur Ferdinand Huntt / Anthopologie, archéologie / Chirurgien et collectionneur, Oyster Bay (Long Island) / 1869 - 1879

Professeur Hiram Howlett / Reptiles et amphibiens / Spécialiste en herpétologie, Stormhaven (Maine) / 1871 - 1873

À l'avant-dernier nom, elle prit le temps de réfléchir. Qui était donc ce docteur Ferdinand Huntt, chirurgien et collectionneur ? Il était l'auteur d'un certain nombre de lettres, rédigées d'une grande écriture difficilement déchiffrable sur un papier épais rehaussé d'armoiries gravées. Elle décida de toutes les lire.

Mon cher Tinbury,

En ce qui concerne les indigènes Odinga, je puis vous confirmer que les rites masculins liés à l'accouchement, pour barbares qu'ils soient, constituent une pratique courante chez ces peuplades. Lors de mes séjours sur la Volta, j'ai eu le triste privilège d'être le témoin d'une naissance. Je ne fus pas autorisé à assister en personne, bien évidemment, mais les hurlements du mari me parvenaient distinctememt lorsque son épouse tirait, à chaque contraction, sur la corde fixée aux parties génitales de cet homme. Par la suite, j'ai même été amené à traiter les blessures du malheureux qui avait été gravement lacéré. . .

Mon cher Tinbury,

Le phallus de jade d'origine olmèque que je joins à la présente provient de La Venta, au Mexique. J'en fait don au Muséum, car je crois n'avoir aperçu dans vos collections aucun objet issu de cette extraordinaire culture mexicaine. . .

Toutes les lettres échangées entre Huntt et McFadden étaient du même acabit ; lorsqu'il ne faisait pas référence à quelque objet envoyé au Muséum, le docteur y décrivait des pratiques médicales inhabituelles dont il avait été le témoin au cours de ses voyages en Amérique centrale et en Afrique. Il semblait porter un intérêt tout particulier, presque malsain, aux pratiques sexuelles indigènes, faisant de lui un suspect de choix aux yeux de Nora.

Sentant une présence derrière elle, elle se retourna d'une pièce. Impassible, les mains derrière le dos, Pendergast lisait par-dessus son épaule la liste qu'elle venait d'établir. À la lecture de l'un des noms, son visage se brouilla le temps d'un éclair et Nora en eut la chair de poule.

— Vous avez une façon très désagréable de vous glisser derrière les gens, fit-elle d'une voix troublée.

— Vous trouvez des choses intéressantes ?

Pendergast posait la question pour la forme, Nora en était convaincue. Elle avait l'intuition que quelque chose dans ses notes avait éveillé son attention. Quelque chose d'effrayant qu'il n'était pas prêt à partager avec elle.

— Rien de probant. Avez-vous déjà entendu parler de ce docteur Ferdinand Huntt ?

Pendergast jeta sur la liste un coup d'œil distrait. Alors qu'il se tenait penché au-dessus d'elle, Nora nota brusquement qu'aucune odeur ne se dégageait de sa personne : ni tabac ni eau de toilette, rien.

— Huntt, finit-il par dire. En effet. Une famille importante du North Shore. Huntt était l'un des premiers donateurs du Muséum.

Il se redressa.

— De mon côté, j'ai fait le tour des objets qui se trouvaient à ma disposition, à l'exception de cette boîte taillée dans un pied d'éléphant. Accepteriez-vous de m'aider ?

La jeune femme le suivit vers la table où les anciennes collections de Tinbury McFadden formaient un étalage disparate. Le visage de Pendergast avait retrouvé son impassibilité. Le sergent O'Shaughnessy, l'air toujours aussi dubitatif, s'avança.

Debout, ils regardaient religieusement ce pied d'éléphant incongru avec ses charnières de cuivre.

— Bon, c'est un pied d'éléphant. Et alors ? fit O'Shaughnessy.

— Pas n'importe quel pied d'éléphant, sergent, lui répondit Pendergast. Un pied d'éléphant transformé en boîte. Une pratique relativement courante chez les collectionneurs et autres amateurs de safari de la fin du XIXe. Un fort beau spécimen, ma foi, bien qu'un peu usé.

Il se tourna vers Nora.

— Sommes-nous prêts à l'ouvrir ?

Pour toute réponse, Nora souleva le couvercle de la boîte après en avoir dégrafé les charnières. La peau gris passé de l'animal était rugueuse sous ses doigts. Une odeur nauséabonde s'échappa de la boîte. Elle était vide !

Nora jeta un regard à Pendergast. S'il était déçu, il n'en laissait rien paraître.

Le petit groupe conserva le silence un long moment. Pendergast se pencha alors sur la boîte ouverte qu'il examina minutieusement. À l'exception de ses yeux bleu clair scrutant le moindre recoin, il se tenait parfaitement immobile. Il avança la main pour passer ses doigts sur la surface de la boîte, appuyant ici et là, s'intéressant à chaque centimètre carré de peau. Brusquement, un claquement sec retentit et un étroit tiroir jaillit de la partie inférieure du pied dans un nuage de poussière, faisant sursauter Nora.

— Très astucieux, murmura Pendergast, retirant du tiroir une grande enveloppe décolorée et légèrement tachée. Il la tourna et la retourna plusieurs fois entre ses mains afin d'en évaluer le contenu, puis il passa un doigt ganté sous le rabat et ouvrit l'enveloppe pour en retirer une liasse de feuilles couleur ivoire. Il les déplia lentement, lissant soigneusement la première.

Puis il commença à lire d'une voix impersonnelle.

13

À l'attention de mon collègue Tinbury McFadden

12 juillet 1881

Cher et estimé collègue,

J'écris ces lignes avec l'espoir que vous n'aurez jamais à les lire, que je déchirerai ces pages et les jetterai au feu en m'apercevant que leur contenu était le simple fruit de mon imagination enflammée, le produit d'un esprit enfiévré par trop de nuits sans sommeil. Pourtant, au plus profond de mon âme tourmentée, comment pourrais-je encore douter de la terrible réalité de mes craintes ? Tous les signes que j'ai pu recueillir jusqu'à présent tendent vers une même et effroyable vérité.

Comme vous le savez, j'ai toujours eu la plus grande considération pour mon prochain, convaincu que l'humanité tout entière est issue d'une même poussière. Les Anciens ne croyaient-ils pas que la vie avait émergé spontanément de la boue féconde du Nil ? Comment pourrais-je remettre en cause, sinon la rigueur scientifique d'une telle vision, tout du moins sa valeur symbolique ? Malgré le profond respect qui m'attache à l'Homme, McFadden, certains faits, bien trop terribles pour supporter une explication innocente, m'incitent à douter de lui.

Il est fort possible que les faits, tels que j'entends les relater ici, vous fassent douter de mes facultés intellectuelles. Aussi souhaité-je, avant d'entamer mon récit, vous rassurer sur ma santé mentale, vous convaincre de ma pleine et entière lucidité d'esprit. À la lumière de ce postulat, les événements de ces derniers jours, exposés dans la présente, prennent toute leur dimension tragique, comme vous pourrez vous-même en juger.

J'ai déjà eu l'occasion de m'entretenir avec vous de mes doutes grandissants sur les activités de Leng. Vous n'êtes d'ailleurs pas sans savoir les raisons qui m'ont poussé à accepter sa présence au deuxième étage de l'immeuble abritant mon Cabinet, ses interventions au Lycéum ayant démontré l'ampleur de ses connaissances médicales et scientifiques, inégalées dans les domaines de la taxinomie et de la chimie. Le simple fait d'abriter sous mon toit des expérimentations d'avant-garde, voire révolutionnaires, constituait à mes yeux une perspective attrayante. D'un point de vue plus matériel, je vous concéderai également que les sommes récoltées sous forme de loyer avaient leur attrait.

Dans un premier temps, l'homme aura pleinement justifié la confiance que j'avais en lui, notamment par la pertinence avec laquelle il a su mettre ses connaissances au service du Cabinet. En dépit de la singulière façon dont il rythmait son quotidien, et malgré un naturel réservé, sa parfaite courtoisie ne pouvait que me combler. Son terme était invariablement réglé dans les meilleurs délais, et Leng m'a même fait bénéficier de ses connaissances médicales lors d'assauts répétés de la grippe au cours des hivers 1873 et 1874.

Il m'est aujourd'hui difficile de dater avec précision l'apparition de mes soupçons initiaux. Tout juste pourrais-je me référer chez lui à ce qui, dans mon esprit, quittait la sphère de la simple réserve pour relever de celle du mystère. Il avait été initialement prévu qu'il partagerait avec moi le résultat de ses expériences ; pourtant, mis à part l'inspection d'usage effectuée lors de son emménagement, pas une seule fois il ne m'invita à pénétrer dans ses appartements. Les années se suivaient et Leng semblait s'enfermer toujours plus avant dans ses recherches, au point que je dus progressivement assumer seul la direction scientifique du Cabinet.

J'avais déjà cru remarquer chez lui une susceptibilité exacerbée pour tout ce qui touchait à ses travaux. Vous aurez, sans nul doute, conservé le souvenir de son exposé pour le moins fantastique sur les Humeurs corporelles. La chose fut mal reçue lors de sa présentation au Lycéum, certains membres de notre confrérie ayant poussé le mauvais goût jusqu'à s'autoriser quelques rires pendant sa communication, et Leng n'aborda plus jamais ce sujet. Par la suite, ses interventions portaient invariablement la marque d'observations tout à fait traditionnelles. J'ai donc eu la faiblesse de mettre sa pudeur scientifique à mon égard sur le compte de sa retenue naturelle. Mais avec le temps, j'ai pu m'apercevoir que cette timidité professionnelle était en réalité de la dissimulation.

Un soir du printemps dernier, j'avais été amené à veiller au Cabinet plus tard que de coutume, afin d'y étudier certaines documentations préalablement à l'exposition de ma dernière acquisition, cet enfant au double encéphale dont j'ai déjà eu l'occasion de vous entretenir. J'étais tout à ma tâche lorsque, à ma grande surprise, j'entendis sonner à un clocher voisin les douze coups de minuit.

C'est au cours des instants qui ont suivi, alors que l'écho des cloches n'était pas encore totalement éteint, qu'un bruit insolite attira mon attention juste au-dessus de ma tête. Il s'agissait d'un long frottement, semblable à celui provoqué par une personne traînant sur le sol quelque objet encombrant. Je ne saurais vous dire pourquoi, McFadden, mais il y avait dans ce bruit insolite quelque chose d'alarmant qui provoqua chez moi un réflexe de peur. J'écoutai avec davantage d'attention encore, et ce frôlement inquiétant finit par s'arrêter, les pas au-dessus de ma tête s'éloignant vers le fond de l'appartement.

Mais qu'aurais-je pu faire ? Le matin venu, me remémorant les événements de la nuit, j'attribuai ce curieux épisode à la fatigue et à la nervosité. Dans l'incapacité d'attribuer quelque signification dramatique à ce bruit — et comment l'aurais-je pu ? — je ne disposais d'aucune raison sérieuse d'approcher Leng à ce sujet, et décidai de mettre mes craintes de la veille sur le compte de ma propre surexcitation au moment où je mettais au point, pour l'enfant au double encéphale, un décor saisissant. Cette circonstance mais aussi l'heure tardive de mon malaise n'avaient pu qu'altérer ma perception des sons nocturnes, enflammant les penchants les plus morbides de mon imagination. Je décidai donc d'enfouir cet incident dans les méandres de mon cerveau.

Quelques semaines plus tard — le 5 juillet pour être précis, c'est-à-dire la semaine dernière —, un nouvel événement dont je souhaiterais vous exposer la nature vint à nouveau bouleverser mon quotidien. Cette fois encore, je veillais fort tard au Cabinet afin d'y rédiger un article pour le Bulletin du Lycéum. Vous, qui me connaissez, savez à quel point ce genre d'exercice m'est difficile, au point d'avoir contracté certaines manies visant à rendre ma tâche moins pénible. Mon vieux bureau de teck, le vélin sur lequel je consigne aujourd'hui les présentes, mon encre couleur fuchsia, commandée directement auprès de M. Dupin à Paris, constituent autant d'artifices conçus pour me distraire de mon pensum. Ce soir-là, pourtant, l'inspiration me venait plus aisément qu'à l'accoutumée, au point qu'il me fut nécessaire, aux alentours de 10 h 30, de tailler quelques crayons afin de poursuivre ma tâche. Pour ce faire, je m'éloignai quelques instants de mon bureau et quelle ne fut pas ma surprise, en revenant à ma table, de constater que la page à laquelle je travaillais se trouvait souillée de petites taches d'encre.

Méticuleux à outrance lorsqu'il s'agit de ma plume, j'aurais été bien incapable d'expliquer ce mystère, et ce n'est qu'au moment où je saisissais un buvard pour sécher les taches importunes que je fis une étrange découverte : elles étaient imperceptiblement plus pâles que le fuchsia de ma plume. De même, les épongeant à l'aide du buvard, je vis qu'elles étaient plus épaisses et visqueuses que mon encre française.

Imaginez mon horreur lorsqu'une nouvelle tache vint s'écraser sur mon poignet à l'instant où je m'apprêtais à retirer le buvard de ma feuille.

Par réflexe, je levai aussitôt les yeux en direction du plafond. De quelle diablerie étais-je victime ? C'est alors que j'aperçus une tache cramoisie gouttant du plancher de l'appartement de Leng.

Il ne me fallut que quelques instants pour me rendre à l'étage supérieur et frapper à sa porte. Il m'est aujourd'hui difficile de reconstituer avec précision le cheminement de mes pensées, mais je ne doute pas qu'au tout premier rang de mes supputations se trouvait la crainte que le docteur eût été victime de quelque acte crapuleux. Depuis un certain temps déjà circulent dans le quartier des rumeurs de disparitions mystérieuses et de crimes infâmes, mais j'avoue ne prêter qu'une oreille distraite aux médisances des classes inférieures, d'autant que le visage de la mort n'est que trop familier dans le quartier de Five Points, mille fois hélas.

Leng, un peu essoufflé, répondit à mes appels promptement. À travers la porte, il m'expliqua avoir été victime d'un accident, se coupant profondément le bras au cours d'une expérience. Déclinant toute aide de ma part, il m'assura avoir procédé lui-même aux sutures nécessaires. Il regrettait sincèrement l'incident mais refusait de m'ouvrir sa porte, et je finis par m'éloigner, envahi par le doute.

Le matin suivant, Leng se présenta à ma porte. C'était la

première fois qu'il me rendait visite à mon domicile, de sorte que je fus surpris de le trouver là. Je notai qu'il avait un bras bandé. Il s'excusa longuement des désagréments qu'il avait pu me causer la veille, mais alors que je l'invitais à entrer, il refusa tout net et prit brutalement congé après m'avoir assuré une nouvelle fois de ses regrets les plus profonds.

C'est avec une âme troublée que je le suivis des yeux alors qu'il s'éloignait et se hissait dans un omnibus. J'espère que vous me ferez l'honneur de me comprendre lorsque je vous dirai que la visite de Leng au lendemain des étranges événements survenus au Cabinet, loin de me rassurer, me plongea dans la plus grande perplexité. Plus que jamais, j'étais désormais persuadé de la nature néfaste de ses activités secrètes.

Je suis trop las ce soir pour poursuivre davantage. Je vais dissimuler cette lettre dans la boîte en pied d'éléphant qui doit vous être transmise d'ici deux jours avec d'autres curiosités destinées au Muséum. En espérant que Dieu me donne la force d'achever mon récit demain.

13 juillet 1881

Je reprends la plume, espérant trouver le courage d'achever mon terrible récit.

À la suite de la visite de Leng, je me trouvais dans les affres de l'irrésolution la plus absolue. Ma foi dans le pouvoir de la science, mais aussi la prudence, me dictaient d'accepter sans les remettre en cause les explications de Leng. La voix de ma conscience me soufflait dans le même temps qu'il était de mon devoir d'honnête homme de faire éclater la vérité.

Enfin, je me résolus à pénétrer la nature profonde des expériences de mon étrange locataire. Si elles s'avéraient inoffensives, on m'accuserait de curiosité au mieux, d'indélicatesse au pire.

Vous trouverez peut-être cette décision bien inélégante. Pour ma défense, je me contenterai de dire que ces sinistres taches pourpres avaient fini par s'imprimer sur mon cerveau comme elles l'avaient fait sur mon poignet et mon papier à lettres. Il y avait chez Leng, dans le regard qu'il m'avait lancé le jour de sa visite, un je-ne-sais-quoi qui me troublait au plus profond de mon être. Derrière l'indifférence de ces yeux se dissimulait une volonté inquisitrice qui me glaçait le sang. L'idée même d'abriter cet homme sous mon toit sans connaître le but véritable de ses recherches m'était devenue insupportable.

Par un caprice dont je percevais mal la portée alors, Leng avait récemment mis ses connaissances médicales au service de plusieurs hospices de la ville. De ce fait, il se tenait invariablement éloigné de ses appartements en fin de journée. Et c'est ainsi que lundi dernier, 11 juillet, je le vis passer devant les fenêtres du Cabinet, puis traverser l'avenue en direction de l'un de ces hospices.

Il ne pouvait s'agir d'un simple concours de circonstances : le Destin se chargeait de m'offrir l'occasion que j'attendais.

C'est avec la plus grande agitation que je montai à l'étage de Leng. Ce dernier avait changé la serrure de la porte de sa chambre, mais j'avais conservé un passe-partout qui me permit de venir à bout de cette difficulté et de déverrouiller l'huis. Je me décidai à entrer.

Leng avait transformé la première pièce en une sorte de salon, et je fus frappé d'emblée par les éléments de décoration qu'il avait choisis ; sur les murs étaient accrochés des gravures aux couleurs criardes tandis que sur les meubles reposaient des piles de journaux populaires et de romans à quatre sous. J'avais toujours considéré le docteur comme un homme de goût et un personnage raffiné, mais cette pièce reflétait plus volontiers les penchants grossiers d'un homme du peuple. Une fille des rues ou un traîne-misère eussent été là dans leur élément. Une épaisse poussière recouvrait jusqu'au moindre objet. Leng négligeait visiblement son salon.

Une lourde tenture dissimulait la porte menant aux autres pièces, que je m'obligeai à soulever à l'aide de ma canne. Je croyais être prêt à tout, sauf à ce que j'allais découvrir là : contre toute attente, les pièces étaient quasiment vides, à l'exception de quelques tables posées ici et là dont le bois meurtri témoignait des expériences longtemps pratiquées par mon locataire. À ce mobilier près, rien d'autre n'habillait les lieux. Des effluves d'ammoniaque m'avaient assailli dès mon entrée. Dans un tiroir, je retrouvai quelques scalpels émoussés, en compagnie de mites et autres araignées.

À force d'observations, je finis par découvrir sur le plancher l'endroit précis d'où s'était égoutté le sang quelques nuits plus tôt. La tache avait été soigneusement nettoyée à l'aide d'acide — de l'eau royale à en juger par l'odeur. Examinant les murs autour de moi, je distinguai plusieurs taches de tailles diverses qui semblaient également avoir été effacées récemment.

J'avoue avoir éprouvé un sentiment de honte à ce moment précis. Rien ne laissait penser qu'un drame s'était déroulé ici ; rien qui puisse faire naître le soupçon le plus modeste chez le policier le plus perspicace. Pourtant, l'angoisse qui m'étreignait ne me quittait pas. L'étrange décoration du petit salon, les senteurs obsédantes des substances chimiques, les murs et le plancher méticuleusement nettoyés, tout concourrait à mon malaise. Pourquoi avoir décrassé ces pièces alors que l'on n'avait pas touché à la poussière du salon ?

À cet instant, je me remémorai le sous-sol.

Des années plus tôt, Leng m'avait demandé incidemment l'autorisation d'utiliser un tunnel à charbon pour y entreposer les équipements de laboratoire dont il n'avait plus l'usage. Ce souterrain ne servait plus depuis l'installation d'une nouvelle chaudière, et je n'en avais moi-même pas l'usage. Je lui avais donc confié une clé de l'endroit avant d'effacer cet incident de ma mémoire.

Mon état d'esprit alors que je descendais les marches conduisant au sous-sol est proprement indescriptible. Je m'arrêtai même un instant, me demandant s'il serait plus prudent de me faire accompagner ; une fois encore, la raison reprit le dessus. Rien ne permettait de soupçonner la moindre action condamnable. Il me restait donc à poursuivre seul mes fantômes.

Leng avait installé un cadenas sur la porte de la cave à charbon. Cette constatation fut une source de soulagement momentané. J'avais fait mon possible, et il ne me restait plus qu'à reprendre le chemin du Cabinet. Je posais le pied sur le premier degré lorsque mon instinct me commanda de m'arrêter. Je m'étais engagé trop loin pour reculer : il me fallait impérativement connaître la vérité.

Je commençai par lever la jambe de manière à enfoncer la porte, avant d'être saisi d'une hésitation. Ne serait-il pas préférable de sectionner le cadenas à l'aide d'un outil adéquat, pensé-je, afin de mieux convaincre Leng qu'un simple voleur était passé par là ?

Il me fallut à peine cinq minutes pour trouver la pince dont j'avais besoin et venir à bout du cadenas. Le laissant tomber sur le sol, j'ouvris grande la porte afin de laisser entrer la lumière de cette fin de journée qui parvenait jusqu'à moi par l'escalier.

Dès mon entrée, je découvris ce dont m'avait privé la visite des appartements de Leng : ses expériences, abandonnées à l'étage, se poursuivaient clairement ici.

Une fois encore, je fus tout d'abord frappé par l'odeur, subtil mélange de réactifs caustiques avec une touche de formol ou d'éther. Ces effluves se trouvaient en partie masqués par une émanation infiniment plus puissante, une senteur que j'identifiai aussitôt pour avoir souvent côtoyé les boucheries de Pearl Street et Water Street : l'odeur des abattoirs.

La lumière filtrant de l'escalier m'évita d'allumer les lampes à gaz. Ici aussi, de nombreuses tables étaient alignées le long des murs, mais à l'inverse du vide qui régnait à l'étage, elles étaient encombrées d'instruments médicaux et chirurgicaux, de cornues et autres vases de chimiste. Sur l'une des tables, je distinguai plusieurs dizaines de fioles d'un liquide légèrement ambré, toutes soigneusement numérotées et étiquetées. Des corps chimiques de toutes sortes trouvaient place sur des rayonnages disposés tout autour de la pièce. Quant au sol, il était couvert de sciure, ce qui n'empêchait pas l'apparition de grandes taches humides ici et là. Risquant la pointe de ma botte à hauteur de l'une d'elles, je constatai qu'il s'agissait de sang, en trop grande quantité pour être parfaitement épongé par la sciure.

Je savais désormais que mes inquiétudes étaient fondées. Et pourtant, une voix au plus profond de moi me disait qu'il n'y avait là rien d'alarmant, tant il est vrai que la dissection est un mal nécessaire de la recherche scientifique.

Sur la table la plus proche se trouvait une épaisse liasse de feuilles copieusement noircies d'annotations, enfermées dans un dossier de cuir. Je reconnus aussitôt l'écriture précise de Leng et m'y plongeai avec soulagement. J'allais enfin connaître la nature des travaux de mon étrange locataire : j'allais enfin dissiper mes craintes, m'apercevoir que seule la plus noble des curiosités animait cet esprit scientifique brillant.

Las, rien de tel ne m'attendait.

Vous, mon cher ami, savez à quel point m'anime le respect et la vénération des avancées de la science. Je n'ai jamais été touché par ce que l'on pourrait appeler la crainte de Dieu. Et pourtant, cher ami, j'ai craint la colère de Dieu ce jour-là. J'ai craint le souffle de sa vengeance pour avoir abrité sous mon toit de tels actes impies, dignes de Moloch lui-même.

Le journal de Leng ne laissait planer aucun doute à ce sujet, accumulant les détails les plus démoniaques. Pour mon plus grand malheur, ces notes étaient même d'une absolue clarté, dans leur formidable rigueur scientifique. Nul jour favorable ne saurait éclairer la nature des expériences de Leng ; je me contenterai donc de les résumer ici aussi clairement et succinctement que faire se peut.

Depuis maintenant huit ans, Leng s'attache à mettre au point une méthode susceptible de prolonger l'existence humaine. Ou plutôt la sienne propre. Pour ce faire — et c'est bien là le plus terrible, Tinbury —, il se sert d'autres êtres humains comme matière première. Il semblerait que ses victimes eussent été prélevées principalement dans un vivier de jeunes adultes. De manière répétée et lancinante, son journal détaille les dissections pratiquées sur la boîte crânienne et la colonne vertébrale, cette dernière surtout semblant retenir son attention corrompue. Les notations les plus récentes s'intéressent tout particulièrement à la cauda equina, cette terminaison nerveuse en forme de queue-de-cheval située à la base de l'épine dorsale.

Ma lecture se poursuivit cinq, puis dix minutes, me glaçant d'horreur. Je reposai sur la table l'abominable document avant de m'éloigner. N'étais-je pas à mon tour touché par la folie ? Malgré moi, je tentais encore de justifier l'abomination de ces travaux. Après tout, me disais-je, le recours aux récupérateurs de cadavres est une pratique fâcheuse, mais combien indispensable au chercheur d'aujourd'hui. La pénurie de corps humains est une réalité qui contraint bien des savants à s'approvisionner dans les fosses communes. Les chirurgiens les plus respectables ne le font-ils pas quotidiennement ? Les tentatives coupables de Leng pour prolonger artificiellement la vie étaient sans doute abominables, raisonnais-je, mais qui sait si elles ne conduiraient pas à quelque découverte bénéfique, bien malgré elles.

C'est à cet instant, semble-t-il, que je perçus pour la première fois un râle étrange. À ma gauche se trouvait une table à laquelle je n'avais guère porté attention jusqu'alors. Recouverte d'une toile épaisse, elle dissimulait un objet de grande taille. Le râle se fit entendre à nouveau et je remarquai qu'il émanait de la masse cachée par la toile. Un râle indéfinissable, comparable à la plainte d'un animal dépourvu de cordes vocales.

Je ne sais comment je trouvai la force de m'approcher, sinon que ma soif de connaître la vérité était la plus forte. Craignant de voir ma détermination faiblir, je retirai brusquement la toile.

La vision qui m'apparut alors dans la fragile lueur ambiante ne me quittera plus jusqu'à mon dernier souffle. Un cadavre reposait là, sur le ventre. À hauteur de la partie inférieure du dos se trouvait un trou béant. Il ne faisait guère de doute pour moi que le bruit étrange perçu quelques instants plus tôt fût celui du gaz s'échappant d'un corps en décomposition.

Bien que sous le choc de cette vision effroyable, je notai machinalement certains détails, en particulier la fraîcheur de la plaie et la parfaite conservation du corps.

Dans un état d'hébétude proche de la folie, je finis par approcher, obsédé par une seule idée : pouvait-il s'agir du cadavre dont le sang s'était épanché quelques jours plus tôt sur le parquet de Leng ? L'état du corps comme celui de la plaie m'interdisaient une telle hypothèse. Était-il alors possible, ou même concevable, que Leng eût disséqué non pas un, mais deux cadavres en l'espace d'une seule semaine ?

J'étais allé trop loin pour renoncer si près du but. Il me fallait savoir. Avec la plus grande réticence, je tendis la main afin de retourner le cadavre dont je souhaitais vérifier la rigidité.

Contre toute attente, l'épiderme était resté souple et la chair tiède, malgré l'humidité ambiante. Retournant le corps et découvrant le visage, je m'aperçus avec horreur qu'un chiffon sanguinolent maintenait la bouchbe bâillonnée. Je sursautai et ma main se retira par réflexe tandis que le corps roulait sur le dos.

Interdit, je reculai d'un pas sans comprendre encore le portée de ce que je venais de voir, de ce bâillon maculé de sang. Si tel avait été le cas, je crois que j'eus fui cet endroit maudit, m'épargnant le plus terrible.

Car c'est à cet instant, McFadden, que les yeux du mort s'ouvrirent. Sous l'effet de la peur et de la souffrance, le regard terrible que posait sur moi ce malheureux avait perdu toute humanité.

Pétrifié par la peur, je perçus à nouveau le râle.

Cette fois, il m'était interdit de penser aux gaz d'un corps décomposé, d'imaginer plus longtemps que Leng se satisfaisait de proies achetées à des récupérateurs de cadavres, de cadavres volés à la terre : la malheureuse créature qui gisait là, devant moi, était encore vivante ! Ainsi, Leng pratiquait ses expériences abominables sur des sujets en vie !

Sous mes yeux, la pauvre chose gémit une dernière fois et expira. Je ne sais comment, j'eus la présence d'esprit de remettre le corps dans sa position initiale et de le recouvrir de son linceul de toile avant de refermer la porte derrière moi et de retrouver à la hâte le monde des vivants...

J'ai à peine quitté mon Cabinet depuis, dans l'espoir de trouver au plus profond de moi-même la force et le courage de faire ce que dictent mon cœur et ma raison. Vous comprendrez, mon cher collègue, que le doute n'est plus permis, qu'aucune autre explication ne saurait éclairer cette macabre découverte. Pour preuve supplémentaire de ce que j'avance, j'ai reproduit sur le document ci-joint, de mémoire, certaines des observations scientifiques et des procédés consignés par Leng dans son *journal. Je suis conscient qu'il est de mon devoir de prévenir la police, mais il me semble pourtant que moi seul...*

Mais voici que son pas résonne dans l'escalier à l'instant où je trace ces lignes. Je m'empresse de déposer cette lettre dans sa cachette en attendant de conclure demain.

Dieu fasse que je trouve la force d'accomplir mon devoir.

14

Roger Brisbane se cala confortablement dans son fauteuil, couvant du regard son bureau de verre. Il prenait le plus grand plaisir à ce rituel. Pour l'homme d'ordre qu'il était, la simplicité nue de cette table parfaitement lisse était apaisante. Ses yeux se posèrent ensuite sur la vitrine de pierres précieuses. À cette heure, le soleil la traversait et faisait naître un arc-en-ciel de lumière. Par souci de simplification, on admet généralement qu'un saphir est bleu ou qu'une émeraude est verte, mais aucun terme ne saurait résumer à lui seul la couleur d'une pierre précieuse.

Dans leur pureté absolue, les pierres précieuses sont des instants d'éternité. Leur beauté reste parfaite, comme au matin de leur création dans un ouragan de feu et de violence. Tout l'inverse de l'homme, avec sa chair flasque et terne, et le long cortège des miasmes qui l'accompagnent du berceau au cercueil : bave, sperme, larmes… Brisbane aurait dû suivre sa voie et devenir gemmologiste. Il coulerait aujourd'hui une existence paisible dans un décor de couleurs et de lumière. Son métier d'avocat, imposé par un père autoritaire, l'obligeait à fréquenter la misère humaine. Une misère humaine à laquelle il était confronté quotidiennement au Muséum.

Il se plongea en soupirant dans un rapport interne. Le Muséum avait commis l'erreur d'emprunter cent millions de dollars pour son nouveau planétarium et il fallait envisager d'autres réductions budgétaires. Des têtes allaient tomber, ce qui n'était pas un mal étant donné le nombre de fonctionnaires inutiles, de conservateurs surpayés et de chercheurs poussiéreux qui sévissaient au Muséum, toujours prêts à se plaindre et jamais disponibles quand on avait besoin d'eux, trop occupés à rédiger des articles stériles et à gaspiller l'argent en expéditions pseudoscientifiques. Titulaires de leur poste pour la plupart, ils occupaient de véritables sinécures dont seules des circonstances exceptionnelles pouvaient les déloger.

Brisbane prit la précaution de détruire le rapport dans une déchiqueteuse avant d'ouvrir un tiroir contenant les dossiers de plusieurs candidats à l'élimination. Leur correspondance interne avait été interceptée par un rond-de-cuir du courrier central ; celui-ci servait d'espion à la direction depuis qu'on l'avait pris la main dans le sac en train d'organiser des paris clandestins pendant ses heures de travail. Avec un peu de chance, Brisbane trouverait dans ces précieux dossiers les « circonstances exceptionnelles » dont il avait besoin. La méthode était archaïque, mais elle avait le mérite d'être moins voyante que la surveillance des e-mails du personnel.

Brisbane passait les noms en revue d'un air blasé lorsqu'il tomba brusquement sur celui de Reinhart Puck. Le type même du parasite, enfermé toute la journée aux archives, tout juste bon à compliquer la tâche de la direction.

Il ouvrit le dossier de Puck, examinant une à une les enveloppes qu'il contenait. Des enveloppes robustes, fermées à l'aide d'une petite ficelle, et réutilisables à volonté. Brisbane se raidit brusquement en constatant que l'une d'elles était adressée à Nora Kelly. Que lui avait dit ce crétin sentencieux du FBI, ce Pendergast, déjà ? *J'ai essentiellement besoin du professeur Kelly pour consulter les archives du Muséum.*

Il dénoua la ficelle et trouva une seule feuille de papier. Une petit nuage de poussière s'échappa de l'enveloppe lorsqu'il voulut en sortir le message, et Brisbane se précipita sur un mouchoir en papier pour se protéger le nez. Tenant la feuille à bout de bras, il découvrit un texte laconique :

Chère professeur Kelly,

Je viens de remettre la main sur une seconde petite caisse de documents en provenance du Cabinet Shottum. Elle avait malencontreusement été égarée. Rien d'aussi passionnant que vos découvertes précédentes, mais intéressant tout de même. Je les laisse à votre intention dans la salle d'étude.

Bien à vous,

P.

Le visage de Brisbane s'empourpra. Il avait raison depuis le début de se méfier de Nora Kelly : cette peste d'archéologue travaillait toujours pour ce flic du FBI, avec la complicité de Puck par-dessus le marché. Il était temps d'y mettre le holà. Et autant en profiter pour mettre Puck à la porte. *Regardez-moi ça*, se dit Brisbane intérieurement : une lettre tapée à la main sur une vieille machine à écrire ! À l'âge de l'ordinateur ! Rien que d'y penser, son sang bouillait dans ses veines : le Muséum n'était tout de même pas un asile de savants excentriques. Puck était le reliquat fossilisé d'une ère révolue, un anachronisme vivant dont on aurait dû se débarrasser depuis longtemps. Brisbane n'avait plus qu'à réunir les preuves nécessaires, et le nom de Puck figurerait en bonne place sur la liste des employés à limoger.

Et Nora ? Il se souvint de ce que lui avait dit le directeur du Muséum, Collopy, lors d'une réunion récente du Comité de Direction. *Piano, piano*, avait-il murmuré d'une voix de velours.

La douceur avait peut-être du bon, mais elle ne durerait qu'un temps.

15

Smithback, debout sur le trottoir, scrutait d'un air dubitatif un bâtiment de brique, sa façade rougeoyant sous le soleil. L'immeuble, situé au 108 de la 99e Rue Ouest, était une copropriété d'avant-guerre plutôt cossue, sans style distinctif. Cette façade anonyme ne l'intéressait d'ailleurs pas en tant que telle, mais derrière ces murs de brique se cachait un trois-pièces à loyer contrôlé, proche du Muséum, pour seulement dix-huit cents dollars par mois.

Smithback examina ensuite la rue, afin de se faire une petite idée du quartier. Ce n'était peut-être pas le coin le plus attrayant de l'Upper West Side, mais il y avait pire. Deux clochards, assis un peu plus loin sur les marches d'un perron, se passaient une bouteille dissimulée dans un sac en papier. Smithback regarda sa montre. Nora serait là dans moins de cinq minutes et il savait déjà que la bataille s'annonçait rude. Si seulement ces deux clodos avaient la bonne idée d'aller picoler un peu plus loin… Prenant dans sa poche un billet de cinq dollars, il s'approcha d'un air dégagé.

— Il fait plutôt beau, non ? fit-il. Espérons qu'il ne va pas pleuvoir.

Les deux types l'observaient d'un air méfiant.

— Vous savez, les gars, ce serait sympa si vous alliez vous acheter quelque chose à manger, proposa-t-il en brandissant le billet de cinq dollars.

L'un des types se mit à ricaner, dévoilant une rangée de dents gâtées.

— Pour cinq dollars ? Et pis quoi, encore ! C'est même pas assez pour un café chez Starbucks. En plus, j'ai mal à la patte.

— Ça, c'est vrai, approuva l'autre en se mouchant du revers de la main.

Smithback exhuma cette fois de sa poche un billet de vingt dollars.

— C'est que mes putains de jambes me font vraiment mal…

— C'est ça ou rien.

Le clochard le plus proche de Smithback lui arracha le billet des mains et les deux hommes s'en allèrent d'un pas traînant, avec force borborygmes et reniflements. Ils ne tardèrent pas à passer le coin de la rue, sans doute pour se rendre au magasin d'alcool le plus proche, sur Broadway. Au moins, ceux-là ne faisaient de mal à personne. Pas comme les fumeurs de crack et autres drogués qu'on trouve dans certains quartiers. Tournant la tête, il aperçut la silhouette filiforme d'une femme en noir perchée sur des talons hauts, un sourire vendeur accroché à ses lèvres trop rouges. La fille de l'agence immobilière, pile à l'heure.

— Vous devez être monsieur Smithback, lui dit-elle d'une voix rauque de fumeuse en lui tendant la main. Je m'appelle Millie Locke. J'ai les clés de l'appartement. Votre, euh, amie est-elle là ?

— Tenez, la voilà.

Nora apparaissait effectivement au coin de la rue, son trench-coat ouvert au vent, un sac à dos à l'épaule. En les apercevant, elle leur fit un signe de la main.

— Ravie, fit la fille de l'agence lorsque Nora arriva à leur hauteur.

L'entrée de l'immeuble était miteuse, avec ses rangées de boîtes aux lettres défraîchies et son miroir usé, visiblement fixé là pour donner davantage de volume au vestibule. Millie Locke appela l'ascenseur, déclenchant un grincement au-dessus de leurs têtes, suivi d'un ronronnement désuet.

— C'est admirablement situé, fit Smithback à

Nora. Tu es à vingt minutes à pied du Muséum, le métro est tout près et le parc est juste à côté.

Nora ne répondit pas. Les yeux rivés sur la porte de l'ascenseur, elle n'avait pas l'air de bonne humeur.

La porte s'ouvrit en grinçant et ils se casèrent tant bien que mal dans la cabine qui s'ébranla poussivement. La montée parut interminable à Smithback, qui avait l'impression désagréable de faire l'objet d'une inspection en règle. L'ascenseur finit par s'arrêter au cinquième et la fille de l'agence les précéda dans un couloir mal éclairé avant de s'arrêter devant une porte métallique brune munie d'un judas. Elle ouvrit successivement quatre serrures et poussa la porte.

Smithback était assez agréablement surpris. L'appartement, plutôt propre, donnait sur la rue. Les planchers en chêne étaient usés et plus très droits, mais enfin c'était du chêne. La brique avait été mise à nue sur l'un des murs et les autres étaient recouverts de placo peint.

— Alors ? Qu'en penses-tu ? demanda-t-il d'un ton enjoué. C'est pas mal, non ?

Nora ne disait toujours rien.

— C'est l'affaire du siècle, s'interposa la fille de l'agence. Dix-huit cents dollars par mois, un loyer contrôlé, *extraordinairement* bien situé, calme, lumineux, avec l'air conditionné.

La cuisine aménagée n'était pas de première fraîcheur, cependant elle était propre. Les chambres à coucher étaient petites, mais très ensoleillées.

Ils s'arrêtèrent au milieu du salon.

— Alors, Nora, demanda Smithback d'un ton humble qui lui correspondait mal. Qu'en penses-tu ?

Nora, le front soucieux, avait une mine particulièrement sombre qui ne présageait rien de bon. La fille de l'agence immobilière recula de quelques pas afin de leur donner un semblant d'intimité.

— Pas mal, finit par dire Nora.

— Pas mal ? Dix-huit cents dollars par mois pour un F3 dans l'Upper West Side ? Dans un immeuble d'avant-guerre ? C'est *génial*, tu veux dire.

La fille de l'agence en profita pour s'immiscer dans la conversation :

— Vous êtes les premiers à le visiter, sinon il serait déjà parti.

Elle fouilla dans son sac et sortit un paquet de cigarettes et un briquet qu'elle alluma avant de demander, les mains écartées :

— Ça ne vous dérange pas ?

— Il y a quelque chose qui ne va pas, Nora ? demanda Smithback.

Nora eut un petit geste agacé. Elle s'approcha de la fenêtre, les yeux dans le lointain.

— Tu as bien donné ton congé à ton propriétaire, au moins.

— Non, pas encore.

Smithback faillit s'étrangler.

— Quoi ? Tu ne l'as pas encore fait ?

Elle fit non de la tête avant d'ajouter, les yeux perdus dans le vague :

— Tu sais, Bill, c'est un changement majeur pour moi. Je veux dire, le fait de vivre ensemble…

Elle ne termina pas sa phrase.

Smithback, perdu, regardait tout autour de lui. La

fille de l'agence, croisant son regard, détourna la tête. Il reprit, parlant plus bas :

— Nora, tu m'aimes, au moins ?

Nora regardait toujours fixement par la fenêtre.

— Mais oui ! C'est juste que… j'ai eu une journée éprouvante. Ça te va, comme ça ?

— Pas de problème. Après tout, on n'est pas mariés.

— Arrêtons de parler de tout ça.

— Arrêter d'en parler ? Mais Nora, c'est exactement l'appartement qu'il nous faut. On ne trouvera jamais mieux. Il n'y a plus qu'à négocier les frais d'agence.

— Les frais d'agence ? Quels frais d'agence ?

Smithback se tourna aussitôt vers la femme.

— Quel est le montant de votre commission, déjà ?

La fille de l'agence souffla un nuage de fumée en toussant.

— C'est bien que vous en parliez, d'autant que la commission de l'agence est extrêmement raisonnable, surtout pour un loyer aussi faible. Sans oublier que je vous fais une fleur en vous faisant visiter les premiers.

— Quel est le montant de votre commission ? demanda sèchement Nora.

— Dix-huit.

— Dix-huit quoi ? Dix-huit dollars ?

— Dix-huit pour cent. Calculés uniquement sur la première année, bien évidemment.

— Mais… répondit Nora en calculant rapidement de tête. Ça fait presque quatre mille dollars !

— Ce qui est très bon marché, surtout pour une

affaire comme celle-là. De toute façon, si vous ne prenez pas l'appartement, les suivants se jetteront dessus, répliqua-t-elle en regardant sa montre. J'ai d'ailleurs rendez-vous avec eux dans dix minutes, ce qui ne vous laisse pas beaucoup de temps pour vous décider.

— Qu'en penses-tu, Nora ? interrogea Smithback.

— Il faut que je réfléchisse, soupira la jeune femme.

— On n'a pas le temps de réfléchir.

— Mais si, on a le temps. Ce n'est tout de même pas le seul appartement à louer à Manhattan.

Un silence glacial s'installa. La fille de l'agence regarda ostensiblement sa montre.

— Je te l'ai dit, Bill, reprit Nora en secouant la tête. Je ne suis pas dans un bon jour.

— C'est le moins qu'on puisse dire.

— Tu te souviens de la collection Shottum dont je t'ai parlé l'autre jour ? Hier, aux archives, on a trouvé une lettre terrifiante cachée dans une boîte à double fond.

Smithback était au bord de la crise de nerfs.

— On ne pourrait pas parler de ça plus tard ? C'est exactement l'appartement qu'il nous faut et...

Elle le coupa brusquement, la mine plus sombre que jamais.

— Tu n'as pas bien entendu ce que je viens de te dire. On a trouvé une lettre bouleversante et on sait enfin qui a assassiné ces trente-six malheureux !

Nouveau silence. Smithback jeta un coup d'œil du côté de la fille de l'agence qui faisait semblant de regarder par la fenêtre, les oreilles dressées.

— Tu connais l'assassin ? demanda Smithback.

— Oui, c'est un type très bizarre du nom d'Enoch Leng, chimiste et spécialiste de taxinomie. La lettre en question a été écrite par un certain Shottum, qui possédait sur les lieux du crime une sorte de musée, le Cabinet de curiosités Shottum. Il avait loué tout un étage de sa maison à Leng qui y pratiquait des expériences. Shottum a fini par trouver étrange le comportement de son locataire et il s'est introduit dans le laboratoire de Leng pendant son absence. Il s'est aperçu que Leng enlevait des gens et les tuait avant de les disséquer et de leur retirer une partie de la moelle épinière pour s'en faire des injections.

— Des injections de moelle épinière ? Et pour quoi faire ?

Nora secoua la tête.

— Tu ne me croiras jamais. Il était persuadé d'arriver à prolonger la vie grâce à sa méthode.

— C'est incroyable !

Voilà qui ferait un article absolument *hallucinant* ! Smithback regarda subrepticement la fille de l'agence, plongée dans l'examen d'un chambranle de porte. Elle avait visiblement oublié sa montre et son rendez-vous.

— J'ai eu la même réaction que toi, reprit Nora en frissonnant. Je n'arrête pas de penser à cette lettre. Et je te fais grâce des détails ! Tu aurais dû voir la tête de Pendergast. On aurait dit qu'il venait de lire son nom dans la rubrique nécrologique d'un journal. Et ce matin, quand j'arrive au Muséum pour consulter d'autres papiers de Shottum retrouvés par l'archiviste, qu'est-ce que j'apprends ? Qu'une partie des archives vient d'être réquisitionnée par la direction, y compris le fonds Shottum. Tu ne vas pas me dire qu'il s'agit d'une coïncidence. Je suis persuadée que l'ordre venait directement de Brisbane ou de Collopy, mais je ne peux évidemment pas leur demander.

— Tu as une photocopie de cette fameuse lettre ?

Le visage de Nora se détendit légèrement.

— Pendergast m'a demandé d'en faire une, hier. Sur le moment, je ne comprenais pas pourquoi il était si pressé. Maintenant, je sais.

— Et tu l'as avec toi ?

Du menton, elle lui désigna son sac.

Smithback réfléchit rapidement. Nora n'avait pas tort : ce n'était pas une coïncidence. La direction du Muséum avait-elle quelque chose à cacher ? Qui était cet Enoch Leng ? Quels étaient ses rapports avec le Muséum ? Ou bien alors s'agissait-il d'une simple crise de paranoïa de la part d'une direction habituée à faire transiter la moindre information par son service communication ? Sans parler de Fairhaven, le promoteur immobilier, un des plus gros mécènes du Muséum comme par hasard… De quoi faire un article juteux à souhait.

— Tu peux me montrer la lettre ?

— Je voulais même te la donner pour que tu la mettes en lieu sûr. Je n'ose pas la prendre avec moi au Muséum. Mais il faut que tu me la rendes ce soir.

Smithback acquiesça et elle lui tendit une grosse enveloppe qu'il enfouit aussitôt dans son attaché-case.

L'interphone se mit à vibrer.

— Mon rendez-vous suivant, fit la fille de l'agence. Dois-je leur dire que l'appartement est déjà pris ?

— Non, répondit Nora d'un ton autoritaire.

Haussant les épaules, la femme se dirigea vers l'interphone.

— *Nora*, gémit Smithback avant de s'adresser à la fille de l'agence. Mais si, nous le prenons.

— Désolée, Bill, mais je ne suis pas prête.

— La semaine dernière encore, tu disais que…

— Je sais ce que je disais, mais je n'ai plus la tête à visiter des appartements. D'accord ?

— Non, je ne suis *pas* d'accord !

On sonna à la porte et la fille alla ouvrir. Deux hommes entrèrent. L'un était petit et chauve, l'autre grand et barbu. Ils jetèrent un coup d'œil rapide au salon avant de visiter la cuisine et les deux chambres.

— Nora, je t'en prie, tenta une dernière fois Smithback. Écoute, je sais bien que ton installation à New York et ton job au Muséum ne se sont pas toujours bien passés. J'en suis sincèrement désolé, mais ça ne veut pas dire que tu…

Quelqu'un fit couler la douche dans la salle de bains, puis les deux hommes repassèrent au salon. En tout, la visite avait duré moins de deux minutes.

— Parfait, dit le petit chauve. Votre commission est de dix-huit pour cent, c'est bien ça ?

— Tout à fait.

— Très bien, fit-il en sortant son chéquier. À quel ordre ?

— Je préfère du liquide, on fera un crochet par votre banque en sortant.

— Attendez une seconde, s'interposa Smithback. Nous étions ici avant vous.

— Désolé, répondit poliment l'un des deux types, l'air étonné.

— Ne faites pas attention à eux, s'écria la fille de l'agence. Ils étaient justement sur le point de s'en aller.

— Allez viens, Bill, dit Nora en le poussant vers la porte.

— Nous étions là avant vous, et je le prends, seul s'il le faut !

Le petit chauve détacha son chèque d'un bruit sec et la fille le lui arracha quasiment des mains.

— J'ai le bail avec moi, dit-elle en tapotant son sac. Nous n'aurons qu'à le signer à la banque.

Nora en profita pour tirer Smithback par la manche et claquer la porte derrière eux. Un silence tendu les accompagna tout au long du trajet de l'ascenseur.

Une minute plus tard, ils étaient à nouveau dans la rue.

— Je dois retourner au boulot, dit Nora en détournant les yeux. Nous reparlerons de tout ça ce soir.

— Pour en reparler, on va en reparler, tu peux me faire confiance.

La nuit tombait. Smithback la regarda s'éloigner dans la 99 Rue. Nora lui avait rarement parue aussi jolie, les cheveux au vent, son trench-coat flottant autour des reins. Il était anéanti. Après tout ce qu'ils avaient vécu ensemble, Nora n'avait pas envie de vivre avec lui. Il se demanda ce qu'il avait bien pu lui faire. Peut-être lui en voulait-elle de l'avoir poussée à quitter Santa Fe ? Ce n'était tout de même pas sa faute si le musée Lloyd avait fermé ses portes et si son patron au Muséum était un connard de première. Comment la faire changer d'avis ? Comment lui prouver qu'il l'aimait vraiment ?

Un plan commençait à germer dans un coin de son cerveau. Nora n'avait aucune idée du pouvoir de la presse en général, et du *New York Times* en particulier. Une institution comme le Muséum ferait n'importe quoi pour ne pas être montrée du doigt. *Mais oui ! Il suffisait d'y penser !* Smithback venait de trouver un moyen imparable de lui obtenir la subvention dont elle avait besoin, avec en prime la collection Shottum. Nora lui en serait éternellement reconnaissante. Mais il fallait faire vite s'il voulait que son papier sorte avec la première édition.

— Hé ! mon pote ! fit une voix traînarde derrière Smithback.

Il se retourna et vit les deux clochards, le teint animé et la démarche hésitante, accrochés l'un à l'autre. Le premier brandissait fièrement un sac en papier.

— Viens donc boire un coup à notre santé !

Smithback prit dans sa poche un nouveau billet de vingt dollars et l'agita sous le nez du plus sale des deux hommes.

— J'ai un petit service à vous demander, les gars. D'ici quelques minutes, vous verrez sortir de cette maison une fille très mince, habillée tout en noir. Elle sera avec deux types, vous ne pouvez pas vous tromper. Elle s'appelle Millie. Faites lui un gros baiser bien baveux de ma part, d'accord ?

— Compte sur nous, fit l'homme en lui arrachant le billet des mains pour le fourrer dans sa poche.

En se dirigeant vers Broadway, Smithback voyait presque la vie en rose.

16

Anthony Fairhaven s'installa confortablement face à la table, étala une grande serviette blanche sur ses genoux et contempla son petit déjeuner avec satisfaction. Un petit déjeuner spartiate, élégamment disposé sur un napperon de damas empesé : un gobelet de fine porcelaine pour le thé, deux gâteaux secs et un peu de gelée royale. Il avala son thé d'un trait, grignota ses biscuits d'un air distrait et s'essuya soigneusement la bouche avant de faire signe à la femme de chambre de lui apporter les journaux du matin.

Le soleil inondait la pièce, tamisé par les baies vitrées en arc de cercle de l'atrium. Depuis ses appartements privés au sommet de la Metropolitan Tower, il avait une vue imprenable sur tout Manhattan, baigné d'une lumière rose mordoré à cette heure matinale : le Nouveau Monde à ses pieds, Fairhaven était la personnification vivante de cette « destinée manifeste » chère à l'Amérique puritaine du XIXe siècle. Au loin, le rectangle sombre de Central Park dessinait un sarcophage géant au cœur de la ville. Les premiers rayons du soleil embrasaient tout juste le haut des arbres, les ombres des immeubles de la 5e Avenue marbrant le parc de traits sombres.

Avec un discret froissement de papier, la femme de chambre déposa devant Fairhaven le *New York Times* et le *Wall Street Journal*, fraîchement repassés comme l'exigeait invariablement le maître de maison. Il déplia le *Times*, savourant en jouisseur l'odeur d'encre fraîche et le papier qui craquait sous ses doigts. Il secoua légèrement le journal pour l'assouplir avant d'entamer la lecture de la une, passant en revue les gros titres. Nouveaux pourparlers de paix au Moyen-Orient. Déchaînement médiatique autour de la campagne municipale à New York. Tremblement de terre en Indonésie.

Soudain, le regard de Fairhaven tomba sur une manchette en bas de page :

LA DÉCOUVERTE DUNE LETTRE ÉCLAIRE D'UN JOUR NOUVEAU
L'AFFAIRE DU CHARNIER DE CATHERINE STREET
Par William Smithback Jr.

Fairhaven battit des paupières et respira longuement avant de poursuivre :

New York, 8 octobre – Une lettre découverte récemment dans les archives du Muséum d'histoire naturelle de New York pourrait expliquer la présence du tragique charnier découvert en début de semaine dans le bas de Manhattan.

On se souvient que des ouvriers travaillant sur un chantier de construction situé au coin des rues Henry et Catherine avaient mis au jour les restes de trente-six adolescents dans un tunnel souterrain. Les cadavres avaient été retrouvés murés dans une ancienne cave à charbon datant du milieu du XIXe siècle. Selon les premiers examens pratiqués par l'institut médico-légal, les victimes auraient été disséquées avant d'être découpées en morceaux. Au vu de certains éléments retrouvés auprès des victimes, le professeur Nora Kelly du Muséum d'histoire naturelle, chargée de l'évaluation archéologique du site, fait remonter les faits aux années 1870. À l'époque, l'emplacement du charnier était occupé par un immeuble de deux étages abritant un musée privé connu sous le nom de Cabinet d'éléments naturels et de curiosités. Son propriétaire, un certain John Canaday

Shottum, avait lui-même trouvé la mort en 1881 dans l'incendie de son établissement.

Poursuivant ses recherches, le professeur Kelly a pu découvrir dans les archives du Muséum une lettre manuscrite de J. C. Shottum, rédigée peu avant sa disparition, dans laquelle il évoquait la personnalité trouble de son locataire, un chimiste et spécialiste en taxinomie nommé Enoch Leng. Dans sa lettre, Shottum dénonçait les expériences de Leng sur des cobayes humains visant à percer le secret de la longévité. Dans le cadre de ses expérimentations criminelles, Leng procédait à l'ablation de la partie inférieure de l'épine dorsale sur des sujets encore vivants. Shottum joignait à sa lettre plusieurs extraits du journal scientifique de Leng, dont le *New York Times* a réussi à se procurer copie.

S'il s'avère que les corps découverts sur le chantier de Catherine Street appartiennent aux victimes d'un même assassin, il pourrait s'agir du crime en série le plus spectaculaire de toute l'histoire de New York, voire des États-Unis. Pour mémoire, Jack l'Éventreur, qui avait fait trembler l'Angleterre victorienne au cours de l'année 1888 en s'attaquant à des prostituées du quartier de Whitechapel, avait assassiné sept personnes. Quant au tueur en série le plus tristement célèbre d'Amérique, Jeffrey Dahmer, il aurait laissé derrière lui 17 victimes.

Les corps découverts dans le charnier de Catherine Street, initialement conduits à l'Institut médico-légal, sont aujourd'hui inaccessibles. Quant au souterrain dans lequel on les a retrouvés, il a été détruit par la société Moegen-Fairhaven, responsable de la construction d'une tour résidentielle sur les lieux de la macabre découverte, afin de faciliter la poursuite du chantier. Selon Mary Hill, porte-parole du maire Edward Montefiori, le chantier de Catherine Street ne serait en aucun cas concerné par l'Arrêté municipal relatif aux Fouilles archéologiques et à la Préservation des sites historiques. « Il s'agit d'un crime ancien sans intérêt archéologique avéré », a déclaré Mary Hill avant de préciser : « Il ne répond à aucun des critères de l'Arrêté. Nous n'avions donc aucune raison de stopper plus longtemps le chantier. » Plusieurs représentants de la Commission de Préservation des sites ont exprimé un avis différent, demandant même à un sénateur de l'État de New York et au bureau du Médiateur de se pencher sur la question.

Parmi les objets retrouvés sur les lieux du drame se trouvait une robe que le professeur Kelly a pu examiner dans son laboratoire du Muséum. Cousue dans la doublure, le professeur a retrouvé une feuille de papier, apparemment écrite de la main de l'une des jeunes victimes peu avant son calvaire et sur laquelle on pouvait déchiffrer l'inscription : « Je m'appelle [*sic*] Mary Greene, âge 19 ans, n° 16 Watter [*sic*] Street. » Des tests ont pu établir avec certitude que cette note avait été rédigée à l'aide de sang humain.

Le FBI semble s'intéresser à cette affaire. L'inspecteur Pendergast, rattaché au bureau de La Nouvelle-Orléans, a été aperçu à plusieurs reprises sur le chantier de Catherine Street, mais ni le bureau de New York ni celui de La Nouvelle-Orléans n'ont souhaité faire le moindre commentaire. Si la nature exacte de ses investigations reste vague, l'inspecteur Pendergast est connu comme l'un des plus hauts responsables du FBI pour la région Sud ; ce n'est d'ailleurs pas la première fois qu'il a l'occasion de participer à des enquêtes dans la région de New York. À l'inverse, la police municipale semble se désintéresser globalement d'un crime vieux de plus d'un siècle. Le capitaine Sherwood Custer, responsable de l'arrondissement dans lequel a été découvert le charnier, se contente de souligner l'intérêt historique des faits. « Le meurtrier est mort depuis longtemps, a-t-il déclaré. S'il avait des complices, ils ont également disparu et nous préférons laisser cette affaire aux historiens pour concentrer nos efforts sur les criminels d'aujourd'hui. »

À la suite de la découverte de la lettre de J. C. Shottum, le Muséum d'histoire naturelle a curieusement décidé de purger de ses archives officielles l'ensemble des documents relatifs au Cabinet Shottum. Roger Brisbane, premier vice-président du Muséum, évoquait à ce propos « une décision prise de longue date dans le cadre de la gestion du patrimoine de l'établissement, sans rapport aucun avec les

> événements récents ». Se refusant à tout autre commentaire, il a laissé le soin à Harry Medoker du service communication du Muséum d'histoire naturelle de répondre à nos questions éventuelles, mais M. Medoker n'a pas cru bon jusqu'à présent de reprendre contact avec le *Times* qui a vainement tenté de le joindre à diverses reprises.

L'article se poursuivait en page intérieure, le journaliste se complaisant à décrire les meurtres commis par Leng avec force détails. Fairhaven prit le temps de lire l'article jusqu'au bout avant de se replonger dans la une. À chacun de ses mouvements, le crissement des pages du *Times* se confondait avec celui des feuilles jaunies des arbres en pot disposés sur le balcon.

Fairhaven finit par reposer son journal, regardant sans la voir la ville qui s'animait peu à peu quelques dizaines d'étages plus bas. De l'autre côté de Central Park, les tours de granit et les coupoles de cuivre du Muséum se découpaient dans la lumière naissante. D'un claquement de doigts impérieux, il se fit apporter une autre tasse de thé dont il examina le contenu sans enthousiasme avant d'y tremper ses lèvres. D'un autre claquement de doigts, il réclama le téléphone.

Fairhaven était bien placé pour savoir que l'immobilier et la politique marchent main dans la main, et que cet article était une bombe. Il s'agissait de réagir vite, et fort.

Mais qui appeler en premier ? Quelques instants plus tard, il composait le numéro personnel du maire, qu'il connaissait par cœur.

17

Lorsque Doreen Hollander, heureuse propriétaire d'un pavillon situé au numéro 21 d'Indian Feather Lane, dans la charmante bourgade de Pine Creek, en Oklahoma, avait quitté son mari quelques instants plus tôt dans leur chambre d'hôtel du vingt-cinquième étage, il ronflait encore. Debout sur le trottoir, elle regardait avec ravissement Central Park, se félicitant d'avoir choisi cette matinée radieuse pour aller voir les *Nymphéas* de Monet au Metropolitan. Depuis qu'elle les avait découverts en poster chez sa belle-sœur, elle avait toujours voulu les voir en vrai. Son mari, technicien pour la Compagnie du câble d'Oklahoma, n'éprouvait pas un intérêt débordant pour les impressionnistes et, avec un peu de chance, il dormirait encore à son retour.

Grâce au plan généreusement offert par l'hôtel, elle s'aperçut que le musée se trouvait juste de l'autre côté de Central Park. Pas besoin de se ruiner en taxi. Doreen avait toujours aimé marcher, et cette petite promenade matinale lui permettrait en outre de brûler les calories superflues des deux croissants beurre-confiture ingurgités au petit déjeuner.

Elle entra dans le parc à hauteur de la porte Alexander Humbolt. C'était une journée d'automne splendide et les immeubles de la 5e Avenue brillaient de toute leur splendeur au-dessus des arbres. New York ! Quelle ville magnifique ! À condition de ne pas y vivre, bien sûr.

Le sentier descendait lentement et elle se retrouva bientôt sur les bords d'un étang ravissant. Elle s'arrêta un instant, hésitant sur la direction à prendre. Un coup d'œil sur son plan la décida à tourner à gauche. Elle marchait d'un bon pas, régulièrement dépassée par des promeneurs à vélo ou en rollers. Le fond de l'air était doux et Doreen respirait la brise légère du matin à pleins poumons. Elle arriva bientôt à un embranchement. Le chemin principal s'incurvait vers le nord mais un sentier poursuivait tout droit à travers un petit bois et elle s'arrêta pour regarder à nouveau son plan. Le sentier n'y figurait pas, mais elle avait le sens de l'orientation et décida de l'emprunter.

Le petit chemin montait et descendait au hasard des monticules et des amas de roches, ponctué ici et là d'embranchements. À travers les arbres, les buildings de la 5e Avenue lui indiquaient la voie à suivre. Au fur et à mesure que le petit bois s'épaississait, elle remarqua que le nombre de promeneurs augmentait. S'il s'agissait bien de promeneurs. Des hommes plutôt jeunes, debout les mains dans les poches, bien habillés, bien coiffés, l'air très comme il faut, attendant Dieu sait quoi. En ce beau matin d'automne, Doreen Hollander n'avait peur de rien.

Elle pressa néanmoins le pas en réalisant que le bois se faisait plus touffu. Elle s'arrêta pour consulter son plan et constata qu'elle se trouvait au lieu-dit La Randonnée. Le site portait bien son nom. Par deux fois, elle repassa au même endroit, comme si celui qui avait conçu La Randonnée s'était amusé à dessiner un labyrinthe.

Doreen n'avait pas l'intention de se perdre. Surtout dans un petit bois en pleine ville, elle qui avait grandi dans les grands espaces de l'Oklahoma. Ce petit périple matinal tournait à l'aventure, ce qui n'était théoriquement pas pour lui déplaire. Après tout, n'avait-elle pas traîné son pauvre mari à New York précisément pour ça, pour l'aventure ? Doreen se força à sourire.

Et voilà qu'elle repassait pour la troisième fois au même endroit ! Elle se pencha une fois de plus sur son plan avec un petit rire penaud, mais La Randonnée dessinait juste une grosse tache verte sur le papier. Elle regarda autour d'elle. Elle pourrait peut-être demander son chemin à l'un de ces jeunes gens.

Les bois étaient de plus en plus touffus. Au milieu d'un écrin de verdure, elle distingua deux silhouettes et décida de s'approcher. Elle avança prudemment, écarta une branche et découvrit un spectacle qui l'horrifia. Elle battit en retraite précipitamment. Quelle horreur ! Comment pouvait-on faire des choses aussi dégoûtantes dans un endroit public ? Elle ne songeait plus qu'à s'éloigner aussi vite que possible de ce lieu de perdition. Oubliés les *Nymphéas* de Monet ! Tout ce qu'on racontait à la télé sur New York était donc vrai. Haletante, tout à sa course, elle ne se retourna pas une seule fois.

Quand elle entendit enfin un bruit de pas derrière elle, il était trop tard. Une cagoule noire s'abattit sur son visage et elle eut à peine le temps de reconnaître l'odeur entêtante du chloroforme. Avant de perdre connaissance, elle crut voir une aiguille de sel en plein désert et un panache de fumée âcre dans le lointain.

18

Le très éminent Frederick Watson Collopy était assis derrière son monumental bureau de bois et de cuir, pensant à tous ceux, hommes et femmes, qui l'avaient précédé à ce poste prestigieux. Aux heures les plus glorieuses du Muséum, les directeurs étaient de véritables visionnaires, à la fois hommes de sciences et explorateurs. Collopy voyait défiler dans sa tête les visages graves et austères de Byrd, Throckmorton ou Andrews, dont les noms figuraient en lettres de bronze dans la grande rotonde. Son enthousiasme n'était plus tout à fait le même en évoquant les derniers occupants de ce vaste bureau directorial, qu'il s'agisse du malheureux Winston Wright ou de celle qui lui avait brièvement succédé, Olivia Merriam. Ce n'était pas la moindre de ses satisfactions d'avoir redonné sérieux et dignité à sa fonction. Il caressa distraitement sa barbe soigneusement taillée et posa un doigt sur ses lèvres, signe d'une intense méditation.

Malgré tout, il n'arrivait pas étouffer le spleen persistant qui l'accablait régulièrement.

Pour sauver le Muséum, il avait été contraint d'accepter un certain nombre de sacrifices. À son corps défendant, il avait dû condamner la recherche scientifique au profit des galas de bienfaisance et des expositions à succès qui assuraient désormais la survie de son institution. L'idée même de mettre dans le même panier science et succès le rebutait. Mais comment faire autrement à une époque où l'argent est le seul moteur de la réussite ? Ceux qui refusent d'accompagner le mouvement naturel de l'histoire sont invariablement appelés à disparaître. Collopy se rassurait tant bien que mal, se disant que ses prédécesseurs les plus illustres avaient porté leur croix, eux aussi. Le roseau plie mais ne rompt pas, dit la fable, et le Muséum avait toujours survécu, contre vents et marées.

Collopy eut une pensée émue pour la longue lignée de scientifiques éclairés qui l'avaient précédé : son arrière-grand-oncle Amasa Greenough, ami personnel de Darwin et découvreur de la baudroie chitineuse d'Indochine, sa grand-tante Philomena Watson, spécialiste mondialement reconnue des peuplades de la Terre de Feu, ou encore son grand-père Gardner Collopy, le célèbre herpétologue. Il se remémorait avec nostalgie ses propres travaux de jeunesse sur la classification des pongidés. Avec un peu de chance, qui sait si son nom n'irait pas rejoindre ceux de ses glorieux prédécesseurs dans la grande rotonde ?

Mais rien ne parvenait à dissiper le spleen de Collopy, pas même le souvenir de sa très jeune femme, avec laquelle il avait pourtant passé des instants délicieux à l'heure du petit déjeuner.

Il regarda d'un air morne le décor qui l'entourait : les cheminées de marbre rose, les fenêtres en ogive donnant sur Museum Drive, les lambris de chêne patinés par les ans, les tableaux d'Audubon et de De Clefisse. Puis il observa son reflet dans le trumeau surmontant la cheminée : cet austère costume trois pièces qui lui donnait des airs de pasteur, sa chemise blanche empesée, son nœud papillon de soie brune – unique concession à une indépendance d'esprit dont il était fier –, ses souliers réalisés sur mesure par un bottier, son visage grave, surtout, pétri d'élégance et encore beau malgré les années.

Il se pencha sur le journal en soupirant. Tout le rendait morose ce jour-là. À commencer par cet horrible article, signé de la plume de ce gratte-papier qui avait déjà fait tant de mal au Muséum en 1995. En retirant des archives l'ensemble des documents sensibles associés à Shottum, Collopy avait pourtant espéré calmer les esprits, mais il s'apercevait qu'il n'en était rien. Il devenait difficile de continuer à occulter la fameuse lettre, sous peine de nuire gravement à la réputation du Muséum. Plusieurs de ses employés impliqués dans cette pénible affaire, un agent du FBI dans les parages, Fairhaven, l'un des plus généreux mécènes du Muséum, sur la sellette... Collopy en avait le tournis. À moins d'extraire immédiatement le mal par la racine, cette histoire risquait fort de ternir sa réputation, voire de lui coûter sa place.

Il ne faut pas se laisser aller, décida Frederick Watson Collopy. Il lui fallait reprendre les choses en main et retourner la situation à son avantage, sinon... Quelle était déjà cette expression à la mode ? Sinon, *ça n'allait pas le faire.* Il fallait absolument que ça le fasse. *Le Muséum ne doit en aucun cas réagir de façon infantile et primaire,* se dit-il. Il était hors de question de faire entendre la moindre critique vis-à-vis de l'enquête, de s'opposer à l'examen des archives, de dénoncer la présence discutable de ce fonctionnaire du FBI, bref, de fuir ses responsabilités. Pas question non plus de voler au secours de son fidèle ami Fairhaven – pas officiellement, tout du moins. Tout devait se jouer à huis clos. Une parole apaisante par ici, un commentaire conciliant par là, quelques assurances à donner ou à reprendre, de l'argent savamment distribué, le tout en douceur.

Il poussa un bouton de l'interphone et déclara d'une voix calme :

— Madame Surd, auriez-vous l'amabilité de faire dire à M. Brisbane que je souhaiterais le voir à sa convenance.

— Très bien, docteur Collopy.

— Merci infiniment, madame Surd.

Il relâcha le bouton et se cala dans son fauteuil. Puis il replia soigneusement le *New York Times* qu'il rangea dans la bannette étiquetée « À classer » à la droite de son bureau. Et pour la première fois depuis qu'il avait quitté son lit ce matin-là, Collopy s'autorisa un sourire.

19

Nora Kelly savait déjà pourquoi on l'appelait au téléphone. Comme tout le monde, elle avait lu l'article dans le journal. On ne parlait que de ça au Muséum, et sans doute partout ailleurs à New York. Elle connaissait d'avance la réaction de Brisbane. Elle avait attendu son appel toute la journée et voilà qu'il se décidait enfin à la convoquer dans son bureau, à 16 h 50, après l'avoir laissée mariner. 16 h 50. Elle se demanda si Brisbane avait choisi l'heure délibérément, histoire de lui laisser tout juste dix minutes pour prendre ses cliques et ses claques. C'était bien son genre.

La plaque de chêne au nom de Brisbane avait disparu de sa porte, mais elle était venue là suffisamment de fois ces derniers temps pour être sûre de ne pas se tromper. Elle frappa et la secrétaire la pria d'entrer.

— Asseyez-vous, grommela la vieille femme d'un ton qui trahissait sa mauvaise humeur.

Nora prit un siège. *Salaud de Bill,* pensa-t-elle. Quelle mouche l'avait piqué de lui faire ça ? Il était le premier à se vanter d'être impulsif. Il avait surtout une fâcheuse tendance à oublier de réfléchir avant d'agir. Mais de là à faire ça… *Je ferai du boudin avec ton sang,* songea-t-elle, reprenant l'expression favorite de son père. En prime, elle lui couperait les couilles pour les porter en trophée à la ceinture. Il savait pourtant à quel point elle avait besoin de ce job. En écrivant ce putain d'article, il avait lui-même signé son arrêt de mort au Muséum. Comment avait-il pu lui faire ça ?

Le téléphone sonna sur le bureau de la secrétaire.

— Vous pouvez entrer, lui dit sèchement la vieille femme.

Nora poussa la porte du premier vice-président. Brisbane, debout face au miroir installé à côté de son bureau, était occupé à attacher un nœud papillon autour de son cou. Il portait un pantalon noir à bandes satinées et une chemise blanche à boutons de nacre. Une veste de smoking pendait au dossier de son fauteuil. Nora s'arrêta sur le pas de la porte, attendant d'être invitée à s'asseoir, mais Brisbane feignait d'ignorer sa présence. Imperturbable, il croisait et recroisait les deux extrémités du nœud papillon avec beaucoup de dextérité.

Il finit par s'adresser à elle :

— J'ai appris pas mal de choses sur votre compte au cours des dernières heures, professeur Kelly.

Nora préféra ne pas répondre.

— On m'a parlé de cette expédition désastreuse au fin fond d'un désert du Sud-Ouest, au cours de laquelle vous avez fait preuve de qualités humaines et de compétences scientifiques discutables. On m'a également parlé d'un certain William Smithback. Je ne savais pas que vous étiez en si bons termes avec le William Smithback du *New York Times.*

Il y eut un nouveau silence pendant qu'il rectifiait la symétrie de son nœud papillon, le menton en avant. Son cou tendu était blafard et décharné, comme celui d'un poulet.

— Si je comprends bien, professeur Kelly, vous avez pris la liberté de faire pénétrer dans les archives du Muséum des personnes étrangères à notre institution, contrairement au règlement.

Il serra le nœud autour de son cou. Nora ne disait toujours rien.

— De plus, il apparaît que vous avez travaillé, pendant vos heures de travail, pour le compte de cet agent du FBI. Ce qui constitue, une fois de plus, un manquement au règlement.

Nora ne souhaitait pas perdre son temps à rappeler à Brisbane qu'il avait lui-même autorisé l'opération, même s'il l'avait fait à contrecœur.

— J'ajouterai enfin qu'il est également contraire au règlement d'entretenir la moindre relation avec les médias sans l'autorisation expresse de notre service communication. Vous ne vous en doutez peut-être pas, professeur Kelly, mais ces règles ont une raison d'être. Il ne s'agit pas uniquement d'élucubrations nées de l'imagination torturée de quelque bureaucrate. Il y va de la sécurité du Muséum, de la sauvegarde de nos collections et de nos archives, et surtout de notre réputation. Me suis-je bien fait comprendre ?

Nora regarda Brisbane sans trouver la force de répondre.

— Votre conduite nous cause bien du tracas.

— Écoutez, finit-elle par répondre, si vous avez l'intention de me renvoyer, faites-le tout de suite.

— Mais qui parle de vous renvoyer ? répliqua-t-il d'un ton faussement surpris, tournant pour la première fois vers elle son visage rubicond. Non seulement nous n'avons pas la moindre intention de vous renvoyer, mais surtout nous vous *interdisons* de donner votre démission.

Nora ouvrit des yeux ronds.

— Il est hors de question que vous quittiez le Muséum, professeur Kelly. Vous ne le savez peut-être pas, mais vous êtes l'héroïne du jour. Le docteur Collopy et moi-même sommes bien d'accord là-dessus. Nous ne voudrions pas courir le risque de vous voir partir, surtout après la publication de ce brillant article à votre gloire. Vous êtes inattaquable. Pour l'instant, s'entend.

À peine revenue de sa surprise, Nora sentait la moutarde lui monter au nez.

Brisbane tapota son nœud papillon, se regarda une dernière fois dans la glace et se retourna.

— Toutes vos prérogatives vous sont retirées. Vous n'avez plus accès aux collections centrales ni aux archives.

— J'ai encore le droit d'aller aux toilettes ?

— Il vous est strictement interdit de parler du Muséum à toute personne extérieure à l'établissement. Je pense tout particulièrement à cet agent du FBI et à ce Smithback.

Aucune inquiétude du côté de Smithback, pensa Nora, peu disposée à pardonner la trahison de son petit ami.

— Nous savons tout de ce garçon, poursuivit Brisbane. Nous avons sur lui un dossier impressionnant. Comme vous le savez sans doute, il a consacré au Muséum un livre il y a quelques années. Je ne travaillais pas encore ici, de sorte que je ne l'ai pas lu, mais j'ai cru comprendre que cet ouvrage ne lui vaudrait pas le Nobel de littérature. Depuis la parution dudit livre, M. Smithback est d'ailleurs *persona non grata* au Muséum.

Il la fixait de ses yeux durs et froids.

— En attendant, la vie continue. Vous comptez vous rendre à l'inauguration de la nouvelle salle des primates ce soir ?

— Je n'en avais pas l'intention.

— Vous devriez y penser. N'oubliez pas que vous êtes la femme de la semaine, ici. Tout le monde s'attend à vous y voir, pimpante et active comme jamais. Le Muséum a l'intention de consacrer un communiqué de presse au professeur Kelly, notre héroïne du jour, soulignant au passage l'esprit citoyen de notre institution et sa longue tradition au service du public et de la ville. Je compte naturellement sur vous pour éluder les questions éventuelles des journalistes sur cette affaire, au prétexte que vous êtes tenue au devoir de réserve le plus strict.

Brisbane décrocha sa veste de smoking du dossier de son fauteuil et l'enfila délicatement, ôtant d'une pichenette un fil égaré sur son épaule avant de se lisser soigneusement les cheveux du plat de la main.

— Je ne doute pas que vous trouviez dans vos affaires une robe à peu près convenable pour l'occasion. Vous pouvez remercier le ciel qu'il ne s'agisse pas de l'un de ces bals costumés dont le Muséum a le secret.

— Et si je refuse ? Si je ne marche pas dans votre petite combine ?

Brisbane tira sur sa manche avant de se retourner vers elle. Ses yeux glissèrent en direction de la porte et Nora suivit machinalement son regard.

Étonnée, elle reconnut le docteur Collopy en personne, les mains croisées. Avec sa silhouette roide, ses tenues austères et son profil de pasteur anglican, le directeur du Muséum ne respirait pas précisément la gaieté et la bonne humeur quand on le croisait au détour d'un couloir. Collopy, descendant d'une longue lignée de scientifiques et d'inventeurs de renom, entretenait soigneusement le mystère avec sa démarche pondérée et son ton posé. Pour couronner le tout, ce personnage énigmatique possédait un hôtel particulier sur West End Avenue où il résidait avec une femme ravissante de quarante ans sa cadette, alimentant les rumeurs les plus crues et les spéculations les plus folles.

Contrairement à ses habitudes, le docteur Collopy était presque souriant. Il fit un pas en avant. Ses traits anguleux avaient une douceur inhabituelle, son teint pâle était même animé. Il prit la main de Nora entre les siennes, la regardant droit dans les yeux. La jeune femme fut parcourue d'un léger frisson, sensible au pouvoir de séduction du vieil homme ; derrière cette façade austère et froide se dissimulait un homme d'une grande vitalité. Collopy souriait à présent, et il se dégageait de sa personne une chaleur et un charme auxquels Nora n'était pas insensible.

— Je connais bien vos travaux, Nora, pour les avoir suivis avec le plus grand intérêt. Avoir prouvé que les ruines de Chaco Canyon ont été édifiées sous l'influence des Aztèques - si ces derniers n'en sont pas les bâtisseurs - constitue à mes yeux une découverte majeure.

— Mais…

Il l'arrêta d'une légère pression de la main.

— Figurez-vous que je viens tout juste d'apprendre que l'on avait gelé votre budget, Nora. Il est vrai que nous avons été contraints de réaliser d'importantes économies ces derniers temps, mais cela ne doit pas se faire au détriment de nos chercheurs les plus compétents. Dont vous êtes, très chère Nora.

La jeune femme ne put se retenir de lancer un coup d'œil en direction de Brisbane, mais le visage de ce dernier s'était totalement refermé.

— Je suis fort heureusement en mesure de rétablir votre budget initial et de vous accorder en outre les dix-huit mille dollars dont vous avez besoin pour ces datations essentielles au carbone 14. Je m'intéresse personnellement au sujet de vos travaux pour avoir visité, étant enfant, les étonnantes ruines de Chaco Canyon avec le professeur Morris en personne.

— Je vous remercie, mais…

Nouvelle pression de la main.

— Ne me remerciez pas. M. Brisbane a eu la gentillesse d'attirer mon attention sur ce problème. Vos découvertes sont de première importance, et elles ne manqueront pas de rejaillir sur le Muséum. Je suis tout disposé à vous aider dans la mesure de mes moyens. N'hésitez pas à m'appeler en cas de besoin. *Vraiment.*

Lâchant la main de Nora avec beaucoup de douceur, il se tourna vers Brisbane :

— Il me faut à présent retourner dans mon bureau préparer mon petit speech. Merci à vous.

L'instant d'après, Collopy avait quitté la pièce aussi discrètement qu'il y était entré.

Le visage de Brisbane était toujours aussi impénétrable.

— Vous savez maintenant à quoi vous en tenir si vous marchez dans notre petite combine, comme vous dites si élégamment. Je préférerais ne pas m'étendre sur ce qui vous attend si vous ne le faites pas. À ce soir, professeur Kelly, ajouta-t-il d'une voix douce en se regardant une dernière fois dans la glace.

20

Collé à Pendergast, O'Shaughnessy montait le grand escalier recouvert d'un tapis rouge conduisant aux portes de bronze du Muséum. Avec son uniforme de sergent, il avait la désagréable impression qu'on ne voyait que lui. Il posa la main sur la crosse de son arme de service par provocation, faisant sursauter l'invité en smoking qui grimpait les marches à côté de lui. *Quelle bande de nases,* songea-t-il. O'Shaughnessy se consolait en se disant qu'il était payé en heures supplémentaires pour assister à cette mascarade, et que ses primes sortaient directement du budget du capitaine Custer, ce qui ne gâtait rien.

Sur Museum Drive, la file ininterrompue des voitures déchargeaient les premiers convives, tous plus ou moins déguisés. Parqués derrière un cordon de velours rouge, un petit groupe de photographes et de journalistes attendaient, indifférents. De temps en temps, l'éclat d'un flash trouait la nuit, mais le cœur n'y était visiblement pas. Une équipe d'une station de télévision locale remballait même son matériel.

— L'inauguration de la nouvelle salle des primates est nettement moins spectaculaire que celles auxquelles il m'a été donné d'assister jusqu'à présent, fit Pendergast en regardant autour de lui. Je suppose que les gens finissent par se lasser. Il faut dire que le Muséum ne s'est guère montré chiche en manifestations de ce genre ces derniers temps.

— La nouvelle salle des primates ? Vous voulez dire que tous ces pingouins viennent voir des singes ?

— Je soupçonne la plupart d'entre eux de s'intéresser prioritairement aux primates qui déambulent devant les vitrines.

— Vous avez mangé du clown, vous.

Ils franchirent les portes et traversèrent la grande rotonde. Sinon pour sa visite aux archives deux jours plus tôt, O'Shaughnessy n'avait pas mis les pieds au Muséum depuis son enfance, mais les dinosaures étaient toujours là, fidèles au poste, tout comme les éléphants. Les deux hommes suivirent le tapis rouge et les cordons de velours, s'enfonçant dans les profondeurs du musée à l'invitation de jeunes hôtesses aussi accortes que souriantes. Ravi de constater que le Muséum ne s'intéressait pas qu'aux animaux préhistoriques, O'Shaughnessy se promit de revenir prochainement, en dehors de ses heures de service.

Ils traversèrent les salles consacrées à l'Afrique et passèrent une lourde porte surmontée de défenses d'éléphant pour se retrouver dans un hall immense, entièrement rempli de petites tables éclairées par des bougies. Un buffet somptueux, encadré à ses deux extrémités par des bars copieusement garnis, courait le long de l'un des murs. Un podium avait été dressé au fond de la salle. Dans un coin, un quartette à cordes interprétait laborieusement une valse viennoise, au grand dam de O'Shaughnessy qui n'avait jamais entendu Strauss aussi mal joué. Enfin ! Les musiciens avaient au moins le bon goût de ne pas massacrer Puccini.

La plupart des invités n'étaient pas encore arrivés et la salle paraissait vide.

Pendergast et son compagnon furent accueillis à la porte par un type visiblement très nerveux, son nom écrit en gros sur un badge accroché sous l'œillet blanc qu'il portait au revers de son smoking. Repérant Pendergast, il se précipita et lui prit les mains comme s'il était le Messie.

— Je me présente, Harry Medoker, responsable du service communication. Merci infiniment de vous être déplacé, monsieur. J'espère que vous apprécierez notre nouvelle salle.

— J'avoue avoir un faible pour le comportement des primates.

— Alors, vous avez fait le bon choix en venant ici. Merci encore de…

Medoker s'interrompit soudain en apercevant O'Shaughnessy.

— Excusez-moi, sergent, mais il y a un problème, dit-il d'une voix qui avait perdu toute aménité.

— Ouais, gronda O'Shaughnessy d'un air bourru.

Le chef du service communication s'approcha pour lui dire à voix basse, d'un ton désobligeant :

— Il s'agit d'une inauguration privée, sergent. Je vous demanderai donc de vous retirer. Nous nous chargeons nous-mêmes de la sécurité et…

— Ah ouais ? Pour votre gouverne, Harry, j'enquête sur un trafic de cocaïne.

— Un trafic de *cocaïne ?* Au Muséum ?

Medoker, congestionné, frisait la crise cardiaque.

— Je vous en prie, sergent O'Shaughnessy, fit Pendergast d'un ton de reproche.

O'Shaughnessy tapota gentiment l'épaule du pauvre Medoker.

— Motus et bouche cousue. Vous voyez d'ici le pétard que ferait la presse si elle apprenait ça. Le Muséum avant tout, Harry.

Puis il suivit Pendergast dans la salle, laissant le malheureux blanc comme un linge.

— Je n'ai pas une sympathie débordante pour les gens qui n'ont pas le respect de l'uniforme que je porte, se contenta de dire O'Shaughnessy à son compagnon.

Celui-ci le regarda longuement avant de l'inviter à rejoindre le buffet.

— Vous n'êtes peut-être pas autorisé à boire pendant le service, mais le règlement ne dit rien sur les blinis au caviar.

— Les bli quoi ?

— Les blinis sont de petites crêpes de sarrasin très épaisses, que l'on garnit généralement de crème fraîche et de caviar. Un véritable régal.

— Je n'aime pas les œufs de poisson, répondit O'Shaughnessy avec un haussement d'épaules.

— Alors, c'est que vous n'avez jamais eu l'occasion de goûter du vrai caviar, sergent. Laissez-vous tenter. Vous trouverez cela infiniment plus savoureux qu'un air de *La Walkyrie,* croyez-en mon expérience. Mais si vous persistez à vous montrer rétif aux charmes du caviar, je vous conseille le saumon fumé, le foie gras, le jambon de Parme ou encore ces huîtres récoltées dans les eaux de la Damariscotta, au cœur de l'État du Maine. Les buffets du Muséum sont toujours exquis.

— Bof ! Je préfère les huîtres frites au bacon.

— Je vois que j'ai affaire à un connaisseur. Avez-vous déjà goûté celles de ce vendeur de rue installé au coin de Central Park West et de la 77e Rue ?

La salle commençait à se remplir, mais la foule restait clairsemée. O'Shaughnessy suivit Pendergast jusqu'au buffet. Évitant les montagnes gluantes de caviar, il mit sur une assiette du jambon, une part de brie et des tranches de pain pour se confectionner des sandwiches. Le jambon était un peu sec et le fromage sentait l'ammoniaque, mais c'était mangeable,

— Il me semble que vous deviez voir le capitaine

Custer, demanda Pendergast. Comment s'est déroulé votre entretien ?

— Pas terrible, répondit O'Shaughnessy en mastiquant consciencieusement un sandwich.

— Je suppose qu'il y avait quelqu'un du cabinet du maire.

— Oui, Mary Hill.

— Ah, mademoiselle Hill ! La porte-parole du maire. Bien sûr.

— Le capitaine voulait savoir pourquoi je ne leur avais rien dit pour la lettre et la robe. Comme j'avais pris soin de tout consigner dans un rapport que Custer n'avait bien évidemment pas lu, je n'ai pas eu trop de mal à me défendre.

Pendergast hocha la tête d'un air approbateur.

— D'ailleurs, je voulais vous dire, poursuivit O'Shaughnessy. Merci de m'avoir aidé à rédiger mon rapport. Sinon, je m'en serais pris plein la gueule.

— Quelle expression pittoresque, remarqua Pendergast d'un air distrait tout en regardant pardessus l'épaule de O'Shaughnessy. Sergent, laissez-moi vous présenter une vieille connaissance, William Smithback.

O'Shaughnessy se retourna et vit un curieux personnage installé devant le buffet, très occupé à empiler sur son assiette un maximum de nourriture en un minimum de temps. Avec son épi rebelle, on aurait dit un poulbot endimanché. Il sursauta en apercevant Pendergast et regarda autour de lui d'un air inquiet comme pour chercher une issue de secours, mais l'homme du FBI lui souriait d'un air affable et Smithback finit par s'approcher d'un air méfiant.

— Inspecteur Pendergast, quelle surprise ! fit-il de sa voix à la fois grave et nasillarde.

— Ravi de vous retrouver en excellente forme, monsieur Smithback, répondit Pendergast en lui serrant la main. Depuis combien d'années ne nous sommes-nous pas vus ?

— Un paquet, répondit Smithback sans enthousiasme. Que faites-vous à New York ?

— J'y possède un appartement, vous savez. Alors, j'en profite.

Pendergast lâcha la main du journaliste et l'examina de la tête aux pieds.

— Je vois que vous faites désormais partie de la confrérie Armani, monsieur Smithback, poursuivit-il. J'avoue que cela vous sied mieux que ces accoutrements à quatre sous des magasins de prêt-à-porter de la 14e Rue auxquels vous sembliez tenir tant autrefois. Cela dit, le jour où vous aurez véritablement décidé de vous habiller, puis-je vous recommander Brioni ou Ermenegildo Zegna ?

Smithback ouvrit la bouche, mais Pendergast ne lui laissa pas le temps de répliquer.

— Figurez-vous que j'ai récemment reçu des nouvelles de Margo Green. Elle vit à Boston où elle travaille pour la Gene-Dyne Corporation. Elle m'a chargé de vous transmettre son meilleur souvenir.

Smithback allait répondre, mais il se ravisa. Ce n'est qu'après un moment de silence qu'il décida de se lancer :

— Je vous remercie. Et… le lieutenant D'Agosta ? Vous êtes toujours en contact avec lui ?

— Lui aussi a choisi de quitter la région. Il vit désormais au Canada où il s'est spécialisé dans l'écriture d'aventures policières sous le nom de Campbell Dirk.

— Tiens, je ne savais pas. Il faudra que j'achète un de ses livres.

— Contrairement à vous, il n'a pas encore rencontré le succès, mais je dois avouer que ses ouvrages se laissent lire.

— Ce qui n'est pas le cas des miens ? rétorqua Smithback du tac au tac.

Pendergast inclina légèrement la tête.

— J'avoue n'avoir jamais eu le plaisir de vous lire. Lequel de vos livres me recommanderiez-vous ?

— Très drôle, fit Smithback en regardant autour de lui d'un air préoccupé. Je me demande si Nora sera là ce soir.

— Alors, c'est vous qui avez écrit cet article ? demanda O'Shaughnessy.

Smithback hocha la tête.

— Un vrai pavé dans la mare, pas vrai ?

— On ne peut pas dire que votre papier soit passé inaperçu, rétorqua sèchement O'Shaughnessy.

— Il faut dire que c'était du gâteau. Un tueur en série venu du fin fond du XIXe siècle qui enlevait des pauvres gamins des rues avant de les découper en morceaux, tout ça au nom de la science… On a donné le Pulitzer pour moins que ça.

Les invités arrivaient, de plus en plus nombreux, et le brouhaha ne cessait d'enfler.

— La Société d'archéologie américaine exige une enquête afin de déterminer dans quelles circonstances le site a été détruit, reprit Pendergast. D'après ce que j'ai cru comprendre, le syndicat des ouvriers du bâtiment réclame également des comptes. À la veille des élections municipales, le maire est dans ses petits souliers, si vous me passez l'expression. D'autant que Moegen-Fairhaven n'est pas content, comme on peut s'en douter. Ah ! Quand on parle du loup…

— Quoi ? fit aussitôt Smithback, surpris.

— Anthony Fairhaven, lui répondit Pendergast, désignant du menton l'entrée de la salle.

O'Shaughnessy suivit son regard. L'homme qui venait d'entrer était plus jeune qu'il ne l'avait imaginé. Une silhouette athlétique et nerveuse de coureur cycliste. Son smoking lui tombait sur les épaules avec une telle élégance naturelle qu'il semblait être né avec. Mais le visage surprenait surtout par sa sincérité et sa franchise, à des années-lumière de la caricature de promoteur immobilier véreux dessinée par Smithback dans son article du *Times*. Fairhaven, posant un instant les yeux sur leur petit groupe, prit le temps de leur sourire aimablement avant d'entamer son tour de salle.

Les haut-parleurs placés devant le podium se mirent à grésiller et la mélodie d'*Histoires de la forêt viennoise* mourut lourdement. Un technicien s'assura que le micro fonctionnait convenablement, et les bavardages se turent. Un homme en costume sombre monta sur le podium et s'approcha du micro. Il respirait cette intelligence grave et cette dignité naturelle propres à la vieille aristocratie patricienne. Bref, tout ce que O'Shaughnessy détestait le plus au monde.

— C'est qui, celui-là ? demanda-t-il à Pendergast.

— Le très distingué docteur Frederick Collopy, directeur du Muséum, répondit l'inspecteur.

— Il a une femme de vingt-neuf ans, ajouta Smithback. Vous le croyez, vous ? C'est à se demander comment il fait pour… Tenez ! La voilà, dit-il en montrant du doigt une ravissante jeune femme debout près du podium.

Contrairement à la plupart des femmes présentes dans l'assistance qui avaient choisi de s'habiller en noir, Mme Colopy portait une robe longue vert émeraude, rehaussée par une tiare en diamants. Elle était d'une beauté à couper le souffle.

— Putain de gonzesse, souffla Smithback.

— J'espère que le pauvre vieux a un pacemaker de rechange sur sa table de nuit, marmonna O'Shaughnessy.

— En tout cas, je lui donnerais volontiers mon numéro de téléphone.

— Chhhht, firent plusieurs invités autour d'eux.

Mesdames et Messieurs, je vous souhaite la bienvenue, commença Collopy d'une voix grave et monocorde. *Lorsque j'étais encore jeune chercheur, j'ai décidé de m'atteler à une tâche immense, celle de procéder à la reclassification des pongidés qui appartiennent, comme vous le savez, à la catégorie des grands singes…*

Dans la salle, si le bruit avait baissé d'intensité, les conversations se poursuivaient en sourdine. *C'est quand même rigolo, les gens s'intéressent plus au buffet qu'à ce type avec ses histoires de singes,* se dit O'Shaughnessy, amusé.

... et je me trouvai d'emblée confronté à un problème majeur : dans quelle catégorie classifier la race humaine ? Faisons-nous partie des pongidés ou non ? Appartenons-nous à la famille des grands singes ou

bien relevons-nous d'une autre espèce ? Face à une question d'une telle ampleur...

— Voici le professeur Kelly, remarqua Pendergast.

Smithback se retourna d'un bloc, à la fois inquiet et ravi, mais la jeune femme passa à côté de lui sans même un regard, se dirigeant droit vers le buffet.

— Hé, Nora ! J'ai essayé de t'appeler toute la journée !

D'un œil distrait, O'Shaughnessy vit le journaliste se précipiter derrière la jeune archéologue, se désintéressant rapidement de leurs démêlés pour retourner à ses sandwiches jambon-fromage. Il plaignait de tout son cœur les habitués de ce genre de pince-fesses. Quel intérêt pouvait-on trouver à faire des ronds de jambe à longueur de soirée, à bavarder de tout et de rien avec des inconnus qu'on ne reverrait sans doute jamais, le tout sur fond de discours rasoir ?

... car il s'agit indéniablement de nos cousins les plus proches, des cousins qui...

Smithback était déjà de retour, sa veste de smoking dégoulinante de crème fraîche et de caviar. Il avait l'air effondré.

— Un incident de parcours ? lui demanda Pendergast.

— On peut appeler ça comme ça.

Levant le nez de son assiette, O'Shaughnessy vit Nora se diriger droit sur Smithback. Elle avait des mitraillettes à la place des yeux.

— Nora... commença Smithback.

— Comment as-tu pu faire une chose pareille ? Je

t'avais fait promettre de garder tout ce que je te disais pour toi, *et pour toi seul.*

— Mais enfin, Nora, c'est pour ton bien que j'ai écrit cet article. Tu ne comprends donc pas ? Maintenant, tu es intouchable et…

— Espèce de pauvre con ! Tu veux dire que ma carrière au Muséum est fichue, oui. Après ce qui s'est passé en Utah et la fermeture du musée Lloyd, ce boulot était mon unique roue de secours. *Et tu t'amuses à tout foutre en l'air !*

— Nora, si tu acceptais de regarder les choses en face, tu comprendrais…

— Tu m'avais *promis* ! Et dire que j'ai été assez conne pour te faire confiance ! Mais je ne le crois pas ! À cause de toi, je me retrouve dans une merde noire.

Elle détourna la tête un instant avant de reprendre avec une ardeur redoublée :

— Tu t'es vengé de moi parce que je n'avais pas voulu prendre cet appartement avec toi, c'est ça ?

— Mais non, Nora, au contraire. Je cherchais à t'aider. Mais je sais que tu finiras par me remercier pour ce que j'ai fait et…

Le pauvre type était complètement défait. Pour un peu, O'Shaughnessy aurait eu pitié de lui. Il était visiblement très amoureux de cette fille, mais il risquait d'avoir du mal à recoller les morceaux.

Nora se tourna brusquement vers Pendergast.

— Et vous !

Pendergast leva calmement un sourcil, prenant la précaution de reposer sur son assiette le blini qu'il était en train de déguster.

— À force de traîner au Muséum, de fouiller

partout, d'entrer dans les bureaux en trafiquant les serrures et de semer la zizanie partout ! C'est votre faute, tout ça.

Pendergast lui fit une légère courbette.

— Si j ai pu vous occasionner le moindre tracas, professeur Kelly, croyez bien que j'en suis profondément désolé.

— Le moindre tracas ? Vous vous foutez de moi, en plus. On m'a mise au pilori à cause de vous. En première page du *New York Times,* par-dessus le marché ! Si je pouvais, je vous étranglerais tous !

Au fur et à mesure que montait sa colère, Nora avait progressivement haussé le ton et les autres invités la regardaient d'un air effaré tandis que le docteur Collopy poursuivait imperturbablement son soliloque sur la classification des grands singes.

— Souriez, professeur Kelly. Notre ami Brisbane vous regarde, fit Pendergast.

Nora tourna la tête. Suivant son regard, O'Shaughnessy aperçut près du podium un grand type avec des cheveux gomminés en arrière qui regardait dans leur direction d'un air furibond.

Nora secoua la tête avant d'ajouter, un ton plus bas :

— Brisbane m'a même interdit de vous parler, si vous voulez le savoir. Mais qu'est-ce que j'ai fait pour mériter ça !

— Quoi qu'il en soit, professeur Kelly, reprit Pendergast calmement, il devient urgent que nous ayons tous les deux une petite conversation. Je vous propose de nous retrouver demain soir à 7 heures précises à la Ten Ren's Tea and Ginseng Company, 75 Mott Street. Je compte sur vous.

Nora lui jeta un regard noir avant de s'éloigner.

Brisbane en profita pour les rejoindre et se planter devant eux.

— Quelle heureuse surprise, dit-il d'un ton glacial. L'homme du FBI, le policier municipal et le journaliste-vedette. Vous faites une belle trinité !

Pendergast inclina la tête.

— Comment allez-vous, monsieur Brisbane ?

— On ne peut mieux, comme vous pouvez vous en douter.

— J'en suis très heureux.

— C'est curieux, mais je ne crois pas avoir vu vos noms sur la liste des invités. Le vôtre en particulier, monsieur Smithback. Comment diable avez-vous fait pour passer la sécurité à l'entrée ?

Pendergast, tout sourire, s'empressa de répondre d'un air dégagé :

— Le sergent O'Shaughnessy et moi-même sommes ici dans le cadre de notre enquête. Quant à monsieur Smithback, je suis convaincu qu'il serait positivement ravi d'être jeté à la rue comme un malpropre par vos gorilles. Un sujet de choix pour la suite de son article de ce matin. Qu'en pensez-vous ?

— On ne pourrait mieux décrire ma pensée, je vous remercie, ajouta Smithback.

Brisbane ne disait rien, un sourire forcé aux lèvres. Il regarda tout d'abord Pendergast, puis Smithback dans son smoking maculé.

— Votre mère ne vous a donc jamais dit que le caviar se mangeait avec la bouche, et non la chemise ?

Sans attendre de réponse, il s'éloigna.

— Pauvre crétin, murmura Smithback.

— Ne le sous-estimez pas, rétorqua Pendergast. Cet homme dispose du soutien de Moegen-Fairhaven, du Muséum et du maire. De plus, il est loin d'être crétin.

— Il ne devrait pas oublier trop vite que je travaille pour le *New York Times.*

— Ne commettez pas l'erreur de croire que ce bouclier vous rend invulnérable.

... et à présent, sans plus attendre, j'ai le plaisir et l'honneur de dévoiler devant vous la dernière création du Muséum, la salle des primates...

O'Shaughnessy regarda d'un œil morne le ruban tomber sous les coups d'une paire de ciseaux géants. Quelques applaudissements, et la marée humaine s'écoula vers la nouvelle salle.

— Que diriez-vous de nous joindre à eux ? proposa Pendergast.

— Pourquoi pas, fit O'Shaughnessy d'un air blasé. C'était toujours mieux que de prendre racine devant le buffet.

— Vous m'excuserez, mais j'ai vu suffisamment d'expositions dans ce taudis pour me passer de celle-là, s'excusa Smithback d'un ton boudeur.

Il allait s'en aller lorsque Pendergast le retint un instant par la main.

— Je suis sûr que nous aurons prochainement l'occasion de nous revoir. Très prochainement, même.

À ces mots, O'Shaughnessy crut voir Smithback tressaillir.

Pendergast et son compagnon pénétrèrent à leur tour dans la salle des primates. La foule des invités déambulait entre de superbes décors naturels reconstitués, habités de chimpanzés, d'orangs-outans, de gorilles et autres lémuriens empaillés. O'Shaughnessy ne s'attendait pas à découvrir une exposition aussi réussie. Il était d'autant plus surpris qu'il prenait les dirigeants du Muséum pour une bande d'incapables. Si ça se trouve les artistes et les scientifiques s'étaient tapé tout le boulot pour que des imbéciles comme Brisbane viennent parader le jour de l'inauguration.

Relevant la tête, il aperçut Pendergast un peu plus loin, passionné par un petit singe. Quel drôle de type, tout de même.

Par moments, il lui faisait presque peur. C'est alors que O'Shaughnessy remarqua un attroupement un peu plus loin, devant une vitrine où l'on apercevait un chimpanzé accroché à une branche. Intrigué, il s'approcha de la vitrine mystérieuse, se hissant sur la pointe des pieds pour voir ce qui intéressait tant les gens. Certains murmuraient d'un air réprobateur, d'autres riaient sous cape. Une dame couverte de bijoux tentait désespérément d'attirer l'attention d'un gardien. En voyant l'uniforme de O'Shaughnessy, les invités se poussèrent afin de le laisser approcher.

Une plaque en bois à grosses lettres dorées, différente de celles qui rehaussaient les autres vitrines, avait été posée bien en vue, sur laquelle il lut :

ROGER C. BRISBANE III
PREMIER VICE-PRÉSIDENT

21

C'était un superbe coffret en fruitier, amoureusement travaillé par un ébéniste anonyme, auquel personne n'avait touché pendant des décennies. Il était resté comme suspendu dans les limbes du temps et la poussière avait fini par le recouvrir d'un épais duvet.

Sous la caresse d'un chiffon doux, il reprenait vie tandis que le bois retrouvait son lustre d'origine. Le chiffon s'appliqua ensuite à frotter les coins de laiton qui renforçaient les arêtes du coffret, puis ce fut au tour des charnières de retrouver leur éclat d'origine. Enfin, le chiffon astiqua longuement la plaque en or portant le nom du propriétaire du coffret, fixée sur le couvercle au moyen de quatre petites vis. Ce n'est qu'après avoir soigneusement poli le moindre centimètre carré de la précieuse boîte que des doigts habiles, tremblant d'émotion, firent tourner la serrure et soulevèrent le couvercle.

À l'intérieur du coffret, les outils brillaient d'un éclat prometteur dans leurs écrins individuels de velours pourpre. Les doigts les caressèrent l'un après l'autre avec respect, semblant redonner vie à ces instruments oubliés depuis si longtemps. Le temps était venu de leur rendre ce pouvoir de jouvence.

La main hésita un instant avant de saisir prudemment un grand couteau à lame recourbée, caractéristique des couteaux à amputer couramment utilisés entre la guerre d'Indépendance et la guerre de Sécession. Ce jeu d'instruments médicaux avait d'ailleurs été fabriqué à Philadelphie par Wiegand & Snowden dans les années 1840. Un jeu unique, digne d'un musée de la médecine.

La main, ornée d'une bague d'opale en œil-de-chat à l'éclat inquiétant, reposa le couteau et passa aux outils suivants. Tour à tour, les doigts agiles palpèrent un bistouri Catlin, des écarteurs, des pinces et des forceps pour s'arrêter enfin sur une longue scie qu'ils caressèrent sensuellement avant de la sortir de son logement de velours. C'était un objet magnifiquement proportionné, solide, doté d'une lame à toute épreuve. Comme tous les autres instruments du coffret, la scie avait un manche d'ivoire et de gutta-percha. Il avait fallu attendre les années 1880 et la publication des travaux de Lister sur l'antisepsie pour que l'on pense à stériliser les outils chirurgicaux. Par la suite, le métal avait systématiquement pris la place de l'ivoire, et les anciens instruments étaient devenus des objets de collection. Quel dommage…

De toute façon, la stérilisation ne serait d'aucune utilité dans le cas présent.

Le coffret renfermait deux plateaux superposés. Avec d'infinies précautions, les doigts retirèrent celui du dessus, réservé aux outils d'amputation, et dévoila un jeu d'instruments neuro-chirurgicaux encore plus impressionnants : des rangées entières de trépans et de petites lames de scie, ainsi qu'une admirable lame métallique souple aux dents acérées, armée de poignées d'ivoire. Conçue pour amputer des membres, cette scie aurait dû trouver place dans le premier plateau, mais sa taille avait contraint le fabricant à la ranger dans la partie inférieure du coffret. Un instrument dangereux, à utiliser en dernier recours. Un instrument de toute beauté. D'une beauté effrayante.

Les doigts effleurèrent une dernière fois chaque objet avant de remettre en place le plateau supérieur.

Puis la main prit une lourde lanière de cuir sur une petite table pour y étaler un peu de gras de bœuf, posément, sans hâte. Il ne fallait surtout pas se presser. En voulant aller trop vite, on finit toujours par commettre des erreurs.

La main se dirigea enfin vers le coffret et s'empara d'un bistouri dont elle aiguisa minutieusement la lame, faisant ronronner la lanière de plaisir.

Il faudrait du temps pour aiguiser tous ces instruments. Beaucoup de temps.

Mais bientôt, le temps ne serait plus un problème.

LE TEMPS DE L'ACTION

22

Paul avait du mal à croire qu'il allait enfin savoir.

Il entraîna sa compagne dans les sous-bois de La Randonnée. Ce n'était peut-être pas un quatre étoiles, mais c'était l'endroit le moins fréquenté de Central Park.

— Tu ne voudrais pas qu'on retourne chez toi ? demanda la fille.

— Non, mes parents sont rentrés.

Pour achever de la convaincre, Paul l'enlaça et l'embrassa avidement.

— T'en fais pas. Tu verras, c'est peinard, ici.

La fille, rouge d'avoir trop couru, haletait derrière lui. Paul cherchait un petit coin tranquille afin d'être sûr que personne ne viendrait les déranger. Pas question de rater une occasion pareille. Il quitta le sentier et plongea dans un massif de rhododendrons, la fille sur ses talons, apparemment aussi impatiente que lui. Rien que d'y penser, Paul tremblait de désir, mais il fallait soigneusement choisir son bosquet ; l'endroit n'était pas toujours aussi désert qu'il y paraissait. La Randonnée avait ses habitués.

Il s'enfonça encore plus avant dans les fourrés. Le soleil d'automne n'était pas encore couché, mais les sycomores, les lauriers et autres buissons d'azalées formaient un écran dense empêchant la lumière d'entrer. Paul essayait de se persuader que le cadre était agréable, presque bucolique.

Ils parvinrent enfin à une petite clairière isolée, protégée par d'épaisses broussailles. Personne ne pouvait les voir. Ils étaient seuls au monde.

— Paul ! Et si un type nous agressait ?

— Mais non, il n'y a personne. En plus, on est complètement cachés, s'empressa-t-il de dire, l'embrassant fougueusement avant qu'elle ne change d'avis.

Elle se laissa faire, pas tout à fait rassurée.

— Tu es sûr que ça ne craint rien ? murmura-t-elle.

— J'en suis certain. Il n'y a que nous.

Après un dernier regard autour d'eux, Paul s'allongea sur la mousse et attira la fille à lui. Ils s'embrassèrent longuement. Paul en profita pour glisser ses mains sous son chemisier et elle le laissa faire. Il sentait sa poitrine se soulever de plus en plus vite sous ses caresses. Les oiseaux chantaient au-dessus de leurs têtes et la mousse épaisse formait sous eux un matelas vert particulièrement agréable. Paul n'aurait pu rêver mieux pour une première fois. Il se disait même que ça lui ferait des souvenirs, mais surtout, il allait enfin savoir. Plus question qu'on se foute de lui et que ses copains continuent à l'appeler le puceau du lycée Horace Mann.

Il se fit plus câlin et entreprit de déshabiller sa compagne.

— N'appuie pas comme ça, murmura-t-elle d'un ton de reproche. Et puis j'ai mal au dos, le sol est trop dur.

— Excuse-moi.

Ils se déplacèrent tant bien que mal dans la clairière, à la recherche d'un endroit plus confortable.

— Attention, j'ai une branche coincée dans les reins.

Elle s'arrêta brusquement.

— Qu'est-ce qu'il y a ? demanda Paul.

— J'ai entendu un bruit.

— C'est rien, c'est le vent dans les arbres.

Ils s'enlacèrent à nouveau. D'une main maladroite, Paul fit glisser la fermeture Éclair du pantalon de la fille, puis il acheva de déboutonner son chemisier, libérant une poitrine rebondie dont la vue ne fit qu'exacerber son désir. Il lui caressa la taille et descendit lentement. D'une main plus assurée, elle le prit entre ses doigts.

Paul ne pouvait plus attendre davantage.

— Aïe ! Attends une seconde, j'ai toujours une branche coincée sous moi.

Elle s'assit, essoufflée, ses cheveux blonds sur les épaules. Paul l'imita, entre désir et frustration. La mousse avait gardé l'empreinte de leurs corps et il aperçut dans la pénombre la forme claire de la branche. Il voulut la jeter plus loin mais elle résistait. *Saloperie de putain de branche.*

La branche avait quelque chose de bizarre. Elle était trop froide, trop molle. À force de tirer dessus, il s'aperçut que ce n'était pas une branche, mais un bras ! Un bras humain attaché à un corps à moitié enfoui dans un lit de feuilles mortes. Horrifié, Paul lâcha précipitamment le bras qui retomba lourdement sur le sol.

Ce fut la fille qui hurla la première, se dressant

comme un ressort. Elle recula d'un pas, trébucha et se releva avant de s'enfuir à toutes jambes, son jean à moitié ouvert, les pans de son chemisier déboutonné flottant sur ses hanches. Paul s'était également relevé mais il restait comme hypnotisé. C'est tout juste s'il entendit le bruissement des broussailles au moment où sa compagne s'enfuyait. Tout était allé si vite, il était en plein cauchemar, son désir insatisfait cédant brusquement la place à l'horreur. Il allait prendre ses jambes à son cou lorsque la curiosité le fit revenir sur ses pas. Le bras était toujours là, maculé de boue, les doigts figés dans la mort. Un peu plus loin, tapi dans l'ombre du bosquet, le reste du corps semblait narguer Paul.

23

Nonchalamment appuyé contre l'évier, le docteur Bill Dowson regardait distraitement ses ongles soignés. *Plus qu'un avant le déjeuner, Dieu merci.* Il rêvait d'une tasse de café et d'un jambon-crudités à la sandwicherie du coin. Il aurait été bien incapable de dire ce qui lui avait donné envie d'un jambon-crudités ; peut-être le dernier macchabée, ferme et blanc comme du jambon. Plus sérieusement, les jambon-crudités du type de Saint-Domingue qui tenait la sandwicherie tenaient du grand art. En fermant les yeux, Dowson voyait déjà la laitue vert tendre, craquante à souhait, les tomates juteuses se mariant subtilement avec la mayonnaise maison, hmmmm...

Il rouvrit les yeux en entendant l'infirmière entrer dans la pièce. Elle lui apportait le dossier suivant. Elle avait des cheveux noirs coupés très court et un corps appétissant. Sans même jeter un œil au dossier, il demanda en souriant :

— De quoi s'agit-il, cette fois ?

— Un meurtre.

Il poussa un gros soupir et leva les yeux au ciel.

— Si je compte bien, ça fait déjà le quatrième ce matin. Qu'est-ce qu'ils ont tous en ce moment ? La chasse est ouverte ou quoi ? Une balle, je suppose.

— Non. La victime a apparemment été tuée de plusieurs coups de couteau. On a découvert le corps à Central Park, au beau milieu de La Randonnée.

— Je comprends maintenant pourquoi on appelle ça le dépotoir, fit-il en hochant la tête. Super. Encore un crime aussi crapuleux que minable.

Il regarda sa montre.

— Allez, amenez-moi la bête.

Il suivit l'infirmière des yeux. Charmante. Très charmante, même. Elle revint quelques instants plus tard, poussant devant elle un lit roulant recouvert d'un drap vert.

Dowson, toujours appuyé contre l'évier, lui demanda :

— Si on dînait ensemble, ce soir ?

— J'ai peur que ce ne soit pas une très bonne idée, docteur, répondit l'infirmière avec un petit sourire.

— Et pourquoi pas ?

— Je vous l'ai déjà dit : je ne sors jamais avec des médecins. Encore moins quand je travaille avec eux.

Il hocha la tête, repoussa ses lunettes et dit d'un air amusé :

— Et moi qui croyais avoir rencontré l'âme sœur !

Elle sourit à nouveau.

— L'espoir fait vivre.

Elle était pourtant flattée de son intérêt pour elle, il en était sûr. Mais autant ne pas insister trop lourdement. Surtout par les temps qui couraient, avec toutes ces histoires de harcèlement sexuel.

Il soupira et quitta l'appui de l'évier pour enfiler une nouvelle paire de gants chirurgicaux.

— Vous pouvez démarrer les caméras vidéo, demanda-t-il à l'infirmière en se préparant.

— Bien, docteur.

Il prit le dossier.

— Nous sommes donc en présence d'une femme de race blanche, nommée Doreen Hollander, vingt-sept ans, habitant Pine Creek en Oklahoma. Le corps a été identifié par le mari.

Il jeta un œil distrait sur le reste du dossier, le raccrocha à la tête du lit roulant et ajusta son masque. Puis, aidé par l'infirmière, il fit glisser sur la table d'examen en acier brossé le cadavre toujours recouvert de son drap.

Sentant brusquement une présence dans son dos, il se retourna. Un homme de grande taille se tenait debout sur le seuil de la salle d'autopsie. Son costume noir accentuait l'extrême pâleur de son visage et de ses mains. Derrière lui se tenait un policier en uniforme.

— De quoi s'agit-il ? demanda Dowson.

S'approchant, l'homme lui tendit un badge dans un étui de cuir.

— Je suis l'inspecteur Pendergast, docteur Dowson. Et je vous présente le sergent O'Shaughnessy de la police de New York.

Dowson le regarda longuement, surpris. Deux flics ? Il n'avait jamais vu ça. L'étrange visiteur respirait le mystère avec ses cheveux blond-blanc, ses yeux incolores et cet accent sudiste prononcé.

— Oui, et alors ?

— Je souhaiterais assister à cette autopsie.

— S'agit-il d'une affaire qui regarde le FBI ?

— Non.

— Vous avez une autorisation ?

— Je vous mentirais en affirmant que oui.

Dowson soupira, agacé.

— Vous connaissez le règlement. Les autopsies ne sont pas un spectacle public.

L'inspecteur fit un pas en avant, s'approchant tout près. Trop près au goût de Dowson qui dut faire un effort sur lui-même pour ne pas battre en retraite.

— Écoutez, monsieur Pendergast, commencez par vous procurer les autorisations nécessaires et revenez ensuite. D'accord ?

— Je crains fort que cela ne prenne trop de temps, répliqua Pendergast. Je ne voudrais pas vous retarder dans votre travail, aussi apprécierais-je grandement que vous acceptiez de nous laisser regarder.

Malgré son extrême courtoisie et son langage choisi, l'agent du FBI s'exprimait avec une telle autorité que Dowson hésita.

— Écoutez, avec tout le respect que je vous dois…

— Avec tout le respect que *je* vous dois, docteur Dowson, je ne suis guère d'humeur à échanger indéfiniment des civilités avec vous. Je vous demanderai donc de procéder à cette autopsie sans plus tarder.

Le ton était glacial. Dowson se souvint soudain que la caméra vidéo enregistrait la conversation. Il regarda furtivement en direction de l'infirmière, persuadé que l'homme n'hésiterait pas à l'humilier en cas de besoin. Dowson n'avait pas envie de ça, on ne savait jamais jusqu'où cette histoire pouvait aller. Ce type était un agent du FBI, et Dowson s'était couvert en lui demandant s'il avait une autorisation. L'enregistrement en attestait.

— D'accord, Pendergast, finit-il par dire en soupirant. Je vous demanderai simplement de passer une blouse, ainsi que le sergent.

Les deux hommes s'éloignèrent avec l'infirmière et il attendit leur retour pour retirer d'un coup sec le drap qui recouvrait le cadavre. Le corps se trouvait sur le dos. Une fille blonde, encore jeune et fraîche. Il avait fait froid la nuit précédente et la décomposition n'avait pas commencé. Dowson entama ses observations dans un micro pendu au plafond, juste au-dessus de la table d'opération. Le type du FBI examinait le corps avec le plus grand intérêt. En revanche, le flic en uniforme n'avait pas l'air dans son assiette. Il dansait d'un pied sur l'autre, la bouche serrée. *J'espère qu'il ne va pas dégueuler partout,* pensa le médecin.

— Vous croyez que ça ira ? demanda-t-il à

Pendergast à mi-voix, désignant O'Shaughnessy du menton.

Pendergast se tourna vers son compagnon.

— Vous n'êtes pas obligé de rester, sergent.

Le flic déglutit, regardant tour à tour Pendergast et le corps.

— Je crois que j'attendrai dans le couloir, finit-il par décider.

— En sortant, n'oubliez pas de déposer votre blouse dans la corbeille à linge, lui dit Dowson d'un ton sarcastique.

Pendergast regarda O'Shaughnessy s'éloigner, puis il se tourna vers Dowson.

— Je pense qu'il serait bon de retourner le corps avant de l'inciser,

— Et pourquoi ça ?

— Page deux, se contenta de dire Pendergast, désignant le dossier pendu à la tête du lit.

Dowson s'en empara et tourna la première page. *Nombreuses lacérations... Plaies et coupures profondes...* D'après le rapport initial, la jeune femme avait été poignardée à de nombreuses reprises au bas du dos. Ou plus bas. Comme d'habitude, il était difficile de savoir exactement ce qui s'était passé, d'un strict point de vue médical, à la lecture du rapport de police. Aucun médecin légiste n'avait été appelé sur les lieux. Une affaire trop banale pour ça, et Doreen Hollander n'était visiblement pas quelqu'un d'important.

Dowson raccrocha le dossier sur le lit.

— Sue, si vous voulez bien m'aider à retourner le corps.

Quelques instants plus tard, le cadavre reposait

sur le ventre. L'infirmière poussa un petit cri et recula machinalement.

Dowson avait des yeux comme des soucoupes.

— On dirait qu'elle est morte au cours d'une opération ! Comme si on avait voulu lui enlever une tumeur de la moelle épinière !

Il se demanda même si ça n'était pas une nouvelle erreur administrative. La semaine précédente, on lui avait envoyé deux macchabées par erreur. Mais Dowson ne tarda pas à comprendre que ce cadavre ne venait pas de l'hôpital, à cause de la terre et des feuilles mortes collées sur la plaie béante qui s'ouvrait sur toute la partie inférieure du dos, jusqu'au sacrum.

C'était plus que curieux. C'était incroyable.

Il examina la plaie de plus près, la décrivant pour l'enregistrement vidéo d'une voix aussi calme que possible :

— Superficiellement, il ne s'agit pas de coups portés au hasard à l'aide d'une arme blanche, contrairement à ce qui figure dans le rapport d'enquête initial. La victime semble avoir fait l'objet d'une… d'une véritable dissection. L'incision, si c'en est bien une, prend naissance à une distance approximative de trente centimètres en dessous de l'omoplate et vingt centimètres au-dessus de la taille. Il semble que l'extrémité inférieure du rachis ait été prélevée, depuis la première lombaire jusqu'au sacrum.

À ces mots, l'agent du FBI leva brusquement les yeux sur lui.

— La dissection suit toute la longueur du canal

vertébral jusqu'au *filum terminale,* poursuivit-il avant d'ajouter :

— Drainage, s'il vous plaît.

L'infirmière nettoya la terre et les résidus collés à la plaie. Le ronronnement de la caméra troublait seul le silence, jusqu'à ce que la jeune femme dépose, dans un bruit de pince métallique, des morceaux de brindilles et de feuilles mortes dans le canal d'écoulement de la table.

— La moelle spinale, ou plutôt l'extrémité de la moelle spinale, a été prélevée. La zone de dissection s'étend du trou de conjugaison aux apophyses transverses. Irrigation de la zone lombaire, s'il vous plaît.

L'infirmière obtempéra.

— L'épiderme, les tissus sous-cutanés et les muscles interépineux ont été incisés. Il semble qu'un écarteur ait été utilisé, dont on peut encore apercevoir des traces ici, ici et ici, précisa-t-il en désignant pour la caméra chacune des zones concernées.

— Les apophyses transverses et les lames vertébrales ont été prélevées, ainsi que le ligament jaune. La dure-mère spinale est en revanche toujours là. On note toutefois une incision longitudinale de la dure-mère spinale entre la première lombaire et le sacrum, ce qui a permis le prélèvement de la moelle. Il s'agit de toute évidence d'un travail précis, exécuté par une personne aux connaissances chirurgicales avérées. Microscope stéréoscopique, s'il vous plaît.

L'infirmière alla chercher un grand microscope sur roulettes, et Dowson procéda à l'examen des apophyses spinales.

— On a de toute évidence utilisé une pince à

dissection pour prélever les apophyses transverses et les lames vertébrales.

Dowson se redressa et s'épongea le front avec la manche de sa blouse. Cela ne ressemblait pas vraiment aux dissections qu'on voit dans les facultés de médecine. On aurait plutôt dit un travail exécuté par un jeune interne en neurochirurgie. Il se rappela soudain la présence de ce flic du FBI, Pendergast. Il jeta un œil dans sa direction afin d'observer sa réaction. Dowson avait souvent vu des gens choqués pendant une autopsie, d'autres tourner de l'œil ; ce n'était pas le cas de Pendergast, plus pâle que la mort.

Il profita de ce moment de répit pour rompre le silence.

— Docteur, puis-je vous poser quelques questions ?

Dowson fit oui de la tête.

— Cette dissection est-elle à l'origine du décès de la victime ?

Dowson n'y avait pas pensé, et il fut parcouru d'un léger frisson avant de répondre :

— Si le sujet était encore en vie au moment de l'opération, il est évident que celle-ci aura suffi à causer la mort.

— Oui, mais à quel moment précis ?

— Le fait d'inciser la dure-mère spinale provoque inévitablement la perte du liquide céphalorachidien, ce qui provoque la mort.

Il examina à nouveau la plaie. L'opération avait provoqué une hémorragie importante au niveau des vaisseaux épiduraux, mais certains d'entre eux s'étaient rétractés, signe que le sujet était encore en vie. Mais la personne qui avait opéré n'avait pas pris la peine d'épargner les vaisseaux, comme l'aurait fait un chirurgien dans le cadre d'une opération normale. Dans le cas présent, si l'opération avait été réalisée avec beaucoup de minutie, elle s'était visiblement déroulée dans la précipitation.

— De nombreux vaisseaux ont été sectionnés et seuls les plus importants, c'est-à-dire ceux qui auraient entravé l'opération en provoquant des hémorragies majeures, ont été ligaturés. Le sujet aurait fort bien pu mourir d'hémorragie avant même l'incision pratiquée dans la dure-mère spinale. Tout dépend de la vitesse à laquelle a opéré la personne responsable de ce… de cette chose.

— Mais peut-on affirmer que le sujet était en vie au *début* de l'opération ?

— Tout le laisse penser.

La gorge de Dowson se serra.

— Pourtant, poursuivit-il, il semble que rien n'ait été fait pour *maintenir* le sujet en vie au cours de cette… de la dissection.

— Je vous conseille vivement d'opérer les prélèvements nécessaires afin de déterminer si le sujet se trouvait sous l'effet d'un tranquillisant.

Le médecin approuva.

— On le fait systématiquement.

— À votre avis, docteur, cette dissection a-t-elle été effectuée par un membre de votre profession ?

Dowson ne répondit pas. Il avait besoin de mettre de l'ordre dans ses idées. Cette histoire pouvait très bien faire la une des journaux. Il ne faisait aucun doute que les autorités feraient tout pour ne pas ébruiter l'affaire et éviter la ruée des journalistes, mais la chose finirait par se savoir. Il y avait toujours quelqu'un pour parler, et alors on examinerait ses déclarations à la loupe. Il avait donc tout intérêt à prendre son temps. Il ne s'agissait pas d'un meurtre banal, contrairement à ce que laissait penser le rapport de police. Dieu merci, il avait pris le temps de retourner le cadavre avant d'entamer son autopsie. Et c'était bien grâce à ce drôle de flic du FBI.

Dowson se tourna vers l'infirmière.

— Je voudrais que vous fassiez monter Jones avec ses appareils grand format et de quoi prendre des clichés microscopiques. J'ai également besoin d'un autre légiste pour m'assister. Qui est de garde ?

— Le docteur Lofton.

— Dites-lui d'être prêt dans une demi-heure. Enfin, il faudrait que je voie le neurochirurgien, le docteur Feldman. Dites-lui de monter le plus rapidement possible.

— Bien, docteur.

Il se tourna vers Pendergast.

— J'ai bien peur que vous ne puissiez rester plus longtemps sans les autorisations nécessaires.

À son grand étonnement, le policier accepta de bon gré.

— Je comprends fort bien, docteur. Je vois que l'autopsie est entre d'excellentes mains. Personnellement, j'ai vu ce que je voulais voir.

Et moi, donc ! pensa Dowson. Il était désormais convaincu qu'un chirurgien était à l'origine de ce carnage. Cette idée lui donnait la nausée.

O'Shaughnessy, debout dans la salle d'attente, se demandait s'il devait prendre un café au distributeur automatique ou non. Il décida de s'en passer. Il était extrêmement gêné. Un flic comme lui, endurci par des années de métier dans l'une des villes les plus dures du monde... et voilà qu'il avait failli se trouver mal ! C'est tout juste s'il avait pu retenir son petit déjeuner dans la salle d'autopsie en voyant cette pauvre grosse fille, toute nue sur la table d'opération, son visage encore jeune tout bouffi, les yeux grands ouverts, des brindilles et des feuilles mortes plein les cheveux... Rien que d'y penser, il se sentait à nouveau mal.

Il éprouvait surtout un sentiment de rage incontrôlé vis-à-vis du salaud qui avait pu faire ça. Il n'avait jamais voulu travailler à la criminelle, même à ses débuts. Il avait horreur du sang. Mais sa belle-sœur vivait en Oklahoma, elle avait à peu près le même âge que cette pauvre fille, et il aurait été prêt à tout pour attraper l'assassin.

Pendergast apparut soudain dans la pièce, plus spectral que jamais. C'est tout juste s'il jeta un regard à O'Shaughnessy. Quelques instants plus tard, ils quittaient le bâtiment l'un derrière l'autre pour se glisser aussitôt dans la voiture qui les attendait.

Pendergast était visiblement d'une humeur exécrable. Il avait tendance à être cyclothymique, mais le sergent ne l'avait jamais vu comme ça. O'Shaughnessy n'avait pas la moindre idée de ce qui avait poussé l'agent du FBI à s'intéresser brusquement à ce nouveau meurtre, alors qu'il semblait concentrer tous ses efforts sur le charnier. Il jugea le moment malvenu de lui demander des explications.

— Vous vous arrêterez au commissariat de

l'arrondissement pour déposer le sergent, demanda Pendergast au chauffeur. Ensuite, vous me reconduirez chez moi.

O'Shaughnessy se tourna vers Pendergast au moment où l'inspecteur se calait sur la banquette de cuir blanc :

— Que s'est-il passé ? parvint-il à demander. Qu'avez-vous vu là-bas ?

— Le Diable, murmura Pendergast les yeux dans le vague, avant de retomber dans le silence.

24

William Smithback, dans son élégant costume Armani tout droit sorti de chez le teinturier, arborant sa plus belle chemise blanche et sa cravate la plus chic, se tenait au coin de l'avenue des Amériques et de la 55e Rue. Il observait l'immense façade du Moegen-Fairhaven Building dont les reflets bleu-vert brillaient au soleil comme un lac vertical. C'est là, au milieu de cette masse de verre et d'acier de plusieurs dizaines de millions de dollars, que se trouvait sa prochaine victime.

Sûr de son bagout et de sa débrouillardise, il ne doutait pas d'arriver jusqu'à Fairhaven. Il n'avait pas choisi le métier de journaliste pour rien. Son rédacteur en chef avait voulu lui mettre entre les pattes cette histoire de touriste venue d'Oklahoma se faire tuer en plein Central Park, mais Smithback avait insisté pour réaliser un reportage sur Fairhaven, et il était hors de question de rentrer au journal les mains vides. Il en allait de sa réputation.

Il revoyait le visage grisonnant du rédacteur en chef avec ses yeux de poisson derrière ses lunettes en cul-de-bouteille, le menaçant d'un doigt jauni par la cigarette et lui expliquant que cette histoire de touriste était de la dynamite. De la dynamite ! Et puis quoi, encore ?

Dans une ville comme New York, on retrouve des touristes assassinés presque tous les jours. C'est bien dommage, mais c'est comme ça, on ne peut rien y faire, et ce n'est pas un article de plus qui fera reculer la criminalité. De toute façon, Smithback avait passé l'âge des chiens écrasés et des crimes crapuleux. Ce n'était plus un vague petit gratte-papier, mais un journaliste avec un grand J.

Il était convaincu que l'affaire du chantier de Fairhaven et tous ces vieux crimes auxquels Pendergast s'intéressait tant n'avaient pas fini de faire couler de l'encre. Et Smithback croyait dur comme fer à ses intuitions. Son rédacteur en chef n'aurait pas à le regretter. Il s'agissait de jeter sa ligne au bon endroit et ce serait bien le diable si Fairhaven ne mordait pas à l'hameçon.

Il traversa la rue d'un pas décidé, faisant un doigt d'honneur au chauffeur de taxi qui avait osé le klaxonner après l'avoir évité d'un cheveu. En trois enjambées, il atteignait l'entrée en titanium du Moegen-Fairhaven Building. À l'intérieur, quelques hectares de granit poli faisaient office de décor à un hall d'accueil grandiose. Une demi-douzaine de gardiens s'agitaient derrière un vaste comptoir, protégeant une batterie d'ascenseurs stratégiquement placés derrière eux.

Smithback se dirigea droit vers eux, s'appuyant sur le comptoir d'un air résolu.

— Je viens voir M. Fairhaven.

Tout en continuant à feuilleter un listing informatique avec une parfaite désinvolture, le gardien lui demanda :

— Votre nom.

— William Smithback, du *New York Times.*

— Un instant, marmonna le gardien en saisissant un téléphone.

Il composa un numéro, attendit quelques instants et tendit le combiné à Smithback.

— C'est à quel sujet ? fit une voix claire à l'autre bout du fil.

— Je m'appelle William Smithback et je suis journaliste au *New York Times.* Je voudrais voir M. Fairhaven.

On était samedi, mais Smithback aurait parié son costume Armani qu'il était à son bureau. Les types du genre de Fairhaven travaillent toujours le samedi. Et le samedi, il y a moins de secrétaires et d'assistants pour filtrer les indésirables.

— Vous avez rendez-vous ? demanda la voix féminine du haut de ses cinquante étages.

— Non. J'enquête sur l'affaire Enoch Leng et les corps retrouvés à Catherine Street, sur l'un de vos chantiers. J'ai besoin de le voir le plus rapidement possible, c'est urgent.

— Puis-je vous conseiller de prendre rendez-vous ? fit la voix d'un ton parfaitement neutre.

— Comme vous voulez. Alors faites comme si je

vous téléphonais de l'extérieur. Bonjour, mademoiselle. Je voudrais prendre rendez-vous avec M. Fairhaven pour… – Smithback regarda sa montre – aujourd'hui 10 heures.

— M. Fairhaven est occupé actuellement, répliqua la voix du tac au tac.

Donc, Fairhaven était bien là. Bingo ! Il était temps de passer à la phase suivante, celle de l'attaque frontale. Il y avait certainement dix autres secrétaires au-dessus de celle qu'il avait au téléphone, mais ça n'était pas pour faire peur à Smithback.

— Très bien. Dans ce cas, vous direz à M. Fairhaven que, s'il est trop occupé pour me recevoir, je me contenterai de dire dans mon article qu'il a refusé de s'exprimer sur cette triste affaire.

— Il est occupé actuellement, répéta la voix d'un ton machinal.

— Il refuse donc de nous donner sa version des faits, c'est bien ce que je disais. Voilà qui ne va pas manquer d'intéresser les lecteurs du *Times*. En tout cas, je peux déjà vous dire une chose : lundi matin en ouvrant son journal, M. Fairhaven sera curieux de savoir qui a éconduit sans autre forme de procès l'auteur de cet article, et je n'aimerais pas me trouver à votre place.

Son petit speech fut suivit d'un long silence, que Smithback mit à profit pour reprendre son souffle. Dieu, que ce métier pouvait être pénible, par moments !

— Je suppose que vous achetez le journal comme tout le monde, et qu'il vous arrive de lire qu'un petit malin a refusé de s'exprimer sur tel ou tel sujet. Quel effet ça vous fait ? Vous le trouvez sympathique, le type en question ? Surtout quand il s'agit d'un gros promoteur immobilier. Je vois d'ici comment je vais arranger ça. *M. Fairhaven a préféré ne pas répondre à nos questions.*

Nouveau silence. Smithback se demanda un instant si la secrétaire avait raccroché, mais il entendit brusquement un petit bruit curieux. Comme si quelqu'un pouffait à l'autre bout du fil.

— Pas mal, fit alors une voix masculine plutôt agréable. Je vous tire mon chapeau, cher monsieur.

— Qui est à l'appareil ? demanda Smithback.

— Mais, voyons, un gros promoteur immobilier, pour vous servir.

— Qui ?

Smithback n'avait pas l'intention de se laisser mener en bateau par le premier sous-fifre venu.

— Anthony Fairhaven.

— Ah !

Smithback mit quelques instants à se remettre du choc, mais il reprit rapidement le dessus :

— Monsieur Fairhaven, est-il vrai que…

— Pourquoi ne montez-vous pas afin que nous puissions nous expliquer d'homme à homme, comme des gens civilisés ? Quarante-neuvième étage.

— Comment ?

Smithback n'en revenait toujours pas de la facilité avec laquelle il avait réussi à franchir tous les barrages.

— Je vous propose simplement de monter me voir. Je savais déjà que j'avais affaire à un journaliste ambitieux et carriériste, monsieur Smithback, et j'avoue que ça faisait un petit moment que je vous attendais.

Le bureau de Fairhaven n'était pas exactement tel que Smithback l'avait imaginé. Si une batterie de secrétaires et d'assistants en tout genre gardaient effectivement le saint des saints, il constata en revanche que le bureau de Fairhaven ne respirait ni la prétention ni la suffisance : pas de meubles chromés ultramodernes, aucune débauche de dorures et de bois précieux, encore moins de tableaux de maîtres et de naïfs haïtiens accrochés aux murs. La pièce, de dimensions modestes, était toute simple, et s'il y avait bien quelques œuvres d'art pour égayer l'ensemble, il s'agissait de lithographies de Thomas Hart Benton à la gloire de l'Amérique profonde. Une vitrine, dûment cadenassée et pourvue d'un dispositif d'alarme, contenait une belle collection d'armes à feu. Quant au bureau du maître de céans, c'était un petit meuble en bois blanc tout simple, auquel faisaient face quelques fauteuils disposés autour d'un tapis persan usé. L'un des murs de la pièce était couvert d'étagères, mais, loin de contenir des livres en simili cuir comme on en trouve au mètre chez les parvenus analphabètes, celles-ci contenaient des ouvrages soigneusement lus et relus, à en juger par leurs reliures fatiguées. À l'exception de la vitrine de velours noir avec ses pistolets, le bureau de Fairhaven ressemblait davantage à l'antre d'un professeur d'université qu'au bureau d'un magnat de l'immobilier. La pièce était d'une propreté immaculée et le moindre centimètre carré de meuble étincelait, jusqu'aux livres sur leurs rayonnages qui donnaient l'impression d'avoir été briqués. Une légère odeur de produit ménager accueillait même le visiteur.

— Asseyez-vous, je vous en prie, dit un Fairhaven très souriant en désignant d'un geste ample les fauteuils qui lui faisaient face. Puis-je vous offrir quelque chose ? Du café, de l'eau, du whisky, une boisson fraîche ?

— Rien, merci, répondit Smithback en s'installant.

Comme toujours au moment de réaliser une interview importante, il ressentait la même jubilation enfantine. Fairhaven avait beau être malin, c'était un gosse de riche et il ne faisait pas le poids. Smithback avait interviewé des dizaines de types dans son genre au cours de sa carrière, n'hésitant pas à pousser dans leurs derniers retranchements les plus coriaces, et Fairhaven ne lui faisait pas peur.

Le promoteur ouvrit un minibar dans lequel il prit une petite bouteille d'eau minérale. Il en versa le contenu dans un verre avant de s'installer, non pas à son bureau, mais dans un fauteuil face à Smithback. Puis il croisa les jambes avec un grand sourire. Un rayon de soleil traversait la pièce, faisant scintiller la bouteille d'eau, et Smithback ne put s'empêcher d'admirer un instant la vue à travers les immenses baies vitrées. Mais il n'était pas venu en touriste, et il était temps de jauger son hôte.

Le front puissant, l'allure sportive, un air spontané, des cheveux noirs légèrement ondulés, le regard volontiers ironique… Fairhaven devait avoir dans les trente à trente-cinq ans.

— Eh bien, s'impatienta le promoteur non sans humour, le petit malin attend vos questions.

— Puis-je enregistrer cette conversation ?

— Mais je n'en attendais pas moins de vous, cher ami.

Smithback sortit un petit magnétophone de sa poche. Fairhaven ne manquait pas de charme, ce qui ne l'étonnait pas outre mesure. Ces types-là sont tous des manipulateurs-nés, il suffit de ne pas se laisser piéger. Fairhaven ne valait pas mieux que les autres ; c'était un homme d'affaires sans scrupule, prêt à vendre sa mère pour encaisser un loyer.

— Je souhaiterais tout d'abord savoir pour quelle raison vous avez ordonné la destruction du souterrain de Catherine Street, commença le journaliste.

Fairhaven hocha imperceptiblement la tête avant de répondre :

— Le chantier prenait du retard et il était temps de s'attaquer aux fondations. D'un point de vue plus pragmatique, il faut savoir que la moindre journée perdue me coûte quarante mille dollars. Et puis je ne suis pas archéologue, vous savez.

— En parlant d'archéologues, certains d'entre eux vous accusent d'avoir détruit l'un des sites les plus importants découverts à Manhattan depuis un quart de siècle.

— Vraiment ? répliqua Fairhaven d'un air faussement naïf. Et quels archéologues ?

— Ceux de la Société américaine d'archéologie, pour ne citer qu'eux.

— Je ne jouerai pas les étonnés, fit le promoteur. Si on les laissait faire, plus personne ne pourrait bêcher dans son jardin sans la présence d'un archéologue, un tamis, une truelle et une brosse à dents à la main.

— Pour en revenir au chantier…

— Écoutez-moi, monsieur Smithback. J'ai agi de manière parfaitement légale tout au long de cette affaire. Lorsqu'on a découvert ces restes humains, j'ai *personnellement* pris la décision de faire arrêter les travaux d'excavation. Par la suite, je me suis *personnellement* rendu sur place. J'ai insisté pour qu'on fasse appel aux gens de l'identité judiciaire afin que le site puisse être photographié dans les meilleures conditions possibles. Les restes de ces malheureux ont été manipulés avec le plus grand soin avant d'être examinés par des spécialistes. Je les ai ensuite fait enterrer avec toute la décence voulue, et tout cela à mes frais. Quant aux travaux, ils n'ont repris qu'avec l'autorisation exprès du maire lui-même. Que pouvais-je faire de plus ?

Smithback commençait à se sentir mal à l'aise. Les choses ne se déroulaient pas du tout comme il l'avait prévu. S'il laissait Fairhaven reprendre l'initiative, l'entretien risquait de tourner court. Il était temps de passer à la contre-offensive.

— Vous dites que vous avez fait enterrer les restes des victimes. Pour quelle raison ? Pourquoi tant d'empressement ? Qu'aviez-vous à cacher ?

Fairhaven éclata littéralement de rire en entendant la question.

— Vous avez une façon pour le moins tendancieuse de présenter les choses, finit-il par répondre. Vous autres journalistes allez toujours chercher midi à quatorze heures. J'avoue avoir des convictions religieuses. Ces pauvres gens sont morts dans des conditions atroces, et j'ai voulu leur offrir un enterrement décent en organisant à leur intention un office œcuménique à la fois simple et digne, loin de l'arène médiatique. Si on me reproche de les avoir fait enterrer avec le peu d'effets qui leur appartenaient dans un cimetière digne de ce nom, alors oui, je suis coupable. Coupable de n'avoir pas voulu qu'on expose leurs restes dans un musée quelconque. Coupable d'avoir acheté une concession dans le cimetière des Portes du Paradis à Valhalla, à quelques kilomètres au nord de New York. Si vous voulez voir la concession, le gardien du cimetière se fera un plaisir de vous la faire visiter. Je ne sais pas ce que vous auriez fait à ma place, mais je me sentais moralement responsable de ces pauvres gens et il fallait bien en faire quelque chose. La municipalité ne s'est pas battue pour les récupérer, croyez-moi.

— Très bien, fit Smithback, satisfait.

À défaut d'autre chose, cet enterrement dans l'intimité lui fournirait matière à un très bel encadré. Mais il n'était pas venu là pour faire pleurer Margot et il n'avait pas l'intention de se faire embobiner par Fairhaven.

— À en croire la rumeur, reprit-il, vous apportez une contribution substantielle à la campagne électorale du maire. Juste au même moment, le maire vous tire d'un mauvais pas. S'agit-il d'une simple coïncidence ?

Fairhaven se cala dans son fauteuil.

— Ce n'est pas la peine de prendre des airs de vierge effarouchée. Vous connaissez aussi bien que moi la façon dont les choses fonctionnent dans cette ville. Quand je fais un don pour la campagne du maire, c'est mon droit le plus strict. Pour autant, je n'attends rien des autorités municipales et je ne leur demande d'ailleurs rien.

— Mais si on vous fait une fleur, vous n'allez tout de même pas porter plainte.

En guise de réponse, Fairhaven le gratifia d'un petit sourire cynique. Smithback se sentait de moins en moins rassuré. Se sachant enregistré, ce type-là trouvait le moyen de ne pas répondre à ses questions les plus directes.

Il se leva et fit mine de s'intéresser aux lithographies accrochées au mur, les mains derrière le dos. Il était temps de changer de stratégie. Il passa à la vitrine avec ses armes rutilantes, histoire de gagner du temps.

— Plutôt original comme décoration, fit-il d'un ton anodin.

— Je m'intéresse aux armes de collection. J'en ai les moyens. Le pistolet que vous regardez, par exemple, est un Luger de calibre 45. Un exemplaire unique. Je possède également une collection de Mercedes décapotables, mais comme elles prennent plus de place que mes armes, je les garde dans ma propriété de Sag Harbor. Ça vous convient comme explication ?

Fairhaven arborait toujours le même petit sourire sardonique.

— Nous collectionnons tous quelque chose, monsieur Smithback, poursuivit-il. Je suis bien sûr que vous devez avoir une passion, vous aussi. Je ne sais pas, moi. Les archives des musées, par exemple, que vous empruntez en oubliant malencontreusement de les rendre.

Smithback se retourna d'une pièce. Comment pouvait-il être au courant ? Avait-il fait fouiller son appartement ? Mais non, il avait dit ça par hasard. Il retourna s'asseoir.

— Monsieur Fairhaven…

Il n'eut pas le temps de poursuivre car le promoteur l'interrompit brusquement d'un ton sans réplique :

— Écoutez-moi, Smithback. Je sais que vous faites votre métier en me mettant sur le gril. Les « gros promoteurs immobiliers », comme vous dites, constituent une cible facile, tout le monde le sait. Et vous avez une prédilection pour les cibles faciles. Vous êtes bien tous les mêmes. Vous vous prenez tous pour des justiciers. Mais n'oubliez pas que le journal d'aujourd'hui servira à envelopper le poisson de demain. Vous faites un métier éphémère, monsieur Smithback. Vous-même n'êtes qu'une coquille de noix sur l'océan de l'amphigouri journalistique.

« Une coquille de noix sur l'océan de l'amphigouri journalistique. » La formule n'était pas limpide, mais elle était trop ronflante pour ne pas être insultante. Ah, ah ! Fairhaven était en train de s'énerver ! Voilà qui augurait bien de la suite. Enfin, sans doute.

— Monsieur Fairhaven, j'ai tout lieu de croire que vous avez exercé des pressions sur le Muséum pour que l'enquête soit stoppée.

— De quelle enquête parlez-vous ?

— Je parle de l'enquête sur Enoch Leng et les crimes de Catherine Street.

— Mais que voulez-vous que j'en aie à faire ? Le chantier a repris et, pour être tout à fait franc avec vous, c'est tout ce qui m'intéresse. Qu'ils fassent toutes les enquêtes du monde si ça leur chante, ça m'est totalement égal. J'adore la façon dont vous autres journalistes présentez les choses : *J'ai tout lieu de* croire ! Si vous étiez honnête, vous diriez : *J'ai envie de croire, mais comme je n'ai pas l'ombre d'une preuve*... Vous me décevez, Smithback. Je constate que vous avez appris votre métier dans le *Manuel du parfait journaliste en dix leçons.* Leçon numéro un : Comment passer pour un imbécile en faisant semblant de poser des questions pertinentes.

Une fois de plus, Fairhaven fit entendre son petit rire cynique.

Sraithback, raide comme un piquet sur son siège, attendait la fin de l'orage. Il aurait bien aimé se convaincre qu'il était en train de pousser Fairhaven à la faute, mais son intuition lui disait que ce n'était pas le cas.

— Monsieur Fairhaven, finit-il par demander avec une désinvolture feinte, pour quelle raison vous intéressez-vous *tant* au Muséum ?

— J'adore le Muséum depuis toujours. C'est de loin le musée au monde que je préfère. J'ai passé toute mon enfance à admirer les dinosaures, les météorites et les pierres précieuses. Quand j'étais petit, j'avais une nourrice qui m'emmenait constamment là-bas. Pendant qu'elle était occupée à embrasser son petit ami derrière les éléphants, je faisais le tour des salles. Mais je suppose que cette vision nostalgique ne vous convient pas, tout simplement parce qu'elle cadre mal avec votre idée préconçue du promoteur immobilier cupide et malhonnête. Si vous croyez que je ne vois pas clair dans votre jeu, monsieur Smithback.

— Monsieur Fairhaven...

— Vous vous attendez à une confession de ma part, c'est ça ?

Smithback ne savait plus quoi dire.

— Eh bien j'avoue, continua Fairhaven d'un ton confidentiel. J'ai commis deux crimes impardonnables.

Smithback avait bien conscience qu'il ne maîtrisait plus l'entretien. L'autre allait se moquer de lui une fois de plus.

— Vous êtes prêt à recueillir ma déposition ?

D'un air faussement blasé, Smithback s'assura que son magnétophone tournait bien.

— Mes deux crimes, c'est d'avoir de l'argent et d'être un gros entrepreneur. Deux crimes absolument impardonnables, j'en conviens. C'est ma faute, c'est ma faute, c'est ma très grande faute.

Un journaliste digne de ce nom doit être capable de se contenir en toutes circonstances, mais Smithback sentait la moutarde lui monter au nez. Il devait se rendre à l'évidence, il avait complètement raté son interview. Ce type-là était une véritable anguille, un champion toutes catégories de l'esquive, et Smithback en était pour ses frais. Sans trop y croire, il tenta une ultime offensive.

— Vous ne m'avez toujours pas expliqué pourquoi…

Sans attendre la fin de sa question, Fairhaven se leva.

— Mon pauvre Smithback, si vous saviez à quel point vous êtes transparent avec vos questions rebattues. Si vous saviez à quel point vous êtes lourd et médiocre, aussi bien comme journaliste que comme individu, je crois que vous auriez honte.

— Je souhaiterais que vous m'expliquiez…

Fairhaven appuyait déjà sur un bouton de l'interphone, et sa voix couvrit celle de Smithback.

— Mademoiselle Gallagher, monsieur Smithback nous quitte déjà. Merci de le raccompagner.

— Bien, monsieur Fairhaven.

— Vous avez une façon pour le moins abrupte de…

— J'ai assez donné, monsieur Smithback. Je vous ai reçu pour ne pas lire dans votre journal que j'avais refusé de répondre à vos questions. Et puis j'avoue avoir été coupable d'une certaine curiosité ; j'avais envie de savoir si vous étiez un cran au-dessus de la mêlée. Maintenant que je sais à quoi m'en tenir, je n'ai aucune raison de continuer à perdre mon temps.

La secrétaire, sereinement indifférente, attendait sur le seuil du bureau.

— Si vous voulez bien me suivre, monsieur Smithback.

— Merci, je trouverai bien la sortie tout seul.

Tremblant de rage et d'humiliation, Smithback traversa toute une ribambelle de bureaux avant de s'arrêter dans celui de la dernière secrétaire, la moins gradée sans doute. Depuis dix ans qu'il jouait au chat et à la souris avec la presse, Fairhaven s'en était toujours tiré. Ce n'était pas la première fois que Smithback tombait sur un client coriace, mais il fallait bien avouer que celui-ci battait tous les records. Pour qui se prenait-il ? Personne n'avait jamais osé lui dire qu'il était médiocre, lourd et amphigourique. Il faudrait d'ailleurs qu'il pense à vérifier dans le dictionnaire la signification exacte de ce mot.

Fairhaven n'avait rien d'un premier communiant, on était d'accord. Mais il devait bien exister d'autres moyens d'en savoir plus sur lui. Tous les puissants ont des ennemis, les ennemis se montrent volontiers bavards, et c'est presque toujours parmi les collaborateurs les plus proches qu'on les trouve.

Smithback décida de jeter son dévolu sur la petite secrétaire. Elle était jeune et jolie, probablement plus facile à apprivoiser que les viragos qui assuraient la protection rapprochée de Fairhaven.

— Vous travaillez ici tous les samedis ? demanda-t-il avec un sourire enjôleur.

— Assez souvent, oui, répondit-elle en levant les yeux du clavier de son ordinateur.

Elle était toute mignonne, avec ses taches de rousseur et ses longs cheveux roux. Smithback pensa brusquement à Nora et il eut un petit pincement au cœur.

— Je suppose que c'est un patron exigeant.

— M. Fairhaven ? Pour ça, oui.

— Je suis prêt à parier qu'il vous fait même venir quelquefois le dimanche.

— Oh non ! M. Fairhaven ne travaille jamais le dimanche. Le dimanche, c'est sacré, il va à l'église.

— À l'église ? fit Smithback, feignant l'étonnement. Pourquoi, il est catholique ?

— Non, presbytérien.

— Alors, il ne doit pas être commode.

— Au contraire, c'est un des meilleurs employeurs que j'aie eus. Il s'intéresse à tout le monde, même au petit personnel comme moi.

— J'aurais parié le contraire, rétorqua Smithback en s'éloignant avec un sourire crispé. *Espèce de petite dinde. Si ça se trouve, il doit te sauter, comme le reste du petit personnel »*, pensa-t-il.

Une fois dehors, Smithback s'autorisa une bordée d'injures fort peu presbytériennes. Sa décision était prise. Il y mettrait le temps qu'il faudrait, mais il remuerait la merde jusqu'à ce qu'il ait trouvé une histoire bien juteuse dans le passé de ce sale type. D'ici quelques jours, il saurait tout sur lui, jusqu'au nom de son premier ours en peluche. Smithback voyait mal comment Fairhaven avait pu devenir l'un des plus gros promoteurs immobiliers de New York sans se salir les mains, et il avait la ferme intention de savoir où, quand et comment il s'était sali les mains.

25

Mandy Eklund sortit du métro à hauteur de la 1re rue et remonta l'Avenue A en direction de Tompkins Square Park. Les silhouettes anémiques des arbres du parc se découpaient sur le ciel sombre dans lequel se reflétaient déjà les premières lueurs de l'aube. Vénus, très basse à l'horizon, ne tarderait pas à disparaître.

Mandy serra son châle sur ses épaules, tentant vainement de se protéger de la morsure de l'air glacé du petit matin. Elle était un peu sonnée et ses pieds lui faisaient mal à chaque pas, mais elle ne regrettait rien. Quelle soirée au Club Pissoir ! Musique, boissons et danse à volonté. Toute l'agence Ford était là, ainsi qu'une nuée de photographes, des gens de *Mademoiselle* et de *Cosmo*, bref, tout le gratin de la mode. Elle n'en revenait toujours pas de tout le chemin qu'elle avait parcouru en si peu de temps. Quand on pense que six mois plus tôt, elle était encore esthéticienne chez Rodney's à Bismark. Elle avait eu la chance de se trouver au bon endroit au bon moment. Quelqu'un l'avait remarquée et elle avait rejoint l'équipe de l'agence Ford où Eileen Ford elle-même l'avait prise sous son aile. Depuis, tout était allé très vite.

Son père l'appelait quasiment tous les jours. Lui qui n'avait jamais quitté sa ferme, la vie new-yorkaise devait lui sembler complètement irréelle. Mandy était parfaitement consciente qu'il se faisait un sang d'encre pour elle. Comme beaucoup de provinciaux, il était persuadé que New York était un lieu de perdition. Elle n'osait même pas penser à ce qu'il lui aurait dit si elle avait osé lui avouer qu'elle rentrait seule en pleine nuit. Il avait toujours voulu qu'elle fasse des études et elle n'était pas contre, mais on verrait plus tard. Pour l'instant, elle avait dix-huit ans et traversait un rêve. Elle eut un petit sourire attendri en pensant à son cher vieux papa poule qui se faisait tant de souci pour sa petite fille. Pour une fois, c'est elle qui allait l'appeler, pour lui faire la surprise.

Elle tourna dans la 7e Rue et longea la tache sombre du parc, surveillant les alentours du coin de l'œil pour ne pas se faire agresser. La criminalité avait beaucoup baissé à New York ces derniers temps, c'est vrai, mais il fallait tout de même faire attention. Elle fouilla dans son sac, cherchant le contact rassurant de la petite bombe lacrymogène qui ne la quittait jamais, attachée aux clés de son studio.

Quelques SDF dormaient, allongés sur des morceaux de carton, et un type en costume de velours râpé buvait en dodelinant de la tête, assis sur un banc. Une petite brise agitait les branches des sycomores, faisant bruisser les feuilles jaunissantes.

Elle aurait préféré habiter plus près du métro, c'est vrai, surtout qu'elle n'avait pas les moyens de rentrer chez elle en taxi. Pas encore, en tout cas. Elle avait plus d'un kilomètre à faire à pied, et ça n'était pas une partie de plaisir, surtout la nuit. Elle avait trouvé le quartier plutôt sympa dans un premier temps, mais elle avait de plus en plus de mal à s'y faire avec le recul. À terme, le coin finirait par s'embourgeoiser comme le reste de Manhattan, mais les choses ne bougeaient pas assez vite à son goût. Mandy se serait volontiers passée de ces squats minables et de ces immeubles sinistres, avec leurs fenêtres murées. Tant qu'à faire, elle aurait préféré vivre dans le quartier de Flatiron, ou même à Yorkville. La plupart des mannequins de chez Ford, en tout cas celles qui avaient le mieux réussi, habitaient là-bas.

Elle laissa le parc derrière elle et s'engagea dans l'Avenue C. Des immeubles en pierre de taille la toisaient de leurs façades austères, et le vent faisait danser les vieux papiers dans le caniveau avec un sifflement lugubre. Une odeur d'urine rance s'échappait des portes d'immeubles et Mandy était obligée de naviguer entre les crottes de chiens. C'est fou ce que les propriétaires de chiens sont dégoûtants, de nos jours. C'était la partie du trajet qu'elle détestait le plus.

Un peu plus loin sur le même trottoir, elle aperçut une silhouette venant à sa rencontre. Elle hésita à traverser avant de réaliser qu'il s'agissait d'un vieux monsieur avançant péniblement à l'aide d'une canne. Ce n'est qu'un peu avant de le croiser qu'elle remarqua son chapeau melon. Le vieil homme avançait tête baissée, et Mandy ne voyait que le dôme et les bords de son étrange couvre-chef. À part dans les vieux films en noir et blanc qu'on passait quelquefois à la télé, elle n'avait jamais vu personne avec un chapeau melon de sa vie. Elle se demanda ce que pouvait bien faire ce vieillard à une heure pareille, avec sa silhouette démodée et sa démarche hésitante. Sans doute un insomniaque. Elle avait entendu dire que beaucoup de personnes âgées se réveillaient en pleine nuit sans parvenir à retrouver le sommeil. Mandy se demanda si son père avait des insomnies.

Elle se trouvait presque à sa hauteur lorsque le vieil homme parut s'apercevoir de sa présence. Il leva la tête et souleva son chapeau pour la saluer. Mandy n'en revenait pas.

Le bras qui tenait le chapeau melon empêchait Mandy de distinguer le visage de l'homme. Elle n'apercevait que ses yeux, des yeux froids et alertes qui l'observaient attentivement. *Il doit vraiment être insomniaque pour avoir l'air aussi éveillé à une heure pareille,* se dit-elle.

— Bonsoir, mademoidelle, lui dit-il d'une voix chevrotante.

— Bonsoir, répondit-elle d'un ton dont elle aurait voulu gommer l'étonnement. C'était tellement rare que les gens se disent bonjour dans une ville comme New York. Mandy en était presque émue.

Au moment où ils se croisaient, elle sentit brusquement quelque chose s'enrouler autour de son cou à une vitesse terrifiante.

Elle tenta de se débattre, de crier, mais on lui appliquait sur le visage un chiffon humide tandis qu'une odeur épouvantable lui remplissait la bouche. Instinctivement, elle essaya de retenir sa respiration tout en cherchant dans son sac la bombe lacrymogène. Un coup sec lui fit lâcher prise et la bombe roula sur le trottoir. Elle se démenait tant bien que mal, pleurant de douleur et de peur, les poumons en feu. Puis elle suffoqua une dernière fois avant de sombrer dans l'inconscience.

26

Dans son petit bureau en bataille du quatrième étage de l'immeuble du *New York Times*, Smithback relisait avec une moue dubitative la liste rédigée dans son carnet de notes. Première sur la liste, la mention « Employés de Fairhaven » avait été rayée. Il n'avait jamais réussi à remettre un pied dans le Moegen-Fairhaven Building, Fairhaven y avait veillé personnellement. La mention « Voisins » avait également été biffée ; malgré tous ses stratagèmes, il s'était fait virer comme un malpropre de l'immeuble où habitait Fairhaven. Il avait fouillé le passé du promoteur et interrogé ses anciens collaborateurs sans découvrir la moindre faille : ceux qui n'avaient pas refusé de lui répondre n'avaient pas tari d'éloges à son sujet.

Il avait ensuite fait le tour des bonnes œuvres et des fondations auxquelles était associé le nom d'Anthony Fairhaven. Il avait fait chou blanc au Muséum d'histoire naturelle où aucun de ceux qui connaissaient le promoteur n'avait accepté de le recevoir, ce qui n'avait rien de surprenant. Il avait eu plus de chance à l'hôpital d'enfants Little Arthur. Si on pouvait appeler ça de la chance. Le Little Arthur Hospital était un établissement de recherche privé accueillant des enfants victimes de maladies rares auxquelles l'industrie pharmaceutique n'avait pas cru bon de s'intéresser. Smithback avait réussi à s'y introduire sous son propre nom sans attirer l'attention, prétextant une série d'articles pour le *New York Times.* Il était néanmoins rentré bredouille, tout le monde chantant les louanges de Fairhaven, médecins, infirmières, parents et jeunes malades confondus.

Smithback en avait la nausée. À les entendre, Fairhaven apportait de la dinde aux petits malades pour Thanksgiving, versait des primes à tout le personnel au moment de Noël et offrait des cadeaux en pagaille à tous les enfants, ou encore les emmenait voir un match au Yankee Stadium. Il lui était même arrivé de se rendre à l'enterrement de jeunes patients qu'il connaissait bien, ce qui ne devait pas être une partie de plaisir. *Mais tout ça ne prouve tien,* songeait Smithback, *sinon que Fairhaven soigne son image.* Il n'y avait pas à dire, ce type était un pro de la communication, et Smithback désespérait de recueillir sur lui le moindre ragot.

Tiens ! Avant d'oublier. Il prit un dictionnaire sur l'étagère et chercha à la lettre « A ». « Amphigouri : discours burlesque rempli de galimatias. » D'un geste rageur, Smithback reposa le dictionnaire à sa place. *Je t'en ficherais des galimatias !*

Il irait jusqu'en enfer s'il le fallait. Il allait commencer par remonter à l'époque où Fairhaven était encore un lycéen boutonneux. D'accord, Fairhaven le prenait pour un petit plumitif présomptueux et creux, mais il ferait moins le malin en ouvrant son journal lundi matin. Rirait bien qui rirait le dernier.

Il ne lui fallut pas dix minutes pour trouver ce qu'il cherchait sur Internet. Ses camarades du lycée 1984, sur Amsterdam Avenue, avaient célébré quelques mois plus tôt le quinzième anniversaire de leur promotion. Pour l'occasion, ils avaient créé un site sur le web avec une reproduction de leur vieux livre d'or. Fairhaven n'avait pas assisté à la fête, et il n'était sans doute pas au courant de l'existence du site, mais tout son pedigree y était décliné. Outre un certain nombre de photos de lui adolescent, on y trouvait son surnom de l'époque, ses centres d'intérêt, les associations dont il était membre, et tout le reste.

On le reconnaissait parfaitement sur la photo prise le jour de la remise de son diplôme : un gamin de bonne famille, à la fois sûr de lui et souriant, avec une chemise à carreaux et un pull sans manches. Mais le portrait du jeune Fairhaven ne s'arrêtait pas là, et Smithback connaissait maintenant tout de lui, ou presque : avec un papa dans l'immobilier et une maman mère au foyer, Fairhaven était né sous le signe des Gémeaux. Il avait été capitaine de l'équipe de natation de son lycée, son groupe de rock préféré était les Eagles et il jouait lui-même assez mal de la guitare. Il avait l'intention à l'époque de faire des études de médecine, sa couleur fétiche était le bordeaux et, à en croire ses camarades de classe, il avait le profil type du millionnaire en puissance.

Les doutes de Smithback refaisaient peu à peu surface au fur et à mesure que ce parcours banal se déroulait sous ses yeux. Un détail retint toutefois son attention. Comme souvent au lycée, Fairhaven avait reçu un surnom : l'Éventreur. Un sobriquet inquiétant qui remit un peu de baume au cœur de Smithback, désespéré à l'idée de voir sa proie lui échapper. Qui sait si Fairhaven ne martyrisait pas les animaux ? En tout cas, c'était une piste à explorer. Fairhaven avait quitté le lycée seize ans plus tôt, et Smithback n'aurait aucun mal à retrouver des témoins. S'il y avait la moindre chance de le dépeindre sous les traits d'un monstre sanguinaire et froid, Smithback s'en ferait un plaisir. Il avait un compte personnel à régler avec ce salaud prétentieux.

L'ancien lycée de Fairhaven n'étant pas loin en taxi, Smithback attrapa sa veste et sortit en trombe de son bureau, le cœur allègre. La cité scolaire se trouvait dans un quartier verdoyant de l'Upper West Side, entre Amsterdam et Columbus, à peu de distance du Muséum. C'était un grand bâtiment de brique jaune protégé par une grille en fer forgé. À l'aune des autres lycées de New York, celui-ci était plutôt accueillant. Smithback trouva la porte principale fermée, probablement pour raisons de sécurité, et il utilisa la sonnette. Un policier en uniforme lui ouvrit, et Smithback dut lui montrer sa carte de presse pour entrer.

En pénétrant dans le bâtiment, il fut surpris de retrouver l'odeur qui régnait dans son propre lycée autrefois. Ce voyage inattendu dans le temps ne s'arrêtait pas là, car Smithback reconnaissait le même gris foncé sur les murs, les mêmes couloirs interminables. Il faut croire que les proviseurs s'adressent tous au même architecte, se dit-il en passant à travers le détecteur de métaux avant de suivre le flic jusqu'au bureau du chef d'établissement.

Celui-ci le reçut juste le temps de l'inviter à s'adresser à Mlle Kite. Smithback trouva cette dernière à son bureau, occupée à corriger des copies entre deux cours. C'était une assez belle femme aux cheveux grisonnants, et lorsque Smithback prononça le nom de Fairhaven, son visage s'éclaira d'un sourire nostalgique.

— Mais oui, dit-elle d'une voix à la fois douce et ferme, je me souviens très bien de Tony Fairhaven. Il faisait partie de la première classe de terminale que j'ai eue, et c'était un de mes meilleurs élèves. Si je ne m'abuse, il a même reçu un second prix au Concours général.

Mlle Kite n'était visiblement pas du genre à se laisser faire par ses élèves, et Smithback décida d'adopter un profil bas, prenant des notes d'un air appliqué. Pas question de sortir son magnétophone, c'était le meilleur moyen d'éveiller la méfiance de son interlocutrice.

— J'aurais aimé que vous me parliez un peu de lui, mademoiselle. De sa personnalité, de ses amis, de ses hobbies. Comment était-il ?

— C'était un garçon intelligent, très apprécié de ses camarades. Il me semble me souvenir qu'il était capitaine de l'équipe de natation. Un élève travailleur, gentil et bien élevé.

— Lui est-il arrivé de faire des bêtises ?

— Bien sûr, comme tout le monde.

— Quoi par exemple ? fit Smithback l'air de ne pas y toucher.

— Je ne sais plus très bien. Je me souviens par exemple qu'il venait en classe avec sa guitare et qu'il chantait dans les couloirs, ce qui est strictement interdit par le règlement. Mais il en jouait très mal, et je dois dire qu'il faisait surtout ça pour amuser ses camarades.

Mlle Kite réfléchit quelques instants avant de poursuivre, avec un petit sourire :

— Un jour, je me rappelle, il a même créé un embouteillage dans un couloir.

— Un embouteillage, et pourquoi ? Que s'est-il passé ?

— Rien de bien grave. Il devait chanter encore plus faux que d'habitude. Alors le proviseur lui a confisqué sa guitare et on ne la lui a rendue qu'après les examens.

Smithback hocha la tête, un sourire forcé aux lèvres.

— Vous connaissiez ses parents ?

— Son père était déjà dans l'immobilier, mais à un petit niveau. Tony a pris la suite, et il a fait fortune. Quant à sa mère, j'avoue ne plus m'en souvenir.

— Des frères et sœurs ?

— Non, il était fils unique à cette époque, puisque je l'ai connu après le drame.

— Un drame ? s'exclama Smithback en sursautant.

— Je veux parler de la mort de son frère aîné, Arthur, qui était atteint d'une maladie incurable.

— Ce n'est pas lui qu'on appelait Little Arthur, par hasard ? demanda Smithback, faisant le lien avec l'hôpital.

— Si, c'est bien possible, pour le différencier de son père, Big Arthur. Tony a eu énormément de mal à surmonter la mort de son frère.

— À quelle époque Little Arthur est-il mort ?

— Quand Tony était en seconde.

— Si j'ai bien compris, Arthur était l'aîné. Il était élève au lycée, lui aussi ?

— Non, le pauvre a passé plusieurs années à l'hôpital avant de mourir. Il souffrait d'une maladie très rare, qui l'avait défiguré.

— De quelle maladie s'agissait-il ?

— Là, vous m'en demandez trop.

— Vous dites que Fairhaven en a été très affecté, mais de quelle manière ?

— Il est rentré dans sa coquille, il ne parlait plus à personne. Mais ça n'a duré qu'un temps et il a fini par reprendre le dessus.

— Très bien, très bien. Voyons…

Smithback consulta ses notes avant de poursuivre :

— Voyons… Pas de problèmes d'alcool, de drogue,

de mauvaises fréquentations ? demanda-t-il incidemment.

— Rien de tout ça, bien au contraire, répliqua sèchement l'enseignante.

Soudainement, elle fronça les sourcils et son visage se durcit.

— Dites-moi, monsieur Smithback, quel genre d'article avez-vous l'intention d'écrire, exactement ?

— Un simple portrait d'Anthony Fairhaven, répondit Smithback de son air le plus innocent. J'aurais voulu rédiger quelque chose d'assez équilibré pour ne pas donner l'impression de ne dire que du bien de lui. Mais je ne cherche rien de précis.

Ouf ! Il ne s'en tirait pas trop mal, pour une fois.

— Bon, bon. Quoi qu'il en soit, Tony Fairhaven a toujours été un gentil garçon qui ne buvait pas, ne fumait et ne se droguait pas. Je me souviens qu'il ne buvait même pas de café, c'est vous dire.

Elle marqua une courte hésitation.

— En y réfléchissant bien, on pourrait presque dire qu'il était trop sérieux. C'était un garçon assez secret. Il était parfois difficile de savoir ce qu'il pensait.

Smithback continuait à prendre des notes pour la forme.

— Il avait des hobbies ?

— Pas à proprement parler. Il parlait déjà de devenir riche, c'était son but dans la vie. Je sais qu'il faisait toutes sortes de petits boulots en dehors de l'école afin d'avoir plus d'argent de poche. Personne ne s'en étonnera en voyant ce qu'il est devenu. À l'occasion, j'ai lu dans la presse qu'il aurait construit des immeubles contre l'avis des riverains. Sans parler de votre propre article sur cette affaire macabre du chantier de Catherine Street. Tout ça ressemble au Tony que j'ai connu, toujours prêt à gagner de l'argent. La chrysalide s'est transformée en papillon, rien de plus.

Smithback faillit tiquer ; depuis le début de leur entretien, jamais Mlle Kite n'avait laissé entendre qu'elle connaissait son nom, encore moins qu'elle avait lu sa prose dans le *Times*.

— J'ajouterai d'ailleurs que j'ai trouvé votre article très intéressant. Et un peu inquiétant.

— Merci beaucoup, balbutia Smithback, flatté.

— Je suppose que vous vous intéressez à Tony pour cette raison. C'est tout lui, d'avoir fait évacuer ces ossements pour ne pas retarder son chantier. Il a toujours été d'un naturel fonceur et impatient lorsqu'il s'agissait de parvenir à ses fins. C'est sans doute la clé de sa réussite dans la vie. Tony a toujours été un battant qui savait se montrer condescendant, et même sarcastique, vis-à-vis de gens qu'il ne respectait pas.

C'est un euphémisme, pensa Smithback.

— Savez-vous s'il avait des ennemis, ou des gens qui lui en voulaient ?

— Vous savez, c'était il y a plus de quinze ans. Tout ce que je peux dire, c'est que Tony était le contraire de quelqu'un d'impulsif. Il prenait toujours le temps de la réflexion. Il me semble pourtant me souvenir d'une histoire à propos d'une fille. Il s'est accroché avec un camarade, ce qui lui a valu d'être exclu une demi-journée. Rien de bien grave. Je ne crois même pas qu'ils en étaient venus aux mains, si ma mémoire ne me fait pas défaut.

— Qui était l'autre garçon ?

— Il me semble qu'il s'agissait de Joel Amberson.

— Et qu'est-il arrivé à ce Joel Amberson ?

— Rien du tout.

Smithback acquiesça, croisant les jambes. Tout ça ne le menait nulle part et il était temps de porter le coup de grâce.

— Avait-il un surnom ? Au lycée, la plupart des élèves se donnent des surnoms entre eux.

— S'il en avait un, j'avoue que je ne m'en souviens plus.

— Je vous demande ça parce qu'on parlait de son surnom sur le site Internet de sa promotion.

— Ah, vous l'avez visité ?

L'enseignante sourit.

— C'est une expérience que nous avons tentée il y a quelques années, et je dois dire que les anciens élèves en sont très contents.

— J'en suis bien persuadé. Et justement, en regardant ce site, j'ai vu qu'il avait un surnom.

— Ah bon ? Et lequel ?

— L'Éventreur.

Mlle Kite commença par froncer les sourcils, mais son visage s'éclaira presque aussitôt :

— Bien sûr ! Ça me revient ! C'est amusant, j'avais complètement oublié cette histoire.

— Et alors ? fit Smithback impatiemment.

— Eh bien, figurez-vous que l'un de mes collègues lui a demandé de disséquer une grenouille un jour en cours de biologie, répondit la vieille demoiselle d'un ton amusé.

— Et que s'est-il passé ?

— Tony ne supportait pas la vue du sang et il n'a

jamais pu le faire. Ses camarades se sont moqués de lui, vous connaissez les adolescents, et quelqu'un a fini par le surnommer l'Éventreur. En fin de compte, je crois qu'il a fini par surmonter sa peur, il a même obtenu un A en biologie, mais le surnom est resté.

Smithback en aurait pleuré. C'était de pire en pire. Ce type avait toutes les chances de finir béatifié.

— Monsieur Smithback ?

Rappelé à la réalité, Smithback fit mine de consulter ses notes.

— Vous ne voyez rien d'autre ?

— Écoutez, monsieur Smithback, lui dit l'enseignante d'un ton légèrement moqueur. Si vous cherchez quelqu'un pour vous dire du mal de Tony – et je sais bien que c'est le cas, c'est écrit sur votre figure –, ce n'est pas moi qui pourrai vous aider. C'était un adolescent normal, doué et bien élevé qui a fini par devenir un promoteur immobilier normal et bien élevé. Et maintenant, si cela ne vous dérange pas, je souhaiterais retourner à mes copies.

En quittant la cité scolaire, Smithback se dirigea d'un air morose vers Columbus Avenue. Son rendez-vous n'avait rien donné, bien au contraire. Il avait perdu son temps et gaspillé son énergie pour rien. Il hésitait à s'avouer qu'il faisait fausse route, que son intuition l'avait trahi pour une fois, que sa soif de vengeance avait fini par l'aveugler. Mais comment aurait-il pu se tromper à ce point ? Son instinct de journaliste lui disait de persévérer, mais il ne savait plus comment s'y prendre pour ramasser le jackpot.

Son regard tomba soudain sur l'étal d'un marchand

de journaux, attiré par un titre en gras à la une du *New York Post* :

EN EXCLUSIVITÉ
UN NOUVEAU CORPS MUTILÉ DÉCOUVERT À GREENWICH VILLAGE

L'article qui suivait était signé Bryce Harriman.

Smithback chercha machinalement dans sa poche un peu de monnaie qu'il déposa sur le comptoir avant de prendre un journal d'une main tremblante :

New York, 10 octobre – Le corps non identifié d'une jeune femme a été découvert ce matin à Tompkins Square Park, à Greenwich Village. Selon les premiers éléments de l'enquête, la victime aurait été tuée par le même assassin que la touriste retrouvée il y a deux jours à Central Park.

Dans les deux cas, une partie de la moelle épinière a été prélevée sur les victimes. De source médicale autorisée, on parle de la *cauda equina* ou queue-de-cheval, un faisceau de nerfs situé au bas de la colonne vertébrale. La victime serait morte des suites de cette terrible opération.

Les deux victimes semblent avoir été disséquées avec une grande précision, probablement à l'aide d'instruments chirurgicaux. Un témoin préférant conserver l'anonymat confirme que l'enquête s'oriente vers le milieu médical ou chirurgical,

Les mutilations constatées sur les deux victimes correspondent en tous points à une série d'opérations décrites dans une lettre écrite à la fin du XIXe siècle, retrouvée récemment dans les archives du Muséum d'histoire naturelle de New York. Ce document évoquait en détail une série d'expérimentations chirurgicales pratiquées à l'époque par un certain docteur Enoch Leng, un scientifique persuadé d'arriver à prolonger son existence à l'aide d'une formule de jouvence de son invention, réalisée à partir de la moelle épinière de ses victimes. Le 1er octobre dernier, les corps de trente-six victimes apparemment tuées par le docteur Leng avaient été retrouvés dans la cave à charbon d'un ancien immeuble de Catherine Street par les ouvriers d'un chantier de construction. Aucune information n'a pu être recueillie sur Leng, dont on sait seulement qu'il a longtemps été associé au Muséum d'histoire naturelle.

« Il ne fait guère de doute que l'assassin actuel s'est inspiré de cette triste histoire », déclarait aujourd'hui le préfet de police Karl C. Rocker. « Un individu à l'esprit dérangé aura lu l'article consacré à Leng, et il aura décidé de l'imiter. » Le préfet Rocker a refusé de donner davantage de précisions sur l'enquête, sinon pour indiquer que cette affaire était la « priorité des priorités » des services de police de la ville, mobilisant pas moins d'une cinquantaine de personnes.

Smithback poussa un cri de dépit. En parfait imbécile, il avait refusé le reportage sur la touriste de Central Park, promettant à son rédacteur en chef de lui apporter la tête de Fairhaven sur un plateau. Non seulement il n'avait rien découvert d'intéressant sur le promoteur, mais il s'était fait coiffer au poteau par son ennemi intime, Bryce Harriman.

Encore une bourde de cet acabit, et c'était la tête de Smithback qui risquait de tomber.

27

Nora avançait sur Canal Street au milieu de la foule du vendredi soir. Elle regarda sa montre en tournant sur Mott Street. Il était 19 heures et Chinatown grouillait de monde. De vieux journaux couverts d'idéogrammes traînaient dans les caniveaux, les étals des marchands de rue débordaient de poissons exotiques et les vitrines des boutiques regorgeaient de canards laqués et autres calmars pendus à des crochets de boucher. Les acheteurs, chinois pour la plupart, s'apostrophaient dans une bousculade indescriptible sous l'œil curieux des touristes.

La Ten Ren's Tea and Ginseng Company se trouvait un peu plus loin dans la rue. Nora poussa la porte et se retrouva dans une salle tout en longueur d'une propreté immaculée, vivement éclairée par des néons aux couleurs vives. Une multitude de parfums exotiques flattèrent aussitôt ses narines. L'endroit avait l'air vide à première vue, mais elle finit par apercevoir Pendergast installé à une petite table dans le fond, entre deux vitrines de ginseng et de gingembre. Nora aurait juré que la table était encore inoccupée un instant plus tôt, mais il est vrai que l'inspecteur, avec ses allures de fantôme, lui faisait invariablement cet effet.

— Êtes-vous amateur de thé ? lui demanda-t-il tout en l'invitant à prendre place à sa table.

— Pas vraiment, mais il m'arrive d'en boire.

Son métro était resté bloqué pendant vingt minutes entre deux stations et elle avait eu tout le temps de réfléchir à ce qu'elle allait lui dire.

Elle n'avait pas l'intention de faire de vieux os en compagnie de l'inspecteur, mais Pendergast n'avait pas l'air pressé. Elle attendit pour lui parler qu'il ait fini de lire la carte en chinois dans laquelle il était plongé à son arrivée.

Pendergast se tourna vers la petite dame au sourire alerte qui tenait la boutique et engagea la conversation d'un ton rapide.

— *Nin hao, lao bin liang. Li mama hao ma ?*

La petite dame secoua la tête.

— *Bu, ta hai shi lao yang zi, shen ti bu hao.*

— *Qing li Dai wo xiang ta wen an. Qing gei wo yi bei Wu Long cha hao ma ?*

La petite dame s'éloigna et revint presque aussitôt avec une théière de porcelaine. Elle remplit une minuscule tasse de thé qu'elle posa devant Nora.

— Vous parlez le chinois ? demanda celle-ci à Pendergast.

— Je parle suffisamment le mandarin pour me faire comprendre, mais mes connaissances en cantonais sont infiniment plus développées.

Nora réprima un sourire. Pendergast lui aurait avoué avoir appris le chinois sur Mars qu'elle l'aurait cru.

— Du thé royal de type Osmanthus Oolong, précisa l'inspecteur. L'un des meilleurs thés au monde, récolté sur des plants en espaliers cultivés en plein soleil. La récolte a lieu exclusivement au printemps lorsque les pousses sont encore jeunes.

Nora porta la tasse à ses lèvres. Un mélange délicat de thé vert et de parfums subtils envahit sa bouche.

— Délicieux, dit-elle en reposant sa tasse.

— Je suis ravi que cela vous plaise, répondit Pendergast avec sa courtoisie coutumière.

Il l'observa quelques instants avant de s'adresser à nouveau à la femme en mandarin. Celle-ci s'empressa de remplir un sachet qu'elle pesa et ferma. Puis elle griffonna le prix sur le rabat avant de tendre le petit paquet à Nora.

— C'est pour moi ? demanda la jeune femme.

Pendergast hocha la tête.

— Mais vous n'avez aucune raison de me faire des cadeaux, répondit-elle, agacée.

— Acceptez-le, je vous en prie. C'est excellent pour la digestion. En outre, c'est un antioxydant incomparable.

Nora prit le sachet d'un geste brusque avant de sursauter en voyant le prix.

— Quoi ? Attendez une seconde. Il y en a pour *deux cents dollars* ?

— Oui, mais vous en avez pour trois ou quatre mois. Un prix bien modeste lorsque l'on considère que…

— Écoutez-moi bien, monsieur Pendergast, l'interrompit Nora en reposant le sachet. Si je suis venue ici ce soir, c'est pour vous annoncer clairement ma décision de ne plus travailler avec vous. Je n'ai pas l'intention de saborder ma carrière au Muséum, et ce n'est pas un sachet de thé qui me fera changer d'avis, même si c'est du thé à deux cents dollars.

Pendergast l'écoutait en silence, la tête légèrement baissée.

— On m'a bien fait comprendre qu'il était hors de question de continuer à collaborer avec vous. J'aime beaucoup mon métier et je n'ai pas envie de le perdre pour le simple plaisir de poursuivre cette enquête en votre compagnie. Je me suis déjà retrouvée à la rue quand le musée Lloyd a fermé ses portes, et je n'ai pas envie que ça recommence. J'ai *besoin* de ce job.

Pendergast hocha la tête.

— Brisbane et Collopy ont fini par m'accorder la

subvention dont j'avais besoin pour mes datations au carbone 14, j'ai une montagne de boulot en retard et je n'ai pas le temps de jouer les Sherlock Holmes.

Pendergast ne disait toujours rien, obligeant la jeune femme à poursuivre.

— Je voudrais surtout savoir pourquoi vous avez autant besoin d'une archéologue alors qu'il n'y a plus rien à fouiller. Vous avez une copie de la lettre de Shottum, et ce ne sont pas les spécialistes de ce genre de choses qui manquent au FBI.

Pendergast s'obstinait à garder le silence et Nora tenta de dissimuler sa contrariété en avalant une gorgée de thé. La tasse fit un bruit sec lorsqu'elle la reposa sur sa soucoupe.

— J'espère que vous m'avez bien comprise, cette fois, ajouta-t-elle d'un ton sans réplique.

Imperturbable, Pendergast en profita pour changer de sujet de conversation.

— Mary Greene habitait tout près d'ici, vous savez. Au 16 Water Street. L'immeuble existe toujours. Venez, nous en avons pour cinq minutes.

Nora le regarda avec des yeux étonnés. En venant là, elle n'avait pas fait le rapprochement avec l'ancien quartier de Mary Greene. Elle voyait encore les lettres tracées d'une écriture malhabile par la malheureuse avec son propre sang. Dans sa dignité toute simple, consciente du sort qui l'attendait, elle avait tenu à laisser derrière elle une trace de son court passage dans ce monde impitoyable.

— Allons, venez, fit Pendergast en lui prenant doucement le bras.

Nora se laissa faire, sans vraiment savoir pourquoi. Pendergast dit quelques mots à la marchande de thé et prit le sachet de Nora avec une courbette avant de se replonger dans la foule avec sa compagne. Ils descendirent Mott Street, traversèrent Bayard Street, longèrent Chatham Square, et s'engagèrent enfin dans le dédale des rues étroites qui bordent l'East River. À mesure qu'ils avançaient et que les rues commerçantes laissaient place aux ateliers et aux entrepôts, le silence succédait à la rumeur du quartier chinois. Le soleil s'était couché et c'est tout juste si l'on apercevait encore des reflets mauves au-dessus des immeubles. Ils prirent Catherine Street en direction du chantier Meogen-Fairhaven et Nora ne put s'empêcher de jeter un regard curieux en passant. Les travaux étaient bien avancés ; les premières fondations sortaient déjà de terre, des dizaines de tiges d'acier émergeant du béton comme des hérons sans tête. Le souterrain appartenait définitivement au passé.

Quelques minutes plus tard, ils débouchaient sur Water Street, avec ses vieilles usines désaffectées, ses hangars et ses immeubles à moitié en ruine. Les eaux sombres de l'East River coulaient paresseusement un peu plus loin, formant une tache irisée sous la lune. L'ombre inquiétante du pont de Brooklyn se dressait au-dessus de leurs têtes et le pont de Manhattan étendait ses guirlandes de lumière sur l'eau.

Juste avant d'atteindre Market Slip, Pendergast s'arrêta devant un immeuble décrépit. Le bâtiment était toujours habité, comme l'indiquait une tache de lumière jaune s'échappant d'une fenêtre. Une porte métallique, un interphone et une rangée de sonnettes signalaient l'entrée de la maison.

— Voici donc le numéro 16, déclara Pendergast d'une voix morne.

Ils se tinrent l'un à côté de l'autre pendant un long moment, immobiles dans la nuit.

Enfin, Pendergast se décida à rompre le silence :

— Mary Greene était originaire d'une famille extrêmement modeste. Son père a été contraint de s'installer ici lorsque sa petite ferme du nord de l'État a fait faillite. Puis il a exercé le métier de docker. Lorsque Mary avait quinze ans, ses deux parents sont morts, emportés par une épidémie de choléra due à la piètre qualité de l'eau potable. Mary avait un jeune frère de sept ans, Joseph, ainsi qu'une sœur cadette, Constance, âgée de cinq ans.

Nora écoutait en silence.

— Mary Greene a fait ce qu'elle a pu pour élever son frère et sa sœur, proposant ses services comme lingère et couturière, mais cela ne suffisait apparemment pas. Sans travail, sans ressources, les trois enfants se sont retrouvés à la rue et Mary a fini par se résoudre à la seule possibilité qui s'offrait à elle. Pour élever ce frère et cette sœur qu'elle aimait visiblement beaucoup, elle a été contrainte de se prostituer.

— Quel épouvantable destin, murmura Nora.

— Oui, mais le pire était encore à venir. Mary était âgée de seize ans lorsqu'elle fut arrêtée. C'est sans doute à cette époque que ses deux cadets se sont retrouvés sur le trottoir, où ils ont rejoint la cohorte de ceux que l'ont appelait alors des traîne-ruisseau. Par la suite, on ne retrouve plus trace de leur existence dans les archives de la ville. Il est fort probable qu'ils sont morts de faim et de froid. Pour la seule année 1871, on estime à vingt-huit mille le nombre d'enfants abandonnés qui vivaient tant bien que mal dans les rues de New York. Toujours est-il que Mary Greene a été envoyée dans un hospice – ou plutôt une maison de redressement – la Five Points Mission. Il s'agissait ni plus ni moins d'un atelier exploitant la main-d'œuvre adolescente, comme on en connaît tant de nos jours en Asie. C'était toutefois mieux que la prison et Mary Greene a dû penser que le destin s'apitoyait enfin sur son sort.

Pendergast se tut. Au loin, une péniche laissa échapper un mugissement lugubre.

— Que lui est-il arrivé ensuite ? demanda Nora.

— La piste se perd à l'entrée de l'hospice, reprit Pendergast en se tournant vers elle, son visage laiteux formant une tache phosphorescente dans l'obscurité. Enoch Leng – c'est-à-dire *le docteur* Enoch Leng – avait proposé ses services à la Five Points Mission, tout comme il l'avait fait à la Maison de l'Industrie, un orphelinat situé tout près du Chatham Square actuel. Il y travaillait bénévolement. D'après ce que nous savons, le docteur Leng a vécu au-dessus du Cabinet Shottum tout au long des années 1870. Il est probable qu'il disposait également d'un véritable domicile. Un an avant l'incendie qui a ravagé l'immeuble du Cabinet Shottum, il a proposé ses services à deux autres institutions.

— Mais nous savons déjà, grâce à la lettre de Shottum, que Leng était l'assassin.

— Cela ne fait malheureusement aucun doute.

— Dans, ce cas, pourquoi avez-vous encore besoin de moi ?

— Nous ne disposons d'aucune information ou

presque concernant Leng. J'ai tenté ma chance à l'Académie d'histoire, à la Bibliothèque municipale de New York, aux Archives municipales. Son nom semble avoir été soigneusement gommé de tous les dossiers susceptibles de nous renseigner, et je soupçonne Leng de l'avoir fait lui-même. Leng fut l'un des premiers à apporter son soutien à la cause du Muséum ; c'était également un taxinomiste reconnu, et je reste convaincu qu'il doit rester au Muséum des documents le concernant, ne fût-ce qu'indirectement. Les archives du Muséum sont trop importantes et trop diffuses pour que quiconque ait pu les expurger complètement.

— Pourquoi vous adresser à moi ? Pourquoi ne pas demander au FBI de faire saisir les archives ?

— Tout simplement parce que les archives du Muséum ont la malencontreuse habitude de disparaître dès que l'on s'intéresse à elles de trop près. Et puis, quels documents consulter précisément ? Mais surtout, je vous ai vue à l'œuvre, et les professionnels de votre classe ne se trouvent pas sous le sabot d'un cheval.

Nora secoua la tête et Pendergast reprit de plus belle :

— M. Puck nous a déjà été fort utile, et il peut l'être encore, cela ne fait aucun doute. Mais il y a autre chose. La fille de Tinbury McFadden est toujours en vie. Elle habite une vieille demeure, à Peekskill. Elle est aujourd'hui âgée de quatre-vingt-quinze ans, mais j'ai cru comprendre qu'elle restait très alerte. Elle peut nous apprendre bien des choses au sujet de son père. Il est même possible qu'elle ait connu Leng, et j'ai comme l'intuition qu'elle sera moins réticente à répondre aux questions d'une jeune femme qu'à celles d'un enquêteur du FBI.

— Tout ça ne m'explique toujours pas pourquoi vous vous intéressez tant à cette affaire.

— Mes motivations ne présentent qu'un intérêt limité. En revanche, il est de notre intérêt de mettre au jour les agissements de ce criminel, même s'il est mort depuis longtemps. Personne ne voudrait pardonner ou oublier Hitler. Il faut veiller à préserver la *mémoire* de notre passé, coûte que coûte, pour la simple raison que le passé est une ébauche du présent. C'est particulièrement vrai dans le cas qui nous concerne.

— Vous faites allusion à ces deux nouveaux meurtres, c'est bien ça ?

Depuis quelques heures, on ne parlait plus que de cela dans toute la ville, chacun y allant de son hypothèse au sujet de celui que la presse avait déjà baptisé le Chirurgien.

Pendergast acquiesça d'un air grave.

— Vous pensez réellement qu'il existe un lien entre ces meurtres et ceux de Catherine Street ? Il y aurait donc quelque part à New York un fou qui s'est mis en tête de reprendre les expériences de Leng après voir lu l'article de Smithback ?

— Je crois en effet qu'il existe un lien entre ces différents événements.

Il faisait nuit noire. Water Street et les quais tout proches étaient déserts. Nora frissonna.

— Écoutez, monsieur Pendergast, je ne demande pas mieux que de vous aider, mais comme je vous l'ai déjà dit, je ne vois pas en quoi je pourrais vous être utile. Si vous voulez mon avis, vous feriez mieux d'enquêter sur les crimes actuels.

— C'est bien ce que je fais, croyez-moi. La clé de tout ce mystère se trouve dans l'affaire Leng.

— Que voulez-vous dire ? s'étonna Nora.

— Ce n'est guère le moment, Nora. Je dispose de trop peu d'informations pour apporter à votre question une réponse pertinente. Il est trop tôt. Je crains même de vous en avoir déjà trop dit.

Nora poussa un long soupir, visiblement dépitée.

— Tant pis ! En tout cas, il est hors de question que je risque à nouveau ma place, surtout si vous ne voulez pas m'en dire davantage. J'espère que vous ne m'en voudrez pas.

— Fort bien. Je respecte votre décision, rétorqua Pendergast après un court silence, appuyant ses propos d'une courbette stylée.

Pendergast se fit déposer par son chauffeur à quelques centaines de mètres de chez lui. La Rolls-Royce s'éloigna silencieusement et il poursuivit à pied, la tête perdue dans ses pensées. Quelques minutes plus tard, il s'arrêtait face au Dakota dont la façade néo-gothique s'élevait au coin de Central Park West. Cependant, Pendergast ne pensait pas au luxueux immeuble dans lequel il prenait ses quartiers lors de ses passages à New York, mais au bâtiment délabré du 16 Water Street où Mary Greene avait vécu.

Il était convaincu que la maison elle-même ne lui apprendrait rien, mais il avait besoin de s'imprégner de son atmosphère s'il voulait comprendre comment les choses avaient pu se passer. Car c'était là que Mary Greene avait grandi, au sein d'une famille de petits fermiers chassés de leurs terres par l'exode rural et l'essor soudain de l'Amérique industrielle au lendemain de la guerre de Sécession. La jeune fille avait dû connaître une enfance difficile, mais pas nécessairement malheureuse. Les dockers n'étaient pas riches, mais ils gagnaient leur vie. La petite Mary avait joué à la marelle sur ces pavés, les murs de briques avoisinants avaient résonné de ses cris d'enfant. Et puis le choléra était venu bouleverser son existence en emportant ses parents. Le cas de Mary Greene était loin d'être isolé, malheureusement. Comme elle, trente-cinq personnes avaient fini leurs jours entre les murs sombres d'une cave à charbon, toutes victimes d'un destin implacable.

Pendergast sentit brusquement une présence derrière lui et se retourna. Un vieil homme tout en noir coiffé d'un chapeau melon, une petite valise Gladstone à la main, avançait péniblement le long du trottoir, penché en avant. Il semblait sortir tout droit des pensées sombres de Pendergast. La canne sur laquelle il s'appuyait martelait d'un bruit sec sa marche lente.

L'inspecteur l'observa quelques instants d'un air curieux avant de s'éloigner en direction du Dakota. S'il comptait sur l'air frais pour s'éclaircir les idées, le visage et le rire obsédants de Mary Greene l'en empêchaient.

28

Nora n'avait pas mis les pieds dans son laboratoire depuis plusieurs jours. Elle ouvrit la vieille porte en fer, alluma la lumière et s'arrêta sur le seuil. Rien n'avait bougé : sa table blanche au fond de la pièce, son microscope, son ordinateur… Ses précieux spécimens – toute une série d'ossements, mais aussi des tessons de poteries – étaient enfermés dans des armoires métalliques noires. La pièce sentait la poussière et le renfermé, avec de vagues relents de fumée, de pomme de pin et de baie de genièvre qui lui firent immédiatement penser au Nouveau-Mexique. Elle se demanda soudain ce qu'elle était venue faire dans cette galère, alors que sa passion pour l'archéologie était irrémédiablement liée au Sud-Ouest. Son frère Skip l'appelait presque toutes les semaines pour lui demander de rentrer à Santa Fe. Elle était sincère quand elle affirmait à Pendergast que son travail au Muséum passait avant tout, mais il lui arrivait d'en douter au fond d'elle-même. Elle n'aurait eu aucun mal à obtenir un poste à l'université du Nouveau-Mexique, ou même au sein d'Arizona State à Phoenix. L'une comme l'autre avaient d'excellents départements d'archéologie, où personne n'aurait jamais songé à remettre en cause le bien-fondé de ses recherches, comme l'avait fait cet imbécile de Brisbane.

Le simple fait de penser à Brisbane lui rendit toute sa combativité. Imbécile ou pas, c'était l'un des pontes du Muséum d'histoire naturelle de New York, l'une des institutions les plus prestigieuses qui soient. Jamais elle ne retrouverait un poste comme celui-là.

Elle se décida enfin à entrer dans la pièce et ferma la porte à clé derrière elle. Maintenant qu'on lui avait accordé l'argent dont elle avait besoin, elle n'avait plus qu'à se remettre au travail. Cette triste histoire aurait au moins servi à lui faire obtenir cette satanée subvention. Elle décida de préparer ses échantillons pour le laboratoire de l'université du Michigan. Les datations allaient lui permettre de déterminer la nature exacte des liens unissant les Aztèques aux Anasazis.

Elle ouvrit la première armoire dans laquelle dormaient plusieurs dizaines de flacons soigneusement bouchés et étiquetés. Certains contenaient de petits morceaux de charbon, d'autres des graines de maïs fossilisées, des éclats de bois ou d'ossements qu'elle disposa sur la table. Puis elle démarra son ordinateur et ouvrit le dossier où étaient catalogués ses précieux échantillons, s'assurant qu'ils étaient tous convenablement identifiés. Chaque datation était facturée deux cent soixante-quinze dollars par le laboratoire, et elle n'avait pas le droit à l'erreur.

Tout en travaillant, elle repensait aux événements des derniers jours. Elle se demandait en particulier si elle parviendrait à rentrer dans les bonnes grâces de Brisbane. Il avait beau être odieux, c'était son patron. Et comme elle semblait avoir la cote avec Collopy, il y avait fort à parier que Brisbane finirait par enterrer la hache de guerre.

Même si elle ne voulait pas se l'avouer, Nora avait un peu mauvaise conscience de penser uniquement à son avenir. Smithback l'avait mise dans le pétrin avec son article, c'est vrai, mais il avait surtout mis des idées morbides dans la tête du cinglé que la presse surnommait le Chirurgien. Comment Smithback avait-il pu croire un instant que Nora ne lui en voudrait pas mortellement en voyant son papier dans le *Times* ? Elle connaissait mieux que quiconque son caractère ambitieux, mais de là à se servir d'elle pour se faire valoir... Smithback était un crétin égoïste, un point, c'est tout. Elle se souvenait de leur première rencontre à Page, en Arizona. Il signait des autographes, entouré de poupées Barbie en maillot de bain. Ou plutôt, il attendait qu'on lui demande des autographes, comme un abruti prétentieux qu'il était. Ce jour-là, elle l'avait trouvé franchement ridicule, et elle aurait mieux fait d'en rester là.

Et puis, que penser de Pendergast ? Quel drôle de type, lui aussi. Depuis le temps qu'elle lui posait la question, il n'avait toujours pas voulu lui dire pourquoi il s'intéressait à Leng. Au point qu'elle se demandait s'il était vraiment en mission officielle pour le FBI. Pour quelle raison la police fédérale se serait-elle intéressée à cette vieille histoire ? Pendergast aimait à se donner des airs mystérieux, mais ça n'expliquait pas tout. Son enquête cachait autre chose. Après tout, ça ne la regardait plus, et elle n'était pas mécontente d'être sortie de ce guêpier.

Mais alors, pourquoi n'arrêtait-elle pas de penser à l'affaire ? À chaque fois qu'elle essayait de se concentrer sur ses échantillons, elle repensait à Mary Greene. L'immeuble miteux où elle avait passé son enfance, la robe de laine verte, ce petit mot pathétique, écrit avec son sang…

Nora dut faire un effort pour se remettre au travail. Mary Greene et tous les membres de sa famille étaient morts depuis belle lurette. Le destin ne s'était pas montré généreux avec eux, c'est vrai, mais elle n'y pouvait rien. Ça ne la regardait plus.

Ses vérifications terminées, elle plaça les flacons dans des containers en polystyrène pour les expédier dans le Michigan. Elle prit la précaution de faire trois colis différents, afin de limiter les risques en cas de perte, puis elle les scotcha soigneusement avant de remplir les fiches d'expédition.

Elle avait quasiment terminé lorsqu'on frappa à la porte. Dans le couloir, quelqu'un tourna la poignée, mais Nora avait pris la précaution de s'enfermer.

— Qui est-ce ? demanda Nora en se retournant.

Un murmure étouffé lui répondit.

— *Qui ça* ? fit-elle, pas très rassurée.

— C'est moi, Bill, lui répondit la voix de Smithback.

Nora se sentit à la fois soulagée et contrariée.

— Qu'est-ce que tu viens faire ici ?

— Ouvre-moi, Nora.

— Tu te fous de moi, ou quoi ? Va-t'en tout de suite, je ne veux pas te voir.

— Nora, je t'en supplie. Il faut absolument que je te parle.

— Pas question. Tu t'en vas immédiatement ou ça va barder. Je t'aurai prévenu.

— Il *faut* que je te parle.

— Tu l'auras voulu. Je téléphone aux types de la sécurité.

— Nora, ne fais pas ça ! Attends !

La jeune femme prit son téléphone et composa un numéro avant d'expliquer à son interlocuteur qu'un gêneur la harcelait dans son laboratoire. À l'autre bout du fil, le type compatissant lui répondit qu'il arrivait tout de suite.

— Nora ! supplia Smithback à travers la porte.

Elle raccrocha et s'assit à sa table, essayant d'y voir plus. clair. Elle avait conscience d'être dure avec lui, mais il l'avait bien cherché. En attendant l'arrivée des types de la sécurité, il lui suffisait de se boucher les oreilles pour ne plus l'entendre.

Dans le couloir, Smithback cherchait toujours à l'apitoyer :

— Rien qu'une minute, je t'en prie. Il faut que je te dise quelque chose de très important. Hier soir…

Smithback fut interrompu par une grosse voix.

— Vous n'avez rien à faire ici, monsieur.

— Laissez-moi ! Ne me touchez pas ! Je suis journaliste au…

— Je vous demanderai de nous suivre sans faire d'histoire, monsieur.

Dans le couloir, la confrontation tournait au pugilat.

— Nora !

On sentait un tel désespoir dans la voix de Smithback que Nora, n'y tenant plus, ouvrit la porte et passa la tête dans le couloir. Le malheureux journaliste, solidement maintenu par deux agents de sécurité à la carrure impressionnante, lui jeta un regard de reproche en lui lançant d'une voix qui fit trembler son épi :

— Nora ! Je n'arrive pas à croire que tu as vraiment téléphoné à la sécurité.

— Ça ira, mademoiselle ? demanda l'un des deux hommes.

— Je vais très bien, merci, mais ce monsieur n'a rien à faire ici.

— Par ici, monsieur. Nous allons vous raccompagner.

Smithback se débattait comme un beau diable et les deux agents devaient le traîner de force.

— Lâchez-moi tout de suite. Je me plaindrai, agent 3467.

— Avec plaisir, monsieur.

— Et arrêtez de m'appeler « Monsieur » toutes les deux secondes. C'est un enlèvement, une agression caractérisée, une prise d'otage ! Je vous ferai renvoyer pour coups et blessures.

— Avec le plus grand plaisir, monsieur.

Les deux agents, imperturbables, le traînèrent jusqu'à l'ascenseur.

Nora observait la scène d'un œil mitigé. Le pauvre Smithback avait décidément raté sa sortie, mais il ne pouvait s'en prendre qu'à lui-même. Voilà une petite expérience qui lui servirait de leçon. C'était un peu trop facile de se pointer comme ça en se donnant des airs mystérieux, tout ça en espérant qu'elle…

— Nora ! fit la voix de Smithback à l'autre bout du couloir. Écoute-moi, je t'en supplie ! Pendergast a été attaqué, je viens de l'entendre sur mon scanner en écoutant la fréquence des flics. Il a été conduit à l'hôpital Saint-Luke, sur la 59e Rue. Il faut…

Les portes de l'ascenseur se refermèrent, étouffant définitivement les cris du malheureux journaliste.

29

Personne ne voulait rien dire à Nora, qui dut attendre plus d'une heure avant d'être reçue par un médecin. Celui qui finit par la rejoindre dans la salle d'attente était encore jeune, mais il avait l'air au bout du rouleau avec sa mine de papier mâché et sa barbe de deux jours.

— Docteur Kelly ? demanda-t-il à la cantonade tout en feuilletant un dossier.

Nora se leva aussitôt et lui demanda, les yeux dans les yeux :

— Dans quel état est-il, docteur ?

Un pauvre sourire éclaira brièvement le visage du jeune médecin.

— Il s'en tirera, répondit-il avant de lui demander d'un air curieux :

— Vous êtes médecin ?

— Non, je suis docteur en archéologie.

— Alors vous devez être une parente du malade.

— Non, juste une amie. Puis-je le voir ? Mais d'abord, que s'est-il passé exactement ?

— Il a été poignardé la nuit dernière.

— Poignardé ?

— Un centimètre plus à gauche, et son agresseur lui transperçait le cœur. Il a eu beaucoup de chance dans son malheur.

— Comment va-t-il ?

— Il est… Comment dirais-je ?

Tout en cherchant ses mots, le jeune médecin avait un petit air amusé.

— Il est plutôt en forme. Comment vous dire… Je

mentirais en affirmant que c'est un patient comme les autres. Il a catégoriquement refusé qu'on lui fasse une anesthésie générale, menaçant de ne pas signer la décharge obligatoire. Personnellement, c'est la première fois que je vois ça. Il a ensuite exigé qu'on installe un miroir. On a essayé de l'en dissuader mais il n'a rien voulu savoir et on a dû en faire venir un exprès du service maternité. Heureusement que les malades ne sont pas tous comme lui. Je me suis même demandé à un moment si je n'avais pas affaire à un confrère chirurgien, c'est vous dire.

— Un miroir ? Mais pour quoi faire ?

— Pour lui permettre de suivre l'opération. Les fonctions vitales commençaient à faiblir et il perdait beaucoup de sang, mais il a voulu voir la plaie sous toutes ses coutures avant de nous laisser opérer. Incroyable. Quel métier fait-il, ce M. Pendergast ?

— Il travaille pour le FBI.

Le sourire du médecin s'évapora instantanément.

— Ah, je comprends mieux, maintenant. On a commencé par le mettre dans une chambre à deux lits parce qu'il n'y en avait pas d'autre, mais il nous a fallu lui trouver d'urgence une chambre privée et nous avons fini par déloger un sénateur de l'État.

— Pour quelle raison ? Il se plaignait de ne pas être seul ?

— Pas ouvertement.

Le médecin hésita un instant avant de poursuivre :

— Il a glissé dans le magnétoscope de sa télévision la vidéo d'une autopsie particulièrement écœurante. Son voisin de lit s'est mis à hurler et on a dû changer M. Pendergast de chambre. Ce qui n'était pas plus mal, surtout avec ce qui s'est passé ensuite. Il a commencé par renvoyer les plateaux-repas de l'hôpital, insistant pour qu'on fasse venir des petits plats de chez Balducci's. Ensuite, il était hors de question de lui administrer le moindre goutte-à-goutte. Aucun antalgique, rien. Ni OxyContin, ni Vicodin, pas même de Tylenol. Je suis persuadé qu'il souffre le martyre, mais il n'en laisse rien paraître et je ne peux rien faire, surtout avec la nouvelle réglementation sur la protection des malades.

— Si je comprends bien, vous n'avez pas dû vous ennuyer, avec lui.

— Pas vraiment, non. D'un côté, il faut bien reconnaître que les patients les plus difficiles sont généralement ceux qui guérissent le plus vite, mais je plains ses infirmières.

Le médecin regarda sa montre.

— Vous pouvez lui rendre une petite visite. Chambre 1501. Mais ne restez pas trop longtemps.

Dans le couloir flottait un étrange parfum, lourd et entêtant, sans grand rapport avec l'odeur fade habituelle des hôpitaux, entre nourriture de collectivité et huile de camphre. Une voix aiguë lui parvint à travers la porte entrouverte. Interloquée, Nora s'arrêta un instant et toqua timidement.

Le sol de la chambre était jonché de vieux livres, de plans et de documents poussiéreux étalés dans tous les sens. Des volutes d'une fumée bleuâtre sortaient d'un brûle-parfum où se consumaient lentement plusieurs bâtonnets d'encens, expliquant l'odeur. Pendergast était allongé sur son lit, drapé dans une robe de chambre de soie noire. Sur l'écran de sa télévision, pas moins de trois médecins s'escrimaient sur un cadavre monstrueux, nageant dans une mare de sang. Nora détourna les yeux au moment où l'un des légistes s'appliquait à extraire de la boîte crânienne un encéphale flasque et sanguinolent.

Sur la table de nuit de Pendergast, les restes figés d'une queue de homard au beurre fondu confirmaient les dires du jeune médecin. Une infirmière, armée d'une seringue et d'une boîte à pilules, tentait vainement de raisonner le malade.

— Monsieur Pendergast, le docteur m'a donné l'ordre de vous faire cette piqûre, insistait l'infirmière d'un ton sans réplique. Vous avez subi une opération importante et vous devez vous reposer.

Pendergast déplia les bras qu'il tenait croisés derrière la tête pour prendre un vieux livre qu'il commença à feuilleter d'un air dégagé.

— Chère madame, je n'ai pas l'intention d'accepter la moindre injection, et je dormirai lorsque j'en éprouverai l'envie.

Sans autre forme de procès, il souffla sur la tranche de son livre pour en chasser la poussière et se mit à lire.

— Si vous le prenez comme ça, j'appelle immédiatement le docteur. C'est tout simplement inadmissible. Quant à cette poussière *répugnante,* ajouta-t-elle, chassant de la main les nuages qui entouraient le patient, c'est une insulte aux normes d'hygiène de cet établissement.

Pendergast hocha la tête d'un air distrait et tourna une page.

Furibonde, l'infirmière sortit de la pièce en trombe, bousculant Nora au passage.

Pendergast leva les yeux pour s'assurer qu'elle

avait bien quitté la pièce, et c'est seulement à ce moment-là qu'il aperçut la jeune femme. Un large sourire éclaira aussitôt son visage.

— Ah, professeur Kelly ! Entrez donc et installez-vous comme vous le pouvez. À la guerre comme à la guerre.

— Comment allez-vous ? lui demanda Nora en prenant une chaise au pied du lit.

Pendergast lui fit un petit signe rassurant.

— Que vous est-il arrivé ?

— J'ai bien peur de n'avoir pas été assez vigilant.

— Mais qui a fait ça ? Où est-ce arrivé ? Et quand ?

— Juste en bas de mon immeuble, répliqua Pendergast.

Il appuya sur la télécommande afin d'arrêter le magnétoscope et reposa son livre sur la table de nuit avant de poursuivre :

— Un homme tout en noir armé d'une canne et coiffé d'un chapeau melon. Il a tenté de me chloroformer, mais j'ai retenu ma respiration en simulant un évanouissement. Bien m'en a pris, car ce stratagème m'aura permis de lui échapper. J'avais toutefois sous-estimé la force et la rapidité de mon adversaire qui a eu le temps de me poignarder avant de s'enfuir.

— Mais il aurait pu vous tuer !

— Sans vouloir vous offenser, je crois que c'était clairement son intention.

— Le docteur m'a dit que la lame était passée à un centimètre du cœur.

— C'est exact. Lorsque j'ai compris dans quelle situation je me trouvais, j'ai dévié sa main afin qu'il évite d'endommager une zone vitale. Un « truc » bien commode que je me permets de vous recommander s'il vous arrivait un jour la même chose. Ce que je ne vous souhaite en aucun cas, bien évidemment.

Puis, s'approchant de Nora, il ajouta à voix basse, d'un air énigmatique :

— Professeur Kelly, je suis convaincu d'avoir été agressé par l'assassin de Doreen Hollander et de Mandy Eklund.

— Comment pouvez-vous le savoir ? répondit Nora, surprise.

— J'ai eu le temps d'apercevoir son arme. Il ne s'agissait pas d'un couteau, mais d'un scalpel. Plus précisément d'un scalpel à myringotomie, un outil servant habituellement à percer la paroi du tympan.

— Mais… pourquoi s'en prendre à vous ?

Pendergast sourit d'un sourire presque douloureux.

— La réponse n'est que trop évidente. Au cours de notre enquête, nous sommes passés un peu trop près de la vérité à son goût. Nous représentons un danger pour lui. Pour tout vous avouer, c'est précisément le développement que j'espérais.

— Comment ça, le développement que vous espériez ? Mais vous avez failli y laisser votre peau, et il peut très bien recommencer.

Pendergast plongea ses yeux clairs dans ceux de Nora pour lui répondre :

— Je ne suis pas le seul à me trouver actuellement en danger, professeur Kelly. Je pense à vous-même, mais aussi à votre ami Smithback. Il vous faudra faire très attention dorénavant.

Une grimace de douleur contracta un instant ses traits.

— Vous auriez dû accepter cette piqûre, inspecteur.

— Non. Il me faut absolument conserver les idées claires pour arriver au but que je me suis fixé. L'humanité s'est passée de produits analgésiques pendant des millénaires, il me suffit de perpétuer la tradition. Pour en revenir à ce que nous disions il y a un instant, je ne saurais trop vous conseiller de prendre quelques précautions élémentaires. Ne vous aventurez pas seule dans la rue le soir. Évitez les lieux peu fréquentés, et si vous avez besoin d'aide, ajouta-t-il en lui glissant une carte dans la main, n'hésitez pas à appeler le sergent O'Shaughnessy à ce numéro. J'ai la plus grande confiance en lui. Quant à moi, je serai sur pied d'ici quelques jours.

Nora hocha docilement la tête.

— Dans l'intervalle, je vous suggérerais volontiers un court séjour à la campagne. Je connais à Peekskill une vieille dame charmante qui serait ravie de bavarder avec vous.

Nora soupira.

— Vous n'êtes pas très fair-play, vous savez. Je n'ai pas hésité à vous confier tout ce que je savais sur cette affaire, mais vous ne m'avez toujours pas dit pourquoi les crimes de Leng vous hantent.

— Tout ce que je pourrais vous dire aujourd'hui serait insuffisant. Je suis loin d'avoir démêlé cet imbroglio. Mais je peux vous assurer d'une chose, professeur Kelly : cette affaire n'a rien d'un *divertimento* récréatif. À ce stade de l'enquête, il est impératif d'en apprendre davantage sur Enoch Leng.

Nora gardait un silence buté.

— Faites-le pour Mary Greene, si vous ne le faites pas pour moi, insista Pendergast d'une voix douce.

Nora se leva.

— Une dernière chose, professeur Kelly.

— Oui ?

— M. Smithback n'est pas un mauvais bougre, si vous m'autorisez cette trivialité. Je sais d'expérience qu'on peut lui faire confiance en cas de difficulté, et je me sentirais plus rassuré en sachant que vous travaillez main dans la main sur cette…

— Pas question, s'insurgea Nora.

Pendergast eut un geste d'impatience.

— Faites-le au moins pour votre sécurité. Je suis convaincu que vous agirez au mieux. En attendant, il est temps de me replonger dans mes recherches. J'espère avoir de vos nouvelles demain.

Les manières péremptoires de Pendergast n'avaient pas fini d'irriter Nora. En s'éloignant, elle se demanda comment elle avait pu se laisser embobiner une fois de plus. Sans compter qu'il voulait la raccommoder avec cet idiot de Smithback. C'était hors de question. Il était assez grand pour se débrouiller sans elle. Et pour commencer, elle se rendrait seule à Peekskill.

30

La petite pièce souterraine était plongée dans le plus profond silence. On aurait dit une cellule de moine, avec sa petite table en bois et sa chaise droite, son sol de pierre et ses murs rongés de salpêtre. L'ampoule de lumière noire pendue au plafond éclairait d'une lueur bleuâtre inquiétante les objets alignés sur la table : un portfolio de cuir usé par les ans, un stylo à plume en laque de Chine, une lanière de caoutchouc et une seringue hypodermique.

L'homme assis sur la chaise examina les objets l'un après l'autre. Puis il avança lentement la main pour saisir la seringue dont l'aiguille luisait étrangement sous l'effet des ultraviolets. Dans le corps transparent de la seringue, le sérum donnait l'impression de fumer.

L'homme dévorait le sérum des yeux, tournant et retournant la seringue entre ses doigts, fasciné par les volutes de son précieux trésor. Il était désormais l'unique maître du grand secret. Un secret que les hommes cherchaient à percer depuis la nuit des temps, lui donnant tour à tour le nom de Graal ou de pierre philosophale. Le secret de Dieu.

L'inconnu avait tout sacrifié ou presque pour obtenir ce trésor, à commencer par le triste cortège de ceux qui avaient donné leur vie, bien malgré eux, pour la réussite de son entreprise. Aucun sacrifice n'était trop grand. Dans ce modeste tube de verre, c'était le cœur même de la vie qui battait. Sa propre vie. Et dire qu'un seul matériau suffisait ; une poignée de neurones prélevés sur la membrane de la *cauda equina,* cette longue terminaison nerveuse en forme de queue-de-cheval prolongeant la colonne vertébrale. Un principe parfaitement élémentaire, même si la mise en œuvre du sérum était complexe. Une simple cure de jouvence à base de neurones.

Le procédé de synthèse et d'épuration était

extrêmement savant, mais l'homme y prenait un plaisir immense, proche de la satisfaction ressentie à chaque fois qu'il accomplissait le rite suprême. La préparation de la substance finale, fruit de longues étapes successives, prenait chez lui des allures initiatiques. Une initiation comparable à celle qui conduit le gnostique à la prière véritable, ou encore à celle du claveciniste accédant à la vérité nue après avoir découvert les *Variations Goldberg* de Bach.

Le plaisir de cet instant précieux fut troublé par la pensée fugitive de ses ennemis, attachés à mettre un terme à ses agissements. Le plus dangereux et le plus présomptueux d'entre tous avait déjà été puni – même si sa punition n'était pas aussi exemplaire que l'homme l'aurait souhaité. Mais c'était sans importance. D'autres occasions se représenteraient.

Reposant soigneusement la seringue sur la table, l'homme prit le portfolio de cuir et l'ouvrit. Une odeur subtile de moisissure et de décomposition envahit la pièce. L'homme avait toujours été frappé par l'ironie paradoxale de ce grimoire déliquescent, pourtant capable de bannir à jamais le vieillissement.

L'homme feuilleta amoureusement les pages du portfolio, suivant pas à pas les recherches balbutiantes de son auteur. Les quelques notations figurant sur les dernières pages étaient récentes. L'homme dévissa le capuchon de son stylo et ouvrit une nouvelle page, prêt à consigner le détail de ses observations.

Il aurait préféré prendre davantage son temps avant de passer à la phase finale, mais la prudence l'en empêchait. Le sérum ne devait pas dépasser une température bien précise, au risque de perdre sa stabilité. L'homme soupira, comme à regret, bien qu'il n'y eût rien à regretter. À peine la piqûre terminée, l'oxydation naturelle du corps s'arrêterait et le processus de vieillissement des cellules s'interromprait. À lui seul, l'homme possédait un secret qui échappait aux esprits les plus éclairés depuis des millénaires.

Avec des gestes précis et rapides, il serra la lanière de caoutchouc autour de son bras droit, tâta du doigt la veine saillante, enfonça l'aiguille et ferma les yeux, au bord de l'extase.

31

En s'éloignant de la petite gare rouge de Peekskill, Nora regrettait presque de ne pas avoir emporté ses lunettes de soleil. Une pluie fine tombait sur New York lorsqu'elle avait pris place à bord du train à Grand Central, mais à son arrivée, c'est tout juste si de rares nuages glissaient timidement dans le ciel clair. Peekskill était une bourgade calme de vingt mille âmes, à une trentaine de kilomètres au nord de New York. Sur la rue principale, les maisons en briques tournaient leurs façades vers l'eau de l'Hudson tandis que les rues perpendiculaires grimpaient vers l'hôtel de ville et la bibliothèque municipale. Tout en haut de la colline, les maisons du vieux Peekskill dominaient la vallée, leurs pelouses étroites parsemées d'arbres centenaires. Quelques pavillons plus récents, un garage et un petit supermarché hispano-américain apportaient une touche d'exotisme à ce vieux quartier aux allures désuètes. Face aux avancées discutables du progrès, Peekskill préservait sa dignité tant bien que mal.

Nora jeta un œil aux indications données par Clara McFadden au téléphone, puis elle s'engagea sur Central Avenue avant de tourner à gauche sur Washington Street en direction de Simpson Place, sa vieille serviette en cuir à la main. La rue était très en pente et elle ne tarda pas à être essoufflée. De l'autre côté de l'Hudson, on apercevait les contreforts de Bear Mountain à travers un patchwork d'arbres jaunes et rouges flamboyants, piqué du vert foncé des épicéas.

La maison de Clara McFadden était une vieille bâtisse du XVIIIe avec un toit d'ardoises, deux tourelles et des bow-windows. Un porche orné d'une frise ouvragée courait tout autour de la maison. Le vent soufflait en rafales et des tourbillons de feuilles mortes accueillirent Nora lorsqu'elle s'engagea dans l'allée. Elle gravit les quelques marches du porche et sonna à la porte.

Une minute s'écoula, puis deux. Nora s'apprêtait à sonner à nouveau lorsqu'elle se souvint que la vieille femme lui avait recommandé d'entrer sans attendre d'y être invitée.

Elle tourna la lourde poignée de laiton et ouvrit la porte qui fit entendre un bruit de gonds mal huilés, puis elle pénétra dans le vestibule et accrocha son manteau à l'unique patère. La vieille maison sentait le chat et la poussière. Dans le demi-jour, en face d'un escalier aux marches usées, elle distingua une arcade lambrissée conduisant à ce qui devait être un salon.

D'une voix étonnamment puissante pour son âge, la maîtresse de maison l'invita à la rejoindre.

Nora fit quelques pas et s'arrêta sur le seuil, le temps de s'habituer à l'obscurité. De lourds rideaux de velours vert à pompons dorés occultaient les fenêtres, empêchant la lumière de cette belle journée de pénétrer dans la pièce. Au bout de quelques instants, elle aperçut une très vieille femme vêtue d'une robe de crêpe noir, confortablement installée dans une bergère victorienne. Son visage blafard et ses mains blanches formaient des taches claires dans la pénombre. La vieille demoiselle gardait les yeux mi-clos.

— N'ayez pas peur, fit-elle sans quitter son fauteuil.

Nora s'avança. Une main blême lui fit signe de s'installer dans une autre bergère à l'appuie-tête recouvert de dentelle.

— Asseyez-vous.

Nora s'assit avec précaution, soulevant un nuage de poussière. Un chat caché derrière un rideau passa en flèche à côté d'elle avant d'aller se perdre à l'autre bout de la pièce.

— Je vous remercie d'avoir accepté de me recevoir, commença Nora.

La vieille femme leva la tête dans un bruissement soyeux.

— Qu'attendez-vous de moi, mon enfant ?

Nora ne s'attendait pas à une question aussi directe, ni au ton autoritaire de son interlocutrice.

— Comme je vous l'ai expliqué au téléphone,

mademoiselle McFadden, j'aurais quelques questions à vous poser au sujet de votre père, Tinbury McFadden.

— Je vous demanderai de me redire votre nom, ma petite. Je ne suis qu'une pauvre vieille femme à qui sa mémoire joue des tours.

— Je m'appelle Nora Kelly.

La main décharnée de la vieille demoiselle tira la chaînette d'une lampe installée près de son siège. Une lumière jaune jaillit, tamisée par un grand abat-jour chargé, qui permit enfin à Nora de voir son interlocutrice. Elle avait un visage émacié fortement ridé, et la transparence de sa peau parcheminée faisait ressortir le bleu de ses veines.

La vieille femme l'observa pendant de longues secondes avant d'éteindre la lampe.

— Je vous remercie, mademoiselle Kelly. Que souhaitez-vous savoir exactement sur mon père ?

Nora sortit de sa serviette les notes prises à la hâte dans le train. Elle avait bien fait de préparer ses questions, car la vieille femme l'intimidait fortement.

Clara McFadden se pencha vers la petite table installée à côté de sa bergère afin de prendre un flacon à l'ancienne, comme les pharmaciens en vendaient autrefois. Elle en versa quelques gouttes dans une petite cuillère, dont elle avala le contenu avant de reposer le flacon. Un chat noir, peut-être celui de tout à l'heure, en profita pour sauter sur ses genoux. La vieille demoiselle le caressa et le chat se mit à ronronner de plaisir.

— Si je ne me trompe, votre père a été l'un des premiers conservateurs du Muséum d'histoire naturelle de New York. Il avait un collègue du nom de John Canaday Shottum, propriétaire d'un cabinet de curiosités dans le quartier de Five Points à Manhattan.

La vieille femme l'écoutait attentivement, immobile.

— Il connaissait également un scientifique nommé Leng. Enoch Leng.

À ce nom, Clara McFadden sursauta. Elle se ressaisit aussitôt et demanda d'une voix tranchante :

— Leng ? Qu'a-t-il à voir là-dedans ?

— J'aurais aimé savoir si vous le connaissiez, ou bien si vous aviez des lettres ou des documents le concernant.

— Pour le connaître, je le connais, répondit-elle sèchement. C'est lui qui a assassiné mon père.

C'était au tour de Nora de sursauter. Jusqu'alors, on avait toujours évoqué la disparition de McFadden, sans autre forme d'explication.

— Vous avez bien dit « assassiné » ? reprit-elle.

— Oh, je sais bien ce qu'on a dit à l'époque. On a prétendu qu'il avait disparu, mais c'est complètement faux.

— Comment le savez-vous ?

— Comment ? Eh bien, je vais vous l'expliquer, répondit la vieille demoiselle dans un bruissement de crêpe.

Elle alluma la lampe et désigna à Nora une photographie ancienne dans un cadre ovale, le portrait jauni d'un jeune homme vêtu d'un costume sévère. Il souriait largement, faisant briller deux dents de métal ; un bandeau placé sur l'œil droit lui donnait un air légèrement canaille. Tout comme Clara

McFadden, il avait le front étroit et les pommettes saillantes.

— Cette photo a été prise peu après que mon père eut perdu son œil à Bornéo, reprit la vieille femme, dissimulant mal son irritation. C'était un grand collectionneur, vous savez. Jeune homme, il avait passé plusieurs années de sa vie dans les colonies britanniques d'Afrique, et il avait rapporté une collection impressionnante de mammifères et d'objets indigènes. À son retour à New York, il a été nommé conservateur du Muséum d'histoire naturelle, fondé peu de temps auparavant par l'un de ses collègues du Lycéum. Les choses ont beaucoup changé depuis, mademoiselle Kelly, comme vous pouvez vous en douter. La plupart des conservateurs de l'époque étaient des amateurs éclairés au sens noble du terme, à commencer par mon père, mais peu d'entre eux étaient de véritables scientifiques. Mon père s'est toujours intéressé aux bizarreries de la nature. Vous avez fait allusion tout à l'heure au cabinet de curiosités de J. C. Shottum, c'est bien ça ?

— Oui, tout à fait.

Nora s'appliquait à noter sur un petit carnet les explications de la vieille demoiselle. La conversation s'annonçait passionnante, et elle regrettait de ne pas avoir pensé à prendre un magnétophone.

— Il en existait un certain nombre à New York à l'époque, mais le Muséum leur a fait beaucoup de tort et mon père a été chargé de racheter leurs collections. Il connaissait un grand nombre de propriétaires de cabinets de curiosités : la famille Delacourte, Phineas Barnum, les frères Cadwalader, ou encore John Canaday Shottum.

La vieille femme s'interrompit pour avaler une nouvelle gorgée de son mystérieux élixir. Comme la lampe était restée allumée, Nora parvint à lire l'étiquette et vit qu'il s'agissait d'un fortifiant à base de plantes, le *Tonique Végétal de Lydia Pinkham.*

— Oui, le Cabinet d'éléments naturels et de curiosités Shottum, répondit-elle.

— Exactement. Les scientifiques étaient peu nombreux à ce moment-là, et ils se retrouvaient tous au Lycéum. Ce n'étaient pas tous de grands savants, loin s'en faut, mais enfin, c'était comme ça. Shottum était donc membre du Lycéum, mais c'était un homme de foire avant d'être un scientifique. Il avait ouvert un cabinet sur Catherine Street pour lequel il demandait un droit d'entrée très modeste. À l'inverse de beaucoup de ces cabinets, celui-ci s'adressait aux classes populaires, car Shottum avait l'ambition d'élever les masses en les éduquant. C'est d'ailleurs pour cette raison qu'il avait ouvert son cabinet dans un quartier aussi mal fréquenté. Il considérait l'histoire naturelle comme un moyen de former la jeunesse. Quoi qu'il en soit, il avait besoin d'aide pour la classification et l'identification de ses collections, achetées à la famille d'un jeune explorateur tué par les indigènes à Madagascar.

— Alexander Marysas.

La vieille demoiselle hocha la tête avant d'éteindre la lumière, plongeant la pièce dans l'obscurité.

— Vous avez l'air de fort bien connaître toute cette histoire, mademoiselle Kelly, fit-elle d'un air soupçonneux. J'espère que je ne vous ennuie pas avec mon récit.

— Non, bien au contraire. Je suis impatiente d'entendre la suite.

— Le cabinet de Shottum ne présentait pas un intérêt majeur. Mon père aidait Shottum de temps en temps, sans s'intéresser vraiment à ses collections qu'il jugeait trop disparates. Pour attirer le public des quartiers populaires, en particulier les gamins des rues, il avait volontiers recours au sensationnel. Il avait même eu l'idée de constituer ce qu'il appelait sa *Galerie des monstres*. Si je me souviens bien, il s'était inspiré du Musée des Horreurs de Madame Tussaud. On racontait que les gens qui y entraient n'en ressortaient pas toujours, ce qui était faux, bien évidemment. Je soupçonne même Shottum d'avoir propagé la rumeur lui-même dans le but d'attirer les badauds.

Clara McFadden s'arrêta un instant pour tousser dans un mouchoir de dentelle.

— C'est à peu près à cette époque qu'un certain Leng est arrivé au Lycéum. Enoch Leng, ajouta-t-elle d'un ton amer.

— Vous avez donc connu Leng ? demanda Nora, le cœur battant.

— Mon père parlait souvent de lui. Surtout vers la fin. Mon père, comme vous avez pu le constater sur ce portrait, était borgne et avait de mauvaises dents. Leng s'est montré très utile dans un premier temps. En particulier, il lui a fabriqué des bridges en métal avant de réaliser à son intention une paire de lunettes spéciales à sa vue. Leng était un touche-à-tout de génie, il faut bien le reconnaître.

Elle remit son mouchoir dans sa manche et avala une nouvelle cuillère de son élixir miracle.

— Toutes sortes de bruits couraient à son propos. On a dit qu'il était né en France dans une petite ville proche de la frontière belge, que c'était un baron de vieille noblesse française. Les scientifiques adorent les ragots, vous savez. À l'époque, New York était encore une ville provinciale, et Leng y a fait sensation dès son arrivée. Personne n'aurait songé à remettre en cause ses connaissances. Il se faisait appeler docteur, et on racontait qu'il était chimiste et chirurgien.

Clara McFadden parlait d'un ton plus acide que jamais. Sur ses genoux, le chat ronronnait paisiblement.

— Shottum recherchait un conservateur pour son cabinet. Leng a proposé ses services, ce qui a surpris beaucoup de gens, étant donné l'intérêt très limité du cabinet Shottum. En tout cas, Leng a fini par prendre ses quartiers au dernier étage de l'immeuble de Catherine Street.

Les souvenirs de la vieille demoiselle recoupaient en tous points les circonstances décrites dans la lettre de Shottum.

— À quelle époque tous ces événements se sont-ils déroulés ? demanda Nora.

— Au printemps 1870.

— Leng habitait-il l'immeuble de Catherine Street ?

— Un homme de son éducation, habiter Five Points ? Vous n'y pensez pas. Mais c'était un personnage très discret, je dirais même secret. Très guindé, aussi, dans sa façon de s'exprimer comme dans ses rapports avec les autres, de sorte que personne n'a jamais su où il vivait. Pas même mon père.

Leng n'était pas le genre d'homme à se laisser aller à des confidences. Il passait le plus clair de son temps au Cabinet Shottum ou au Lycéum. Si mes souvenirs sont exacts, il était question au départ qu'il s'occupe du Cabinet de manière provisoire, mais il a fini par rester. Shottum était très content de lui car Leng cataloguait les collections avec beaucoup d'intelligence, rédigeant des fiches pour chaque objet. Mais il s'est ensuite produit quelque chose, mon père n'a jamais su quoi exactement, et Shottum a commencé à avoir des soupçons au sujet de Leng. D'après mon père, il aurait voulu s'en débarrasser, mais il n'osait pas. En outre, Leng lui versait un loyer tout à fait conséquent et Shottum avait besoin de cet argent.

— Savez-vous exactement à quel genre d'expériences s'adonnait Leng ?

— Sans doute la même chose que tous les autres. Tous ces hommes de sciences avaient un laboratoire, mon père le premier.

— Vous dites que votre père n'a jamais su pourquoi Shottum se méfiait de Leng.

Si c'était le cas, cela signifiait clairement que la lettre dissimulée dans le pied d'éléphant n'était jamais parvenue à McFadden.

— C'est exact. Je dois dire que mon père n'a jamais insisté. Shottum était lui-même un personnage assez excentrique. Il prenait de l'opium, et il était sujet à des crises de mélancolie. Mon père le soupçonnait même de ne pas avoir toute sa tête. Bref, un soir de l'été 1881, le Cabinet Shottum a été entièrement détruit par les flammes. L'incendie s'est propagé avec une telle rapidité qu'on n'a retrouvé de Shottum que quelques ossements calcinés. L'incendie, attribué à une lampe à gaz défectueuse, aurait pris au rez-de-chaussée.

Clara McFadden émit un petit grognement.

— Vous ne semblez pas convaincue.

— Mon père était persuadé que Leng avait allumé cet incendie.

— Pour quelle raison ?

La vieille femme haussa les épaules.

— Il n'a pas cru bon de me le dire, marmonna-t-elle. Quoi qu'il en soit, Leng a brusquement disparu des cercles savants. Il a cessé de se rendre aux assemblées du Lycéum à peu près à l'époque de l'incendie et il n'allait plus au Muséum, de sorte que mon père l'a perdu de vue. Jusqu'à ce qu'il reparaisse trente ans plus tard.

— À quelle époque précisément ?

— Pendant la Grande Guerre. J'étais encore petite fille, mon père s'étant marié sur le tard. Il a reçu un jour une lettre de Leng. Une lettre charmante dans laquelle il lui proposait de le revoir. Mon père a refusé et Leng a insisté. Il venait au Muséum, assistait aux conférences que donnait mon père et passait beaucoup de temps dans les archives du Muséum. Mon père en était très perturbé, il finissait même par avoir peur. Il en a parlé à certains de ses confrères du Lycéum. Je pense à des gens comme John Henry Perceval et Dumont Burleigh desquels il se sentait très proche, et qui sont venus plusieurs fois à la maison vers la fin.

— Si je comprends bien, demanda Nora tout en noircissant les pages de son petit carnet, vous n'avez jamais rencontré Leng.

La vieille femme marqua une courte pause.

— Si. Une seule fois. Il est venu chez mes parents un soir, très tard. Il avait un spécimen pour mon père, mais celui-ci a refusé de lui ouvrir sa porte et Leng est reparti en laissant à un domestique l'objet qu'il avait apporté. Un objet des mers du Sud sans grande valeur.

— Que s'est-il passé ensuite ?

— Mon père a disparu le lendemain.

— Et vous êtes persuadée que Leng était responsable de sa disparition.

— Oui.

— Comment, à votre avis ?

Clara McFadden tapota ses cheveux blancs tout en fixant Nora de ses yeux vifs.

— Ma chère enfant, comment le saurais-je ?

Et surtout, pourquoi Leng l'aurait-il fait disparaître ?

— Je suis convaincue que mon père avait découvert quelque chose de grave le concernant.

— Je suppose que le Muséum a demandé à la police de faire une enquête.

— Personne n'avait vu Leng au Muséum. Personne ne l'a vu en compagnie de mon père. On n'a rien pu prouver et les gens ont préféré se taire. Y compris Perceval et Burleigh. Il était tellement plus commode de traîner le nom de mon père dans la boue en faisant courir le bruit qu'il s'était enfui pour une raison quelconque. Je n'étais qu'une très jeune fille à l'époque. Par la suite, j'ai demandé qu'on rouvre l'enquête, mais comme je ne disposais d'aucun élément nouveau, ma requête a été rejetée.

— Que pensait votre mère de toute cette affaire ? Qui soupçonnait-elle ?

— Elle était déjà morte au moment du drame.
— Sait-on ce qu'il est advenu de Leng ?
— Personne ne l'a jamais plus revu par la suite.
Nora se décida enfin à poser la question qui lui brûlait les lèvres depuis un moment.
— À quoi ressemblait Leng ?
Clara McFadden réfléchit longuement avant de répondre.
— Je n'oublierai jamais son visage, finit-elle par articuler. Avez-vous lu *La Chute de la maison Usher* d'Edgar Poe ? J'y ai découvert une description qui m'a beaucoup impressionnée. Une description qui correspond en tous points à celle de Leng. Je m'en souviens encore par cœur : « Un teint cadavéreux, un œil large, liquide et lumineux au-delà de toute comparaison… un menton d'un modèle charmant, mais qui, par un manque de saillie, trahissait un manque d'énergie morale. » Leng avait les cheveux blonds, les yeux bleus, un nez aquilin. Il portait des manteaux à l'ancienne et s'habillait de façon très austère.
— Vous dressez de lui un portrait incroyablement vivant.
— Leng est le genre de personne que l'on n'oublie pas. Et pourtant, c'est encore sa voix qui reste la plus présente dans ma mémoire. Une voix grave et métallique, avec un fort accent. Quand il parlait, on aurait dit deux personnes parlant à l'unisson.
Il régnait dans le salon une atmosphère pesante. Nora en avait la gorge nouée. Il était temps de prendre congé.
— Merci infiniment d'avoir accepté de répondre à mes questions, mademoiselle McFadden.

— J'aurais aimé comprendre les raisons qui vous poussent à vous intéresser à cette vieille histoire, lança la vieille femme à brûle-pourpoint.

Elle n'avait probablement pas lu l'article de Smithback dans le *New York Times,* ni même entendu parler des crimes commis par le Chirurgien. Nora ne se sentait pas le cœur à troubler la vieille femme, perdue dans ses souvenirs au milieu de ce décor victorien.

— J'effectue actuellement des recherches sur l'histoire des cabinets de curiosités.

— Un sujet passionnant, ma chère enfant. Mais un sujet qui pourrait se révéler dangereux. Très dangereux, même, ajouta Clara McFadden, sondant la jeune femme de ses yeux inquisiteurs.

32

L'inspecteur Pendergast était allongé sur son lit d'hôpital, parfaitement immobile. Seuls ses yeux pâles trahissaient son agitation intérieure. Il vit Nora Kelly refermer la porte en s'en allant, et jeta un coup d'œil à la pendule accrochée au mur : neuf heures. Il était temps de passer à son expérience.

Dans sa tête, il passa en revue chacune des phrases de Nora afin de s'assurer qu'aucun détail, aucun indice, ne lui avaient échappé. Mais cela ne suffisait pas.

Le périple de la jeune femme à Peekskill n'avait fait que confirmer ses craintes ; depuis longtemps,

Pendergast soupçonnait Leng d'avoir tué Shottum avant de mettre le feu à son cabinet. Il ne faisait guère de doute qu'une explication avait eu lieu entre Shottum et son locataire peu après que la lettre eut trouvé sa place dans le tiroir secret du pied d'éléphant. Leng n'avait pas hésité à tuer Shottum avant de maquiller son crime en incendie.

Pendergast était également convaincu du rôle joué par Leng dans la disparition mystérieuse de McFadden, mais les questions les plus importantes n'avaient toujours pas de réponse. Pourquoi Leng avait-il choisi l'immeuble de Catherine Street pour y conduire ses expériences macabres ? Pourquoi avoir proposé ses services à plusieurs hospices de la ville un an avant la mort de Shottum ? Et surtout, où avait-il transféré son laboratoire au lendemain de l'incendie du cabinet ?

Pendergast connaissait suffisamment la psychologie des tueurs en série et savait qu'ils commettent des erreurs grossières et laissent invariablement derrière eux des indices compromettants. Ce n'était pas le cas de Leng, qui n'était pas un tueur en série à proprement parler. Il avait fait preuve d'une intelligence et d'une organisation rares, ne laissant derrière lui qu'une auréole de mystère et d'inconnu. Pendergast restait toutefois persuadé qu'il avait encore beaucoup de choses à apprendre, et que les archives éparpillées dans cette chambre d'hôpital ne lui avaient pas tout dit. Les livres seuls ne suffisaient pas. Il lui fallait passer à l'étape suivante.

L'inspecteur s'inquiétait également de son manque d'objectivité, de la façon dont il s'était laissé gouverner par ses émotions depuis le début de cette affaire. Faute de se reprendre et de recouvrer la parfaite maîtrise de soi qui le caractérisait ordinairement, son entreprise était vouée à l'échec, il le savait. Et il n'avait pas le droit à l'erreur.

Il était temps pour lui d'entamer un périple d'un tout autre ordre.

Pendergast balaya du regard les piles de livres, de vieux journaux et de cartes installées tant bien que mal sur des chariots roulants prêtés à contrecœur par ses infirmières. Le document le plus important se trouvait sur sa table de nuit : un vieux plan jauni du Cabinet Shottum. Il le prit une dernière fois entre ses mains et l'examina longuement, mémorisant le moindre détail, avant de le reposer sur sa table de chevet.

Il était temps de partir, mais avant toute chose, il s'agissait de faire taire la rumeur qui l'entourait.

Son état s'améliorant, Pendergast avait demandé à être transféré de l'hôpital Saint-Luke à celui de Lenox Hill. Un choix qui n'avait rien d'anodin puisque ce vieil établissement de Lexington Avenue possédait les murs les plus épais de toute la ville, à l'exception de ceux de son propre immeuble, le Dakota. Malgré cette précaution, les bruits les plus divers risquaient de venir troubler son expérience : le bourdonnement de la machine à oxygène installée au-dessus de sa tête, la conversation des infirmières un peu plus loin dans le couloir, les bips incessants des appareils médicaux, le souffle des respirateurs, le ronflement du malade opéré des amygdales dans la chambre voisine, le ronronnement de la VMC dans les faux plafonds… Concrètement, il ne pouvait rien contre ce brouhaha constant, sinon faire appel à ses capacités de concentration.

Avec le temps, Pendergast avait mis au point une technique extrêmement efficace, héritée d'une ancienne pratique méditative bouddhiste du Bhoutan, le *Chongg Ran.*

Pendergast commença par fermer les yeux. Puis il construisit dans sa tête un échiquier, posé sur une table en bois dans un halo de lumière jaune, avant d'ajouter deux joueurs. Le premier ouvrit les hostilités, suivi par son adversaire, et le jeu se poursuivit, chacun des deux joueurs reprenant l'initiative dès que l'autre avait bougé un pion. Au fur et à mesure que la partie avançait, chaque joueur développait sa propre stratégie, adaptant sa contre-attaque à l'initiative de l'adversaire : variante Hanham, défense des Deux Cavaliers, gambit viennois.

Déjà, le bruit ambiant commençait à s'éteindre dans la tête de Pendergast.

La partie se solda par un match nul, et Pendergast fit disparaître l'échiquier ainsi que les joueurs. Son cerveau quasiment débarrassé des bruits extérieurs, il imagina alors quatre joueurs de cartes installés autour d'une table. Pendergast avait toujours considéré le bridge comme un jeu plus noble et plus subtil que les échecs ; s'il lui arrivait rarement d'y jouer depuis que les derniers membres de sa famille avaient disparu, c'était faute d'avoir trouvé des partenaires dignes de lui.

La partie commença. Les facultés d'abstraction mentale de l'inspecteur étaient impressionnantes, car chacun de ses joueurs imaginaires ignorait le jeu des autres et pouvait choisir librement sa stratégie.

La partie se poursuivit, avec ses coupes d'atouts, ses petits et ses grands chelems. Pendergast s'amusait même à compliquer le jeu, multipliant les conventions Blackwood, Stayman et Gerber, poussant un déclarant à l'erreur, glissant ici et là des signaux mal interprétés entre partenaires.

Le premier robre terminé, les bruits s'étaient éteints définitivement. Il régnait dans sa tête un silence absolu, et Pendergast était prêt à passer à l'étape suivante.

Il s'agissait cette fois d'inverser le cours du temps à l'aide de sa mémoire.

Au terme d'une concentration intense, il décida de se lancer.

En pensée, il descendit de son lit, aussi léger et aérien qu'un fantôme. Puis il se vit traverser les couloirs déserts de l'hôpital, descendre l'escalier principal, franchir le hall d'entrée pour se retrouver sur le trottoir.

À ceci près que l'hôpital n'était plus – ou plutôt, pas encore – un hôpital. Cent vingt ans auparavant, le bâtiment abritait encore la Maison de repos des Malades de la Consomption.

Pendergast se tenait immobile devant l'établissement, observant le décor qui l'entourait à la lueur du crépuscule. En direction de Central Park, l'Upper East Side n'était qu'un patchwork d'élevages porcins, de terrains en friche et de promontoires rocheux. Un peu plus loin, quelques masures en bois regroupées en hameaux venaient rompre la monotonie du paysage. De rares becs de gaz conféraient. à l'avenue un semblant d'apparence urbaine, bien différente de celle des quartiers populeux situés plus au sud.

Dans son ensemble, le New York que découvrait Pendergast par la seule force de sa pensée manquait de netteté, mais il s'en souciait peu à ce stade de son voyage à travers l'espace et le temps. Il s'appliqua pourtant à humer profondément l'air du soir, respirant un mélange de charbon brûlé, de terre et de purin.

Il descendit lentement le perron de la Maison de repos et emprunta la 76e Rue vers l'est, en direction de l'eau. À mesure qu'il avançait, quelques demeures en pierre de taille faisaient leur apparition à côté des vieilles maisons de bois et l'on apercevait de plus en plus de voitures à cheval sur le pavé parsemé de paille. Les messieurs qu'il croisait déambulaient en longs manteaux à revers étroits, et les femmes portaient des robes à tournure et des voilettes.

Au carrefour suivant, il grimpa dans un tramway et donna une pièce de cinq cents au contrôleur. Arrivé à la 42e Rue, il descendit et emprunta la ligne de chemin de fer aérien Bowery & 3e Avenue ; cette fois, il dut s'acquitter de la rondelette somme de vingt cents pour accéder à une voiture de première classe, avec des sièges rembourrés et des rideaux aux fenêtres. Avant de monter, il eut le temps de lire sur les flancs de la locomotive à vapeur le nom de *Chauncey M. Depew.*

Tout le temps que dura la course, Pendergast se tenait immobile sur la banquette de velours, bercé par le cliquetis des roues sur les rails et les voix des autres voyageurs. Ici et là, la conversation roulait sur les dernières nouvelles de cette année 1881 : les chances de survie du président Garfield au lendemain de l'attentat dont il venait d'être victime, les régates organisées l'après-midi même sur l'Hudson par le Yacht Club de Columbia, les vertus thérapeutiques miraculeuses du manteau magnétique Wilsonia.

Il arrivait à Pendergast d'avoir des trous noirs. Aucun voyage imaginaire dans le temps n'est parfait, la mémoire humaine ayant irrévocablement laissé s'échapper tel ou tel fragment d'histoire, et Pendergast traversait parfois des décors brumeux là où ses recherches ne lui avaient pas permis de reconstituer parfaitement l'univers du New York d'alors.

Le train pénétra enfin dans le quartier du Bowery et Pendergast descendit de voiture. Planté sur le quai, il prit le temps d'observer les alentours, attentif au moindre détail. Les voies surélevées du chemin de fer surplombaient la rue, et une fine pellicule d'huile et de poussière de charbon recouvrait les stores des magasins en contrebas. La *Chauncey M. Depew* reprit sa course dans un long crissement de roues, sa cheminée rougeoyante projetant dans l'air une pluie d'escarbilles et d'étincelles.

Pendergast suivit le flot des passagers le long d'un étroit escalier de bois et se retrouva sur le trottoir face à une vitrine sur laquelle était peint en anglaises élégantes : *George Washington Abacus, Expert en physionomie et professeur d'art capillaire*. Observant la foule des passants qui s'écoulait à côté de lui, Pendergast découvrit un océan de chapeaux hauts de forme. Sur la chaussée encombrée, une marée de trams et de fourgons tirés par des chevaux se croisaient péniblement. Des marchands ambulants et des bonimenteurs se bousculaient sur les trottoirs, proposant leurs services à la cantonade. Un étameur particulièrement en voix criait à tue-tête : « Casseroles ! Casseroles ! Donnez-moi vos casseroles ! », tandis qu'une jeune femme traînant derrière elle une cantine montée sur roues lançait d'une voix criarde : « Elles sont belles, elles sont bonnes, elles sont savoureuses, mes huîtres ! » Un vendeur de maïs grillé trimbalant sa marchandise dans un landau proposa un épi dégoulinant de beurre à Pendergast qui le refusa d'un signe de tête avant de poursuivre son chemin à travers la foule. Cet intermède avait suffi à lui faire perdre un peu de sa concentration et il dut faire un effort pour retrouver ses marques dans le décor ambiant.

Il avançait toujours, veillant désormais à maintenir ses sens en éveil. Le brouhaha était quasiment insoutenable, entre le martèlement des sabots des chevaux, les bribes de musique et de chansons qui flottaient dans l'air, les cris, les exclamations, les jérémiades et les jurons qui fusaient à chaque instant. Mais, davantage encore que ses oreilles, le nez de l'inspecteur était constamment sollicité par les relents de transpiration, de viande grillée, de parfums à cent sous et de crottin qui l'assaillaient de toutes parts.

Un peu plus loin, à hauteur du 43 Bowery Street, une immense affiche bariolée, placardée sur la façade du Windsor Theatre, annonçait la présence de Buffalo Bill dans un spectacle intitulé *L'Éclaireur des plaines de l'Ouest.* Les théâtres voisins n'étaient pas de reste, proposant des spectacles aux noms tout aussi pittoresques : *Fedora, Dans la nuit du grand Nord, Le Voyageur de l'Arkansas, Le Garnement de Peck.* À l'entrée de l'une de ces salles, une gueule cassée de la guerre de Sécession tendit sa casquette d'un air insistant à Pendergast qui passa devant lui sans le voir.

Au coin de la rue, l'inspecteur s'arrêta un instant pour s'orienter avant de s'engager sur East Broadway. Après l'atmosphère fébrile du Bowery, il régnait sur Broadway un calme relatif. Pendergast longea la longue succession de vitrines de la rue, toutes plongées dans l'obscurité à cette heure tardive. Les abattoirs côtoyaient les échoppes des prêteurs sur gages, des selliers, des bourreliers et des chapeliers pour dames. Certaines façades lui apparaissaient dans leurs moindres détails, tandis que celles qu'il n'avait pu identifier au cours de ses recherches restaient plongées dans un brouillard diffus.

Pendergast s'engagea sur Catherine Street en direction de l'East River. Contrairement aux commerces d'East Broadway, ceux de cette artère populeuse étaient encore ouverts, la lumière qui filtrait des estaminets, pensions pour marins et autres bars à huîtres dessinant dans la nuit des motifs d'un rouge criard. Au coin de la rue s'élevait un bâtiment auquel sa silhouette trapue et sa façade barbouillée de suie donnaient un air menaçant. Avec ses corniches de granit ouvragé et ses linteaux en ogives, il avait été construit dans une pâle imitation de style néo-gothique. Au-dessus de l'entrée, une pancarte en bois annonçait en grosses lettres dorées sur fond noir :

CABINET DE PRODUCTIONS NATURELLES
ET DE CURIOSITÉS J. C. SHOTTUM

Trois ampoules électriques protégées par du grillage éclairaient la porte principale d'une lumière agressive, signalant aux badauds que le Cabinet Shottum était ouvert, comme le confirmait la voix du crieur à l'entrée. Pendergast ne parvenait pas à comprendre ce qu'il disait à cause du bruit de la rue, mais un grand panneau sur le trottoir se chargeait d'annoncer les principales attractions du lieu : *Venez découvrir l'enfant au double encéphale & visitez notre nouvelle annexe avec ses baigneuses ensorcelantes.*

L'inspecteur s'arrêta à quelques mètres du coin de la rue. Dans sa tête, la ville se retrouva brusquement plongée dans un épais brouillard car il ne s'intéressait plus qu'au Cabinet Shottum dont il reconstituait méticuleusement chaque détail par la seule force de sa concentration. Peu à peu, alors qu'il puisait dans sa mémoire la formidable quantité d'informations amassées au cours de ses recherches, le cabinet lui apparut dans toute sa netteté, avec sa façade lépreuse, ses salles d'exposition et ses collections baroques.

Enfin prêt, il se mêla à la foule des chalands qui faisaient la queue devant la caisse, paya les deux cents demandés à un homme coiffé d'un chapeau tuyau de poêle défraîchi, et pénétra dans le cabinet. Dès le hall d'entrée, il fut accueilli par un crâne de mammouth trônant entre un ours Kodiak mité, un canoë indien en écorce de bouleau et un énorme morceau de bois pétrifié. Il fit des yeux le tour de la pièce : un immense fémur de *Monstre antédiluvien* pendait sur le mur du fond, et d'autres spécimens de la même eau étaient disposés çà et là, pêle-mêle. Mais il ne s'agissait que de simples hors-d'œuvre, les curiosités les plus intéressantes se trouvant dans les salles d'exposition elles-mêmes.

Des deux côtés du hall, des couloirs symétriques s'ouvraient sur des salles bondées. À une époque où les voyages étaient réservés à une élite fortunée, où le cinéma et la télévision n'avaient pas encore été inventés, la popularité d'un tel établissement n'avait rien de surprenant.

Pendergast entama sa visite en empruntant le couloir de gauche, pénétrant dans une pièce remplie d'oiseaux empaillés, posés les uns à côté des autres sur des étagères. Cette exposition, visiblement conçue pour l'éducation du public, n'intéressait pas outre mesure la foule des visiteurs qui se contentaient d'un coup dœil en passant.

Pendergast suivit le mouvement et pénétra dans une vaste salle sentant le renfermé. Au centre de la pièce se tenait un humanoïde à la peau brune et ridée, les jambes arquées, les mains posées sur un pieu. Une étiquette clouée à ses pieds le présentait comme un *Spécimen de Pygmée d'Afrique, mort d'une morsure de serpent à l'âge de trois cent cinquante-cinq ans.* En s'approchant, Pendergast constata qu'il s'agissait en réalité d'un orang-outan rasé et grimé. À en juger par l'odeur pestilentielle qui s'en dégageait, il avait dû être boucané. À ses côtés, une momie égyptienne était allongée dans un sarcophage en bois, puis venait un squelette sans tête identifié comme celui de *L'éblouissante comtesse Adèle de Brissac, guillotinée à Paris en 1789.* Une plaque de fer rouillée, badigeonnée de peinture rouge, était censée être *La lame ayant servi à trancher la tête de la Comtesse.*

Pendergast s'immobilisa au centre de la pièce afin d'observer les autres visiteurs, et fut surpris de constater la diversité du public. Tous les âges et toutes les conditions sociales étaient représentés, depuis les adolescents émerveillés jusqu'aux bourgeois bedonnants, armés de gros cigares, qui posaient sur les spécimens exposés un regard amusé et condescendant. Une bande de jeunes durs à cuire passa tout près de Pendergast, qui reconnut sans peine des membres du gang des Bowery Boys grâce à leur chemise de flanelle rouge, leur pantalon de drap épais et leur aigrette caractéristique. Plus généralement, la faune habituelle des quartiers populaires se retrouvait là, les deux cents exigés à l'entrée étant à la portée de tous, ouvriers, orphelines, prostituées, gamins des rues ou vendeurs à la sauvette.

La visite se poursuivait d'un côté vers une salle consacrée aux *Baigneuses ensorcelantes,* de l'autre vers la *Galerie des monstres.* C'était cette dernière que Pendergast était venu voir. Ici, l'atmosphère de foire qui régnait dans les autres salles laissait place à une ambiance feutrée, nettement plus inquiétante. L'obscurité et le manque d'air contribuaient à entretenir le sentiment d'angoisse qui accueillait le visiteur. Les bruits extérieurs parvenaient comme assourdis et les visiteurs étaient nettement moins nombreux, pour la plupart des adolescents impressionnés par le spectacle qui les attendait.

À l'entrée de la galerie se trouvait une table sur laquelle reposait une grosse bonbonne en verre épais, munie d'un bouchon de liège cacheté à la cire. Un bébé y flottait dans un liquide visqueux, deux bras parfaitement dessinés émergeant de la partie supérieure de son crâne. En regardant de plus près, Pendergast constata qu'à l'inverse de la plupart des autres curiosités, celle-ci n'était pas trafiquée. Il poursuivit sa visite et se retrouva nez à nez avec un chien à tête de chat grossièrement assemblé, ce qu'indiquaient clairement les coutures visibles à travers le pelage mité de l'animal. À côté, un clam géant, sa coquille grande ouverte, contenait le squelette d'un pied humain, le panneau explicatif posé au-dessous racontant avec force détails le sort peu enviable du malheureux pêcheur de perles victime de ce monstre. Un peu plus loin, on longeait une rangée de jarres pleines de formol dans lesquelles flottaient les spécimens les plus bizarres : des siphonophores, un rat géant de Sumatra, une énorme masse brune de la taille d'une pastèque identifiée comme *Le foie d'un mammouth retrouvé dans les glaces de Sibérie,* ou encore un double fœtus de girafes siamoises. À l'endroit où la galerie faisait un coude, on découvrait sur une étagère un crâne humain avec une monstrueuse excroissance osseuse en plein milieu du front : *L'homme-rhinocéros de Cincinnati.*

Pendergast s'arrêta et tendit l'oreille. On n'entendait quasiment plus la rumeur du public et il se trouvait seul dans cette partie de la galerie. La galerie faisait un nouveau coude et une flèche soigneusement dessinée dirigeait le visiteur vers une dernière exposition dont une pancarte annonçait la nature : *L'antre de Wilson-le-Manchot – Réservé aux plus téméraires.*

Pendergast suivit la flèche. Le silence était presque total et la pièce, déserte, débouchait sur une petite alcôve dans laquelle trônait une tête desséchée dans une vitrine en verre. Une langue difforme émergeait de la bouche, accrochée aux lèvres tel un cigarillo. Une étrange saucisse sèche d'une trentaine de centimètres, armée d'un crochet rouillé attaché à l'aide de lanières de cuir, était posée à côté de la tête hideuse. Un peu plus loin, on reconnaissait une corde de pendu effilochée.

Sur l'écriteau posé sous la vitrine, Pendergast put lire :

LA TÊTE
DU TRISTEMENT CÉLÈBRE VOLEUR
ET ASSASSIN
WILSON-LE-MANCHOT
CONDAMNÉ À LA PENDAISON
TERRITOIRE DU DAKOTA
4 JUILLET 1868

LA CORDE FATALE

MOIGNON ET CROCHET DE WILSON-LE-MANCHOT
QUI RAPPORTÈRENT MILLE DOLLARS
AU CHASSEUR DE PRIME QUI CAPTURA CE TERRIBLE CRIMINEL

Pendergast observa longuement le renfoncement en cul-de-sac dans lequel il se trouvait. Sombre et isolé, dissimulé aux regards indiscrets par le coude de la galerie, il pouvait difficilement accueillir plus d'un visiteur à la fois.

En cas d'agression, personne n'aurait pu entendre les cris de la victime.

À force de regarder autour de lui, Pendergast vit les murs se déformer et se liquéfier sous ses yeux tandis qu'un brouillard de plus en plus épais envahissait son cerveau. En l'espace de quelques instants, le décor qu'il avait réussi à bâtir dans sa tête acheva de se dissoudre, mais cela n'avait plus guère d'importance. Il en avait assez vu au cours de sa visite virtuelle au Cabinet Shottum pour comprendre comment les choses se déroulaient.

Il savait enfin comment Leng avait pu se procurer ses victimes avec tant de facilité.

33

Patrick O'Shaughnessy, debout au coin de la 72e Rue et de Central Park West, observait la façade du Dakota, trouée par un large porche voûté débouchant sur une cour intérieure. À lui seul, le bâtiment occupait plus d'un tiers du pâté de maisons et c'était là, en pleine ville, que Pendergast avait été attaqué à la tombée de la nuit quelques jours auparavant, à peu près à la même heure.

Le soir où Pendergast avait été sauvagement agressé par l'inconnu au chapeau melon, le quartier devait vivre au même rythme ralenti, ce qui expliquait que l'homme ait pu commettre son forfait sans attirer l'attention des rares passants. L'inspecteur n'était pas homme à se laisser faire, et son agresseur avait sans doute compté sur l'effet de surprise pour parvenir à le maîtriser.

O'Shaughnessy se demanda une nouvelle fois ce qui le poussait à venir examiner les lieux. Il n'était même pas en service. En temps ordinaire, il serait allé boire un verre avec des copains au JW's, ou alors il serait resté chez lui, bien au chaud, à savourer la version de *La Fiancée vendue* de Smetana qu'il venait de s'acheter. Après tout, il n'était pas payé pour faire des heures supplémentaires. Qu'est-ce qu'il en avait à faire, de toute cette histoire ?

Mais, contre toute attente, il s'apercevait que cette affaire le laissait d'autant moins indifférent que ses supérieurs s'en fichaient royalement. Avec la lucidité et le professionnalisme qui le caractérisaient, Custer avait diagnostiqué une banale agression en déclarant d'un ton péremptoire : « Un péquenot sudiste, pas étonnant qu'on ait voulu lui faucher son portefeuille. »

O'Shaughnessy savait pertinemment que Pendergast n'avait rien d'un péquenot. Il était même convaincu que l'inspecteur jouait volontairement de son accent pour mieux leurrer les imbéciles du genre de Custer. Il était surtout persuadé que Pendergast n'avait pas été agressé par le premier venu. Maintenant, il s'agissait de choisir son camp.

D'un pas pesant, il se dirigea vers l'endroit où avait eu lieu le drame.

Il avait rendu visite à Pendergast à l'hôpital le jour même, et l'inspecteur lui avait demandé de récupérer le rapport du médecin légiste sur les ossements retrouvés dans le souterrain. Une mission délicate, car O'Shaughnessy allait devoir court-circuiter Custer, avec toutes les conséquences que cela impliquait. O'Shaughnessy avait également promis à Pendergast de se renseigner sur le compte de Fairhaven, alors que Custer lui avait strictement interdit de s'intéresser de près ou de loin au promoteur immobilier.

Sans même s'en rendre compte, O'Shaughnessy était passé de l'autre côté de la barrière et s'était mis au service de l'enquêteur du FBI, alors qu'il était censé travailler pour Custer. Ce manquement aux ordres lui laissait dans la bouche un goût étrange, mais pas désagréable. Pour la première fois de sa carrière, il éprouvait du respect envers l'un de ses supérieurs. Contrairement aux autres, Pendergast n'avait pas cherché à le juger avant même de savoir la vérité sur son compte, et il ne l'avait jamais traité comme un pauvre abruti d'Irlandais, flic de père en fils depuis cinq générations. Toutes ces raisons faisaient qu'il se retrouvait ce soir-là à faire les cent pas en face du Dakota, prêt à tout pour venir en aide à Pendergast.

Bien sûr, ce dernier ne s'était guère étendu sur les circonstances de son agression, mais rien ne laissait penser qu'il pût s'agir d'une tentative de vol. O'Shaughnessy se souvenait vaguement des statistiques sur le racket urbain auxquelles il avait eu droit à l'école de police. À l'époque, il était encore pétri d'illusions sur un avenir qui s'était écroulé comme un château de cartes le jour où il avait accepté du fric d'une prostituée, par pitié pour elle.

O'Shaughnessy s'arrêta un instant pour cracher de dégoût sur le trottoir.

À l'école, on lui avait appris que le travail de la police se résumait souvent à la sacro-sainte trinité du M-M-0 : Mobile, Moyen, Opportunité.

Le Mobile, tout d'abord. Qui pouvait avoir intérêt à tuer Pendergast ?

Il s'agissait de replacer les faits dans leur contexte.

Primo, ce type enquêtait sur des crimes vieux de cent trente ans. Aucun mobile à chercher là-dedans, puisque l'assassin était forcément mort.

Deuzio, un imitateur prenait la relève et Pendergast assistait à l'autopsie avant même que le médecin légiste ait remarqué quoi que ce soit. *Bon sang,* songea O'Shaughnessy, *il a bien fallu qu'il apprenne quelque chose avant tout le monde, pour être capable d'établir un lien entre les victimes du souterrain et le meurtre de cette touriste à Central Park.* Quelque chose, oui, mais quoi ? Et comment ?

Tertio, Pendergast se faisait attaquer.

Les faits, tels que O'Shaughnessy les voyait, se résumaient à ces bribes décousues. Quelle conclusion en tirer ?

Il ne faisait aucun doute que Pendergast gardait dans sa manche un atout essentiel, et son attaquant le savait. Un atout suffisamment important pour que le meurtrier prenne le risque de le tuer sur la 72e Rue, c'est-à-dire en pleine ville, même à 21 heures. Le pire étant qu'il avait bien failli réussir.

O'Shaughnessy jura entre ses dents. À son humble avis, le premier mystère à élucider, c'était Pendergast lui-même. Si seulement ce type avait accepté de tout lui raconter, de partager avec lui les informations qu'il possédait… Pourquoi donc s'obstinait-il à ne rien lui dire ? Un mystère de plus à élucider.

Il jura de plus belle, agacé. Pendergast se montrait très exigeant vis-à-vis des autres, mais il ne donnait jamais rien en échange. Dans ce cas, pourquoi s'emmerder la vie à faire les cent pas devant le Dakota dans l'espoir de retrouver des indices, tout ça pour un type qui ne voulait pas qu'on l'aide ?

Calme-toi, vieux, se dit O'Shaughnessy intérieurement. Pendergast était l'être le plus logique et le plus méthodique qu'il eût jamais rencontré. Il devait avoir ses raisons pour agir de la sorte. Tout vient à point qui sait attendre, comme dit la fable. En attendant, il n'avait plus rien à faire là. Il était temps de rentrer chez lui manger un morceau et lire le dernier numéro de *Opera News.*

Il s'apprêtait à s'en aller lorsqu'il aperçut une ombre au coin de la rue.

Il se dissimula instinctivement dans la première encoignure de porte venue et attendit. L'ombre s'était arrêtée un peu plus loin, là où lui-même se trouvait encore quelques minutes auparavant, observant les alentours d'un air furtif. Soudain, l'inconnu s'approcha.

O'Shaughnessy se fit encore plus petit dans sa cachette. Parvenu au coin de l'immeuble, l'homme s'arrêta à l'endroit précis où Pendergast avait été attaqué. Il alluma une lampe de poche et arpenta longuement le trottoir, à l'affût de quelque chose. Il portait un long manteau noir qui aurait fort bien pu dissimuler une arme. Il ne s'agissait visiblement pas d'un flic, et comme Pendergast avait refusé qu'on mette la presse au courant de son agression…

O'Shaughnessy décida de passer à l'action. Son revolver dans la main droite et son insigne dans la main gauche, il émergea brutalement de sa cachette.

— Police ! fit-il d'une voix décidée. Ne bougez pas. Laissez vos mains là où elles sont.

L'ombre poussa un cri de frayeur en levant les bras en l'air.

— Attendez ! Ne tirez pas ! Je suis journaliste !

O'Shaughnessy respira en reconnaissant son interlocuteur.

— Ah, c'est vous ! fit-il d'un air déçu en rengainant son arme.

— J'en ai autant à votre service, rétorqua Smithback, encore tout tremblant. Je vous reconnais, vous étiez là le soir de l'inauguration.

— Oui. Sergent O'Shaughnessy.

— Puis-je vous demander ce que vous faites là à une heure pareille ?

— Visiblement la même chose que vous, répondit O'Shaughnessy avant de se souvenir qu'il avait affaire à un journaliste. Moins il en dirait, moins Custer risquait d'apprendre comment il passait ses soirées.

Smithback s'épongea le front à l'aide d'un vieux mouchoir.

— Vous m'avez foutu une de ces trouilles !

— Je suis désolé, mais vous avouerez que votre comportement pouvait paraître étrange.

— Sans doute, concéda Smithback. Vous avez trouvé quelque chose ?

— Rien.

Un silence pesant s'installa.

— Comment voyez-vous les choses ? reprit Smithback. Vous pensez qu'il pourrait s'agir d'un rôdeur ?

O'Shaughnessy s'était posé lui-même la question quelques minutes plus tôt. Il haussa les épaules d'un air bourru. Le mieux était de ne rien dire.

— La police doit bien avoir une théorie, tout de même, poursuivit le journaliste.

O'Shaughnessy haussa à nouveau les épaules et Smithback s'approcha pour lui dire à mi-voix :

— Je me doute que les résultats de l'enquête sont confidentiels, mais je m'engage formellement à parler anonymement d'une « source proche de l'enquête » si vous acceptez de tout me raconter.

O'Shaughnessy n'était pas naïf au point de tomber dans le panneau, et ne prit même pas la peine de répondre.

Smithback poussa un grand soupir et leva les yeux sur l'immeuble avant d'ajouter :

— Bon, je suppose qu'il n'y a plus rien à voir, et comme vous avez décidé de rester muet, autant aller me remettre de mes émotions devant un verre.

Il remit son mouchoir dans sa poche,

— Bonsoir, sergent.

Il commençait déjà à s'éloigner lorsqu'il s'arrêta brusquement, pris d'une idée.

— Dites-moi, sergent, si on le prenait ensemble, ce verre ? fit-il en se retournant.

— Non merci.

— Allez ! Ne vous faites pas plus méchant que vous êtes. En plus, vous n'avez pas l'air d'être en service.

— Je vous ai dit non.

Smithback revint sur ses pas.

— Plus j'y pense, plus je me dis qu'on pourrait très bien accorder nos violons, tous les deux. Vous ne croyez pas ? Surtout pour enquêter sur le Chirurgien.

— Le chirurgien ? Quel chirurgien ?

— Vous n'êtes pas au courant ? C'est le nom que le *Post* a donné à l'assassin de ces deux femmes. Vous avez besoin de tuyaux, moi aussi, alors nous sommes faits pour nous entendre.

O'Shaughnessy ne répondit pas. Il avait besoin d'informations, c'était vrai. En même temps, il se demandait si Smithback avait vraiment découvert quelque chose, ou bien s'il bluffait.

— Je ne vous raconte pas d'histoires, sergent. Je me suis fait coiffer au poteau pour le meurtre de cette touriste à Central Park et je dois me racheter, sinon je vais me faire bouffer tout cru par mon rédacteur en chef. Il suffirait que j'apprenne un truc ou deux avant les autres pour m'en tirer, rien de bien méchant. Vous pouvez bien faire ça pour moi.

— Qu'est-ce que vous savez exactement ? demanda O'Shaughnessy, méfiant, se souvenant de ce que lui avait demandé Pendergast. Vous avez des tuyaux sur Fairhaven, par exemple ?

Smithback leva les yeux au ciel.

— Vous rigolez ou quoi ? J'ai étudié le curriculum vitae de ce type de A à Z. Je ne vois pas à quoi ça pourrait vous servir, mais si ça vous intéresse, aucun problème. Alors, on le prend, ce verre ?

O'Shaughnessy jeta un coup d'œil rapide autour de lui. Il était peut-être en train de faire une bêtise, mais il y avait de quoi se laisser tenter. Smithback était peut-être un fouille-merde de première, mais il n'avait pas l'air d'un mauvais bougre. Et puis il avait collaboré avec Pendergast par le passé, même s'il n'en faisait pas des gorges chaudes. Et comme Pendergast lui avait justement demandé de se renseigner sur Fairhaven…

— Où va-t-on ?

Smithback afficha un large sourire.

— Vous voulez rire ? Les bars les plus sympas de la ville se trouvent juste à côté, sur Columbus. Je peux même vous emmener dans le troquet préféré des employés du Muséum, les Vieux Os. Allez, je paye la première tournée.

34

Le brouillard devenait de plus en plus épais et Pendergast dut faire un effort sur lui-même pour ne pas perdre sa concentration. Au bout d'un moment, la brume se déchira lentement et laissa filtrer un peu de lumière jaune-orange. Pendergast suait à grosses gouttes, et le brouillard finit par se dissiper totalement.

Il se trouvait sur le trottoir, devant l'entrée du Cabinet d'éléments naturels et de curiosités J. C. Shottum. Il faisait nuit, mais la rue brillait d'un reflet inhabituel car le bâtiment était en flammes. Des langues de feu gigantesques s'échappaient des fenêtres du rez-de-chaussée et du premier étage, poussées par d'épaisses volutes d'une fumée noire et âcre. Un cordon de police tentait désespérément de bloquer la rue et d'empêcher les curieux d'approcher tandis que des pompiers s'activaient autour du brasier qu'ils avaient toutes les peines du monde à contenir à l'aide de leurs lances à incendie. Un peu plus loin, plusieurs de leurs collègues éteignaient les becs de gaz l'un après l'autre afin de prévenir tout risque d'explosion.

La chaleur, insoutenable, formait un mur presque dense tout autour du bâtiment. Debout au coin de la rue, Pendergast observait avec intérêt la pompe à incendie, une chaudière à vapeur installée sur un attelage, l'inscription *Amoskeag Manufacturing Company* peinte en lettres dorées des deux côtés de la cuve. Il regarda autour de lui, dévisageant les badauds dans l'espoir de reconnaître le visage de Leng, mais le savant avait dû partir depuis longtemps, un fois son forfait accompli. Leng n'avait rien d'un pyromane, et il avait très certainement regagné ses pénates, Dieu seul savait où.

Car personne ne semblait savoir où il habitait. Une autre question, tout aussi lancinante, se posait à présent : où avait-il transféré son laboratoire ?

Un craquement sinistre se fit entendre : c'était la charpente qui s'écroulait dans une gerbe d'étincelles. Un murmure admiratif s'éleva de la foule. Lançant un dernier regard en direction du bâtiment, Pendergast se faufila entre les curieux et s'éloigna de la carcasse calcinée du cabinet.

Une petite fille se précipita vers lui. Elle devait avoir six ans tout au plus. D'une maigreur extrême, elle était pieds nus. À l'aide d'un vieux balai, elle faisait voler la poussière, le crottin de cheval et les immondices éparpillées sur le trottoir devant Pendergast dans l'espoir d'obtenir une pièce.

— Merci, ma chère enfant, fit l'enquêteur du FBI en lui jetant une poignée de pièces. Surprise par tant de générosité, la fillette écarquilla les yeux avant de remercier son bienfaiteur d'une courbette maladroite.

— Comment t'appelles-tu, mon enfant ? s'enquit Pendergast d'une voix douce.

La fillette, visiblement étonnée qu'un étranger pût lui parler avec bonté, répondit d'une voix timide :

— Constance Greene, monsieur.

— Greene ? fit Pendergast, dérouté. Et tu habites Water Street, n'est-ce pas ?

— Non, monsieur. J'ai déménagé.

Elle prit soudain une mine effrayée et, après une dernière courbette, se perdit dans la foule.

Pendergast reprit sa route et descendit lentement la rue grouillant de monde. Il s'arrêta brusquement, le visage inquiet, et revint sur ses pas. À l'entrée du Brown's Restaurant, un crieur annonçait le menu d'une voix perçante en mangeant ses mots :

Soupaupoireaupommedeterre !

Rosbifetpatatrotiesbaticocarottes !

Côtlét'dagneauoucôtlét'deporpetipois !

Entrémsieurdamecépascherêçaremplilestomaaaaac !

Pendergast dépassa le crieur, la mine soucieuse, alors que les cloches de l'hôtel de ville continuaient inlassablement de sonner le tocsin à cause de l'incendie. Sur Park Street, il passa devant le magasin d'un apothicaire, fermé à cette heure. Des flacons de toutes tailles et de toutes couleurs étaient exposés en vitrine : *Composé de céleri du docteur Paine, Swamp-Root du docteur Kilmer, Élixir indien de D. & A. Younce (bon pour les hommes et les animaux)*.

Quelques centaines de mètres plus loin, il s'arrêta soudainement, attentif au décor qui l'entourait. Il avait longuement étudié ce quartier du vieux New York et le moindre détail lui apparaissait avec une netteté stupéfiante. À cet endroit, les rues Baxter et Worth se croisaient à angle vif, formant un carrefour communément connu sous le nom de Five Points. Rien dans l'atmosphère de misère lugubre qui l'entourait ne rappelait l'insouciance du Bowery telle qu'il avait pu y goûter plus tôt dans la soirée.

Trente ans auparavant, dans les années 1850, Five Points abritait les taudis les plus sordides d'Amérique, plus terribles encore que ceux de Seven Dials à Londres. Le quartier restait crasseux et particulièrement dangereux, car il servait de refuge à quelque cinquante mille criminels, drogués, prostituées, enfants abandonnés, escrocs et malfrats de toutes les espèces. Les rues, mal pavées et sillonnées d'ornières, débordaient de déchets et d'immondices, à la grande satisfaction de troupeaux entiers de porcs d'une saleté repoussante qui se nourrissaient à même les caniveaux. La plupart des maisons menaçaient de s'écrouler, avec leurs façades lézardées, leurs fenêtres cassées et leurs toitures goudronnées à moitié effondrées. Un malheureux bec de gaz jetait sur le carrefour une lumière chiche, incapable de faire reculer la pénombre régnant sans partage dans les ruelles avoisinantes. Les portes des tavernes restaient grandes ouvertes à cause de la chaleur de ce soir de juillet, laissant s'échapper des effluves de cigare bon marché et d'alcool frelaté. Des femmes dépoitraillées attendaient le chaland sur le seuil des taudis, adressant aux passants des remarques grivoises et multipliant les obscénités à l'intention des putains à peine mieux loties des saloons voisins. De l'autre côté de la rue, des asiles de nuit rongés de vermine dressaient leur silhouette sinistre le long d'anciennes étables utilisées comme entrepôts clandestins par les receleurs du quartier.

Pendergast arpentait nerveusement les lieux, étudiait avidement la disposition des rues et des bâtiments, à la recherche du moindre indice que l'examen attentif des archives n'avait pu lui fournir. Il finit par se rendre au pied d'un immeuble de quatre étages en très mauvais état, à la limite de l'écroulement. Même à la lueur du bec de gaz, l'édifice conservait un aspect lugubre. Il s'agissait de l'Old Brewery, autrefois l'un des taudis les plus infâmes de tout le quartier de Five Points. On racontait que les enfants élevés entre ces murs sinistres voyaient rarement la lumière du jour, passant des mois, voire des années à respirer l'air confiné et insalubre qui régnait dans cette antichambre de l'enfer. Grâce aux efforts d'une association de bienfaisance, le bâtiment avait été en partie reconstruit pour laisser place à une institution charitable, la Five Points Mission. C'était dans le cadre de ce projet de réhabilitation urbaine avant l'heure que le bon docteur Enoch Leng avait offert bénévolement ses services en 1880. Il avait continué à fréquenter ces lieux jusqu'au début des années 1890 avant de disparaître un beau jour sans laisser la moindre trace dans les archives.

Pendergast se dirigea lentement vers le vieil édifice. Une inscription à moitié effacée au nom de l'Old Brewery figurait encore sur le fronton, au-dessus de la pancarte toute neuve de la Five Points Mission. Il hésita à pénétrer dans le bâtiment avant d'y renoncer. Il y avait plus urgent à faire.

Une ruelle sombre en cul-de-sac courait tout le long de la façade arrière de la Mission. Une bouffée d'air fétide et humide l'assaillit. Bien des années plus tôt, à l'époque où cette partie de New York était encore un marécage appelé le Collect, Aaron Burr avait installé là une puissante pompe souterraine pour puiser de l'eau dans les nappes phréatiques, donnant naissance à la New Amsterdam Water Company. Avec le temps, les sources n'avaient plus donné que de l'eau croupie et le marais avait été asséché tant bien que mal, laissant place à l'Old Brewery.

Immobile, Pendergast réfléchissait. Plus tard, cette ruelle avait pris le nom de Cow Bay pour devenir l'endroit le plus dangereux de tout Five Points. On y trouvait une cité de grands immeubles en bois, affublés de noms au pittoresque douteux comme *La Triste Demeure* ou *Les Portes de l'Enfer*. Une armée d'alcooliques et de criminels endurcis, tous capables de tuer leur prochain pour lui voler sa chemise, y avait ses habitudes. Semblable à la plupart des cités de Five Points, celle-ci abritait une myriade d'appartements misérables et pestilentiels, truffés de cloisons amovibles et de portes dérobées, reliés aux immeubles des rues voisines par des passages souterrains afin de permettre aux voleurs et aux assassins d'échapper à la police en cas de besoin. Au milieu du XIXe siècle, il ne se passait pas une nuit sans qu'un meurtre fût commis dans ce refuge de la misère humaine. Désormais, il ne restait là qu'un entrepôt de glace, des abattoirs et une station de pompage désaffectée, fermée en 1879 à la suite de la construction d'un réservoir un peu plus loin.

Pendergast se remit en marche et tourna à gauche dans Little Water Street. À l'autre extrémité de la rue se trouvait l'hospice de Five Points, l'autre orphelinat auquel s'intéressait Enoch Leng. C'était une grande bâtisse de style beaux-arts agrémentée d'une tour du côté nord. Sur le toit, on devinait la silhouette rectangulaire d'un petit belvédère entouré d'un garde-fou en fer forgé, contribuant à l'incongruité de cet édifice élégant au milieu des taudis et des cabanes en bois du quartier.

Pendergast leva la tête et détailla plus attentivement la façade. Pourquoi Leng avait-il choisi ces deux missions pour y proposer ses services en 1880, c'est-à-dire un an avant l'incendie qui avait ravagé le Cabinet Shottum ? Le cabinet lui-même était beaucoup mieux adapté que ces hospices si l'on avait l'intention de se procurer des victimes dont la disparition passerait inaperçue. À force de voir leurs pensionnaires s'évanouir mystérieusement dans la nature, les responsables de ces établissements risquaient de se poser des questions. Et pourquoi ces missions-là en particulier, alors qu'il en existait bien d'autres à travers Manhattan ? Pourquoi ce quartier en particulier ?

Pendergast avançait lentement sur le pavé, observant

la rue d'un air distrait. De toutes les rues arpentées en pensée ce soir-là, Little Water Street était la seule qui n'existait plus au XXIe siècle. Avec le temps, on avait rasé ses immeubles et tracé d'autres rues sur ses décombres. Elle figurait en bonne place sur les anciens plans de la ville, bien évidemment, mais il n'avait jamais pensé à en dessiner le cours sur une carte du *Manhattan d'aujourd'hui.*

Un personnage miteux, juché sur une charrette tirée par un cheval, déboucha soudain à l'autre bout de la rue. Il signalait son passage à l'aide d'une cloche et récupérait les ordures pour quelques sous, suivi par une armée de cochons affamés. Pendergast, sans lui prêter le moindre regard, revint sur ses pas et s'arrêta à l'entrée de Cow Bay. Du fait de la disparition de Little Water Street, il n'y avait pas prêté attention, mais sa visite dans le Five Points de 1881 lui permettait de comprendre que les deux hospices donnaient directement sur la cité de Cow Bay : les immeubles avaient disparu, mais les souterrains utilisés autrefois par ses habitants se trouvaient encore là.

Il jeta un coup d'œil des deux côtés de la ruelle. Des abattoirs, un entrepôt de glace, une station de pompage désaffectée… Toutes les pièces du puzzle commençaient à se mettre en place.

Pendergast s'éloigna d'un pas lent en direction de Baxter Street. Il aurait pu s'arrêter là et rouvrir les yeux sur le décor familier de sa chambre d'hôpital, mais il n'était pas pressé de rentrer à Lenox Hill. Il était surtout curieux de savoir si les pompiers avaient réussi à maîtriser l'incendie du Cabinet Shottum. Arrivé là, il se payerait peut-être le luxe de prendre une voiture pour se faire conduire à Central Park. Ou, mieux encore, il remonterait Manhattan à pied et passerait devant le cirque de Madison Square Garden, Delmonico's et les palaces de la 5e Avenue. Ce n'étaient pas les interrogations qui manquaient. Son périple lui avait déjà beaucoup appris, et le décor du New York de 1881 ne pouvait que l'aider à poursuivre sa réflexion.

35

À peine arrivée à l'hôpital de Lenox Hill, Nora fit une halte au bureau des infirmières afin de s'enquérir de la chambre de Pendergast, mais elle se heurta à un mur d'hostilité. *Si je ne m'abuse*, pensa-t-elle, *Pendergast a réussi à se faire détester de tout le personnel soignant ici aussi.*

Elle trouva l'inspecteur allongé dans son lit, les stores tirés pour empêcher la lumière d'entrer. Il avait une mine de papier mâché, le teint gris. Ses cheveux blond blanc lui tombaient sur le front et il avait les yeux fermés. Il les ouvrit en entendant Nora pousser la porte.

— Je suis désolée, s'excusa-t-elle. Ce n'est peut être pas le moment.

— Bien au contraire. C'est d'ailleurs moi qui souhaitais vous voir. Ôtez donc les paperasses qui traînent sur cette chaise et asseyez-vous, je vous en prie.

Nora déposa par terre la pile de livres et de documents qui encombraient la chaise, se demandant ce qui avait bien pu pousser Pendergast à la convoquer cette fois. Elle lui avait fait un compte rendu scrupuleux de sa visite à la fille de Tinbury McFadden, prenant bien soin de préciser que c'était la dernière fois qu'elle acceptait de l'aider. Il devait bien comprendre qu'elle avait un travail, elle aussi. L'affaire du charnier de Catherine Street avait beau être passionnante, il était hors de question de lui sacrifier sa carrière pour autant.

Pendergast avait les yeux fermés aux trois quarts, mais Nora apercevait toujours ses iris délavés à travers ses paupières.

— Comment allez-vous ? demanda Nora.

La jeune femme était trop bien élevée pour ne pas poser la question au malade, mais elle n'avait pas l'intention de se mettre davantage en frais. Elle se contenterait d'écouter ce qu'il avait à lui dire avant de s'en aller. Un point, c'est tout.

— Leng allait chercher ses proies directement dans le Cabinet Shottum, répondit Pendergast.

— Comment l'avez-vous appris ?

— Il profitait d'un couloir en cul-de-sac attenant à l'une des salles d'exposition pour les escamoter. Il attendait de se trouver seul avec un visiteur dans ce lieu particulièrement sinistre et maîtrisait le malheureux avant de l'emporter par une porte dérobée jusqu'à l'escalier conduisant à la cave à charbon. Sa technique était très au point et les gens n'y voyaient que du feu, d'autant que les disparitions mystérieuses étaient monnaie courante dans ce quartier miséreux. Leng veillait d'ailleurs à choisir exclusivement des victimes dont personne ne s'inquiéterait :

des gamins des rues, des jeunes filles sans famille, ou bien encore les pensionnaires des hospices voisins.

Il s'exprimait à mi-voix, sur un ton monocorde, comme s'il récapitulait les détails de l'affaire pour lui-même, et non pour le compte de son interlocutrice.

— Il aura ainsi profité de son rôle de conservateur au Cabinet Shottum pour alimenter ses expériences entre 1872 et 1881. Neuf années terribles, avec un total de trente-six victimes recensées. Qui sait s'il n'y en a pas eu d'autres dont il aura enfoui les dépouilles ailleurs ? Comme vous le savez, la rumeur de l'époque évoquait des choses étranges dans le cabinet, et la disparition de certains visiteurs ne faisait qu'accroître la réputation du lieu.

Nora fut parcourue d'un frisson.

— Et puis tout a basculé en 1881 lorsqu'il a tué Shottum avant de mettre le feu à son cabinet. Nous en connaissons désormais la raison : Shottum avait percé son secret monstrueux, il ne pouvait donc rester en vie. Il le dit clairement dans sa lettre à Tinbury McFadden, même si cette lettre m'a un moment induit en erreur. Car Leng avait l'intention d'assassiner Shottum de toute façon.

Il s'arrêta pour reprendre son souffle.

— Sa confrontation avec Shottum lui aura fourni une excuse toute trouvée pour détruire le cabinet. La première phase s'achevait, il était temps de passer à la suivante.

— Quelle première phase ?

— Celle marquant la fin de ses travaux. Leng venait enfin de trouver la formule qu'il recherchait depuis si longtemps.

— Vous plaisantez ! Vous n'allez tout de même pas me faire croire que Leng a réussi à mettre au point une formule l'empêchant de vieillir ?

— Je ne sais pas s'il y est parvenu, mais *lui* en était persuadé. La phase expérimentale s'achevait. Il était temps de passer à la production. Il allait lui falloir de nouvelles victimes, mais en moins grand nombre qu'auparavant. Le cabinet, avec sa clientèle pléthorique, devenait trop dangereux. Il était désormais indispensable de brouiller les pistes et de recommencer ailleurs.

Pendergast laissa planer un long silence avant de poursuivre.

— Un an avant l'incendie du cabinet, Leng a proposé ses services à deux institutions charitables du quartier, la Five Points Mission et l'Hospice de Five Points. Les bâtiments abritant ces établissements étaient tous deux reliés au réseau de galeries dont était truffé à l'époque tout le quartier. Cow Bay, une ruelle malfamée, séparait alors les deux hospices. Outre les taudis que vous pouvez imaginer, Cow Bay abritait une ancienne station de pompage des eaux du Collect dont les portes avaient fermé un mois avant que Leng ne commence à travailler pour ces hospices. Il ne s'agit malheureusement pas d'une coïncidence.

— Que voulez-vous dire ?

— Cette station de pompage désaffectée a servi de lieu de production à Leng. C'est là qu'il s'est installé au lendemain de l'incendie du cabinet Shottum. L'endroit était abandonné, et il avait l'immense avantage de communiquer avec les deux hospices par le biais de galeries souterraines. Il ne pouvait rêver meilleur endroit pour entamer la production de ce produit avec lequel il comptait défier le temps. J'ai ici les plans de cette usine de pompage.

D'un geste las, il désigna une liasse de papiers parcheminés. Nora déplia un vieux plan auquel elle jeta un coup d'œil rapide, se demandant ce qui avait bien pu mettre l'inspecteur dans un tel état d'épuisement. La veille encore, il avait l'air de se remettre parfaitement de sa blessure ; son état était-il brusquement en train d'empirer ?

— La plupart de ces lieux ont aujourd'hui disparu et certaines rues ont même été modifiées. On a érigé un immeuble de deux étages au-dessus du laboratoire de Leng dans les années 1920, à hauteur du 99 Doyers Street, tout près de Chatham Square. L'immeuble a été transformé en appartements, avec un deux-pièces au sous-sol et toute une série de studios dans les étages. S'il reste encore des traces du laboratoire de Leng, c'est là qu'il faut aller les chercher.

Nora restait pensive. Fouiller le site de l'ancien laboratoire de Leng pouvait se révéler passionnant, et elle était mieux placée que quiconque pour effectuer ce travail et retrouver des indices. Mais pourquoi diable Pendergast était-il obsédé par des crimes oubliés depuis si longtemps ? Ce serait sans doute une consolation d'identifier le meurtrier de Mary Greene, d'autant que… Mais elle avait décidé de ne plus penser à toute cette affaire. Sa situation au Muséum était suffisamment délicate en l'état sans qu'elle prenne davantage de retard dans ses travaux.

Pendergast poussa un long soupir et se tourna à moitié vers le mur.

— Je vous remercie infiniment de cette visite, professeur Kelly. Il est temps de vous en aller à présent, je me sens extrêmement fatigué.

Nora le regarda, étonnée. Elle s'était attendue à ce qu'il la supplie de l'aider, et voilà qu'il la mettait à la porte.

— Mais alors, pourquoi m'avoir fait venir ?

— Vous m'avez été d'un grand secours tout au long de cette enquête. À plusieurs reprises, vous m'avez posé des questions auxquelles il m'était malheureusement impossible de répondre, et j'ai pensé que mes découvertes les plus récentes vous intéresseraient. Je vous devais bien cela, à tout le moins. De nos jours, on abuse quotidiennement d'une expression que j'exècre, « tourner la page ». Je m'en contenterai pour une fois car elle me semble appropriée dans le cas qui nous concerne. Je souhaite que ces ultimes révélations vous permettent de tourner la page sans avoir l'impression de rester tout à fait plongée dans l'obscurité. Et surtout, je tiens à vous exprimer ma très sincère gratitude pour votre aide infiniment précieuse.

Pour un peu, Nora se serait sentie vexée d'être mise à l'écart aussi brutalement. C'était pourtant ce qu'elle voulait, mais tout de même… Un instant désarçonnée, elle finit par répondre :

— Je vous remercie, mais si vous voulez mon avis, cette affaire est loin d'être terminée. Logiquement, il faudrait opérer des fouilles dans le sous-sol du 99 Doyers Street.

— Vous avez absolument raison. L'appartement en sous-sol est actuellement inoccupé et il ne fait guère de doute que des fouilles sous le carrelage du living-room pourraient s'avérer très instructives. J'ai d'ailleurs l'intention de louer moi-même l'endroit afin de tenter d'y retrouver quelque indice. Mais avant toute chose, il me faut retrouver toutes mes forces. Bonne journée à vous, professeur Kelly.

À ces mots, Pendergast acheva de se tourner vers le mur.

— Et qui se chargera de procéder aux fouilles ? demanda Nora.

— Je trouverai un archéologue, répliqua Pendergast d'une voix faible.

— Je serais curieuse de savoir qui, fit-elle sèchement.

— J'ai l'intention de m'adresser au bureau du FBI à La Nouvelle-Orléans. On y a toujours fait preuve de la plus grande mansuétude à mon égard.

— Je n'en doute pas, mais je vois mal le premier archéologue venu faire un boulot comme cclui-là. Il faut quelqu'un de compétent, capable de…

— Êtes-vous en train de me proposer vos services ? l'interrompit-il.

Nora, empêtrée dans scs contradictions, ne répondit pas.

— Vous voyez bien. C'est précisément pour cette raison que je ne me suis pas adressé à vous. Vous m'avez affirmé à plusieurs reprises vouloir reprendre vos propres travaux, ce qui est tout à fait légitime. Je vous ai déjà assez importunée comme cela. En outre, cette enquête n'est pas dénuée de danger, comme j'ai pu le comprendre à mes dépens, et je n'ai pas la moindre intention de vous entraîner dans une entreprise qui se révèle beaucoup plus périlleuse que je ne l'imaginais initialement.

Nora se leva, froissée.

— Eh bien, je crois que nous avons fait le tour de la question. J'ai eu beaucoup de plaisir à travailler avec vous, monsieur Pendergast. Si on peut parler de plaisir étant donné les circonstances. En tout cas, c'était très intéressant.

Nora avait beau repartir libre, comme elle se l'était promis, elle se sentait frustrée.

— Très intéressant, vous avez mille fois raison, fit Pendergast. Au moment de franchir la porte, elle se retourna soudainement.

— Je serai peut-être amenée à vous recontacter. J'ai reçu une note interne de Reinhart Puck. Il a découvert de nouveaux éléments et compte sur ma visite cet après-midi. Si je trouve quoi que ce soit, je vous appelle.

— Très volontiers, répondit-il en la fixant de ses yeux pâles. Et encore tous mes remerciements, professeur Kelly. Je compte sur vous pour être prudente.

Elle acquiesça et ouvrit la porte. En passant devant le bureau des infirmières, elle ne put s'empêcher de répondre par un sourire aux regards noirs qu'on lui lançait.

36

Nora déclencha un grincement lancinant en poussant la porte du local des archives. Après avoir frappé à plusieurs reprises sans obtenir de réponse, elle avait tourné la poignée à tout hasard et s'était aperçue que la porte n'était pas fermée à clé, ce qui était contraire à tous les règlements. Bizarre, bizarre…

Déjà lors de ses précédentes visites dans ce temple de la poussière et de la moisissure, Nora avait été frappée par l'odeur de vieux papier qui régnait dans cet immense sous-sol. Les entrailles des archives étaient plongées dans la pénombre, seul le bureau de Puck formant une oasis de lumière près de la porte. Quant au maître des lieux, il brillait par son absence.

Nora regarda sa montre : 16 heures. Elle était pourtant à l'heure.

Elle lâcha la lourde porte qui se referma en soupirant sur ses gonds. Elle donna un tour de clé dans la serrure avant de s'approcher du bureau, ses talons résonnant sur les dalles de marbre. Elle signa machinalement le registre d'entrée, entamant une nouvelle page. La table de Puck était mieux rangée qu'à l'accoutumée, et elle remarqua une feuille de papier bien en évidence sur le sous-main vert foncé, sur laquelle était écrit à la machine un message laconique : *Je suis sur le triceratops, tout au fond.*

— Le tricératops, répéta Nora, intriguée, en regardant autour d'elle.

C'était du Puck tout craché. Il était parti épousseter ses chères reliques en oubliant de lui indiquer où se trouvait ce satané dinosaure. Elle n'avait pas le souvenir de l'avoir aperçu auparavant, et comme le sous-sol était plongé dans le noir… Elle regarda autour d'elle : aucun plan des lieux, ce qui ne l'étonna pas outre mesure.

Exaspérée, elle s'approcha des rangées de vieux interrupteurs et en actionna quelques-uns au hasard. Des puits de lumière émergèrent çà et là au milieu des centaines de rayonnages métalliques. Autant tout allumer, se dit-elle en basculant des rangées entières d'interrupteurs du plat de la main. Pourtant, même éclairé, le local conservait son mystère, les vieilles ampoules ayant le plus grand mal à chasser les ténèbres autour d'elles.

Nora attendit un peu, espérant que Puck allait accourir. Seuls le bourdonnement de la climatisation et le murmure de l'eau dans les conduites de chauffage troublaient le silence.

— Monsieur Puck ? tenta-t-elle.

L'écho de sa voix lui répondit.

Elle appela à nouveau, plus fort cette fois. Le local des archives était extrêmement vaste et elle se demanda si Puck pouvait l'entendre depuis le fond de la salle.

Elle hésita à repartir quand elle se souvint que Puck semblait pressé de la voir.

En y réfléchissant, elle revoyait une série de squelettes fossilisés. Le tricératops devait en faire partie.

Elle s'engagea en soupirant entre deux rangées de rayonnages, claquant des talons pour se rassurer. À mesure qu'elle avançait, l'allée dans laquelle elle se trouvait devenait de plus en plus sombre, au point qu'une lampe de poche n'aurait pas été superflue afin d'identifier les objets stockés sur les étagères. Comment pouvait-on travailler dans un endroit pareil ?

Nora retrouva un peu de lumière à un carrefour en étoile d'où partaient plusieurs allées. Mais laquelle prendre ? *On se croirait au pays d'Hansel et Gretel,* pensa-t-elle, *et je n'ai plus de miettes de pain.*

Elle croyait se souvenir que l'allée de gauche conduisait à une série d'animaux empaillés, mais comme plusieurs ampoules étaient grillées, elle préféra s'engager dans la suivante.

Maintenant qu'elle se retrouvait seule, l'atmosphère n'était plus la même. Lors de sa visite précédente en compagnie de Pendergast et O'Shaughnessy, Nora s'était laissée guider par Puck sans prêter attention aux ramifications infinies de cet incroyable labyrinthe.

Au détour d'une allée, elle déboucha sur un groupe de grands mammifères africains recouverts de housses en plastique transparent leur conférant une allure inquiétante : des girafes, un hippopotame, quelques lions, des gnous, une antilope, un buffle d'eau.

Nora s'arrêta. Pas de triceratops. Cette fois encore, des allées partaient dans toutes les directions. Elle en prit une au hasard et se retrouva à un troisième carrefour au terme d'un parcours sinueux.

Tout ça était parfaitement idiot.

— Monsieur Puck ! cria-t-elle.

L'écho de sa voix, amplifié par les étagères métalliques, se répercuta longuement sur le plafond avant que le silence ne reprenne ses droits, troublé par le ronronnement de la ventilation.

Nora n'avait pas de temps à perdre à ces enfantillages, et elle décida de revenir un autre jour. La prochaine fois, elle prendrait la précaution d'appeler Puck à son bureau avant de descendre aux archives. Ou, mieux encore, de transmettre directement à Pendergast les fameux documents qu'il souhaitait lui montrer puisqu'elle n'avait plus rien à voir dans cette affaire.

Elle revint sur ses pas avec l'intention de s'en aller, empruntant ce qu'elle croyait être un raccourci. Quelques minutes plus tard, elle s'arrêtait devant un rhinocéros planté au milieu d'un troupeau de zèbres. Sous leur manteau de plastique transparent, avec leur forte odeur de chlorure de benzène, on aurait dit des sentinelles d'un monde étrange.

Nora ne reconnaissait pas l'endroit, et la sortie ne se trouvait pas de ce côté-là.

Prise d'une bouffée d'angoisse, elle se força à rire tout haut pour calmer ses nerfs. Il lui suffisait de rebrousser chemin jusqu'aux girafes et de reprendre ensuite l'allée par laquelle elle était venue.

Elle allait faire demi-tour lorsqu'elle posa le pied dans une flaque d'eau. Au moment où elle levait les yeux, une goutte d'eau s'écrasa sur son front. De la condensation venant des tuyaux de chauffage. Elle s'essuya du revers de la main et repartit en haussant les épaules.

Mais cet intermède lui avait fait perdre ses repères : impossible cette fois de retrouver le carrefour aux girafes.

Nora n'en revenait pas de sa stupidité. Elle qui avait parcouru des déserts sans pistes et traversé des forêts tropicales quasiment impénétrables, comment avait-elle trouvé le moyen de se perdre dans les archives d'un musée, au cœur de l'une des plus grandes villes du monde ?

À force de tourner et de retourner dans des allées au tracé chaotique plongées dans la pénombre, elle ne savait même plus dans quelle direction se trouvait le bureau de Puck. Il fallait qu'elle…

Elle se figea brusquement, les oreilles aux aguets. Elle venait d'entendre un léger bruit de pas. Elle aurait été incapable de dire d'où venait le bruit, mais il était tout proche.

— C'est vous, monsieur Puck ?

Silence.

Elle tendit l'oreille et crut à nouveau entendre des pas. *Peut-être de l'eau qui goutte des tuyauteries,* pensa-t-elle. De moins en moins rassurée, elle avait hâte de retrouver la sortie.

Elle prit la première allée venue et avança à grandes enjambées, accompagnée par le cliquetis de ses talons. Des deux côtés, alignés comme des tas de bois en forêt, les rayonnages abritaient des milliers de vieux ossements identifiés à l'aide d'étiquettes jaunies par le temps qui flottaient comme des papillons dans son sillage. Dans le silence et l'obscurité, au milieu de ce décor macabre, Nora évitait de penser aux meurtres terrifiants perpétrés dans ce même local quelques années plus tôt. Un traumatisme tel que certains membres du personnel en parlaient encore régulièrement.

Après un coude, elle parvint à un nouveau carrefour.

Bon sang, je n'y arriverai jamais ! songea Nora en voyant les rangées d'étagères se perdre dans l'obscurité. Elle commençait à avoir du mal à faire taire son angoisse. À nouveau, elle crut entendre un bruit derrière elle. On aurait dit un talon de chaussure raclant le sol.

— Qui est là ? demanda-t-elle en se retournant d'un bloc. Monsieur Puck ?

Un gargouillis de tuyauteries et une goutte d'eau s'écrasant sur le sol lui répondirent.

Elle se remit en marche d'un pas rapide, faisant de son mieux pour dominer sa peur. Elle essayait de se persuader que les bruits qui l'entouraient étaient normaux. Chacun sait que les vieux bâtiments craquent et soupirent sans cesse. Plus elle avançait, plus le bruit de ses talons sur le sol de marbre lui semblait assourdissant, et plus les rayonnages lui paraissaient inquiétants.

Elle bifurqua à droite, mettant le pied dans une autre flaque d'eau. Elle recula aussitôt d'un air dégoûté. Pourquoi ne demandait-on pas aux types de la maintenance de réparer les fuites ?

En examinant la flaque de plus près, elle réalisa qu'il ne s'agissait pas d'eau, mais d'un liquide noir et visqueux. Une fuite d'huile, probablement, ou bien un produit chimique quelconque, à en juger par son odeur âcre. Mais Nora ne voyait pas d'où pouvait provenir la fuite, car elle était entourée d'étagères couvertes d'oiseaux empaillés, becs et yeux grands ouverts, ailes dressées.

Qu'est-ce que c'est que cette cochonnerie ? se demanda-t-elle en s'apercevant que le liquide avait taché la semelle et les coutures de ses escarpins Bally. Cet endroit était un véritable enfer. Elle tira de sa poche le grand mouchoir qu'elle gardait toujours à portée de main depuis qu'elle travaillait au Muséum et voulut essuyer ses souliers tachés. Elle se raidit aussitôt en voyant que le liquide n'était pas noir, mais d'un rouge sombre et brillant.

Elle recula en laissant tomber son mouchoir, le cœur battant, fixant la flaque visqueuse avec des yeux horrifiés. Aucun doute possible, c'était du sang ! Beaucoup de sang. Elle regarda machinalement autour d'elle pour essayer de trouver une explication, tout en sachant que les animaux empaillés ne saignent pas. Mais alors, que faisait cette énorme flaque de sang en plein milieu du passage ? Elle leva les yeux au plafond sans rien distinguer d'anormal dans l'enchevêtrement des tuyaux.

C'est alors qu'elle entendit à nouveau un bruit de pas et qu'elle entrevit une ombre à travers les rayonnages.

Puis plus rien.

Cette fois, le doute n'était plus possible. Tout en elle lui disait de fuir aussi vite qu'elle le pouvait.

Elle tourna les talons et repartit en sens inverse, suivie par le bruit de pas. Ou bien s'agissait-il d'un vêtement froissé ? Elle s'arrêta pour écouter et n'entendit que l'écho des gouttes d'eau tombant du plafond. Elle essaya de voir si quelqu'un l'observait de l'autre côté des étagères, mais un mur de serpents conservés dans des bonbonnes de formol l'en empêchait. C'est tout juste si elle parvenait à distinguer une masse noire à travers les bocaux. Elle avança d'un pas et vit la chose avancer. Elle en était certaine.

Elle recula, le souffle court, et la forme sombre l'imita aussitôt. Aucun doute. Il y avait quelqu'un de l'autre côté des rayonnages, prêt à l'intercepter à la première ouverture.

Elle ralentit, s'obligeant à maîtriser les battements de son cœur, et continua d'avancer comme si de rien n'était. La forme noire se tenait à sa hauteur. Elle la voyait et l'entendait clairement désormais.

— Monsieur Puck ? interrogea-t-elle, la gorge serrée.

Aucune réponse.

Prenant son élan, Nora se mit à courir de toutes ses forces. Dans l'allée voisine, elle vit du coin de l'œil l'inconnu faire de même.

Un peu plus loin, elle aperçut une ouverture entre deux rayonnages où les deux allées se rejoignaient. Il s'agissait d'aller plus vite que son poursuivant si elle ne voulait pas se faire prendre.

Elle passa devant l'ouverture comme l'éclair, mais elle eut le temps d'apercevoir une haute silhouette tenant une lame métallique dans sa main gantée. Affolée, Nora accéléra encore. Arrivée à hauteur de l'ouverture suivante, elle bifurqua à droite, puis à gauche, avançant au jugé dans le dédale des archives.

À mi-chemin du carrefour suivant, elle s'arrêta, le cœur battant, pour écouter. Cette fois, le silence lui répondit, Elle avait enfin réussi à semer son poursuivant !

Elle n'avait pas plus tôt poussé un soupir de satisfaction qu'elle entendit une respiration étouffée juste à côté d'elle, de l'autre côté des étagères.

Le soulagement de Nora s'effaça aussi vite qu'il était venu ; non seulement son poursuivant n'avait pas perdu sa trace, mais il la pistait impitoyablement malgré les détours qu'elle avait faits.

— Qui êtes-vous ? demanda-t-elle.

Un bruissement, suivi d'un petit rire étouffé.

Nora regarda à droite et à gauche, faisant des efforts désespérés pour ne pas céder à la panique, se demandant comment retrouver la sortie. Les étagères étaient maintenant pleines de peaux d'animaux parcheminées. Elle n'avait pas le souvenir d'être passée par là.

Dix mètres plus loin, elle aperçut une ouverture entre les rayonnages, du côté opposé de celui de son poursuivant. Elle s'y précipita avant de s'engager aussitôt dans une autre allée, puis elle s'arrêta, s'accroupit et attendit.

Elle entendit des pas à plusieurs allées de distance. Les pas se rapprochèrent, puis s'éloignèrent. Il avait perdu sa trace.

Nora se remit en route aussi silencieusement que possible, mais elle avait beau multiplier les changements de cap et courir aussi vite qu'elle le pouvait, elle reconnaissait invariablement le pas alerte et précis de son persécuteur à chaque fois qu'elle s'arrêtait pour écouter.

Il lui fallait absolument se repérer. À force de tourner en rond, il finirait par l'attraper.

Elle prit le temps de regarder autour d'elle et constata que l'allée dans laquelle elle se trouvait aboutissait à un mur. Elle avait donc atteint l'une des extrémités des archives, et elle n'avait plus qu'à longer le mur pour retrouver la sortie.

Pliée en deux, elle avançait aussi vite que possible, attentive au moindre bruit, les yeux rivés, devant elle. Soudain, une forme énorme jaillit de l'ombre sous ses yeux : un crâne de triceratops accroché au mur, à moitié plongé dans la pénombre.

Nora se sentit soulagée. Puck ne pouvait pas être loin, et jamais son poursuivant n'oserait s'attaquer simultanément à deux personnes.

Elle allait ouvrir la bouche pour appeler l'archiviste lorsqu'elle remarqua quelque chose de bizarre. Dans l'ombre, la tête du dinosaure avait une forme anormale, grotesque. Elle avança prudemment et s'immobilisa aussitôt, horrifiée.

Là, sous ses yeux, empalé sur les cornes du triceratops, se trouvait un corps à demi nu, les bras ballants, comme si l'animal avait projeté le malheureux en l'air avant de le transpercer de part en part avec ses trois cornes.

Nora recula d'un pas. Hébétée, elle voyait sans voir ; ou plutôt sans croire, reconnaissant le crâne dégarni de Puck avec sa couronne de cheveux blancs, sa peau flasque, ses bras ridés. À hauteur des reins de l'archiviste, les cornes de l'animal laissaient apparaître une longue blessure en forme de tranchée. Le sang avait coulé le long des cornes, formant sur le torse du supplicié des ruisseaux rouge sombre qui gouttaient lentement sur le marbre clair.

Je suis sur le triceratops, tout au fond.

Tout au fond.

Nora ne comprit pas tout de suite que le hurlement qui lui vrillait les tympans sortait de sa gorge.

Épouvantée, elle fit volte-face et s'enfuit à toutes jambes, tournant au hasard des ouvertures séparant les rayonnages. Soudain, elle se retrouva prise au piège dans un cul-de-sac. Au moment où elle s'apprêtait à rebrousser chemin, elle vit derrière elle une haute silhouette noire, coiffée d'un chapeau melon, rendant toute fuite impossible.

Un objet long et effilé jetait un éclat sinistre dans l'une de ses mains gantées.

En un éclair, Nora réalisa que son salut dépendait

de la célérité avec laquelle elle parviendrait à escalader les rayonnages. Sans perdre une seconde, elle agrippa le montant d'une étagère et commença à grimper.

L'inconnu se précipita sur elle, tel un vampire avec sa cape noire volant sur ses épaules.

Nora s'était toujours défendue en montagne. L'alpinisme lui avait même été d'un précieux secours à l'époque de ses fouilles en Utah lorsqu'il s'agissait d'accéder aux villages anasazis taillés dans les grottes à même la roche des canyons. En quelques secondes, elle avait atteint le haut de l'étagère qui ploya dangereusement sous son poids. Attrapant machinalement le premier objet à sa portée, un faucon empaillé, elle jeta un regard dans l'allée.

L'homme en noir escaladait à son tour les rayonnages, son visage caché par le rebord de son chapeau melon. Nora lança le faucon dans sa direction en espérant lui faire lâcher prise, mais le rapace rebondit sur l'épaule de son poursuivant sans entraver sa course.

Nora cherchait désespérément autour d'elle un projectile plus efficace, découvrant d'autres animaux empaillés et quelques boîtes en carton remplies de vieux papiers qu'elle agrippa et lança l'une après l'autre, sans succès.

L'homme se rapprochait dangereusement.

Sanglotant de terreur, elle enjamba l'étagère la plus haute pour redescendre de l'autre côté. Brusquement, une main gantée passa à travers les rayonnages et agrippa sa chemise. Nora hurla et se débattit, parvenant à se libérer. Une lueur métallique passa à quelques centimètres seulement de son œil droit, mais la lame revenait déjà vers elle à la vitesse de l'éclair et elle ressentit une vive douleur à l'épaule.

Elle poussa un cri, perdit pied et s'écroula sur le sol, tentant d'amortir sa chute par une roulade. De l'autre côté, l'homme s'était empressé de redescendre des étagères qu'il tentait de vider de leur contenu pour passer à travers, renversant des boîtes et des bocaux qui allaient rouler de tous côtés.

Nora profita de ce répit pour reprendre sa course folle à travers les archives.

Au moment où elle s'y attendait le moins, une énorme masse velue se dressa devant elle : un mammouth mité qu'elle reconnut immédiatement pour l'avoir vu lors de sa première visite avec Puck.

Mais de quel côté chercher la sortie ? Nora jeta autour d'elle un regard affolé, persuadée qu'elle ne s'en tirerait jamais. D'une seconde à l'autre, son poursuivant risquait de se jeter sur elle et tout serait perdu.

Il ne lui restait qu'une chose à faire.

Du plat de la main, elle éteignit d'un seul coup tous les interrupteurs de l'allée, plongeant dans l'obscurité une bonne partie du sous-sol. Un instant plus tard, elle se précipitait sous le ventre du mammouth à la recherche du levier en bois que Puck lui avait montré. Elle tira d'un coup sec et la trappe s'ouvrit.

Aussi silencieusement que possible, elle se glissa dans le ventre de l'animal et referma la trappe derrière elle.

Comptant sur sa chance, elle décida d'attendre à l'intérieur du mammouth, dans une odeur de poussière, de viande séchée et de moisi presque insoutenable.

Une série de bruits secs lui parvinrent et la lumière revînt, dessinant un petit rond de lumière par un trou, sans doute découpé à même la poitrine de l'animal par l'employé de cirque qui utilisait autrefois cette cachette.

Nora glissa prudemment un œil dans le trou, faisant de son mieux pour retenir sa respiration, veillant à ne pas se laisser envahir par la panique. L'homme au chapeau melon se trouvait à deux mètres à peine du mammouth, lui tournant le dos. Il pivota lentement sur lui-même, l'oreille dressée, attentif au moindre mouvement, au moindre bruit. Il tenait à la main un instrument étrange, une scie miniature aux dents acérées, munie de poignées d'ivoire aux deux extrémités. On aurait dit un outil chirurgical d'autrefois. L'homme tenait la scie à deux mains, faisant danser la lame entre ses doigts.

Son regard perçant s'arrêta sur le mammouth. Il s'approcha, le visage masqué par l'ombre de son chapeau, comme s'il devinait la cachette de la jeune femme. Nora se raidit, prête à tout pour défendre chèrement sa vie.

À l'instant où il allait toucher l'animal, elle le vit brusquement disparaître.

— Monsieur Puck ? appela une voix. Monsieur Puck, je suis là ! Monsieur Puck ?

Nora reconnut la voix d'Oscar Gibbs.

Terrorisée, elle préféra attendre. La voix s'approcha et Oscar Gibbs finit par apparaître dans son champ de vision.

— Monsieur Puck, où êtes-vous ?

D'une main tremblante, Nora actionna le mécanisme et ouvrit la trappe avant de sortir du ventre du mammouth, complètement traumatisée par les minutes effrayantes qu'elle venait de vivre. Gibbs se retourna et fit un bond en la voyant. Pétrifié, il la regardait avec des yeux ronds.

— Vous l'avez vu ? demanda Nora. Est-ce que vous l'avez vu ?

— Vu ? Mais qui ça ? Et d'abord, que faites-vous là-dedans ? Eh, mais vous saignez !

Nora regarda son épaule. Grossissant à vue d'œil, une tache de sang s'étalait sur sa chemise à l'endroit où le scalpel l'avait éraflée.

L'assistant de Puck s'approcha.

— Écoutez, je ne sais pas très bien ce que vous faites et ce qui se passe ici, mais je crois que vous devriez vous rendre à l'infirmerie. D'accord ?

Nora fit non de la tête.

— Non, Oscar, pas tout de suite. Il faut tout d'abord appeler la police. Monsieur Puck…

En prononçant le nom de l'archiviste, sa voix se brisa, mais elle trouva la force de reprendre :

— M. Puck a été assassiné. Et le meurtrier se trouve encore au Muséum.

TRÈS BEAUCOUP VERS…

37

Usant habilement d'intimidation et de persuasion, Bill Smithback avait réussi à s'assurer la meilleure place au premier rang de l'orchestre, face à la scène. Ce jour-là, on donnait une représentation particulièrement courue dans la salle de presse de la préfecture de police de New York, située au 1, Police Plaza. Le décor de cette vaste salle impersonnelle se limitait à la curieuse teinte vert vomi que l'on semble trouver exclusivement dans ce genre d'institution. Il y avait là la foule des grands jours, les équipes de télévision marchant allégrement sur les pieds des journalistes de la presse écrite, comme de juste. Smithback n'aimait rien tant que ces grand-messes médiatiques à l'ambiance électrique, convoquées à la hâte, sous la pression de quelque événement dramatique, par des pontes municipaux et autres hauts fonctionnaires de police persuadés, à tort, d'arriver à tordre le bras des médias.

Smithback attendait patiemment le début du spectacle, sagement installé sur sa chaise, un magnétophone sur les genoux et un micro à la main. Son intuition lui disait qu'il allait se passer quelque chose d'important. L'anxiété se lisait d'ailleurs sur les visages, quoique le terme fût faible pour décrire le vent de panique qui soufflait dans la salle. Il l'avait bien senti en prenant le métro le matin même, et par la suite au contact de la foule dans les rues. L'annonce successive de ces trois crimes monstrueux, visiblement inspirés par une affaire vieille de cent trente ans, mettait à rude épreuve les nerfs des New-Yorkais. Dans la rue, au bureau, chez eux, les gens ne parlaient plus que de ça, la ville était littéralement terrorisée.

Un peu plus loin sur le côté, Smithback reconnut Bryce Harriman, en pleine explication avec un agent qui refusait de le laisser s'installer dans les premiers rangs. Pauvre Harriman ! Toutes ces années d'efforts sur les bancs de l'école de journalisme de Columbia pour se retrouver dans un torchon comme le *New York Post* ! Il aurait mieux fait de pantoufler dans son université ; avec sa tête de premier de la classe, il n'aurait eu aucun mal à décrocher une chaire de professeur, avec l'immense satisfaction d'initier la folle jeunesse américaine aux joies de l'écriture journalistique. Bon, c'est vrai que ce salopard l'avait coiffé au poteau lors du second meurtre, mais il s'agissait d'un simple coup de pot.

Un frisson d'impatience parcourut la salle au moment où la meute des officiels y pénétrait par l'une des portes de côté, le maire Edward Montefiori en tête. Grand et fort, le premier magistrat de la ville était parfaitement conscient des regards tournés vers lui. Le visage grave, il prit le temps de s'arrêter en chemin et de distribuer ici et là quelques coups de tête discrets et soigneusement choisis. On était en pleine campagne municipale et les arguments volaient bas de part et d'autre, comme d'habitude.

Montefiori savait que son avenir politique dépendait de cette affaire ; il s'agissait d'attraper le meurtrier au plus vite s'il voulait être réélu, alors que son adversaire criait déjà au loup, multipliant les spots publicitaires démagogiques et dénonçant la montée de l'insécurité.

Plusieurs personnes s'installèrent à la table des officiels : la porte-parole du maire, Mary Hill, une grande femme noire particulièrement satisfaite de sa personne ; le capitaine Sherwood Custer, chef du commissariat de l'arrondissement où avait débuté l'affaire ; le préfet de police Rocker, la silhouette voûtée et le visage fatigué ; et enfin le docteur Frederick Collopy, directeur du Muséum, suivi de Roger Brisbane.

Smithback sentit une bouffée de haine l'envahir en apercevant ce dernier, tiré à quatre épingles dans son élégant costume gris clair. C'était à cause de ce crétin de Brisbane que Nora s'était brouillée avec lui En dépit de la découverte du cadavre de Puck et de la terrible course-poursuite avec le Chirurgien dans le local des archives, Nora refusait toujours obstinément de le voir. On aurait dit qu'elle le tenait pour responsable de ce qui était arrivé à Puck et à Pendergast.

Dans la salle, le brouhaha était à son comble. Le maire monta sur le podium et leva la main, faisant aussitôt taire les conversations.

Sa déclaration en main, il commença à lire d'une voix ferme, sans chercher à dissimuler son accent de Brooklyn :

— Mesdames et Messieurs de la presse. À travers l'histoire, du fait de sa diversité et de sa taille, cette cité que nous aimons tous a périodiquement été la proie de tueurs en série. Durant de longues années, ce danger semblait écarté, mais il semble qu'aujourd'hui, nous nous trouvions face à un tueur d'un nouveau genre, un psychopathe impitoyable d'une barbarie inouïe. En l'espace d'une semaine, trois personnes ont trouvé la mort dans des circonstances particulièrement abominables. Grâce aux efforts constants entrepris par cette municipalité pour faire respecter la loi et mettre un terme à une violence quotidienne que nous ne saurions tolérer, grâce à la politique de tolérance zéro qui a toujours été la mienne, cette ville connaît actuellement le taux de criminalité le plus bas de toutes les grandes agglomérations urbaines de ce pays. Ce résultat rend d'autant plus inacceptables les trois crimes qui ont récemment endeuillé notre communauté.

« Loin de me satisfaire des pratiques habituellement mises en œuvre en pareil cas, j'ai souhaité tenir cette conférence de presse afin de rendre publiques l'ensemble des mesures énergiques que nous prenons actuellement pour identifier et arrêter le meurtrier. Je suis ici pour répondre à toutes les questions que vous jugerez bon de me poser sur cette terrible affaire. Comme vous le savez, mon administration et moi-même avons toujours servi les intérêts des habitants de cette ville en toute transparence. C'est pourquoi j'ai souhaité avoir à mes côtés le préfet de police Karl Rocker, le capitaine Sherwood Custer de la police de New York, ainsi que Frederick Collopy et son adjoint Roger Brisbane du Muséum d'histoire naturelle, où le dernier crime a été commis. Mme Mary Hill, ma porte-parole, se chargera de répondre à vos questions, mais je demanderai tout d'abord au préfet Rocker de vous donner un aperçu des éléments dont nous disposons actuellement, nous permettant d'espérer une issue rapide à une enquête qui s'annonce d'ores et déjà difficile.

Le maire se tourna vers Rocker et lui tendit le micro d'un air décidé.

— Je vous remercie, monsieur le maire, fit Rocker d'une voix grave. Jeudi dernier, le corps d'une jeune femme, Mme Doreen Hollander, était découvert à Central Park. Les premiers éléments de l'enquête ont permis de constater qu'elle avait été assassinée et qu'une opération chirurgicale avait été pratiquée sur la partie inférieure de son dos. Au moment même où l'on procédait à l'autopsie de la victime, un crime similaire était commis. Cette fois, le corps d'une jeune femme nommée Mandy Eklund était retrouvé à Tompkins Square Park. Les conclusions des experts médico-légaux ont démontré que les circonstances de la mort et la nature des mutilations pratiquées sur Mandy Eklund correspondaient en tous points à celles de Doreen Hollander. Hier, c'est le corps d'un homme de cinquante-quatre ans, Reinhart Puck, qui a été retrouvé dans le local des archives du Muséum d'histoire naturelle de New York, dont M. Puck était l'archiviste en chef. Son corps présentait des mutilations semblables à celles dont avaient été victimes Mandy Eklund et Doreen Hollander.

Dans la salle, les mains se levaient déjà par dizaines et les premières questions fusaient, que le préfet tenta de faire taire en levant les deux mains.

— S'il vous plaît, mesdames et messieurs, un peu de patience. Comme vous le savez déjà, on a récemment découvert dans ces mêmes archives une lettre dénonçant une série de crimes commis à la fin du XIXe siècle par un tueur en série. Cette lettre faisait état de mutilations comparables à celles dont se serait rendu coupable, sous couvert d'expériences scientifiques, un certain docteur Leng il y a cent vingt ans à Manhattan. De plus, les dépouilles de trente-six individus ont été retrouvées sur un chantier de Catherine Street, probablement sur le lieu même des expérimentations du docteur Leng.

Les journalistes avaient de plus en plus de mal à dissimuler leur impatience, mais le maire reprit le micro des mains du préfet de police sans leur laisser le temps de poser des questions.

— Un article publié la semaine dernière dans le *New York Times* décrivait en détail la nature des mutilations que Leng avait fait subir à ses malheureuses victimes il y a plus d'un siècle, ainsi que les raisons de ces prétendues expériences.

Le maire marqua une pause pour balayer la salle du regard, et ses yeux se posèrent un instant sur Smithback. Celui-ci rougit aussitôt de satisfaction et d'orgueil. C'était de *son* article qu'on parlait.

— Il semble que cet article ait eu un effet désastreux, incitant un psychopathe à imiter le docteur Leng.

Quoi ? La fierté qui submergeait encore Smithback quelques instants plus tôt laissa brusquement place à un sentiment d'indignation.

— D'après les psychiatres des services de police, le tueur serait convaincu, en tuant ces gens, d'obtenir le résultat auquel Leng entendait parvenir il y a un siècle, à savoir prolonger son existence de manière artificielle. Il semblerait que le côté, disons, sensationnel de l'article du *New York Times* ait enflammé l'imagination d'un fou, le poussant à l'action.

Quel scandale ! Le maire était tout simplement en train de tout lui mettre sur le dos.

Smithback se retourna et vit que tous les regards étaient braqués sur lui. Il décida de ne pas se lever pour protester, comme il en avait un instant eu l'intention. Après tout, il s'était contenté de faire son boulot de journaliste, et voilà que le maire s'acharnait sur lui et le prenait comme bouc émissaire !

— Je ne cherche à accuser personne, poursuivait prudemment Montefiori, mais j'aurais souhaité faire appel à votre sens de la responsabilité et vous demander d'éviter la tentation du sensationnel en rendant compte de cette affaire. Trois personnes sont mortes, victimes d'un tueur sans pitié, et nous mettrons tout en œuvre pour que la liste ne s'allonge pas. La police ne prend rien à la légère, le moindre indice est aussitôt exploité, et il serait dommageable pour l'enquête d'enflammer encore davantage les imaginations. D'avance, merci de votre coopération.

Mary Hill s'avança aussitôt, prête à répondre aux questions des journalistes qui se levaient tous dans un même élan. C'était à celui qui crierait le plus fort pour attirer son attention. Seul Smithback restait paralysé sur son siège, rouge de colère, bafoué dans son honneur de journaliste. Malgré tous ses efforts, il ne parvenait pas à reprendre ses esprits.

Mary Hill sélectionnait déjà une première question.

— Vous dites que le tueur a opéré ses victimes, demanda une voix. Pourriez-vous nous donner plus de détails ?

Le préfet Rocker en personne décida de répondre :

— Pour dire les choses simplement, la partie inférieure de la moelle épinière a été prélevée sur chacune des trois victimes.

— On dit que la dernière de ces opérations aurait été pratiquée directement sur le lieu du crime, c'est-à-dire au Muséum, cria un deuxième journaliste. Pouvez-vous nous le confirmer ?

— On a effectivement retrouvé une grande quantité de sang dans le local des archives, à peu de distance de la victime. Tout laisse à penser qu'il s'agit bien du sang de celle-ci, mais on procède actuellement à des tests complémentaires. Il faudra donc attendre le rapport définitif du laboratoire pour savoir si le… euh, l'opération a bien été effectuée sur place.

— Est-il vrai que le FBI a été appelé sur les lieux du crime ? demanda une jeune femme. Et si c'est bien le cas, quel est son rôle au niveau de l'enquête ?

— Ce n'est pas tout à fait vrai, répondit Rocker. Un agent du FBI s'intéresse de manière officieuse à la série de crimes commis à la fin du XIXe siècle, mais il n'a rien à voir avec les crimes actuels.

— Est-il vrai que le corps de la troisième victime a été retrouvé empalé sur une corne de dinosaure ?

Le préfet fit la grimace.

— Oui, le corps a bien été retrouvé sur le crâne d'un triceratops. Il ne fait guère de doute que nous avons affaire à un dément.

— Concernant la mutilation des corps, pouvez-vous nous confirmer que seul un chirurgien expérimenté aurait été capable de pratiquer ce type d'opération ?

— Il s'agit en tout cas d'une piste sérieuse que nous ne négligeons pas.

— J'aurais souhaité obtenir des éclaircissements sur un point, demanda un reporter. Si j'ai bien compris vos propos, monsieur le maire, vous pensez que l'article de Smithback dans le Times est à l'origine de ces meurtres, c'est bien ça ?

Smithback se retourna. La question avait été posée par ce petit merdeux de Bryce Harriman.

— Le maire a simplement voulu dire… commença le préfet en fronçant les sourcils, aussitôt interrompu par Montefiori :

— J'ai simplement souhaité faire appel à votre sens de la modération. Il est vrai que nous aurions préféré que cet article ne voie jamais le jour. Les victimes seraient peut-être encore en vie aujourd'hui. En outre, la façon dont le journaliste concerné s'est procuré ses informations ne sont pas conformes, à mon sens, à l'éthique qui régit votre profession. Cela dit, il serait abusif de prétendre que cet article est *responsable* de ces crimes.

— Monsieur le maire, en pleine période électorale, n'est-il pas un peu facile de rejeter la faute sur un reporter qui s'est contenté de faire son travail ? enchaîna aussitôt un autre journaliste.

Dans la mêlée, Smithback essayait de voir qui avait posé la question. Ce type-là méritait qu'on lui paye un coup à boire.

— Ce n'est pas du tout ce que j'ai dit. Je me suis contenté de dire…

— N'empêche que vous avez laissé entendre que cet article était à l'origine des meurtres actuels.

En plus du coup à boire, Smithback aurait volontiers invité le type à dîner. Se retournant à nouveau, il fut heureux de constater que la plupart de ses confrères lui lançaient des regards bienveillants. En s'en prenant à lui, le maire avait commis la maladresse de s'attaquer à une profession particulièrement chatouilleuse sur ses prérogatives. Quant à Harriman, en voulant l'enfoncer, il avait creusé sa propre tombe. Smithback se sentait soulagé : avec le soutien des siens, rien ni personne ne pourrait plus l'arrêter.

— D'autres questions ? s'enquit Mary Hill.

— La police a-t-elle déjà des suspects ?

— Nous possédons une description très précise du principal suspect, tel qu'il a été vu au Muséum lors de la découverte du corps de M. Puck. Il s'agit d'un homme de race blanche d'un mètre quatre-vingts à un mètre quatre-vingt-cinq, vêtu d'un manteau noir à l'ancienne et d'un chapeau melon. Cette description correspond en tous points à celle d'un homme armé d'une canne ou d'un parapluie, aperçu sur les lieux du deuxième crime. Je ne suis pas en mesure de vous en révéler davantage.

Smithback se leva pour demander la parole, mais Mary Hill fit mine de ne pas le voir.

— Mademoiselle Perez du magazine *New York,* je vois que vous avez une question.

— Oui, je voudrais demander au directeur du Muséum, M. Collopy, s'il pense que celui qu'on surnomme le Chirurgien est un employé du Muséum, étant donné que la dernière victime a été tuée et disséquée dans les sous-sols du Muséum.

Collopy s'approcha du micro et toussota avant de répondre de sa voix claire :

— La police est actuellement en train de vérifier cette hypothèse, mais la chose paraît fort peu probable. Tous nos employés font l'objet d'enquêtes poussées au moment de leur recrutement. Nous vérifions qu'ils possèdent un casier judiciaire vierge, et nous leur faisons subir toute une série de tests psychologiques. Nous nous assurons également qu'ils ne consomment aucune drogue. Je me permettrai d'ajouter qu'il n'a pas encore été prouvé que le crime avait eu lieu au Muséum.

Plusieurs journalistes demandèrent à leur tour la parole, à commencer par Smithback qui gesticulait avec la meute de ses confrères et que Mary Hill s'appliquait à ne pas regarder.

— Monsieur Diller de *Newsday,* une question ?

Cette sale bête avait décidé de ne pas lui laisser la parole !

— J'ai une question pour le maire. Monsieur le maire, comment se fait-il qu'on ait « malencontreusement » détruit le site de Catherine Street ? Vous considérez donc que ce site n'avait aucun intérêt d'un point de vue historique et archéologique ?

Le maire fit un pas en avant.

— On ne peut pas dire en effet qu'il présentait le moindre intérêt historique...

— Pas le moindre intérêt historique ? Alors qu'il s'agissait des meurtres en série les plus sanglants de toute l'histoire des États-Unis ?

—-Monsieur Diller, je vous rappelle que nous

sommes ici pour vous parler des crimes commis aujourd'hui. Je ne voudrais pas entretenir la confusion entre des affaires n'ayant aucun lien l'une avec l'autre. D'un strict point de vue juridique, nous n'avions aucune raison valable d'empêcher la construction d'un immeuble de cent millions de dollars sur ce terrain. Les ossements et les effets personnels des victimes retrouvés sur place ont été photographiés et étudiés par un médecin légiste avant d'être confiés à un laboratoire aux fins d'analyse. Que pouvions-nous faire d'autre ?

— C'est bien la question que certains se posent, d'autant que le promoteur immobilier, Moegen-Fairhaven, est un contributeur important de votre campagne électorale et que…

— Une autre question, l'interrompit Mary Hill.

Smithback profita de cette diversion pour se lever et demander d'une voix forte :

— Monsieur le maire, puisque vous avez cru bon de jeter la suspicion…

— Mademoiselle Epstein de WNBC, vous avez la parole, cria Mary Hill dans son micro afin de couvrir la voix de l'importun.

Une jeune femme élégante se leva, un micro à la main, tandis que son cameraman se tournait vers elle pour la cadrer.

Le temps que l'équipe de télévision se mette en place, Smithback avait déjà repris la parole :

— Excusez-moi, mademoiselle Epstein, mais j'aurais souhaité pouvoir répondre aux accusations qui ont été lancées contre moi.

La présentatrice-vedette de WNBC n'hésita pas un instant :

— Mais bien sûr, fit-elle avec un sourire gracieux, jetant un œil en direction de son cameraman pour s'assurer qu'il ne perdrait rien de la scène qui allait suivre.

— Je souhaiterais m'adresser à M. Brisbane, poursuivit Smithback. Monsieur Brisbane, pour quelle raison avez-vous retiré des archives du Muséum la fameuse lettre à l'origine de toute cette affaire, ainsi que tous les éléments appartenant à la collection Shottum ? Le Muséum aurait-il l'intention de *cacher* quelque chose au public ?

Brisbane se leva, un sourire affable aux lèvres.

— Pas le moins du monde. L'ensemble de ces éléments ont été provisoirement mis de côté dans un souci de meilleure conservation. Il s'agit d'une précaution élémentaire dans un cas comme celui-ci. Quoi qu'il en soit, la divulgation de cette lettre ayant déjà poussé au meurtre un disciple du docteur Leng, vous comprendrez que nous n'avons pas l'intention de rendre public le reste des archives Shottum. Leur contenu demeure toutefois accessible aux personnes qualifiées.

— N'est-il pas exact que vous avez tenté d'empêcher certains de vos employés de travailler sur cette affaire ?

— Pas le moins du monde. Nous avons fait preuve de la plus grande coopération, comme les autorités compétentes pourront vous le confirmer.

Et merde ! Smithback devait réagir, et vite.

— Monsieur Brisbane…

— Monsieur Smithback, cela ne vous dérange pas trop de laisser la parole à vos confrères ? intervint Mary Hill d'un ton coupant.

— Si, répondit Smithback du tac au tac, provoquant des rires dans la salle. Monsieur Brisbane, est-il exact que Moegen-Fairhaven a fait pression sur le Muséum pour mettre un frein à ces recherches ? On se souvient que Moegen-Fairhaven a fait don de deux millions de dollars au Muséum l'an dernier, et que M. Fairhaven est l'un de vos administrateurs.

Smithback comprit qu'il avait mis dans le mille en voyant Brisbane rougir.

— Il s'agit d'une allégation mensongère. Comme je l'ai dit, nous avons coopéré tout au long de…

— Vous niez donc avoir menacé l'une des vos employées, le professeur Nora Kelly, lui interdisant de travailler sur cette affaire. Avant de répondre, monsieur Brisbane, sachez que nous avons l'intention d'interroger à ce sujet Nora Kelly, c'est-à-dire la personne qui a trouvé le corps de la troisième victime et qui a elle-même failli être tuée par le Chirurgien.

Le visage de Brisbane s'assombrit. En laissant entendre que Nora Kelly pourrait bien le contredire, Smithback l'avait pris au piège.

— Je n'ai pas l'intention de répondre à vos provocations, bougonna Brisbane.

À ses côtés, Collopy faisait grise mine.

Smithback jubilait.

— Monsieur Smithback, lui lança Mary Hill d'un ton acide, si vous avez fini de transformer cette conférence de presse en une tribune personnelle, je vous remercierais de laisser la place à d'autres. D'autant que ces crimes vieux d'un siècle n'ont pas le moindre rapport avec ceux qui nous préoccupent aujourd'hui.

— Qu'en savez-vous ? s'exclama Smithback, fort de son triomphe.

Le maire se tourna vers lui :

— Si je comprends bien, vous êtes en train de nous dire que le docteur Leng est toujours vivant et qu'il vient de reprendre du service, c'est ça ?

Une vague de rires traversa la salle.

— Pas du tout, mais...

— Alors je vous conseille de reprendre votre place, mon jeune ami.

Smithback, vexé, se rassit sous les rires. Il avait peut-être marqué un point, mais l'adversaire était coriace.

Tout en écoutant distraitement les questions suivantes, il réalisa brusquement qu'il avait une fois de plus traîné le nom de Nora dans l'arène. Pas besoin d'être devin pour connaître sa réaction. Décidément, ses actions n'étaient pas près de remonter.

38

Doyers Street était une petite rue étroite et sinueuse aux confins de Chinatown, éclairée à l'une de ses extrémités par les enseignes à idéogrammes de quelques épiceries et autres magasins de thé. Des nuages noirs traversaient le ciel, faisant tourbillonner les feuilles mortes et les papiers gras sur les trottoirs. Un grondement lointain annonçait déjà l'orage.

O'Shaughnessy et Nora s'arrêtèrent à l'entrée de la ruelle déserte. La jeune femme frissonna, autant de peur que de froid, en voyant son compagnon scruter longuement les environs afin de s'assurer que personne ne les avait suivis.

— Le numéro 99 se trouve vers le milieu la rue, dit-il à voix basse. La maison qu'on aperçoit là-bas.

Nora observa la vieille bâtisse que lui désignait le policier. Rien ne la distinguait des immeubles voisins, avec ses deux étages et ses murs de briques recouverts de mousse.

— Vous êtes bien sûre de vouloir y aller toute seule ? demanda O'Shaughnessy.

Nora, encore traumatisée par ses frayeurs récentes, avait la gorge nouée.

— Oui, il vaut mieux que vous restiez ici à surveiller la rue.

O'Shaughnessy acquiesça avant de se glisser dans l'ombre d'une entrée de maison.

Nora prit sa respiration pour se donner du courage et se dirigea vers le numéro 99. Dans son sac, l'enveloppe remplie de billets donnée par Pendergast pesait une tonne. Elle frissonna à nouveau dans l'obscurité, regardant autour d'elle d'un air inquiet tout en essayant de se persuader que tout allait bien se passer.

La mort de Puck et la course-poursuite dans le local des archives avaient achevé de la convaincre du danger qui pesait sur elle. À la façon dont il lui avait tendu un piège, elle savait que le Chirurgien n'était pas un simple fou, exalté par l'exemple de Leng. Il s'agissait au contraire d'un meurtrier méthodique et organisé, circulant à sa guise dans le Muséum. Il s'était servi de la vieille machine à écrire Royal de Puck pour rédiger son message et l'attirer au fond des archives, puis il l'avait attendue patiemment avant de la traquer dans le dédale des allées avec un sang-froid effrayant. Tandis qu'il la pourchassait à travers les rayonnages, un scalpel à la main, elle avait eu l'impression très nette d'avoir affaire à un être maléfique. Ce monstre n'avait rien d'un fou, bien au contraire ; il avait un but bien précis, et savait parfaitement ce qu'il faisait. Si Nora avait encore du mal à établir un lien entre le Chirurgien et Leng, elle savait déjà que la lutte engagée contre lui serait impitoyable, et elle était prête à tout pour le mettre hors d'état de nuire.

Elle savait aussi que la clé de toute cette énigme se trouvait peut-être dans le sous-sol du 99 Doyers Street.

Elle n'arrivait pas à chasser de sa tête la lueur sinistre du scalpel dans la main du Chirurgien. Elle repensa aux heures passées à répondre aux questions de la police, aux inspecteurs qui l'interrogeaient inlassablement. À Pendergast, aussi, qu'elle était retournée voir à l'hôpital pour lui annoncer qu'elle avait changé d'avis au sujet de Doyers Street. Apprenant l'agression dont elle venait d'être victime, Pendergast avait même pris peur. Il avait commencé par refuser son aide, mais Nora lui avait bien fait comprendre qu'elle avait la ferme intention de se rendre à Doyers Street, avec ou sans sa bénédiction. Pendergast s'était laissé fléchir, à contrecœur, à la condition que O'Shaughnessy ne la quitte pas d'une semelle, et lui avait fait remettre l'enveloppe d'argent liquide par l'entremise du sergent.

Prenant son courage à deux mains, Nora gravit les quelques marches du perron de la vieille maison. Les noms étaient tous écrits en caractères chinois à côté des sonnettes, et elle appuya sur celle marquée « Appartement 1 ».

Une voix incompréhensible crépita dans l'interphone.

— Je viens pour l'appartement à louer, fit-elle.

La porte s'ouvrit en grésillant et Nora se retrouva dans un couloir éclairé par un tube en néon. Sur sa droite, un escalier étroit grimpait à l'étage. Au fond du couloir, quelqu'un s'escrimait sur une batterie de verrous et une porte s'ouvrit, découvrant un petit monsieur voûté, en manches de chemise avec un pantalon trop large. Il l'observait en silence d'un air abattu et Nora s'avança.

— Monsieur Ling Lee ?

Il hocha la tête et s'effaça pour la laisser entrer. Nora découvrit un salon meublé d'un canapé vert, d'une table en formica et de quelques fauteuils, éclairé par un lustre bien trop grand pour la pièce. Un bas-relief rouge et or représentant une pagode entourée d'arbres trônait sur un mur recouvert de papier mauve. Un tapis dessinait sur le sol un motif rouge et noir.

— Asseyez-vous, lui dit l'homme d'une voix faible.

Nora obtempéra et le canapé s'enfonça dangereusement sous elle.

— Comment vous entendre parler de appartement ? demanda Lee.

Il ne fallait pas être grand clerc pour comprendre que son hôte n'était pas précisément ravi de la voir, mais elle se lança dans une explication fumeuse :

— C'est une dame qui travaille dans l'agence Citibank du bout de la rue qui m'en a parlé.

— Quelle dame ? demanda Lee sur un ton presque agressif.

Nora n'en était pas étonnée, car Pendergast l'avait prévenue que Chinatown est un univers extrêmement fermé.

— Je ne connais pas son nom. C'est mon oncle qui m'a conseillé d'aller la voir en me disant qu'elle connaissait bien les gens du quartier, et elle m'a donné votre numéro de téléphone.

— Votre oncle ?

— Oui, mon oncle Huang. Il travaille pour le service du logement.

M. Lee avait l'air perplexe. Pour faciliter les manœuvres d'approche de Nora, Pendergast avait eu l'idée de lui inventer un oncle chinois. Son poste à l'organisme officiel chargé d'appliquer la politique municipale en matière de logement constituait un atout supplémentaire.

— Votre nom ?

— Betsy Winchell.

Du coin de l'œil, Nora vit une ombre émerger de la cuisine et se planter à l'entrée du salon. Vraisemblablement la femme de Lee. Trois fois plus grosse que lui, les bras croisés, elle avait tout d'un dragon chinois.

— Vous m'avez dit au téléphone que l'appartement était libre, reprit Nora. Je suis prête à le prendre tout de suite si vous me le faites visiter.

Lee se leva et lança à sa femme un regard auquel elle répondit en cadenassant ses bras sur sa poitrine.

— Vous me suivre, fit-il.

Ils sortirent de l'appartement, empruntant le couloir éclairé au néon jusqu'à la porte de la rue. Arrivés sur le trottoir, ils descendirent les quelques marches conduisant à un appartement en sous-sol. Nora en profita pour observer discrètement les alentours, mais O'Shaughnessy restait invisible. Lee prit une clé dans sa poche, poussa la porte de l'appartement et entra en allumant la lumière. Nora le suivit et Lee referma la porte derrière eux, actionnant ostensiblement les quatre verrous protégeant le battant.

Le lieu, sombre et tout en longueur, était glauque. La lumière extérieure ne pénétrait que par une petite fenêtre protégée par des barreaux à côté de la porte d'entrée. Les murs de briques, sans doute blancs autrefois, étaient d'un gris sale, et le sol était recouvert de dalles de pierre fêlées et écaillées. Nora constata avec satisfaction qu'elles n'étaient pas cimentées, tout en se demandant si elles reposaient sur un lit de ciment ou de terre. Probablement la seconde solution, à en juger par l'irrégularité du carrelage.

— Cuisine et salle de bains dans le fond, précisa Lee sans même prendre la peine de lui indiquer le chemin.

Nora poursuivit sa visite et découvrit une minuscule cuisine menant à deux chambres sordides séparées par une petite salle de bains. Aucun placard. Le mur du fond était percé d'une fenêtre unique, située au-dessous du niveau de la rue et protégée par de lourds barreaux de fer, laissant pénétrer un peu de lumière par un puits d'aération.

Nora revint sur ses pas et découvrit Lee en plein examen des verrous de la porte principale.

— Faut réparer verrou, dit-il d'un ton sentencieux. Beaucoup voleurs par ici.

— Il y a des cambriolages dans le quartier ?

— Oh oui, beaucoup voleurs, très dangereux, répondit Lee en hochant la tête avec véhémence.

— Vraiment ?

— Beaucoup voleurs, beaucoup agresseurs dans quartier, poursuivit-il d'une voix faussement affligée.

— En tout cas, on se sent en sécurité dans l'appartement, répondit Nora.

Elle tendit l'oreille. Le plafond était épais et aucun son ne filtrait des étages supérieurs.

— Quartier très dangereux pour jeune fille. Tous les jours crimes, voleurs, agresseurs, viols.

Nora savait parfaitement qu'en dépit des apparences, Chinatown est l'un des secteurs les plus sûrs de New York.

— Ne vous inquiétez pas pour moi, fit-elle. Je ne suis pas peureuse.

— Et puis beaucoup règlements pour l'appartement, tenta Lee.

— Ah oui ? Lesquels ?

— Pas musique, pas bruit, pas homme le soir.

Lee ne savait visiblement plus quoi inventer pour faire reculer la jeune femme.

— Et puis pas fumer, pas boire, rester très propre.

Nora se faisait un malin plaisir d'acquiescer d'un air entendu à chacun des obstacles imaginés par le vieil homme.

— Mais voilà qui est parfait. J'adore les endroits calmes et je n'ai pas de petit ami.

En disant cela, elle repensa brièvement à Smithback, qui avait failli lui coûter son poste au Muséum avec son satané article. D'une certaine manière, il avait sa part de responsabilité dans la série de crimes qui terrorisaient la ville. La veille encore, il avait eu le toupet de parler d'elle devant toute la ville à la conférence de presse du maire.

— Faut payer charges en plus.

— Aucun problème.

— Pas air conditionné.

— Ça tombe bien, j'adore la chaleur.

Lee, désemparé, ne savait plus à quel saint se vouer lorsqu'il eut un trait de génie :

— Après suicide, armes à feu interdites dans appartement.

— Un suicide ? Quel suicide ?

— Jeune femme locataire ici se pendre. Même âge que vous. Elle s'est pendue ? Mais vous m'avez parlé d'une arme à feu.

Surpris par la contre-attaque, Lee ne se démonta pas pour si peu :

— Elle pendue, mais pas marcher. Alors, elle se tuer avec arme à feu.

— Je vois. Dites-moi, elle ne faisait pas les choses à moitié, votre locataire.

— Comme vous. Pas petit ami, alors très triste.

— La pauvre !

— Arrivé juste ici, poursuivit Lee en désignant la cuisine. Pas trouvé corps pendant trois jours. Odeur terrible.

Puis, roulant les yeux avec une grimace à faire frémir un mort, il ajouta sur un ton confidentiel :

— *Très beaucoup vers.*

— Quelle horreur, répliqua Nora avant de lui décocher un sourire angélique :

— En tout cas, c'est exactement l'appartement qu'il me faut. Je le prends.

Lee, plus abattu que jamais, ne répondit même pas.

Nora le suivit jusque chez lui et s'installa d'office sur le canapé, sans attendre qu'il l'y invite. Mme Lee se tenait toujours sur le seuil de sa cuisine, plus dragon que jamais, le visage fermé à double tour. Ses bras croisés avaient l'air de deux jambons fumés.

Lee finit par s'asseoir à son tour, l'air misérable.

— Bien, commença Nora. Passons aux formalités. Je suis d'accord pour prendre l'appartement immédiatement. Aujourd'hui, tout de suite, maintenant.

— Nous avoir besoin références, répliqua Lee sans grande conviction.

— Nous n'avons pas le temps et j'ai de quoi vous payer en liquide. il me faut absolument cet appartement ce soir, je n'ai nulle part où dormir.

Tout en parlant, elle puisa dans son sac l'enveloppe de Pendergast dont elle sortit une liasse de billets de cent dollars.

À la vue de tout cet argent, Mme Lee protesta bruyamment. Les yeux rivés sur les billets de banque, Lee faisait comme si de rien n'était.

— Vous trouverez ici deux mois de loyer et un mois de caution, fit Nora en déposant la liasse sur la nappe. Six mille six cents dollars en liquide. Maintenant, passons au bail.

Le montant du loyer était proprement scandaleux pour un appartement aussi minable, expliquant sans doute qu'il n'ait pas été loué plus tôt. Nora savait que la vue des billets achèverait de convaincre Lee.

Mme Lee se lança dans un nouveau discours en chinois que son mari fit semblant d'ignorer. Il en profita même pour s'éclipser et revint quelques minutes plus tard avec un bail en deux exemplaires, qu'il déposa devant Nora. Le document était rédigé en chinois, prenant la jeune femme de court.

Mme Lee profita de son silence pour prendre à son tour la parole :

— Besoin références. Besoin chèque caution.

— Où dois-je signer ? demanda Nora à Lee, feignant de ne pas avoir entendu la vieille femme.

— Signer ici, fit l'homme en posant son doigt en bas de la feuille.

Nora écrivit Betsy Winchell avec de belles boucles sur les deux exemplaires du bail en chinois, ajoutant la mention manuscrite : *Versé la somme de six mille six cents dollars à M. Ling Lee.*

— Mon oncle Huang me traduira le bail, précisa-t-elle. J'espère pour vous que tout est bien légal. Maintenant, à votre tour de signer. N'oubliez pas de mettre vos initiales sur le reçu.

Sur le seuil de la cuisine, Mme Lee éructa un ordre d'un ton tranchant, ce qui n'empêcha pas son mari de signer son nom en chinois. Les objections de sa femme semblaient même lui donner des ailes.

— Maintenant, donnez-moi les clés et nous sommes quittes.

— Faut faire copie clés.

— Vous commencez par me donner ces clés. C'est chez moi, à présent. Je vous ferai des doubles à mes frais, mais j'ai besoin des clés tout de suite pour déménager mes affaires.

Lee lui tendit le trousseau à regret. Nora le prit, plia un exemplaire du bail qu'elle glissa dans son sac et se leva.

— Eh bien, je vous remercie, dit-elle d'un ton enjoué, tendant une main que Lee serra sans conviction.

Au moment où la porte se refermait derrière elle, Nora entendit Mme Lee sermonner son mari avec virulence. M. Lee n'avait pas fini d'en entendre parler.

39

Nora se précipita aussitôt dans son nouvel appartement. À peine avait-elle ouvert les multiples verrous que O'Shaughnessy la rejoignait déjà. Ils se glissèrent dans le living-room et Nora s'empressa de refermer les verrous derrière eux avant de s'approcher de la petite fenêtre carrée. Il restait encore deux clous ayant dû servir à tendre des rideaux de fortune. Nora s'en servit pour accrocher son manteau afin d'empêcher les regards indiscrets.

— Charmant endroit, fit O'Shaughnessy en humant l'air. L'endroit idéal pour tourner *Mystère à Chinatown.*

Nora ne prit pas la peine de répondre. Les yeux rivés sur le sol, elle réfléchissait déjà à la manière dont elle allait organiser son chantier de fouille.

Pendant que son compagnon visitait l'appartement, elle délimitait les secteurs l'un après l'autre, fourbissant son plan d'action. Puis elle se mit à genoux et sortit de sa poche le couteau dont elle ne se séparait jamais, un canif offert par son frère Skip le jour de ses seize ans. Elle en déplia la lame qu'elle glissa entre deux dalles, décollant soigneusement la croûte de poussière et d'encaustique accumulée depuis des décennies. Elle dégagea progressivement la première dalle de son écrin de crasse avant de l'ôter entièrement.

Une forte odeur d'humidité monta jusqu'à ses narines. Elle enfonça son doigt dans le sol, constatant que la terre était fraîche et élastique. Elle la sonda longuement à l'aide de son petit couteau et découvrit des petits graviers mêlés à la terre meuble. Une consistance parfaite pour ce qu'elle avait à faire.

Elle se redressa et fit des yeux le tour de la pièce. O'Shaughnessy se tenait derrière elle, l'observant avec curiosité.

— Que faites-vous ? demanda-t-il.

— Je cherche à déterminer la nature du sol.

— Et alors ?

— De la terre et quelques gravats, pas de ciment.

— C'est bon signe ?

— C'est même génial.

— Si vous le dites.

Elle remit la dalle en place et se releva avant de regarder sa montre. 3 heures de l'après-midi. On était vendredi, et le Muséum fermerait ses portes deux heures plus tard. Tout juste le temps de récupérer ce dont elle avait besoin.

Nora se tourna vers O'Shaughnessy.

— Patrick, il faudrait que vous alliez à mon bureau au Muséum y prendre des outils et du matériel.

— Pas question, répondit O'Shaughnessy en secouant la tête. Pendergast m'a fait jurer de ne pas vous quitter d'une semelle.

— Je sais, mais il n'y a aucun danger, ici. Il y a une demi-douzaine de verrous sur la porte, sans parler des chaînes de sécurité. C'est beaucoup moins dangereux pour moi que de me promener dans la rue. En plus, le meurtrier sait très bien où je travaille. Vous préférez que ce soit moi qui y aille pendant que vous m'attendez sagement ici ?

— Qu'y a-t-il de si urgent ? Pourquoi ne pas attendre tout simplement que Pendergast sorte de l'hôpital ?

Nora le regarda avec des yeux ronds.

— Vous plaisantez, ou quoi ? Je ne sais pas si vous êtes au courant, mais il y a un cinglé en liberté, prêt à découper en morceaux le premier venu. Le temps presse.

O'Shaughnessy observa longuement Nora, hésitant.

— Pas question de rester ici à ne rien faire. J'espère que vous n'allez pas me compliquer la vie, Patrick. J'ai besoin de mes outils, et j'en ai besoin tout de suite.

Voyant qu'il hésitait toujours, Nora se fâcha.

— Puisque je ne peux pas vous avoir par les

sentiments, je vous demanderai d'y aller immédiatement. C'est un ordre, et je ne rigole pas.

O'Shaughnessy, vaincu, poussa un grand soupir.

— Vous fermez à double tour derrière moi et vous n'ouvrez à personne. Promis ? Même pas au proprio, aux pompiers ou au père Noël. Rien qu'à moi. Okay ?

— Okay, promit Nora.

— Bon, je reviens dès que possible.

Nora fit la liste de tout ce dont elle avait besoin sur une feuille de papier, donna ses instructions à O'Shaughnessy et verrouilla soigneusement la porte d'entrée derrière lui. Dehors, l'orage grondait. Elle s'éloigna lentement de la porte et observa longuement le décor qui l'entourait. Son regard s'arrêta sur les dalles du sol. Un siècle plus tôt, en dépit de tout son génie, Leng n'aurait jamais pu anticiper les progrès de l'archéologie moderne et Nora n'avait pas l'intention de laisser le moindre indice lui échapper. Si Leng avait bien installé son laboratoire à cet endroit, elle était sûre d'en retrouver des traces. Les sites archéologiques finissent toujours par parler. Les gens, aussi prudents soient-ils, laissent infailliblement des traces de leur passage.

Elle se remit à genoux et, à l'aide de son petit couteau, descella de nouvelles dalles. Un long roulement de tonnerre, tout proche cette fois, fit trembler la terre sous ses doigts et Nora s'arrêta, le cœur battant. Ce n'était pas le moment de flancher. Aucun assassin ne l'empêcherait de percer les secrets de cette terre humide, tassée par le poids des ans. Pour se donner du courage, elle songea à la tête qu'aurait fait Roger Brisbane s'il avait pu la voir. Qu'il aille se faire voir, se dit-elle en souriant intérieurement.

Elle tourna et retourna son canif entre ses doigts avant de le refermer en soupirant. Toutes sortes de pensées se bousculaient à présent dans sa tête. Elle avait passé sa vie d'adulte à exhumer et cataloguer des ossements sans ressentir la moindre émotion, tout en sachant pertinemment que les squelettes qu'elle déterrait avaient appartenu à des êtres humains, comme elle. Dans n'importe quelle discipline scientifique, il est indispensable de préserver son objectivité, de se distancier par rapport à son sujet. Ce n'était pas le cas avec Mary Greene, dont l'histoire l'avait bouleversée. Le jour où il avait emmené Nora devant le taudis où la pauvre gamine avait vécu, Pendergast lui avait fait toucher du doigt le tragique de sa brève existence, l'horreur de sa mort. Pour la première fois de sa vie, Nora avait éprouvé de la tendresse et de la commisération envers quelqu'un dont elle avait manipulé les os, après les avoir sortis de la terre où l'oubli les avait enfoncés. Elle avait beau faire, les paroles de Pendergast l'obsédaient, et elle n'arrivait pas à chasser de son esprit l'image de Mary Greene.

Nora avait désormais un compte personnel à régler avec Leng.

Une violente rafale de vent secoua la porte, venant interrompre sa rêverie au moment où retentissait un nouveau roulement de tonnerre. Nora déplia la lame de son couteau et se mit à gratter furieusement la terre entre les dalles du sol. La nuit promettait d'être longue.

40

Sous l'effet du vent, la porte d'entrée de l'appartement tremblait sur ses gonds. Le grondement du tonnerre, précédé d'éclairs, ajoutait à l'atmosphère électrique qui régnait autour de Nora et d'O'Shaughnessy. Dès son retour, la jeune femme avait embauché le sergent comme manœuvre, et il se chargeait d'évacuer la terre tamisée par Nora. Ils travaillaient à la lueur jaune d'une maigre ampoule. Une forte odeur d'humidité imprégnait à présent toute la pièce, et la chaleur était suffocante.

Nora avait creusé dans le living-room une tranchée de deux mètres sur deux qu'elle avait ensuite soigneusement quadrillée avant de descendre dans le trou. Elle s'appliquait à creuser les quatre parcelles ainsi délimitées à des profondeurs différentes, afin de former une sorte d'escalier en colimaçon qui lui permettait de sortir à sa guise au fur et à mesure que la tranchée s'approfondissait. Les dalles du sol étaient soigneusement empilées le long d'un mur au fond de la pièce. La porte de la cuisine était grande ouverte, dévoilant un gros tas de terre posé sur une grande bâche en plastique. Les premières reliques découvertes par Nora, minutieusement identifiées et emballées dans des sachets transparents, s'étalaient à côté des gravats sur une feuille de plastique épais de dimensions plus modestes.

Nora s'arrêta pour faire le point. Elle posa sa truelle sur le bord du trou, retira son casque de chantier et s'essuya le front du revers de la main avant de remettre son couvre-chef. Il était plus de minuit et elle était épuisée. L'excavation s'enfonçait sur plus d'un mètre cinquante de profondeur, preuve que la soirée avait été laborieuse. Nora n'était pas habituée à travailler si vite et devait constamment veiller à ne négliger aucune portion de terrain.

Elle se tourna vers O'Shaughnessy :

— Il est temps de faire une pause. Je voudrais essayer de déterminer la composition du sol.

— Pas trop tôt, fit le sergent en prenant appui sur sa pelle. Il dégoulinait de sueur.

Nora passa le faisceau de sa lampe le long de la paroi de terre, déchiffrant les strates comme on lit les pages d'un livre. De temps en temps, elle écartait une motte à l'aide de sa truelle afin de mieux distinguer les couches successives.

La partie supérieure du trou, sur une épaisseur d'une vingtaine de centimètres, était constituée de remblai, visiblement apporté là par les ouvriers qui avaient posé les dalles du sol. Venait ensuite un bon mètre de terre et de gravats dans lesquels on apercevait des morceaux de porcelaine et de vaisselle, tous postérieurs aux années 1910. Elle n'avait exhumé aucun objet susceptible de provenir du laboratoire de Leng, tout du moins en apparence, ce qui ne l'avait pas empêchée de tout récupérer et de tout étiqueter avec minutie.

En dessous des gravats s'étalait une épaisse couche de terre dans laquelle elle avait retrouvé toute une série de détritus : des racines moisies, des tessons de bouteilles, des débris d'assiettes, des os à moelle et même un squelette de chien, autant de reliques de l'époque où cette portion de la rue abritait un terrain vague, bien avant la construction de l'immeuble. Ensuite venait une couche de briques.

O'Shaughness s'étira avant de masser son dos courbaturé.

— Pourquoi creuser aussi profond ? demanda-t-il.

— Le niveau du sol de la plupart des grandes villes s'élève avec le temps, à un rythme à peu près constant. À New York, par exemple, on estime que le niveau monte de soixante-quinze centimètres par siècle. À l'époque de Leng, le sol se trouvait là, dit-elle en désignant le fond du trou.

— Si je comprends bien, ça voudrait dire que ces vieilles briques formaient le sol de la cave.

— *A priori*, oui. Il s'agirait donc du sol du laboratoire.

Le laboratoire de Leng.

Jusque-là, il fallait bien reconnaître que l'examen des briques n'avait pas donné grand-chose. Nora avait retrouvé très peu de débris, comme si la cave avait été soigneusement nettoyée. Elle avait tout de même découvert quelques fragments de verre coincés entre les briques, une ancienne grille en fonte et quelques boulets de charbon, un bouton, un vieux ticket de trolley et deux ou trois autres objets du même acabit. Leng était visiblement quelqu'un de prudent, et il avait veillé à ne laisser derrière lui aucune trace compromettante.

Un éclair particulièrement violent éclaira en contre-jour le manteau de Nora accroché à la fenêtre. Moins d'une seconde plus tard, un coup de tonnerre faisait trembler l'immeuble sur ses fondations. L'ampoule clignota et baissa soudainement d'intensité avant de retrouver son éclat.

Nora regardait toujours l'excavation d'un air songeur.

— Nous allons être contraints d'élargir le trou, finit-elle par dire. Ensuite, j'ai bien peur qu'il ne faille creuser encore plus profond.

— Plus profond ? s'étonna O'Shaughnessy.

Nora acquiesça.

— Leng a fait très attention de ne rien laisser au-dessus du sol. Ce qui ne veut pas dire qu'il n'a rien oublié en dessous.

O'Shaughnessy préféra ne rien dire, laissant s'installer un silence que seul venait troubler le grondement du tonnerre.

Au-dehors, Doyers Street ruisselait sous l'orage. De véritables ruisseaux dansaient dans les caniveaux avant de s'engouffrer dans les bouches d'égout, emportant un déluge de crasse dans leur course : des crottes de chiens, des rats crevés, des restes de légumes et de poissons provenant d'un petit marché chinois, plus haut dans la rue. À intervalles irréguliers, des éclairs trouaient la nuit, illuminant brièvement les façades sombres de la rue, transformant en fumerolles inquiétantes la buée qui s'élevait des pavés détrempés.

Une longue silhouette coiffée d'un chapeau melon, courbée sous un parapluie noir dégouttant d'eau, avançait, dans la rue étroite. L'homme marchait à pas lents et mesurés, s'appuyant sur une canne. Il s'arrêta l'espace d'un instant en face du numéro 99 avant de se perdre dans la brume, une ombre parmi les ombres dans l'enfer de feu et d'eau qui s'abattait sur la ville.

41

Custer se cala sur le dossier de son énorme fauteuil en soupirant. Il n'aurait jamais dû se trouver là un samedi à midi moins le quart. Le samedi, c'était sacré, il retrouvait rituellement ses copains au bowling à l'heure du déjeuner. Pourquoi diable lui avait-on demandé de passer au bureau un samedi matin ? Ce genre de plan foireux, c'était bon pour un flic de base, pas pour un patron de commissariat. Il avait passé sa matinée à attendre, sans rien faire, à écouter les gargouillis d'eau chaude dans la plomberie du commissariat. Tu parles d'une sinécure. Tout ça pour une de leurs opérations de relations publiques à la con.

Au moins, on n'entendait plus parler de Pendergast. Custer ne comprenait toujours pas ce que cet empaillé du FBI était venu faire dans cette histoire. Quand il en avait parlé à O'Shaughnessy, cet imbécile de sergent était resté très évasif. Avec les casseroles qu'il se trimbalait au cul, on aurait pu penser que ce crétin d'Irlandais avait compris où était son intérêt. Mais non ! Il n'avait rien compris du tout, et Custer en avait ras la casquette. Il avait d'ailleurs la ferme intention de montrer à O'Shaughnessy qui était le patron, et pas plus tard que lundi.

L'interphone bourdonna sur son bureau et Custer appuya rageusement sur le bouton :

— Qu'est-ce qu'il y a encore ? J'avais demandé qu'on me laisse tranquille.

— Le préfet Rocker vous demande au téléphone, capitaine, répondit aussitôt la voix servile de Noyes.

Oh putain de merde de saloperie de connerie, pensa Custer. Il approcha une main tremblante du téléphone qui clignotait furieusement, se demandant ce que pouvait bien lui vouloir le préfet. Il avait fait tout ce qu'on attendait de lui, ses chefs comme le maire. S'il y avait le moindre problème, ce n'était pas sa faute…

Il prit la ligne d'un doigt boudiné et frémissant.

— Custer ? demanda le préfet à l'autre bout du fil.

— Oui, monsieur le préfet, répondit Custer de sa voix de canard, faisant de son mieux pour dissimuler sa peur.

— Votre homme, cet O'Shaughnessy.

— Oui, monsieur le préfet, de quoi s'agit-il ?

— Je me pose des questions à son sujet. Pour quelle raison a-t-il demandé le rapport du médecin légiste sur les squelettes retrouvés dans le chantier de Catherine Street ? C'est vous qui le lui avez demandé ?

Le préfet parlait lentement, d'une voix lasse.

Putain d'O'Shaughnessy. Qu'est-ce qu'il avait encore déconné ? Custer essayait de réfléchir à la vitesse de l'éclair. Il aurait pu dire la vérité, répondre au préfet qu'O'Shaughnessy lui avait désobéi, mais c'était courir le risque de passer pour un idiot, incapable de diriger ses hommes. Ou alors il pouvait mentir.

Il opta tout naturellement pour la seconde solution.

— Vous êtes là, monsieur le préfet ? reprit-il d'une voix à laquelle il tentait désespérément de donner un semblant d'assurance virile. Eh bien oui, c'est moi qui lui ai demandé. J'ai pensé que ça pourrait nous être utile de conserver un exemplaire de ce rapport dans les archives du commissariat. Une simple formalité, histoire de suivre le règlement à la lettre, de mettre les points sur les *i*. Je suis très à cheval sur le règlement, si vous voyez ce que je veux dire, monsieur le préfet.

Sa réponse fut suivie d'un silence.

— Custer, finit par reprendre le préfet. Vous qui aimez visiblement les aphorismes, je vous propose de méditer la maxime suivante : « On ne réveille pas un chien qui dort. »

— Oui, monsieur le préfet. Je veux dire non, monsieur le préfet, on ne réveille pas un chien qui dort.

— Je pensais que le maire avait été suffisamment clair sur la *nature* du chien qu'il serait bon de laisser dormir.

— Non, monsieur le préfet. Je veux dire oui, monsieur le préfet.

— J'ose espérer que vous n'avez pas laissé la bride sur le cou de cet O'Shaughnessy, et qu'il n'est pas en train de travailler pour le compte de cet inspecteur du FBI. N'est-ce pas, Custer ?

— C'est-à-dire que c'est un excellent élément, un homme à la fois compétent et obéissant, un garçon d'une parfaite loyauté, si vous voyez ce que je veux dire, monsieur le préfet. Et comme je lui avais demandé ce rapport, il a cru bien faire en…

— Vous me décevez, Custer. Vous n'êtes pas sans savoir qu'à la minute où le rapport atterrira sur votre bureau, tout le commissariat sera au courant.

Vous n'avez qu'à en faire parvenir une copie au *New York Times*, tant que vous y êtes.

— Je suis sincèrement désolé, monsieur le préfet. J'avoue que je n'y avais pas pensé.

— Je compte sur vous pour me faire parvenir ce rapport au plus vite, Custer. Par coursier spécial à mon nom. Et je ne veux pas voir traîner la moindre photocopie du rapport dans votre commissariat. C'est compris ?

— Bien sûr, monsieur le préfet. Je m'en occupe personnellement tout de suite.

Putain de putain de putain ! Comment allait-il s'y prendre ? Il fallait qu'il commence par réclamer le rapport à ce salaud d'O'Shaughnessy.

— J'ai comme l'impression que vous n'avez pas pris toute la mesure de la situation, Custer, poursuivit le préfet. L'affaire de Catherine Street ne concerne en rien la police. Laissez les historiens s'en occuper. Quant au rapport du médecin légiste, c'est la propriété de Moegen-Fairhaven. Ce sont eux qui ont payé le légiste. Les restes des victimes ont été trouvés sur un terrain qui leur appartient, et ils ont été inhumés religieusement à leurs frais dans un cimetière privé. L'affaire est close. Je me suis bien fait comprendre ?

— Parfaitement, monsieur le préfet.

— Les gens de Moegen-Fairhaven sont en très bons termes avec le maire, comme il me l'a fait remarquer lui-même, précisant que M. Fairhaven avait même fait un don substantiel pour sa campagne électorale. Encore une incartade de ce genre, et Fairhaven pourrait bien changer d'avis et reprendre ses billes. Ou même décider de soutenir l'adversaire du maire, qui sait ?

— Je comprends, monsieur le préfet.

— Je l'espère, Custer, je l'espère. D'autant que nous avons un fou en liberté, ce Chirurgien, qui s'amuse à découper les gens en morceaux. Si j'ai un conseil à vous donner, c'est de vous occuper de lui et pas du reste. Au revoir, Custer.

Sur ce, le préfet raccrocha, laissant Custer tremblant et désemparé. Il se reprit, toussota pour s'affermir la voix et pressa le bouton de l'interphone.

— Trouvez-moi O'Shaughnessy immédiatement. Son téléphone portable, la radio, la fréquence d'urgence, chez lui, faites comme vous voulez, mais trouvez-le moi *tout de suite.*

— Il n'est pas en service aujourd'hui, capitaine, fit la voix obséquieuse de Noyes.

— Rien à foutre ! Trouvez-le, un point c'est tout !

— Bien, capitaine, grésilla l'interphone avant de s'éteindre.

42

Armée de sa petite truelle spéciale, Nora s'agenouilla et commença par dégager l'une des vieilles briques du laboratoire. Gorgée d'humidité, la brique s'effritait au contact de la truelle et Nora dut l'enlever en plusieurs morceaux avant de s'attaquer aux suivantes. Perché au bord du trou, O'Shaughnessy l'observait. Ils avaient travaillé toute la nuit et toute la matinée pour élargir l'excavation qui s'étalait maintenant sur huit mètres carrés. Nora était au bord de l'épuisement, mais elle n'aurait laissé à personne d'autre le soin de dégager l'ancien sol du laboratoire de Leng.

Tenu au courant de l'avancement des fouilles, Pendergast avait quitté son lit de douleur en dépit des récriminations de ses médecins et infirmières pour rejoindre Nora et le sergent à Doyers Street. Allongé sur un sommier orthopédique commandé spécialement pour l'occasion, il attendait la suite des événements, les bras croisés, les yeux clos, parfaitement immobile. Avec son costume noir et son visage livide, il était plus funèbre que jamais. Son chauffeur, Proctor, lui avait apporté divers objets de son appartement du Dakota : une petite table de chevet, une lampe Tiffany, toute une batterie de préparations et d'onguents, une boîte de bouchées d'un grand chocolatier parisien, ainsi qu'une pile de livres et de vieux plans.

Sous le sol en brique de l'ancien laboratoire de Leng, la terre détrempée dégageait une odeur nauséabonde. Nora acheva de dégager un mètre carré de briques, puis elle traça un sillon en diagonale à l'aide de sa truelle afin de tester le terrain. L'eau n'était pas loin et elle n'eut pas beaucoup à creuser pour exhumer une première trouvaille qu'elle débarrassa de son carcan de terre en quelques coups de brosse.

Il s'agissait du squelette rouillé d'un vieux parapluie datant du XIXe siècle qu'elle photographia avant de le poser délicatement sur une feuille de papier spécial.

— Auriez-vous trouvé quelque chose ? s'enquit Pendergast sans ouvrir les yeux. D'une main blanche interminable, il prit un chocolat dans la boîte posée à côté de son lit de fortune et le mit dans sa bouche.

— Un vieux parapluie.

Nora se remit immédiatement au travail. Elle avançait rapidement dans une terre de plus en plus meuble, presque boueuse.

Quarante centimètres plus bas, dans le coin gauche du carré qu'elle fouillait, sa truelle rencontra un objet dur qu'elle dégagea à l'aide d'une brosse. Elle retira instinctivement sa main en s'apercevant qu'il s'agissait d'une touffe de cheveux encore accrochée à la calotte d'une boîte crânienne.

Assourdi par la distance, un coup de tonnerre brisa le silence. Après être resté des heures sur Manhattan, l'orage n'avait pas encore fini de s'éloigner.

Penché derrière Nora, O'Shaughnessy retenait son souffle.

— De quoi s'agit-il ? demanda immédiatement Pendergast à qui rien n'échappait.

— Je viens de trouver un crâne.

— Continuez à creuser, fit l'inspecteur d'une voix qui ne trahissait pas le moindre étonnement.

Le cœur battant, Nora écarta délicatement les mottes de terre restées collées sur le crâne ; elle ne tarda pas à apercevoir un front et deux orbites pleines d'une matière visqueuse et collante. Une odeur pestilentielle la prit à la gorge et elle eut un haut-le-cœur. On était loin des squelettes anasazis enterrés depuis des millénaires dans du sable sec.

Elle prit la précaution de se protéger le nez et la

bouche à l'aide de son T-shirt avant de poursuivre sa tâche, dégageant la fosse nasale avec son cartilage, puis un maxillaire au centre duquel on distinguait des reflets métalliques.

— Décrivez-moi la chose, s'il vous plaît, demanda Pendergast d'une voix faible.

— Une minute, je n'ai pas terminé.

Nora brossa consciencieusement le reste du crâne, puis elle s'accroupit.

— Bien. Nous sommes donc en présence d'un crâne ayant appartenu à un adulte de sexe masculin. On remarque quelques touffes de cheveux ainsi que des restes de matières organiques dont la présence s'explique sans doute par le manque d'oxygène de cette terre humide. À hauteur du maxillaire, on distingue deux dents en métal maintenues en place à l'aide d'un bridge. Plus bas, derrière la mâchoire inférieure, on aperçoit des lunettes à monture dorée dont l'un des verres est fumé.

— Ah ! Fort bien. En clair, cela signifie que vous venez de retrouver Tinbury McFadden.

Pendergast marqua une pause avant d'ajouter :

— J'ai bien peur qu'il vous faille poursuivre. Il nous manque encore James Henry Perceval et Dumont Burleigh, deux collègues du docteur Leng, membres du Lycéum comme lui, qui ont eu la malchance de recueillir les confidences de J. C. Shottum. Une fois que nous les aurons retrouvés, la boucle sera bouclée.

— Avant que j'oublie, reprit Nora. Hier soir, en effectuant mes fouilles, je me suis souvenue de quelque chose. La première fois que j'ai demandé à Puck de me montrer les archives du cabinet

Shottum, il a remarqué incidemment que beaucoup de monde semblait s'y intéresser ces derniers temps. Je n'y ai pas prêté attention sur le moment, mais après ce qui s'est passé, je me suis posé des questions. Je serais curieuse de savoir…

Elle laissa sa phrase en suspens.

— De savoir qui a bien pu nous précéder, poursuivit Pendergast, achevant la pensée de la jeune femme.

Au même moment, on secoua de l'extérieur la poignée de la porte d'entrée.

Tous les regards se tournèrent de ce côté.

La poignée gigotait dans tous les sens. Puis on se mit à frapper l'huis avec violence, les coups se répercutant dans l'appartement vide. Un silence, et les coups reprirent de plus belle.

O'Shaughnessy s'avança, la main sur la crosse de son arme.

— Qui est là ?

De l'autre côté de la porte, une voix féminine s'écria d'un ton aigre :

— Quoi se passe ici ? Sentir pas bon ! Quoi faire dans appartement ? Ouvrir porte !

— C'est madame Lee, fit Nora en se relevant. La propriétaire.

Pendergast n'avait pas bougé de son matelas. Ses paupières s'ouvrirent un instant sur ses yeux délavés pour se refermer aussitôt. On aurait dit qu'il s'apprêtait à faire la sieste.

— Ouvrir tout suite ! Quoi se passe ici ?

Nora sortit de la fosse et s'approcha de la porte.

— Quel est le problème ? demanda-t-elle d'une voix calme, O'Shaughnessy à ses côtés.

— Problème avec odeur ! Ouvrir tout suite !

— Je ne sens rien. L'odeur doit venir d'ailleurs.

— Pas vrai ! Odeur venir d'ici, remonter par plancher. Sentir toute la nuit, encore pire maintenant près appartement. Ouvrir tout suite !

— Je faisais un peu de cuisine, c'est tout, répliqua Nora d'une voix rassurante. Je prends des cours, mais je ne suis pas très douée et…

— Pas odeur cuisine ! Sentir merde ! Ici immeuble tranquille ! Moi appeler police !

Loin de se calmer, Mme Lee frappait à coups redoublés sur la porte.

Nora se tourna vers Pendergast, raide comme un mort sur sa couche. Voyant qu'elle n'avait rien à attendre de lui, elle regarda O'Shaughnessy d'un air inquisiteur.

— Si elle veut la police, elle va être servie, se contenta-t-il de dire en haussant les épaules.

— Mais vous n'êtes même pas en uniforme. Elle ne me croira jamais si je lui dis que vous êtes policier.

— J'ai mon badge.

— Oui, mais que va-t-on lui dire ?

La porte tremblait sous les coups.

— La vérité, tout simplement.

O'Shaughnessy retira les verrous l'un après l'autre et ouvrit la porte,

La vieille petite madame Lee lui faisait face. Elle regarda par-dessus l'épaule du sergent et aperçut, horrifiée, l'énorme trou au milieu du living-room, le tas de terre, les piles de briques et le crâne au fond de la fosse.

O'Shaughnessy s'empressa de sortir son badge,

mais la vieille femme ne le vit même pas, hypnotisée par le crâne au sourire hideux au fond de son trou.

— Vous êtes bien madame Lee ? Je suis le sergent O'Shaughnessy de la police de New York.

Mme Lee, les yeux ronds et la bouche grande ouverte, s'était transformée en statue de sel.

— Un crime a été commis dans cet appartement, poursuivit O'Shaughnessy d'un ton apaisant. Quelqu'un avait enterré le corps et nous sommes actuellement en train d'enquêter. Je comprends votre réaction, madame Lee, mais ne craignez rien. Nous contrôlons la situation.

À ces mots, la vieille femme parut se réveiller. Elle leva les yeux sur lui, regarda son badge, puis son arme.

— Mais quoi vous…

— Un meurtre a été commis dans cet appartement, madame Lee.

Ses yeux effarés allaient du squelette dans son cercueil de terre à la silhouette de Pendergast, statufié sur son matelas, les mains croisées sur sa poitrine.

— Madame Lee, je vais vous demander de rentrer tranquillement chez vous et de ne parler à personne de cette affaire. Fermez votre porte à clé, ne vous servez pas du téléphone, et ne laissez entrer personne sans vérifier qu'il porte un badge, comme celui-ci, lui dit-il d'un ton aussi calme et persuasif que possible, lui fourrant son badge sous le nez.

— Vous m'avez compris, madame Lee ?

Elle hocha la tête machinalement.

— Maintenant, rentrez chez vous. Nous en avons encore pour quelques heures. Mes collègues de la police criminelle ne viendront que plus tard. Les spécialistes de l'identité judiciaire, le médecin légiste et tout le tralala. Vous aurez l'occasion de vous exprimer à ce moment-là. En attendant…

Le doigt sur les lèvres, il lui faisait signe de ne rien dire à personne.

Mme Lee tourna les talons et remonta les quelques marches en traînant les pieds, tel un zombie. Nora entendit la porte de l'immeuble s'ouvrir et se refermer.

Le silence à peine revenu, Pendergast souleva une paupière, cherchant de l'œil O'Shaughnessy, puis Nora.

— Bien joué tous les deux, dit-il d'une voix douce, une ombre de sourire sur les lèvres.

43

La voiture banalisée transportant Sherwood Custer s'engagea dans Doyers Street, et le capitaine serra les dents en voyant que plusieurs journalistes faisaient le pied de grue devant le numéro 99. Ils n'étaient pas encore très nombreux, mais il savait déjà ce qui l'attendait.

Noyes se gara le long du trottoir et Custer ouvrit sa portière. Il sortit péniblement de l'auto et se dirigea vers l'immeuble des Lee, les journalistes à ses trousses. À l'épi rebelle qu'il avait sur le sommet du crâne, il n'eut aucun mal à identifier parmi eux le dénommé Smithbutt ou un truc comme ça. Ce fouille-merde était en train de se prendre la tête avec le planton chargé de garder la maison.

— C'est un scandale ! hurlait le gratte-papier d'un ton outragé, son épi tremblant sur sa tête. *J'exige* que vous me laissiez rentrer !

Sans même le regarder, le planton s'effaça pour laisser passer Custer.

— Capitaine Custer ! lui cria le journaliste. Le préfet Rocker refuse de répondre aux questions de la presse. Qu'avez-vous à déclarer sur cette affaire ?

Custer préféra ne pas répondre. Si le préfet était là, ça allait être la saint Custer. *On ne réveille pas un chien qui dort.* Tu parles d'un chien qui dort ! Non seulement il était réveillé, ce putain de chien, mais en plus il lui avait mordu les fesses. Et tout ça à cause de ce salaud d'O'Shaughnessy.

Il dut montrer patte blanche avant de pénétrer dans l'appartement, Noyes sur les talons. La porte se referma sur eux, mais on entendait toujours l'autre crétin de journaliste se plaindre d'une voix geignarde.

La première chose que vit Custer fut l'énorme fosse creusée au milieu du living-room et le tas de terre dans la cuisine. L'endroit grouillait de photographes et de techniciens de toutes sortes, sans compter le médecin légiste et une pléiade de types de l'identité judiciaire. Le préfet était également là, qui lui fit signe de le rejoindre.

— Custer ! cria-t-il d'un ton tranchant.

— Oui, monsieur le préfet, répondit le capitaine, la gorge nouée.

Quand il disait que ça allait être sa fête…

— Toutes mes félicitations.

Custer n'osait plus bouger. Pour que le préfet fasse de l'humour devant tout le monde, il fallait que ça aille mal.

— Je suis désolé, monsieur le préfet, mais je n'étais au courant de rien. O'Shaughnessy a agi sans la moindre autorisation et je compte bien lui faire comprendre…

Le préfet l'interrompit d'un geste et l'attira à l'écart, lui passant un bras autour des épaules. Son haleine sentait le café rance.

— Custer ?

— Oui, monsieur le préfet.

— Ne dites rien et écoutez-moi, marmonna Rocker. Vous n'êtes pas ici pour vous excuser, mais pour prendre l'enquête en main.

Ce n'était pas la première fois que le préfet le menait en bateau, mais jamais il ne l'avait fait marcher à ce point.

— Je suis sincèrement désolé, monsieur le préfet…

— Je crois que vous ne m'avez pas bien compris, capitaine.

Le tenant toujours par l'épaule, le préfet l'entraîna loin de la cohue des équipes de l'identité judiciaire.

— Si j'ai bien compris, c'est votre homme, cet O'Shaughnessy, qui est à l'origine de cette découverte.

— Oui, et j'ai d'ailleurs l'intention de sanctionner…

— Capitaine ! Je peux finir ma phrase, oui ou non ?

— Bien sûr, monsieur le préfet, excusez-moi encore.

— Le maire m'a téléphoné deux fois ce matin. Il est ravi.

— Ravi ?

Custer ne savait plus quoi penser. Ou bien le préfet se foutait ouvertement de lui, ou bien c'était encore pire que tout ce qu'il avait imaginé.

— Positivement ravi. Moins on parle des crimes du Chirurgien, mieux il se porte. Un nouveau crime lui ferait perdre plusieurs points dans les sondages. Grâce à cette histoire, vous êtes le héros du jour. Aux yeux du maire, en tout cas, ajouta Rocker sèchement, laissant entendre qu'il ne partageait pas exactement l'enthousiasme du maire.

— Nous sommes donc bien d'accord, capitaine. Vous êtes officiellement chargé de l'enquête.

— L'enquête ?

Custer se demandait bien comment on allait pouvoir ouvrir une enquête sur des crimes prescrits depuis un siècle.

— Mais non, répliqua le préfet, agacé. Je parle de l'enquête sur le Chirurgien.

Désignant les squelettes au fond de leur trou, il ajouta d'un ton méprisant :

— Quant à ça, c'est de l'histoire ancienne. Ça n'intéresse que les archéologues, pas la police.

— Mais bien sûr, mais oui, suis-je bête. À vos ordres, monsieur le préfet

— Ce n'est pas moi qu'il faut remercier, c'est le maire. C'est lui qui a eu l'idée de vous confier l'affaire, *pas moi*.

Rocker enleva enfin son bras des épaules de Custer, et il recula d'un pas pour le regarder dans le blanc des yeux :

— J'espère que vous vous montrerez à la hauteur de la tâche qui vous attend, capitaine.

Custer fit oui de la tête. Il commençait tout juste à comprendre ce qui lui arrivait.

— La première chose à faire est de reprendre la situation en main. Ces vieux crimes vous donneront un ou deux jours de répit avant que le grand public ne s'intéresse à nouveau au Chirurgien. Le maire a beau penser que ces meurtres vont faire diversion, je crains que ça ne donne des idées à notre assassin. À propos, je suis venu avec ce journaliste du *Post*, Bryce Harriman. Vous le connaissez ?

— Ma foi non, monsieur le préfet.

— Laissez-moi vous le présenter. C'est le journaliste qui a fait le lien entre ces vieux crimes et ceux d'aujourd'hui. Arrangez-vous pour l'avoir à l'œil. Je lui ai promis l'exclusivité, mais c'est pour mieux contrôler ce qu'il raconte dans son journal. Compris ?

— Parfaitement, monsieur le préfet.

— Très bien. Vous verrez, ce n'est pas un mauvais bougre quand il a un os à ronger. Il m'attend dans l'autre pièce. Parlez-lui uniquement de ces squelettes et des fouilles que vous avez fait entreprendre ici. Pas un mot sur le Chirurgien. Les gens font peut-être la confusion entre les deux, mais pas nous.

Custer se dirigeait déjà vers le living-room lorsque le préfet le retint par la manche.

— Une dernière chose, capitaine. Quand vous en aurez fini avec Harriman, je vous conseille de vous mettre immédiatement au travail sur l'affaire du Chirurgien. Je compte sur vous pour arrêter le tueur avant qu'il n'ait le temps de faire de nouvelles victimes. Vous avez obtenu un peu de répit, profitez-en.

— Oui, monsieur le préfet.

Rocker lança à Custer un regard lourd de sous-entendus avant de lui lâcher la manche.

Le living-room était encore plus encombré que précédemment. Sur un signe de Rocker, un grand garçon dégingandé émergea de l'ombre. Il avait les cheveux plaqués en arrière et portait des lunettes à montures épaisses, une veste en tweed, une chemise bleue et des mocassins à pompons.

— Monsieur Harriman, je vous présente le capitaine Custer.

— Enchanté de faire votre connaissance, monsieur.

Malgré sa méfiance innée pour tout ce qui touchait à la presse de près ou de loin, le capitaine se sentit flatté. De toute sa carrière, jamais un journaliste ne lui avait donné du monsieur.

— Et maintenant, messieurs, si vous voulez bien m'excuser, je suis obligé de retourner à mes obligations, fit Rocker d'un air grave.

— Je vous en prie, monsieur le préfet.

Custer regarda le préfet de police s'éloigner d'un air songeur, mais déjà Noyes surgissait à ses côtés, la main tendue :

— Permettez-moi d'être le premier à vous féliciter, monsieur.

Custer serra sans enthousiasme la main molle que lui tendait son adjoint, puis il se tourna vers Harriman, tout sourire derrière ses grosses lunettes, avec sa cravate de représentant de commerce et ses allures de premier de la classe. *Encore un pauvre type, mais autant s'en servir*, pensa Custer. La première chose à faire était de lui refiler quelques tuyaux en exclusivité, histoire de rabaisser le caquet de l'autre scribouillard qu'on entendait toujours gueuler dans la rue. Comme ça, il leur foutrait la paix. *C'est fou ce que j'apprends vite,* se félicita intérieurement le capitaine.

— Capitaine ? demanda Harriman, son carnet à la main.

— Ouais ?

— Pourrais-je vous poser quelques questions ?

— Allez-y, mon petit, répondit Custer d'un air magnanime.

44

O'Shaughnessy chercha machinalement Noyes des yeux en pénétrant dans le secrétariat attenant au bureau de Custer. Il se doutait bien que si le capitaine voulait le voir, ce n'était pas pour le féliciter. Il se demandait juste si Custer allait remettre sur le tapis l'histoire de la pute et des deux cents dollars, comme toujours en pareil cas. En temps ordinaire, il ne s'en serait pas formalisé outre mesure. Depuis le temps qu'on lui servait la même salade ! *C'est quand même marrant que ça me tombe dessus maintenant, pour une fois que je m'intéresse à une enquête,* pensa-t-il.

Noyes entra dans la pièce, des paperasses plein les bras, mastiquant son sempiternel chewing-gum à la violette en laissant voir deux rangées de dents jaunies.

— Ah, c'est toi, fit-il en déposant les dossiers sur son bureau.

Noyes s'appliqua à ranger longuement ses documents avant de s'asseoir.

— Il est arrivé, se contenta-t-il de dire en poussant le bouton de l'interphone.

Comme rien ne se passait, O'Shaughnessy décida de s'asseoir et se mit à observer Noyes. Quel type épouvantable ! Il n'y avait que des alcooliques et des vieux garçons pour bouffer du chewing-gum à la violette à longueur de journée. Un chewing-gum au goût vieillot, écœurant, qu'on suivait à la trace dans tout le commissariat.

Dix minutes s'écoulèrent avant que le capitaine ne finisse par sortir de son bureau. Il remballa un pan de chemise et remonta son pantalon en faisant signe à O'Shaughnessy d'entrer d'un coup de menton méprisant. Le sergent le suivit d'un air nonchalant.

Le capitaine se vautra dans son fauteuil trop grand pour lui, observant son visiteur d'un regard torve qui se voulait noir.

— Putain de putain, O'Shaughnessy, commença-t-il en secouant ses bajoues de droite à gauche. Putain de putain de putain.

Silence.

— Je veux que tu me rendes ce rapport.

O'Shaughnessy prit sa respiration avant de répondre :

— Je ne peux pas.

— Comment, tu ne peux pas ?

— Je ne l'ai plus. Je l'ai communiqué à l'inspecteur Pendergast.

Le capitaine le regardait avec des yeux en soucoupe. Il finit par reprendre :

— Tu veux dire que tu l'as donné à ce trou du cul du FBI ?

— Oui, capitaine.

— Et je peux savoir pourquoi ?

O'Shaughnessy prit le temps de répondre. Il n'avait pas envie qu'on lui retire cette affaire. Il fallait bien reconnaître qu'il aimait travailler avec Pendergast. Il aimait même beaucoup ça. Pour la première fois depuis très longtemps, il se réveillait la nuit pour penser à une affaire, pour essayer de comprendre, de trouver de nouvelles pistes. D'un autre côté, il n'avait pas l'intention de lécher les bottes de ce gros con de Custer. Advienne que pourra.

— Il en avait besoin pour son enquête. Vous m'avez demandé de l'aider, et c'est ce que j'ai fait.

Les bajoues de Custer commençaient déjà à trembler.

— O'Shaughnessy, je t'avais pourtant bien dit de faire *semblant* de l'aider, pas de l'aider vraiment. Je te l'avais dit, oui ou merde ?

O'Shaughnessy décida de faire l'idiot.

— Mais je ne comprends pas, capitaine…

Custer se leva d'un bond, furieux.

— Tu comprends très bien, au contraire.

O'Shaughnessy, plus faux cul que jamais, continuait à jouer les étonnés.

— Mais non, capitaine, je vous assure, je ne comprends pas…

Les bajoues de Custer tremblaient de rage.

— O'Shaughnessy, espèce de sale petit…

Il s'arrêta juste à temps, faisant des efforts désespérés pour se contrôler. Une fine buée venait d'apparaître sur sa lèvre supérieure. Custer poussa un long soupir avant de reprendre :

— J'ai décidé de te mettre à pied.

Et merde !

— Pour quelle raison, capitaine ?

— N'essaye pas de me la faire. Tu sais très bien pourquoi. Refus d'obéissance caractérisé, trahison au profit d'un agent du FBI, j'en passe et des meilleures. Sans parler de la fouille de Doyers Street.

O'Shaughnessy savait pertinemment que la découverte des squelettes avait permis à Custer de sauver sa peau. Le maire l'avait même remercié d'avoir détourné l'attention des médias en lui confiant l'enquête sur le Chirurgien.

— J'ai pourtant suivi le règlement à la lettre, capitaine.

— Mon cul, oui ! Tu t'es arrangé pour me tenir à l'écart de tes manigances en me bombardant de rapports interminables, sachant très bien que je n'aurais jamais le temps de les lire. En plus, tu m'as court-circuité pour obtenir le rapport du médecin légiste. Bon Dieu de merde, O'Shaughnessy, je fais tout pour t'aider, et pour me remercier, tu me chies dans les bottes !

— Je suis désolé, capitaine, mais je ne peux pas vous laisser dire ça, et j'ai l'intention de me plaindre auprès du syndicat. Et en tant que catholique pratiquant, j'ajouterai que je suis extrêmement choqué par la façon dont vous utilisez le nom du Seigneur.

Custer, désarçonné par la contre-attaque du

sergent, perdait visiblement les pédales. Il s'étrangla, bredouillant des phrases incohérentes tout en serrant et desserrant les poings.

— Rien à foutre du syndicat, finit-il par hurler d'une voix hystérique. Pour le reste, ce n'est pas un trou du cul d'Irlandais dans ton genre qui va me faire des cours de catéchisme. Moi aussi, je suis croyant. En attendant, j'exige que tu me remettes ton badge et ton arme *immédiatement* !

Custer soulignait chaque mot en martelant du poing sur la table.

— Et maintenant, dégage ! poursuivit-il. Va te faire cuire du chou et des patates, Irlandais de mes deux. Tu es suspendu en attendant que l'Inspection générale des services vienne fourrer son nez dans tes petites affaires. C'est la deuxième fois que tu auras les bœufs-carottes au cul, et tu peux compter sur moi pour demander ta peau à la prochaine réunion paritaire. Avec les casseroles que tu te trimballes, je n'aurai aucun mal à obtenir ta mise à pied.

O'Shaughnessy savait mieux que quiconque le sort qui l'attendait si Custer mettait ses menaces à exécution, ce dont il ne doutait pas un instant. Mais pour avoir longtemps courbé l'échine, il connaissait également la valeur de la liberté. Calmement, il sortit son arme de son étui et la posa sur le bureau du capitaine avant de faire de même avec son badge.

— Puis-je disposer, capitaine ? demanda-t-il d'un ton qu'il voulait posé.

Il eut la satisfaction de voir le visage de Custer s'empourprer à nouveau.

— Puis-je disposer, puis-je disposer ! Fous-toi de ma gueule, en plus. En attendant, tu ferais mieux de préparer ton CV, O'Shaughnessy. Je connais un McDo dans le Bronx qui cherche un gardien de nuit. Tu devrais postuler.

En traversant le bureau de Noyes, O'Shaughnessy remarqua que le caniche du capitaine le regardait d'un œil triomphant et chafouin.

Le sergent s'arrêta sur les marches du commissariat, surpris de retrouver la lumière du soleil. Il repensait aux centaines de fois où il avait emprunté cet escalier, lorsqu'il partait en patrouille ou qu'il rentrait rédiger un rapport que personne ne lirait jamais. Avec le temps, il avait appris à se détacher d'un métier auquel il avait longtemps cru, et il s'étonnait de ressentir un pincement au cœur à l'idée de ne plus appartenir à la grande famille de la police new-yorkaise. Pendergast allait devoir se passer de ses services pour son enquête. Il soupira, haussa les épaules et descendit lentement les marches en se disant que c'était la fin de sa carrière, et rien de plus.

À son grand étonnement, la Rolls-Royce Silver Wraith de Pendergast l'attendait, sagement garée le long du trottoir.

Une main invisible ouvrit la porte arrière. O'Shaughnessy s'approcha et passa la tête à l'intérieur de l'habitacle.

— Je viens d'être suspendu, annonça-t-il simplement.

Pendergast, confortablement installé sur la banquette de cuir blanc, hocha la tête.

— Le rapport du médecin légiste, je suppose.

— Ouais. Mes petites histoires d'il y a cinq ans n'ont pas aidé non plus.

— Comme c'est ennuyeux. Je vous présente mes excuses les plus sincères d'être en partie la cause de votre bannissement. Mais montez, je vous en prie. Nous n'avons pas beaucoup de temps devant nous.

— Mais vous ne comprenez donc pas…

— Je comprends parfaitement, au contraire. Vous travaillez directement pour moi, à présent.

O'Shaughnessy s'immobilisa, interdit.

— Tout est arrangé, poursuivit Pendergast. On s'occupe des papiers nécessaires à la minute où je vous parle. Il m'arrive régulièrement de faire appel à des… comment dirais-je ? À des consultants.

Pendergast montra du doigt un dossier posé sur le siège à côté de lui.

— Vous trouverez tous les détails ici. Vous n'aurez qu'à signer ces documents pendant que nous roulons. Nous allons commencer par nous rendre dans les locaux du FBI afin que l'on vous délivre une carte professionnelle avec votre photographie. Ce n'est malheureusement pas un badge, mais cela devrait faire l'affaire pour le moment.

— Je ne peux pas accepter, monsieur Pendergast. Custer a demandé l'ouverture d'une enquête interne sur…

— Je suis au courant. Montez, je vous prie.

O'Shaughnessy, abasourdi, grimpa dans la Rolls et referma la portière derrière lui.

Pendergast pointa du doigt les documents :

— Je vous demanderai de les lire attentivement, mais vous n'avez rien à craindre. Cinquante dollars de l'heure sur une base garantie de trente heures par semaine, mutuelle, retraite complémentaire et *tutti quanti.*

— Pourquoi faites-vous tout ça pour moi ?

Pendergast lui lança un regard presque affectueux avant de répondre :

— Parce que je vous ai vu vous prendre au jeu. J'ai besoin de collaborateurs sur lesquels je peux compter. Des collaborateurs ayant le courage de leurs convictions. Je vous ai vu à l'œuvre. Vous connaissez parfaitement la ville et vous savez parler aux gens ordinaires, ce dont je suis proprement incapable, tout simplement parce que vous en faites partie, ce qui n'est pas mon cas. En outre, j'ai besoin de quelqu'un qui connaisse parfaitement le fonctionnement pour le moins byzantin de la police new-yorkaise. Enfin, j'ajouterai que je recherche un homme de cœur. J'ai vu cette fameuse bande vidéo, et vous êtes un homme de cœur.

O'Shaughnessy allait prendre les papiers sur la banquette lorsqu'il s'arrêta en plein mouvement :

— J'ai une dernière condition. Vous en savez beaucoup plus long sur cette affaire que vous ne voulez bien le dire, et j'ai horreur de travailler dans le noir.

Pendergast hocha la tête.

— Vous avez parfaitement raison. Il est temps que nous ayons une petite conversation tous les deux, ce que je compte faire dès que vous aurez jeté un œil à ces papiers. Sommes-nous d'accord ?

— Nous sommes d'accord, fit O'Shaughnessy en se plongeant dans le dossier.

Pendergast en profita pour donner ses ordres au chauffeur :

— Au siège du FBI sur Federal Plaza, s'il vous plaît, Proctor. Et vite.

45

Nora se dirigeait en claquant des talons vers la voûte de calcaire usé. L'entrée du Dakota avait été ravalée récemment, mais elle conservait un aspect austère et inquiétant qui n'était pas sans lui rappeler la Tour de Londres. C'est tout juste si elle ne s'attendait pas à découvrir un peu plus loin une herse, des meurtrières et des chaudrons de poix bouillante.

Elle s'arrêta en apercevant des restes de bougies, des pétales de fleurs et quelques photos dans des cadres émiettés. On aurait dit un mausolée, et Nora se souvint que c'était là que John Lennon était tombé sous les balles d'un fou un jour de décembre 1980. L'épisode resterait sans doute moins célèbre, mais Pendergast se trouvait lui-même tout près de là lorsqu'il avait été attaqué par le Chirurgien. Elle leva les yeux machinalement et découvrit la façade gothique de l'immeuble, avec ses gargouilles de pierre, ses pignons et ses tours découpant leur silhouette médiévale sous un couvercle sombre de nuages menaçants. *Il faudrait me payer pour habiter ici*, se dit-elle. Elle regarda longuement autour d'elle, comme elle avait pris l'habitude de le faire depuis la course-poursuite des archives, et se dirigea vers la voûte d'un pas alerte.

Le gardien qui se tenait dans la guérite de bronze

et de verre à l'entrée du bâtiment était raide comme un garde de Buckingham Palace. Nora se demandait même s'il l'avait vue, mais à peine avait-elle fait un pas sous la voûte que l'homme lui barrait le chemin, courtois mais ferme.

— Puis-je vous aider ? demanda-t-il.

— J'ai rendez-vous avec monsieur Pendergast.

— Votre nom ?

— Nora Kelly.

Le gardien hocha la tête, visiblement prévenu de sa venue.

— Entrée sud-ouest, dit-il en lui désignant le bâtiment du doigt tout en s'effaçant pour la laisser passer.

Nora le remercia et prit la direction indiquée pendant que le gardien, de retour dans sa guérite, prenait son téléphone pour l'annoncer

Arrivée au pied du bâtiment, elle pénétra dans le vestibule et monta dans un ascenseur sentant le cuir et l'encaustique, qui l'emporta en douceur quelques étages plus haut. Les portes coulissèrent silencieusement et Nora se retrouva sur un palier, face à une porte de chêne grande ouverte. L'inspecteur Pendergast l'attendait, sa haute silhouette à contre-jour.

— Comme c'est gentil à vous d'avoir répondu à mon appel, professeur Kelly, fit-il de sa voix la plus caressante en lui faisant signe d'entrer.

Pendergast était poli à la limite de l'obséquiosité, comme à l'accoutumée, mais il émanait de lui une lassitude que Nora attribua à sa convalescence. Plus maigre que jamais, presque décharné, il était pâle comme la mort.

Nora pénétra dans une pièce extrêmement haute

de plafond, dépourvue de fenêtre. Elle observa avec curiosité le décor qui l'entourait. La pièce était peinte en rose avec des moulures noires, à l'exception de l'un des murs, entièrement de marbre noir, le long duquel glissait une cascade dont les eaux s'écoulaient dans un bassin recouvert de fleurs de lotus. Il se dégageait de la pièce un parfum de fleur très agréable qui se mariait à merveille avec le murmure de l'eau.

Deux tables de laque étaient dressées un peu plus loin. Sur la première, un plateau recouvert de mousse vert tendre servait de refuge à une série de bonsaïs, probablement des érables nains. Sur la seconde était posée une vitrine à l'intérieur de laquelle Nora crut reconnaître un crâne de chat. En s'approchant, elle s'aperçut que le crâne était sculpté dans du jade de Chine d'une pureté diaphane. L'objet, d'une extrême délicatesse, était de toute beauté.

Un peu plus loin, assis sur un petit canapé en cuir, elle aperçut le sergent O'Shaughnessy. Il croisait et décroisait les jambes, visiblement mal à l'aise dans ce décor précieux.

Pendergast referma la porte et glissa en direction de Nora, les mains derrière le dos.

— Puis-je vous offrir quelque chose ? De l'eau minérale ? Du Lillet ? Un doigt de sherry ?

— Rien, merci.

— Si vous n'y voyez pas d'inconvénient, je vous demande de m'excuser un instant.

Pendergast disparut aussitôt par une porte dissimulée dans l'un des murs roses.

— Bel endroit, fit Nora à O'Shaughnessy.

— Et vous n'avez encore rien vu. D'où vient son fric, à votre avis ?

— Bill Smith… Je veux dire, un ancien ami à moi prétend qu'il vient d'une famille extrêmement riche ayant fait fortune dans l'industrie pharmaceutique, si j'ai bien compris.

— Ouais…

Le silence s'installa, discrètement souligné par le murmure imperturbable de la cascade. La porte par laquelle était parti Pendergast s'ouvrit enfin et l'inspecteur passa la tête.

— Si vous voulez bien me suivre, fit-il à l'adresse de ses invités.

Ils traversèrent un long couloir mal éclairé, passant devant plusieurs portes. Au passage, Nora eut le temps d'apercevoir une bibliothèque aux rayonnages couverts d'ouvrages reliés en cuir, un clavecin en bois de rose trônant au milieu de la pièce ; un peu plus loin, elle entrevit un petit salon aux murs recouverts de tableaux dans des cadres dorés, ainsi qu'une pièce aveugle et sombre à l'ameublement minimaliste, composé de paravents de papier de riz et de nattes japonaises posées sur le sol.

Pendergast les invita à pénétrer dans un grand salon entièrement lambrissé de panneaux d'acajou sculpté. Une grande cheminée de marbre meublait le mur du fond et trois immenses fenêtres s'ouvraient directement sur Central Park. À droite, un plan détaillé de Manhattan au XIXe siècle occupait tout un mur. Sur une longue table recouverte d'une feuille de plastique avaient été disposés plusieurs rangées de petits morceaux de verre, un boulet de charbon, un squelette de parapluie et un ticket de tramway.

Constatant qu'il n'y avait aucun siège dans la pièce, Nora se planta devant la table pendant que Pendergast en faisait le tour en silence, comme un aigle guettant sa proie. Au bout de quelques minutes d'un silence pesant, il s'arrêta et regarda Nora, puis O'Shaughnessy. Ses yeux brillaient avec une intensité que Nora n'avait jamais vue que chez certains malades mentaux.

Les mains derrière le dos comme à son habitude, Pendergast se dirigea vers le plan qu'il examina avec attention avant de prendre la parole d'une voix à peine audible.

— Nous savons donc où le docteur Leng avait installé son laboratoire. Nous sommes toutefois confrontés à un problème beaucoup plus épineux. Où vivait-il ? Où ce cher docteur avait-il installé ses pénates ? Grâce au professeur Kelly, nous disposons désormais de quelques indices précieux. Le ticket de tramway retrouvé sur le sol du laboratoire correspond à la ligne de métro aérien du West Side. Nous pouvons donc en conclure que le docteur Leng résidait dans la partie ouest de Manhattan.

À l'aide d'un feutre rouge, il dessina une ligne verticale le long de la 5e Avenue, divisant Manhattan en deux.

— Le charbon a la propriété de posséder une signature chimique très spécifique, propre à la mine dont il est extrait. C'est ainsi qu'il m'a été possible d'établir avec certitude que le boulet retrouvé sur le sol du laboratoire provenait d'une mine proche de Haddonfield dans le New Jersey. Une mine fermée depuis longtemps, comme vous pouvez vous en douter. Il n'existait autrefois à Manhattan qu'un seul marchand de charbon s'approvisionnant à Haddonfield, la société Clark & Fils. Mes recherches m'ont permis d'apprendre que leur territoire de chalandise s'étendait de la 110e à la 139e Rue.

Pendergast traça cette fois deux lignes horizontales à hauteur des deux artères qu'il venait de citer.

— Passons à présent à ce parapluie. Un parapluie en soie. Si la soie est une fibre particulièrement douce au toucher, elle fait curieusement apparaître une texture très inégale sous la lentille d'un microscope. Sous l'effet de la pluie, de minuscules particules se retrouvent prises au piège de cette texture, notamment des particules de pollen. Un examen approfondi des restes de ce parapluie a pu révéler la présence de grandes quantités de pollen provenant d'une plante baptisée *Trismegistus gonfalonii,* communément appelée herbe des marais. Si l'on en trouvait au XIXe siècle tout autour de la presqu'île de Manhattan, sa présence au début du siècle dernier se limitait aux marécages longeant l'Hudson.

Pendergast fit courir un trait le long de Broadway avec son marker rouge, avant de désigner la portion ainsi délimitée.

— On peut donc raisonnablement penser que le docteur Leng vivait à l'ouest de cette ligne, à quelques centaines de mètres tout au plus de la rivière.

Remettant le capuchon du feutre d'un geste précis, il se tourna vers Nora et O'Shaughnessy :

— Des commentaires jusqu'à présent ?

— Oui, fit Nora. Vous dites que Clark & Fils effectuaient leurs livraisons dans cette partie de la ville. Dans ce cas, comment expliquer la présence de ce morceau de charbon dans le laboratoire de Leng, c'est-à-dire bien plus au sud ?

— Excellente question, à laquelle je répondrai de la façon suivante : dans la mesure où Leng travaillait dans le plus grand secret, il était hors de question pour lui de se faire livrer du charbon directement à son laboratoire. On peut donc penser qu'il l'apportait lui-même depuis sa maison, par petites quantités.

— Ça se tient.

— D'autres remarques ? interrogea Pendergast, cette fois sans écho. Nous pouvons donc penser que le docteur Leng habitait sur Riverside Drive entre la 110e et la 139e Rue, ou peut-être dans l'une des rues adjacentes conduisant à Broadway. C'est donc dans ce quadrilatère qu'il nous faut poursuivre nos recherches.

— Cette hypothèse restreint notre champ d'investigation, c'est vrai, mais il nous reste tout de même plusieurs centaines, voire des milliers d'immeubles à fouiller, s'inquiéta O'Shaughnessy.

— Mille trois cent cinq, pour être tout à fait précis. Ce qui m'amène à ces petits éclats de verre.

Pendergast fit une nouvelle fois le tour de la table avant de saisir l'un des fragments de verre à l'aide d'une pince à épiler à bouts caoutchoutés.

— J'ai analysé les substances résiduelles trouvées sur ce morceau de verre. Il avait été soigneusement lavé, mais les techniques actuelles permettent de retrouver la trace de particules infinitésimales. C'est ainsi que j'ai découvert sur ce fragment un curieux mélange chimique, identique à celui présent sur les éclats prélevés par mes soins dans le souterrain de

Catherine Street. Un mélange pour le moins inquiétant, quand on s'y intéresse de plus près. On décèle en particulier la présence d'un composant chimique fort rare, l'alumino-phosphocyanate. Entre 1890 et 1918, c'est-à-dire à l'époque où Leng travaillait dans son laboratoire de Doyers Streets, seuls cinq détaillants étaient en mesure de fournir les ingrédients nécessaires à la fabrication d'un tel produit. Le sergent O'Shaughnessy m'a été d'un grand secours en la matière, nous permettant de retrouver leurs adresses.

Il plaça cinq points rouges sur la carte à l'aide de son feutre.

— Par hypothèse, nous dirons que le docteur Leng se fournissait à l'endroit le plus commode pour lui. Comme vous pouvez le constater, aucun de ces détaillants ne se trouve à proximité immédiate de son laboratoire ; nous pouvons donc en déduire qu'il achetait ses produits chimiques près de chez lui. Que constatons-nous ? Qu'il existe trois détaillants dans le West Side, dont le premier, situé ici, est fort éloigné de son domicile.

Il traça des croix sur les points éliminés.

— Il nous reste deux endroits possibles, mais lequel ?

Cette fois encore, ses deux compagnons gardèrent le silence, et Pendergast, reposant le fragment de verre d'un geste méticuleux, fit le tour de la table avant de se planter devant le plan.

— Eh bien, si je me mets à la place de Leng, je dirais aucun des deux. Je m'explique. L'alumino-phosphocyanate étant un poison particulièrement dangereux, quiconque chercherait à s'en procurer aurait toutes les raisons d'attirer l'attention sur lui. C'est-à-dire précisément ce que Leng voulait éviter à tout prix. Je pense donc qu'il s'approvisionnait chez le chimiste le plus éloigné des lieux où il avait ses habitudes : son domicile, le Muséum, son laboratoire. Bref, un endroit où personne ne serait susceptible de le reconnaître. Si mon raisonnement est le bon, il nous reste un seul endroit : New Amsterdam Chemists, situé sur la 12e Rue Est.

Il dessina un cercle autour du point rouge concerné.

— Si je ne me suis pas trompé, c'est là que Leng se fournissait en composants chimiques.

Pendergast, marchant de long en large comme un lion en cage devant le plan, poursuivit après un court moment de silence :

— Par un heureux effet du hasard, il se trouve que le magasin New Amsterdam Chemists existe toujours. Peut-être ses propriétaires ont-ils conservé des archives, ou même des souvenirs de cette époque maintenant lointaine.

Il se tourna brusquement vers O'Shaughnessy.

— Je souhaiterais vous confier cette mission. Il s'agit de rendre visite à cet établissement afin de compulser ses archives. Au besoin, interrogez les personnes âgées qui ont grandi dans les environs. Une enquête de routine, en quelque sorte.

— Pas de problème, inspecteur.

Pendergast, le front plissé, poursuivait déjà son raisonnement :

— Je suis convaincu que le docteur Leng n'habitait pas dans l'une des rues perpendiculaires à Riverside Drive, ce qui voudrait dire que son domicile était situé sur Riverside Drive. Une supposition qui limite considérablement nos recherches, puisqu'il ne nous reste guère qu'une centaine de bâtiments à examiner.

— Comment pouvez-vous savoir que Leng habitait Riverside Drive ? demanda O'Shaughnessy, étonné.

— Tout simplement parce que Riverside Drive était une adresse particulièrement recherchée par la bourgeoisie de l'époque. Il suffit de voir le nombre impressionnant de maisons de maître qui s'y trouvent encore. La plupart d'entre elles ont été divisées en appartements, quand elles n'ont pas été laissées à l'abandon, mais elles ont toutes conservé un peu de leur splendeur passée. Je n'imagine pas un homme comme Leng habitant une maison quelconque dans une petite rue. Il avait de l'argent, beaucoup d'argent. Croyez-moi, j'y ai longuement réfléchi. Jamais il n'aurait acheté une petite maison, au risque que le premier voisin venu vienne lui gâcher la vue. Il aura cherché un endroit lumineux, agréable à vivre, donnant sur l'Hudson. J'en suis *certain.*

— Mais *comment* pouvez-vous en être aussi sûr ?

Nora s'interposa soudain, donnant la clé du mystère :

— J'ai compris. Tout simplement parce qu'il avait l'intention de vivre là, *très, très longtemps*.

Un silence de plomb s'installa dans la pièce, que Pendergast finit par rompre avec un petit sourire :

— Bravo, Nora.

S'approchant du plan, il traça une ligne le long de Riverside Drive entre la 110e et la 139e Rue.

— C'est ici que nous trouverons le docteur Leng, fit-il.

— Vous voulez dire, la *maison* de Leng, précisa O'Shaughnessy.

— Non, riposta l'inspecteur d'un ton sans réplique. J'ai bien dit *le docteur Leng.*

CAUDA EQUINA

46

William Smithback s'installa en soupirant sur l'une des vieilles banquettes en bois de la Blamey Stone Tavern. Ce café, situé juste en face du Muséum d'histoire naturelle, était l'un des repaires habituels des employés du musée ; ils avaient même surnommé l'endroit « Les Vieux Os » en hommage à son propriétaire qui s'évertuait, depuis des années, à accrocher des ossements de toutes sortes et de toutes tailles sur les murs de son établissement. Certains esprits malins affirmaient même que la police pourrait bien retrouver la moitié des personnes disparues à New York depuis vingt ans le jour où elle ferait analyser les reliques murales des Vieux Os.

Smithback traînait aux Vieux Os depuis des années, comme pouvaient en témoigner ses carnets de notes maculés de taches de bière. C'est là, sur son ordinateur portable, qu'il avait rédigé la plupart de ses livres, notamment celui consacré aux meurtres du Muséum ou encore celui du massacre dans le métro. Les Vieux Os était un peu sa deuxième maison, un rempart contre les injustices du monde. Mais aujourd'hui, Smithback était d'humeur si morose que rien n'aurait pu le réconforter. Il se souvenait d'un personnage, peut-être dans une pièce de Brendan Behan, qui se noyait dans l'ombre de sa soif. Ce soir, la formule lui convenait parfaitement.

C'était la pire semaine de toute son existence, depuis sa brouille avec Nora jusqu'à son interview ratée avec Fairhaven. Là-dessus, son vieil ennemi Bryce Harriman lui avait donné le coup de grâce en le coiffant au poteau à deux reprises avec ses articles dans le *Post* : une première fois au sujet de cette touriste assassinée à Central Park, quelques jours plus tard avec son papier sur les cadavres retrouvés dans le sous-sol de Doyers Street. C'était pourtant Smithback qui avait levé ce lièvre-là, mais ce faux cul de Harriman avait obtenu des tuyaux en exclusivité, Dieu seul savait comment. Un comble, quand on sait que les squelettes avaient été découverts par la propre petite amie de Smithback. Ce soir, Smithback avait décidé de se noyer dans l'ombre de sa soif.

Il fit signe au garçon. Avec son air de chien battu, le serveur était à peu près aussi gai que Smithback.

— Comme d'habitude, m'sieur Smithback ? fit-il d'une voix traînante.

— Non. Vous avez encore de ce Glen Grant de cinquante ans d'âge ?

— Du vieux whisky à trente-six dollars le verre, oui m'sieur, répondit l'autre d'un ton sinistre.

— C'est bon. Moi aussi, je me sens vieux ce soir.

Le garçon se perdit dans la fumée épaisse du bar. Smithback regarda sa montre avant de faire des yeux le tour de la salle, visiblement contrarié. Fidèle à son habitude, il avait pris la précaution d'arriver en retard à son rendez-vous afin de ne pas avoir à attendre, mais la manœuvre avait fait long feu car O'Shaughnessy n'était toujours pas là. Smithback avait une sainte horreur des gens qui étaient encore plus en retard que lui ; d'un autre côté, il détestait les gens ponctuels, ce qui faisait une juste moyenne.

Le garçon réapparut devant lui avec un verre à cognac contenant un doigt d'un liquide ambré qu'il déposa religieusement devant Smithback.

Celui-ci remua le verre d'un mouvement tournant et huma précieusement l'arôme du vieux malt, retrouvant le bouquet fumé de tourbe et le goût granitique de l'eau des Highlands – pour reprendre une formule chère aux Écossais. Il se sentait déjà mieux. En reposant son verre, il vit le patron, Boylan, tendre un bras long et sec au-dessus du bar pour servir un cocktail de bières à un client. Juste derrière lui, il aperçut le visage d'O'Shaughnessy qui venait d'entrer et le cherchait des yeux dans la salle. Smithback lui fit un grand signe, essayant de ne pas faire attention au costume en polyester du sergent, qui brillait malgré la lumière tamisée et la fumée de cigare. Comment pouvait-on s'habiller aussi mal ?

— V'la notr'homme, fit Smithback, imitant tant bien que mal l'accent irlandais pour accueillir son compagnon.

— Ben ma foi ouais, répliqua l'autre en se glissant sur la banquette, face au journaliste.

Le garçon était déjà là, prêt à prendre la commande en bon chien fidèle.

— La même chose, dit Smithback avant d'ajouter : Vous savez, le douze ans d'âge.

— Bien, msieur, fit le serveur.

— Vous buvez quoi ? s'enquit O'Shaughnessy.

— Du Glen Grant. Un vieux malt. Le meilleur de tous. C'est ma tournée.

— Vous voulez dire qu'vous allez m'faire avaler c'te poison de cochon d'presbytérien écossais ? rétorqua O'Shaughnessy avec son plus pur accent irlandais. C'est encore pire que d'écouter du Verdi en allemand. Je préfère encore un bon vieux Powers.

Smithback frissonna de dégoût.

— Du Powers ? Quelle horreur. Le whisky irlandais, c'est bon pour les moteurs de bagnoles. Les irlandais ont les meilleurs écrivains et les Écossais les meilleurs whiskies. À chacun ses gloires.

Le garçon revint avec un deuxième verre à cognac que O'Shaughnessy huma en faisant la grimace avant d'y tremper les lèvres.

— Buvable, finit-il par concéder avant d'en reprendre une petite gorgée.

Smithback l'observait à la dérobée. Jusqu'à présent, O'Shaughnessy ne lui avait pas donné grand-chose en échange des informations qu'il lui avait communiquées sur Fairhaven. Mais ça ne l'empêchait pas de le trouver plutôt sympathique. O'Shaughnessy avait une vision à la fois cynique et fataliste de la vie qui n'était pas pour lui déplaire.

— Alors, quoi de neuf ? finit-il par demander en se calant confortablement sur la banquette.

Le visage du sergent se voila.

— Je me suis fait virer.

Smithback se redressa aussitôt, intrigué.

— Quoi ? Et quand ça ?

— Hier. Enfin, pas exactement viré. Techniquement, j'ai été mis à pied. Ils ont l'intention de me coller une enquête administrative sur le dos. Tout ça reste entre nous, ajouta-t-il en regardant le journaliste dans le blanc des yeux.

— Bien sûr.

— Je passe la semaine prochaine en commission paritaire, mais je n'ai pas beaucoup d'espoir.

— Tout ça parce que vous avez travaillé pour le FBI ?

— Custer est furax. Il a l'intention de ressortir du placard une vieille histoire. Du fric que je n'aurais pas dû accepter il y a cinq ans. Si on ajoute à ça une accusation d'insubordination et de refus d'obéissance, je n'ai aucune chance de m'en tirer.

— Quel salaud, ce Custer.

Le sergent ne répondit pas. *Et merde !* songea Smithback. *Un informateur de moins. C'est bien ma chance. Pour une fois que je tombais sur un type sympa.*

— Du coup, je travaille pour Pendergast, reprit O'Shaughnessy d'une voix sourde, réchauffant son verre entre ses mains.

Smithback ouvrit des yeux ronds.

— Pendergast ? Comment ça se fait ?

Avec un peu de chance, tout n'était pas perdu.

— Sherlock avait besoin d'un docteur Watson. Quelqu'un susceptible de renifler dans les coins à sa place. C'est ce qu'il m'a dit, en tout cas. Demain, je dois faire ma petite enquête sur la pharmacie de Greenwich Village où Leng se procurait ses composants chimiques.

— C'est vrai ?

Voilà qui changeait la donne. À partir du moment où O'Shaughnessy ne travaillait plus pour la police de New York, il n'avait plus aucune raison de faire des cachotteries à la presse.

— Si vous trouvez quelque chose, faites-le moi savoir, poursuivit Smithback.

— Ça dépend.

— Que voulez-vous dire ?

— Ça dépend de ce que vous nous donnez en échange.

— Je ne comprends pas.

— Vous êtes bien journaliste, non ? En clair, vous enquêtez, vous aussi.

— Bien sûr. Je suis né avec un crayon dans la main. Mais vous avez besoin de quoi, exactement ? Et puis, ça m'embête, à cause de Nora.

— Elle n'en saura rien. Pendergast non plus.

Smithback était de plus en plus étonné, mais comme O'Shaughnessy n'avait pas l'air décidé à lui en dire davantage… *Inutile d'insister, je risquerais de le braquer,* pensa-t-il. *Autant attaquer la falaise par un autre côté.*

— Alors, vous avez pensé quoi de mon dossier sur Fairhaven ?

— Un bon gros dossier. Merci.

— Ouais, mais un bon gros dossier vide, j'en ai bien peur.

— Pendergast avait pourtant l'air content. Il m'a même dit de vous féliciter.

— Pendergast est un type bien, répliqua Smithback prudemment.

O'Shaughnessy hocha la tête et trempa les lèvres dans son verre.

— C'est vrai. D'un autre côté, on a toujours l'impression qu'il cache quelque chose. Il n'arrête pas de nous dire de faire très attention, que notre vie est en danger et tout le tralala, sans donner plus de détails. Et puis tout d'un coup, il sort un truc énorme.

O'Shaughnessy s'approcha du journaliste avant d'ajouter :

— Et c'est là que je pourrais avoir besoin de vous.

Smithback avait bien fait d'attendre.

— Moi ?

— Oui, je voudrais que vous fassiez une petite enquête pour moi.

Il marqua une légère hésitation :

— J'ai peur que sa blessure ne l'ait un peu perturbé. Quand il m'a fait part de sa petite théorie, j'ai failli tout laisser tomber. Une théorie complètement folle.

— Ah oui ? Et pourquoi ? demanda Smithback en sirotant son whisky d'un air dégagé.

Il n'était pas question d'effaroucher son interlocuteur. Il connaissait suffisamment Pendergast et savait d'expérience que ses théories n'étaient pas toujours aussi folles qu'elles en avaient l'air.

— C'est vrai que cette affaire m'intéresse depuis le début, mais d'un autre côté, je n'ai pas l'intention de passer pour un cinglé.

— C'est tout à votre honneur. Alors, cette fameuse théorie ?

O'Shaughnessy hésitait visiblement à dire ce qu'il avait sur le cœur.

Mais parle, bordel ! se disait Smithback en serrant les dents. Peut-être qu'un autre verre l'aiderait à se déboutonner.

— La même chose, dit-il en faisant signe au garçon.

— Un Powers pour moi.

— Comme vous voulez. C'est moi qui paye.

Ils attendaient en silence le retour du garçon lorsque O'Shaughnessy demanda :

— Comment ça se passe au journal ?

— Mal. Je me suis fait piquer la vedette deux fois par un type du *Post*.

— J'ai vu ça.

— Je dois dire qu'un petit coup de pouce m'aurait aidé, Patrick. C'était sympa de me téléphoner pour l'affaire de Doyers Street, mais il aurait fallu me faire rentrer.

— Attendez une minute. Mon boulot, c'est de vous refiler le tuyau ; le vôtre, c'est de vous démerder pour rentrer.

— Et Harriman, alors ? Comment a-t-il fait pour entrer ?

— Je n'en sais rien. Tout ce que je sais, c'est que le préfet de police et le maire ne peuvent pas vous sentir. Ils sont persuadés que c'est à cause de vous qu'on se retrouve avec tous ces crimes.

Smithback prit son air le plus misérable.

— En tout cas, ma carrière au journal est foutue.

— Pas pour un scoop raté.

— *Deux* scoops ! Vous savez, Patrick, ne vous faites pas d'illusions. C'est un monde de rats. Celui qui ne bouffe pas l'autre se fait bouffer.

O'Shaughnessy eut un petit rire sardonique.

— Croyez-moi, c'est partout pareil, y compris dans la police.

Puis il ajouta avec amertume :

— Je suis payé pour le savoir.

Smithback profita de la vulnérabilité de son compagnon pour se pencher vers lui d'un air de conspirateur. Il était temps de passer à l'attaque.

— Alors, cette fameuse théorie de Pendergast ?

O'Shaughnessy but une gorgée de whisky avant de se lancer :

— Si je vous dis tout, promettez-moi de m'aider, même si ce que je vais vous raconter vous paraît incroyable.

— Croix de bois, croix de fer, mon vieux. Tout ce que vous voulez.

— Vous me jurez de ne rien dire à personne ? En tout cas pour l'instant ?

Se faisant violence, Smithback jura.

— OK. De toute façon, jamais votre journal n'accepterait de publier ça.

De mieux en mieux. Smithback en salivait d'avance.

— Eh bien voilà : Pendergast est persuadé que ce Leng est toujours en vie. Il pense qu'il a réussi à mettre au point sa fameuse formule de jouvence.

Smithback, estomaqué, retombait de quinze étages.

— Mais enfin, Patrick, c'est n'importe quoi ! Cette histoire ne tient pas debout.

— Je vous avais prévenu.

Smithback était au trente-sixième dessous. Pendergast était devenu fou. Tout le monde savait que le Chirurgien se contentait d'imiter les crimes de Leng. Personne n'allait jamais gober cette histoire de savant fou capable de survivre cent cinquante ans. Il se prit la tête entre les mains.

— Comment Pendergast peut-il croire un truc pareil ?

— L'examen des ossements retrouvés dans l'appartement de Doyers Street, le rapport du médecin légiste sur les victimes de Catherine Street et l'autopsie de Doreen Hollander semblent indiquer qu'une seule et même technique a été utilisée. Il ne s'agirait pas d'un simple imitateur.

Smithback secoua la tête :

— Vous voulez me faire croire que Leng n'a jamais cessé de tuer depuis plus d'un siècle ?

— Pas moi. Pendergast, oui. Il est persuadé que ce cinglé vit toujours du côté de Riverside Drive.

Smithback, jouant machinalement avec une pochette d'allumettes, ne disait rien. S'il était sûr d'une chose, c'est que Pendergast avait besoin de faire une cure de sommeil. Il fallait être drôlement surmené pour s'imaginer des trucs pareils !

— Il a demandé à Nora de fouiller les archives de la ville à la recherche de toutes les maisons antérieures à 1900 qui n'ont pas encore été transformées en appartements sur Riverside Drive. De son côté, il essaye de dresser la liste des maisons dont les propriétaires n'ont pas changé depuis longtemps. Tout ça pour retrouver Leng.

Quel gâchis ! se disait Smithback. *Un type comme Pendergast, perdre la boule à ce point.*

Il vida son verre d'un trait, sans prendre le temps de savourer son whisky.

— N'oubliez pas ce que vous m'avez promis, reprit O'Shaughnessy. Je compte sur vous pour passer au peigne fin les vieilles éditions du *Times*. Il faut vérifier les nécros, n'importe quoi, des fois que Pendergast ait raison.

— Oui, bien sûr, répondit le journaliste sans conviction.

Quelle plaisanterie ! Il en venait même à regretter d'avoir accepté ce marché de dupes.

— Merci, je savais que je pouvais compter sur vous, fit O'Shaughnessy, rassuré.

Smithback mit la pochette d'allumettes dans sa poche et appela le garçon.

— Je vous dois combien ?

— Quatre-vingt-douze dollars, m'sieur, répondit le serveur avec son air de chien battu.

Aucune addition, bien évidemment. Smithback était convaincu que le type s'en mettait la moitié dans la poche.

— Quatre-vingt-douze dollars ! s'exclama O'Shaughnessy. Vous avez bu combien de verres avant que j'arrive ?

— Le plaisir se paie cher dans la vie, Patrick, répliqua tristement Smithback. C'est particulièrement vrai du vieux malt.

— Quand on pense à tous les pauvres mômes qui crèvent de faim !

— Quand on pense à tous les pauvres journalistes qui ont soif ! Le prochain coup, c'est vous qui payez. Surtout si vous avez d'autres histoires à dormir debout à me raconter.

— Je vous avais prévenu. Pas de problème pour la prochaine fois, tant que vous buvez du Powers. En bon Irlandais qui se respecte, j'aimerais mieux me faire couper en morceaux plutôt que de payer quatre-vingt-douze dollars pour du whisky des Highlands. Il faut être écossais pour arnaquer les gens comme ça.

Smithback avait la tête ailleurs en s'engageant sur Colombus Avenue. Soudain, il s'arrêta au beau milieu du trottoir. La théorie de Pendergast était peut-être folle, mais il venait d'avoir une idée. Avec les crimes du Chirurgien et l'histoire de Doyers Street, personne n'avait pensé à s'intéresser vraiment à Leng. Qui était réellement ce type ? D'où venait-il ? Où avait-il fait ses études de médecine ? Quels étaient concrètement ses rapports avec le Muséum ? Où vivait-il ?

Enfin une idée !

En exclusivité pour le Times, *l'histoire du docteur Enoch Leng, le tueur fou.*

Smithback tenait enfin l'article qui allait lui permettre de se refaire une virginité au journal.

Plus il y pensait, plus il était convaincu que l'idée était excellente. Ce type-là avait précédé Jack l'Éventreur. *Enoch Leng : portrait du premier tueur en série de l'histoire des États-Unis.* Avec un article comme ça, il avait toutes les chances de faire la une du *Sunday Times Magazine.* Et il faisait d'une pierre deux coups en se documentant sur Leng tout en effectuant les recherches promises à O'Shaughnessy, sans trahir le moindre secret. Il finirait même par savoir quand précisément Leng était mort, tordant le cou à la fameuse théorie de Pendergast.

Smithback n'avait qu'une crainte. Et si Harriman décidait de faire la même chose que lui ? Question recherches, Harriman ne lui arrivait pas à la cheville, mais il n'y avait pas une minute à perdre. Il fallait commencer par rechercher tout ce qui pouvait concerner Leng, Shottum et McFadden dans les archives du journal. Ensuite, retrouver tous les crimes ressemblant de près ou de loin à la signature de Leng. Le docteur ne s'était certainement pas arrêté aux victimes de Catherine Street et de Doyers Street, et les cadavres sans moelle épinière ne devaient pas courir les rues. S'il y en avait eu d'autres, la presse en avait très certainement parlé.

Enfin, il y avait les archives du Muséum, qu'il connaissait par cœur pour y avoir passé des journées entières à l'époque où il écrivait son bouquin. Leng avait longtemps fréquenté le Muséum, il suffisait de savoir où chercher.

Sans compter qu'il pourrait refiler le tuyau à Nora et rentrer dans ses bonnes grâces si jamais il retrouvait l'adresse de Leng. Et qui sait ? L'enquête de Pendergast repartirait peut-être, avec en ligne de mire le Chirurgien.

Tout bien réfléchi, la soirée lui avait peut-être coûté cher, mais elle n'avait pas été inutile.

47

La 12e Rue Est ressemblait aux autres rues de Greenwich Village, avec juste ce qu'il fallait de punks, de poètes maudits et de babas cool rescapés des années 1960, sans compter la faune de tous ceux qui n'avaient jamais trouvé la force, ou les moyens, de quitter le quartier. La tendance était à l'amélioration depuis quelques années, mais il restait encore trop d'immeubles à moitié en ruines, de petites boutiques hippies et de disquaires poussiéreux au goût d'O'Shaughnessy. Il ralentit le pas pour observer les passants : des touristes en vadrouille à la recherche d'émotions faciles, quelques punks vieillissants avec des crêtes de coq violettes, deux ou trois peintres en jeans tachés transbahutant leurs toiles révolutionnaires, une poignée de skinheads avec des épingles à nourrice dans le nez et des clous dans les oreilles.

O'Shaughnessy remarqua que les gens s'écartaient sur son passage, comme s'ils perçaient le flic derrière son costume civil ; un constat plutôt vexant pour un paria sous le coup d'une suspension administrative.

Il aperçut la vieille pharmacie un peu plus loin ; un petit magasin avec une devanture en brique noire, coincé entre deux immeubles abondamment tagués. La vitrine de la pharmacie, envahie de poussière, proposait un bric-à-brac de boîtes défraîchies et de publicités décolorées, illisibles depuis longtemps. Sur une vieille enseigne, on pouvait lire New Amsterdam Chemists en lettres à moitié effacées.

O'Shaughnessy fit halte devant la vitrine, se demandant comment un commerce aussi archaïque pouvait arriver à survivre, surtout avec des succursales de Duane Reade implantées à tous les coins de rue. Les clients ne se bousculaient d'ailleurs pas.

Il s'approcha et découvrit une sonnette à côté d'une inscription fanée : *Nous acceptons uniquement les règlements en liquide.* Il poussa le bouton et entendit grelotter la sonnette au fond du magasin. Quelques minutes s'écoulèrent et il s'apprêtait à recommencer lorsqu'il perçut un pas traînant de l'autre côté de la vitre encrassée. Une clé tourna dans la serrure et un très vieux monsieur lui ouvrit la porte. Il avait beau porter des vêtements masculins et avoir le crâne aussi lisse qu'une boule de billard, son visage androgyne fit douter un instant O'Shaughnessy qu'il s'agît d'un homme.

Sans un mot, l'étrange personnage tourna les talons et O'Shaughnessy le suivit à l'intérieur, intrigué. Il s'attendait à trouver une pharmacie américaine à l'ancienne avec sa buvette et ses rayonnages de boîtes d'aspirine et de baumes miracle, et découvrit à la place un fatras de pots en verre et de bocaux poussiéreux, couverts de toiles d'araignées. Il se fraya tant bien que mal un passage à travers le magasin. Son étrange hôte l'attendait derrière le comptoir, debout devant une impressionnante pharmacopée rangée dans des tiroirs en bois soigneusement étiquetés : amarante, noix vomique, ortie, verveine, ellébore, solanacée, narcisse, bourse-à-pasteur… Un peu plus loin s'étageaient des centaines de flacons et d'éprouvettes, alignés au-dessus de bocaux remplis de substances chimiques, toutes identifiées à même le verre au crayon feutre. Un vieux traité d'herboristerie traînait sur le comptoir.

L'homme – si c'en était un – regardait O'Shaughnessy d'un air interrogateur.

— Bonjour, je m'appelle Patrick OShaughnessy et je mène une enquête pour le compte du FBI, fit le sergent en sortant sa toute nouvelle carte professionnelle. J'aurais souhaité vous poser quelques questions.

L'homme regarda longuement la carte d'un air soupçonneux, et O'Shaughnessy crut un instant qu'il allait remettre en cause son authenticité, mais le pharmacien se contenta de hausser les épaules.

— Quel genre de clients avez-vous ?

— Surtout des wiccans, répondit l'homme sans enthousiasme.

— Des quoi ?

— Des adeptes de la religion wicca. Des sorciers, si vous voulez.

— Vous voulez dire des passionnés d'ésotérisme ?

Le vieil homme hocha la tête.

— Autrement, vous avez une clientèle de médecins, par exemple ?

— Non, pas du tout. Des chimistes, parfois, des gens qui s'amusent à faire des expériences, ou alors des gens qui suivent des régimes alimentaires particuliers.

— Vous n'avez jamais remarqué un homme habillé bizarrement ? Tout en noir, avec un chapeau melon, comme dans le temps ?

— Ils s'habillent tous bizarrement, vous savez, fit l'homme en désignant la rue d'un geste vague.

O'Shaughnessy hésita un instant avant de reprendre :

— Je mène une enquête sur des crimes commis au début du XXe siècle. Je me demandais si vous auriez encore des archives ou des listes de clients datant de cette époque.

— Ça se pourrait, répliqua l'homme d'une voix aiguë.

— Que voulez-vous dire ? demanda O'Shaughnessy, intrigué par l'ambiguïté de la réponse.

— Le magasin a brûlé en 1924. Quand il a été reconstruit, mon grand-père, qui tenait la boutique à l'époque, a décidé de garder ses vieux papiers dans un coffre. Par la suite, mon père a repris l'affaire, mais il ne se servait guère du coffre, sinon pour garder de vieux effets de mon grand-père. Et il est mort il y a trois mois.

— Toutes mes condoléances, fit O'Shaughnessy. Comment est-il mort ?

— Une attaque, d'après les médecins. Quoi qu'il en soit, j'ai reçu la visite d'un antiquaire qui a fait le tour du magasin et qui m'a acheté quelques vieux meubles. Quand il a vu le coffre, il m'a proposé beaucoup d'argent, au cas où on y découvrirait des objets de valeur. Alors j'ai fait venir un serrurier qui l'a percé.

L'homme renifla.

— Malheureusement, il n'y avait pas grand-chose. À dire vrai, j'espérais un peu trouver de vieux dollars en or, ou peut-être des titres. Rien de tout ça, et ce monsieur est reparti les mains vides.

— Mais alors, que contenait le coffre ?

— De vieux dossiers, des registres, rien de très intéressant. C'est pour cette raison que je vous ai répondu « ça se pourrait ».

— J'aurais bien aimé jeter un œil à ce coffre, si ça ne vous dérange pas.

— S'il n'y a que ça pour vous faire plaisir, rétorqua le vieux pharmacien avec un haussement d'épaules. Suivez-moi.

De son pas traînant, il entraîna le policier dans une arrière-boutique mal éclairée. Au milieu d'un capharnaüm de vieilles caisses et de boîtes en carton moisies, O'Shaughnessy découvrit un coffre de couleur verte d'à peu près un mètre cinquante de haut. Un trou béant défigurait la porte blindée, à l'endroit où le serrurier avait percé le métal au chalumeau.

Le pharmacien ouvrit le coffre et s'effaça pour laisser s'avancer O'Shaughnessy. Celui-ci s'agenouilla afin de regarder à l'intérieur, mais il faisait trop sombre pour que le sergent puisse voir quoi que ce soit…

— Vous pourriez faire un peu de lumière ? demanda-t-il.

— Non, à part le plafonnier, il n'y a rien d'autre ici.

— Vous avez peut-être une lampe de poche.

L'homme fit non de la tête avant d'avoir une idée.

— Attendez une petite seconde.

Il s'éloigna en traînant des pieds et revint quelques instants plus tard avec une chandelle allumée, plantée dans un bougeoir de cuivre.

O'Shaughnessy n'en revenait pas. Il remercia son hôte en réprimant un sourire et lui prit le bougeoir des mains pour s'éclairer.

Le coffre avait beau être énorme, il était quasiment vide. O'Shaughnessy en fit un inventaire rapide à la lueur de la chandelle : des piles de vieux journaux, quelques documents jaunis ficelés ensemble, une bonne vingtaine d'anciens registres, deux cahiers à reliure de plastique rouge visiblement plus récents, une demi-douzaine de boîtes à chaussures étiquetées et datées.

O'Shaughnessy posa le bougeoir par terre et s'empara avidement des vieux registres. Dans le premier, il trouva l'inventaire manuscrit du magasin pour l'année 1925, rédigé d'une écriture en pattes de mouche. Les autres volumes contenaient les inventaires semestriels de la pharmacie jusqu'en 1942.

— Quand votre père a-t-il repris le magasin ? demanda-t-il.

L'homme réfléchit quelques instants avant de répondre :

— C'était pendant la guerre, en 1941 ou 1942, je ne sais plus bien.

Les dates correspondaient. O'Shaughnessy remit les registres à leur place et feuilleta les vieux journaux sans y trouver le moindre indice.

Il déplaça le bougeoir pour mieux y voir et saisit les liasses de vieux papiers, sans trop y croire. Il s'agissait essentiellement de factures de fournisseurs datant toutes de la même période, entre 1925 et 1942.

Les registres en plastique rouge étant trop récents pour ce qu'il recherchait, il ne restait guère que les cartons à chaussures. O'Shaughnessy prit la première boîte et l'ouvrit après l'avoir sommairement époussetée. Il s'agissait de vieilles déclarations d'impôts.

— Et merde, se dit-il en reposant la boîte avant d'en ouvrir une autre au hasard : même chose.

Accroupi devant le coffre, tenant le bougeoir d'une main et la boîte à chaussures de l'autre, O'Shaughnessy ne cachait pas sa déception. Il comprenait maintenant pourquoi l'antiquaire était reparti bredouille. *Qui ne tente rien n'a rien*, finit-il par se dire.

Au moment de replacer la boîte dans le coffre, son regard s'arrêta à nouveau sur les registres rouges. Quelque chose le chiffonnait : le pharmacien lui avait dit que son père se servait du coffre uniquement pour les affaires du grand-père. Des reliures en plastique pour des documents antérieurs à 1942 ? Décidément, ça ne collait pas.

Par acquit de conscience, il saisit le plus proche et l'ouvrit, découvrant des feuilles jaunies, à moitié rongées par le feu.

Il tourna la tête et vit que le pharmacien vaquait à ses occupations un peu plus loin. Il prit les deux volumes rouges sous le bras et se redressa en soufflant la bougie.

— Pas grand-chose d'intéressant, fit-il d'une voix maussade. À tout hasard, j'emporte ces deux registres pour les regarder tranquillement au bureau. Je vous les rapporte dans quelques jours. Si vous êtes d'accord, bien sûr. Ça évitera de remplir des tonnes de paperasses et de devoir attendre l'ordonnance du tribunal.

— Une ordonnance du tribunal ? s'inquiéta aussitôt le vieil homme. Allez-y, prenez tout ce que vous voulez.

En sortant du magasin, O'Shaughnessy s'arrêta un instant pour épousseter ses vêtements. Le ciel était menaçant et les premières lumières commençaient à briller dans les cafés et les ateliers d'artistes. Le tonnerre grondait dans le lointain. O'Shaughnessy releva le col de sa veste et cala les deux registres rouges sous son bras tout en pressant le pas.

De l'autre côté de la rue, un homme coiffé d'un chapeau melon, tapi dans l'ombre d'une entrée d'immeuble, suivait O'Shaughnessy du regard. S'appuyant sur une canne, il traversa lentement la rue en regardant à gauche, puis à droite, avant de se diriger vers la devanture du New Amsterdam Chemists.

48

Bill Smithback adorait travailler à la « morgue » – le surnom donné à la salle des archives du *New York Times.* Il aimait l'atmosphère studieuse qui régnait dans cette pièce très haute de plafond, fraîche en toutes saisons, meublée d'étagères métalliques ployant sous le poids des reliures de cuir. Ce matin-là, la salle des archives était vide. La plupart des confrères de Smithback préféraient la froideur aseptisée de l'archivage informatique. Les vingt-cinq dernières années du journal pouvaient être consultées sur écran, et ceux qui avaient besoin d'avoir accès aux éditions antérieures trouvaient généralement ce qu'ils cherchaient sur microfilms. Smithback faisait partie d'une poignée de nostalgiques qui croyaient encore aux vertus du papier et ne trouvaient leur bonheur qu'en feuilletant longuement les pages jaunies des vieilles éditions. Il était rare qu'il ne découvre pas, au détour d'une page, une information qu'il n'aurait jamais relevée sur écran.

Le rédacteur en chef du *Times* lui avait donné son feu vert du bout des lèvres lorsque Smithback lui avait annoncé son intention de faire le portrait de Leng, ce qui était bon signe. En quittant le bureau du rédac' chef, celui-ci s'était contenté de lui recommander d'une voix morne :

— Arrange-toi pour écrire un truc un peu plus passionnant que ton papier sur Fairhaven. Cette fois, je veux du biscuit, c'est compris ?

Smithback était reparti confiant, sachant déjà qu'il n'aurait aucun mal à faire mieux ; le destin de Leng était autrement plus accrocheur que celui de Fairhaven.

Il s'était installé à la morgue en début d'après-midi, se plongeant avec délectation dans l'odeur très particulière d'encre, de pâte à papier et de poussière émanant de ces vieux volumes rarement consultés. L'archiviste avait commencé par lui apporter les éditions de janvier 1881, et il trouva rapidement ce qu'il cherchait : l'incendie du cabinet Shottum. L'accident avait fait la une du journal, avec une belle gravure sur bois de l'immeuble en flammes. Le reporter de l'époque signalait que l'éminent professeur J. C. Shottum, porté disparu, avait probablement trouvé la mort dans le sinistre. On signalait également la disparition d'un certain Enoch Leng, locataire du cabinet et « assistant » de Shottum. Le journaliste n'avait visiblement pas cherché à en savoir davantage.

Smithback feuilleta le lourd volume et trouva un peu plus loin un entrefilet dans lequel il était précisé que le corps calciné retrouvé dans les décombres du cabinet était très certainement celui de Shottum. Il n'était plus question de Leng.

Smithback décida ensuite de remonter dans le temps, cherchant dans les pages locales tous les articles concernant le Muséum et le Lycéum, espérant y découvrir les noms de Leng, Shottum ou McFadden. Une recherche fastidieuse, retardée par les articles sans aucun rapport avec l'affaire que sa curiosité le poussait à lire au passage.

Quelques heures plus tard, il commençait à s'impatienter. Il avait trouvé de nombreux articles consacrés au Muséum, et même quelques-uns sur le Lycéum, Shottum. et son collègue Tinbury McFadden, mais rien ou presque sur Leng. Cest tout juste si l'on mentionnait le nom du « Professeur Enoch Leng » lors des comptes rendus de réunions du Lycéum, comme si Leng avait pris un malin plaisir à cultiver l'anonymat.

À ce train-là, j'en ai pour des semaines, se désespérait Smithback.

Il décida de s'attaquer au problème par un autre angle.

Prenant comme point de départ l'année 1917, date à laquelle Leng avait abandonné son laboratoire de Doyers Street, Smithback se mit en quête de tous les crimes susceptibles de correspondre de près ou de loin à la technique de Leng. Le *New York Times* paraissant 365 jours par an, l'effort était méritoire ; d'un autre côté, les crimes de sang étaient suffisamment rares à l'époque pour faire la une du journal, ce qui limitait sérieusement ses recherches. Il en profitait pour consulter chaque jour la rubrique nécrologique, guettant à tout hasard l'annonce de la mort de Leng, comme il l'avait promis à O'Shaughnessy.

Les meurtres ne manquaient pas, de même que les nécros intéressantes, et Smithback avançait avec une lenteur exaspérante.

Soudain, en consultant l'édition du 10 septembre 1918, il tomba sur un gros titre prometteur : *Un corps mutilé retrouvé dans un immeuble de Peck Slip*. Dans le style caractéristique de l'époque, le journaliste avait veillé à préserver la sensibilité de ses lecteurs en évitant les détails scabreux, mais la victime avait apparemment subi dimportantes mutilations à hauteur des reins.

Il prit le temps de lire tous les détails relatifs à l'affaire, convaincu de tenir enfin une piste sérieuse. Leng n'avait donc pas renoncé à ses sombres agissements, même après avoir abandonné son laboratoire de Doyers Street.

Lorsqu'il décida de s'arrêter ce soir-là, il avait relevé une demi-douzaine de crimes portant la signature de Leng, à raison d'un tous les deux ans à peu près. Il pouvait évidemment y en avoir d'autres, passés inaperçus pour une raison ou une autre, mais la technique était toujours la même : Leng s'attaquait systématiquement à de pauvres bougres sans famille, qu'il allait chercher dans les quartiers défavorisés de la ville. Une seule de ses victimes avait pu être identifiée, les autres finissant invariablement dans une fosse commune. De ce fait, la police n'avait jamais établi le moindre rapport entre tous ces meurtres.

Le dernier assassinat portant clairement la marque de Leng avait eu lieu en 1935. Si les crimes ne manquaient pas par la suite, jamais la moindre mutilation anormale n'avait été relevée.

Smithback procéda à un calcul rapide : si Leng avait une trentaine d'années à son arrivée à New York dans les années 1870, il aurait eu plus de quatre-vingt-dix ans en 1935. Pourquoi les crimes s'arrêtaient-ils brusquement ?

La réponse tombait sous le sens : Leng était mort. Smithback n'avait pas trouvé de notice nécrologique à son nom, mais ça n'avait rien de surprenant étant donné la discrétion du personnage.

En tout cas, le recoupement des dates prouvait bien que la théorie de Pendergast ne tenait pas debout.

Plus il y réfléchissait, plus il était convaincu que Pendergast ne pouvait sérieusement envisager une telle possibilité. Il avait probablement dit ça pour brouiller les pistes, ce qui était bien dans sa nature. On ne savait jamais ce qu'il pensait, ni où il voulait en venir. Smithback avait bien l'intention d'en parler à O'Shaughnessy la prochaine fois qu'il le verrait, histoire de le rassurer et de lui prouver que Pendergast n'était pas devenu fou.

Smithback passa en revue les notices nécrologiques de l'année suivante, sans rien trouver sur Leng. Il regarda soudain sa montre. Cela faisait plus de dix heures qu'il était là, mais il n'avait pas perdu son temps. Il lui restait au moins deux jours avant que son rédacteur en chef commence à s'impatienter ; peut-être même plus, s'il pouvait lui apporter la preuve qu'il « avait du biscuit ».

Il se leva de sa chaise en se frottant les mains. Maintenant qu'il savait tout ou presque des activités criminelles de Leng, il lui restait à se pencher sur son passé.

La lecture des articles les plus anciens lui avait appris que Leng travaillait parfois au Muséum en qualité de chercheur associé. Smithback, en fin connaisseur de l'histoire du musée, n'ignorait pas qu'à l'époque, les scientifiques devaient passer devant une commission avant d'avoir accès aux collections. Chaque candidat faisait l'objet d'une enquête approfondie au cours de laquelle il devait préciser la nature de son curriculum universitaire, dresser la liste de ses publications, donner ses date et lieu de naissance, son adresse... Autant d'éléments susceptibles d'ouvrir au journaliste de nouveaux horizons.

Avant la fin de son enquête, Smithback saurait tout sur Leng.

D'avance, il en frissonnait de plaisir.

49

O'Shaughnessy émergea de l'immeuble Jacob Javits, siège du FBI à New York. Il ne pleuvait quasiment plus, mais des flaques s'étaient accumulées le long des rues étroites de cette partie de Manhattan. O'Shaughnessy avait commencé par se rendre au Dakota afin de faire part à Pendergast de ses dernières découvertes, mais il n'était pas chez lui. Le sergent avait ensuite tenté sa chance au FBI, en vain. Il était à la fois impatient et déçu, sachant d'avance que l'inspecteur verrait immédiatement l'intérêt des résultats de son enquête chez le pharmacien de Greenwich Village. O'Shaughnessy était convaincu d'avoir mis la main sur un indice crucial pour l'affaire.

Il s'abrita sous l'une des colonnes de granit du bâtiment afin d'examiner une nouvelle fois les précieux livres de comptes du New Amsterdam Chemists. Des colonnes de chiffres et de noms, rédigées pour la plupart d'une encre d'un bleu passé s'étalaient sur les pages usées du vieux registre. Pour chaque transaction, le grand-père du vieux pharmacien avait méticuleusement inscrit le nom du client et la date, le type, la quantité et le prix des composants chimiques achetés ainsi que l'adresse de livraison. Les produits dangereux étaient même notés à l'encre rouge. Pendergast allait sauter de joie. Leng s'était très certainement servi d'un pseudonyme et d'une fausse adresse pour passer ses commandes, mais il avait forcément conservé le même pseudonyme à chaque fois. Et comme Pendergast avait pu établir la liste des produits dont il avait besoin, il ne serait guère difficile de retrouver sa trace en compulsant les registres. En supposant que Leng se soit servi du même pseudonyme à d'autres occasions, cet indice pouvait leur ouvrir bien des perspectives.

Après avoir jeté un dernier regard à sa trouvaille, O'Shaughnessy mit les registres sous son bras et se dirigea vers l'entrée du métro. Il était particulièrement fier d'avoir eu le réflexe de regarder ces registres en apparence sans intérêt. Les livres de comptes couvraient la période de 1917 à 1923, c'est-à-dire avant l'incendie qui avait ravagé la pharmacie. Ils avaient survécu au sinistre par miracle et le grand-père les avait gardés en l'état, jusqu'à ce que le père décide de les faire relier, bien plus tard. La reliure plastique avait failli tromper la vigilance de O'Shaughnessy, tout comme elle avait induit en erreur l'antiquaire qui les avait pris pour des documents récents. Et si le sergent n'avait pas...

O'Shaughnessy interrompit brusquement le cours de ses pensées. Un antiquaire... En y réfléchissant bien, le sergent trouvait bizarre cette histoire d'antiquaire débarquant par hasard dans cette vieille pharmacie de Greenwich Village au lendemain de la disparition du vieil homme. Et si ce dernier n'était pas mort de mort naturelle ? Et si le Chirurgien était passé avant O'Shaughnessy, à la recherche d'indices concernant Leng ? Non, c'était un peu trop tiré par les cheveux, et la chronologie ne collait pas, puisque l'imitateur de Leng n'avait commencé à tuer qu'après la publication de l'article de Smithback. O'Shaughnessy s'en voulait pourtant de ne pas avoir demandé au pharmacien de lui décrire l'antiquaire. Il pouvait toujours y retourner, à moins que Pendergast ne veuille s'y rendre avec lui.

Le sergent s'arrêta en pleine rue, s'apercevant qu'il avait machinalement dépassé la station de métro d'Ann Street. Il allait rebrousser chemin lorsqu'il hésita. Il était à deux pas de la maison où Mary Greene avait vécu, au 16 Water Street. Pendergast était déjà allé y faire un tour avec Nora, mais O'Shaughnessy ne les accompagnait pas ce jour-là ; il se serait volontiers imprégné de l'atmosphère du lieu pour mieux se mettre dans le bain. Il repensa à l'historienne à laquelle il avait rendu visite avec Pendergast au Metropolitan, à la robe de la pauvre gamine, à ce message pathétique qu'elle avait tenu à laisser derrière elle.

Il commençait à avoir faim, mais il n'était pas à dix minutes près.

Il descendit Ann Street et tourna sur Gold, sifflotant l'air de *Costa Diva* tiré de la *Norma* de Bellini.

C'était l'une de ses arias préférées, l'un des morceaux de bravoure de Maria Callas. O'Shaughnessy se sentait d'excellente humeur, redécouvrant à chaque instant les joies d'un métier auquel il ne croyait plus depuis longtemps.

Crevant les nuages, le soleil de cette fin d'après-midi dessina l'ombre du sergent devant lui. La rue était vide, et il apercevait à gauche le viaduc de South Street, les quais bordant l'East River un peu plus loin. Au fur et à mesure qu'il avançait, les immeubles de bureaux s'espaçaient pour laisser place à de vieux bâtiments à moitié en ruines.

Un petit vent froid s'engouffrait entre les façades, rendant plus agréable encore la caresse du soleil couchant sur son visage. O'Shaughnessy tourna à gauche sur John Street en direction de l'eau et aperçut les quais. Ceux qui servaient encore étaient à peu près entretenus, mais la plupart penchaient dangereusement sur leurs pilotis, quand ils ne s'étaient pas effondrés dans l'East River. Le soleil disparut à l'horizon, laissant derrière lui une traînée mauve à laquelle se mêlaient des écharpes de brouillard. De l'autre côté de l'eau, les premières lumières s'allumaient sur Brooklyn, et O'Shaughnessy accéléra le pas.

Ce n'est qu'en arrivant à hauteur de Pearl Street que O'Shaughnessy eut la nette impression d'être suivi. Avait-il perçu un bruit derrière lui, ou bien étaient-ce ses années d'expérience sur le pavé new-yorkais ? Il aurait été bien incapable de le dire, mais il décida de faire comme si de rien n'était, évitant de se retourner. Custer lui avait repris son arme de service, mais il avait pris la précaution de glisser sous sa veste son .38 Spécial personnel. Si une petite crapule comptait lui prendre son portefeuille, il trouverait à qui parler.

Il s'arrêta un instant, faisant mine de chercher son chemin dans le dédale des petites rues conduisant aux quais. Aucun doute, il était suivi. O'Shaughnessy avait appris depuis longtemps à laisser parler son intuition. Dans son métier, ceux qui manquaient d'intuition finissaient généralement entre quatre planches de sapin, avec une médaille posthume en prime. O'Shaughnessy constata avec satisfaction qu'il n'avait pas perdu la main. La police, c'est comme le vélo : ça ne s'oublie jamais.

Il poursuivit son chemin en direction de Burling Slip. Il tourna le coin de la rue, se tapit dans l'ombre d'un mur en sortant son Smith & Wesson et attendit. On entendait le clapotis de l'eau le long des quais, la rumeur des voitures dans le lointain. Quelque part, un chien aboya, mais il ne se passait rien.

Il passa discrètement la tête hors de sa cachette. Il ne faisait pas encore tout à fait nuit et la rue avait l'air déserte.

Il sortit de son renfoncement, son arme bien en évidence pour faire peur à son suiveur.

Il remit lentement le Smith & Wesson dans son étui, jeta un dernier regard autour de lui et tourna dans Water Street. Pourquoi avait-il toujours l'impression d'être suivi ? Il se demanda un instant si ses nerfs n'étaient pas en train de lui jouer des tours.

Arrivé à hauteur du numéro 16, il crut voir une ombre disparaître au coin de la rue. Oubliant Mary

Greene, il se précipita dans Fletcher Street, son arme à la main.

La rue s'étalait devant lui, sinistre et sombre. À la lueur de l'unique réverbère qui distillait un semblant de lumière un peu plus loin, il aperçut une silhouette en train de s'enfuir. Cette fois, il ne pouvait pas s'être trompé.

Il enfila la rue sur toute sa longueur au pas de course et s'arrêta en débouchant sur la ruelle suivante.

Un chat noir passa à quelques mètres de lui, la queue dressée : on n'était pas loin du marché aux poissons, ceci expliquant cela. La corne lugubre d'un remorqueur retentit à travers la brume qui s'épaississait sur l'East River.

O'Shaughnessy sourit intérieurement. Comment avait-il pu avoir peur d'un chat de gouttière ? Décidément, cette affaire était en train de lui taper sur le ciboulot.

Ses registres sous le bras, il reprit sa route en direction de Wall Street et du métro.

Un instant plus tard, il se retournait d'une pièce en sortant son Smith & Wesson. Cette fois, plus aucun doute, il avait entendu des pas derrière lui, tout près, et même un toussotement. La nuit était tombée, et les façades des vieux entrepôts ainsi que les entrées des maisons étaient plongées dans l'obscurité. Celui qui s'amusait à le filer depuis tout à l'heure n'avait pas seulement de la suite dans les idées, c'était un as. Contrairement à ce qu'il avait cru au départ, ce n'était pas le premier coupe-jarret venu. S'il avait toussé, c'était exprès, pour être bien sûr que O'Shaughnessy sache qu'il était toujours là.

Il entendait lui faire peur, histoire de mieux le piéger.

O'Shaughnessy se mit à courir. Pas par crainte, mais pour obliger son poursuivant à l'imiter. Il longea le pâté de maisons et dépassa le coin de la rue avant de s'arrêter un peu plus loin. Il revint quelques pas en arrière sur la pointe des pieds et s'enfonça dans une encoignure de porte. Il lui sembla entendre quelqu'un courir un peu plus loin et il retint son souffle, prêt à sauter sur son mystérieux suiveur.

Mais il ne se passait toujours rien. Une minute, deux minutes, cinq minutes s'écoulèrent dans le silence le plus absolu. Un taxi en maraude passa à côté de lui, ses phares trouant tant bien que mal le brouillard et la nuit. O'Shaughnessy sortit prudemment de l'ombre et jeta un regard circonspect autour de lui. Personne. Il revint lentement sur ses pas en rasant les murs. L'homme avait-il changé de stratégie ? À moins qu'il n'ait abandonné la poursuite. Ou alors c'était l'imagination du policier qui faisait des siennes.

Une silhouette jaillit d'une porte. Le temps d'un éclair, O'Shaughnessy avait une cordelette autour du cou et une cagoule sur la tête, et une odeur pharmaceutique lui envahissait le nez et la gorge. D'une main, il tenta d'arracher la cagoule tout en tirant au jugé de l'autre, mais il était trop tard. O'Shaughnessy s'enfonçait déjà dans une spirale sans fin.

L'écho du coup de feu se réverbéra dans la ruelle vide avant de s'éteindre, et le silence reprit ses droits le long des docks déserts.

50

Patrick O'Shaughnessy émergea péniblement de son endormissement, avec l'impression désagréable d'avoir un clou géant enfoncé dans la tête. Ses mains lui faisaient mal, il avait la langue pâteuse et un goût métallique dans la bouche. Il cligna des yeux et s'aperçut qu'il se trouvait dans l'obscurité complète. Encore tout hébété, il eut peur un instant d'être devenu aveugle et voulut se passer la main sur le visage pour s'assurer que tout allait bien, mais il avait les poignets attachés. Il tira sur ses bras et un bruit de métal lui répondit. Il était retenu prisonnier à l'aide de chaînes.

Il tenta de remuer les jambes, mais elles étaient également enchaînées.

Sa torpeur se dissipa aussitôt et la triste réalité lui apparut dans toute sa froideur. Les événements récents lui revenaient brusquement en mémoire : les bruits de pas derrière lui, le jeu de cache-cache dans les ruelles désertes autour de Water Street, la cagoule s'abattant sur sa tête. Pris de panique, il chercha à se débattre avant de comprendre l'inanité de ses efforts. Maîtrisant sa peur, il prit le temps de réfléchir à sa situation. *La peur est mauvaise conseillère ; on va plus loin avec sa tête qu'avec ses jambes,* se répétait- il.

Il fallait commencer par savoir où il était, et qui avait bien pu le faire prisonnier. La réponse à la première question ne posait pas de problème, il se trouvait visiblement dans une sorte de cellule. Quant à l'identité de son ravisseur, l'explication la plus probable n'était guère rassurante : il n'avait pu être enlevé que par le tueur en série, celui que la presse surnommait le Chirurgien.

Il n'eut pas le temps de méditer davantage sur le sort qui l'attendait, car un rectangle de lumière troua brusquement l'obscurité.

O'Shaughnessy était resté trop longtemps dans le noir et il mit quelques instants à s'habituer à la lumière. Regardant autour de lui, il vit qu'il se trouvait dans une petite cave aux murs humides, enchaîné à un anneau fixé à même le sol. La seule issue était une porte en fer rouillé, percée d'un guichet au travers duquel filtrait la lumière qui l'avait aveuglé. Une bouche rouge et humide apparut soudain à travers l'ouverture et une voix résonna dans la pièce vide :

— Ne vous agitez surtout pas, fit la voix d'un ton rassurant. Vous n'en avez plus pour longtemps. Inutile de résister.

Une plaque de métal se referma sur le guichet avec un bruit sec et O'Shaughnessy se retrouva plongé dans le noir.

Il entendit les pas s'éloigner dans le couloir. Il ne se faisait guère d'illusions sur le sort qui l'attendait. Il avait vu le résultat lors de l'autopsie de Doreen Hollander, et le Chirurgien ne tarderait pas à revenir pour…

N'y pense surtout pas. Essaye plutôt de trouver un moyen de t'échapper.

O'Shaughnessy faisait de son mieux pour retrouver un semblant de calme en respirant posément. Ses années dans la police lui avaient appris à faire face au danger le plus calmement possible, à ne jamais se laisser dépasser par les événements. Aucune situation n'est jamais désespérée, lui avait-on souvent répété. Les criminels les plus habiles finissent toujours par commettre une erreur.

Tout ça était quand même sa faute. La découverte des registres du pharmacien lui était montée à la tête, et il avait oublié de prendre au sérieux les recommandations de Pendergast.

Cette fois, plus aucune chance qu'il oublie la leçon.

Vous n'en avez plus pour longtemps, lui avait dit la voix. Ce qui signifiait en clair que l'inconnu ne tarderait pas à revenir. O'Shaughnessy l'attendait de pied ferme.

Il faudrait bien que le Chirurgien lui retire ses chaînes avant de l'opérer, et O'Shaughnessy en profiterait pour lui sauter dessus.

Le plan d'O'Shaughnessy était bien gentil, mais le Chirurgien n'avait rien d'un imbécile. À voir la façon dont il l'avait suivi avant de le piéger, ce type-là devait avoir des nerfs d'acier. Faire semblant de dormir ne suffirait sûrement pas à tromper sa méfiance.

D'un autre côté, O'Shaughnessy savait qu'il n'avait rien à perdre.

Il remplit longuement ses poumons à plusieurs reprises. Fermant les yeux, il se frappa violemment le front à l'aide de ses poignets enchaînés.

Le sang se mit aussitôt à couler abondamment. La blessure lui faisait mal, mais elle l'obligeait à maintenir ses sens en éveil. Il savait d'expérience que les blessures au front saignent beaucoup, et c'était précisément ce qu'il recherchait.

Il s'allongea sur le côté, comme s'il s'était blessé à la tête en s'évanouissant sur le sol. Le sol était glacé contre sa joue ; à l'inverse, le sang qui lui coulait lentement sur les paupières et le long de l'arête du nez avait une chaleur rassurante. Il fallait que ça marche. Pas question de finir ses jours comme Doreen Hollander dans une salle d'autopsie.

Une fois de plus, O'Shaughnessy faillit céder à la panique. Le Chirurgien lui avait promis une fin prochaine. Il n'allait pas tarder à revenir, il devait veiller à guetter ses pas dans le couloir. L'inconnu ouvrirait la porte, puis il lui ôterait ses chaînes, et O'Shaughnessy en profiterait pour lui sauter dessus. Non seulement il sauverait sa peau, mais il aurait la satisfaction de capturer le fou qui terrorisait New York.

Je dois rester calme. Surtout, rester calme. Les yeux fermés, les paupières collées par le sang qui s'écoulait goutte à goutte sur le sol, O'Shaughnessy s'obligea à penser à ses airs d'opéra préférés. Sa respiration s'apaisa et les accents célestes de *O Isis Und Osiris* ne tardèrent pas à traverser les murs de sa cellule, s'élevant vers le ciel et la liberté.

51

Debout sur le trottoir, un petit paquet enveloppé dans du papier kraft sous le bras, Pendergast regardait d'un air songeur les lions majestueux gardant l'entrée de la Bibliothèque municipale de New York. Manhattan venait d'essuyer une grosse averse, et les phares des taxis et des autobus se reflétaient dans les flaques d'eau, sur la chaussée. Pendergast leva les yeux sur la façade solennelle du bâtiment, avec ses colonnes corinthiennes monumentales. Il était 9 heures du soir et la bibliothèque avait fermé ses portes depuis longtemps, libérant son lot habituel d'étudiants et de chercheurs, de touristes et de poètes en mal d'éditeur.

Il jeta un dernier coup d'œil autour de lui avant de grimper lentement les marches, son petit paquet sous le bras.

Il frappa doucement à une petite porte en bronze sur le côté. L'huis s'entrebâilla aussitôt et Pendergast distingua en contre-jour la silhouette de l'un des gardiens de la bibliothèque, un grand garçon musclé avec des cheveux blonds coiffés en brosse. Il tenait à la main un exemplaire du *Roland furieux* de l'Arioste.

— Bonsoir, inspecteur, dit-il. Comment allez-vous ?

— Très bien, mon ami, je vous remercie. Alors, poursuivit-il en désignant le livre, qu'en avez-vous pensé ?

— Un ouvrage remarquable. Merci encore de vos conseils.

— Si ma mémoire ne me trompe pas, il me semblait vous avoir suggéré la traduction de Bacon.

— Oui, mais Nesmith du département microfilms en avait un exemplaire, et les autres ont été prêtés.

— Rappelez-moi de vous en faire parvenir un autre.

— Je n'y manquerai pas, inspecteur. Merci beaucoup.

Pendergast fit un petit signe de tête au jeune gardien et traversa le hall d'entrée avant de monter les marches du grand escalier de marbre. Le bruit de ses pas se répercutait dans le silence du bâtiment. Arrivé au seuil de la pièce 315, la Grande Salle de lecture, il marqua un temps d'arrêt. Plusieurs rangées de tables en bois fatiguées par le temps s'étalaient sous la lumière tamisée de plafonniers protégés par des abat-jour. Pendergast se dirigea vers le comptoir de bois sombre derrière lequel les employés de l'établissement prenaient habituellement les commandes avant de les transmettre aux magasiniers à l'aide de tubes pneumatiques. En dehors des heures d'ouverture, la pièce était vide.

Pendergast passa de l'autre côté du comptoir et se dirigea vers une petite porte, dissimulée entre deux monte-charges. Il l'ouvrit et descendit les escaliers qui s'ouvraient devant lui.

Sous la Grande Salle de lecture se trouvaient pas moins de sept niveaux de magasins. Les six premiers, très bas de plafond, étaient quadrillés de rayonnages parallèles couverts de livres. En avançant entre les rangées de livres, dans une odeur de poussière et de vieux papier, Pendergast se sentait étrangement bien, au point d'oublier sa blessure à la poitrine et l'affaire qui l'obnubilait depuis des semaines. Chaque étagère évoquait pour lui des souvenirs précieux, des découvertes littéraires qui lui avaient souvent permis d'éclaircir bien des mystères.

Mais l'heure n'était pas à la nostalgie, et Pendergast accéléra le pas avant d'arriver à un petit escalier s'enfonçant au cœur du bâtiment.

Quelques instants plus tard, il parvenait enfin au

septième et dernier niveau. Contrairement aux étages supérieurs, méticuleusement disposés selon des normes bien précises, celui-ci brillait par son désordre, dans l'enchevêtrement d'un labyrinthe indescriptible d'allées en cul-de-sac et de rayonnages épars. En dépit de la rareté des collections stockées dans ce lieu intemporel, personne n'y pénétrait jamais ou presque. Il régnait entre ces murs une atmosphère confinée que nul ne semblait jamais devoir troubler, à l'image des ouvrages entreposés là.

À peine arrivé au pied de l'escalier, Pendergast tendit l'oreille et un petit sourire étira ses lèvres en reconnaissant le murmure des colonies d'insectes papivores.

Un autre bruit venait interrompre ce repas pantagruélique à intervalles irréguliers. *Snip.*

D'un pas sûr, Pendergast se dirigea vers l'endroit d'où venait le bruit, contournant plusieurs rangées d'étagères disposées en lignes brisées.

Snip. Snip.

Le bruit était tout près maintenant, et Pendergast ne tarda pas à apercevoir un rond de lumière : une forte lampe, identique à celles que l'on trouve dans les cabinets de dentistes, inondait une longue table en bois. Divers outils encombraient l'un des côtés de la table : une seringue, une grosse bobine de ficelle, une paire de gants de coton blanc, un couteau de relieur et un tube de colle. Un peu plus loin reposait une pile d'ouvrages spécialisés : *Les Ennemis des livres* de William Blades, *l'Entomologie urbaine* de Walter Ebeling, *La Conservation des œuvres d'ail sur papier* d'Ann Clapp… Sur un chariot à côté de la table, des ouvrages plus ou moins abîmés attendaient sagement que le maître des lieux veuille bien s'occuper d'eux.

Celui-ci était assis de dos, trop préoccupé par son labeur pour prendre le temps de se retourner en entendant arriver Pendergast. De longues mèches blanches lui tombaient sur les épaules. *Snip*.

Pendergast s'appuya nonchalamment sur une étagère à une distance respectable de l'étrange personnage et frappa trois coups sur un montant métallique.

— On frappe, entendez-vous ? fit le relieur d'une voix haut perchée sans tourner la tête, citant MacBeth. *Snip*.

Pendergast frappa à nouveau.

— On y va, on y va ! poursuivit l'autre.

Snip.

Pendergast frappa une troisième fois, plus fort cette fois, et l'homme interrompit son travail en poussant un soupir d'agacement.

— Frappe, éveille Duncan ! s'exclama-t-il. Oh, que ne le peux-tu !

Puis il posa délicatement sur sa table une grande paire de ciseaux et l'ouvrage qu'il reliait avant de se retourner.

Ses sourcils broussailleux étaient aussi blancs que sa tignasse, et l'iris de ses yeux, d'un jaune brillant, lui donnait un air de lion sauvage. À la vue de Pendergast, son visage ridé s'illumina d'un sourire qui s'étira encore davantage lorsqu'il aperçut le petit paquet de papier kraft.

— Que je sois changé en statue de sel si ce n'est pas l'inspecteur Pendergast en personne. Le célébrissime inspecteur Pendergast.

L'inspecteur accepta le compliment avec une courbette.

— Vous-même, Wren, comment allez-vous ?

— Fort bien, jeune homme, fort bien. Mais j'ai tant d'enfants à guérir, et si peu de temps pour le faire, fit-il en montrant d'un geste théâtral la pile d'ouvrages sur la petite table roulante.

La Bibliothèque municipale de New York a la réputation d'être un havre d'originaux, mais aucun n'était aussi pittoresque que ce vieux docteur de livres malades dont personne ne savait rien, pas même si Wren était son nom, son prénom ou un pseudonyme. Nul n'aurait pu dire d'où il venait, depuis quand il travaillait là, ni même s'il était officiellement employé par la Bibliothèque municipale. Ne sachant pas où il prenait ses repas, on le soupçonnait de se nourrir exclusivement de colle de poisson et de papier reliure. Personne ne l'avait jamais vu quitter son antre du septième sous-sol où lui seul aurait été capable de retrouver d'une main sûre les trésors qui y dormaient.

Wren observait son visiteur de ses yeux jaunes et vifs.

— Vous n'avez pas l'air dans votre assiette, ce soir, finit-il par dire.

— Comment vous donnerais-je tort ? répliqua Pendergast sans autre explication, ce qui n'eut pas l'air de surprendre pour autant son interlocuteur.

— Voyons donc. Avez-vous trouvé votre bonheur dans… de quoi s'agissait-il, déjà ? Ah oui ! Un vieux plan de la Broadway Water Company, ainsi que des brochures consacrées au quartier de Five Points.

— Parfaitement, et je vous en sais le plus grand gré.

— Quelle merveille m'apportez-vous ce soir, hypocrite lecteur ?

Pendergast s'écarta de l'étagère sur laquelle il s'appuyait depuis le début de leur conversation et prit à deux mains son petit paquet.

— Il s'agit d'un manuscrit d'*Iphigénie à Aulis* d'Euripide, traduit du grec en latin.

Wren le regardait, impassible.

— Un exemplaire unique, enluminé à la fin du XIVe par les moines de la Sainte-Chapelle. L'une de leurs dernières œuvres avant le désastre de 1397.

Une lueur s'alluma dans le regard du vieil homme.

— Comme vous le savez, cette œuvre a eu le malheur de déplaire au pape Pie III qui, la trouvant sacrilège, en a fait brûler tous les exemplaires existants. Celui-ci possède non seulement la particularité d'avoir survécu à cet autodafé, mais également de comporter dans la marge des inscriptions et des illustrations des moines copistes faisant référence au texte disparu du mythique *Cooks Tale* de Chaucer, selon la rumeur.

N'y tenant plus, Wren tendit une main avide, mais Pendergast ajouta, serrant le livre contre lui :

— J'aurais souhaité une légère faveur en contrepartie.

— Bien évidemment, fit Wren en retirant sa main.

— Avez-vous entendu parler de la collection Wheelwright ?

Wren fronça les sourcils et secoua la tête, faisant voler ses longues mèches blanches.

— Wheelwright a présidé aux destinées du cadastre de la ville de 1866 à 1894. Il avait la réputation de tout garder, l'amenant par la suite à faire don à la Bibliothèque d'un grand nombre de documents, de circulaires, d'affiches et de journaux divers.

— D'où mon ignorance. Des papiers sans importance, à vous entendre.

— Il a également légué une somme d'argent assez importante à cette institution.

— Ce qui justifierait que ses collections existent encore.

Pendergast approuva.

— Étant donné les circonstances, il est probable que la collection ait fini par atterrir ici, poursuivit Wren.

Pendergast approuva à nouveau.

— Pourquoi vous intéressez-vous à ces papiers, hypocrite lecteur ?

— À en croire les notices nécrologiques publiées à sa mort, Wheelwright travaillait à une histoire des grands propriétaires terriens de la ville de New York lorsqu'il est décédé. Dans le cadre de ses recherches, il avait conservé copie de tous les actes de propriété d'un montant supérieur à mille dollars qui lui étaient passés entre les mains. J'aurais besoin de les examiner.

Wren l'observait d'un air songeur.

— Ouais… Mais alors, pourquoi ne pas vous les procurer auprès de l'Académie d'Histoire de New York ?

— J'ai bien tenté la chose, mais les actes de propriété qui m'intéressent ont mystérieusement disparu. Ceux de Riverside Drive, pour être plus précis. J'ai fait effectuer des recherches à l'Académie, sans succès. Le conservateur était le premier surpris de ces disparitions.

— Et l'on vient voir Wren en dernier recours.

Pour toute réponse, Pendergast lui tendit son précieux colis.

Wren s'en empara goulûment, les yeux brillants. Il tourna et retourna longuement le paquet entre ses mains avant de l'ouvrir à l'aide d'un coupe-papier. Puis il posa le manuscrit avec mille précautions sur la table avant d'enlever le papier à bulles qui le protégeait. Il semblait avoir oublié la présence de Pendergast.

— Je repasserai dans quarante-huit heures pour examiner la collection Wheelwright et reprendre mon manuscrit, fit l'inspecteur.

— C'est un peu court, répliqua Wren sans lever les yeux du manuscrit. Je ne sais même pas si cette collection existe encore.

— Je suis sûr que vous parviendrez à remettre la main dessus.

Wren marmonna des paroles inintelligibles tout en enfilant ses gants de coton. Puis il ouvrit les fermoirs ouvragés du manuscrit et se plongea dans la contemplation des enluminures.

— Wren ?

À la façon dont Pendergast avait prononcé son nom, le vieil homme se retourna.

— Oserais-je vous suggérer de chercher la collection Wheelwright d'abord, et de vous intéresser à ce manuscrit ensuite ? Souvenez-vous de ce qui est arrivé il y a deux ans.

Wren prit aussitôt un air à la fois navré et indigné.

— Mais enfin, inspecteur, vous savez bien que je m'occupe toujours de vous en priorité !

Plongeant son regard pâle dans celui de son interlocuteur, Pendergast ajouta :

— Je n'en doute pas.

Puis il disparut comme il était venu.

Wren cligna des yeux et se replongea dans l'examen du manuscrit. Il savait exactement où était rangée la collection Wheelwright. Il lui suffirait d'un quart d'heure pour aller la chercher, ce qui lui laissait très précisément quarante-sept heures et quarante-cinq minutes pour jouir en toute quiétude de ce trésor inestimable.

52

L'homme remontait Riverside Drive à petits pas précis, le bout métallique de sa canne cliquetant sur le bitume. Le soleil se levait sur l'Hudson River dont les eaux avaient viré au rose. Les arbres de Riverside Park montaient fidèlement la garde, immobiles dans l'air frais de ce petit matin d'automne. L'homme donnait l'impression de se repaître des émanations citadines qui l'entouraient : les effluves de mazout et de goudron s'élevant de l'eau, la terre humide du parc tout proche, l'odeur caractéristique des rues au lever du jour.

Il s'engagea dans l'une des voies perpendiculaires à l'avenue et s'arrêta presque immédiatement. Dans la lumière naissante, la rue était déserte. À quelques centaines de mètres de là, on entendait pourtant la rumeur du trafic sur Broadway dont on apercevait encore les lumières, mais ici, le calme le plus absolu régnait. La plupart des immeubles étaient abandonnés et des terrains vagues avaient poussé comme des champignons dans ce qui était autrefois l'un des quartiers les plus huppés de la ville. Sa propre demeure jouxtait ce qui avait été autrefois un manège hippique fort prisé des femmes de la bonne société de Manhattan. Le manège avait disparu depuis longtemps, laissant place à un petit chemin par lequel on accédait à sa propriété depuis Riverside Drive, la protégeant du bruit et des regards indiscrets. Au milieu de l'îlot de pelouse planté d'arbres délimité par cette voie d'accès, se dressait une statue de Jeanne d'Arc. C'était l'un des endroits les plus secrets de toute la presqu'île de Manhattan. Un endroit oublié de tous, sinon de lui. Un endroit présentant en outre le grand avantage d'être hanté la nuit par les gangs adolescents du quartier, lui assurant la meilleure des protections. Bref, une cachette idéale.

L'homme s'engagea sur une allée bétonnée et se glissa dans l'immense maison par une petite porte latérale. Les fenêtres ayant toutes été condamnées, aucune lumière ne filtrait à l'intérieur et l'homme emprunta à tâtons un premier couloir, puis un autre, avant d'arriver à un vaste placard dont il ouvrit le battant. Le placard était vide. Il y entra et fit tourner une poignée dissimulée sur le mur du fond, découvrant un escalier dérobé.

Au bas des marches de pierre, il s'arrêta et fit

courir ses doigts sur la paroi humide, cherchant à l'aveuglette un vieil interrupteur en faïence. Il le tourna, allumant une batterie de vieilles ampoules nues qui jetaient une lumière jaune et crue dans un souterrain aux murs recouverts de salpêtre. Tranquillement, il suspendit son manteau noir à une patère en laiton, accrocha son chapeau melon à un perroquet et déposa sa canne dans un porte-parapluies. D'un pas dont l'écho se répercutait sur les murs du souterrain, il se dirigea vers une lourde porte de fer, trouée à hauteur d'homme par un guichet rectangulaire protégé à l'aide d'un volet.

L'homme contempla quelques instants l'intérieur de la pièce, puis il prit dans sa poche une clé qu'il fit tourner dans la serrure et ouvrit la porte.

La lumière du couloir envahit une petite cellule bétonnée, éclairant d'un jour sinistre de larges taches de sang sur le sol et les murs, ainsi que des chaînes et des menottes.

La pièce était vide, bien évidemment. L'homme, un petit sourire aux lèvres, s'assura que tout était en place pour un prochain locataire.

Il referma la porte et donna un tour de clé avant de s'enfoncer plus avant dans les entrailles de la vieille maison. Quelques instants plus tard, il pénétrait dans une vaste pièce souterraine. Il alluma la lumière et s'approcha d'un lit à roulettes en acier brossé sur lequel on apercevait un attaché-case et deux registres à reliure de plastique rouge. L'homme saisit le premier qu'il feuilleta avec le plus grand intérêt. Quelle ironie du sort ! Ces vieux registres auraient dû disparaître dans les flammes il y a très longtemps. Entre de mauvaises mains, ils pouvaient faire beaucoup de mal. S'il n'était pas intervenu à temps, bien entendu. Mais tout était rentré dans l'ordre, l'incident était clos. Toute cette histoire prouvait pourtant qu'on n'est jamais assez prudent.

Il reposa le registre et souleva lentement le couvercle d'une glacière médicale, découvrant un récipient cylindrique de gros plastique gris posé sur un lit de glace sèche fumante. L'homme enfila des gants de caoutchouc, puis il sortit le récipient en plastique de la glacière, le posa sur le lit et l'ouvrit avant d'en sortir avec mille précautions un long cordon d'une matière grise et noueuse. Sans les traces de sang et d'os restées collées aux tissus de la *cauda equina,* avec son réseau dense de fibres tressées, on aurait pu la confondre avec un câble quelconque, du genre de ceux dont on se sert pour les ponts suspendus. Émerveillé, l'homme ouvrit machinalement la bouche d'un air admiratif, les yeux brillants d'excitation. À la lumière, l'étrange cordon brillait d'une lueur translucide inquiétante. L'homme le déposa prudemment dans un évier immaculé et entreprit de le nettoyer en le baignant dans de l'eau distillée, veillant à éliminer les traces de sang et les particules d'os qui y adhéraient encore. Il plaça ensuite la moelle épinière dans le bol d'un appareil électrique sophistiqué qu'il mit en route après l'avoir soigneusement refermé. Dans un crissement strident, la moelle se trouva rapidement broyée pour ne plus former qu'une pâte épaisse.

À intervalles réguliers, tout en consultant les pages d'un grand cahier, l'homme ajoutait des substances chimiques qu'il introduisait dans le bol du broyeur à l'aide d'un tuyau de caoutchouc scellé dans le couvercle de la machine. Au fur et à mesure que les minutes s'écoulaient, la pâte se clarifiait et se faisait moins compacte. Enfin, l'homme arrêta la machine et retira le bol du broyeur avec des gestes méticuleux. Il fit couler la pâte presque liquide dans un long tube d'acier brossé qu'il plaça dans une centrifugeuse dont il referma le couvercle avant de la mettre en marche. Le ronronnement du moteur s'accéléra progressivement jusqu'à atteindre un sifflement aigu.

Il fallait à l'homme très exactement vingt minutes et trente secondes pour mener à son terme le processus de centrifugation du sérum. Et ce n'était que la première étape d'une longue suite de manipulations complexes. La qualité du résultat dépendait de la précision avec laquelle il effectuerait l'ensemble de ces opérations. L'erreur la plus infime suffisait à rendre inopérant le produit final, mais maintenant que l'homme avait décidé de procéder à la dissection des sujets dans son laboratoire plutôt que sur le terrain, il ne faisait guère de doute à ses yeux que les choses se dérouleraient, sans anicroches.

Il se dirigea vers l'évier pour y prendre un grand torchon enroulé sur lui-même. Il le saisit par une extrémité et le déroula ; une demi-douzaine de scalpels couverts de sang glissèrent dans l'évier, qu'il s'appliqua à nettoyer minutieusement, presque amoureusement. Des scalpels à l'ancienne, lourds et fermes, tenant parfaitement dans la main. Sans doute pas toujours aussi pratiques que les modèles japonais actuels à lame rentrante, mais quel confort de travail ! D'une solidité à toute épreuve, toujours parfaitement aiguisés, prêts à servir en toutes circonstances. Des outils parfaits, conservant tout leur intérêt à l'heure des broyeurs automatiques et de la thérapie génique.

L'homme plaça les scalpels dans un autoclave afin de les stériliser, puis il ôta ses gants de caoutchouc et se lava méticuleusement les mains avant de les sécher à l'aide d'une serviette-éponge. Surveillant d'un œil la centrifugeuse, il se dirigea vers un petit secrétaire dans lequel il prit une feuille de papier qu'il posa sur le lit roulant, à côté de l'attaché-case. Sur la feuille, on pouvait lire cinq noms, tracés d'une écriture à la fois sobre et élégante :

Pendergast
Kelly
Smithback
O'Shaughnessy
Puck

Le dernier nom était déjà barré. L'homme tira de la poche intérieure de sa veste un stylo à encre en laque. D'un geste net, il raya le quatrième nom de la liste avec une détermination terrifiante.

53

Smithback prenait son petit déjeuner dans le café grec où il avait ses habitudes. Il avait tout le temps, puisque le Muséum n'ouvrait ses portes qu'à 10 heures. Il relut une nouvelle fois les photocopies des articles retrouvés dans les archives du *Times*, plus que jamais convaincu de la responsabilité de Leng dans tous ces vieux crimes. Tout concordait : les dates, mais aussi les habitudes géographiques du meurtrier qui semblait avoir une prédilection pour le Lower East Side et le quartier des quais le long de l'East River, c'est-à-dire à l'opposé de Riverside Drive.

À 9 h 30, il se leva, régla l'addition, et descendit Broadway d'un pas alerte en direction du Muséum. Smithback sifflotait en marchant. D'un naturel résolument optimiste, il ne désespérait pas de recoller les morceaux avec Nora. Il suffirait de lui apporter sur un plateau les indices dont elle avait besoin pour qu'elle accepte de lui reparler. Un premier pas sur le chemin de la réconciliation. Ce matin, il était persuadé que leur brouille ne durerait pas, après tout ce qu'ils avaient déjà vécu ensemble, pour le meilleur et pour le pire. S'il avait été maladroit avec son article, il fallait bien reconnaître que Nora avait un caractère de cochon !

Smithback avait toutes les raisons de retrouver sa bonne humeur. Il avait peut-être manqué d'intuition ces derniers temps – son interview ratée avec Fairhaven en était la preuve flagrante – mais son flair légendaire ne lui avait jamais fait défaut très longtemps. Son article sur Leng s'annonçait plutôt bien ; encore quelques détails glanés ici et là, voire une vieille photo, et il pourrait dresser du tueur fou de Catherine Street un portrait saisissant. Il avait déjà sa petite idée sur la façon de se procurer les informations qui lui manquaient.

Il s'arrêta en pleine rue, ferma les yeux, et offrit son visage à la caresse du soleil d'automne, humant la vie à pleins poumons.

Quelques années auparavant, à l'époque où il effectuait des recherches pour ce qui aurait dû être un simple compte rendu d'une exposition consacrée à la superstition, il avait eu l'occasion de fréquenter assidûment le Muséum. Il en connaissait parfaitement le fonctionnement, les coulisses, les petits secrets et les habitudes. S'il restait la moindre information sur Leng dans les archives du musée, il mettrait la main dessus.

À l'ouverture des portes, Smithback se mêla à la foule des visiteurs, veillant à se faire aussi discret que possible. Il versa son obole, conformément aux recommandations affichées à l'entrée, et épingla au revers de sa veste le pin's qu'on lui tendait avant de se perdre dans la contemplation des squelettes géants au milieu des autres amateurs de dinosaures.

Une fois la grande rotonde traversée, il s'éloigna du flot des touristes et descendit à l'étage inférieur rejoindre l'un des services les plus secrets du Muséum. Au sein du personnel, les vieux dossiers désignaient une salle d'apparence anodine où dormaient, dans des chemises poussiéreuses, les dossiers personnels de tous les employés de l'établissement depuis sa fondation jusqu'en 1986. Depuis cette date, le système avait été informatisé, et un département des ressources humaines séparé avait vu le jour, abrité dans des locaux flambant neufs au troisième étage.

Smithback avait conservé un souvenir ému des vieux dossiers, avec son odeur d'antimite et de vieux papier, ses classeurs bourrés à craquer où étaient fidèlement répertoriés les noms d'employés, de chercheurs ou de collaborateurs oubliés depuis des lustres. Les vieux dossiers contenaient encore des informations jugées sensibles par la direction, si bien que le local était surveillé en permanence par deux gardiens. La dernière fois que Smithback y avait eu accès, il était en mission officielle et disposait d'une autorisation en bonne et due forme, mais ça n'était pas le cas aujourd'hui. Il allait s'agir de faire preuve d'imagination et d'initiative. Il espérait surtout que les gardiens ne le reconnaîtraient pas. On ne savait jamais, même après toutes ces années.

Il traversa l'immense Salle des Oiseaux, quasiment vide à cette heure, réfléchissant à la manière de procéder. Quelques instants plus tard, il arrivait à hauteur des portes laitonnées des vieux dossiers, face à l'inscription *Anciens Dossiers du Personnel.* Les deux battants fermaient mal et Smithback aperçut à travers un interstice les gardiens, tranquillement installés à une table en train de boire du café.

Deux gardiens, c'est-à-dire deux fois plus de chances d'être reconnu, et moitié moins d'arriver à les berner. Il fallait absolument trouver le moyen de se débarrasser de l'un d'eux.

Il rebroussa chemin, perdu dans ses pensées. Un plan commençait à germer dans son esprit. Il s'arrêta brusquement, reprit la direction des escaliers par lesquels il était venu et se retrouva quelques instants plus tard dans le grand hall où une assemblée de vieilles dames papotaient derrière un comptoir marqué Accueil. Smithback retira le pin's épinglé à sa veste et le fit disparaître dans une poubelle avant de s'approcher de l'une des vieilles dames.

— Professeur Smithback, se présenta-t-il avec un grand sourire.

— Bonjour, professeur. Que puis-je pour vous ? lui demanda une vieille dame aux yeux mauves et aux cheveux blancs.

— J'aurais souhaité emprunter votre téléphone une petite seconde, fit Smithback de son air le plus charmeur.

— Je vous en prie, allez-y.

La charmante vieille dame prit un appareil sous le comptoir et le lui tendit. Smithback consulta l'annuaire interne et composa un numéro.

— Vieux dossiers, fit une voix rauque à l'autre bout du fil.

— Je cherche Rook, demanda Smithback d'une voix autoritaire.

— Rook ? Y a pas de Rook ici. Vous avez dû vous tromper de numéro.

— Alors dites-moi qui est de service aux vieux dossiers, poursuivit Smithback, visiblement agacé.

— O'Neal et moi, pourquoi ? C'est qui à l'appareil ?

À l'entendre, le gardien n'avait pas l'air de briller par son intelligence.

— « Moi » ? Puis-je savoir qui est-ce « Moi », si ça ne vous dérange pas trop de me répondre ?

— C'est quoi le problème, au juste ? rétorqua le gardien avec désinvolture.

Smithback reprit aussitôt d'une voix coupante :

— Je vous demande une dernière fois de bien vouloir me dire qui vous êtes, monsieur. À moins que vous ne préfériez que je fasse un rapport sur votre compte.

Comme par enchantement, la voix du gardien se fit plus humble.

— C'est Bulger, monsieur.

— Bulger ? Très bien. C'est à vous que je voulais parler. Ici Hrumrehmen des Ressources humaines.

Smithback avait volontairement prononcé son nom trop vite afin que l'autre n'ait pas le temps de le comprendre.

— Excusez-moi, monsieur, je ne pouvais pas savoir. En quoi puis-je vous être agréable, monsieur… ?

— Il n'est pas question d'être agréable, mais de faire votre travail convenablement, Bulger. En consultant votre dossier, nous avons découvert un certain nombre d'anomalies.

— Des anomalies ? Quel genre d'anomalies ? interrogea Bulger, inquiet.

— Je n'ai pas l'habitude de discuter de ce genre de choses au téléphone. Je vous demanderai de passer me voir au plus vite.

— Quand ça ?

— Mais enfin, tout de suite. Combien de fois faut-il vous dire les choses ?

— Très bien monsieur. Excusez-moi, mais je n'ai pas très bien saisi votre nom. Vous êtes monsieur… ?

— Ah, tant que nous y sommes. Dites à O'Neal qu'on envoie quelqu'un vérifier le bon fonctionnement du service. On a récemment constaté des manquements à la discipline.

— Bien monsieur, mais…

En raccrochant, Smithback s'aperçut que la vieille dame aux yeux mauves le regardait d'un air intrigué, presque méfiant.

— Un problème, professeur ?

Smithback lui fit un petit sourire en coin tout en remettant son épi en place.

— Non, on fait juste un canular à un collègue. Il faut bien rire, de temps en temps.

La vieille dame sourit aussitôt. *La pauvre vieille,* se dit Smithback, un peu honteux, avant de reprendre le chemin des vieux dossiers. Arrivé aux escaliers, il croisa l'un des deux gardiens aperçus un peu plus tôt à travers la porte. Le gros Bulger, tout essoufflé, avait l'air affolé. Les employés du Muséum craignaient comme la peste le service des Ressources humaines qui avait l'habitude de multiplier les enquêtes administratives pour justifier son personnel pléthorique. Le gardien en avait pour dix bonnes minutes à se rendre là-haut, dix minutes à chercher désespérément le fantôme de monsieur Hrumrehmen, et dix minutes pour redescendre. En tout, Smithback disposait d'une demi-heure maximum pour entrer aux vieux dossiers et trouver ce qu'il était venu chercher. C'était un peu juste, mais il avait l'avantage de connaître le système de rangement des archives comme sa poche.

Quelques secondes plus tard, il arrivait aux vieux dossiers. Il se redressa, respira pour se donner du courage et frappa un coup sec sur les portes laitonnées.

Le second gardien lui ouvrit sans attendre. C'était un très jeune type, fraîchement sorti de l'école. Il était à moitié paralysé par la peur.

— Bonjour, monsieur. C'est à quel sujet ?

Avant même que le pauvre gamin ait eu le temps de comprendre ce qui lui arrivait, Smithback lui serra autoritairement la main et pénétra dans le local.

— O'Neal, c'est bien ça ? Je me présente, Maurice Fannin des Ressources humaines. On m'a demandé de passer vérifier deux ou trois choses qui clochent.

— Mais qu'est-ce qui cloche, monsieur Fannin ?

Smithback balaya des yeux le tour de la pièce, et tiqua en apercevant les gobelets à café posés sur la petite table.

— C'est un véritable scandale, dit-il. Quelle négligence !

Le gardien, terrorisé, ne soufflait pas mot. Smithback le regarda droit dans les yeux.

— Nous avons mené notre petite enquête, vous savez, et je peux vous dire que nous ne sommes pas contents. Pas contents du tout.

O'Neal ne savait plus comment s'en tirer.

— Je suis désolé, monsieur, mais vous devriez vous adresser à mon chef de service, M. Bulger, qui...

— Nous ne l'avons pas oublié, croyez-moi. Il est actuellement chez nous, et je ne crois pas qu'il soit prêt de redescendre, fit Smithback en regardant les rangées de vieilles armoires. Dites-moi, O'Neal, quand avez-vous procédé à une vérification pour la dernière fois ?

— Quoi ?

— Une *vérification.* Vous savez ce que ça veut dire, non ? Allons, répondez à ma question. De quand date la dernière vérification ?

— Ben, c'est-à-dire que je ne suis pas au courant. Mon chef de service ne m'a jamais parlé de vérification et…

— Tiens, tiens ! Il vient pourtant de nous dire qu'il vous avait expliqué la procédure en long, en large et en travers. C'est bien ce que je pensais. Vous êtes un incapable, O'Neal, et de plus, vous êtes négligent. Une négligence coupable. Dorénavant, nous exigerons une vérification mensuelle !

Plus odieux que jamais, Smithback jeta un regard méprisant au malheureux gardien et se dirigea vers une armoire-classeur en bois dont il voulut ouvrir un tiroir au hasard. Comme il s'y attendait, le tiroir était verrouillé.

— Il est fermé à clé, fit O'Neal.

— Merci, j'avais remarqué ! Et si ça ne vous dérange pas trop, j'aurais bien voulu y avoir accès. Où se trouvent les clés ?

— Ici, répondit le gardien, montrant du doigt une boîte fixée au mur, elle-même fermée à clé.

Intérieurement, Smithback bénissait la nouvelle direction du Muséum. Grâce au régime de terreur et d'intimidation instauré auprès du personnel, il pouvait faire son petit numéro en toute tranquillité.

— Comment ouvre-t-on ce boîtier ?

— J'ai toujours la clé sur moi, accrochée à une chaîne.

Faisant plus que jamais mine de chercher la faille dans l'organisation du service, Smithback en profitait pour observer autour de lui. Les armoires étaient soigneusement identifiées par date à partir de 1865, l'année de création du Muséum.

Depuis toujours, les chercheurs extérieurs à

l'établissement étaient censés remplir un dossier complet avant de recevoir l'autorisation d'accéder aux collections. Les délibérations du comité de direction et le dossier du demandeur étaient ensuite archivés normalement. Si le dossier de Leng se trouvait encore là, Smithback avait toutes les chances d'y découvrir ce dont il avait besoin : son nom bien sûr, mais aussi son adresse, son curriculum universitaire et le détail de ses diplômes, ses principaux domaines de recherche, la liste de ses publications, peutêtre même un exemplaire de certaines d'entre elles ou encore une photographie de l'intéressé.

Désignant l'armoire marquée « 1880 », il demanda :

— Quand avez-vous vérifié ces dossiers pour la dernière fois ?

— À vrai dire, je ne crois pas qu'ils aient jamais été vérifiés depuis que je travaille ici.

— Jamais vérifiés ? s'exclama Smithback, outré. C'est une plaisanterie. Eh bien, qu'est-ce que vous attendez ?

Le jeune gardien se précipita, ouvrit la boîte murale, chercha la bonne clé et ouvrit l'armoire.

— Je vais vous montrer comment on procède à une vérification, fit Smithback en feuilletant les classeurs, soulevant au passage un nuage de poussière.

Il n'avait pas une minute à perdre. Une fiche cartonnée jaunie par le temps émergeait du tiroir, qu'il s'empressa de regarder. Il y trouva la liste alphabétique de tous les dossiers de l'année, avec la date et le numéro de catalogue. Génial ! Décidément, la bureaucratie avait parfois du bon.

— Vous commencez par consulter l'index qui se trouve ici, dit-il en brandissant la fiche.

Le jeune gardien acquiesça d'un air docile.

— Vous y trouverez la liste de tous les dossiers du tiroir, et vous n'avez plus qu'à vérifier qu'il n'en manque aucun. Un jeu d'enfant. C'est compris ?

— Oui, monsieur.

Smithback s'assura d'un coup d'œil que le nom de Leng ne figurait pas sur la fiche, puis il la remit à sa place et referma le tiroir.

— Passons maintenant à l'année 1879. Ouvrez le tiroir, je vous prie.

— Bien, monsieur.

Le journaliste sortit l'index, sans y trouver la moindre mention de Leng.

— O'Neal, vous devez comprendre que ces dossiers ont une valeur historique inestimable. Il est indispensable d'en vérifier régulièrement l'état et le classement. Ouvrez l'année 1878.

— Bien, monsieur.

Et merde ! Toujours pas de Leng.

— Maintenant que vous avez vu comment procéder, nous pouvons aller plus vite.

Smithback lui faisait ouvrir les tiroirs l'un après l'autre, multipliant les conseils et les consignes tout en s'assurant que le nom de Leng ne se trouvait pas sur les fiches cartonnées. Les années passaient et le journaliste commençait à désespérer lorsqu'il tomba enfin sur ce qu'il recherchait dans le tiroir consacré à l'année 1870.

Son cœur se mit à battre plus vite. Oubliant le gardien, il passa rapidement en revue les dossiers pour s'arrêter à la lettre « L » dont il feuilleta lentement le contenu à trois reprises, sans succès. Le dossier de Leng avait disparu !

Smithback sentit une chape de plomb s'abattre sur ses épaules. Après tous les efforts qu'il avait faits, en arriver là !

Il regarda sans le voir le jeune gardien qui l'observait d'un œil inquiet. C'était pourtant une bonne idée, mais tout était à refaire. Il avait perdu son temps, terrorisant pour rien ce pauvre gamin par-dessus le marché. De toute façon, il était temps de s'en aller avant que Bulger ne revienne.

— Quelque chose qui ne va pas, monsieur ? demanda le gardien.

Smithback referma le tiroir d'un air las et regarda sa montre.

— Il faut que je retourne à mon bureau. Maintenant que vous savez comment procéder, je vous laisse continuer. Et ne vous inquiétez pas trop, O'Neal, je vois que vous êtes un brave garçon qui ne demande qu'à bien faire.

Il allait s'en aller lorsque O'Neal lui demanda timidement :

— Monsieur Fannin ?

Smithback mit quelques secondes à comprendre qu'on s'adressait à lui.

— Eh bien ?

— Est-ce qu'il faut également vérifier les carbones ?

— Les carbones ? Quels carbones ?

— Mais… ceux qui se trouvent dans la chambre forte.

— La chambre forte ?

— Ben oui, la chambre forte qui est là-bas.

— Bien sûr, suis-je bête ! Merci, O'Neal. Vous avez bien fait de m'y faire penser. Montrez-la moi.

Le gardien l'entraîna au fond de la salle où une petite porte s'ouvrait sur une pièce renfermant un énorme coffre-fort à l'ancienne muni d'un volant métallique.

Le cœur de Smithback bondit dans sa poitrine.

— Vous avez la clé ?

— Il n'est plus fermé depuis qu'on a renforcé la sécurité dans le secteur.

— Très bien. Parlez-moi un peu de ces carbones.

— Ben, c'est juste une copie de tous les dossiers qui sont là-bas.

— Nous allons vérifier. Ouvrez-le.

O'Neal fit tourner le volant et la lourde porte blindée s'ouvrit, découvrant une petite pièce pleine de meubles de rangement.

— Prenons par exemple l'année 1870.

— Là, répondit le gardien en lui désignant un tiroir.

Smithback s'empressa de l'ouvrir et découvrit de très vieilles photocopies réalisées sur un papier brillant qui avait tourné au sépia. Il se précipita sur la lettre « L » et trouva immédiatement ce qu'il cherchait.

Une copie du dossier de Leng se trouvait là ! Un dossier établi en 1870, contenant trois feuillets recouverts d'une écriture en pattes de mouche. Sans perdre une seconde, Smithback les glissa subrepticement dans la poche de sa veste, toussant copieusement afin de couvrir le bruit du papier froissé.

— Très bien. Il faudra également procéder à leur vérification. Je compte sur vous.

En sortant de la chambre forte, il se tourna vers le jeune gardien.

— Vous savez, O'Neal, en dehors de cette histoire de vérification, vous semblez faire votre travail convenablement. J'en tiendrai compte en rédigeant mon rapport.

— Merci beaucoup, monsieur Fannin. Je fais de mon mieux, je vous assure…

— J'aimerais pouvoir en dire autant de Bulger. Un employé indiscipliné, avec un très mauvais caractère.

— Ça, vous pouvez le dire, monsieur.

— Bonne journée, O'Neal, s'empressa de dire Smithback en battant en retraite.

Il était temps. Dans le hall, il croisa à nouveau Bulger, rouge de colère, se dirigeant à grandes enjambées vers les vieux dossiers en faisant tinter le trousseau de clés accroché à sa ceinture. Il n'avait vraiment pas l'air content.

Smithback se dirigea d'un pas pressé vers la sortie. Sous sa veste, les documents dérobés dans la chambre forte lui brûlaient la peau.

LA VIEILLE DEMEURE MYSTÉRIEUSE

54

À peine arrivé sur le trottoir, Smithback se précipita vers Central Park et emprunta l'entrée de la 77e Rue. Quelques instants plus tard, il se jetait sur un banc près du lac. Un soleil d'automne particulièrement chaud confirmait la réputation de l'été indien à New York. Smithback commença par se remplir les poumons d'air frais tout en se félicitant de ses talents d'enquêteur. Mon petit vieux, tu seras toujours le meilleur, se dit-il avec sa modestie coutumière. Son vieil ennemi Bryce Harriman n'aurait jamais pu réussir un coup pareil, même si on lui avait payé un stage d'un an avec David Copperfield. Pour faire durer le plaisir, il exhuma lentement de sa poche les trois feuillets escamotés au Muséum et prit le temps de respirer l'odeur de poussière qui s'en dégageait avant de les examiner plus en détail.

Il s'agissait de très vieux carbones pâles et jaunis, difficiles à déchiffrer. En en-tête du premier figurait la mention :

`Collections du Muséum d'histoire`
`naturelle de New York`
`Demande d'autorisation`

Nom du requérant : *Professeur Enoch Leng, docteur en médecine (Oxford), officier de l'ordre de l'Empire britannique, membre de l'académie des sciences.*

Parrainé par : *Professeur Tinbury McFadden, département de mammalogie.*

Sur les recommandations de : *Professeur Augustus Spragg, département d'ornithologie*

Le requérant décrira brièvement ici les raisons de sa demande à l'intention des membres du Comité de Conservation du Muséum :

Je soussigné docteur Enog Leng, en ma qualité de requérant, souhaite avoir accès aux collections d'anthropologie et de mammalogie du Muséum afin d'y poursuivre des recherches de taxinomie, en préparation de travaux comparatifs en matière d'anthropologie physique, d'ostéologie humaine et de phrénologie.

Le requérant déclinera ici l'ensemble de ses titres et diplômes universitaires, ainsi que ses distinctions honorifiques avec les dates correspondantes :

Je soussigné professeur Enoch Leng, en ma qualité de requérant, déclare posséder les diplômes et titres suivants : licence avec mention, Oriel College (Oxford) ; doctorat en philosophie avec mention très honorable à l'unanimité du jury, New College (Oxford) ; membre de l'Académie des sciences 1865 ; membre du White's Club, 1868 ; membre de l'ordre de la Jarretière, 1869.

Le requérant indiquera ici son adresse permanente ainsi que son adresse actuelle à New York, si différente :

Professeur Enoch Leng
891 Riverside Drive, New York
New York

Laboratoire de recherche
Cabinet d'éléments naturels et de curiosités J.C. Shottum
Catherine Street, New York
New York

Le requérant fournira ici la liste de ses publications, et joindra obligatoirement en annexe copie d'au moins deux d'entre elles, en vue de leur évaluation scientifique par les membres du Comité.

Smithback regarda les autres feuillets avant de s'apercevoir qu'il avait dû laisser ces annexes capitales aux vieux dossiers dans sa précipitation.

La décision du comité est exposée comme suit :

À dater de ce jour, 27 mars 1870, autorisation est accordée au professeur Enoch Leng d'accéder librement aux collections et à la bibliothèque du Muséum d'histoire naturelle de New York.
Signataire : Tinbury McFadden
Signé : E. Leng

Smithback jura entre ses dents. Sa bonne humeur s'était envolée aussi vite qu'elle était venue. Contre toute attente, le dossier de Leng était quasiment vide. De plus, son curriculum faisait apparaître un obstacle supplémentaire : Leng n'avait pas effectué ses études aux États-Unis où il aurait été facile de retrouver sa trace, mais en Angleterre. Évidemment, il pouvait toujours tenter sa chance en téléphonant aux collèges d'Oxford où il avait obtenu ses diplômes ; à condition, bien sûr, que Leng ait dit la vérité en remplissant son dossier. La liste de ses publications eut été nettement plus utile, et sans doute bien plus instructive. De toute façon, il était hors de question de retourner les chercher. Quelle connerie ! Alors que tout avait marché comme sur des roulettes !

Il feuilleta une nouvelle fois le dossier afin de s'assurer qu'il l'avait entièrement épluché. Ni photo ni éléments personnels. Pas même une date ou un lieu de naissance. Tout ce qui lui restait était cette adresse.

Merde, et encore merde !

Comme toujours chez Smithback, l'optimisme ne tarda pas à refaire surface. Grâce à O'Shaughnessy, il savait que Nora cherchait désespérément cette adresse. Avec un trophée comme celui-là, il avait au moins l'espoir d'échapper à la disgrâce.

Il fit un rapide calcul dans sa tête : le 891 Riverside Drive se trouvait dans les hauteurs de Manhattan, quelque part du côté de Harlem. Pour y être déjà passé, il savait que les vieilles demeures bourgeoises de la fin du XIXe siècle ne manquaient pas dans le quartier, et celles qui n'avaient pas été transformées en appartements étaient plus ou moins en ruine. La maison de Leng avait peut-être été rasée depuis longtemps, mais ça ne coûtait pas grand-chose d'aller vérifier sur place. Au minimum, il pouvait en tirer une photo pour illustrer son portrait de Leng, surtout si c'était une vieille maison inquiétante à la *Psychose. Et* qui sait s'il ne trouverait pas de nouveaux corps dans le jardin, ou bien dans la cave ? Ou alors Leng lui-même, en train de pourrir dans un coin, qui sait ? Voilà qui ferait les affaires d'O'Shaughnessy, tout en permettant à Smithback de se réconcilier avec Nora. Il salivait d'avance en pensant à son article : « Un journaliste d'investigation retrouve le corps du premier tueur en série américain. » Bon, d'accord, les chances étaient plutôt minces de retrouver Leng dans sa maison, mais quand même…

Il regarda sa montre. Il était presque 13 heures.

En y repensant, il se disait que le dieu des journalistes ne se montrait décidément pas très généreux avec lui. Tout ce subterfuge pour une simple adresse ! Mais ce n'était pas le moment de se décourager ; en moins de deux heures, il pouvait s'assurer que la maison se trouvait toujours là, ce qui n'était déjà pas si mal.

Smithback remit le carbone du dossier de Leng dans sa poche et se dirigea d'un bon pas vers Central Park West. Pas la peine de prendre un taxi, jamais un chauffeur n'accepterait de l'emmener dans un quartier aussi pourri. Même s'il y parvenait, il ne trouverait jamais personne d'autre sur place pour le ramener en ville, et Smithback n'avait pas la moindre intention de se balader à pied dans un coin aussi dangereux, même en plein jour.

Le mieux à faire était de louer une voiture. Le *Times* avait un accord avec Hertz qui possédait justement une succursale à deux pas de là, sur Columbus Avenue. En y réfléchissant, Smithback se disait que si la maison. était encore debout, il voudrait faire un tour à l'intérieur, parler aux occupants actuels ou aux voisins, histoire de voir si on n'avait rien retrouvé d'anormal pendant les travaux de rénovation. Les pistes ne manquaient pas, mais tout ça pouvait prendre du temps et il ferait nuit quand il aurait terminé.

Aucun doute, le mieux était vraiment de louer une voiture.

Trois quarts d'heure plus tard, il remontait Central Park West au volant d'une Ford Taurus gris métallisé. Il avait à nouveau le moral au beau fixe, persuadé qu'il tenait l'article du siècle. Après sa petite enquête sur Riverside Drive, il comptait poursuivre ses recherches à la Bibliothèque municipale dans l'espoir de retrouver d'anciennes publications de Leng. Il pourrait peut-être aussi demander l'autorisation de fouiller les archives de la police afin de s'assurer qu'aucun crime suspect n'avait été découvert près de la maison de Leng de son vivant.

Avec un peu de chance et beaucoup d'opiniâtreté, ce serait bien le diable si Smithback n'arrivait pas à faire de Leng un nouveau Jack l'Éventreur. La ressemblance était là, il suffisait d'enrober ça avec un poil d'imagination et une bonne dose de savoir-faire.

Pour peu qu'il découvre suffisamment d'éléments nouveaux, Smithback tenait même le thème de son prochain livre. Et avec un sujet pareil, le prix Pulitzer ne pouvait plus lui échapper.

Mieux encore – aussi bien, en tout cas –, ces nouvelles découvertes allaient lui permettre de recoller les morceaux avec Nora, en lui évitant de perdre des heures à fouiller dans les archives du cadastre. Pendergast serait content, et Smithback sentait bien que l'inspecteur était son meilleur allié s'il voulait reconquérir Nora. Décidément, cette petite enquête ne se présentait pas trop mal.

Après avoir longé Central Park sur toute sa longueur, il bifurqua sur Cathedral Parkway pour reprendre Riverside Drive un peu plus loin. Une fois passée la 125e Rue, Smithback ralentit pour lire plus aisément les numéros des maisons à moitié en ruine. Le 670, le 701... Il continua, les nerfs à vif Il ne devait plus se trouver très loin.

Soudain, son regard s'arrêta sur le 891 Riverside Drive.

Il n'en croyait pas ses yeux. La maison de Leng était toujours là, sinistre à souhait !

Passant au ralenti, il scruta longuement la façade avant de prendre la 138e Rue à droite afin de faire le tour du pâté de maisons, le cœur battant.

Le 891 était une vaste demeure bourgeoise de style beaux-arts, avec une entrée à colonnade rehaussée de motifs néobaroques. On distinguait même un écusson en relief au-dessus de la porte principale, à laquelle on accédait depuis Riverside Drive par un petit chemin boisé en triangle. En repassant devant la maison, Smithback ne distingua pas la moindre rangée de sonnettes, et constata que les fenêtres du rez-de-chaussée étaient solidement condamnées à l'aide de planches recouvertes de tôle ondulée. La vieille demeure n'avait visiblement jamais été transformée en appartements, à l'image de beaucoup d'autres vieux immeubles des environs que leurs anciens propriétaires avaient préféré abandonner. À mesure que le quartier se transformait en ghetto, ces maisons étaient devenues trop chères à entretenir, trop chères à démolir, trop chères à rénover. Nombre d'entre elles avaient été saisies pour non-paiement des taxes municipales, et les services de la ville s'étaient contentés de les condamner en attendant des jours meilleurs.

Smithback s'arrêta à hauteur du 891. Par la vitre de sa voiture côté passager, il tentait d'emmagasiner le maximum de détails. À l'étage, les fenêtres n'étaient pas obstruées et les carreaux avaient même l'air intacts. L'endroit était étonnant. Une vraie maison de cauchemar pour tueur en série. Il voyait déjà la silhouette sinistre de la vieille demeure à la une du *Times*. Il n'en faudrait pas davantage pour que la police vienne fouiller les lieux et découvre d'autres cadavres. De mieux en mieux !

Mais comment faire ? Le mieux était de trouver à se garer et d'aller jeter un coup d'œil.

Il redémarra et fit à nouveau le tour du pâté de maisons, à la recherche d'une place. Pour un quartier aussi pouilleux, les bagnoles ne manquaient pas ; des tas de ferrailles, des vieilles Eldorado de maquereaux blacks, mais aussi des 4 x 4 rutilants avec des haut-parleurs comme des Frigidaires. Smithback finit par trouver un emplacement à moitié interdit dans une petite rue à plusieurs centaines de mètres de là. S'il avait su, il aurait demandé une voiture avec chauffeur, pour qu'on l'attende pendant qu'il faisait le tour de la baraque. Maintenant, il allait devoir se taper dix minutes à pied en plein Harlem. Exactement ce qu'il avait voulu éviter.

Il se gara tant bien que mal, regarda autour de lui d'un air inquiet, puis il sortit de l'auto et la verrouilla avant de se diriger vers la 137e Rue à grandes enjambées. Pas trop vite quand même pour ne pas attirer l'attention.

Quelques minutes plus tard, il s'arrêtait devant l'entrée majestueuse du 891. L'air faussement détaché, il commença par étudier la maison en détail.

Pas de doute, ce n'était pas le premier taudis venu. La maison avait même dû être l'une des plus belles des environs, avec ses trois étages de brique et de marbre, son toit d'ardoises mansardé, ses fenêtres ovales, ses bas-reliefs incrustés courant le long de la façade, ses tourelles, et même un belvédère. Sur la rue, la propriété était protégée par une haute grille en fer, hérissée de pics rouillés ; des déchets de toutes sortes s'étaient accumulés dans le parc, au milieu d'une jungle de mauvaises herbes, de sumacs et d'ailantes dominée par une forêt d'arbres morts. De l'autre côté, les fenêtres des étages donnaient sur l'Hudson et sur la masse imposante d'une station d'épuration.

Smithback frissonna avant de jeter un dernier regard autour de lui, puis il emprunta le petit chemin et s'approcha du bâtiment. Les gangs du quartier s'étaient amusés à dessiner des tags bariolés sur le marbre de la façade. Des monceaux de détritus poussés par le vent avaient fini par s'accumuler dans les renfoncements du mur. Smithback tourna le coin et découvrit une lourde porte de chêne plein, sans ouverture ni judas. Elle était couverte de graffitis, mais n'avait pas l'air condamnée.

Le journaliste s'approcha. Il régnait partout une odeur d'urine épouvantable. Une personne bien intentionnée avait déposé une vieille couche de bébé près de la porte, et des sacs-poubelles éventrés étaient entassés dans un coin. *Les chats et les rats du quartier ont dû s'en donner à cœur joie,* songea Smithback. Au même moment, un énorme rat émergea du tas d'ordures, le ventre rebondi et l'œil insolent. Il observa le journaliste un instant avant de s'enfoncer dans un trou.

Smithback remarqua deux petites fenêtres ovales, situées de part et d'autre de la porte d'entrée. Elles étaient recouvertes de tôle ondulée, mais il arriverait peut-être à les dégager. Il pesa de tout son poids sur la première afin de tester sa résistance, puis il fit de même avec la seconde, en vain. Pas la moindre prise pour arracher la tôle, et aucun moyen de voir à l'intérieur. La porte en chêne avait l'air tout aussi solide et Smithback faillit renoncer à pénétrer dans la maison. Sans outil, l'antre de Leng était imprenable. Qui sait si quelqu'un y avait même pénétré depuis la mort de son propriétaire ?

D'un autre côté, il restait peut-être des indices et des objets personnels à l'intérieur du bâtiment. Ou encore les restes de victimes.

Et une fois que la police serait passée par là, il ne resterait rien pour lui.

La tentation était trop forte, il lui fallait trouver le moyen d'entrer.

Il leva les yeux vers les étages. Il avait fait pas mal

d'escalade dans sa vie, notamment lors de son séjour dans les canyons de l'Utah, lorsqu'il avait rencontré Nora. Il recula de quelques pas afin d'examiner la façade, et remarqua suffisamment de corniches et de bas-reliefs sur les murs pour trouver de bons appuis. Aucun risque qu'on puisse le voir de la rue. Pourquoi ne pas tenter sa chance avec l'une des fenêtres du premier étage ? Juste le temps de jeter un coup d'œil.

Il regarda autour de lui. Les environs étaient déserts, la vieille demeure parfaitement silencieuse. Smithback se frotta les mains, repoussa son épi, glissa un mocassin entre deux pierres de taille, et entama l'escalade de la façade.

55

Le capitaine Custer regarda l'heure à la pendule accrochée au mur de son bureau. Il était presque midi. Les gargouillis qui s'élevaient de sa large panse depuis une bonne demi-heure lui rappelaient constamment qu'il était temps d'aller chez Dilly's Deli au coin de la rue acheter un double corned-beef au gruyère avec triple ration de mayonnaise. Custer ne savait pas pourquoi, mais il avait toujours faim quand il était énervé. Et aujourd'hui, il était particulièrement énervé. On lui avait confié l'affaire du Chirurgien depuis moins de quarante-huit heures, et les coups de fil affluaient déjà de toutes parts. Le maire lui-même l'avait relancé, lui recommandant de ne pas s'endormir sur ses lauriers, sans parler du préfet qui commençait à s'impatienter. Depuis le troisième meurtre, la ville frôlait la crise de nerfs. L'article sur les macchabées de Doyers Street n'avait pas fait diversion très longtemps et Custer se sentait de plus en plus impuissant. La cinquantaine d'enquêteurs dont il disposait travaillaient jour et nuit, sans succès. Rien, pas la moindre piste à se mettre sous la dent. Custer secoua la tête. Quelle bande d'incapables !

Son estomac ne gargouillait plus, il rugissait. Custer n'en pouvait plus d'être sous les feux de la rampe et de faire le tampon entre la presse et la municipalité. Jamais il n'aurait pensé que diriger une grande enquête était une tâche aussi ingrate. S'il avait su, il n'aurait pas accepté l'offre du préfet.

Il regarda à nouveau la pendule. Encore cinq minutes à attendre. Il ne partait jamais déjeuner avant midi, question de principe et de discipline. Chacun sait que sans discipline, il n'y aurait pas de police, et que sans police, tout foutrait le camp. Bon Dieu, ce qu'il avait faim. Mais surtout, ne pas perdre son sang-froid.

Pour passer le temps, il repensa à la façon dont le préfet l'avait regardé dans ce taudis de Doyers Street au moment de lui confier l'enquête. Custer commençait à se poser des questions, car Rocker avait eu l'air de douter de ses capacités. Les paroles du préfet étaient restées gravées dans sa mémoire : *Je vous conseille de vous mettre immédiatement au travail sur l'affaire du Chirurgien. Je compte sur vous pour arrêter le tueur avant qu'il n'ait le temps de faire de nouvelles victimes.*

Peut-être que je devrais mettre quelques gars de plus sur l'affaire, se dit Custer. On lui avait donné carte blanche, et il devenait urgent de faire quelque chose. Son instinct lui disait d'affecter une dizaine d'enquêteurs supplémentaires au crime du Muséum. C'était le meurtre le plus récent, le mieux à même de fournir de nouveaux indices. Comment s'appelait déjà cette archéologue qui avait découvert le corps ? Tout bien réfléchi, cette espèce de pétasse ne s'était pas montrée très bavarde.

Au moment précis où la petite aiguille s'arrêtait enfin sur le chiffre douze, Custer eut un éclair de génie.

L'archiviste du Muséum, la pétasse du Muséum, la lettre trouvée dans les archives du Muséum…

Mais oui, bien sûr ! Comment n'y avait-il pas songé plus tôt ? Oubliés le double corned-beef au gruyère et la triple ration de mayonnaise. Sherwood Custer venait d'avoir une révélation !

Le Muséum. Depuis le début, ce satané Muséum se trouvait au cœur de cette triste affaire.

Il suffisait pour s'en convaincre de reprendre les éléments un par un.

Où s'était déroulé le dernier meurtre ? Au *Muséum.*

Pour qui travaillait cette Nora Kelly, l'archéologue ? Pour le *Muséum.*

Et la lettre à l'origine de tout ce cirque ? D'où venait cette lettre publiée dans le *Times* par cette espèce de fouille-merde, Smithbank ou un truc comme ça ? Du *Muséum.*

Collopy, ce vieux beau qui avait fait enlever la

lettre des archives, qui était-il ? Le directeur du *Muséum*.

Fairhaven ? Membre du conseil d'administration du *Muséum*.

Le tueur en série du XIXe siècle ? Un habitué du *Muséum*.

Quant à l'archiviste, le vieux Puck, pourquoi l'avait-on assassiné ? Parce qu'il avait trouvé quelque chose de compromettant dans les archives du *Muséum*.

Custer y voyait enfin clair. Tout s'enchaînait, tout devenait logique, tout coulait de source à présent. Il s'agissait de passer à l'action, sans tarder, et sans faiblir. Il n'avait plus qu'à trouver ce que Puck avait découvert, et il tenait le meurtrier.

La réussite de Custer dépendait de sa rapidité.

Il se leva et appuya sur le bouton de l'interphone d'un doigt boudiné.

— Noyes ? Ici, tout de suite.

Custer n'avait pas encore relâché le bouton que Noyes se tenait devant lui, le petit doigt sur la couture du pantalon.

— Je veux les dix meilleurs hommes affectés à l'enquête sur le Chirurgien dans mon bureau d'ici une demi-heure. Je mets en place une cellule de crise.

— Bien, capitaine, fit Noyes, en fronçant les sourcils avec tout le respect dû à son supérieur.

— J'ai trouvé, Noyes. Je tiens enfin la clé du problème.

Noyes faillit en avaler son chewing-gum à la violette.

— Je vous demande pardon, capitaine, mais quelle clé ?

— La clé du mystère. Celle qui explique le crime commis par le Chirurgien au Muséum. Elle se trouve là, au beau milieu des archives. Si ça se trouve, le meurtrier fait peut-être même partie des employés du Muséum, expliqua Custer d'un ton sentencieux en enfilant sa veste. Crois-en mon expérience, Noyes, il faut frapper vite et fort. Ils n'auront pas le temps de comprendre ce qui leur tombe dessus.

56

Prenant appui sur les corniches et les écussons ornant la façade de la vieille demeure de Leng, Smithback tentait péniblement de se hisser jusqu'à l'une des fenêtres du premier étage. L'escalade se révélait plus difficile qu'il ne l'imaginait, il s'était même râpé la joue et écrasé un doigt en grimpant. Sans parler de ses mocassins italiens à deux cent cinquante dollars auxquels il pourrait dire adieu en redescendant. Avec un peu de chance, il s'arrangerait pour que le *Times* les lui rembourse. Accroché à son mur, bras et jambes écartés, il avait parfaitement conscience du ridicule de la situation, mais si Paris valait bien une messe, le prix Pulitzer méritait bien qu'on lui sacrifie sa dignité. Il agrippa l'appui de la fenêtre et opéra un rétablissement au prix d'un grognement sauvage. Il resta perché un moment sur le rebord, observant les alentours tout en reprenant son souffle. La rue était toujours aussi calme, personne ne semblait avoir remarqué son manège.

Rassuré, il se décida à jeter un œil à l'intérieur de la maison.

De l'autre côté de la vitre, il découvrit une pièce entièrement vide, habitée de milliers de particules de poussière voletant dans les rais de lumière qui zébraient l'obscurité. En plissant les yeux, Smithback finit par apercevoir une porte tout au fond de la pièce. Elle était fermée et il n'avait aucun moyen de savoir ce qui se cachait derrière.

Il lui fallait impérativement entrer s'il voulait en savoir davantage.

Après tout, pourquoi pas ? Cette maison était visiblement abandonnée depuis des lustres. Elle appartenait peut-être même à la ville, auquel cas on ne pouvait pas parler d'atteinte à la propriété privée. Et puis Smithback n'avait pas fait autant d'efforts pour reculer si près du but. S'il s'en allait, il lui faudrait tout recommencer de zéro. Il voyait déjà la tête de son rédacteur en chef s'il revenait les mains vides. S'il voulait vraiment qu'on lui rembourse ses mocassins, il valait mieux rapporter de quoi écrire un reportage sensationnel.

Il tenta d'ouvrir la fenêtre mais elle était fermée de l'intérieur, comme on pouvait s'y attendre. À moins que le temps ne se soit chargé de la bloquer définitivement. Hésitant, il regarda à nouveau autour de lui. La perspective de redescendre par la même voie ne l'enchantait guère. Il ne voyait rien d'intéressant par la fenêtre, ce qui ne voulait pas dire que la maison était vide, et il avait *besoin* de savoir. Surtout, il était hors de question de passer l'hiver sur son rebord de fenêtre. Quelqu'un pouvait le voir à tout moment et…

À cet instant précis, il aperçut une voiture de police en patrouille sur Riverside Drive. Si les flics le repéraient, ça risquait de chauffer pour lui, et il n'avait plus le temps de redescendre.

Il ôta prestement sa veste, la roula en boule et la posa contre la vitre. Un petit coup d'épaule pour casser le carreau avec un minimum de bruit, et Smithback se glissa dans la pièce après avoir retiré les morceaux de verre les plus dangereux.

Une fois à l'intérieur, il jeta un coup d'œil au-dehors. Tout était calme, personne n'avait rien remarqué. Rassuré, il se retourna et tendit l'oreille. Pas un bruit dans la maison. Il régnait autour de lui une odeur de poussière et de vieux papiers peints. Une odeur plutôt agréable, beaucoup moins confinée qu'il n'aurait pu le penser. Il prit longuement sa respiration pour se donner du courage.

Pense à ton article, au prix Pulitzer. Pense à Nora. Après tout, ce n'était pas la mer à boire ; il n'avait qu'à opérer une reconnaissance rapide des lieux avant de s'en aller.

Il devait commencer par s'habituer à l'obscurité. Sur une étagère encore fixée à un mur, il aperçut un livre oublié et s'en approcha. Il s'agissait d'un vieux traité sur les mollusques, avec une conque gravée à l'encre dorée sur la couverture. Un livre d'histoire naturelle ! Le cœur de Smithback se mit à battre plus vite. Il l'ouvrit hâtivement, espérant trouver l'ex-libris d'Enoch Leng sur la page de garde. Rien ! Il feuilleta rapidement l'ouvrage à la recherche d'annotations de la main du docteur avant de le reposer, déçu.

Smithback espérait que l'exploration de la vieille demeure donnerait davantage de résultats.

Il enleva ses mocassins et les posa près de la fenêtre, décidé à poursuivre sa visite en chaussettes afin d'éviter de faire du bruit, puis il se dirigea prudemment vers la porte. Une lame de plancher grinça sous son poids et Smithback s'arrêta pour tendre l'oreille. Toujours aucun bruit. Les tôles ondulées avaient apparemment empêché les squatters et autres amateurs de crack de trouver refuge dans la maison. Il était peu probable qu'il y ait quelqu'un d'autre, mais on ne savait jamais.

Il posa la main sur la poignée, la tourna très lentement et entrebâilla la porte de quelques centimètres. Il faisait un noir d'encre de l'autre côté. Smithback ouvrit la porte plus grande afin que la lumière dissipe les ténèbres, et découvrit un vaste palier habillé de papier peint à gros motifs verts. Sur les murs étaient accrochés des tableaux recouverts de draps blancs. À l'autre extrémité du palier, un escalier de marbre dessinant une courbe élégante se perdait dans l'obscurité. Un objet tout en hauteur également protégé par un drap – une statue, sans doute – se dressait en haut de l'escalier.

Smithback retint son souffle. Tout semblait indiquer que la maison n'était plus habitée depuis la mort de Leng. Il avait peine à croire que les meubles et les affaires de Leng puissent se trouver encore là.

Il fit quelques pas sur le palier et fut accueilli par une odeur nettement moins agréable que tout à l'heure : un relent de pourriture, comme si le cœur de la vieille demeure avait fini par se décomposer avec le temps.

Smithback avait peut-être raison. Qui sait si les victimes de Leng n'étaient pas emmurées derrière le vieux papier peint.

Il s'arrêta devant l'un des tableaux. Poussé par la curiosité, il saisit un coin du drap et tira. Le tissu tomba aussitôt en poussière et Smithback, interdit, fit un pas en arrière. Le tableau représentait une étrange partie de chasse, une meute de loups en train de déchiqueter le corps sanguinolent d'un cerf en plein bois. Le peintre ne manquait pas de talent et le tableau avait indubitablement de la valeur, mais la scène avait quelque chose d'inquiétant, de presque malsain. De plus en plus intrigué, Smithback s'approcha du tableau suivant pour le dévoiler, et le drap s'évanouit à son tour dans un nuage de poussière. Cette fois, il s'agissait d'une chasse à la baleine : un énorme cachalot à l'agonie, crachant une pluie de sang, se débattait furieusement sous les assauts des harponneurs qu'il tentait d'entraîner avec lui dans l'abîme.

Smithback était sur un nuage. Jamais il n'avait imaginé découvrir de tels trésors dans la maison de Leng, même dans ses rêves les plus fous. *Pour une fois, la ténacité vient récompenser les efforts d'un vrai professionnel,* se disait-il, au risque de mettre sa modestie à rude épreuve. Même Pendergast en était encore à chercher l'adresse de Leng. Voilà qui ne pourrait manquer de redorer son blason auprès de son rédacteur en chef, peut-être même de Nora. Car s'il était certain d'une chose, c'était d'avoir mis la main sur les informations dont Pendergast et Nora avaient besoin pour leur enquête.

Smithback s'arrêta à nouveau pour prêter l'oreille,

mais la vieille maison était engluée dans une chape de silence. Il reprit son exploration, avançant à pas discrets sur le tapis du palier pour éviter de faire du bruit. Avant de descendre au rez-de-chaussée, il aurait bien aimé savoir à quoi ressemblait la statue dissimulée sous son linceul blanc. Cette fois encore, le drap se désagrégea sous ses doigts pour former un petit tas de poussière à ses pieds.

Smithback ne comprit pas immédiatement à quoi il avait affaire. Il sursauta violemment en découvrant une silhouette inquiétante, avant de comprendre qu'il s'agissait d'un chimpanzé empaillé accroché à une branche. Les rats et les mites lui avaient mangé presque entièrement le visage, mettant à nu son crâne à plusieurs endroits. Les lèvres de l'animal avaient disparu, lui donnant un sourire de momie. L'une des oreilles du singe ne tenait plus que par un mince lambeau de chair ; sous l'effet du courant d'air provoqué par la chute du drap, elle tomba aux pieds du journaliste avec un bruit mat. Le chimpanzé tenait une banane en cire dans une main et se tenait le ventre de l'autre, comme s'il avait mal à l'estomac. Seuls ses yeux de verre avaient conservé un semblant de vie, lui conférant une expression effrayante.

Tentant de calmer les palpitations de son cœur, le journaliste se demanda si ce chimpanzé faisait partie des collections privées de Leng. Le docteur était membre du Lycéum, il s'intéressait à la classification des espèces, et il avait peut-être son propre cabinet de curiosités, comme McFadden et les autres.

Il songea une seconde à rebrousser chemin, mais au point où il en était…

Il s'éloigna du singe accroché à sa branche et se pencha par-dessus la rambarde afin de se familiariser avec la disposition des lieux au rez-de-chaussée. À part les rares rais de lumière filtrant à travers les planches et les tôles qui condamnaient les fenêtres, Smithback ne vit rien dans un premier temps. À mesure que ses yeux s'habituaient, il devina une immense pièce de réception avec son parquet de chêne recouvert de peaux de zèbres, de lions, de tigres, d'oryx et de pumas. Disséminés à travers la pièce, il aperçut toute une série de sujets fantomatiques recouverts de draps blancs, ainsi que des vitrines disposées le long des murs lambrissés dans lesquelles étaient exposés des objets hétéroclites, identifiés à l'aide de plaques de cuivre.

Son intuition ne l'avait donc pas trompé : Enoch Leng possédait ses propres collections privées.

Smithback hésita, la main posée sur la rampe d'escalier. Si rien ne semblait avoir bougé depuis plus d'un siècle, il avait l'impression diffuse que la demeure de Leng n'était pas abandonnée. Un peu comme si quelqu'un s'était appliqué à l'entretenir. Pouvait-il s'agir d'un gardien ? S'il avait écouté la voix de la raison, le journaliste aurait fait demi-tour et serait reparti par où il était venu.

D'un autre côté, le silence qui l'enveloppait avait quelque chose de rassurant. Mais surtout, le démon de la curiosité le poussait à jeter un œil aux collections du rez-de-chaussée. Pour la crédibilité même de son article, il était indispensable de prendre quelques minutes, histoire de regarder ce que cachaient tous ces draps. Il descendit une marche, puis une autre… Il allait continuer lorsqu'un petit bruit retentit derrière lui. Il se retourna d'un bloc, le cœur battant.

Apparemment, rien n'avait bougé. En regardant plus attentivement, il s'aperçut que la porte par laquelle il avait accédé au palier s'était refermée. Il poussa un soupir de soulagement : un simple courant d'air, à cause du carreau cassé.

Rasséréné, il descendit une à une les marches de l'escalier de marbre, se tenant à la rampe. Arrivé en bas, il écarquilla les yeux, tentant de s'habituer à l'obscurité. L'odeur nauséabonde qui l'avait dérangé un peu plus tôt était nettement plus prononcée.

Son regard se posa sur l'un des objets exposés au milieu de la pièce. Le drap qui le recouvrait initialement, rongé par le temps, avait disparu, laissant apparaître une masse sombre. En s'approchant, Smithback s'aperçut qu'il s'agissait d'un petit dinosaure carnivore. L'animal était dans un état de conservation étonnant, une partie de la chair et certains organes fossilisés collant encore aux ossements. On distinguait même des lambeaux de peau à certains endroits, sur lesquels apparaissaient très nettement des traces de *plumes*.

Smithback fit lentement le tour du dinosaure, émerveillé. Il s'agissait de toute évidence d'un spécimen extrêmement rare, d'une portée scientifique incalculable. Il avait fallu attendre les études les plus récentes pour que certains spécialistes osent prétendre que certains dinosaures étaient recouverts de plumes, à commencer par le tyranosaure. Ce spécimen venait confirmer leur théorie de façon magistrale. Smithback se pencha et lut sur la plaque en cuivre posée aux pieds de l'animal : *Cœloraptor de type inconnu – Vallée de la Red Deer River, État d'Alberta, Canada.*

Smithback se dirigea ensuite vers les vitrines, découvrant dans la première toute une série de crânes humains. En s'approchant, il déchiffra l'inscription : *Hominidés retrouvés dans la grotte de Swankopje, Afrique du Sud.* Smithback avait du mal à en croire ses yeux. Il existait extrêmement peu de fossiles humains, et ses connaissances paléontologiques lui permettaient de réaliser que les dizaines de crânes rassemblés là auraient suffi à bouleverser toutes les études contemporaines sur les origines de l'homme.

Un reflet lumineux provenant de la vitrine voisine attira son attention. Il s'approcha et découvrit une impressionnante collection de pierres précieuses. Une énorme gemme verte, de la taille d'un œuf d'oiseau, trônait au milieu des autres : *Diamant découvert à Novotneï, Sibérie – 16 carats – Spécimen unique de diamant vert.* Juste au-dessous, Smithback découvrit une ribambelle de rubis, de saphirs et de picrres exotiques aux noms imprononçables, tous plus gros les uns que les autres. Jamais il n'avait vu un éventail d'une telle richesse, même au Muséum d'histoire naturelle. À voir la façon dont ces pierres étaient mises en valeur, il devait s'agir du clou des collections de Leng.

Des cristaux dorés d'une qualité superbe reposaient sur la tablette inférieure. L'un d'entre eux avait la taille d'un pamplemousse. Enfin, une impressionnante série de tektites étaient disposées tout en bas de la vitrine ; la plupart étaient noires, mais plusieurs étaient d'un vert profond ou d'un mauve splendide.

Smithback recula machinalement, sous le choc. De sa vie, il n'avait contemplé des spécimens d'une telle beauté et d'une telle richesse. *Quand on pense que tous ces trésors dorment dans cette maison en ruine depuis plus d'un siècle…* Il se retourna et se cogna dans un objet de taille modeste placé juste derrière lui. À son contact, le drap tomba en poussière et il découvrit une étrange créature empaillée. On aurait dit un tapir avec son museau allongé, mais à ce détail près, l'animal ne ressemblait à rien de connu avec sa grosse tête, ses longs membres antérieurs et ses défenses recourbées. Il se pencha pour lire la plaque cuivrée : *Mégalopède à défenses, décrit par Pline et longtemps considéré comme imaginaire – Unique spécimen existant, rapporté du Congo belge par l'explorateur anglais Sir Henry F. Moreton, 1869.*

Smithback faillit se pincer pour s'assurer qu'il ne rêvait pas. Leng aurait donc conservé chez lui un mammifère inconnu ? C'était tellement incroyable qu'il se demanda un instant s'il pouvait s'agir d'un faux. La question se posait d'ailleurs pour tous les spécimens qui l'entouraient. En prenant le temps d'y réfléchir, il comprit que c'était impossible. Un type comme Leng ne se serait jamais amusé à collectionner des faux : les objets exposés dans la vieille demeure étaient donc vrais ! Smithback n'avait examiné qu'une petite partie des vitrines ; si le reste était à l'avenant, il se trouvait en présence de l'une des plus belles collections d'histoire naturelle au monde, et non pas d'un simple cabinet de curiosités. Il faisait trop sombre pour prendre la moindre note, mais Smithback ne s'en souciait guère. Les images qu'il avait sous les yeux resteraient gravées à jamais dans sa mémoire. Une telle aubaine ne se présentait qu'une seule fois dans la vie d'un journaliste.

Il tira sur un autre drap au hasard et découvrit l'énorme squelette fossilisé d'un ours des cavernes dressé sur ses pattes arrière, ses dents noircies acérées telles des lames de rasoir. La plaque de cuivre clouée sur un bloc de bois au pied de l'animal précisait que le plantigrade provenait de Kuts Canyon au Nouveau-Mexique.

Toujours en chaussettes, Smithback poursuivit sa visite à travers la pièce, retirant les draps l'un après l'autre. Après une série de mammifères du pléistocène dans un état de conservation digne des plus beaux musées, il découvrit plusieurs squelettes d'hommes de Neandertal en parfait état, certains avec des outils et des armes, un autre avec un collier de dents autour du cou.

Au cours de sa ronde, Smithback remarqua une arche de marbre conduisant à la salle voisine. Une énorme météorite de plus de deux mètres de diamètre trônait au milieu de la pièce, et de nouvelles vitrines étaient disposées le long des murs.

La lumière ne pénétrait que faiblement à travers les fenêtres condamnées, mais il constata avec stupéfaction que la météorite, au lieu d'être grise ou noire, était d'un rouge vif. C'était absolument incroyable.

Il s'intéressa ensuite aux objets étalés sur les étagères en acajou fixées sur l'un des murs. On y trouvait de tout – des masques aux rictus étranges, des pointes de flèches, en silex, un crâne humain incrusté de turquoises, des poignards ouvragés couverts de pierres précieuses, des crapauds dans du formol, des milliers de papillons dans des boîtes en verre – le tout méticuleusement rangé et classifié.

Il n'y avait guère prêté attention jusque-là, mais les appliques accrochées aux murs n'étaient pas des éclairages électriques, mais bien des lampes à gaz, alimentées par de petits tuyaux se terminant par de ravissants abat-jour en vitrail. Le doute n'était plus permis, la maison de Leng n'avait pas bougé depuis plus d'un siècle, comme s'il était parti un beau matin après avoir condamné les ouvertures, laissant tout en l'état…

Le journaliste s'arrêta brusquement, conscient des implications de son raisonnement. La vieille demeure n'avait pas pu rester telle quelle depuis la mort de Leng. Il avait bien fallu que quelqu'un s'en occupe d'une manière ou d'une autre, ne serait-ce que pour barder les fenêtres de tôle ondulée et protéger les collections à l'aide de tous ces draps. Il avait à nouveau l'impression désagréable de ne pas être seul dans cette grande maison.

Désormais, tout concourait à faire naître chez lui un sentiment d'angoisse : le silence pesant qui l'entourait, les objets à la fois fascinants et angoissants au milieu desquels il se trouvait, l'obscurité aussi, mais surtout l'odeur de pourriture qui lui brûlait les poumons. Smithback frissonna. Il n'avait plus rien à faire là. Il en avait assez vu pour écrire un article sensationnel. Le plus sage était de s'en aller sans prendre davantage de risques.

Sa décision prise, il fit demi-tour et remonta à la hâte le grand escalier, sans même prendre le temps de s'arrêter devant le grand chimpanzé et les tableaux. Curieusement, toutes les portes du palier étaient fermées et il faisait beaucoup plus sombre qu'à son arrivée. Il ne savait plus exactement quelle porte menait à la pièce dont il avait forcé la fenêtre ; il se souvenait pourtant qu'elle se trouvait à l'autre bout du palier. Il s'approcha de celle qu'il croyait être la bonne, mais elle lui résista lorsqu'il voulut tourner la poignée. *J'ai dû me tromper,* se dit-il en tentant d'ouvrir la suivante.

Elle était également fermée à clé.

De plus en plus inquiet, il essaya les portes l'une après l'autre et les trouva toutes verrouillées. Une sueur froide commençait à lui couler le long du dos.

Debout sur le vaste palier plongé dans l'obscurité, Smithback tentait de ne pas céder à la panique qui lui paralysait les membres.

Incrédule, il finit par se résoudre à accepter la vérité : il était prisonnier de la vieille demeure mystérieuse.

57

La voiture banalisée du capitaine Custer s'arrêta dans un crissement de pneus devant l'entrée de service du Muséum. Cinq voitures de patrouille stoppèrent à côté de lui, toutes sirènes hurlantes, leurs gyrophares striant de rouge et de blanc la façade néoromane du bâtiment. Il ouvrit sa portière et grimpa deux à deux les marches menant à la petite entrée, suivi d'une marée d'agents en uniforme.

Lors de la réunion de crise avec ses enquêteurs, et par la suite tout au long du trajet en voiture, il avait eu le temps de se convaincre que sa théorie était la bonne. *En tout cas, il faut agir vite et bien*, se promit-il intérieurement en levant les yeux sur l'énorme bâtiment. Agir vite et bien, ne jamais laisser le temps à l'adversaire de se ressaisir, lui disait toujours son instructeur à l'école de police. Il avait raison. Le préfet voulait des résultats et il allait être servi, car le capitaine Sherwood Custer était décidé à passer à l'attaque.

Les gyrophares des voitures de police se reflétaient dans les lunettes du gardien chargé de surveiller l'entrée du Muséum. Le malheureux avait l'air complètement hébété. Plusieurs de ses collègues arrivaient déjà en renfort, observant d'un air perplexe l'arrivée des forces de l'ordre. Quelques touristes, l'appareil photo en bandoulière et le guide à la main, arrivaient par Museum Drive. Ils s'arrêtèrent en voyant les voitures de police. Au terme de brefs pourparlers avec les agents, ils firent demi-tour et repartirent en direction du métro.

Custer ne prit même pas la peine de sortir son badge pour le montrer au malheureux planton.

— Capitaine Custer, commissariat du 7e arrondissement, aboya-t-il. Actuellement chargé d'une enquête criminelle.

Le gardien avala sa salive.

— Bien, capitaine.

— Le responsable de la sécurité du Muséum est-il en service ?

— Oui, capitaine.

— Très bien. Faites-le venir immédiatement.

Les gardiens s'éparpillèrent dans tous les sens, à la recherche de leur supérieur. Moins de cinq minutes plus tard, Custer voyait arriver un grand type en costume brun, les cheveux noirs gominés en arrière. Sa tête ne revenait pas à Custer qui détestait par principe tous les flics privés. *S'ils font ça, c'est qu'on n'a pas voulu d'eux dans la* police, avait-il l'habitude de dire d'un ton méprisant.

Le type de la sécurité lui tendit une main que Custer hésita un instant à serrer.

— Jack Manetti, chef de la sécurité. Dites-moi ce que je peux faire pour vous, messieurs.

Sans un mot, Custer sortit de sa poche le mandat en bonne et due forme qu'il avait réussi à obtenir en un temps record. Le responsable de la sécurité s'en empara pour le lire avant de le rendre à Custer.

— Pouvez-vous me dire à quoi rime toute cette histoire ?

— On vous expliquera tout en temps utile, ne vous inquiétez pas, rétorqua Custer d'un ton sarcastique. En attendant, ce mandat vous suffira. Mes hommes doivent avoir accès à l'ensemble des bâtiments du Muséum, sans exception. Je vous demanderai de mettre à ma disposition une salle afin de procéder à des interrogatoires. Nous ferons aussi vite que possible et tout se passera bien, à condition que vous coopériez pleinement avec nous.

Il s'arrêta un instant, regarda autour de lui d'un air conquérant, les mains derrière le dos, avant de poursuivre :

— Pas besoin de préciser que nous avons toute

autorité pour procéder à la saisie des objets congrus dans le cadre de l'enquête.

Il ne connaissait pas exactement la signification du mot « congru », mais comme le juge avait cru bon de l'utiliser dans son mandat, ça lui suffisait.

— Mais vous n'y pensez pas. Le Muséum doit fermer d'ici quelques minutes et il serait préférable d'attendre demain matin.

— La justice n'attend pas, monsieur Manetti. Je veux la liste complète des employés du Muséum, et je vous indiquerai les noms de ceux que je compte interroger. Ceux qui sont déjà rentrés chez eux devront être rappelés d'urgence. Je suis désolé, mais c'est comme ça.

— Mais enfin, je n'ai jamais vu ça ! Il faut que je commence par consulter le directeur et...

— Eh bien, consultez, mon vieux, consultez. Si ça peut vous rassurer, je compte même m'occuper personnellement du directeur, pour éviter toute ambiguïté. Une fois la procédure enclenchée, je ne tolérerai pas la moindre interruption, ni le moindre retard. Compris ?

Manetti acquiesça sans dissimuler son mécontentement. *Parfait*, pensa Custer. En mettant le pied dans la fourmilière, il était sûr de tenir l'assassin. Il ne fallait surtout pas leur laisser le temps de reprendre du poil de la bête. Ah, ah ! On allait voir ce qu'on allait voir ! Pour Custer, c'était un jour de gloire.

— Lieutenant Cannell, fit-il à l'adresse de l'un de ses subordonnés. Prenez trois hommes avec vous et demandez à ces messieurs de la sécurité de vous indiquer l'entrée du personnel. Tous ceux qui quittent le Muséum devront présenter une pièce d'identité, et vous en profiterez pour relever les adresses, les numéros de téléphone et les numéros de portable. On doit impérativement pouvoir les joindre en cas d'urgence.

— Bien, capitaine.

— Lieutenant Piles, vous venez avec moi.

— Bien, capitaine.

Custer se tourna vers Manetti :

— Allons rendre une petite visite au directeur, fit-il d'un air sombre. Montrez-nous le chemin.

— Très bien, capitaine. Suivez-moi, fit le chef de la sécurité d'un air plus sombre encore.

Custer fit signe à ses hommes de lui emboîter le pas. Ils parcoururent plusieurs halls en procession avant d'emprunter un ascenseur géant qui les emporta quelques étages plus haut. Puis ils traversèrent d'autres salles d'exposition – *comment font-ils pour se reconnaître dans tout ce bordel ?* se demandait Custer avec sa subtilité habituelle – avant d'arriver devant une double porte matelassée, entrouverte sur un vaste bureau lambrissé. Une femme toute menue, assise derrière une table, se leva en voyant arriver la meute des policiers.

— On vient voir le docteur Collopy, dit Custer en faisant des yeux le tour de la pièce.

Que pouvait bien foutre une simple secrétaire dans une pièce pareille ?

— Je suis désolée, répondit la femme, mais le docteur Collopy est actuellement absent.

— Il n'est pas là ? s'étonnèrent en chœur Custer et Manetti.

La secrétaire secoua la tête, visiblement troublée.

— Non, il n'est pas revenu de déjeuner. Il m'avait prévenue qu'il avait des choses à faire.

— Et vous ne savez pas comment le joindre ? demanda Custer.

— On peut toujours essayer de l'appeler sur son téléphone portable, proposa la secrétaire.

— Allez-y, aboya Custer avant d'ajouter à l'adresse de Manetti :

— De votre côté, arrangez-vous pour contacter vos autres patrons. Ils savent peut-être où trouver Collopy.

Manetti s'installa à un bureau et prit un téléphone. Personne ne disait rien, et le bip-bip du clavier résonnait dans la pièce. Custer en profita pour regarder autour de lui. Les murs étaient couverts de tableaux austères, et des trésors de toutes sortes reposaient dans des vitrines en verre. *Un vrai musée des horreurs*, songea-t-il.

— Il a débranché son téléphone portable, fit la secrétaire, je suis tombée sur sa messagerie.

— Vous n'avez aucun autre moyen de le joindre ? Chez lui, par exemple,.

La secrétaire échangea un coup d'œil avec Manetti.

— C'est-à-dire que nous ne sommes pas autorisés à l'appeler à son domicile, répondit- elle, de plus en plus ennuyée.

— Si vous voulez que je vous dise, je n'ai pas grand-chose à faire de ce que vous êtes *autorisée* à faire ou non. Vous l'appelez immédiatement chez lui et vous lui dites que la police veut le voir.

La secrétaire sortit une petite clé avec laquelle elle déverrouilla un tiroir de son bureau, puis elle consulta un classeur dont elle sortit une fiche cartonnée. Elle l'examina en veillant à ce que Manetti et Custer ne puissent rien voir avant de la remettre à sa place. Elle referma le tiroir à clé et composa un numéro.

— Ça ne répond pas, finit-elle par dire après avoir laissé sonner longtemps.

— Insistez quand même.

Au bout d'une minute, elle se décida à raccrocher.

— Il n'y a personne.

Custer leva les yeux au ciel.

— Bon, très bien. Je n'ai pas de temps à perdre, alors voilà ce qu'on va faire. J'ai tout lieu de croire que l'assassin surnommé par la presse le Chirurgien se trouve ici, au Muséum. Ou tout du moins qu'il existe ici des indices susceptibles de nous conduire à lui. Chaque minute compte, et nous allons procéder à une fouille systématiquc du local des archives. Je prendrai personnellement la direction des opérations. Le lieutenant Piles ici présent se chargera d'interroger certains membres du personnel.

Manetti ne disait rien.

— Si vous acceptez de coopérer, je suis persuadé que nous pouvons avoir fini d'ici minuit, peut-être même plus tôt. J'aurai besoin d'une pièce pour les interrogatoires, d'une prise de courant pour nos appareils d'enregistrement, mais aussi d'un technicien et d'un électricien. Tout le monde ici doit se tenir prêt à être identifié et interrogé, et je vous demanderai de bien vouloir tenir les fichiers du personnel à ma disposition.

— Avez-vous une idée des membres du personnel que vous comptez interroger ? demanda Manetti.

— Je vous le dirai au fur et à mesure en consultant les fichiers.

— Je vous rappelle que nous avons deux mille cinq cents employés.

Custer n'avait jamais pensé qu'il pût y en avoir autant. *Deux mille cinq cents personnes pour ce musée de carnaval ?* Custer comprenait mieux où passaient ses impôts.

Il poussa un profond soupir avant de reprendre :

— Nous en tiendrons compte. Dans un premier temps, je voudrais qu'on interroge… Voyons voir… Commençons par les veilleurs de nuit. Ils ont peut-être remarqué des allées et venues bizarres. Je voudrais également voir l'archéologue qui a examiné les squelettes de Catherine Street et qui a trouvé ceux de Doyers Street.

— Nora Kelly.

— C'est ça.

— À ma connaissance, elle a déjà été interrogée par la police.

— Eh bien, on l'interrogera à nouveau. Je voudrais m'entretenir avec le responsable de la sécurité, c'est-à-dire vous, monsieur Manetti. J'ai besoin d'en savoir plus sur le fonctionnement des archives et du reste. Enfin, je voudrais voir tous ceux qui travaillent de près ou de loin avec le service des archives, notamment le type qui a découvert le corps de M. Puck avec cette Nora Kelly. Ce sera déjà pas mal pour un début, pas vrai ? fit-il avec un sourire crispé.

Personne ne jugea utile de lui répondre.

— Allons tout d'abord aux archives.

Comme pétrifié, Manetti n'avait pas l'air de comprendre ce qui lui arrivait.

— Alors, monsieur Manetti, on rêve ? Je vous ai demandé de me conduire aux archives. Et que ça saute.

Manetti battit plusieurs fois des paupières avant de répondre :

— Très bien, capitaine. Si vous voulez bien me suivre.

En retraversant la longue enfilade des salles d'exposition à la tête de ses hommes, Custer était particulièrement fier de la manière dont il gérait la crise. Il venait enfin de trouver sa vocation. Il n'était pas fait pour diriger un commissariat, il aurait dû faire partie de la brigade criminelle depuis longtemps. Pour la première fois de sa carrière, il se sentait vraiment dans son élément, et il bénissait le destin de lui avoir permis de faire enfin ses preuves.

58

Plongé dans la pénombre inquiétante du palier, Smithback faisait de son mieux pour ne pas céder à la panique. Il avait conscience que la peur était mauvaise conseillère, et qu'il devait y avoir une explication. Il avait dû se tromper. Les portes ne pouvaient pas être toutes fermées à clé puisqu'il était passé par là une demi-heure plus tôt.

Aussi calmement que possible, il refit le tour du palier en tentant d'ouvrir les portes l'une après l'autre. Il les secouait tour à tour sans s'inquiéter du bruit qu'il pouvait faire, s'assurant que le bois n'avait pas joué et que les battants n'étaient pas simplement coincés. Mais non, il ne s'était pas trompé : il était bien prisonnier de la maison de Leng.

Qui avait bien pu verrouiller la porte derrière lui ? Une hypothèse absurde, puisque la pièce par laquelle il était entré était vide. Il ne pouvait donc s'agir que d'un courant d'air, comme il l'avait cru en entendant la porte se refermer. Smithback était généralement d'un tempérament optimiste mais, pour une fois, il avait du mal à voir le bon côté des choses.

Toujours persuadé de se trouver seul dans la vieille demeure, il ne restait qu'une seule explication : les portes devaient se bloquer automatiquement en se refermant. Sans doute une particularité de ces vieilles maisons. Il suffisait donc de trouver une autre issue. Le mieux était de retourner au rez-de-chaussée et de forcer l'une des fenêtres de la salle de réception. À moins de passer par l'entrée principale, qui avait l'air en bon état. C'était probablement par là que passait le gardien chargé de l'entretien des lieux.

Le journaliste se sentait déjà nettement plus rassuré. Cette solution avait en outre l'avantage de lui éviter de redescendre par la façade.

Il ne lui restait plus qu'à trouver l'issue la plus commode.

Il attendit que les palpitations de son cœur se calment. Dans le silence qui l'entourait, ses oreilles guettaient le moindre bruit. *C'est bon signe si je n'entends rien,* se dit-il. *Ça prouve qu'il n'y a personne, que le gardien n'est pas là.* Il devait venir une fois par semaine tout au plus, peut-être même une fois par an, à en juger par la couche de poussière recouvrant tout. Mais Smithback n'avait aucune raison de se presser.

Un peu penaud, il se dirigea vers l'escalier et regarda à l'étage inférieur. La porte aperçue du dehors devait se trouver sur la gauche, près du hall d'entrée. Il descendit les marches une à une et s'arrêta prudemment au pied de l'escalier afin de regarder une dernière fois les étranges collections de Leng. Toujours pas le moindre bruit. Aucun doute, la maison était déserte.

Il se souvint brusquement de ce que lui avait dit O'Shaughnessy à propos de la théorie absurde de Pendergast. *Et si Leng avait réussi à… ?*

Smithback tenta de dédramatiser la situation en éclatant de rire, mais son rire sonnait faux. Tout ça était complètement ridicule. Personne ne peut vivre cent cinquante ans. Il avait conscience que l'obscurité, le silence et l'étrangeté du décor autour de lui commençaient à lui mettre les nerfs à vif.

Il s'arrêta un instant pour faire le point. À gauche, le hall donnait sur un couloir dans ce qu'il croyait être la bonne direction. L'inconvénient, c'est qu'il y faisait noir comme dans un four, et il n'avait pas eu la présence d'esprit de se munir d'une torche en venant. Il se serait donné des claques. Aucune importance, il n'avait pas le choix.

Il traversa lentement le hall d'entrée et emprunta un petit couloir, veillant à ne pas se cogner au passage dans les vitrines et les objets recouverts de draps. Il avait beau écarquiller les yeux, il ne voyait absolument rien. Autour de lui, l'obscurité était presque palpable. En fouillant dans ses poches, il retrouva la vieille pochette d'allumettes récupérée l'autre soir aux Vieux Os. Il frotta une première allumette qui s'alluma avec un chuintement désagréable.

La flamme vacillante révéla un passage menant vers une autre pièce pleine de vitrines en bois. Il avança de quelques pas, mais l'allumette s'éteignit. Il poursuivit son chemin à tâtons en direction d'une porte qu'il avait tout juste eu le temps d'apercevoir à la lueur de la flamme, et pénétra dans une nouvelle pièce avant de frotter une deuxième allumette.

Cette fois, il s'agissait de collections d'un autre type, toutes préservées dans des bocaux de différentes tailles remplis de formol. Il remarqua aussitôt deux yeux géants qui le fixaient depuis leur cercueil de verre. Probablement des yeux de baleine, étant donné leur taille. Il avança pour ne pas gâcher le peu de lumière qui lui restait et trébucha contre un jéroboam en verre posé sur un socle de marbre. Une sorte de sac gigantesque flottait à l'intérieur de l'énorme récipient, dont Smithback comprit la nature en découvrant cette légende surréaliste : *Estomac de mammouth contenant encore le dernier repas du mastodonte – Retrouvé congelé dans les champs de glace de Sibérie.*

Smithback était de plus en plus anxieux de sortir de ce guêpier. Il avançait aussi vite que possible entre les rangées de vitrines et se retrouva devant une très vieille porte en bois. À cet instant précis, l'allumette acheva de se consumer en lui brûlant les doigts et il la laissa tomber. Étouffant un juron, il en alluma une autre et ouvrit la porte. Il se trouvait à présent dans une immense cuisine au carrelage en damier noir et blanc. Une large cheminée s'ouvrait sur l'un des murs de la pièce dont le mobilier se composait d'un majestueux poêle à charbon, de plusieurs fours alignés, d'une rangée de pierres à eau et de dizaines de casseroles en cuivre oxydé pendues à des crochets au plafond. Avec ses crottes de souris, l'épaisse poussière qui la recouvrait et son odeur de moisi entêtante, la cuisine faisait penser à celle de la Belle au bois dormant.

Smithback prit à peine le temps de s'intéresser à ces détails, préoccupé par le fait que la pièce se terminait en cul-de-sac.

La maison était bien trop grande et ses allumettes ne dureraient qu'un temps. Il était urgent de trouver la sortie avant qu'elles ne viennent à manquer.

Ressaisis-toi, Smithback, dit-il tout haut pour se donner du courage. Il ne faisait guère de doute que personne n'était passé par là depuis des décennies, peut-être même un siècle. La vieille demeure était inhabitée, il n'avait donc aucune raison de s'en faire.

Se fiant à sa mémoire pour économiser ses précieuses allumettes, il revint sur ses pas et se retrouva rapidement dans la grande salle aux bocaux. Au moment où il s'y attendait le moins, son épaule frôla malencontreusement un objet et un grand fracas retentit aussitôt, tandis que l'odeur âcre du formol se répandait dans la pièce. Les nerfs à vif, il attendit que le silence revienne avant d'évaluer les dégâts. Il allait frotter une allumette lorsqu'il se ravisa, se demandant si le formol n'était pas un liquide inflammable. Ce n'était vraiment pas le moment de jouer au petit chimiste, et il jugea préférable de battre en retraite dans le noir. Avançant un pied prudemment, il sentit à travers sa chaussette un objet de grande taille, mou et humide. Il ne pouvait s'agir que du spécimen conservé dans le flacon brisé. Frissonnant de dégoût, il contourna l'obstacle et se dirigea à la hâte vers le premier couloir.

Il se souvenait que d'autres portes s'ouvraient un peu plus loin sur le corridor. Il suffisait de les essayer les unes après les autres pour trouver la bonne. Smithback prit le temps d'enlever ses chaussettes, toutes dégoulinantes de formol, puis il repassa dans le couloir et frotta une allumette. En tout, quatre portes conduisaient à des pièces encore inexplorées : deux à gauche et deux à droite.

Il ouvrit la plus proche et découvrit une ancienne salle de bains équipée d'une vieille baignoire en zinc. Au centre de la pièce, posé de façon parfaitement incongrue sur le carrelage, un crâne d'allausaure lui souriait de toutes ses dents. La porte suivante donnait sur un grand placard plein d'oiseaux empaillés de toutes les couleurs. La troisième conduisait également à un placard, rempli cette fois de lézards empaillés. Quant à la quatrième, elle s'ouvrait sur une arrière-cuisine aux murs rongés de salpêtre.

L'allumette s'éteignit et Smithback se retrouva dans le noir le plus opaque. Sa respiration, de plus en plus rauque, meublait le silence d'un ronronnement inquiétant. Il ouvrit sa pochette d'allumettes pour savoir précisement combien il lui en restait. Une, deux, trois, quatre, cinq, six… Il avait de plus en plus de difficulté à maîtriser son angoisse, l'idée même d'être submergé par la panique ne faisant qu'alimenter ses craintes. Il tenta de se rassurer en se disant que ce n'était pas la première fois qu'il se trouvait dans une situation délicate. Il avait connu bien pire au cours de sa carrière. *Espèce d'idiot, tu es perdu dans une maison vide. Tu n'as qu'à trouver la sortie, c'est tout.*

Il retourna à tâtons dans la grande pièce de réception explorée au début de sa visite, retrouvant les collections de Leng sous leurs linceuls fantomatiques. Cette vision spectrale avait quelque chose d'effrayant, mais le soulagement de retrouver un semblant de lumière suffit à faire renaître l'espoir chez Smithback après l'angoisse de ses pérégrinations dans le noir. Il tenta de s'intéresser à nouveau aux extraordinaires collections de Leng, mais le cœur n'y était plus, la curiosité ayant fait place à la peur. L'odeur de décomposition était plus forte que jamais et il redoutait à chaque instant de buter sur quelque chose qui aurait dû être enterré depuis longtemps.

Le journaliste s'obligea à respirer posément pour calmer ses nerfs. La couche de poussière sur le sol aurait dû le rassurer, lui apportant la preuve que l'endroit était désert et que le gardien des lieux, s'il y en avait un, ne venait que rarement.

Il écarquilla les yeux dans la pénombre, essayant de mieux distinguer le décor qui l'entourait. De l'autre côté du hall d'entrée, un passage en arcade conduisait à ce qui avait tout l'air d'être une autre grande pièce. Il traversa le hall, ses pieds nus faisant un bruit mat sur le parquet. Il emprunta le petit passage et découvrit une grande salle entièrement lambrissée de panneaux de bois précieux, avec un superbe plafond à caissons, abritant une multitude d'objets. Certains étaient drapés de blanc, d'autres montés sur des armatures ou juchés sur des socles. Il ne s'agissait visiblement pas de collections comparables à celles qu'il avait pu admirer dans les autres pièces. Il fit prudemment le tour de la salle, oubliant un instant ses malheurs pour découvrir, stupéfait, des appareils aux formes étranges : plusieurs grandes cuves à vapeur maintenues par de larges sangles de cuir, certaines percées d'un hublot transparent ; des bacs en métal galvanisé ressemblant à de gros pots à lait avec leurs couvercles solidement boulonnés ; un énorme coffre en bois percé d'alvéoles renforcées de plaques de cuivre ; une caisse en forme de cercueil qu'une demi-douzaine d'épées traversaient de part en part. Sur les murs étaient accrochés des cordes, des mouchoirs à moitié moisis noués les uns aux autres, des camisoles de force, des chaînes et des menottes de toutes tailles. Smithback était d'autant plus impressionné par ce spectacle déroutant qu'aucun des objets exposés là ne rappelait les collections d'histoire naturelle de Leng.

Il se glissa au milieu de la pièce, veillant à se tenir aussi loin que possible des murs. S'il avait bien calculé, la façade principale devait se trouver droit devant lui. Comme l'autre côté de la maison se terminait en cul-de-sac, il ne pouvait guère se tromper. Au besoin, il se sentait prêt à démolir la porte d'entrée dès qu'il l'aurait trouvée.

À l'autre extrémité, la pièce se terminait par un couloir plongé dans l'obscurité. Smithback avança avec précaution en se guidant sur le mur, traînant des pieds pour éviter les mauvaises surprises. Le noir n'était pas tout à fait complet et il distingua comme dans un brouillard les contours d'une autre pièce. Elle était nettement plus petite et intime que celles traversées jusque-là, et les spécimens y étaient beaucoup moins nombreux. Les quelques vitrines disposées le long des murs contenaient de nombreux coquillages, ainsi que plusieurs squelettes de dauphins. À l'origine, cette pièce avait dû servir de boudoir ou de petit salon. Et s'il s'agissait d'un ancien vestibule ? se demanda Smithback, à qui cet espoir donnait des ailes.

Le jour diffus trouant les ténèbres provenait d'une minuscule ouverture au fond de la pièce, à travers laquelle filtrait un rai de lumière dans lequel dansaient des millions de grains de poussière. Il s'agissait d'un trou percé dans l'une des fenêtres murées. Smithback s'approcha de l'ouverture en poussant un soupir de soulagement. En sondant le mur avec ses doigts, il découvrit une épaisse porte en chêne. Il était enfin au bout de ses peines. Sa main trouva un épais bouton de porte. La porcelaine était glacée sous ses doigts. Il tourna la poignée précipitamment, impatient de retrouver l'air libre.

Mais la poignée refusait de tourner et la porte ne bougeait pas d'un pouce.

Il essaya à nouveau avec l'énergie du désespoir, sans succès.

Il poussa un grognement de dépit et recula d'un pas, suivant du doigt le contour du battant à la recherche d'un verrou ou d'une serrure. En vain. Un vent de panique le submergea aussitôt.

Sans s'inquiéter du tintamarre qu'il pouvait faire, il se jeta de tout son poids contre la porte à plusieurs reprises dans l'espoir de l'enfoncer. Le bruit sourd de sa masse contre le battant de chêne se répercutait à travers toute la maison, mais la porte refusait obstinément de céder et il dut s'arrêter pour reprendre son souffle, le cœur battant.

Alors que le silence reprenait ses droits dans la vieille demeure abandonnée, Smithback perçut un léger bruit à l'autre bout de la pièce, et une voix aussi sèche que celle d'une momie troua soudainement les ténèbres :

— Vous nous quittez déjà, cher ami ? Quel dommage ! Vous venez tout juste d'arriver.

59

Custer déboula dans le local des archives avec la délicatesse d'un éléphant, la meute des agents en uniforme sur ses talons. *Agir vite et bien.* Il ressassait constamment sa nouvelle devise pour être sûr de ne pas l'oublier. *Ne pas leur laisser le temps de se retourner.* Planté à l'entrée de la pièce, les mains sur les hanches, il vit avec une satisfaction non dissimulée les deux employés des archives sursauter en voyant fondre sur eux l'escadron de police.

— Nous allons procéder à la fouille systématique de ce local, aboya-t-il.

Noyes se détacha un instant de son ombre, le temps de brandir d'un geste conquérant le mandat de perquisition signé par le juge. Custer constata avec délice que son adjoint jetait aux archivistes un regard presque aussi belliqueux que le sien. Tel maître, tel valet.

— Capitaine, protesta Manetti, le local des

archives a déjà été fouillé de fond en comble par vos équipes lorsque le corps de Puck a été découvert. On a eu droit aux spécialistes de l'identité judiciaire, aux types chargés de relever les empreintes, aux photographes, aux…

— Vous êtes gentil, Manetti, mais j'ai lu le rapport. Eux, c'étaient eux, et moi, c'est moi. Nous avons de nouveaux indices. Des indices de première importance.

Custer ne prenait même plus la peine de dissimuler son impatience.

— On n'y voit rien, là-dedans. Éclairez-moi ça, et que ça saute !

L'un des archivistes se précipita. Passant la main sur l'alignement d'interrupteurs en ivoire, il fit de la lumière entre les rangées de rayonnages.

— C'est ça que vous appelez allumer les lumières ? Une chatte n'y retrouverait pas ses petits.

— Bien, capitaine.

Custer se tourna vers ses hommes.

— Vous savez ce que vous avez à faire. Fouillez-moi tout ce bazar, rangée par rangée, étagère par étagère. Ne laissez rien au hasard, pas même les trous de souris.

Comme les agents n'obtempéraient pas assez vite à son goût, il ajouta d'un ton irrité :

— Alors, qu'est-ce que vous attendez ? Au boulot, les gars, au boulot !

Les hommes échangèrent des regards inquiets, et ils s'empressèrent de se répartir la tâche sans souffler mot. En l'espace de quelques minutes, ils s'étaient éparpillés dans les allées, avalés par le labyrinthe des archives. Custer se retrouvait seul avec

Manetti et les deux archivistes terrorisés près de l'ancien bureau de Puck. Les premiers échos de la fouille commençaient à leur parvenir à mesure que les hommes de Custer vidaient les étagères l'une après l'autre. Ravi de l'efficacité de ses troupes, Custer bombait le torse.

— Asseyez-vous, Manetti, fit-il d'un air condescendant. Il est temps que nous ayons une petite conversation, tous les deux.

Manetti regarda autour de lui d'un air perplexe, constata qu'il ne restait aucune chaise de libre, et décida de rester debout.

— Très bien, commença Custer, sortant de sa veste un élégant carnet relié de cuir et un stylo en or achetés chez Macy's le lendemain du jour où le préfet lui avait confié l'enquête. Il lui fallait au moins ça pour prendre des notes.

— Expliquez-moi un peu à quoi sert ce local. Qu'est-ce que vous gardez ici, au juste ? Des vieux papiers, des coupures de journaux, les menus de la cantine ? Allez, racontez- moi ça.

Manetti poussa un soupir à fendre un arbre.

— Le local des archives contient l'ensemble des documents relatifs à nos collections, ainsi que les spécimens les plus courants, c'est-à-dire ceux qui ne sont pas exposés. Tous ces éléments restent bien évidemment à la disposition des chercheurs et des historiens. Comme nous ne conservons rien de particulièrement précieux ici, on se contente d'appliquer les règles de sécurité minimales.

— Très minimales, même, rétorqua Custer sans chercher à masquer son ironie. Suffisamment minimales pour que votre ancien archiviste, le vieux

Puck, se retrouve le cul sur une corne de dinosaure. Bravo pour la sécurité minimale. En attendant, où gardez-vous les trucs de valeur, dans ce musée ?

— Les objets qui ne sont pas exposés sont conservés dans la zone sécurisée. Un entrepôt doté de son propre système de sécurité renforcé.

— Je suppose qu'on doit tenir un cahier des gens qui viennent aux archives, non ?

— Oui, nous disposons d'un registre dans lequel sont consignés les noms des visiteurs.

— Il est où, ce registre ?

Manetti désigna du menton l'épais volume trônant sur le bureau des archivistes.

— Nous en avons fait une photocopie pour la police à la suite de la mort de Puck.

— Expliquez-moi comment ça fonctionne.

— Comme je vous l'ai dit, on note le nom de tous les visiteurs. Vos collègues ont remarqué que certaines pages avaient été soigneusement découpées à l'aide d'une lame de rasoir et…

— Vous avez bien dit *tous* les visiteurs, c'est ça ? Y compris les employés du Muséum ?

— Oui, absolument tout le monde, mais…

Custer se tourna vers Noyes, lui montrant le registre du doigt.

— Tu m'embarques ça.

Manetti l'interrompit aussitôt.

— Vous ne pouvez pas faire ça. Ce registre est la propriété du Muséum.

— Était.

— Pardon ?

— Ce registre *était* la propriété du Muséum, nuance. Maintenant, c'est une pièce à conviction.

— Je vous ferai remarquer que vous avez déjà emporté toutes les pièces à conviction dont vous pouviez avoir besoin. Je pense à la machine à écrire sur laquelle a été tapée la note qui…

— Ne vous faites pas de bile, mon vieux. On vous signera un reçu en bonne et due forme.

Et encore, si tu me le demandes gentiment, tête de nœud, pensa Custer, avant de reprendre :

— Mais vous n'avez toujours pas répondu à ma première question. Vous gardez quoi au juste, dans ce sous-sol ?

— Je vous l'ai déjà dit, les dossiers périmés des différents départements du Muséum. Des documents historiques, des notes, des lettres, des rapports de recherche. Tout, sauf le fichier du personnel. En tant qu'organisme public, le Muséum est tenu de tout conserver.

— Parlez-moi un peu de la lettre qu'on a retrouvée ici. La lettre publiée dans le journal, où sont décrits tous ces vieux crimes. Comment a-t-elle été retrouvée ?

— Il faudrait demander à l'inspecteur Pendergast, puisque c'est lui qui l'a retrouvée, avec l'aide de Nora Kelly. Ils l'ont découverte dans une espèce de boîte creusée dans un pied d'éléphant.

Encore cette Nora Kelly ! En voilà une qui avait le don de se trouver toujours là où il ne fallait pas. Custer se promit de l'interroger lui-même une fois qu'il en aurait fini avec son oiseau. Il aurait volontiers fait d'elle le principal suspect s'il l'avait crue physiquement capable de hisser le vieux Puck sur sa corne de dinosaure. À moins qu'elle ait eu des complices.

Custer prit quelques notes avant de reprendre l'interrogatoire.

— A-t-on touché à quoi que ce soit dans ce local depuis un mois ?

— Il est possible qu'on ait rangé les dossiers périmés, comme cela se fait tous les mois.

Manetti hésita un court instant avant de poursuivre :

— À la suite de la découverte de cette fameuse lettre, je crois qu'elle a été réclamée par la direction, avec l'ensemble des documents ayant trait à l'affaire.

Custer hocha la tête.

— Sur ordre de Collopy, donc.

— Pas tout à fait. Pour être précis, je crois que l'ordre a été donné directement par notre vice-président, qui est également le conseil juridique du Muséum, M. Roger Brisbane.

Brisbane... Ce nom-là aussi lui disait quelque chose. Custer le nota sur son petit carnet de son écriture appliquée.

— Vous parlez des documents ayant trait à l'affaire. Quel genre de documents ?

— Je ne pourrais pas vous dire. Il faudrait demander à M. Brisbane.

Custer se tourna vers les deux archivistes assis derrière leur bureau.

— Le dénommé Brisbane, vous le voyez souvent dans les parages ?

— Assez régulièrement depuis quelque temps, répondit l'un des deux hommes.

— Qu'est-ce qu'il vient faire ici ?

L'homme haussa les épaules.

— Il nous pose des tas de questions, c'est tout.

— Quel genre de questions ?

— Des questions sur Nora Kelly, sur cet inspecteur du FBI… Il voulait savoir ce qu'ils étaient venus faire ici, ce qu'ils cherchaient, ce genre de choses. Il nous a également parlé d'un journaliste. Il voulait savoir si on l'avait vu, mais j'ai oublié son nom.

— Smithbrick ?

— Un truc comme ça, oui.

Custer feuilleta furieusement son petit carnet et poussa un cri de triomphe.

— William Smithback junior.

— Oui, c'est le nom que M. Brisbane nous a donné.

Custer hocha la tête d'un air entendu.

— Et cet inspecteur du FBI, Pendergast, vous l'avez déjà rencontré ?

Les deux archivistes échangèrent un regard.

— Une seule fois, avoua le premier.

— Et Nora Kelly ?

— Elle aussi, répliqua le second.

Il avait les cheveux coupés si courts qu'on aurait pu le croire chauve.

— Vous connaissiez Puck ? lui demanda Custer.

Le jeune homme fit oui de la tête.

— Votre nom ?

— Oscar. Oscar Gibbs. J'étais l'assistant de M. Puck.

— Dites-moi, Gibbs, savez-vous si Puck avait des ennemis ?

Les deux archivistes se regardèrent à nouveau et leur manège n'échappa pas à Custer.

— C'est-à-dire… commença Gibbs, hésitant. Un jour, M. Brisbane est venu ici et il s'est pris le bec avec M. Puck. Il le traitait de tous les noms, il menaçait de lui faire son affaire.

— Tiens, tiens… et pour quelle raison ?

— Il accusait M. Puck d'avoir divulgué des informations confidentielles à des personnes extérieures au Muséum. Il prétendait que M. Puck avait failli à son devoir de réserve. En fait, je crois surtout qu'il était furieux que le service des Ressources humaines n'ait pas accédé à son désir de licencier M. Puck. Il lui a dit qu'il n'en avait pas fini avec lui. C'est à peu près tout.

— Quand cette charmante petite conversation a-t-elle eu lieu ?

Gibbs réfléchit un moment avant de répondre :

— Attendez… Ce devait être le 13. Non, le 12. Le 12 octobre.

Custer nota scrupuleusement la date sur son petit carnet, y ajoutant des commentaires. Au même moment, on entendit un grand bruit dans les entrailles des archives, suivi de cris de surprise. Custer releva la tête, très satisfait de lui. Il ne resterait pas la moindre lettre cachée dans un pied d'éléphant quand ses hommes en auraient fini avec ce nid à poussière.

Puis, s'adressant à nouveau à Gibbs :

— Puck avait d'autres ennemis, à votre connaissance ?

— Je ne crois pas. À dire vrai, M. Puck était l'un des personnages les plus attachants du Muséum. Pour cette raison, j'ai été très choqué de voir la façon dont le traitait Brisbane.

Ce Brisbane n'a décidément pas la cote, songea Custer. Il se tourna vers Noyes.

— Va me chercher le dénommé Brisbane. Je voudrais lui dire un mot.

Noyes s'apprêtait à exécuter l'ordre de son cher supérieur lorsque la porte du local des archives s'ouvrit avec fracas. Au bruit, Custer se retourna et vit un homme en smoking, le nœud papillon de travers et les cheveux gominés en bataille, fondre sur lui.

— Que se passe-t-il ? hurla-t-il à l'adresse du capitaine. Vous n'avez aucun droit de débarquer ici sans prévenir et de semer la pagaille dans cet établissement. J'exige de voir votre mandat immédiatement !

Noyes commençait déjà à fouiller ses poches à la recherche du mandat lorsque Custer l'arrêta d'un geste solennel. Il n'en revenait pas lui-même de son calme olympien, de sa pondération exemplaire, de l'aisance avec laquelle il gérait la situation. Cette affaire allait marquer un tournant décisif dans sa carrière.

— Auriez-vous l'amabilité de me dire qui vous êtes, monsieur ? demanda-t-il à l'importun d'un ton glacial.

— Je suis Roger C. Brisbane, troisième du nom, premier vice-président et conseiller juridique de cet établissement.

— Monsieur Brisbane ! s'exclama Custer avec une bonhomie feinte. Comme c'est aimable à vous de nous rejoindre. J'avais justement quelques questions à vous poser.

60

Smithback se pétrifia. L'obscurité était presque complète au fond de la petite pièce et il lui était impossible de distinguer le propriétaire de la voix.

— Qui est là ? finit-il par articuler péniblement.

Mais personne ne lui répondit.

— Vous êtes le gardien, c'est ça ? suggéra-t-il avec un petit rire forcé. Figurez-vous que je me retrouve bloqué ici et que je n'arrive plus à sortir.

Nouveau silence.

Smithback en était presque à se demander s'il n'avait pas rêvé, si la voix qu'il avait cru entendre n'était pas le fruit de sa propre peur. À condition de retrouver un jour la sortie, il se jurait de ne plus jamais aller voir de films d'horreur au cinéma.

Au fond de lui-même, il savait pourtant qu'il n'était pas seul. Il l'avait toujours su.

— En fait, reprit-il, je suis bien content que vous soyez là. Je vous serais très reconnaissant de m'indiquer la sortie…

Il s'étrangla en voyant brusquement une silhouette s'avancer dans la pénombre, et sa phrase resta en suspens. Celui qui avait parlé se trouvait là, devant lui, drapé dans un long manteau noir, les traits dissimulés par le rebord de son chapeau melon. Au bout de sa main levée luisait faiblement la lame d'un long scalpel à manche d'ivoire. De l'autre main, l'homme tenait une seringue hypodermique.

— Quel plaisir de vous accueillir ici, fit l'inconnu d'une voix grave tout en caressant son scalpel. Cette petite visite me réjouit d'autant plus que vous arrivez au bon moment.

Smithback, dominant sa peur par un réflexe de survie désespéré, décida soudain de passer à l'attaque. Pivotant sur lui-même, il tenta son va-tout et se jeta sur son étrange adversaire, mais l'obscurité était trop dense, et l'inconnu plus rapide que l'éclair…

Lorsque Smithback se réveilla, il n'avait pas la moindre idée du temps qui s'était écoulé depuis son agression. Le cerveau tout endormi, il flottait sur un nuage cotonneux. Il se souvenait juste avoir fait un cauchemar horrible, mais il était en train de se réveiller et tout allait rentrer dans l'ordre. La caresse du soleil matinal se chargerait de lui faire oublier ce mauvais rêve. Il se lèverait, s'habillerait et prendrait son petit déjeuner dans le café grec où il avait ses habitudes, avant de vaquer à ses occupations professionnelles, comme chaque matin.

Mais, au fur et à mesure qu'il retrouvait ses esprits, il s'apercevait avec une horreur grandissante que son cauchemar ne s'éloignait pas, que les souvenirs douloureux associés à son rêve ne se dissipaient pas. Les détails lui revenaient les uns après les autres, et la sinistre vérité s'imposait peu à peu à lui : il était retenu prisonnier dans la vieille demeure de Leng.

La vieille demeure de Leng…

Il voulut secouer la tête pour s'éclaircir les idées, déclenchant des maux de crâne épouvantables.

Il commençait à se souvenir… S'il se trouvait

effectivement dans la maison de Leng, l'homme au chapeau melon n'était autre que le Chirurgien.

Réalisant brusquement le sort qui l'attendait, Smithback fut pris de panique. Au milieu de toutes les pensées terribles qui se bousculaient dans sa tête, une seule revenait, lancinante : Pendergast avait donc raison. Pendergast avait raison depuis le début.

Enoch Leng était toujours en vie.

Le Chirurgien et Leng ne formaient qu'une seule et même personne.

Et comme un imbécile, Smithback s'était fourré tout seul dans la gueule du loup.

Il mit quelques instants à identifier le halètement pénible qui lui vrillait les tympans depuis son réveil : il s'agissait de sa propre respiration, alors qu'il tentait péniblement d'aspirer un peu d'air à travers le sparadrap qui le bâillonnait. Il s'obligea à respirer plus lentement pour se calmer et faire le point. Il se trouvait dans le noir complet et une forte odeur de salpêtre parvenait jusqu'à lui. Il faisait froid et humide autour de lui, et il avait de plus en plus mal à la tête. Il voulut se passer la main sur le front, mais ses poignets étaient menottés et des chaînes entravaient ses chevilles.

Son cœur cognait de plus en plus fort dans sa poitrine au fur et à mesure que les images se bousculaient dans sa tête : les grandes pièces sombres avec leurs surprenantes collections, la voix résonnant dans le noir comme un coup de tonnerre, la silhouette émergeant brusquement du fond de la pièce, la lame du scalpel luisant dans la pénombre. *Leng n'était donc pas mort, plus d'un siècle après les crimes de Catherine Street…* Par moments, Smithback avait l'impression de devenir fou.

Paniqué, il voulut se mettre debout et retomba aussitôt dans un bruit de chaînes et de ferraille. Il était nu comme un ver, bras et jambes enchaînés à un anneau fixé dans le sol, la bouche fermée par un gros morceau de sparadrap.

Mon Dieu, dis-moi que ce n'est pas vrai, que je suis en train de faire un cauchemar…

Il n'avait bien évidemment prévenu personne de son intention de s'introduire dans la maison de Riverside Drive. Personne ne savait où il était. Il faudrait plusieurs jours pour qu'on s'inquiète de son absence. Si seulement il avait pris la précaution de mettre quelqu'un dans la confidence. N'importe qui : une secrétaire du journal, O'Shaughnessy, son arrière-grand-père, sa demi-sœur, son chien…

Il reposa la tête en arrière. Il avait une migraine insupportable, la respiration courte, et son cœur battait la chamade.

L'homme au chapeau melon l'avait endormi à l'aide d'une drogue quelconque avant de l'enchaîner et de l'enfermer dans ce trou noir et glacial. Il savait au moins ça. Il ne pouvait s'agir que de l'inconnu qui s'était attaqué à Pendergast après avoir tué Puck et les deux jeunes femmes. Celui qu'on surnommait le Chirurgien. Il se trouvait dans les oubliettes du Chirurgien.

Le Chirurgien, alias le docteur Enoch Leng.

Un bruit de pas le fit sursauter. Smithback perçut un raclement métallique, et un petit rectangle de lumière troua l'obscurité, l'obligeant à plisser les yeux. Il était dans une sorte de cave aux murs de pierre et au sol bétonné, fermée par une porte métallique. L'espace d'un instant, une bouffée d'espoir le traversa.

À travers le guichet pratiqué dans la porte, il apercevait deux lèvres humides qui s'animèrent soudain.

— Ne vous agitez surtout pas, fit la voix. Vous n'en avez plus pour longtemps. Inutile de résister.

La voix était à la fois familière et étrange, une sorte de murmure échappé du pire des cauchemars.

L'instant d'après, le guichet se refermait et Smithback se trouvait à nouveau plongé dans les ténèbres.

CES HORRIBLES PLAIES

61

La Rolls-Royce glissait sans bruit à travers Little Governors Island sur une petite route de campagne. Un brouillard épais recouvrait les marécages, empêchant de voir l'East River et la silhouette de Manhattan de l'autre côté de l'eau. Trouant la brume, les phares de la voiture éclairèrent une longue allée de marronniers avant de rencontrer une haute grille en fer forgé. La Rolls stoppa devant la grille sur laquelle était vissée une plaque en bronze : *Hôpital Mount Mercy – Unité de psychiatrie criminelle.*

Dans la lucur des phares, un gardien émergea d'une guérite et s'approcha de la voiture. Sa carrure impressionnante tranchait avec son air débonnaire. Pendergast baissa sa vitre et l'homme se pencha dans l'habitacle.

— Les heures de visite sont terminées, dit-il.

Pendergast sortit son badge de la poche intérieure de sa veste et le tendit au gardien qui le regarda longuement avant de hocher la tête. La présence d'un haut fonctionnaire du FBI n'avait pas l'air de l'impressionner le moins du monde.

— Que puis-je pour vous, inspecteur ?

— Je souhaiterais rendre visite à l'une de vos malades

— Son nom, s'il vous plaît ?

— Pendergast. Mademoiselle Cornelia Delamere Pendergast.

Un ange passa.

— Puis-je vous demander si vous êtes ici en mission officielle ? demanda le gardien d'un ton nettement moins aimable.

— Je suis ici pour raison professionnelle, en effet.

— Bien. Je vais prévenir l'hôpital de votre arrivée. C'est le docteur Ostrom qui est de garde ce soir. Vous n'avez qu'à garer la voiture sur l'un des emplacements officiels à gauche de l'entrée principale. On vous attendra à la réception.

Quelques instants plus tard, Pendergast faisait la connaissance du méticuleux docteur Ostrom, et celui-ci l'invitait à le suivre. Deux infirmiers ouvraient la marche, deux autres la fermaient, et les pas des six hommes résonnaient dans le couloir. Le bâtiment était ancien, et l'on distinguait encore des lambris et des moulures sous un nombre impressionnant de couches de peinture. Un siècle plus tôt, à l'époque où la tuberculose faisait des ravages dans toutes les couches sociales de la population new-yorkaise, l'hôpital Mount Mercy servait de sanatorium aux enfants de la grande bourgeoisie. Par la suite, sa situation géographique isolée au cœur de cette petite île avait poussé les autorités compétentes à le transformer en institution psychiatrique spécialisée dans l'accueil des aliénés les plus dangereux, coupables pour la plupart de crimes abominables.

— Comment se porte-t-elle ? demanda Pendergast.

— Comme d'habitude, répondit le médecin après une courte hésitation.

Ils s'arrêtèrent enfin devant une lourde porte métallique dans laquelle avait été pratiquée une ouverture protégée par des barreaux. L'un des infirmiers déverrouilla la porte et s'effaça pour laisser entrer Pendergast, le médecin, et deux de ses collègues.

La pièce était particulièrement dépouillée, aucune décoration ne venant égailler ses murs légèrement rembourrés : un divan en skaï, deux chaises en plastique et une petite table. Tous les meubles étaient vissés au sol. Pas la moindre pendule, et pour tout éclairage un néon fixé au plafond, protégé par un épais grillage. Rien qui puisse permettre aux pensionnaires de l'établissement de se suicider ou d'attaquer le personnel. Au fond de la pièce se trouvait une porte métallique plus épaisse que la première, sans ouverture. Une pancarte en gros caractères avertissait le visiteur : *Attention – Risque de fugue.*

Pendergast s'installa sur l'une des deux chaises en plastique et croisa les jambes.

Les deux infirmiers ouvrirent la seconde porte et passèrent dans la pièce voisine dont ils refermèrent soigneusement le battant derrière eux. Leur absence se prolongea durant quelques minutes au cours desquelles les visiteurs n'entendirent rien, sinon quelques hurlements lointains et des coups sourds. Les protestations aiguës d'une vieille femme leur parvinrent brusquement de la pièce voisine. La porte s'ouvrit pour laisser passer une chaise roulante poussée par l'un des deux infirmiers. Les lanières de cuir permettant d'attacher la malade disparaissaient presque sous la débauche de caoutchouc mousse rembourrant les parties métalliques de la chaise.

Une vieille demoiselle à l'allure très digne était solidement sanglée sur le fauteuil. Elle portait une longue robe démodée de taffetas noir, des bottines à boutons de l'ère victorienne et un long voile sombre. Elle cessa immédiatement de geindre en apercevant Pendergast.

— Relevez mon voile, ordonna-t-elle d'un ton sans réplique.

L'un des infirmiers s'approcha et le souleva prudemment, veillant à tenir ses mains à distance respectable du visage de la vieille dame.

Celle-ci regardait fixement Pendergast, et son visage couvert de taches de vieillesse tremblait légèrement.

— Auriez-vous l'amabilité de nous laisser seuls quelques instants ? demanda Pendergast au docteur Ostrom.

— Je ne peux malheureusement pas vous laisser seul avec la patiente. Je vous demanderai également de veiller à ne pas l'approcher, monsieur Pendergast.

— La dernière fois que je suis venu ici, on m'a accordé quelques minutes en tête à tête avec ma grand-tante.

— Je n'ai pas besoin de vous rappeler ce qui s'est passé lors de votre dernière visite, monsieur Pendergast, et…

L'inspecteur l'arrêta d'un geste.

— Très bien, très bien.

— Vous venez tard, ce soir. De combien de temps souhaitez-vous disposer ?

— Quinze minutes suffiront.

— Parfait.

Le médecin fit un signe et les deux infirmiers se postèrent de chaque côté de la porte donnant sur le couloir. Ostrom lui-même se mit devant la porte, aussi loin que possible de la malade. Il croisa les bras et attendit.

Pendergast tenta d'approcher sa chaise avant de se souvenir qu'elle était vissée au sol, et finit par se pencher en avant, regardant la vieille femme droit dans les yeux.

— Comment allez-vous, tante Cornelia ? demanda-t-il.

La femme avança la tête et murmura d'une voix rauque :

— Mon cher petit, comme c'est gentil à toi de venir me voir. Puis-je t'offrir une tasse de thé avec du lait et du sucre ?

L'un des infirmiers ricana, s'attirant aussitôt les foudres du docteur Ostrom qui lui jeta un regard courroucé.

— Non merci, tante Cornelia.

— C'est aussi bien comme ça, crois-moi. Depuis quelques années, le service n'est plus ce qu'il était. Cela devient si difficile de trouver des domestiques fidèles et efficaces, de nos jours. Pourquoi ne viens-tu pas me voir plus souvent, mon cher petit ? Tu sais bien qu'à mon âge, j'ai de plus en plus de mal à voyager.

Pendergast se pencha encore davantage.

— Pas si près, monsieur Pendergast, murmura immédiatement le docteur Ostrom.

Pendergast recula légèrement sur sa chaise.

— J'ai eu beaucoup de travail ces temps derniers, tante Cornelia.

— Du travail ? Mais enfin, mon cher petit, les gens de notre monde ne travaillent pas, tu le sais bien. Jamais aucun Pendergast n'a travaillé.

Pendergast baissa la voix :

— Je ne vais pas pouvoir rester très longtemps, ma tante. J'aurais voulu vous poser quelques questions au sujet de votre grand-oncle Antoine.

La vieille demoiselle fit la moue.

— Le grand-oncle Antoine ? Dans la famille, on prétendait qu'il s'était établi à New York, chez les Yankees. Je te parle d'une époque très lointaine, tu sais. Bien avant ma naissance.

— J'aurais aimé que vous me parliez de lui, ma tante.

— Je suppose que tu as dû entendre les rumeurs qui couraient sur son compte, mon cher petit. Rien de bon, j'en ai bien peur.

— Si cela ne vous gêne pas, j'aurais voulu que vous me racontiez la chose vous-même.

— Puisque tu y tiens… Comme beaucoup de membres de notre famille, il avait hérité d'une certaine instabilité mentale. On parlait même de folie. À Dieu ne plaise… soupira la vieille demoiselle.

— De quelle manière l'oncle Antoine était-il fou ?

Pendergast connaissait la réponse, mais il attendait de sa tante qu'elle lui donne davantage de détails.

— Déjà tout jeune, il souffrait d'obsessions chroniques. En même temps, c'était un enfant brillant, doué d'une intelligence bien supérieure à la moyenne, doublée d'un esprit sarcastique et souvent fantasque. À l'âge de sept ans, il était déjà imbattable aux échecs et au jacquet. C'était un joueur de whist hors pair, au point d'apporter au jeu des améliorations qui ont largement influencé le bridge aux enchères, si ce que l'on dit est vrai. En même temps, il se passionnait pour l'histoire naturelle, jusqu'à conserver en permanence dans sa chambre toutes sortes d'animaux et d'objets effrayants : des insectes, des serpents, des ossements, des fossiles… Parallèlement, il avait hérité de son père une passion pour les élixirs, les potions et autres remèdes de ce genre. Sans parler des poisons.

Le mot « poison » fit briller une lueur inquiétante dans les yeux de la vieille demoiselle. Les deux infirmiers postés à l'entrée de sa chambre toussotèrent, mal à l'aise, et le docteur Ostrom en profita pour demander :

— Vous en avez encore pour longtemps, monsieur Pendergast ? Je ne voudrais pas que votre visite trouble notre malade.

— Dix minutes, tout au plus.

— Je compte sur vous.

La vieille demoiselle poursuivait déjà :

— Au lendemain du drame qui devait coûter la vie à sa mère, Antoine s'est renfermé sur lui-même. Il ne voyait quasiment personne, restait la plupart du temps seul dans sa chambre à faire des expériences de chimie. Mais tu connais sans doute la raison de cette fascination pour la chimie, n'est-ce pas, cher enfant ?

Pendergast hocha la tête.

— Il s'était inspiré des armes des Pendergast pour

dessiner son propre écusson, trois boules dorées. Il l'avait accroché au-dessus de sa porte, comme une enseigne d'apothicaire. On raconte qu'il aurait empoisonné les six chiens de la famille lors d'une expérience. Par la suite, il a commencé à traîner là où tu sais. Tu vois ce que je veux dire…

— Oui, ma tante.

— On prétendait qu'il se sentait plus à l'aise en compagnie des morts que des vivants. Et quand il n'était pas là-bas, on était sûr de le trouver au cimetière Saint-Charles, avec cette espèce de vieille folle qui s'appelait Marie LeClaire. Tu sais, cette femme qui pratiquait des rites vaudous.

Pendergast acquiesça à nouveau.

— Il l'aidait à préparer ses potions et ses philtres magiques, il confectionnait pour elle toutes ces choses épouvantables, les poupées percées d'épingles et les signes cabalistiques dessinés sur les sépultures. Quand elle est morte, il y a eu tout ce scandale autour de sa tombe…

— Un scandale ?

La vieille femme baissa la tête en soupirant.

— Oui, on a dit que sa tombe avait été ouverte, que le corps avait été profané, et on a parlé de ces horribles plaies. Mais je suis sûr que tu as dû en entendre parler.

— Je ne m'en souviens pas, répondit Pendergast d'une voix douce et ferme.

— Il était persuadé de parvenir à la ramener à la vie. On a prétendu qu'il avait agi ainsi à sa demande, qu'elle lui avait fait promettre d'accomplir sa sinistre mission après sa mort. En tout cas, les morceaux de chair prélevés sur le cadavre n'ont jamais été retrouvés. Jamais. Non, ce n'est pas tout à fait exact. Je crois qu'on a retrouvé l'une de ses oreilles dans le ventre d'un alligator capturé la semaine suivante dans les bayous. On a pu l'identifier grâce à sa boucle d'oreille, sinon…

Elle laissa sa phrase en suspens et se tourna vers les infirmiers auxquels elle ordonna d'une voix autoritaire :

— J'avais demandé que l'on me coiffe.

L'un des deux hommes, équipé de gants de chirurgien, s'approcha et tapota prudemment le chignon de la malade tout en gardant ses distances.

Satisfaite, elle reprit à l'intention de Pendergast :

— C'est terrible à dire, mais elle avait un véritable ascendant sexuel sur lui, en dépit du fait qu'elle avait soixante ans de plus que lui.

La vieille femme frissonna d'une façon curieuse, faite de dégoût et d'excitation tout à la fois.

— En tout cas, c'est elle qui l'a poussé à s'intéresser à la réincarnation, aux cures de jouvence et à toutes ces balivernes.

— Comment a-t-il disparu ?

— C'est arrivé au moment de sa majorité, à l'âge de vingt et un ans, lorsqu'il a hérité de toute sa fortune. Mais il est inexact de parler de *disparition.* En réalité, on lui a demandé de quitter la maison. Tout du moins, c'est comme ça qu'on m'a raconté la chose. Il parlait de sauver le monde, de guérir l'humanité de ses tourments, sans doute en expiation de ce qu'avait fait son père. Quoi qu'il en soit, ça n'a pas plu au reste de la famille. Bien plus tard, lorsque ses cousins ont voulu récupérer son héritage, il avait effectivement disparu. Ils ont tous été très déçus. Il faut dire que l'oncle Antoine avait hérité de sommes tout à fait considérables.

Pendergast hocha la tête. La vieille demoiselle ne disait plus rien et il régnait dans la pièce un silence pesant.

— J'ai une dernière question, tante Cornelia.

— Je t'écoute, mon cher petit.

— Il s'agit d'une question d'ordre moral.

— Une question d'ordre moral ? Comme c'est curieux. Ta question aurait-elle un rapport avec l'oncle Antoine ?

Pendergast ne répondit pas directement.

— Depuis un mois, je suis à la recherche d'un homme. Cet homme possède un secret terrible. Je ne l'ai pas encore trouvé, mais cela ne saurait tarder, et je me trouverai un jour ou l'autre face à lui.

La vieille femme ne disait rien.

— Si je sors vainqueur de cette confrontation, ce qui est moins que certain, je serai contraint de prendre une décision concernant son secret. Il est possible que cette décision vienne bouleverser l'avenir de l'humanité.

— De quel secret parles-tu ?

Pendergast baissa la voix pour que seule sa tante puisse l'entendre.

— Il s'agit d'une formule scientifique permettant à celui qui la possède de prolonger son existence d'un siècle, peut-être même davantage, à condition de suivre un traitement tout à fait particulier. Il ne s'agit pas tant d'éviter la mort que d'en éloigner considérablement l'échéance.

Dans le silence, les yeux de la vieille demoiselle brillaient à nouveau de leur étrange éclat.

— Afin que je puisse te répondre, j'ai besoin de savoir si un tel traitement coûterait beaucoup d'argent ou non.

— Je n'en sais rien.

— Et combien d'autres que toi posséderont cette formule ?

— J'en serai l'unique détenteur. Une fois qu'elle sera entre mes mains, j'aurai très peu de temps pour prendre ma décision.

Cette fois, Cornelia Pendergast mit plus d'une minute à répondre.

— Comment cette formule a-t-elle été mise au point ?

— Je me contenterai de vous préciser qu'elle a déjà coûté la vie à de nombreux innocents, morts dans des conditions fort cruelles.

— Voilà qui éclaire ta question d'un jour nouveau. La réponse me semble pourtant très simple. Lorsque tu auras cette formule entre les mains, détruis-la immédiatement.

Pendergast regarda sa vieille tante avec curiosité.

— En êtes-vous bien sûre ? La jeunesse éternelle n'est-elle pas le but premier de la médecine depuis des millénaires ?

— Tu connais cette vieille malédiction : « Je souhaite que ton vœu le plus cher se réalise. » Eh bien, c'est exactement ce que l'on pourrait souhaiter de pire à l'humanité. Si ce produit était bon marché, la planète entière pourrait en bénéficier et nous serions rapidement guettés par la surpopulation. S'il coûtait cher, au contraire, seuls les plus riches y auraient accès et les guerres, les émeutes et les révolutions se multiplieraient. Dans un cas comme dans l'autre, l'humanité en pâtirait. À quoi sert de vivre longtemps s'il faut vivre dans la misère et le malheur ?

— D'un autre côté, ma tante, pensez aux progrès de la sagesse humaine si les esprits les plus brillants disposaient d'un ou deux siècles supplémentaires pour mettre leurs formidables capacités au service de la pensée et de la science. Sait-on ce que des génies comme Copernic, Goethe ou Einstein auraient pu accomplir s'ils avaient vécu deux cents ans ?

La vieille femme eut un petit rire méprisant.

— Mon cher petit, tu sais aussi bien que moi qu'il y a mille brutes sanguinaires pour un sage. En offrant à Einstein deux siècles pour parfaire son œuvre scientifique, tu donnes deux siècles à tous les autres pour progresser en barbarie.

Pendergast conserva longtemps le silence. Sur le seuil de la pièce, le docteur Ostrom commençait à s'impatienter.

— Tu te sens bien, mon petit ? s'inquiéta la vieille dame avec sollicitude.

— Oui, ma tante. Cela va aller.

Plongeant ses yeux dans le regard à la fois dément et empreint de sagesse de son interlocutrice, il ajouta :

— Je vous remercie infiniment, tante Cornelia.

Il se leva et se tourna vers le médecin :

— Docteur Ostrom ? J'en ai terminé.

62

Custer se tenait debout devant l'ancien bureau de Puck dans le local des archives. Plus loin, ses hommes poursuivaient leur fouille systématique des rayonnages, soulevant des nuages de poussière. Cet espèce de crétin prétentieux, le dénommé Brisbane, protestait avec véhémence dans son dos, mais Custer ne prêtait guère attention à ses jérémiades.

Il avait bien d'autres soucis en tête. Après avoir démarré sur les chapeaux de roues, son enquête était en train de s'enliser. Ses hommes avaient découvert une mine d'objets hétéroclites – des cartes géographiques de toutes sortes, des peaux de serpents, des boîtes entières de dents, divers organes vitaux tous plus répugnants les uns que les autres, confits dans des flacons d'alcool centenaires –, mais rien qui ressemble de près ou de loin à un indice digne de ce nom. Custer était plus que déçu, il se sentait profondément frustré. Il était pourtant sûr que la clé de toute cette affaire se trouvait dans les archives ; il suffisait de mettre la main sur l'indice décisif, et son redoutable flair d'enquêteur ne manquerait pas de lui souffler la solution. Mais voilà ! Malgré ses certitudes, Custer ne se trouvait pas plus avancé, et son flair restait désespérément muet. Dans sa tête, il voyait déjà le visage austère du préfet Rocker, ses yeux comme deux mitraillettes sous ses sourcils broussailleux. À mesure que les heures passaient, l'assurance de Custer s'évanouissait, laissant place à un malaise grandissant. Pour couronner le tout, le local des archives était un labyrinthe gigantesque, et il faudrait des semaines pour venir à bout de tout ce fatras.

Derrière lui, le conseil juridique du Muséum commençait à s'exciter et Custer fut bien obligé de se retourner pour l'écouter geindre.

— Un coup de bluff ! Voilà ce que vous êtes en train de faire : un coup de bluff, rien de plus ! s'insurgeait Brisbane. Vous n'avez aucun droit d'arriver ici avec vos gros sabots et de mettre la pagaille dans ce sous-sol.

Furibond, il désignait d'un geste emphatique les caisses de police éparpillées sur le sol dans un capharnaüm indescriptible, pleines à ras bord de « pièces à conviction » récoltées par les enquêteurs.

— Tous ces objets sont la propriété du Muséum ! hurlait-il.

D'un geste las, Custer lui désigna le papier du juge que Noyes tenait à portée de main.

— Nous avons un mandat en bonne et due forme.

— Je sais. Un torchon sans la moindre valeur, rédigé entre deux portes. Je conteste formellement ce prétendu mandat, et je tiens à vous faire savoir officiellement que je m'oppose à la poursuite de cette fouille grotesque.

— C'est à votre patron, le docteur Collopy, de décider ça. Sait-on au moins où il se trouve ?

— En ma qualité de conseil juridique du Muséum, je tiens à vous rappeler que j'ai toute autorité pour m'exprimer au nom du docteur Collopy.

Excédé, Custer croisa ses petits bras courts sur sa poitrine. Dans les entrailles des archives retentit à nouveau un grand bruit, ponctué de cris étonnés. Un agent en uniforme arriva presque aussitôt avec un crocodile empaillé entre les mains. Le ventre de l'animal avait été ouvert en deux et des morceaux de coton sortaient de l'entaille encore fraîche.

— Qu'est-ce que vous êtes encore en train de faire ? hurla Brisbane en voyant l'homme poser son précieux trophée dans l'une des caisses de police. Eh, vous ! Oui, c'est à vous que je parle ! Vous n'avez pas le droit d'abîmer nos spécimens.

Le flic lui jeta un regard vide avant de repartir en direction des étagères.

Custer ne disait toujours rien. Plus le temps passait, plus son angoisse augmentait. Les interrogatoires du personnel n'avaient rien donné jusqu'à présent, les employés ne faisant que répéter aux enquêteurs ce qu'ils leur avaient déjà dit au lendemain de la découverte du corps de Puck. Custer portait seul la responsabilité de l'opération archives. Il ne voulait même pas l'envisager, bien sûr, mais s'il s'était trompé par le plus grand des hasards, il ne donnait pas cher de son avenir dans la police new-yorkaise.

— C'est intolérable, reprit Brisbane. Je vais demander à la sécurité de vous mettre tous dehors. Où est Manetti ?

— C'est Manetti qui nous a laissés rentrer, precisa Custer d'un air distrait.

Le doute commençait à le tarauder. Et s'il s'était fourré le doigt dans l'œil jusqu'au coude ? Il n'osait même pas y penser.

— Manetti n'aurait jamais dû vous laisser rentrer dans ce bâtiment, reprit Brisbane de plus belle. Où est-il ?

Se tournant vers Oscar Gibbs, l'ancien assistant de Puck, il lui demanda :

— Où se trouve Manetti ?

— Il est parti, répondit Gibbs d'un ton glacial.

L'insolence de Gibbs et le coup d'œil assassin qu'il lança à son supérieur n'échappèrent pas à Custer qui se fit la réflexion intérieurement : *Décidément, ces gens-là ne portent pas le dénommé Brisbane dans leur cœur. C'est tout de même bizarre qu'il ait autant d'ennemis. Puck devait en vouloir à mort à Brisbane d'avoir voulu le virer. À sa place, je crois que j'en aurais fait…*

Pour Custer, ce fut soudain la deuxième révélation de la journée. Une révélation peut-être plus impérieuse encore que la première. Avec le recul, la vérité lui apparaissait brusquement comme une évidence. À l'image de ses collègues, il s'était laissé emporter par l'apparente complexité de cette affaire, jusqu'au moment fatidique. Un véritable trait de génie. Une intuition dont on parlerait longtemps dans les écoles de police, et qui lui vaudrait au moins une médaille. Une déduction digne de Sherlock Holmes.

Il se retourna lentement vers Brisbane, le regardant d'un œil nouveau. L'avocaillon avait sa belle petite gueule de travers, les cheveux en bataille et le regard assassin. L'heure de l'hallali était venue.

— Parti, Manetti ? Où ça ? aboyait Brisbane.

Gibbs haussa les épaules d'un air impudent.

En deux enjambées, Brisbane se rua sur le bureau pour y prendre le téléphone. Custer l'observait plus attentivement que jamais. Le conseil juridique fit plusieurs numéros l'un après l'autre, laissant à chaque fois des messages véhéments, d'une voix déformée par la rage.

— Capitaine Custer, finit-il par dire en se retournant. Je vous demande une dernière fois de quitter les lieux avec tous vos hommes.

Les paupières mi-closes, Custer le regardait sans aménité. Il ne s'agissait pas de commettre un impair. La réussite de son enquête dépendait de la manière dont il allait s'y prendre, et il veilla à dissimuler son hostilité derrière un vernis de politesse, avant de répondre :

— Monsieur Brisbane, vous ne croyez pas que nous serions mieux dans votre bureau pour discuter de tout ça ?

La question désarçonna Brisbane qui répéta d'un air ahuri :

— Mon bureau ?

— Oui, nous y serions plus tranquilles. Nous n'avons peut-être pas besoin de poursuivre cette fouille indéfiniment, et je vous propose de régler tout ceci dans votre bureau.

Brisbane réfléchit un instant avant de répondre :

— Très bien. Suivez-moi.

Avant de quitter la pièce, Custer donna ses dernières instructions.

— Toi, tu prends la direction des opérations ici jusqu'à nouvel ordre, lança-t-il à l'adresse du lieutenant Piles.

Puis il fit signe à Noyes qui s'approcha aussitôt, en bon chien fidèle.

— Noyes, tu m'accompagnes, murmura-t-il. Tu es armé ?

Noyes fit oui de la tête, les yeux brillants d'excitation.

— Bien, alors allons-y.

63

Le guichet s'écarta à nouveau. À force de rester prostré dans le noir, le pauvre Smithback avait perdu toute notion du temps. Depuis quand se trouvait-il là ? Dix minutes ? Une heure ? Un jour ? Il aurait été incapable de le dire.

La bouche rouge et humide, scintillant dans le petit rectangle de lumière, se mit en mouvement :

— Comme c'est aimable à vous d'être venu me rendre visite dans ma chère vieille demeure. J'espère que vous aurez apprécié mes collections à leur juste valeur. Je suis particulièrement fier de mon corindon. L'avez-vous vu, au moins ?

Smithback voulut répondre, mais il avait oublié le sparadrap qui lui fermait la bouche.

— Oh ! Suis-je bête ! Comment n'y ai-je pas pensé ? Vous n'êtes pas en mesure de me répondre. Mais ne vous inquiétez pas, je parlerai à votre place. Contentez-vous de m'écouter sagement.

Smithback passait en revue dans sa tête les moyens d'échapper à son bourreau, en vain. L'inconnu ne lui avait pas laissé la moindre chance.

— Oui, mon corindon est absolument superbe. Un exemplaire unique, de même que le mosasaure[1] retrouvé dans un gisement de calcaire au Kansas. Sans parler de cet extraordinaire masque tibétain, dont il n'existe à ma connaissance que deux exemplaires au

---

1. Gigantesque reptile marin ayant vécu à la fin de l'ère secondaire. (N.d.T.)

monde. On dit qu'il a été fabriqué avec le crâne de la quinzième réincarnation de Bouddha.

L'inconnu ponctua sa phrase d'un petit rire aigre.

— Bref, un cabinet de curiosités tout à fait hors du commun, comme vous avez pu le constater par vous-même, cher monsieur Smithback. Quel dommage que si peu de personnes aient pu en profiter. Malheureusement, aucun de mes visiteurs n'a eu l'occasion de revenir.

Après un court silence, la voix poursuivit doucement :

— J'ai l'intention de m'occuper de vous comme il se doit monsieur Smithback. Je ne ménagerai pas mes efforts, vous pouvez me faire confiance.

Sous l'effet de cette voix effrayante, Smithback fut parcouru d'un spasme qui le traversa de part en part. *J'ai l'intention de m'occuper de vous comme il se doit…* M'occuper *de vous…* À cct instant, Smithback comprit qu'il allait mourir. Sous l'effet de la peur, il ne s'était pas aperçu que Leng l'avait appelé par son nom à plusieurs reprises.

— Croyez-moi, ce sera une expérience mémorable. Sans commune mesure avec ce qu'ont ressenti tous ceux qui vous ont précédé. J'ai fait d'immenses progrès ces derniers temps. Mes expériences récentes m'ont permis de mettre au point une technique chirurgicale particulièrement avancée grâce à laquelle vous resterez conscient jusqu'à la dernière extrémité. Prolonger la conscience au-delà du possible. Tout est là ! J'ai fini par y parvenir *péniblement,* le terme n'est pas galvaudé.

L'homme s'était tu et Smithback faisait des efforts désespérés pour ne pas sombrer dans la folie.

Les lèvres s'étirèrent, en un rictus cynique :

— Je ne voudrais pas vous faire attendre plus longtemps. Que diriez-vous d'une petite promenade de santé dans mon laboratoire ?

Une clé tourna dans la serrure et la porte s'ouvrit en grinçant. La grande silhouette, facilement identifiable avec son chapeau melon, s'avança ; l'homme tenait à la main une longue seringue hypodermique prête à servir, une goutte transparente brillant à l'extrémité de l'aiguille. L'homme dissimulait son visage derrière une paire de lunettes rondes à verres fumés.

— Une simple piqûre de succinylcholine pour détendre complètement vos muscles. Un agent paralysant proche du curare. Comme dans un rêve lorsque vous tentez d'échapper à un danger et que votre corps refuse d'obéir. N'ayez aucune crainte, cher monsieur Smithback. Vous ne pourrez pas bouger, mais vous resterez conscient tout au long de l'opération. Tout du moins jusqu'à l'excision finale, juste avant l'extraction de la moelle. Vous verrez, vous allez trouver ça passionnant.

Smithback faisait des efforts désespérés pour échapper à la piqûre de l'aiguille.

— Il s'agit en réalité d'une opération extrêmement délicate, nécessitant à la fois méticulosité, assurance et savoir-faire. La main ne doit pas trembler, de sorte qu'il faut à tout prix éviter que le patient remue au cours de l'opération. Un faux mouvement avec mon scalpel, et tout est fichu. Il n'y a plus qu'à se débarrasser du sujet pour en recruter un autre.

L'aiguille approchait inexorablement.

— Si je puis me permettre, cher monsieur

Smithback, je vous recommande de respirer profondément.

J'ai l'intention de m'occuper de vous comme il se doit.

Smithback gigotait dans tous les sens avec l'énergie du désespoir, tentant vainement de se débarrasser de ses chaînes. Il voulut hurler malgré le sparadrap et sentit la peau de ses lèvres se décoller sous l'effort. Il se cabra, tirant désespérément sur ses menottes, mais l'homme approchait fatalement, sa seringue à la main. Smithback sentit soudain l'aiguille lui pénétrer la peau ; il se sentit envahi par une vague de chaleur alors qu'une sensation d'impuissance s'emparait peu à peu de lui. Leng ne lui avait pas menti, et la paralysie qui gagnait progressivement ses membres ressemblait à s'y méprendre à celle que l'on ressent dans le pire des cauchemars.

À ceci près que Smithback ne rêvait pas.

64

Le sergent Paul J. Finester n'en pouvait plus. Jamais il n'avait eu autant l'impression de perdre son temps. Il fit du regard le tour des tables en bois alignées en rangées parallèles dans la bibliothèque, scrutant l'une après l'autre les têtes de fouines des individus désuets et poussiéreux assis face à ses collègues. Certains dissimulaient mal leur inquiétude, d'autres avaient pris dès le début un air scandalisé, mais il ne faisait guère de doute aux yeux du sergent que ces rats de bibliothèque ne savaient rien. Où avait-on pêché cette bande de vieux chercheurs à l'haleine fétide et aux dents gâtées ? À l'idée que ses impôts servaient à nourrir ces fossiles d'une ère révolue, il en avait la nausée. Non seulement ça, mais il était déjà 22 heures et il savait que sa femme l'engueulerait quand il rentrerait chez lui. Il avait beau faire un métier difficile, accumuler les heures supplémentaires pour payer les couches du gamin et ce putain d'appartement de Cobble Hill qu'elle avait absolument voulu acheter, elle ne voulait rien savoir. Il rentrerait chez lui, le dîner serait à moitié carbonisé dans le four et son boulet de femme serait couché, raide comme un piquet dans son lit, la lumière éteinte, les yeux grands ouverts, furieuse contre lui pendant que le bébé braillerait dans son berceau. Sa femme ne lui dirait pas un mot quand il viendrait se coucher ; elle se contenterait de lui tourner ostensiblement le dos en poussant un soupir à décrocher les rideaux et…

— Finester ?

Son coéquipier, O'Grady, le regardait d'un air inquiet.

— Ça va comme tu veux, vieux ? On dirait que tu viens d'enterrer ta mère.

Finester soupira.

— C'est moi qu'on ferait mieux d'enterrer.

— Allez, remets-toi, il n'y en a plus qu'une.

Au ton enjoué de son collègue, Finester leva la tête et sursauta. Après des heures passées à interroger les vieux croutons du Muséum, il ne s'attendait pas à découvrir une jeune et jolie femme avec de longs cheveux châtain clair, des yeux noisette, un corps mince et musclé. Il rentra le ventre et bomba le torse machinalement. Au moment où la jeune femme s'asseyait en face d'eux, il sentit brièvement son parfum. Un parfum délicat et coûteux. Une belle plante. Il lança un coup d'œil furtif à O'Grady et constata que la jeune femme faisait le même effet à son collègue. Finester prit son bloc sur la table et consulta la liste des personnes à interroger. C'était donc la tristement célèbre Nora Kelly. Celle qui avait découvert le corps de l'archiviste avant de se faire poursuivre par le Chirurgien dans le local des archives. Il ne l'imaginait pas aussi jeune. Ni aussi jolie.

O'Grady lui souffla la première question :

— Asseyez-vous, professeur Kelly, fit son coéquipier d'une voix mielleuse. Je suis le sergent O'Grady, et voici le sergent Finester. Nous autorisez-vous à enregistrer cette conversation ?

— Si ça peut vous faire plaisir, répliqua la jeune femme d'une voix sèche et irritée, nettement moins sexy que sa silhouette.

— Vous avez le droit de vous faire assister par un avocat si vous le désirez, poursuivit O'Grady toujours aussi onctueusement. Vous n'êtes pas obligée de répondre à nos questions, et j'insiste sur le fait qu'il s'agit d'un interrogatoire volontaire.

— Et si je refuse ?

O'Grady eut un petit rire complice.

— Vous comprendrez que ce n'est pas à moi de vous dire ce que vous devez faire, mais vous courez le risque d'être convoquée officiellement au commissariat. Vous serez obligée de prendre un avocat et ça vous coûtera cher. Mais ne vous inquiétez pas, nous avons juste quelques questions à vous poser. Si ça peut vous rassurer, vous ne faites pas partie des suspects, nous avons simplement besoin d'aide.

— Bon, d'accord, fit Nora. Allez-y. On m'a déjà interrogée à plusieurs reprises, alors une fois de plus…

O'Grady s'apprêtait à entamer l'interrogatoire mais Finester le précéda. Il n'avait pas l'intention de rester là comme un imbécile pendant qu'O'Grady se mettait en valeur. C'était bien sa veine de tomber sur un coéquipier presque aussi bavard que sa femme.

— Professeur Kelly, dit-il précipitamment avec un sourire aussi amène que possible. Tout d'abord, merci d'accepter de nous aider. Pour la forme, je vous demanderai de nous donner vos nom, prénom, adresse, ainsi que la date et l'heure de cette petite conversation. Il y a une pendule au mur si vous voulez, mais je vois que vous avez une montre. Une simple formalité, vous savez ce que c'est, pour éviter la moindre confusion dans nos dossiers.

Puis il ajouta sur le ton de la plaisanterie :

— Il ne s'agirait pas d'arrêter un innocent.

Déçu, il constata que Nora n'avait pas l'air d'apprécier son humour, tandis qu'O'Grady lui lançait un regard condescendant. Finester sentit la moutarde lui monter au nez. Il supportait de moins en moins son collègue. Tant pis pour le cliché des équipiers inséparables, véhiculé par les séries télé. Il ne pleurerait pas outre mesure si O'Grady se retrouvait un jour du mauvais côté d'un flingue. Un jour prochain, tant qu'à faire.

La jeune femme déclina son identité et Finester s'empressa de faire de même, coupant l'herbe sous le pied d'O'Grady, que le zèle de son collègue commençait à agacer. Les formalités terminées, Finester chercha sur son bloc la liste des questions qu'ils étaient censés poser. Depuis le dernier interrogatoire, la liste s'était allongée et il fut surpris de constater que de nouvelles questions avaient été ajoutées à la main. Qui avait eu le culot de toucher à leur dossier ? C'était le monde à l'envers.

O'Grady en profita pour reprendre la parole :

— Professeur Kelly, pouvez-vous nous dire le rôle que vous avez été amenée à jouer dans cette affaire ? Je vous demanderai de répondre à cette question aussi précisément que possible, en n'omettant rien. Si un détail vous échappe, n'hésitez pas à nous le dire. Il n'y a pas de honte à ça. Par expérience, je peux vous dire qu'il est préférable d'avouer qu'on a un trou de mémoire que de donner des indications inexactes.

Essayant de faire passer le message, O'Grady décocha à Nora un sourire complice.

Pauvre con, pensa Finester.

La jeune femme soupira et croisa ses longues jambes avant d'entamer son récit.

65

Totalement impuissant, Smithback avait senti la paralysie le gagner et prendre possession de son corps. Il avait l'impression d'avoir des poids morts à la place des bras et des jambes, et il ne parvenait même plus à cligner des paupières. Bien pire, il avait la sensation, à la fois irréelle et angoissante, de ne plus respirer. Son corps était absolument immobile. Il sentit une vague de panique le submerger en tentant vainement de remplir d'air ses poumons. C'était comme s'il se noyait, mais en pire.

Leng s'affairait autour de lui. Sa longue silhouette noire se découpait en contre-jour dans le rectangle de lumière de la porte, et le rebord de son chapeau melon empêchait Smithback de distinguer ses traits. L'aiguille vide pendait, inutile, au bout de son bras.

Leng avança son autre main pour ôter le sparadrap qui fermait la bouche de sa victime.

— Nous n'en aurons plus besoin, fit-il en arrachant le sparadrap d'un coup sec. Maintenant, cher monsieur Smithback, il est temps de vous intuber. Je ne voudrais pas que vous mouriez asphyxié sous mes yeux. J'ai encore besoin de vous.

Smithback voulut crier, mais seul un gargouillis ridicule sortit de sa gorge paralysée. Il avait la langue pâteuse, et elle était énorme dans sa bouche. Sous l'effet de la drogue, sa mâchoire se relâcha et un filet de bave coula de sa bouche sur son menton. Chaque bouffée d'air était un combat impitoyable contre la mort.

La silhouette se retourna et quitta la pièce. Smithback entendit un bruit dans le couloir et Leng réapparut, poussant devant lui un lit roulant en acier et une grosse machine carrée montée sur des roues en caoutchouc. Il commença par installer le lit roulant à côté de Smithback, puis il se pencha vers son prisonnier dont il détacha les mains et les pieds, ouvrant les menottes à l'aide d'une clé métallique. Le journaliste respirait de plus en plus mal, mais l'odeur de poussière et d'antimite des vieux vêtements de son bourreau parvenait jusqu'à ses narines, mélangée à un relent de sueur, à un goût pharmaceutique, comme si Leng suçait un bonbon à l'eucalyptus.

— Je vais vous installer sur le lit roulant, le prévint Leng.

Smithback se sentit soulevé du sol avant de reconnaître le contact glacé du métal sous son corps nu. Son nez coulait à cause du froid, mais ses mains paralysées lui interdisaient de se moucher. Ses poumons étaient quasiment bloqués maintenant, et le manque d'oxygène commençait à se faire sentir. Il était conscient de tout ce qui lui arrivait car ses sens restaient curieusement en éveil.

Leng reparut dans son champ de vision, un long tube de plastique transparent à la main. Il serra la mâchoire de Smithback entre ses doigts et lui ouvrit grande la bouche. Smithback sentit le tube racler le fond de sa gorge et glisser le long de la trachée. Il fut pris d'une envie presque viscérale de vomir, sans pouvoir le faire.

Le respirateur se mit en route en sifflant et Smithback se sentit renaître alors que ses poumons se remplissaient enfin d'air. Il en éprouva un réel soulagement, au point d'oublier un instant la situation dans laquelle il se trouvait.

Poussé par Leng, le lit roulant bringuebalait à présent dans le couloir dont le plafond en briques défilait au-dessus de la tête de Smithback au rythme des ampoules nues. Au terme d'un trajet assez court, le plafond bas laissa la place à une voûte nettement plus haute couronnant un vaste espace caverneux, et le lit roulant stoppa sa course. Leng se baissa, disparaissant de la vue de Smithback. Le journaliste, en entendant quatre petits claquements successifs, comprit que son bourreau était en train de bloquer les roues du lit. Le lieu était vivement éclairé, et un fort relent d'alcool, mélangé à des effluves de Bétadine, couvrait en partie une odeur encore moins agréable, entêtante et obsédante.

Leng passa ses bras sous le corps de Smithback qu'il souleva, puis il le fit glisser sur une table d'opération plus large et plus froide encore, procédant avec une douceur surprenante.

L'instant d'après, faisant preuve d'une force peu commune, mais toujours avec la même délicatesse, il retourna le corps du journaliste sur le ventre.

Smithback avait toujours la mâchoire grande ouverte et sa langue reposait sur l'acier de la table, lui laissant dans la bouche un goût désagréable d'eau de Javel. Il ne put s'empêcher de penser aux malheureux qui l'avaient précédé sur cette table de douleur, au sort que Leng leur avait réservé, et il fut pris d'une bouffée nauséeuse. Dans sa gorge, le tube du respirateur gargouilla de plus belle.

À cet instant précis, Leng s'approcha et passa la main sur son visage pour lui fermer les paupières.

Smithback se trouvait à nouveau plongé dans l'obscurité et la table d'opération lui paraissait soudain plus froide que jamais. Il entendait Leng s'activer autour de lui. Il sentit qu'on lui comprimait le bras juste au-dessus du coude, et ressentit une piqûre au moment où l'aiguille pénétrait la veine à hauteur du poignet, avant de reconnaître le bruit du sparadrap déchiré sur son dévidoir. L'odeur d'eucalyptus lui indiqua que Leng s'approchait de lui, avant même d'entendre sa voix lui murmurer ses ultimes recommandations :

— J'ai malheureusement peur de vous faire souffrir. Vous risquez même de souffrir beaucoup, mais les avancées de la science sont souvent au prix de beaucoup de souffrance humaine. Je ne saurais trop vous recommander de ne pas vous en formaliser outre mesure.

Les mains du bourreau s'appliquaient à présent à lui sangler les bras et les jambes afin d'éviter tout mouvement intempestif.

— Puis-je me permettre un dernier conseil ?

Smithback aurait voulu lancer ses dernières forces dans la bataille, mais son corps lui échappait entièrement désormais, et la voix douce poursuivait :

— *Pensez à la gazelle dans la gueule du lion. Faites comme elle, résignez-vous et acceptez votre sort sans regimber.* Croyez-moi, c'est le mieux qui vous reste à faire.

Le murmure s'arrêta et Smithback entendit de l'eau couler dans un bassin, l'écho parfaitement identifiable d'instruments métalliques au moment où une main les plaçait dans un récipient. À travers ses paupières fermées, il devina la chaleur de la lampe qui s'allumait au-dessus de lui et son pouls s'accéléra, au point d'avoir l'impression que la table tanguait sous les battements incontrôlés de son cœur.

66

Installée sur une chaise en bois particulièrement inconfortable, Nora commençait à trouver le temps long. Elle consulta sa montre pour la cinquième fois au moins : 22 h 30. L'interrogatoire était plus fastidieux encore que le jour de la découverte du corps mutilé de Puck. Elle avait beau apporter des réponses aussi brèves et factuelles que possible aux deux flics en uniforme assis en face d'elle, ils ne lâchaient pas prise. Ils avaient commencé par lui poser des questions sur la nature de ses travaux pour le Muséum – comme si ça pouvait avoir le moindre rapport avec l'affaire ! – avant de passer à ses démêlés avec le Chirurgien dans les allées des archives. Ils l'avaient ensuite longuement interrogée sur la note tapée à la machine que lui avait adressée Puck, ou plutôt le meurtrier de ce dernier. Une note que la police avait dans ses dossiers depuis belle lurette et dont elle ne savait rien, sinon qu'elle l'avait trouvée sur le bureau de l'archiviste.

D'autres enquêteurs nettement plus aimables et dégourdis que ceux-là lui avaient déjà posé les mêmes questions mille fois. Le pire, c'est que les deux abrutis qui l'interrogeaient – un petit gros aux allures de nain de jardin et un grand prétentieux – n'avaient pas l'air de vouloir s'arrêter. Ils passaient leur temps à s'interrompre réciproquement en se lançant des regards assassins, sans que Nora comprenne vraiment pourquoi. Quand deux types ne peuvent pas se sentir, on évite de les faire travailler ensemble, c'est le B.A.-BA du métier, mais ces deux-là avaient dû passer entre les gouttes. Une belle paire de crétins !

— Je vous rassure, professeur Kelly, nous n'en avons plus pour très longtemps, fit le nain de jardin, un dénommé Finester, en compulsant ses notes pour la centième fois.

— Dieu merci.

La réponse de Nora n'eut pas l'air de faire particulièrement plaisir à ses interlocuteurs. Au bout de quelques instants, O'Grady se décida à rompre le silence. Un planton venait de lui faire passer une feuille manuscrite qu'il examina attentivement avant de reprendre :

— Connaissez-vous un certain William Smithback ?

Nora n'en pouvait plus. Voilà qu'on lui foutait Smithback entre les pattes.

— Bien sûr que je le connais.

— Je pourrais savoir la nature exacte de vos rapports avec ce monsieur Smithback ?

— C'est mon ancien petit ami.

O'Grady retourna la feuille qu'il avait entre les mains.

— On vient de me transmettre un rapport le concernant. Apparemment, M. Smithback s'est fait passer ce matin pour l'un des responsables de la sécurité du Muséum afin d'avoir accès à certains dossiers confidentiels. Êtes-vous au courant de cette démarche, et savez- vous ce qui a pu pousser M. Smithback à agir ainsi ?

— Non, je n'en ai pas la moindre idée.

— Quand avez-vous été en contact avec M. Smithback pour la dernière fois ?

— Je ne sais plus exactement, répondit Nora en soupirant.

Finester se cala sur sa chaise et croisa ses bras sur sa poitrine d'un air désinvolte.

— Réfléchissez bien, nous avons tout notre temps.

Il avait le crâne complètement lisse, à l'exception d'une mèche broussailleuse, plantée comme une île au milieu d'un océan de calvitie.

— Je ne sais pas, moi. Peut-être la semaine dernière, fit-elle d'un ton agacé.

Cette histoire commençait à devenir parfaitement ridicule.

— Dans quelles circonstances l'avez-vous vu ?

— Il était venu me harceler dans mon laboratoire.

— Pour quelle raison ?

— Il voulait me prévenir que l'inspecteur Pendergast avait été gravement blessé. J'ai dû faire appel aux services de sécurité et deux gardiens ont été obligés de l'emmener *manu militari*. Ils ont très certainement consigné cet incident dans leur rapport, vous n'avez qu'à leur demander.

Tout en répondant machinalement aux questions des deux enquêteurs, Nora réfléchissait à toute vitesse. Qu'est-ce qui avait bien pu pousser Smithback à remettre les pieds au Muséum ? Il était indécrottable.

— Si je comprends bien, vous n'avez pas la moindre idée de ce que cherchait M. Smithback.

— C'est ce que je viens de vous dire, non ?

Sans paraître se formaliser de l'agressivité de Nora, O'Grady consulta ses notes.

— Je lis ici que M. Smithback…

— Écoutez, l'interrompit aussitôt Nora, vous ne croyez pas qu'il serait plus utile de vous intéresser en priorité aux faits et gestes du meurtrier ? Je pense aux deux notes tapées à la machine rédigées par ses soins : celle qu'il m'a envoyée et la note laissée en évidence sur le bureau de Puck. Il ne fait aucun doute que le meurtrier circule à sa guise à l'intérieur du Muséum, alors pourquoi me harceler de questions au sujet de Smithback ? Ça fait une semaine que je ne l'ai pas vu et que je ne lui ai pas parlé. Je n'ai pas la moindre idée de ce qu'il fabrique, et pour vous dire le fond de ma pensée, je m'en fous royalement.

— Calmez-vous, professeur Kelly. Nous ne vous posons pas toutes ces questions pour le plaisir, répliqua calmement O'Grady.

— Pour quelle raison, alors ?

— Tout simplement parce qu'on nous l'a demandé et que ça fait partie de notre boulot.

— Seigneur ! fit Nora, désespérée, en se passant la main sur le front. Elle avait l'impression de se trouver dans un roman de Kafka.

— Bon, alors, allez-y, fit-elle d'une voix lasse.

— Nos services ont lancé un avis de recherche contre M. Smithback, et sa voiture de location a été retrouvée il y a quelques heures à Harlem, sur Riverside Drive. À votre avis, quelle raison avait-il de louer une voiture pour se rendre dans un quartier aussi excentré ?

— Combien de fois faudra-t-il vous le répéter ? Je ne lui ai pas parlé depuis une semaine.

O'Grady retourna à nouveau sa feuille.

— Depuis combien de temps connaissez-vous M. Smithback ?

— Je l'ai rencontré il y a un peu moins de deux ans.

— Où avez-vous fait sa connaissance ?

— En Utah.

— Dans quelles circonstances ?

— Lors d'une fouille archéologique.

Nora répondait de plus en plus machinalement. Le flic avait dit Riverside Drive, du côté de Harlem. Que pouvait bien faire Smithback là-bas ?

— Pourriez-vous nous en dire davantage sur ces fouilles archéologiques ?

Trop préoccupée, Nora n'entendit pas la question.

— Professeur Kelly ?

Nora leva les yeux :

— Où exactement sur Riverside Drive ?

— Pardon ? répondit O'Grady, interloqué.

— Je voudrais savoir précisément où a été retrouvée la voiture de Smithback sur Riverside Drive.

O'Grady se pencha sur sa feuille.

— Attendez une seconde… Voilà ! Riverside Drive, à hauteur de la 131e Rue.

— Vous dites au coin de Riverside Drive et de la 131e Rue ? Mais qu'est-ce qu'il est allé faire là-bas ?

— C'est précisément ce que nous tentons d'établir, et nous espérions que vous pourriez éclairer notre lanterne. Pour en revenir à ces fouilles archéologiques en Utah, je souhaiterais savoir…

— Si j'ai bien compris ce que vous m'avez dit, il est venu au Muséum ce matin pour consulter certains dossiers. Quels dossiers, exactement ?

— De vieux dossiers.

— Oui, mais lesquels ?

O'Grady se replongea dans sa note de service avant de répondre :

— D'après ce qui est indiqué ici, il s'agirait d'anciens dossiers du personnel.

— Sait-on à qui il s'est intéressé en particulier ?

— Non, ça n'est pas précisé.

— Vous dit-on au moins comment il s'y est pris ?

— Non, ça n'est pas précisé non plus et…

— Mais putain ! Vous ne pouvez pas faire correctement votre boulot et vous renseigner, non ?

Sous l'insulte, le visage d'O'Grady s'empourpra.

— Professeur Kelly, je ne crois pas que ce soit à vous de poser des questions. Il est d'ailleurs plus que temps de reprendre cet interrogatoire.

— Attends ! Je crois que je sais comment il a fait, l'interrompit Finester. J'étais de service ce matin quand c'est arrivé. Pendant que tu étais parti chercher du café et des beignets, tu te souviens ?

— Au cas où tu l'aurais oublié, Finester, répliqua O'Grady d'un ton cinglant, je te rappelle que c'est à nous de poser les questions, pas à elle.

Nora vit tout de suite le parti qu'elle pouvait tirer de l'antagonisme entre les deux hommes.

— Je ne vois pas très bien comment je peux répondre à vos questions si vous ne me donnez pas les informations dont j'ai besoin, fit-elle en toisant O'Grady.

Cette fois, le visage du policier devint cramoisi.

— Et moi, je vous rappelle que ce n'est pas à vous…

— Elle a raison, O'Grady. Elle a le droit de savoir, l'interrompit Finester, ravi de damer le pion à son collègue, avant de se tourner vers Nora, tout sourire :

— Je vais vous expliquer comment ça s'est passé. M. Smithback s'est fait passer au téléphone pour quelqu'un du service des Ressources humaines, et il s'est arrangé de façon à éloigner l'un des deux gardiens du service des vieux papiers. Sous prétexte d'une mission de vérification, il en a profité pour demander à l'autre gardien de lui ouvrir certains classeurs.

— C'est vrai ? ne put s'empêcher de dire Nora en souriant intérieurement. C'était du Smithback tout craché. Et sait-on exactement de quels dossiers il s'agissait ?

— De vieilles demandes d'autorisation de la fin du XIXe siècle.

— Vous voulez dire que c'est uniquement pour ça qu'on a lancé contre lui un avis de recherche ?

— Bien sûr que non, mais le gardien l'a vu empocher plusieurs documents, de sorte qu'il y a eu vol et que…

— Dans quel classeur a-t-il pris ces documents ?

— Celui de l'année 1870, si je me souviens bien, répondit Finester, très fier de son petit effet. Trouvant bizarre que Smithback glisse des papiers dans sa poche, le gardien a vérifié tous les dossiers, et il s'est aperçu qu'on en avait vidé un.

— Lequel ?

— Vous savez, celui de ce tueur en série dont on a beaucoup parlé ces derniers temps. Celui qui a fait l'objet d'un grand article dans le *Times*. Smithback cherchait visiblement à en savoir davantage sur…

— Vous voulez dire Enoch Leng ?

— Oui, c'est ce nom-là.

Nora était comme assommée.

— Si je ne vous dérange pas tous les deux, j'aimerais reprendre le cours normal de cet interrogatoire, fit O'Grady, vexé.

— Et vous dites qu'on a retrouvé sa voiture au coin de la 131e Rue et de Riverside Drive ? Sait-on depuis combien de temps elle se trouvait là ?

Finester haussa les épaules.

— Il l'a louée tout de suite après avoir volé ce vieux dossier. Mais ne vous inquiétez pas, l'un de nos hommes surveille discrètement la voiture. Dès qu'il viendra la reprendre, on aura quelques questions à lui poser.

O'Grady était excédé :

— Finester, si tu as fini de raconter au professeur Kelly tous les détails d'un dossier censé rester confidentiel, j'aimerais pouvoir continuer. Professeur, dans le cadre de ces fouilles archéologiques en Utah…

Sans sourciller, Nora fouilla dans son sac et en sortit un téléphone portable.

— Je regrette, professeur Kelly, mais vous n'êtes pas autorisée à vous servir de votre téléphone tant que cet interrogatoire n'est pas terminé, s'énerva O'Grady.

Nora remit son téléphone dans son sac.

— Je suis désolée, mais je dois m'en aller.

— Vous serez libre de vous en aller d'ici quelques minutes. Je vous rappelle que nous sommes actuellement en train de vous interroger, au cas où vous l'auriez oublié.

O'Grady, après être passé par toutes les couleurs de l'arc-en-ciel, était livide de rage.

— Je reprends donc. Pourriez-vous nous en dire davantage sur ces fouilles archéologiques…

Trop préoccupée par ce qu'elle venait d'apprendre, Nora ne l'écoutait même plus.

— Professeur Kelly ! Je suis en train de vous poser une question !

— Excusez-moi, mais ne pourrait-on pas reprendre cet interrogatoire un peu plus tard ? Ce serait vraiment très gentil de votre part. Il se trouve que j'ai une urgence.

Nora avait pris son air le plus innocent et le plus charmeur pour tenter d'amadouer O'Grady, qui prit un ton cinglant pour lui répondre :

— Professeur Kelly, je vous rappelle que nous enquêtons sur une série de *meurtres*. Vous partirez quand nous aurons terminé de vous poser des questions, pas avant.

Les yeux baissés, Nora ne répondit pas tout de suite. Relevant brusquement la tête, elle demanda à O'Grady :

— Il faut que j'y aille… euh, je veux dire, il faut que j'aille aux toilettes.

— Tout de suite ?

Elle fit oui de la tête.

— Nous sommes obligés de vous accompagner. J'espère que vous ne nous en voudrez pas, mais c'est le règlement.

— Vous voulez dire… *dans* les toilettes ?

O'Grady rougit à la manière d'un collégien pris en faute.

— Non, bien sur. Nous attendrons devant la porte.

— Alors dépêchez-vous, je ne tiens plus. Désolée, j'ai une cystite.

O'Grady et Finester échangèrent des regards méfiants.

— Les suites d'une maladie infectieuse contractée lors d'une expédition au Guatemala.

Rassurés, les deux flics se levèrent et suivirent Nora à travers la Grande Salle de lecture Rockefeller où se poursuivaient les interrogatoires commandités par le capitaine Custer. Nora rongeait son frein, attendant le moment propice. Pas la peine d'éveiller les soupçons de ces deux abrutis.

Ils arrivèrent à la bibliothèque centrale, déserte depuis longtemps. La rumeur des interrogatoires en cours dans la Grande Salle ne leur parvenait plus que faiblement. Nora poussa la double porte conduisant aux toilettes du hall d'entrée, suivie par ses deux gardes-chiourmes. Au moment où les deux hommes passaient à leur tour, elle leur referma les lourds battants en pleine figure. Elle entendit un choc et le bruit de deux corps qui tombaient, auxquels se mêlaient des cris outragés. Elle était déjà loin lorsque les deux policiers donnèrent l'alarme, mais en tournant la tête, elle constata que Finester et O'Grady s'étaient lancés à sa poursuite.

Nora avait beau être rapide, ses deux poursuivants ne se laissaient pas distancer. Arrivée à l'autre extrémité du hall, elle remarqua même qu'O'Grady gagnait du terrain.

Se précipitant vers une cage d'escalier protégée par une porte anti-feu, elle descendit les marches quatre à quatre. Elle traversait tout juste le palier inférieur lorsque le bruit d'une cavalcade lui parvint. Laurel et Hardy étaient déjà sur ses talons.

Il n'y avait pas une seconde à perdre. Au sous-sol, elle appuya de toutes ses forces sur la barre de sécurité de la porte fermant les escaliers et se retrouva au cœur des réserves du département de paléontologie. Un long corridor gris, droit comme la justice, s'offrait à elle, éclairé par des ampoules grillagées. Des deux côtés s'ouvraient toute une série de pièces aux contenus soigneusement identifiés : Pongidés, Bovidés, Eohippus, Proboscidiens.

Nora n'eut guère le temps de s'attarder sur le décor qui l'entourait. Les pas précipités des deux policiers dans la cage d'escalier se rapprochaient. C'était bien sa chance d'être tombée sur deux champions du cent mètres. Pourquoi ne lui avait-on pas refilé des flics obèses pour l'interroger ?

Elle longea le couloir à toute vitesse et bifurqua à la première occasion pour brouiller les pistes, cherchant désespérément un moyen de semer Laurel et Hardy. L'immense salle où étaient entreposés les ossements de dinosaures n'était plus très loin. C'était son unique chance de se débarrasser de ses poursuivants. Tout en courant, elle fouillait son sac : Dieu merci, elle avait pensé à prendre ses clés ce matin-là.

Dans sa précipitation, elle faillit dépasser la porte sans la voir. Elle se jeta sur la serrure, ses clés à la main, et parvint à ouvrir la pièce à l'instant où les deux flics débouchaient dans le couloir.

Et merde ! Ils m'ont vue ! Nora referma précipitamment la porte et donna un tour de clé avant de se retourner. Elle pensait trouver refuge entre les rayonnages métalliques lorsqu'elle eut une idée.

Elle déverrouilla la porte et courut se cacher dans un recoin sombre de la pièce. Elle s'accroupit dans l'ombre et attendit, essayant de calmer sa respiration. Dans le couloir, les pas venaient de s'arrêter devant la porte qui se mit à vibrer sous une pluie de coups de poing.

— Ouvrez immédiatement ! hurlait O'Grady, hors de lui.

Nora regarda rapidement autour d'elle, cherchant une meilleure cachette. La pièce n'était que faiblement éclairée par les boîtiers de secours disséminés au plafond. Conformément au règlement intérieur du Muséum, il fallait une clé spéciale pour allumer les néons dans les lieux de stockage, afin de ne pas exposer à la lumière les précieux spécimens, et les allées séparant les étagères étaient plongées dans une semi-obscurité. Nora entendit un cri de rage et la porte trembla sur ses gonds.

Pourvu que ces deux crétins pensent à essayer la porte, sinon mon plan est à l'eau, pensa-t- elle. Laurel et Hardy étaient suffisamment bêtes pour enfoncer la porte en pensant qu'elle était fermée à clé.

Nora crut voir ses craintes se confirmer en entendant la porte trembler sous le poids des policiers. Mais au moment où la partie semblait perdue, une main tourna la poignée, et c'est avec soulagement qu'elle entendit le battant s'ouvrir lentement en grinçant. Retenant son souffle, elle tenta de se faire la plus petite possible dans la jungle des reliques gigantesques qui l'entouraient.

Le Muséum possédait l'une des plus belles

collections d'ossements de dinosaures au monde. Tous les animaux préhistoriques qui n'étaient pas reconstitués dans les salles d'exposition se trouvaient stockés dans cette pièce, leurs os soigneusement répertoriés et étiquetés. Les rayonnages eux-mêmes, réalisés à l'aide de montants et de traverses en acier, avaient été conçus pour supporter des poids de plusieurs tonnes. Il régnait là une atmosphère qui n'était pas sans rappeler celle des cathédrales gothiques, les statues et les gargouilles trouvant leur pendant avec des fémurs gros comme des troncs d'arbres, des crânes de la taille d'une voiture et des fragments d'os fossilisés dans leur milieu naturel, attendant qu'on vienne les délivrer de leur carcan de pierre.

— Nous savons que vous êtes là, fit la voix essoufflée de Finester.

Nora, coincée entre deux murs d'ossements empilés comme des stères de bois, ne bougea pas. Un rat passa tout près d'elle, avant de se réfugier dans l'orbite d'un allosaure en l'apercevant. Comme dans tous les musées de ce genre, la classification de l'entrepôt n'obéissait à aucun critère précis et les spécimens s'étaient accumulés dans le plus grand désordre, offrant à la jeune archéologue un refuge idéal.

— Inutile de vous cacher, professeur Kelly ! On n'échappe jamais longtemps à la police. Vous feriez mieux de vous rendre, on ne vous fera aucun mal.

Nora se glissa silencieusement derrière une carapace de tortue grande comme une chambre de service. Elle essayait de se souvenir de la disposition des lieux. Si sa mémoire était bonne, la pièce n'avait qu'une seule porte, comme la plupart des réserves du Muséum, pour éviter les vols. Il n'y avait donc qu'une seule sortie possible, et les deux crétins se trouvaient pile devant. Il fallait absolument trouver le moyen de les éloigner.

— Professeur Kelly, il y a toujours moyen de s'entendre. Rendez-vous, je vous en prie !

Nora sourit intérieurement. Si Smithback avait eu affaire à ces deux-là, il n'en aurait fait qu'une bouchée. Pauvres Laurel et Hardy !

Elle eut un pincement au cœur en pensant au journaliste. Elle ne se faisait guère d'illusions sur la façon dont les choses avaient pu se passer. Smithback n'avait pu résister à l'envie de se rendre dans la demeure de Leng. Il avait sans doute eu vent de la théorie de Pendergast, ou bien alors il avait réussi à embobiner O'Shaughnessy. Smithback aurait fait parler n'importe qui, même un sourd-muet.

Car Smithback était un enquêteur hors pair. Il connaissait les archives du Muséum mieux que personne, et pendant qu'elle s'épuisait à fouiller les vieux registres cadastraux avec Pendergast, il les avait coiffés au poteau en allant chercher la bonne information là où il le fallait. Fidèle à lui-même, il n'avait rien eu de plus pressé que d'aller jeter un coup d'œil à la maison. D'où la voiture de location retrouvé sur Riverside Drive au coin de la 131e Rue.

Un simple coup d'œil ! Mais Nora savait pertinemment qu'il était incapable de se contenter d'un simple coup d'œil, et il s'était jeté tout droit dans la gueule du loup. *Quel imbécile, mais quel imbécile !*

Nora tenta d'appeler Smithback sur son portable en composant le numéro au fond de son sac pour faire le moins de bruit possible, mais la liaison ne passait pas dans ce sous-sol en béton rempli de tonnes d'étagères métalliques et d'ossements préhistoriques. Cela signifiait également que la radio des deux policiers ne passait pas. C'était bon à savoir si le plan qu'elle avait en tête fonctionnait.

— Professeur Kelly !

Les voix venaient de sa gauche. Ils avaient donc abandonné leur faction près de la porte.

Nora se faufila sans bruit entre les étagères, essayant d'apercevoir les deux hommes, mais elle ne vit que le rayon d'une lampe de poche fouillant la pénombre.

Si elle voulait faire quelque chose pour Smithback, il fallait se dépêcher.

Elle écouta attentivement les pas des deux policiers. *Super ! Ces deux idiots sont restés ensemble.* Ne voulant pas laisser à l'autre la gloire de sa capture, les deux flics avaient oublié de garder la porte.

— D'accord ! cria-t-elle dans le noir. Je me rends ! Je suis désolée, je ne sais pas ce qui m'a pris, j'ai perdu la tête.

Sa déclaration fut accueillie par des murmures un peu plus loin.

— Nous arrivons ! finit par répondre O'Grady. Restez où vous êtes !

Elle les entendit s'approcher en courant, le rayon de la lampe dansant au rythme de leurs mouvements. Elle comptait justement sur la lueur de leur torche pour mieux leur échapper. Se glissant sans bruit entre les rayonnages, elle s'éloigna rapidement en direction de la porte.

— Où êtes-vous ? fit une voix inquiète plusieurs allées plus loin. Professeur Kelly ?

— Il me semble que la voix venait de là-bas, O'Grady.

— N'importe quoi ! Elle était beaucoup plus par là...

En un éclair, Nora franchit la porte qu'elle referma brutalement derrière elle avant de donner un tour de clé, sans s'inquiéter des cris affolés des deux policiers. Cinq minutes plus tard, elle était sur Museum Drive.

Encore tout essoufflée, elle sortit son téléphone portable de son sac et composa un numéro.

67

La Rolls-Royce se gara silencieusement sur la 72e Rue à hauteur du Dakota. Pendergast descendit de voiture et s'arrêta quelques instants sur le trottoir, les yeux perdus dans le vague. Derrière lui, le moteur de la Silver Wraith ronronnait doucement.

Son entrevue avec sa grand-tante lui avait laissé un goût amer dans la bouche. Pour la première fois de sa vie ou presque, l'inspecteur Pendergast expérimentait la peur. Un sentiment de peur, diffus et sournois, qui n'avait fait que croître depuis la découverte du charnier de Catherine Street.

Pendergast montait silencieusement la garde depuis des années, examinant attentivement les rapports du FBI ou d'Interpol qui lui passaient entre les mains, à l'affût d'une signature criminelle bien particulière, identifiable entre mille. Il avait longtemps espéré ne jamais reconnaître cette terrible signature, mais il savait au fond de lui-même que le jour viendrait où il n'aurait plus le choix.

— Bonsoir, monsieur Pendergast.

Voyant arriver l'inspecteur, le gardien était sorti de sa guérite. Il tenait une enveloppe dans sa main gantée de blanc. À la vue de l'enveloppe, les craintes de Pendergast redoublèrent.

— Merci à vous, Johnson, répondit Pendergast sans prendre l'enveloppe. Le sergent O'Shaughnessy est-il passé ? Je l'attendais.

— Non, monsieur. Je ne l'ai pas vu de la soirée.

Pendergast, de plus en plus songeur, ne répondit pas immédiatement.

— Très bien. Dites-moi, cette enveloppe a-t-elle été déposée à mon intention ?

— Oui, monsieur.

— Puis-je vous demander qui vous l'a laissé ?

— Un monsieur qui n'a pas laissé de nom.

— Pourriez-vous me le décrir ?

— Oui, monsieur. Un monsieur fort aimable, d'allure assez démodée.

— Avec un chapeau melon ?

— Exactement, monsieur.

Pendergast examina d'un air dubitatif l'adresse, rédigée d'une belle écriture ronde au recto de l'enveloppe : *À l'attention de Monsieur A. X. L. Pendergast, docteur ès lettres, Le Dakota. Personnelle et confidentielle.*

L'enveloppe avait été fabriquée artisanalement à l'aide d'une feuille de papier de fort grammage non ébarbée, semblable en tous points au papier à lettres attitré de la famille Pendergast. Si l'enveloppe était jaunie par les ans, l'écriture était en revanche récente.

Pendergast se tourna vers le gardien :

— Johnson, m'autoriseriez-vous à emprunter vos gants quelques instants ?

Le portier avait tout vu ou presque au cours de sa carrière, et il était trop stylé pour laisser paraître sa surprise. Sans l'ombre d'une hésitation, il ôta ses gants et les tendit à Pendergast qui les enfila soigneusement. S'approchant de la guérite éclairée, l'inspecteur décacheta l'enveloppe du revers de la main et l'ouvrit avec mille précautions. Elle contenait une simple feuille de papier pliée en deux ; dans le creux du pli, il découvrit un fil de couleur grise qu'un œil moins averti que le sien aurait pu prendre pour un morceau de fil de pêche. Pendergast ne commit pas cette erreur, identifiant du premier coup d'œil un morceau de nerf humain, très probablement prélevé sur la *cauda equina*, à l'extrémité inférieure de la moelle épinière.

La feuille de papier ne portait aucune inscription. Pas même un filigrane, nota Pendergast en observant la lettre par transparence à la lumière de la guérite.

À cet instant précis, son téléphone portable sonna.

Pendergast posa soigneusement l'enveloppe et son contenu avant de prendre son téléphone dans sa poche.

— Oui ? fit-il d'une voix étrangement neutre.

— C'est Nora, fit une voix essoufflée à l'autre bout du fil. Smithback a découvert l'adresse de Leng.

— Mais encore ?

— Il s'est rendu directement là-bas, et je crois qu'il est entré dans la maison.

LA TRAQUE

68

Nora vit la Silver Wraith couper plusieurs files de voitures sur Central Park West et fondre sur elle à toute vitesse, un gyrophare rouge clignotant de façon incongrue derrière le pare-brise. La voiture s'arrêta dans un crissement de pneus et la porte arrière s'ouvrit aussitôt pour la laisser monter.

— Venez vite ! dit Pendergast d'une voix inhabituellement forte.

Elle se glissa à côté de lui sur la banquette et la Rolls repartait déjà, la projetant sur les coussins de cuir blanc.

Pendergast avait descendu l'accoudoir central sur lequel il s'appuyait, regardant droit devant lui. Nora ne l'avait jamais vu aussi sombre. Absorbé par ses pensées, il ne voyait rien et n'entendait personne alors que la voiture fonçait vers le nord de toute la puissance de son moteur, secouant ses passagers au hasard des nids-de-poule. Par sa fenêtre, Nora voyait défiler à toute vitesse devant elle les arbres de Central Park.

— J'ai essayé de joindre Smithback sur son téléphone portable, expliqua-t-elle, mais ça ne répond pas.

Pendergast ne disait toujours rien.

— Vous croyez vraiment que Leng est encore en vie ?

— Je ne le crois pas. Je le sais !

Nora conserva le silence un bon moment. Finalement, n'y tenant plus, elle tenta de reprendre la conversation :

— Dites-moi la vérité. Vous pensez que Smithback est tombé entre ses mains ?

Pendergast ne répondit pas immédiatement, comme si la question méritait d'être étudiée.

— En louant une voiture ce matin, Smithback a promis de ramener l'auto avant 17 heures.

Avant 17 heures... Nora, rongée d'inquiétude, avait les nerfs aussi tendus que des cordes de piano. Smithback aurait dû déposer sa voiture chez Hertz six heures plus tôt.

— S'il ne s'est pas garé trop loin de la maison de Leng, nous avons peut-être une chance de le retrouver.

Pendergast se pencha et fit glisser la vitre de séparation.

— Proctor, une fois parvenu à hauteur de la 131e Rue, je vous demanderai de chercher attentivement une Ford Taurus gris métallisé, immatriculée ELI-7734. Il s'agit d'une voiture de location, vous devriez la reconnaître à ses autocollants.

Il repoussa la vitre de séparation et reprit sa place. Un silence lourd s'installa dans l'habitacle. La voiture tourna à gauche sur Cathedral Parkway en direction de l'Hudson.

— Il nous aurait fallu moins de quarante-huit heures pour découvrir à notre tour l'adresse de Leng, murmura-t-il enfin, moins à l'adresse de Nora que pour lui-même. Quand je pense que nous étions si près du but. Davantage de méthode, un peu plus de réflexion, et nous étions en mesure de nous attaquer à lui sur des bases solides. Ce sont précisément les quarante-huit heures qui risquent de nous faire défaut aujourd'hui.

— Combien de temps avons-nous devant nous ? demanda Nora d'un air anxieux.

— J'ai malheureusement peur que nous n'en ayons aucun, marmonna Pendergast.

69

Le regard de Custer braqué sur lui, Roger Brisbane donna un tour de clé et ouvrit la porte de son bureau avant de se reculer pour laisser passer le capitaine. Custer, suivi de Noyes qui le suivait comme son ombre, franchit le seuil d'un air pénétré et sûr de lui. Maintenant qu'il savait précisément où il allait, il n'avait plus les mêmes raisons de se presser. Il fit le tour de la pièce du regard d'un air connaisseur. Un beau bureau moderne, très propre et bien tenu, avec du chrome et du verre partout. Pas mal. Les deux grandes fenêtres donnaient sur Central Park, et l'on apercevait au-delà des arbres les lumières scintillantes de la 5e Avenue. Les yeux de Custer s'arrêtèrent sur le vaste bureau trônant au milieu de la pièce, avec son encrier en cristal taillé, sa pendule en argent, et tous ses accessoires précieux. Sans parler de la vitrine de verre pleine de pierreries étincelantes. Pas mal du tout.

— Beau bureau, fit-il avec une moue admirative.

Sans même relever le compliment, Brisbane posa sa veste de smoking sur le dossier de sa chaise et s'installa derrière son bureau.

— Je n'ai pas beaucoup de temps a vous consacrer, déclara-t-il d'un ton agressif. Je vous rappelle qu'il est 11 heures du soir. Je vous demanderai donc d'être aussi bref que possible, et surtout de veiller à ce que vos équipes vident les lieux dans les meilleurs délais, en attendant que nous envisagions les mesures à prendre, dans votre intérêt comme dans le mien.

— Bien sûr, bien sûr.

Custer prenait visiblement son temps, s'arrêtant çà et là pour admirer une gravure ou soupeser un presse-papiers, tout en surveillant Brisbane du coin de l'œil. Sa lenteur exaspérait visiblement le vice-président qui commençait à montrer des signes d'énervement. Parfait ! Le mieux était de le laisser mariner dans son jus, jusqu'à la faute. Il finirait bien par dire quelque chose de compromettant.

— Je ne voudrais pas vous presser, capitaine, mais ne trouvez-vous pas que nous avons assez perdu de temps comme cela ? fit Brisbane en invitant Custer à prendre un siège.

Mais Custer prenait un malin plaisir à ne pas comprendre, poursuivant tranquillement sa visite. À part les accessoires de bureau, les tableaux accrochés aux murs et la vitrine de pierreries, la pièce était extrêmement dépouillée, avec un placard et quelques étagères en guise d'ameublement.

— Monsieur Brisbane, dites-moi si je me trompe, mais j'ai cru comprendre que vous étiez le conseil juridique du Muséum, c'est bien ça ?

— Tout à fait.

— Un poste très important, donc.

— Pour ne rien vous cacher.

Custer s'approcha des étagères et s'empara d'un stylo à plume de nacre qu'il examina longuement avant de se lancer, sans regarder son hôte.

— Vous savez, monsieur Brisbane, j'ai parfaitement conscience que la présence de la police dans cet établissement doit vous paraître assez déplacée.

— Je ne vous le fais pas dire.

— Dans une certaine mesure, vous avez l'impression d'être ici chez vous. Le Muséum est un peu votre chose.

— Je le reconnais bien volontiers.

Custer hocha la tête. Il continuait à tourner le dos à son hôte, et son regard tomba sur une splendide tabatière chinoise incrustée de pierres précieuses qu'il prit en main.

— Ce n'est pas une partie de plaisir de voir une meute de policiers débarquer dans votre univers, et je vous comprends.

— Je suis heureux de vous l'entendre dire. J'ai d'ailleurs tenté de vous le faire comprendre à plusieurs reprises. Entre parenthèses, capitaine, je vous demanderai de faire très attention à cette tabatière. Il s'agit d'un objet particulièrement fragile.

Custer la reposa lentement pour prendre aussitôt un autre objet précieux.

— Je me mets à votre place, vous devez trouver toute cette affaire très désagréable. À commencer par la découverte des victimes de ce tueur en série du XIXe siècle, sans parler de la fameuse lettre découverte dans les collections du Muséum. Une affaire très désagréable, nous sommes tous d'accord là-dessus.

— Je vous avouerai que nous nous serions volontiers passés de toute cette publicité, qui risque à terme de porter un grave préjudice au Muséum.

— Ensuite, il y a cette histoire avec cette jeune femme travaillant pour vous, comment s'appelle-t-elle déjà ?

— Nora Kelly.

À la façon dont Brisbane avait prononcé le nom de l'archéologue, Custer crut comprendre qu'il ne la portait pas exactement dans son cœur.

— Car c'est bien cette jeune femme qui a découvert les squelettes ainsi que la lettre cachée, n'est-ce pas ? Ça ne devait pas vous faire plaisir qu'elle s'occupe de cette histoire, je suppose. Précisément à cause des répercussions que toute cette affaire risquait d'avoir sur le Muséum.

— Je pense qu'elle aurait mieux fait de s'occuper de ses propres travaux de recherche. Après tout, elle est payée pour cela.

— Vous ne souhaitiez donc pas la voir collaborer avec la police ?

— Comprenez-moi bien. Je trouverais tout naturel qu'elle fasse bénéficier la police de ses lumières, mais pas au détriment de ses obligations professionnelles et de son employeur, c'est-à-dire le Muséum.

Custer hocha doucement la tête.

— Bien évidemment. Sans compter qu'elle a failli se faire tuer lors d'une course-poursuite dans le local des archives. Un épisode dramatique que l'on doit à celui que l'on surnomme le Chirurgien.

Custer faisait mine à présent de s'intéresser à un rayonnage supportant une demi-douzaine d'ouvrages de droit dont les reliures imposantes respiraient l'ennui. Il en tapota un du doigt.

— Vous êtes avocat ?

— L'expression *conseil juridique* est généralement synonyme d'*avocat*, capitaine.

La raillerie glissa sur Custer qui conservait imperturbablement son air bonhomme.

— Très bien, très bien. Dites-moi, monsieur Brisbane, ça fait longtemps que vous êtes ici ?

— Un peu plus de deux ans.

— Et vous vous plaisez au Muséum ?

— J'avoue que c'est un endroit tout à fait passionnant, mais j'ai bien peur que cela ne nous éloigne du but initial de cette conversation, à savoir le départ de vos hommes.

— Nous allons y venir, ne vous inquiétez pas, rétorqua Custer, avant d'ajouter en se tournant vers son interlocuteur :

— Vous avez souvent l'occasion de vous rendre dans le local des archives ?

— Non, pas très souvent. Un peu plus ces derniers temps, bien évidemment, à cause de toute cette histoire.

— Bien sûr, bien sûr. Un endroit passionnant, ce local des archives.

Tout en parlant, Custer surveillait Brisbane du coin de l'œil pour voir l'effet qu'avaient sur lui ses questions. *Le regard. Tout est dans le regard.*

— Passionnant du point de vue de certains chercheurs, certainement.

— Mais pas du vôtre, c'est bien ça ?

— Je n'ai pas une passion foudroyante pour les documents poussiéreux et les spécimens mités, si c'est ce que vous souhaitez savoir.

— Pourtant, ça ne vous a pas empêché de vous rendre aux archives pas moins de… voyons voir, pas moins de huit fois au cours des dix derniers jours, fit Custer d'un air anodin en consultant ses notes.

— Huit fois ? Cela me paraît beaucoup, mais c'est vrai que j'ai dû m'y rendre à plusieurs reprises pour régler toutes sortes de problèmes.

— Toutes sortes de problèmes, répéta Custer en lançant à Brisbane un regard plein d'astuce. Comme c'est bien dit ! Nous parlons bien du local des archives, vous êtes d'accord ? Celui-là même où le corps de Puck a été retrouvé, où Nora Kelly a failli se faire tuer par le Chirurgien.

— Vous vous répétez, capitaine.

— Et puis il y a également Smithback, ce journaliste un peu encombrant.

— C'est un euphémisme.

— Vous n'aviez pas envie de l'avoir dans les pattes, et je vous comprends parfaitement.

— Exactement. Je suppose qu'on a dû vous dire comment il s'était fait passer aujourd'hui même pour un cadre de notre service de sécurité dans le but de dérober certains documents.

— Oui, oui, on m'a raconté ça. Je peux même vous dire que nous avons lancé un avis de recherche le concernant, mais qu'il semble avoir disparu de la circulation. Vous ne sauriez pas où il se trouve, par le plus grand des hasards ?

— Comment voudriez-vous que je le sache ? Vous ne me l'avez pas donné à garder.

— Je ne vous l'ai pas donné à garder, c'est ma foi vrai.

Custer, penché à présent sur la vitrine de pierres précieuses, caressait le boîtier d'un doigt boudiné.

— Nous n'avons pas encore parlé de cet inspecteur du FBI, le dénommé Pendergast. Lui aussi s'est fait attaquer dans des circonstances tout à fait dramatiques.

Brisbane ne répondit pas.

— Celui-là non plus ne vous plaisait guère. Pas vrai, monsieur Brisbane ?

— Nous avons suffisamment de fonctionnaires de police sur le dos sans avoir besoin du FBI. En parlant des fonctionnaires de police que nous avons sur le dos, je voudrais…

— Je sais, je sais, monsieur Brisbane. Mais vous comprendrez sans doute que je m'étonne…

Custer avait laissé volontairement sa phrase en suspens.

— Que vous vous étonniez de quoi, capitaine ?

Un brouhaha dans le couloir vint interrompre l'entretien. La porte du bureau s'ouvrit à la volée, laissant passer un sergent hirsute et poussiéreux, la mine défaite.

— Capitaine ! s'écria-t-il. On était en train d'interroger cette femme, vous savez, l'archéologue, et elle a trouvé le moyen de…

Custer regarda O'Grady d'un air sévère :

— Enfin, sergent ! Vous voyez bien que je suis occupé !

— Mais…

— T'as entendu le capitaine ? fit Noyes, qui se tenait immobile dans un coin du bureau depuis le début de l'interrogatoire.

Il s'avança aussitôt et repoussa O'Grady dans le couloir sans se soucier de ses récriminations.

Custer attendit que la porte se soit refermée sur O'Grady pour se tourner à nouveau vers Brisbane.

— Où en étions-nous ? Ah oui ! je m'étonnais de l'intérêt que vous sembliez porter à cette histoire.

— Il me semble que cette affaire me concerne, non ?

— Bien sûr, bien sûr. Je ne mets pas votre conscience professionnelle en cause, mais il se trouve que j'ai également remarqué votre zèle dès qu'il s'agit d'engager ou de licencier le personnel du Muséum. Je me trompe ?

— Pas le moins du monde, et j'en suis même fier.

— Prenons le cas de Reinhart Puck, par exemple.

— Que vient faire Puck là-dedans ?

Custer consulta à nouveau ses notes.

— Pourriez-vous m'expliquer pourquoi vous avez voulu renvoyer M. Puck deux jours seulement avant sa disparition ?

Brisbane allait répondre lorsqu'il se reprit. Il sembla marquer une hésitation, comme si une idée venait de lui traverser la tête.

— Curieuse coïncidence, tout de même. Vous ne trouvez pas, monsieur Brisbane ? insista Custer.

Le vice-président esquissa un sourire.

— Je trouvais que le poste de M. Puck n'était pas

exactement indispensable, d'autant que le Muséum connaît actuellement des difficultés financières. En outre, il se trouve que M. Puck n'avait pas fait preuve… comment dirais-je ? Il n'avait pas fait preuve de beaucoup d'esprit d'entreprise ces temps derniers. Ce qui n'a pas le moindre rapport avec sa mort, bien évidemment.

— J'ai cru comprendre qu'on avait refusé de vous donner carte blanche dans cette affaire, et que vous n'aviez pas obtenu sa tête. Façon de parler, bien sûr.

— M. Puck faisait partie de cet établissement depuis plus d'un quart de siècle et on a pensé que son licenciement risquait d'affecter le personnel.

— Ça ne vous a pas mis en colère d'être mis sur la touche ?

Le sourire de Brisbane se figea.

— Capitaine, j'ose espérer que vous n'êtes pas en train de m'accuser d'avoir quelque chose à voir avec le meurtre de cet homme.

— Moi ? Jamais ! fit Custer, jouant volontairement les vierges effarouchées.

— Je suis heureux de l'entendre. Et comme votre question est purement rhétorique, je ne prendrai pas la peine d'y répondre.

Un large sourire éclaira le visage de Custer. Il n'avait pas la moindre idée de la signification de l'adjectif « rhétorique », mais sa question avait fait mouche, et c'était le principal. Il caressa une dernière fois du doigt la vitrine avant de regarder autour de lui. Il avait fouillé partout, sauf le placard. L'air de rien, il posa la main sur la poignée de porte et s'arrêta.

— N'empêche que ça vous a mis de mauvaise

humeur, pas vrai ? Je veux dire, le fait qu'on ne vous donne pas raison au sujet de Puck.

— Je ne connais pas beaucoup de personnes qui seraient heureuses d'être désavouées, répliqua Brisbane, glacial. Cet homme était un véritable anachronisme, incapable de gérer de manière efficace et moderne un service comme le sien. Pour s'en convaincre, il suffit de constater qu'il continuait à utiliser une simple machine à écrire pour toute sa correspondance. Une machine à écrire ! À l'âge de l'ordinateur !

— Justement, en parlant de cette fameuse machine à écrire. Je veux parler de celle dont le meurtrier s'est servi pour ces deux notes. Je suppose que vous connaissiez l'existence de cette machine, non ?

— Tout le monde connaissait son existence. Puck avait toujours refusé qu'on l'équipe d'un ordinateur, et il ne voulait pas entendre parler d'e-mail.

— Je vois, fit Custer en hochant la tête.

L'air de rien, il en profita pour ouvrir le placard.

Comme s'il n'attendait que cette occasion, un vieux chapeau melon s'échappa d'une étagère et roula sur le sol avant de s'arrêter aux pieds du capitaine.

Custer regarda le chapeau d'un air ahuri. Il n'en croyait pas ses yeux. C'était trop beau pour être vrai. Ces choses-là n'arrivent que dans les romans d'Agatha Christie, jamais dans la vie réelle.

Il leva les yeux sur Brisbane d'un air interrogateur.

Brisbane en restait interdit, mais son trouble laissa rapidement place à l'exaspération.

— Un chapeau dont je me suis servi pour un bal costumé organisé par le Muséum, expliqua-t-il d'un ton irrité. Tout le monde pourra vous le confirmer. J'ai ce chapeau depuis des années.

Custer passa la tête dans le placard qu'il entreprit de fouiller, et dont il exhuma un parapluie noir soigneusement replié. Il le posa sur la pointe et le fit tourner sur lui-même avant de le lâcher, et le parapluie tomba à côté du chapeau melon. Custer releva la tête et regarda Brisbane dans les yeux. Il régnait dans la pièce un silence pesant.

— C'est totalement absurde ! s'exclama Brisbane.

— Je n'ai rien dit, fit calmement Custer avant de s'adresser à Noyes qui avait assisté, muet, à toute la scène

— Et toi, tu as dit quelque chose ?

— Non, capitaine, je n'ai rien dit.

— Monsieur Brisbane, auriez-vous l'amabilité de m'expliquer ce qui est absurde ?

Brisbane, habituellement si à l'aise, avait du mal à trouver ses mots.

— Vous croyez... c'est-à-dire... que je suis... Oh, et puis toute cette histoire est absolument ridicule !

— Quelle histoire ? Et qu'est-ce qui est ridicule, monsieur Brisbane ?

— Mais enfin... ce que vous êtes en train de vous imaginer !

Custer croisa les mains derrière le dos et s'avança lentement vers le bureau. Penché en avant, il déclara d'une voix douce :

— Dites-moi un peu ce que je suis en train de m'imaginer, monsieur Brisbane.

70

La puissante Rolls-Royce, conduite d'une main experte par Proctor, roulait à vive allure sur Riverside Drive, zigzagant d'une file à l'autre, se faufilant entre les voitures en s'ouvrant un passage avec son gyrophare. Il était 11 heures du soir passées et la circulation commençait à se fluidifier, mais on n'apercevait pas la moindre place libre le long des trottoirs de Riverside Drive et des rues adjacentes.

La Silver Wraith tourna sur la 131e Rue et Proctor ralentit brutalement. Presque tout de suite, à quelques dizaines de mètres seulement de Riverside Drive, Nora repéra la voiture de location : une Ford Taurus gris métallisé, immatriculée ELI-7734.

Pendergast descendit de la Rolls et s'approcha de la Ford pour vérifier son code-barres d'identification à travers le pare-brise. Il fit ensuite le tour de la voiture et brisa d'un coup de coude discret la vitre côté passager, déclenchant l'alarme. Sans s'en inquiéter, il fouilla la boîte à gants et le reste de l'habitacle avant de rejoindre la Rolls et d'inviter Nora à sortir de la voiture.

— Pas le moindre indice dans l'automobile, précisa-t-il. Il aura emporté l'adresse avec lui. Il nous reste à espérer que la demeure de Leng ne se trouve pas trop loin.

Pendergast demanda à Proctor d'aller se garer du côté de Grant's Tomb et de les attendre, puis il s'éloigna à grandes enjambées vers Riverside Drive, suivi de Nora.

Quelques instants plus tard, ils débouchaient sur

l'avenue. Du côté opposé, on apercevait la masse sombre de Riverside Park dont les arbres montaient imperturbablement la garde dans la nuit. Au-delà du parc, les eaux de l'Hudson scintillaient doucement sous l'œil impassible de la lune.

Nora tourna la tête à droite et à gauche, embrassant du regard les immeubles à moitié en ruine, les anciennes demeures bourgeoises abandonnées et les asiles de nuit pour SDF qui se succédaient à perte de vue, aussi bien vers le nord que vers le sud.

— Comment faire pour trouver la maison de Leng ? demandat-elle d'une voix découragée.

— Nous disposons de plusieurs indices, la rassura Pendergast. Il s'agit d'une demeure privée, construite au cours de la seconde moitié du XIVe siècle, qui n'a pas été transformée en appartements. Il est probable qu'elle aura l'air abandonné, mais il faut s'attendre à ce qu'elle soit barricadée, pour éviter que des squatters ne s'y installent. Commençons par le sud, voulez-vous ?

La jeune femme s'engageait déjà dans l'avenue lorsque Pendergast posa une main sur son épaule :

— En temps ordinaire, je n'aurais jamais accepté de mêler quelqu'un comme vous à une affaire qui concerne avant tout la police.

— Je pense tout de même avoir le droit de vous suivre. N'oubliez pas que c'est mon petit ami qui se trouve dans les griffes de…

Pendergast leva la main en signe d'apaisement :

— Nous n'avons guère le temps de nous appesantir sur ce genre de détail. J'ai réfléchi à la situation, et vous ne m'en voudrez pas de me montrer franc avec vous. Si nous parvenons à retrouver la maison de Leng, mes chances de réussite sont quasiment nulles sans votre aide.

— Tant mieux, mais je vous aurais suivi de toute façon.

— J'en suis pleinement conscient. Connaissant l'habileté de Leng, je sais également que deux personnes ont davantage de chances de réussir qu'une armada de policiers. Sans compter que le temps nous fait cruellement défaut. Il est toutefois de mon devoir de vous prévenir, professeur Kelly : je vous entraîne dans une aventure qui comporte de nombreuses incertitudes. Pour être plus direct encore, j'ajouterai que vous et moi pouvons fort bien y perdre la vie.

— J'en accepte le risque.

— Fort bien, dit-il. Une dernière chose. À mon avis, si Smithback n'est pas déjà mort, il le sera avant que nous parvenions à localiser la maison, à nous y introduire et à mettre Leng hors d'état de nuire. Il est donc plus que probable que nous arrivions trop tard.

La gorge nouée, Nora acquiesça.

Sans un mot, Pendergast descendit Riverside Drive.

Ils longèrent une série d'immeubles transformés en appartements et dépassèrent un asile de nuit. Assis sur les marches du perron, quelques clochards alcooliques les regardèrent passer d'un air morne. Un peu plus loin s'étendaient une série de taudis devant lesquels ils ne s'attardèrent pas.

Soudain, à hauteur de Tiemann Place, Pendergast tomba en arrêt devant un immeuble abandonné. Il s'agissait d'une petite maison de ville dont les fenêtres étaient condamnées. La sonnette avait disparu. L'inspecteur examina rapidement le bâtiment avant d'en faire le tour, s'attardant au-dessus d'une tranchée courant le long d'un appartement en sous-sol. Quelques instants plus tard, il retrouvait Nora.

— Qu'en pensez-vous ? murmura-t-elle.

— Je pense qu'il faut pousser nos investigations à l'intérieur.

Deux planches de contreplaqué solidement fixées et protégées par un cadenas bouchaient ce qui avait dû être la porte d'entrée. Pendergast jeta un œil au cadenas tout en cherchant quelque chose à l'intérieur de sa veste. Sa main blafarde ressortit aussitôt, armée d'un petit appareil muni d'une série de pointes métalliques semblables à des cure-dents. L'outil brillait d'un éclat étrange à la lueur des réverbères.

— Qu'est-ce que c'est ? demanda Nora.

— Un simple passe-partout électronique, répondit-il en s'attaquant au cadenas qui s'ouvrit au bout de quelques secondes avec un bruit mat.

Pendergast retira la chaîne qui maintenait en place les deux morceaux de contreplaqué et plongea dans l'obscurité, Nora sur ses talons.

Une odeur nauséabonde les prit à la gorge. Pendergast sortit de sa poche une lampe torche qu'il alluma. Faisant courir le faisceau autour de lui, il découvrit des monceaux d'ordures, quelques rats crevés, des flaques d'eau croupissante, des cloisons à moitié démolies, des aiguilles et des sachets de crack vides abandonnés là par des drogués. Sans un mot, l'inspecteur fit demi-tour et sortit de la maison, toujours suivi de Nora.

Ils poursuivirent leur exploration jusqu'à la 120e Rue. Peu à peu, le quartier présentait un visage plus accueillant et les immeubles abandonnés commençaient à se faire rares.

— Inutile d'aller plus loin, fit Pendergast d'une voix tendue. Il nous reste à explorer Riverside Drive plus au nord.

Ils revinrent rapidement sur leurs pas jusqu'à leur point de départ. Une fois parvenus à la 131e Rue, ils reprirent leur examen attentif des vieilles maisons. La manœuvre n'était pas aussi aisée de ce côté-là. Le quartier était dans un état de décrépitude avancée et la plupart des immeubles avaient l'air abandonnés. Pendergast ne s'attardait pas sur les bâtiments transformés en appartements, mais il prit le temps d'explorer une, deux, puis trois maisons individuelles pendant que Nora montait la garde sur le trottoir.

Arrivés à la 136e Rue, ils s'arrêtèrent devant une nouvelle demeure en ruine. Pendergast l'observa longuement, scrutant les moindres détails de la façade, avant de porter le regard plus au nord, sans dire un mot. Il était plus pâle que jamais, cette traque semblait l'épuiser.

Si Riverside Drive avait été autrefois le refuge de toute une bourgeoisie nantie, l'endroit n'était plus qu'un champ de ruines. Les maisons se ressemblaient toutes et Nora s'attendait à voir surgir la silhouette sinistre de Leng à tout moment.

Pendergast finit par baisser la tête :

— Il semble que M. Smithback ait eu toutes les peines du monde à se garer, remarqua-t-il à voix basse.

Découragée, Nora hocha la tête. Cela faisait maintenant six heures que Smithback était tombé entre les mains du Chirurgien. Peut-être même davantage. Elle n'avait pas envie de penser à ce que cela signifiait pour le malheureux journaliste.

71

Custer laissa à Brisbane le temps de méditer ce qu'il venait de lui dire. Une minute s'écoula, puis une autre, et le capitaine finit par sourire à son interlocuteur d'un air entendu :

— Ça ne vous dérange pas si je m'assois ? fit-il en désignant du menton la chaise en altuglass et chrome faisant face au bureau du vice-président.

— Je vous en prie, fit celui-ci en hochant la tête.

Custer s'installa sur le siège du mieux qu'il le pouvait et sourit à nouveau :

— Vous disiez donc, monsieur Brisbane ?

Le type qui avait dessiné cette foutue chaise n'avait visiblement pas prévu qu'on pourrait un jour s'y asseoir. Tout en lançant à son interlocuteur un regard interrogateur, Custer se contorsionnait dans tous les sens, tentant vainement de passer une jambe au dessus de l'autre.

Brisbane profita de cet intermède pour reprendre son sang-froid :

— Je ne disais rien. Je pensais simplement que ce chapeau…

— Ce chapeau… ?

— Rien.

— Dans ce cas, parlez-moi un peu de ce bal costumé.

— Vous n'êtes pas sans savoir que le Muséum fait couramment appel à la générosité du public, et nous organisons régulièrement de grandes soirées afin de recueillir des dons. Les occasions ne manquent pas : une exposition, l'ouverture d'une nouvelle salle, parfois en l'honneur de nos donateurs les plus généreux, ce genre de choses. De temps en temps, il nous arrive de donner des bals costumés, et je me déguise invariablement de la même manière, c'est-à-dire en banquier anglais de la City, avec un pantalon gris à rayures, une veste à queue de pie et un chapeau melon.

— Je vois, fit Custer, conciliant. Et le parapluie ?

— Un simple parapluie noir, comme en possèdent la plupart des gens.

Brisbane avait retrouvé toute sa combativité, son métier d'avocat reprenait le dessus.

— Depuis combien de temps êtes-vous en possession de ce chapeau ?

— Je viens de vous le dire.

— Et où l'avez-vous acheté ?

— Vous me posez une colle… Chez un antiquaire de Greenwich Village, je crois. À moins que ce ne soit dans le quartier de TriBeCa. Oui, c'est ça, un marchand sur Lispenard Street, si je me souviens bien.

— Combien l'avez-vous payé ?

— J'avoue ne pas m'en souvenir. Dans les trente ou quarante dollars.

L'espace d'un instant, Custer crut voir le masque

de Brisbane s'effriter, mais le vice-président se reprit aussitôt :

— Je serais curieux de savoir pourquoi ce chapeau vous intéresse tant. Je ne suis tout de même pas le seul à posséder un chapeau melon à New York.

Le regard. Tout est dans le regard. N'était-ce pas de la panique que Custer croyait lire dans le regard de son interlocuteur ? Les yeux de Brisbane trahissaient son trouble intérieur.

— Je ne sais pas, répondit Custer sans élever la voix. Vous croyez vraiment que beaucoup de gens se promènent à New York avec un chapeau melon ? Personnellement, je n'en connais qu'un seul : l'assassin.

C'était la première fois que Custer employait le mot « assassin » dans la conversation, et il le prononça avec une légère insistance qui n'échappa pas à Brisbane. Depuis le début, c'était un sans-faute, et Custer était particulièrement fier de la manière dont il avait réussi à ferrer le poisson. Si seulement quelqu'un avait pu filmer la scène en vidéo, cet interrogatoire serait devenu un véritable morceau d'anthologie à montrer aux jeunes recrues dans les écoles de police.

— Revenons-en au parapluie.

— Alors là, je ne sais plus du tout où je l'ai acheté, si c'est ce qui vous intéresse. Il faut dire que j'ai la mauvaise habitude de perdre tous mes parapluies, fit Brisbane en haussant les épaules d'un air faussement désinvolte.

Custer remarqua immédiatement que Brisbane avait les épaules raides. Le bonhomme commençait donc à se troubler, c'était bon signe. Très bon signe, même.

— Et le reste de votre costume ?

— Il se trouve également dans le placard. Vous pouvez vérifier.

Custer savait déjà que le reste du costume correspondrait en tous points à la description vestimentaire du tueur, et il préféra enchaîner pour ne pas perdre l'avantage.

— Où l'avez-vous acheté ?

— Il me semble avoir trouvé le pantalon et la veste dans un magasin près de Bloomingdale's. Une boutique dont j'ai oublié le nom, spécialisée dans les vêtements de cérémonie d'occasion.

— Bien sûr, bien sûr, répondit distraitement Custer en scrutant Brisbane. Un peu bizarre comme accoutrement, tout de même. Comment vous est venue l'idée de vous déguiser en banquier anglais ?

— J'ai horreur d'avoir l'air ridicule, si vous voulez tout savoir. Ce costume me va plutôt bien, et je l'ai porté au moins cinq ou six fois lors de bals costumés, tout le monde pourra vous le confirmer. Croyez-moi, je l'ai rentabilisé.

— Ce n'est pas moi qui vous contredirai sur ce point, railla Custer en adressant un clin d'œil à Noyes.

Son adjoint avait du mal à dissimuler sa jubilation. La curée n'était pas loin, et il s'en réjouissait d'avance.

— Monsieur Brisbane, pourriez-vous me dire où vous étiez dans la nuit du 12 octobre, entre 23 heures et 4 heures du matin ?

C'était l'heure approximative à laquelle Puck avait été assassiné, d'après le rapport du médecin légiste.

Brisbane réfléchissait, le front plissé.

— Attendez une seconde… Le 12 octobre, vous dites ?... Je ne sais plus.

Il ponctua sa réponse d'un petit rire forcé auquel Custer fit écho.

— Je vous avouerai que je ne sais plus ce que j'ai fait ce soir-là. Après minuit, je devais être dans mon lit, mais avant cela… Ah si ! je me souviens. Je n'ai pas bougé de chez moi. J'avais de la lecture en retard.

— Vous vivez seul, monsieur Brisbane ?

— Oui.

— De sorte que personne n'est en mesure de confirmer vos dires ? Je ne sais pas, moi. Une gouvernante, une bonne amie ou un bon ami ?

Brisbane fronça les sourcils.

— Non, personne. Mais si cela ne vous dérange pas…

— Encore un instant, monsieur Brisbane. Où m'avez-vous dit que vous habitiez ?

— Je ne vous l'ai pas dit. J'ai un appartement sur la 9e Rue, près de University Place.

— Bon, bon. C'est-à-dire pas très loin de Tompkins Square Park, où s'est déroulé le second meurtre.

— J'avoue ne pas avoir été frappé par cette coïncidence.

— Moi si.

Custer jeta un coup d'œil par la fenêtre à la masse sombre de Central Park.

— Ce n'est d'ailleurs pas la seule coïncidence,

ajouta-t-il. Figurez-vous que le premier crime a eu lieu tout près d'ici, au cœur de La Randonnée.

Brisbane avait du mal à conserver son calme.

— Écoutez, capitaine, je ne sais pas où vous voulez en venir, mais j'ai l'impression très désagréable que nous glissons du terrain des déductions à celui des suppositions.

Il reculait déjà sa chaise, prêt à se lever :

— À présent, si cela ne vous dérange pas, il est temps de penser à rassembler vos hommes pour leur demander de quitter les lieux.

Custer calma le jeu d'un geste, tout en lançant à Noyes un coup d'œil complice. *Tiens-toi prêt.*

— Une dernière petite chose, monsieur Brisbane. Nous n'avons pas encore parlé du troisième meurtre.

Il consulta son carnet de notes avant de demander posément :

— Connaissez-vous un certain Oscar Gibbs ?

— Oui, il s'agit de l'assistant de M. Puck, si je ne m'abuse.

— Je ne vous le fais pas dire. Si j'en crois le témoignage de M. Gibbs, vous avez eu une discussion assez… comment dirais-je ?... assez orageuse avec M. Puck au cours de l'après-midi du 12 octobre, dans le local des archives. Vous veniez apparemment d'apprendre que le service des Ressources humaines n'avait pas souhaité licencier Puck, malgré vos recommandations.

Brisbane rougit légèrement.

— À votre place, je ne croirais pas tout ce qu'on raconte.

La remarque fit sourire Custer.

— Rassurez-vous, monsieur Brisbane, je ne crois pas tout ce qu'on raconte.

Il laissa peser un long silence avant de poursuivre :

— M. Gibbs se souvient fort bien que le ton est monté entre Puck et vous. Ou plus exactement, que vous avez commencé à invectiver Puck. Je serais très curieux d'entendre votre version des faits.

— Je me suis vu contraint de réprimander vertement M. Puck, en effet.

— Pour quelle raison ?

— Pour avoir outrepassé mes ordres.

— C'est-à-dire ?

— Pour n'avoir pas fait son travail.

— Mais encore ? En quoi ne faisait-il pas son travail ?

— Il avait effectué des recherches pour des personnes extérieures au Muséum à la demande de Nora Kelly, alors que je le lui avais strictement interdit.

L'heure de la curée était venue et Custer fondit sur sa proie.

— À en croire M. Gibbs, vous vous êtes – je le cite – *pris le bec avec M. Puck. Il* – c'est-à-dire vous, monsieur Brisbane – *le traitait de tous les noms, il menaçait de lui faire son affaire. Il lui a dit qu'il n'en avait pas fini avec lui.*

Custer reposa ses notes et regarda Brisbane.

— *Lui faire son affaire,* c'est l'expression que vous avez employée.

— Simple figure de style.

— Bien sûr, bien sûr. Et moins de vingt-quatre heures plus tard, on retrouvait le corps de Puck au fond des archives, empalé sur une corne de dinosaure, et ce n'est pas une figure de style. Le corps avait été mutilé, très probablement sur les lieux mêmes du crime. Une opération très particulière, qui nécessite tout de même un certain temps, monsieur Brisbane. Une opération exécutée par quelqu'un qui connaissait extrêmement bien le Muséum et son fonctionnement. Quelqu'un susceptible de circuler à sa guise dans les locaux du Muséum, sans attirer l'attention. Bref, un familier de cet établissement. Là-dessus, Nora Kelly reçoit une note bidon tapée sur la machine de Puck l'invitant à le rejoindre dans les allées des archives où elle manque d'être assassinée. Nora Kelly, monsieur Brisbane. *Nora Kelly* qui vous dérangeait, de même que l'inspecteur Pendergast hospitalisé à ce moment-là, après avoir été agressé sauvagement par un mystérieux inconnu *en chapeau melon.*

Brisbane regardait le capitaine avec des yeux ronds, atterré.

— Pourquoi refusiez-vous que Puck effectue des recherches pour des personnes *extérieures* au Muséum ?

Brisbane, outré, en restait sans voix.

— Vous aviez peur qu'il ne découvre quelque chose. Ou plutôt que *ces personnes* ne découvrent quelque chose. Mais quoi ?

Brisbane ouvrait et fermait la bouche comme un poisson, mais les mots n'arrivaient pas à sortir :

— Je… Je…

Le moment était venu de donner l'estocade.

— Pourquoi avoir voulu imiter les crimes du docteur Leng, monsieur Brisbane ? Vous aviez trouvé quelque chose dans les archives, c'est bien ça ? Quelque chose qui vous a donné l'idée de toute cette mascarade, et Puck était sur le point de découvrir le pot aux roses, alors vous l'avez tué. Est-ce que je me trompe ?

C'en était trop. Brisbane se leva comme un ressort et s'écria :

— Attendez une minute !

— Noyes ? fit Custer en se tournant vers son adjoint.

— Oui, capitaine.

— Passe-lui les menottes.

— Non ! s'étrangla Brisbane. Vous êtes devenu complètement fou ! Vous allez commettre la plus grosse bourde de toute votre carrière…

Custer en profita pour se lever. À cause de ce satané siège, le mouvement n'avait pas toute la majesté voulue, mais il se rattrapa en lisant ses droits d'une voix claire et forte à son prisonnier :

— Vous avez le droit de ne pas parler…

— C'est un scandale !

— ... vous avez le droit de vous faire assister par un avocat…

— Je n'ai pas l'intention de me laisser faire !

— ... vous avez le droit…

Custer devait parler de plus en plus fort pour couvrir les protestations de Brisbane, mais rien n'aurait pu l'empêcher d'aller jusqu'au bout. Sa satisfaction n'en fut que plus grande lorsque Noyes referma les menottes autour des poignets de l'assassin. Jamais Custer n'avait procédé à une arrestation aussi réussie. C'était le clou de toute sa carrière. L'arrestation du Chirurgien par le capitaine Custer était un exploit dont on parlerait pendant des générations.

72

L'inspecteur Pendergast remontait Riverside Drive à grandes enjambées, son grand manteau noir flottant dans la nuit, Nora trottant sur ses talons. Elle ne pouvait s'empêcher de penser à Smithback, que Leng retenait prisonnier dans l'un de ces immeubles sinistres et sombres. Elle faisait des efforts désespérés pour éviter d'envisager le pire, en vain. L'angoisse et l'incertitude la rendaient physiquement malade. Elle avait mal au ventre à l'idée de ce qui risquait d'arriver à Smithback… s'il était encore en vie.

Elle s'en voulait de s'être montrée si dure avec lui depuis une semaine. Il était impossible, c'est vrai, avec son caractère impulsif, son ambition démesurée, et son don de se mettre dans des situations périlleuses. D'un autre côté, il avait les qualités de ses défauts. En cas de coup dur, il était toujours là, fidèle au poste. Elle repensait au soir où il s'était déguisé en clochard pour l'aider à récupérer la robe de Mary Greene, à ce jour où il avait bravé le service de sécurité du Muséum pour la prévenir que Pendergast avait été attaqué. Et dire qu'elle l'avait fait jeter dehors sans l'ombre d'une hésitation. Mais il était trop tard pour regretter quoi que ce soit et Nora réprima un sanglot.

Ils examinaient l'une après l'autre les propriétés en ruine et les anciennes maisons de ville, dont la plupart étaient transformées en refuges pour clochards et autres fumeurs de crack. Pendergast s'arrêtait à chaque fois avant de reprendre son chemin avec un petit mouvement de tête négatif.

Nora songeait à Leng, à présent. Elle avait du mal à croire qu'il pût être encore en vie, claquemuré dans l'un de ces vestiges d'une ère révolue. Observant attentivement l'alignement des maisons sur Riverside Drive, elle se demanda s'il n'était pas possible de déterminer laquelle appartenait à Leng en procédant par déduction. Elle disposait d'un certain nombre d'éléments. Tout d'abord, Leng avait certainement voulu préserver son bien-être ; on ne vit pas cent cinquante ans et plus sans un minimum de confort. Ensuite, il avait dû veiller à ce que sa maison ait l'air abandonné. Enfin, il lui fallait un refuge imprenable et soigneusement barricadé, pour éviter les indésirables. Cet ancien quartier chic transformé en ghetto se prêtait à merveille à ces impératifs. Se terrer derrière l'anonymat sinistre de ces façades en ruine tout en préservant ses aises derrière la misère apparente de ces fenêtres murées était un jeu d'enfant.

Le seul problème, c'est que toutes ces maisons ou presque répondaient aux conditions énoncées par Nora.

Soudain, juste avant la 138e Rue, Pendergast s'arrêta net pour observer une maison abandonnée. Une vaste demeure en mauvais état ayant visiblement connu des jours meilleurs, légèrement en retrait de Riverside Drive et desservie par une allée de service.

Comme beaucoup d'autres bâtiments de la rue, les portes et les fenêtres du rez-de-chaussée avaient été condamnées à l'aide de planches en bois et de tôle ondulée. En apparence, rien ne permettait de différencier cette vieille demeure des bâtiments voisins, mais Pendergast la regardait avec une telle intensité que Nora en fut presque effrayée.

Sans un mot, il s'engagea dans la 138e Rue, toujours suivi par Nora qui l'observait d'un air anxieux. L'inspecteur avançait lentement, les yeux rivés sur le sol, se retournant de temps en temps pour lancer un regard furtif à la façade austère qu'ils laissaient derrière eux. Ils marchèrent ainsi jusqu'à Broadway. Arrivé au carrefour, Pendergast s'arrêta et se tourna vers sa compagne :

— Il s'agit de celle-là.

— Mais… comment pouvez-vous en être sûr ?

— Le blason sculpté au-dessus de la porte d'entrée : une branche de ciguë surmontée de trois boules d'apothicaire.

— Et alors ?

Pendergast balaya la question de la main.

— Il m'est impossible de vous en dire davantage à l'heure actuelle. Je vous expliquerai plus tard. Je vous demanderai simplement de me suivre en faisant preuve de la plus extrême prudence.

Ils descendirent Broadway et firent le tour du pâté de maisons pour déboucher à nouveau sur Riverside Drive au niveau de la 137e Rue avant de s'arrêter. Nora dévorait littéralement la maison des yeux, hésitant entre la curiosité et la peur. C'était une immense bâtisse de trois étages en brique et pierre de taille occupant tout un pâté de maisons. La propriété était protégée par une grille en fer forgé dont les pointes rouillées étaient largement recouvertes de lierre. Le parc ne ressemblait plus à rien depuis longtemps. La pelouse avait laissé place aux mauvaises herbes, les massifs s'étaient transformés en buissons épais, et des monceaux de détritus jonchaient ce qui restait des allées. Une ancienne porte cochère s'ouvrait sur la 138e Rue, et un chemin caillouté menait vers l'arrière de la maison. Les ouvertures du rez-de-chaussée étaient toutes soigneusement barricadées, contrairement à celles des étages qui paraissaient en assez bon état, à l'exception d'une fenêtre du premier dont l'un des carreaux était cassé. Le regard de Nora s'attarda sur le blason dont lui avait parlé Pendergast. Les armes de Leng étaient surmontées d'une inscription en grec ancien.

Une rafale de vent agita les branches des arbres dans le parc ; les nuages filaient à toute allure dans la nuit, et la lune se reflétait par intermittence dans les carreaux des fenêtres. On aurait dit une maison hantée.

Pendergast se glissa par la porte cochère et Nora lui emboîta le pas. En chemin, l'inspecteur chassa du pied de vieilles boîtes de conserve, et il finit par s'arrêter devant une lourde porte de chêne plongée dans l'obscurité. Nora eut à peine le temps de le voir toucher à la serrure que la porte s'ouvrait sans bruit sur ses gonds bien huilés.

Les deux visiteurs entrèrent aussitôt. Pendergast referma doucement la porte et Nora entendit un bruit de serrure. Ils restèrent quelques instants plongés dans le noir le plus absolu, attentifs au moindre bruit. La vieille demeure était parfaitement silencieuse. Au bout d'une minute qui parut durer une heure à Nora, Pendergast alluma sa lampe de poche et balaya rapidement le décor qui les entourait.

Ils se trouvaient dans un petit vestibule au sol de marbre poli. Les murs étaient recouverts d'un vieux papier pelucheux, et un épais manteau de poussière recouvrait tout. Immobile, Pendergast dirigea le faisceau de sa lampe sur les traces de pas imprimées dans la poussière ; on reconnaissait la marque caractéristique de deux pieds nus, mais aussi des empreintes de chaussures. Pendergast les examina interminablement en silence. On aurait dit un jeune peintre en train d'étudier respectueusement un tableau de maître. Nora commençait à trouver le temps long lorsque l'inspecteur se remit en marche. Il traversa le vestibule et emprunta un petit couloir débouchant sur un vaste hall lambrissé de vieux chêne. Le plafond, assez bas, était couvert de motifs gothiques compliqués.

Le hall regorgeait de meubles et d'objets dont Nora ne comprit pas immédiatement l'utilité : des tables aux formes inhabituelles, des cabinets, de longues boîtes, des cages métalliques, et toute une série d'appareils étranges.

— Ce sont des accessoires de prestidigitation, murmura Pendergast, répondant à la question muette de sa compagne.

Ils traversèrent la pièce et passèrent sous une arcade pour déboucher enfin dans une immense pièce de réception. Cette fois encore, Pendergast commença par examiner avec la plus grande attention les empreintes de pas qui sillonnaient le parquet de chêne.

— Il était pieds nus, marmonna-t-il entre ses dents. Et là, on voit très nettement qu'il s'est mis à courir.

Il fit rapidement le tour de la pièce avec le faisceau de sa lampe, découvrant les objets les plus hétéroclites. Des squelettes d'animaux reconstitués, maintenus à l'aide de fil de fer, des fossiles, plusieurs rangées de vitrines en verre débordant de spécimens tous plus incroyables et terrifiants les uns que les autres : des pierres précieuses, des crânes humains, des météorites, des insectes aux carapaces irisées que la lampe de Pendergast faisait scintiller les unes après les autres. Il régnait une forte odeur de toiles d'araignées, de cuir usé et d'animaux empaillés qui ne suffisait pourtant pas à masquer des effluves nettement moins agréables.

— Où sommes-nous ? demanda Nora, pétrifiée.

— Il s'agit du cabinet de curiosités de Leng, expliqua Pendergast.

L'inspecteur avait sorti de son étui un pistolet qu'il tenait résolument de la main gauche. La puanteur était presque insoutenable à présent ; une odeur insidieuse et douceâtre, presque poisseuse, qui prenait à la gorge, collait aux cheveux et à la peau, imprégnait les vêtements.

Pendergast fit un pas en avant, prenant mille précautions. Le faisceau de sa lampe dansait à travers la pièce immense. Certains objets étaient découverts, mais la plupart étaient encore protégés par des draps poussiéreux. Pendergast s'approcha lentement des vitrines alignées le long des murs, prenant le temps de les examiner une à une. La lueur de sa torche se reflétait à l'infini sur les parois de verre, faisant naître des ombres grotesques et monstrueuses qui donnaient l'impression de s'animer au fur et à mesure de ses explorations.

Le pinceau de la lampe s'immobilisa brusquement, et Nora vit le visage blême de Pendergast perdre le peu de couleurs qu'il avait habituellement. L'espace d'une poignée de secondes, il resta paralysé, sans respirer. Lorsqu'il sortit de sa tétanie, la lampe tremblait légèrement dans sa main. Il s'avança et Nora le suivit, impatiente de comprendre ce qui avait pu provoquer une réaction aussi violente chez cet être à sang froid.

La vitrine qui fascinait Pendergast était différente des autres. Elle ne contenait ni squelette, ni trophée empaillé, ni sculpture de pierre, mais on apercevait clairement derrière la vitre la silhouette d'un mort, bras et jambes attachés à l'aide de chaînes et de menottes rudimentaires, exposé debout, tel un spécimen de musée. Le mort était vêtu d'un costume noir démodé, composé d'une redingote de coupe sévère et d'un pantalon rayé.

— Qui donc… ? balbutia Nora, la gorge nouée.

Mais Pendergast ne l'entendait pas, une expression indescriptible sur son visage figé. Il regardait fixement le mort dans sa vitrine, auquel le rayon de la torche donnait un air particulièrement sinistre. L'inspecteur s'attarda longuement sur la main livide et parcheminée du cadavre. La peau desséchée et flétrie était profondément déchirée à un endroit, exposant un os couleur ivoire.

Nora ne pouvait détacher son regard de l'abominable plaie, et elle faillit vomir en s'apercevant que les ongles d'une main avaient tous été arrachés.

L'extrémité des doigts n'était plus qu'une bouillie informe d'où émergeaient les phalanges.

Lentement, inexorablement, le faisceau, de la lampe détailla chacune des parties du corps, remontant lentement le long de la redingote et de la chemise blanche empesée pour s'arrêter sur le visage du mort.

Un visage momifié, à la peau décolorée et ridée, dans un état de conservation remarquable. Les traits semblaient avoir été sculptés dans de la cire ; les lèvres desséchées exposaient deux rangées de dents superbes dans un rictus effrayant. Seuls les yeux avaient disparu, dévoilant des orbites noires comme des puits sans fond.

Par moments, la boîte crânienne semblait agitée d'un léger tremblement.

Depuis leur arrivée dans l'étrange demeure, Nora se sentait submergée par une angoisse indicible qui laissa place à un sentiment d'horreur lorsqu'elle crut reconnaître le visage du mort.

Mue par un réflexe incontrôlé, elle se tourna d'un bloc vers Pendergast. Ce dernier se tenait parfaitement immobile, les yeux écarquillés, pétrifié. Il ne faisait aucun doute que l'inspecteur s'était attendu à tout, sauf à la découverte qu'il venait de faire.

Nora reporta malgré elle son regard sur le cadavre. Même dans la mort, le doute n'était plus permis : la même peau translucide et pâle, les mêmes traits d'une finesse presque féminine, le même nez aquilin, les mêmes lèvres minces, le même menton délicat, le même front altier, les mêmes cheveux d'un blond presque blanc… Le supplicié grotesquement exposé dans la vitrine ressemblait à s'y méprendre à Pendergast !

73

Custer observait avec une satisfaction grandissante celui qu'il appelait déjà le coupable. C'était un Brisbane piteux, la cravate de travers, la chemise blanche froissée, les cheveux en bataille, des ronds de sueur sous les bras, qui se tenait à présent devant lui, les mains menottées dans le dos. *L'homme est décidément bien peu de chose,* pensa intérieurement un Custer rendu philosophe par la gravité des circonstances. Il reconnaissait volontiers en Brisbane un adversaire à sa hauteur. Il avait d'ailleurs dû faire appel à toute sa science d'enquêteur pour parvenir à briser la façade d'arrogance et de suffisance que le vice-président du Muséum arborait avec le plus grand naturel. Mais le masque avait fini par tomber et Brisbane n'était plus qu'un pantin brisé aux yeux rougis, aux lèvres tremblantes. Il n'avait pas imaginé un seul instant que Custer parviendrait à le faire craquer. *C'est le coup des menottes qui l'a achevé,* se disait Custer avec l'assurance d'un grand professionnel. Il avait eu l'occasion de constater l'efficacité de ce simple geste à de nombreuses reprises au cours de sa carrière. Il avait vu des types encore plus coriaces que Brisbane s'effondrer en entendant le bruit mat des menottes se refermant sur leurs poignets. La sensation froide et brutale du métal sur la peau, un sentiment d'impuissance en réalisant qu'on bascule dans un autre univers, celui de la prison, suffisent généralement à venir à bout des plus endurcis.

Le gros de l'enquête était terminé, même si tout n'était pas fini. Il faudrait encore pas mal de temps pour réunir tous les détails, rassembler toutes les pièces à conviction et monter un dossier en béton, mais ce travail de routine n'était plus du ressort de Custer qui n'avait plus qu'à tirer sa révérence.

Son regard croisa furtivement celui de Noyes, dans les yeux duquel il lut une admiration sans borne confinant à la vénération. Brave Noyes !

Custer se tourna vers le coupable :

— Alors, Brisbane, les pièces du puzzle se mettent en place, pas vrai ?

Le vice-président le regardait avec des yeux dans lesquels se reflétait l'incompréhension la plus totale.

— C'est marrant, mais c'est toujours comme ça, reprit Custer, lyrique. Les assassins sont toujours persuadés qu'ils sont plus malins que tout le monde, en particulier la police. Mais à bien y réfléchir, Brisbane, tu n'es pas si malin que ça. Tiens, par exemple, le fait de garder ton déguisement dans le placard de ton bureau. Tu étais trop sûr de toi. Ou encore tous ces témoins que tu as eu la bêtise de laisser derrière toi. Me dire que tu ne savais pas combien de fois tu étais allé aux archives, alors que Gibbs tenait le compte exact de tes allées et venues. Ou encore tes victimes, que tu t'acharnais à dénicher près de chez toi ou à côté du Muséum. Pas très malin, tout ça. J'en passe, et des meilleures.

La porte du bureau s'ouvrit, laissant passer un agent en uniforme qui glissa un fax dans la main de Custer.

— Tiens, quand on parle du loup. Une preuve accablante de plus, poursuivit-il en brandissant le fax. On sait même où tu as appris à charcuter tes victimes, Brisbane. Je lis ici que tu as commencé des études de médecine à Yale. Tout s'enchaîne.

Il passa le fax à Noyes qui le prit aussitôt comme s'il s'agissait du Saint Sacrement.

— Tu as changé d'orientation au bout d'un an pour suivre des études de géologie avant de faire ton droit.

Custer secoua la tête d'un air désabusé. *Décidément, les criminels seront toujours des imbéciles.*

Brisbane parvint à reprendre suffisamment d'ascendant sur lui-même et retrouva la parole :

— Mais enfin, capitaine, un peu de bon sens ! Toute cette histoire ne tient pas debout. Je ne suis pas un assassin. D'abord, pourquoi aurais-je tué ces gens ?

Custer haussa les épaules.

— C'est à toi de nous le dire. Rappelle-toi, c'est la première question que je t'ai posée en t'arrêtant. Mais les psychopathes savent-ils vraiment pourquoi ils ressentent le besoin de tuer ? Qu'est-ce qui a bien pu pousser Jack l'Éventreur à tuer ? Et Jeffrey Dahmer ? Personnellement, je laisse le soin aux psychiatres de répondre. Ou bien à Dieu.

Sur cette pensée profonde, Custer se tourna vers Noyes :

— Arrange-toi pour convoquer la presse. Minuit pile au 1, Police Plaza. Non, attends une seconde... Faisons ça sur les marches de l'entrée principale du Muséum, ça aura plus de gueule. Tu préviens les journalistes et le préfet Rocker, sans oublier le maire. Tu le joins directement sur sa ligne privée à Gracie Mansion. Tu le réveilleras sûrement, mais il ne risque pas de nous en vouloir quand tu lui expliqueras pourquoi. Dis-lui qu'on a arrêté le Chirurgien.

— Bien, capitaine, répondit Noyes, fier de la mission que son chef lui confiait.

— Sur les marches du Muséum ? Mais enfin, vous n'y pensez pas ! Toute cette publicité ! Le Muséum ne s'en remettra jamais, s'écria Brisbane, la voix brisée. Capitaine, j'aurai votre peau pour ce qui… ce que…

Étouffant de rage, il n'arrivait pas à terminer sa phrase, mais Custer ne l'écoutait déjà plus, car son esprit fertile venait de lui souffler une nouvelle idée géniale.

— Attends une seconde ! fit-il à Noyes dans le couloir. Préviens le maire de se préparer à avoir la vedette. C'est à lui d'annoncer la capture du coupable.

Ravi de sa trouvaille, Custer referma la porte du bureau en rêvant à l'avenir glorieux qui l'attendait. Les élections municipales devaient avoir lieu dans une semaine. Avec un tel succès à son palmarès, le maire ne pouvait plus perdre. Lui laisser l'honneur d'annoncer lui-même l'arrestation de Brisbane, c'était s'assurer une belle promotion. On murmurait déjà que le poste de préfet de police serait bientôt à prendre, et comme la vie est faite d'espoir…

74

Nora regarda à nouveau Pendergast, dont le comportement commençait à l'inquiéter sérieusement. Depuis plusieurs minutes, il ne quittait plus des yeux le visage du mort dans sa vitrine, avec sa peau parcheminée, ses traits aristocratiques, ses cheveux d'un blond tirant sur le blanc.

— Son visage ! On dirait qu'il…

Nora avait le plus grand mal à exprimer tout ce que lui inspirait cette vision d'horreur.

— On dirait qu'il vous ressemble, finit-elle par balbutier.

— C'est vrai, répondit-il dans un souffle. Il me ressemble beaucoup.

— Mais qui est-ce ?

— Enoch Leng.

La façon même dont il prononçait le nom du docteur avait quelque chose de terrible, et Nora en eut la chair de poule.

— Enoch *Leng ?* Mais… je ne comprends pas. Vous prétendiez… enfin, vous pensiez qu'il était encore en vie.

Pendergast dut faire un effort sur lui-même pour détacher les yeux de la vitrine et les poser sur la jeune femme. Son visage était plus livide que jamais dans la pénombre, et elle lut sur son visage l'horreur, mais aussi la douleur et la peur que lui inspirait cette vision dantesque.

— Je ne me trompais pas. Il était encore en vie jusque tout récemment, mais quelqu'un s'est chargé de le tuer en lui faisant subir d'effroyables tortures, avant de placer son corps supplicié dans cette vitrine. Il semble que nous ayons désormais affaire au *quelqu'un* en question.

— Je ne comprends toujours pas…

Pendergast l'interrompit d'un geste.

— Je ne peux rien vous dire. Il est encore trop tôt, se contenta-t-il de répondre.

Il tourna presque douloureusement le dos à la terrible silhouette dans sa vitrine et balaya le reste de la pièce à l'aide de sa torche.

Nora commençait à se sentir le nez pris par toute cette poussière accumulée depuis des décennies. Elle avait l'impression de vivre un cauchemar, tout en sachant qu'il n'en était rien, et faisait de son mieux pour calmer les battements de son cœur.

— Il est inconscient à présent, probablement sous l'effet d'une piqûre. Son corps a été traîné sur le sol.

Nora sursauta en entendant la voix de Pendergast, qui commentait les traces clairement visibles dans la poussière, ainsi qu'il l'avait fait un peu plus tôt. Son ton lugubre contrastait avec l'attitude grave, mais infiniment plus détachée, qui était encore la sienne avant la découverte du corps de Leng.

Guidés par la lampe de poche de l'inspecteur, ils suivirent les traces dans le grand hall d'entrée, jusqu'à une double porte fermée. Pendergast l'ouvrit et découvrit une ravissante bibliothèque à deux niveaux dont les rayonnages débordaient de volumes aux reliures de cuir patinées par le temps. Le faisceau de la torche avait du mal à percer les nuages de poussière suspendus dans l'air confiné de la pièce, mais Nora aperçut sur les étagères, entre les livres, de nombreux spécimens soigneusement étiquetés ; d'autres, plus volumineux, étaient exposés à travers la pièce, protégés par des draps de toile en décomposition. Des bergères éventrées et des canapés de cuir usé étaient disposés avec élégance à travers la pièce.

La lampe de Pendergast fouilla les étagères les unes après les autres. Sur un plateau d'argent posé sur une desserte, on apercevait un carafon de cristal avec ce qui avait dû être du porto ou du sherry ; avec le temps, le liquide s'était évaporé, laissant au fond de la carafe une trace brunâtre. À côté du plateau se trouvait encore un petit verre, également vide, tout près duquel attendait un cigare moisi. Une cheminée de marbre gris s'ouvrait dans l'un des murs. Une peau de zèbre mitée, presque entièrement mangée par des rongeurs, s'étalait devant l'âtre dans lequel reposaient des bûches intactes. Un peu plus loin, un buffet ouvert laissait apparaître une multitude de carafons de cristal dont le temps s'était chargé d'évaporer le contenu. Sur une petite table installée près d'un fauteuil, un crâne que Nora identifia sans peine comme celui d'un australopithèque servait de bougeoir, un livre ouvert posé à côté.

Le rayon de la lampe s'attarda quelques instants sur le livre, et Nora remarqua qu'il s'agissait d'un très vieux traité de médecine rédigé en latin. Faisant pendant au texte, une gravure détaillait les différentes phases de dissection d'un cadavre. De tous les objets réunis dans la bibliothèque, seul ce livre donnait l'impression d'avoir été manipulé récemment, tout le reste étant recouvert d'une épaisse couche de poussière.

Cette fois encore, Pendergast examina le sol avec la plus grande attention. Il était recouvert de tapis mités et moisis, mais on distinguait clairement des traces de pas. Curieusement, elles s'arrêtaient net devant un mur de livres.

Pendergast s'approcha prudemment de la bibliothèque à cet endroit précis. Il fit courir ses longs doigts sur les reliures dont il détaillait les titres un à un. De temps en temps, il sortait de son rayonnage l'un des ouvrages qu'il feuilletait rapidement avant de le remettre à sa place. Soudain, à l'instant où sa main s'apprêtait à soulever un gros volume, Nora entendit un déclic sourd, et tout un pan de la bibliothèque se détacha du mur. Pendergast fit pivoter le meuble vers lui, découvrant une grille métallique derrière laquelle on apercevait une porte en bois d'érable patiné. Nora mit quelques instants à comprendre de quoi il s'agissait.

— Un vieil ascenseur ! murmura-t-elle, surprise.

Pendergast acquiesça.

— En effet. L'ancien ascenseur de service menant au sous-sol. Il y avait exactement le même dans…

Il s'arrêta brusquement. Dans le silence, Nora crut entendre un bruit provenant de l'intérieur de la cabine. Un bruit de respiration, ou peut-être un gémissement.

Pendergast se raidit et Nora ne put retenir un petit cri :

— Mon Dieu, faites que ce ne soit pas…

Elle n'acheva pas sa phrase, incapable de prononcer le nom de Smithback.

— Il faut faire vite, murmura l'inspecteur.

À la lueur de sa lampe, il examina attentivement la grille de cuivre protégeant l'ascenseur. Il avança un doigt et essaya de tourner la poignée, en vain. Il s'agenouilla alors devant la grille afin d'inspecter de plus près le système de blocage. Nora le vit sortir de l'une des poches de sa veste une longue tige flexible qu'il introduisit dans le mécanisme. Un premier cliquetis résonna dans le silence de la pièce, mais la grille ne s'ouvrait toujours pas. Pendergast continua de trifouiller la serrure à l'aide de la tige, et un second claquement retentit. L'inspecteur se releva et tira la grille avec circonspection, prêt à prévenir toute mauvaise surprise, mais elle se replia sur elle-même presque sans bruit. Puis il remit un genou à terre afin d'examiner la poignée permettant d'ouvrir la porte de la cage d'ascenseur.

Le même gémissement indéfinissable se fit entendre à l'intérieur de la cabine ; comme précédemment, on aurait dit un halètement saccadé, presque désespéré, et le cœur de Nora se serra dans sa poitrine.

Brusquement, un grand bruit déchira l'air confiné de la bibliothèque et Pendergast n'eut que le temps de se jeter de côté alors que la porte en érable s'ouvrait toute seule.

Pétrifiée d'horreur, Nora aperçut alors une silhouette humaine accrochée au fond de la cabine. Le corps resta brièvement suspendu dans l'espace avant de s'effondrer sur eux avec un déchirement terrifiant. Nora crut un instant que le corps allait tomber sur Pendergast, mais il s'arrêta comme en plein vol, retenu par une corde fixée autour de son cou. Les bras ballants, prostré dans une position grotesque, on aurait dit un pantin désarticulé.

— Il s'agit du sergent O'Shaughnessy, dit Pendergast.

— O'Shaughnessy ! lui fit écho Nora d'une voix rauque.

— Oui. Et le malheureux est encore en vie.

Il s'introduisit dans la cabine et prit le corps entre ses bras, essayant de le redresser, tout en détachant la corde qui lui enserrait le cou. Après une courte hésitation, Nora se précipita pour l'aider à asseoir le policier sur le sol. Au moment où elle lui passait la main dans le dos pour le soutenir, elle découvrit sous ses doigts une plaie énorme. O'Shaughnessy eut un toussotement sinistre et sa tête s'affaissa.

À cet instant précis, l'ascenseur fut parcouru d'une violente secousse dans un vacarme de poulies et de ressorts, et ils eurent brusquement l'impression que le monde s'écroulait autour d'eux.

75

À tout seigneur, tout honneur. Le capitaine Custer avait pris la tête de la procession improvisée, et son pas martial résonnait le long des couloirs sonores. Il traversa la grande rotonde à la tête de ses hommes en direction du grand escalier du Muséum. Il avait royalement accordé trente minutes à Noyes pour communiquer à la presse les premiers éléments, ce qui lui avait donné le temps de préparer minutieusement le déroulement des opérations.

Il sortit le premier, suivi par deux de ses hommes en uniforme qui encadraient le coupable menotté. Venaient ensuite une vingtaine de gradés et d'enquêteurs. La meute désordonnée des employés du Muséum fermait le cortège, avec à sa tête le responsable du service communication, Harry Medoker, mais aussi Manetti, de la Sécurité, ainsi qu'une poignée de sous-fifres. Ils avaient tous l'air complètement perdus et affolés.

S'ils avaient été un peu plus malins, ils auraient assisté la police dans son travail, au lieu de s'évertuer à mettre des bâtons dans les roues des enquêteurs, et les choses se seraient peut-être passées de façon moins dramatique. Étant donné leur attitude de blocage systématique, Custer n'avait pas l'intention de leur faire le moindre cadeau. Il était même résolu à les humilier en donnant une conférence de presse sur l'esplanade même du Muséum, du haut de cet escalier monumental dont tous ces crétins étaient si fiers, avec le bâtiment en arrière-plan, afin que les gens reconnaissent bien l'endroit en regardant le journal télévisé le lendemain. Quant aux équipes télé, cette opération était du petit-lait pour elles.

Custer savourait d'avance son heure de gloire en se dirigeant vers les grandes portes de bronze à la tête de ses hommes, le ventre rentré, le menton conquérant. Il s'agissait d'avoir fière allure devant les caméras, car le moment était historique.

Les portes de bronze du Muséum s'ouvrirent devant lui et il eut du mal à réprimer sa joie en découvrant la foule des journalistes massés au pied du grand escalier. Il avait beau savoir que Noyes n'avait pas ménagé sa peine, il n'en revenait pas de voir autant de fouille-merde, surtout à une heure pareille. Il n'avait pas encore franchi le seuil que des dizaines de flashs crépitaient et que les lumières aveuglantes des projecteurs de télévision s'allumaient. Il fut aussitôt accueilli par un barrage de questions, parfaitement inaudibles dans le brouhaha général. Les hommes de Custer avaient bien veillé à installer des cordons sur les marches pour essayer de contenir les journalistes, mais ces derniers se ruèrent en une mêlée indescriptible dès qu'apparut le coupable désigné entre ses deux gardiens. Au cours de la bousculade qui s'ensuivit, les plus hardis parvinrent même à s'approcher en jouant des coudes ; les choses auraient pu dégénérer si les agents n'avaient pas repris la situation en main en repoussant avec virulence les assaillants.

Brisbane, complètement hébété par ce qui lui arrivait, n'avait pas prononcé un mot depuis près d'une demi-heure. Il n'avait même pas essayé de se cacher le visage en sortant sur l'esplanade du Muséum. Ce n'est qu'en recevant les flashs et les projecteurs en pleine figure qu'il baissa la tête pour échapper aux essaims de photographes et de cameramen qui le mitraillaient à bout portant. La confusion la plus totale régnait, et ses deux gardiens, débordés, durent faire appel à leurs collègues pour traîner Brisbane jusqu'à la voiture de police qui l'attendait au bas des marches, gyrophare allumé. Conformément à la dramaturgie du scénario soigneusement mis au point par Custer, les deux hommes qui maintenaient le coupable devaient laisser le soin au capitaine de jeter lui-même Brisbane sur le siège arrière de la voiture. C'était bien imaginé, car Custer pouvait être assuré que cette photo choc ferait la une de toute la presse quotidienne le lendemain.

L'opération faillit capoter, Custer ayant toutes les peines du monde à faire entrer Brisbane dans la voiture. Le vice-président avait perdu toute combativité, et le capitaine se retrouva brusquement avec une chiffe molle de quatre-vingts kilos dans les bras. Suant et soufflant, il finit tout de même par arriver à ses fins, assailli par la meute des photographes ravis de l'aubaine, et la voiture put enfin démarrer, toute sirène hurlante.

Custer regarda son prisonnier s'éloigner dans la nuit avant de se tourner vers la foule qui attendait impatiemment ses commentaires. Levant les mains comme Moïse en haut du Sinaï, il eut toutes les peines du monde à obtenir le silence. Il n'avait pas la moindre intention de ravir la vedette au maire : sa photo à la une de toute la presse, poussant le meurtrier menotté dans la voiture, ne laisserait planer aucun doute sur le rôle de tout premier plan qu'il avait joué dans cette affaire. Mais, rançon de sa gloire toute neuve, il lui fallait dire un mot et faire patienter les journalistes.

— Le maire arrive, déclara-t-il d'une voix claire pleine d'assurance, une vraie voix de chef. Il sera là d'ici quelques minutes, et il a une déclaration de toute première importance à vous faire. Jusque-là, nous nous refusons à tout commentaire.

— Comment avez-vous réussi à l'attraper ? hurla quelqu'un, déclenchant une nuée de questions soulignées de cris et de grands mouvements de micros. Fidèle à sa parole, Custer restait stoïquement muet. Les élections devaient avoir lieu dans moins d'une semaine, et il n'était pas question de priver le maire de cette occasion de briller. Custer pouvait se permettre de jouer les modestes aujourd'hui, sa récompense viendrait en temps utile.

76

Nora fut réveillée par la douleur. Une douleur lancinante qui la faisait lentement émerger de l'inconscience, sans pour autant la sortir de la torpeur dans laquelle elle se trouvait. Elle émit un petit gémissement, avala péniblement sa salive et essaya de bouger pour trouver une position plus confortable, sans y parvenir. Elle avait l'impression très désagréable d'avoir le côté gauche entièrement arraché. Elle ouvrit les yeux et battit plusieurs fois des paupières avant de comprendre que la pièce dans laquelle elle se trouvait était plongée dans l'obscurité. Elle avait l'impression d'avoir du sang sur le visage, mais lorsqu'elle voulut s'essuyer avec sa main, son bras refusa de lui obéir. Elle essaya vainement de remuer, et finit par se rendre compte que ses bras et ses jambes étaient enchaînés.

Elle se sentait complètement perdue, comme quelqu'un qui ne parvient pas à s'extirper d'un mauvais rêve. Mais que lui était-il arrivé ? Et d'abord, où était-elle ?

Soudain, une voix vibra faiblement dans le noir de la pièce.

— Professeur Kelly ?

Le simple fait d'entendre la voix prononcer son nom suffit à tirer Nora de sa semi-torpeur. Au fur et à mesure qu'elle reprenait ses esprits, son angoisse refaisait surface.

— C'est moi, l'inspecteur Pendergast, murmura la voix. Comment vous sentez-vous ?

— Je ne sais pas. J'ai mal partout, je dois avoir plusieurs côtes fêlées. Et vous, comment vous sentez-vous ?

— Couci-couça.

— Qu'est-ce qui s'est passé ?

Pendergast ne répondit pas immédiatement.

— Je ne saurais vous dire à quel point je suis désolé de ce qui vous arrive, finit-il par dire d'un ton sincèrement contrit. J'aurais dû me méfier et flairer le piège. Mais aussi, comment imaginer que l'on puisse se servir du sergent O'Shaughnessy comme appât ? Un acte d'une barbarie sans nom.

— Vous croyez qu'O'Shaughnessy... ?

— Sa vie ne tenait plus qu'à un fil lorsque nous l'avons découvert. Il ne peut avoir survécu.

— Mon Dieu, quelle horreur, gémit Nora. Quelle mort épouvantable !

— C'était un homme loyal et droit. Je suis comme vous, chère Nora, les mots me manquent.

Un long silence s'installa entre les deux prisonniers. La peur de ce qui allait leur arriver semblait anesthésier chez Nora l'horreur du destin tragique d'O'Shaughnessy, et le chagrin de sa disparition. Elle savait désormais à quoi s'attendre, et l'incertitude du sort de Smithback ajoutait à sa détresse.

La voix de Pendergast rompit une nouvelle fois le silence :

— Tout ceci est ma faute. Je me suis montré incapable de prendre suffisamment de recul dans cette affaire, dit-il simplement. Depuis le début, j'ai laissé libre cours à mes sentiments personnels, ce qui a considérablement entravé mon jugement comme…

L'inspecteur s'arrêta brusquement, sans raison apparente. Quelques instants plus tard, Nora comprenait la raison de son silence soudain en voyant un petit rectangle lumineux se découper dans l'obscurité, à hauteur d'homme. Le peu de lumière filtrant à travers l'ouverture lui permit de donner un visage à sa prison, et elle put constater qu'elle était enfermée dans une cave aux murs de pierre humides.

— Ne vous agitez surtout pas, fit une voix courtoise et rassurante.

Paradoxalement, l'inconnu avait un accent qui n'était pas sans rappeler celui de Pendergast.

— Vous n'en avez plus pour longtemps. Inutile de résister, poursuivit-il. Je manque à mes devoirs les plus élémentaires et j'espère que vous ne m'en tiendrez pas rigueur, mais j'ai un problème urgent à régler. Mais qu'à cela ne tienne, je vous donne ma parole de revenir bientôt et de m'occuper de vous corps et âme, c'est le cas de le dire.

Le guichet se referma avec un claquement sec.

Nora restait prostrée dans le noir, subjuguée par l'horreur de la situation, à la limite de l'évanouissement. À force de volonté, elle s'obligea à reprendre le dessus.

— Inspecteur Pendergast ? murmura-t-elle.

Seul le silence lui répondit.

Brusquement, assourdi par la distance, un cri

déchira l'obscurité qui les entourait. Un cri étranglé, étouffé et terrifiant.

Nora sut immédiatement qu'il s'agissait de la voix de Smithback.

— Mon Dieu ! Oh mon Dieu ! s'écria-t-elle, terrorisée. Inspecteur Pendergast, vous avez entendu ?

Mais Pendergast ne répondait pas.

— Inspecteur Pendergast !

Dans les ténèbres opaques et froides qui l'entouraient, le silence n'avait jamais été aussi cruel.

CHASSE À L'HOMME

77

Pendergast décida de fermer les yeux et de ne pas laisser l'obscurité lui engourdir l'esprit. Peu à peu, l'échiquier sortit des brumes de sa pensée pour se matérialiser à l'intérieur de sa tête. Les pièces d'ivoire et d'ébène, polies par des années de manipulation mentale, attendaient sagement le début de la partie, en ordre de bataille. L'humidité froide de la pierre, la morsure des menottes autour de ses poignets et de ses chevilles, son corps douloureux, la voix terrifiée de Nora tout près de lui et les hurlements inhumains qui déchiraient le silence dans les profondeurs de la vieille demeure… Les éléments composant l'univers sonore de Pendergast s'effacèrent les uns après les autres pour ne plus laisser place qu'à l'échiquier, dont la réalité abstraite baignait dans une lumière douce au cœur des ténèbres de son esprit apaisé. Mais le moment propice n'était pas encore venu et Pendergast attendait patiemment, s'appliquant à calmer les battements de son cœur en s'efforçant de respirer posément. Enfin, lorsqu'il se sentit prêt, l'inspecteur avança la main, caressa une première pièce et fit avancer son roi de deux cases.

Les noirs contre-attaquèrent aussitôt et le jeu

trouva son rythme, serein dans un premier temps, puis de plus en plus rapide, au point que les pièces donnaient l'impression de voler sur l'échiquier. Pendergast fit pat au premier jeu et entama une nouvelle partie, au terme de laquelle il obtint le même résultat. Soudainement, l'échiquier en bataille se trouva plongé dans le noir le plus absolu.

Pendergast, enfin prêt, se décida à ouvrir les yeux.

Il se tenait sur le palier du premier étage de la Maison de la Rochenoire, l'immense et vénérable demeure de Dauphine Street à La Nouvelle-Orléans où il avait grandi À l'origine, le bâtiment avait accueilli un couvent de carmélites avant d'être racheté au XVIIIe siècle par l'un des lointains ancêtres de Pendergast qui avait fait procéder au réaménagement de ce dédale de pièces voûtées et de couloirs sombres.

La Maison de la Rochenoire avait été ravagée par un incendie peu après le départ du jeune Pendergast pour l'Angleterre où il avait été mis en pension, mais l'inspecteur y revenait souvent dans le secret de sa sérénité intérieure. Rochenoire représentait bien davantage que le sanctuaire des nostalgies de son enfance ; avec le temps, la maison s'était imposée comme un lieu de retraite privilégié où il pouvait à loisir accumuler les souvenirs, cultiver son savoir et méditer en toute quiétude. Il avait pris l'habitude d'y remiser ses observations et ses pensées les plus privées, ainsi que les secrets de la famille Pendergast. C'était là, dans le décor néogothique de cette vieille demeure familière, qu'il aimait à venir se ressourcer sans que personne ne vienne interrompre son recueillement.

Aujourd'hui tout particulièrement, Pendergast avait toutes les raisons de se retrouver face à lui-même dans ce cadre intime. Pour la première fois de sa vie ou presque, il avait connu l'échec. Tout n'était pas perdu, pourtant, et s'il existait une solution à son problème, il la trouverait à Rochenoire, dans le secret et l'isolement de sa pensée, à force d'arpenter mentalement le temple de sa mémoire.

Pendergast déambulait, l'air songeur, dans les couloirs interminables de la maison, le bruit de ses pas assourdi par l'épaisseur des tapis, sans prêter attention aux niches de marbre disposées le long des murs roses. Chacune des niches contenait un minuscule ouvrage finement relié de cuir. Plusieurs de ces livres avaient bel et bien existé dans la vieille maison ; les autres, purement imaginaires, étaient de simples constructions mentales que Pendergast avait pris soin de stocker dans sa mémoire, en cas de besoin : le souvenir soigneusement entretenu d'anciennes histoires oubliées, mais aussi de simples faits épars, des dates, des chiffres, des formules chimiques ou mathématiques, des observations métaphysiques complexes, un cortège décousu de pensées accumulées au cours d'une existence nourrie d'expériences et de curiosité.

L'inspecteur se trouvait à présent devant la lourde porte en chêne de sa propre chambre. En des temps plus normaux, il aurait tourné la clé dans la serrure et aurait poussé le battant pour musarder paresseusement dans la pièce, heureux d'y retrouver des objets familiers et toute l'imagerie rassurante de son enfance. Mais il avait des affaires plus pressantes à régler aujourd'hui, et il préféra continuer son chemin, caressant machinalement la poignée de laiton poli au passage. Le temps lui était compté et il lui faudrait visiter d'autres pièces cette fois, à la recherche de souvenirs plus anciens et infiniment plus inquiétants.

Il n'avait fait qu'exprimer la vérité en avouant à Nora son incapacité à considérer cette affaire avec le recul nécessaire. Un manque de recul qui l'avait conduit dans cette cave, entraînant dans son sillage la jeune femme et conduisant à sa perte le malheureux Patrick O'Shaughnessy dont il se reprocherait éternellement la disparition. Pendergast n'avait pourtant pas tout dit à Nora ; en particulier, il avait passé sous silence le choc terrible ressenti à la vue du cadavre dans sa vitrine. Le cadavre d'Enoch Leng, comme il l'avait immédiatement compris ; ou plutôt d'Antoine Leng Pendergast, son arrière-grand-oncle.

Antoine Leng Pendergast s'était révélé fidèle aux rêves de sa jeunesse en perçant le secret de la vie.

Les ultimes survivants du vieux clan des Pendergast – tout du moins ceux qui étaient encore sains d'esprit – étaient persuadés de longue date que l'oncle Antoine était mort bien des années auparavant, très probablement à New York où il semblait s'être évanoui dans la nature au cours de la seconde moitié du XIXe siècle. Une fraction non négligeable de la fortune considérable du clan Pendergast avait d'ailleurs disparu avec l'oncle Antoine, au grand dam de ses neveux et nièces.

Quelques années plus tôt, alors qu'il enquêtait sur l'affaire du Massacre du métro, Pendergast était tombé par hasard sur de vieilles coupures de journaux exhumées des archives de la Bibliothèque municipale de New York par son fidèle allié, le curieux Wren.

Les auteurs de ces articles, unanimes, s'étonnaient d'une soudaine recrudescence des disparitions dans la première ville d'Amérique. En recoupant les dates, Pendergast avait constaté non sans effroi que ces disparitions inexpliquées coïncidaient à peu de choses près avec l'arrivée de l'oncle Antoine à New York.

Tout avait débuté par la découverte dans l'East River d'un corps atrocement mutilé, sorti tout droit de la salle d'opération de quelque chirurgien satanique. Ce crime n'avait jamais été élucidé, et la police de l'époque ne semblait y avoir prêté qu'une attention discrète, eu égard aux origines plébéiennes du mort, un jeune mendiant sans famille. Toute une série de coïncidences et de détails troublants avaient toutefois éveillé la curiosité de Pendergast qui avait cru y voir la main de son arrière-grand-oncle, décidé coûte que coûte à mettre au point sa formule de jouvence.

Poursuivant la lecture des journaux, l'inspecteur avait fini par découvrir une demi-douzaine de meurtres similaires s'étalant dans le temps jusqu'à l'année 1935.

Se posait alors une simple question : Leng avait-il réussi dans son entreprise, ou bien était-il mort aux environs de 1935 ?

La mort de l'oncle Antoine était de loin l'hypothèse la plus plausible, mais il subsistait tout de même un doute dans l'esprit de Pendergast. D'ailleurs, quel crédit accorder à un savant prétendant avoir percé le secret de l'immortalité ? D'un autre côté, Antoine Leng Pendergast était sans doute fou, mais c'était aussi un esprit scientifique éclairé.

Malgré ses doutes, l'inspecteur avait décidé de rester vigilant. Dernier héritier de la longue lignée des Pendergast, il se sentait responsable des faits et gestes de son grand-oncle, comme de l'honneur du nom qu'il portait, et il avait décidé de rester attentif au cas très improbable où l'oncle Antoine ferait à nouveau parler de lui. Avec le temps, son attention ne s'était jamais relâchée, et il avait aussitôt soupçonné la vérité en voyant passer au FBI une dépêche évoquant le charnier de Catherine Street. Le terrible meurtre de Doreen Hollander n'avait fait que confirmer ses appréhensions ; c'était la preuve qu'Antoine Pendergast avait bien réussi son incroyable pari.

Et voilà qu'au moment où l'inspecteur le retrouvait enfin, Antoine Leng Pendergast était mort.

Il ne faisait guère de doute à ses yeux que le corps momifié retrouvé dans la vitrine était bien celui de son arrière-grand-oncle, rebaptisé Enoch Leng depuis son installation à New York. En se rendant dans la vieille demeure de Riverside Drive, Pendergast s'attendait à une confrontation avec son ancêtre, et il avait été d'autant plus stupéfait de retrouver son cadavre supplicié. Un imposteur avait pris sa place, restait à savoir qui.

Une chape de mystère planait sur l'identité du bourreau d'Enoch Leng. Qui donc le retenait prisonnier avec Nora ? À en juger par l'état de décomposition de son cadavre, Leng était mort au moins deux mois plus tôt, c'est-à-dire *avant* la découverte du charnier de Catherine Street et le meurtre de Doreen Hollander.

Une constatation extrêmement curieuse qui éclairait l'affaire d'un jour complètement nouveau.

Et ce n'était pas la seule difficulté de ce casse-tête ; depuis qu'il était entré dans la demeure de son arrière-grand-oncle, Pendergast avait l'impression désagréable d'avoir négligé un aspect essentiel de l'affaire. Un élément crucial, susceptible de donner un sens à cette étrange histoire.

Mentalement, il poursuivit sa visite de la Maison de la Rochenoire, traversant le palier pour se retrouver devant une nouvelle porte, celle de la chambre de son frère. Pendergast l'avait condamnée depuis longtemps dans son esprit et il ne s'y attarda pas.

Le palier aboutissait à un escalier circulaire monumental donnant sur le vaste vestibule de Rochenoire. Retenu au plafond en trompe-l'œil au moyen d'une chaîne dorée, un gigantesque lustre de cristal dominait de toute sa masse le hall de marbre. Pendergast s'engagea dans l'escalier, plus songeur que jamais. Arrivé en haut des marches, il ignora une porte à double battant ouvrant sur la bibliothèque pour se diriger vers une salle tout en longueur plongée dans la pénombre. Autrefois, cette pièce avait servi de réfectoire aux carmélites, mais Pendergast l'avait personnalisée en y installant mentalement quelques vieux meubles de famille – des chiffonniers en bois de rose et quelques paysages d'Albert Bierstadt et de Thomas Cole – mais aussi des objets plus insolites, notamment des jeux de tarots anciens, des boules de cristal, un appareil divinatoire pour médium, des chaînes et des bracelets de force, et toutes sortes d'accessoires de prestidigitation. On devinait d'autres objets dans les recoins les plus sombres de la pièce, sans qu'il soit possible de les identifier.

Tout en faisant des yeux le tour de l'ancien réfectoire, Pendergast cherchait désespérément à comprendre le message que tentait de lui faire parvenir son inconscient. Il sentait confusément que la solution se trouvait là, tout près, à portée de main, avec l'impression frustrante qu'il ne parviendrait jamais à la saisir.

Il serait toujours temps de revenir plus tard dans cette pièce cruciale pour sa quête. Il rebroussa chemin et traversa à nouveau le hall d'entrée pour pénétrer cette fois dans la bibliothèque. Comme toujours, il s'arrêta quelques instants sur le seuil le temps de s'imprégner de l'atmosphère studieuse qui régnait dans ce temple de la connaissance. Des dizaines et des dizaines de rayonnages couverts d'ouvrages réels ou imaginaires s'étageaient du sol au plafond, sur deux étages. S'approchant d'une étagère voisine de la porte, il parcourut des yeux les tranches des livres avant de s'arrêter sur celui qu'il cherchait. Il le bascula en arrière comme pour le sortir, déclenchant un mécanisme parfaitement silencieux qui fit pivoter tout un pan de mur.

Brusquement, Pendergast se retrouva dans la vieille demeure de Leng sur Riverside Drive, au milieu de l'immense pièce de réception où se trouvaient réunies les précieuses collections de son arrière-grand-oncle.

Visiblement surpris d'être là, il eut un instant d'hésitation. Depuis des années qu'il explorait en tous sens la maison de son enfance, c'était la première fois qu'un télescopage de ce genre se produisait.

Il porta autour de lui un regard curieux sur la masse des objets drapés et des trésors dans leurs vitrines, et ce court instant d'indécision lui permit de comprendre la raison de ce transfert. En pénétrant dans la maison de Leng en compagnie de Nora, il avait été frappé par la *familiarité* des lieux : le vestibule, la salle d'exposition tout en longueur, la bibliothèque à deux étages… Il venait enfin d'en comprendre la raison ; au moment de faire construire sa maison de Riverside Drive, Leng avait voulu recréer à sa façon l'atmosphère de la vieille propriété des Pendergast sur Dauphine Street.

L'inspecteur venait enfin de comprendre ce qui l'interpelait depuis le début. Tout du moins en partie.

En évoquant le passé tumultueux du grand-oncle Antoine, sa tante Cornelia lui avait précisé qu'il avait quitté La Nouvelle-Orléans et s'était réfugié chez les Yankees, ce qui était vrai. Mais, de même que tous les autres héritiers du clan, il n'avait pas réussi à s'émanciper totalement de l'emprise des Pendergast, au point de reconstruire à New York sa version de la Maison de la Rochenoire. Une version détournée, idéalisée, dans laquelle il avait pu entasser ses formidables collections et poursuivre ses sombres expériences, à l'écart de la curiosité des siens. D'une certaine manière, Pendergast lui-même avait agi de même en recréant la Maison de la Rochenoire en pensée, pour y entreposer ses souvenirs et toutes ses connaissances.

Paradoxalement, si le lien entre les maisons de Dauphine Street et de Riverside Drive ne faisait plus aucun doute, l'inspecteur n'en continuait pas moins de ressentir un certain malaise. Un autre indice de première importance lui échappait, sur lequel il ne parvenait pas à mettre un nom. Il décida de laisser libre cours à ses pensées, espérant déclencher une révélation salvatrice.

Leng avait mis toute une vie, ou plutôt plusieurs vies, à construire son cabinet de curiosités. À force de patience et d'opiniâtreté, il avait pu réunir autour de lui l'une des plus belles collections d'histoire naturelle au monde. En regardant attentivement les spécimens de son grand-oncle, Pendergast avait pourtant l'impression d'une œuvre inachevée. Il manquait aux collections de Leng un élément décisif, qui aurait donné tout son sens à ce cabinet d'exception. Depuis l'enfance, Antoine Leng Pendergast n'avait jamais dissimulé sa fascination pour certains objets que son arrière-petit-neveu s'étonnait de ne pas trouver là. Et pourtant, Leng avait disposé de plus d'un siècle et demi pour atteindre la perfection. Un tel mystère appelait nécessairement une explication.

Il était proprement inconcevable que cette collection fantôme, LA collection par excellence, n'existât pas. Et si elle existait bel et bien, elle devait nécessairement se trouver quelque part dans cette maison. Il ne lui restait plus qu'à la découvrir…

Un bruit extérieur, un hurlement lointain, vint brusquement interrompre les pérégrinations mentales de Pendergast qui s'empressa de replonger au plus profond de lui-même avant de perdre le fil.

Faisant appel à toutes ses capacités de concentration, il fit des efforts désespérés pour se réfugier dans l'univers ouaté de son esprit.

Au bout d'un temps indéterminé, Pendergast parvint enfin à retrouver dans sa tête l'atmosphère feutrée de la bibliothèque de Dauphine Street.

Prenant le temps de se réacclimater à son environnement mental, il en profita pour méditer sur le problème qui le préoccupait. Fidèle à son habitude en pareil cas, il s'appliqua à consigner les questions qui se posaient à lui sur des feuilles de papier vélin qu'il glissa dans une reliure dorée avant d'insérer le volume ainsi confectionné sur l'un des rayonnages de la pièce, à côté de tomes similaires, tous porteurs de ses interrogations intimes. Ce rituel terminé, il porta son attention sur le pan d'étagère qui s'était détaché du mur un peu plus tôt. Il le fit pivoter et découvrit un ascenseur.

Calmement, il pénétra dans la cabine et entama sa descente.

La cave de l'ancien monastère de Dauphine Street était particulièrement humide, et divers mousses et lichens avaient poussé sur les murs. Il s'agissait en réalité d'une suite de longues caves voûtées reliées les unes aux autres par des passages grossièrement crépis à la chaux, couverts de vert-de-gris, leurs plafonds bas noircis par des générations de chandelles de suif. Pendergast se fraya un chemin à travers le labyrinthe des caves qui se terminait en cul-de-sac par une petite pièce voûtée. Cette dernière cave était entièrement vide et dépouillée, à l'exception d'un motif en forme d'écusson, taillé au-dessus de l'arche de briques décorant l'un des murs. Ces armoiries représentaient un œil ouvert surmontant un croissant de lune et une pleine lune ; au-dessous, on apercevait un lion couché, et Pendergast identifia sans mal les armoiries familiales, celles-là mêmes dont Leng s'était inspiré pour dessiner son propre blason, sculpté au-dessus de l'entrée du 891 Riverside Drive.

L'inspecteur s'approcha et étudia longuement l'écusson, immobile. Puis, plaçant ses deux mains sur la pierre froide, il appuya de toutes ses forces sur un point précis et le mur s'écarta aussitôt, révélant un escalier en colimaçon qui s'enfonçait dans le sous-sol.

En posant le pied sur la première marche, Pendergast sentit un courant d'air frais lui caresser le visage, comme si un spectre brusquement libéré des entrailles de la terre venait lui exprimer sa gratitude. Il repensait avec une certaine émotion au jour, il y a très longtemps, où il avait été initié aux secrets de famille : le double-fond dans la bibliothèque, la longue suite de caves voûtées, le blason à ressort et, enfin, cette descente mystérieuse dans les arcanes du clan Pendergast.

Dans la réalité de la maison de Dauphine Street, l'escalier en colimaçon était extrêmement sombre, et il était hors de question de s'y engager sans une lanterne ou une lampe de poche. Dans la tête de Pendergast, au contraire, le conduit vertical baignait dans une lumière verte irréelle, et il entama sa descente.

L'escalier faisait plusieurs tours sur lui-même avant de déboucher sur un petit souterrain s'ouvrant sur un espace voûté au sol de terre battue. Les murs de brique rouge se rejoignaient en ogive au plafond. Plusieurs rangées de torches éclairaient la pièce, accrochées aux murs, et des blocs d'encens se consumaient lentement dans des braseros de cuivre, couvrant en partie la forte odeur de terre, de pierre et de mort qui régnait ici.

Un chemin de briques, dessiné sur le sol au milieu de la pièce, courait autour d'une série de pierres tombales et de caveaux en marbre. Si la plupart de ces sépultures brillaient par leur simplicité, quelques-unes étaient lourdement décorées d'arabesques. Empruntant le chemin de briques, Pendergast fit lentement le tour des tombes, lisant machinalement les noms familiers gravés sur des plaques de laiton terni.

Pendergast n'avait jamais su pourquoi les carmélites avaient pris la peine de creuser cette crypte, mais elle avait fini par servir de nécropole au clan Pendergast. C'est là que les dépouilles de douze générations de Pendergast avaient trouvé un dernier refuge, qu'il s'agisse des ancêtres de vieille noblesse française de l'inspecteur ou de ses obscurs aieux cajuns exilés dans les bayous de Louisiane. Les mains derrière le dos, Pendergast s'attardait ici et là pour déchiffrer un nom ou regarder une date. Il passa ainsi devant la sépulture de Henri Pendergast de Mousqueton, un charlatan et arracheur de dents de la fin du XVIIe siècle qui vendait des remèdes de bonne femme aux plus crédules entre deux tours de passe-passe et autres saynètes comiques. Dans un mausolée orné de tourelles néogothiques en quartz reposait Edward Pendergast, célèbre médecin de Harley Street dans le Londres du XVIIe siècle. Un peu plus loin, une plaque célébrait la mémoire de Comstock Pendergast, célèbre disciple de Mesmer, magicien reconnu, et maître de Harry Houdini.

Pendergast poursuivit sa promenade à travers la forêt de ses ancêtres, s'attardant sur les sépultures d'un peintre, de quelques meurtriers, d'acteurs de music-hall et de violonistes prodiges. Il s'arrêta enfin devant un mausolée plus grandiose et prestigieux que les autres, une pièce montée de marbre blanc, reproduction en miniature de la Maison de la Rochenoire. Il s'agissait du caveau de Hezekiah Pendergast, son arrière-arrière-grand-père.

L'inspecteur fit courir son regard sur les tourelles et les épis de faîtage, les pignons et les fenêtres à meneaux. Lorsque Hezekiah Pendergast avait atteint l'âge adulte, la fortune des Pendergast avait pratiquement disparu et il s'était retrouvé sans le sou, plein d'idées et d'ambitions. Il avait commencé par vendre des élixirs et des potions miraculeuses au sein d'une troupe ambulante, avant d'être reconnu comme un omnipraticien de génie dont les remèdes guérissaient tout ou presque. Au cours de ses tournées à travers le Vieux Sud, il proposait ses services entre le numéro d'Al-Ghazi, contorsionniste en tout genre, et celui de Harry M. Parr, instructeur canin. Une fois le spectacle terminé, les potions d'Hezekiah Pendergast se vendaient comme des petits pains, même à la somme astronomique de cinq dollars le flacon. Le temps de quelques tournées triomphales, et Hezekiah Pendergast avait pris la tête de sa propre troupe ambulante. Ses notions médicales, mais surtout ses dons commerciaux, lui avaient rapidement permis d'imposer son Élixir Fabuleux et Fortifiant

Glandulaire à travers la jeune Amérique où il était devenu l'un des médicaments les plus usités de son temps, assurant au passage la fortune de son concepteur.

Pendergast baissa machinalement les yeux, hypnotisé par l'ombre de mystère qui entourait le caveau de son aïeul.

Quelques mois après son adoption par le grand public, les plus folles rumeurs couraient déjà sur l'Élixir Fabuleux d'Hezekiah. On disait qu'il rendait fou et provoquait des grossesses monstrueuses, quand il ne guérissait pas ses utilisateurs pour l'éternité, ce qui n'empêchait pas les ventes d'augmenter régulièrement. De nombreux praticiens s'étaient élevés contre un remède jugé dangereux pour ses utilisateurs, chez qui il provoquait des troubles mentaux et une forte dépendance, mais les ventes redoublaient. Hezekiah Pendergast avait même commercialisé une variante pour les bébés, garantissant « la tranquillité chez l'enfant », comme l'annonçait la publicité. Un journaliste du *Collier's Magazine* avait fini par dénoncer l'élixir Pendergast en démontrant, avec l'aide d'un chimiste reconnu, qu'il s'agissait d'un mélange hautement toxique composé de chloroforme, d'hydrochlorure de cocaïne, d'acétanilide et de plantes. Les plaintes s'étaient accumulées et la production avait finalement été arrêtée, mais pas avant que la propre épouse d'Hezekiah ne succombe aux effets de cet élixir miracle, pour en avoir abusé.

Il s'agissait de Constance Leng Pendergast, la mère d'Antoine.

Pendergast allait s'éloigner du caveau lorsqu'il

s'arrêta brusquement pour jeter un regard à la sépulture voisine. Un caveau de granit brut, nettement moins prétentieux, avait été érigé à côté de celui d'Hezekiah. Sur une plaque comme morative, on pouvait lire ce simple mot : *Constance.*

Les paroles de sa grand-tante lui revenaient soudainement en mémoire : *Par la suite, il a commencé à traîner là où tu sais. Tu vois ce que je veux dire…*

Pendergast avait entendu dire que l'oncle Antoine avait été pris d'une attirance morbide pour la nécropole familiale au lendemain de la disparition de sa mère. À longueur d'année, il passait ses journées assis à côté du caveau maternel, à répéter les tours de magie que lui avaient enseignés son père et son grand-père. Antoine réalisait également des expériences de chimie, mettant au point des panacées et des poisons qu'il testait sur les animaux. Que lui avait dit d'autre la tante Cornelia ? *On prétendait qu'il était plus à l'aise en compagnie des morts que des vivants.*

Les bruits qui couraient sur l'oncle Antoine dépassaient de loin ce qu'avait osé lui raconter la tante Cornelia ; il n'était pas question de ses relations avec Marie LeClaire, mais d'expériences scandaleuses liées à la mort, pratiquées dans le secret des caveaux mortuaires. On murmurait même qu'il s'agissait là de la véritable raison du bannissement d'Antoine, chassé de la demeure de Dauphine Street pour des motifs inavouables. Mais Antoine ne se passionnait pas uniquement pour son combat avoué contre le vieillissement et la mort. Certes, l'immortalité le fascinait, mais il dissimulait une raison plus profonde, un projet plus insensé encore, dont il avait conservé le secret dans les replis de son âme troublée…

À force de lire les noms gravés autour de lui, Pendergast crut soudain entrevoir la vérité. C'était là, *dans ces caves souterraines,* qu'Antoine avait passé sa jeunesse à jouer, à étudier, à collectionner ses premiers trophées. C'était là qu'il avait réalisé ses toutes premières expériences de chimie ; c'était donc là, au cœur de la terre rédemptrice, qu'il devait avoir entassé son extraordinaire collection de plantes médicinales, de composants chimiques et de poisons. La température et l'humidité restaient constantes dans ce havre de paix, faisant de ce lieu retiré un entrepôt idéal pour ses précieuses collections.

Soudain pressé, Pendergast fit demi-tour et repartit par le chemin de briques avant de retrouver le souterrain et l'escalier en colimaçon pour émerger enfin dans la conscience de l'instant présent. Il savait maintenant où trouver la collection manquante d'Antoine Pendergast, alias Enoch Leng, dans la vieille demeure de Riverside Drive.

78

Dans l'obscurité angoissante de la cave, Nora entendit un bruit de chaînes à côté d'elle, suivi d'un léger soupir. Elle passa la langue sur ses lèvres sèches avant de parler :

— Pendergast ?

— Je suis là, lui répondit une voix faible.

— J'ai eu peur que vous soyez mort ! s'exclama-t-elle, la voix tremblante. Comment vous sentez-vous ?

— Je suis désolé d'avoir dû vous quitter provisoirement. Combien de temps s'est écoulé, à votre avis ?

— Mon Dieu, mais vous devez être sourd, inspecteur. Le fou qui nous retient prisonnier est en train de torturer Bill !

— Professeur Kelly…

Nora se mit à tirer désespérément sur ses chaînes, en proie à une véritable crise de panique.

— Lâchez-moi ! Laissez-moi sortir d'ici !

— Professeur Kelly, tenta à nouveau Pendergast d'une voix neutre. Je vous en conjure, conservez votre sang-froid. Nous allons tenter quelque chose, mais vous devez retrouver tout votre calme.

Épuisée, Nora se laissa retomber sur le sol. Elle faisait des efforts désespérés pour obéir à cette voix rassurante qui cherchait à lui redonner espoir.

— Appuyez-vous contre le mur, fermez les yeux et respirez le plus posément possible.

Le ton de Pendergast avait quelque chose d'hypnotique et Nora se laissa faire. Elle ferma les yeux et s'appliqua à juguler la terreur qui l'envahissait en contrôlant sa respiration, comme le lui recommandait son compagnon.

L'inspecteur attendit que le souffle de la jeune femme se soit calmé avant de reprendre la parole :

— Vous vous sentez mieux ?

— Je… je ne sais pas.

— Continuez à respirer lentement, le plus

régulièrement possible. Oui, comme cela… Et maintenant ?

— Ça va un peu mieux, merci. Mais que vous est-il arrivé ? J'ai vraiment cru que vous étiez…

— Je n'ai malheureusement pas le temps de vous l'expliquer en détail. Vous devez me faire confiance. Je vais commencer par retirer vos chaînes.

Nora se demanda un instant si l'inspecteur n'avait pas perdu la tête, mais elle entendit un bruit de chaînes et puis plus rien…

Elle tendit l'oreille, tentant vainement de comprendre ce qu'il était en train de faire dans l'obscurité. Comment pouvait-il parler de la libérer ? Et s'il avait reçu un coup violent sur la tête au moment de sa chute ?

Brusquement, elle sentit une main sur son coude et une autre sur sa bouche.

— Je suis libre à présent, lui murmura Pendergast à l'oreille. Vous le serez à votre tour dans un instant.

Nora n'en croyait pas ses oreilles. Sous l'effet de la surprise, elle se mit à trembler de tous ses membres.

— Je veux que vous vous laissiez aller. Vos bras et vos jambes doivent devenir souples, comme abandonnés. Relâchez tous vos muscles à présent. *Complètement.*

Il avait à peine terminé sa phrase qu'elle sentit les mains de Pendergast au niveau des poignets et des chevilles, et ses menottes tombèrent comme par miracle.

— Mais… mais comment avez-vous…

— Plus tard. Dites-moi plutôt quel genre de souliers vous portez.

— Quoi ? Qu'est-ce que mes souliers…

— S'il vous plaît, répondez à ma question.

— Attendez une seconde. J'ai des mocassins noirs à talons plats.

— Je vous demanderai de bien vouloir m'en confier un.

Sans attendre sa réponse, il enleva doucement l'une de ses chaussures. Nora perçut un faible bruit de métal, une sorte de frottement, et l'inspecteur lui rendit sa chaussure. Puis elle l'entendit taper sur quelque chose, comme s'il frappait les deux menottes l'une contre l'autre.

— Que faites-vous, inspecteur ?

— Je vous en prie, ne m'interrompez pas.

Malgré tous ses efforts, la jeune femme sentit une nouvelle bouffée de terreur l'envahir. Les hurlements de Smithback avaient cessé depuis quelque temps, et elle réprima un sanglot.

— Bill…

Les mains sèches et froides de Pendergast se glissèrent entre celles de Nora.

— Ce qui est arrivé est arrivé, nous n'y pouvons plus rien. Maintenant, je vous demanderai de m'écouter attentivement. Ne parlez pas, ne dites pas un mot. Quand vous voudrez dire oui, contentez-vous de serrer mes doigts. Surtout ne dites rien. Vous êtes prête ?

Nora serra entre les siens les doigts du policier, comme il le lui avait demandé.

— J'ai besoin que vous soyez forte à mes côtés. C'est à cette seule condition que nous avons quelque chance de réussir. Je dois toutefois commencer par vous dire que Smithback est très probablement mort à cette heure-ci, mais il reste deux vies à sauver : la vôtre et la mienne. Nous devons *absolument* empêcher cet homme de continuer à nuire, sinon d'autres mourront à leur tour. Vous comprenez ?

Nora serra les doigts de Pendergast. Paradoxalement, le fait d'entendre ses pires craintes exprimées aussi froidement semblait avoir sur elle un effet sédatif.

— J'ai réussi à confectionner un outil assez primitif à l'aide d'un morceau de métal prélevé sous la semelle de votre chaussure. Nous allons commencer par nous échapper de cette cellule d'ici quelques instants. La serrure est très ancienne, elle ne devrait pas me poser le moindre problème. Ensuite, je vous demanderai de suivre mes instructions à la lettre.

Elle serra sa main en signe d'acquiescement.

— Avant toute chose, je dois vous dire ceci : je comprends à présent, tout du moins en partie, le but que s'était fixé Enoch Leng. Pour lui, prolonger sa propre vie n'était pas une fin en soi. S'il le faisait, c'était pour se donner le temps de parvenir à ses fins. Il travaillait en effet à un projet de très grande ampleur, et il savait qu'il lui faudrait plus d'une vie avant d'atteindre son but. C'est pour cette raison, et pour cette raison seulement, qu'il a tout fait pour vivre le plus longtemps possible.

— C'est incroyable ! Quel projet pouvait être plus important à ses yeux que cette formule de jouvence ? ne put s'empêcher de dire Nora.

— Je vous en prie, ne parlez pas. Mais pour répondre à votre question, je n'en ai pas la moindre idée. Le connaissant, j'avoue craindre le pire.

Obéissant à son compagnon, Nora gardait le

silence. La respiration calme de Pendergast résonnait faiblement dans l'obscurité.

— Quoi qu'il en soit, reprit l'inspecteur, la réponse à notre question se trouve ici, dans cette maison. Dissimulée quelque part.

Un nouveau silence s'installa, que Pendergast rompit après quelques instants :

— Écoutez-moi très attentivement. Je vais commencer par ouvrir la porte de notre geôle, puis je me rendrai dans la salle d'opération improvisée de Leng afin d'y affronter l'homme qui à usurpé sa place. Vous resterez sagement cachée ici pendant dix minutes, ni plus, ni moins, avant de rejoindre à votre tour le bloc opératoire. Je vous l'ai dit il y a un instant, nous avons toutes les raisons de penser que Smithback est mort, mais il faut nous en assurer. Lorsque vous pénétrerez dans cette salle, j'aurai disparu en compagnie de notre imposteur. Ne tentez *en aucun cas* de nous suivre. Quoi que vous entendiez, ne tentez rien, ne venez pas à mon aide. L'affrontement risque d'être décisif. L'un de nous n'en sortira pas vivant. On peut simplement espérer que ce soit lui. Vous m'avez bien compris ?

Nora serra sa main.

— Si Smithback se trouve encore en vie, tentez votre possible. S'il n'y a plus rien à faire pour lui, votre priorité absolue sera de vous échapper de ce sous-sol et de quitter cette maison au plus vite. Il vous faudra monter au premier étage et vous échapper par l'une des fenêtres car toutes les issues du rez-de-chaussée sont condamnées.

Nora attendait la fin des instructions de son compagnon.

— Mon plan peut fort bien avorter, auquel cas vous me trouverez mort dans la salle d'opération. Si d'aventure c'était le cas, je ne puis que vous conseiller de fuir pour sauver votre vie. Vous aurez peut-être à vous battre, et j'ajouterai même qu'il ne faudra pas hésiter à vous tuer en cas de besoin. Tout vaut mieux que le sort qui vous attend si vous tombez vivante aux mains de ce criminel. Promettez-moi que vous serez assez forte.

Réprimant un sanglot, Nora serra une dernière fois les doigts de Pendergast entre les siens.

79

L'homme examinait attentivement l'incision courant le long de la colonne vertébrale du patient, de la deuxième lombaire au sacrum. Une incision aussi parfaite que celles qui lui valaient tant de compliments de la part de ses professeurs de médecine autrefois, avant toutes ces complications.

Les journaux l'avaient surnommé le Chirurgien, et un jour comme aujourd'hui, le corps inerte du sujet allongé, sur la table d'opération, il trouvait ce sobriquet plutôt flatteur. Il avait parfaitement délimité la zone à opérer, commençant par une longue incision de l'épiderme le long de la colonne vertébrale, réalisée en une seule fois d'une main sûre. L'incision se poursuivait en profondeur à travers les tissus sous-cutanés jusqu'à l'aponévrose, et il avait pris soin d'écarter et de ligaturer les principaux vaisseaux à l'aide de vicryl 3-0. Puis il avait incisé l'aponévrose avant de dissocier le muscle des apophyses transverses et des lames vertébrales à l'aide d'un écarteur périostal.

Il prenait un tel plaisir à la chose qu'il n'avait pas vu le temps passer, et les effets paralysants de la succinylcholine s'étaient estompés plus tôt que prévu. Le sujet avait hurlé, il s'était débattu sur la table, et le Chirurgien avait dû intervenir rapidement avant de poursuivre l'opération avec une minutie d'horloger.

Enfin prêt à passer à la phase principale, il écarta les tissus à l'aide d'une curette, dévoilant peu à peu la colonne vertébrale dont la couleur blanc-gris contrastait avec le rouge violent des chairs révélées par l'opération.

Le Chirurgien prit un nouvel écarteur dans le bac métallique et recula d'un pas pour mieux contempler son œuvre. Il était particulièrement satisfait de lui. Une incision parfaite, digne des manuels de chirurgie, à la fois resserrée à ses extrémités et plus large vers le milieu, laissant apparaître la merveilleuse architecture anatomique des nerfs, des vaisseaux, des muscles. Au-delà des lames vertébrales et du ligament jaune, on apercevait déjà la masse transparente de la dure-mère spinale à travers laquelle on devinait le liquide spinal bleuâtre, vibrant au rythme des battements cardiaques du sujet. Le Chirurgien observait avec gourmandise le liquide spinal inondant la *cauda equina*, à l'extrémité de la moelle épinière. Aucun doute, il venait de signer là sa plus belle opération.

La chirurgie tenait davantage de l'art que de la

science à ses yeux ; au même titre que la sculpture ou la peinture, c'était un art supérieur nécessitant patience, créativité, intuition et dextérité. La logique, le raisonnement et l'intelligence pure n'y avaient qu'une place réduite, la virtuosité manuelle et l'imaginaire garantissant à eux seuls la réussite d'une opération. S'il l'avait voulu, le Chirurgien aurait pu mettre son génie créatif au service d'autres formes d'art. Il y pensait d'ailleurs sérieusement, mais il avait l'éternité pour y réfléchir, puisque le temps ne serait bientôt plus un problème…

Il repensa à ses années de médecine, aux préceptes de base inculqués par ses maîtres : commencer par maîtriser l'anatomie pour mieux s'attaquer ensuite à la pathologie. C'est en cela que son travail différait de celui des autres chirurgiens, puisqu'il n'avait pas la contrainte de se soucier de la guérison de ses patients. Dans une certaine mesure, son travail occupait une place à part, entre l'autopsie et la chirurgie traditionnelle.

Il se retourna pour s'assurer qu'il n'avait pas oublié de disposer sur la petite desserte les outils dont il aurait besoin pour le prélèvement : burins, trépans, fraises à tête de diamant… Il jeta ensuite un coup d'œil aux moniteurs installés près de la table d'opération. Le sujet était retombé dans l'inconscience. Une constatation regrettable, mais il était encore en vie, et c'était le principal. Inutile de prendre davantage de risques avant de procéder à l'extraction de la moelle épinière.

Le Chirurgien ferma d'une main sûre le robinet en plastique du goutte-à-goutte accroché à une potence près de la table ; le patient n'avait plus besoin de tranquillisant, et l'intubation était désormais inutile. L'étape la plus délicate consistait à le maintenir en vie aussi longtemps que possible, et l'opération était loin d'être terminée. Il fallait commencer par disséquer l'os en ôtant les lames vertébrales à l'aide d'un rongeur Kerrison. À ce stade de l'opération, le but était de s'assurer que les organes vitaux continuaient de fonctionner normalement, même faiblement, jusqu'à ce qu'il ait procédé à l'extraction de la *cauda equina* qu'attendait un récipient réfrigéré de son invention. Jusqu'à présent, il n'avait réussi que deux fois, avec la seconde jeune femme comme avec le policier, mais il se sentait suffisamment sûr de lui cette fois pour inscrire un nouveau succès à son palmarès.

Pour le moment, tout allait comme sur des roulettes. Le célèbre Pendergast, ce policier de légende dont il avait pu craindre un instant la sagacité, ne s'était finalement pas révélé un adversaire à sa hauteur, les pièges disséminés à travers cette curieuse demeure ayant suffi à en venir à bout. Quant aux autres, il s'en était joué avec une telle aisance que c'en était presque risible. Tout à fait risible, même, quand il y songeait. Quel ramassis de demeurés ! Quelle bande d'incompétents ! La police et les dirigeants du Muséum avaient brillé par leur imbécillité tout au long de cette affaire, et le Chirurgien s'était confortablement amusé à leurs dépens, ce qui n'était pas pour lui déplaire. Secrètement, il regrettait pourtant de n'avoir personne avec qui partager son triomphe.

Il parvenait enfin au but qu'il s'était fixé. Encore trois opérations, et tout serait prêt. Curieusement, l'ironie du sort avait voulu que ses trois principaux adversaires lui fournissent justement la matière dont il avait besoin, signe qu'il était béni des dieux.

Un petit sourire flottait sur ses lèvres lorsqu'il se pencha à nouveau sur le patient pour placer un écarteur. À cet instant précis, il vit du coin de l'œil quelque chose bouger dans la pièce.

Il se retourna aussitôt et découvrit l'inspecteur Pendergast, appuyé nonchalamment sur l'un des murs du petit couloir en ogive servant d'antichambre à la salle d'opération.

Le Chirurgien se redressa aussitôt, tentant de ne pas laisser paraître son irritation. L'inspecteur avait les mains vides. Il n'était donc pas armé. D'un geste aussi rapide que précis, le Chirurgien s'empara de l'arme récupérée quelques heures plus tôt sur le corps inanimé de Pendergast, un pistolet Colt 1911 posé sur la petite desserte, à côté des instruments chirurgicaux. Il retira d'un geste précis le cran de sûreté et braqua le canon de l'arme sur le policier.

Pendergast, impassible, ne sembla pas s'en formaliser outre mesure. L'espace d'un instant, les regards des deux hommes se croisèrent et le Chirurgien crut discerner une pointe d'étonnement dans les yeux pâles de son adversaire.

— C'est donc vous qui avez torturé et assassiné Enoch Leng, finit par dire Pendergast. Je me demandais bien qui pouvait être l'imposteur, et j'avoue humblement ma surprise. Il est toujours désagréable de s'avouer pris de court, mais le fait est là.

L'homme tenait toujours le policier en respect.

— C'est vous qui tenez mon pistolet, remarqua

simplement Pendergast en écartant ses mains vides, et comme vous le voyez, je ne suis pas armé.

Depuis le début de la scène, il n'avait pas bougé de l'appui du mur.

Le doigt de l'homme se crispa sur la détente. C'était la deuxième fois en l'espace de quelques minutes qu'il éprouvait un sentiment de malaise diffus. Il se sentait très partagé. De toute évidence – et sa présence dans la pièce en apportait la preuve – Pendergast était un adversaire redoutable qu'il serait sans doute préférable d'éliminer immédiatement, sans réfléchir ; il suffisait d'appuyer sur la détente et tout rentrerait dans l'ordre. Mais d'un autre côté, le tuer signifiait se priver d'un sujet, d'un spécimen dont il avait besoin pour mener à bien ses expériences.

Avant tout, il s'agissait de savoir de quelle manière Pendergast avait pu s'échapper. Sans parler de la fille…

— Vous allez penser que je suis un peu lent, mais je suis en train de comprendre, reprit Pendergast. Je vois même la logique derrière tout cela, à commencer par la construction de cette tour résidentielle sur Catherine Street. Il ne fait guère de doute que le hasard n'avait rien à voir dans la découverte des corps emmurés au fond du souterrain. Vous étiez *déjà* au courant, n'est-ce pas ? Vous étiez même à leur recherche, car vous saviez que Leng les avait placés là il y a cent trente ans. Reste à savoir comment vous l'aviez appris, mais là encore, la réponse est évidente : grâce aux archives du Muséum auxquelles vous portiez un intérêt tout particulier. Tout s'enchaîne. Car c'est *vous* qui avez examiné le fonds

Shottum avant le professeur Kelly, qui n'a retrouvé que des documents sans intérêt au fond de caisses mal rangées. Vous aviez pris la précaution de retirer tout ce qui aurait pu mettre quelqu'un d'autre sur la voie. Malheureusement pour vous, vous ignoriez l'existence des archives de Tinbury McFadden, ou plutôt de cette curieuse boîte en pied d'éléphant, et pour une raison simple : vous saviez tout de Leng et de ses travaux, de son journal scientifique et de ses expériences, grâce aux papiers personnels découverts dans le fonds Shottum.

« Par la suite, lorsque vous avez recherché Leng et que vous avez fini par retrouver sa trace, il ne s'est pas montré aussi loquace que vous l'auriez souhaité. Leng n'était pas homme à se laisser intimider, et il a refusé de vous communiquer sa formule, même sous la contrainte. Il ne vous restait plus alors qu'à vous rabattre sur les quelques indices qu'il aurait pu laisser derrière lui : ses victimes bien évidemment, mais aussi son laboratoire secret, voire ses notes, enterrées sous les décombres du Cabinet Shottum. Le meilleur moyen d'y parvenir était de racheter le terrain en question, au prétexte d'y construire une tour résidentielle, puis de démolir les vieux immeubles qui s'y trouvaient encore et de fouiller le sous-sol lors du forage des fondations.

Pendergast hocha la tête d'un air pensif avant de poursuivre :

— Le professeur Kelly m'a parlé des pages manquantes dans le registre réservé aux visiteurs des archives. Des pages soigneusement découpées à l'aide d'une lame de rasoir. Il s'agissait bien évidemment des pages sur lesquelles figurait votre nom, n'est-ce pas ? Le seul témoin capable d'évoquer vos visites régulières aux archives était M. Puck. Il ne pouvait donc rester en vie, tout comme ceux qui s'ingéniaient à vous barrer systématiquement la route : le professeur Kelly, le sergent O'Shaughnessy et moi-même. Plus nous nous rapprochions de Leng, plus nous nous rapprochions de *vous*.

Une expression d'infinie tristesse passa sur le visage du policier.

— Comment ai-je pu être aveugle à ce point ? J'aurais dû tout comprendre en découvrant le corps supplicié de Leng il y a quelques heures. Leng, torturé à mort *avant même* la découverte des victimes de Catherine Street.

Fairhaven ne souriait plus. L'enchaînement des faits tels que les relatait Pendergast n'était que trop précis. *Tue-le, tue-le tout de suite,* lui disait une voix intérieure avec insistance.

— Quelle est donc cette expression dont usent les Arabes pour décrire l'ange de la mort ? fit à mi-voix Pendergast, comme pour lui-même. L'exterminateur des plaisirs terrestres. Quelle pensée magnifique ! Surtout lorsque l'on sait que la vieillesse, la maladie et la mort nous attendent inéluctablement. Certains tentent de trouver un certain réconfort dans la religion, d'autres dans le refus de cette vérité première, d'autres encore dans la philosophie et le stoïcisme. Mais vous ! Vous qui possédez tout, à qui rien ni personne n'a jamais résisté, vous devez vivre la mort comme une terrible injustice.

Le visage de son frère aîné, Little Arthur, apparut brusquement au Chirurgien ; un visage de souffrance, déformé par un déclin prématuré, couvert de taches de vieillesse, ridé à outrance avant même d'avoir connu la jeunesse. Apprendre que la progérie était une maladie rare et mal connue n'avait calmé en rien la douleur de ce frère cadet qui refusait depuis d'accepter l'inéluctable. Jamais Pendergast ne pourrait mesurer la souffrance qui avait déchiré l'âme du jeune Fairhaven, traumatisé par la déchéance injuste de cet aîné qu'il adorait. L'inspecteur n'en aurait d'ailleurs pas le temps car il fallait agir, et vite.

Le Chirurgien fit un effort sur lui-même pour chasser l'image de Little Arthur, tandis que la voix continuait à murmurer à son oreille : *Ne te pose pas de questions, tue-le.* Sa main refusait pourtant d'obéir aux injonctions de la voix. Il était trop tôt, il fallait encore faire parler l'autre pour mesurer le danger qu'il représentait.

Pendergast désigna du menton le corps inanimé du journaliste sur la table d'opération :

— Vous n'arriverez jamais à rien en vous y prenant de la sorte, monsieur Fairhaven. Leng en savait infiniment plus que vous, vous ne lui arrivez pas à la cheville. Vous courez à l'échec.

Faux, songea Fairhaven. *Non seulement je ne cours pas à l'échec, mais j'ai déjà réussi. J'ai même dépassé Leng. Moi seul suis capable d'arriver à la perfection qu'il recherchait…*

— Je sais, répondit Pendergast, comme s'il lisait dans les pensées du promoteur immobilier. Vous pensez que j'ai tort, que je n'ai rien compris. Vous êtes persuadé d'avoir réussi. Il n'en reste pas moins que vous n'avez pas réussi, et que vous ne réussirez jamais. Il faudrait accepter de vous poser vous-même la question : vous sentez-vous réellement mieux depuis que vous injectez ce produit dans vos veines ? Avez-vous pu constater la moindre revitalisation de votre corps, de votre esprit ? Si vous êtes parfaitement honnête avec vous-même, vous constaterez que le poids du temps reste le même ; que ce déclin implacable du corps qui nous guette tous est toujours là, tapi dans l'ombre.

Pendergast esquissa un sourire las, montrant qu'il savait personnellement de quoi il parlait.

— À mon sens, ajouta-t-il, vous avez commis une erreur fatale.

Le Chirurgien ne disait toujours rien.

— Je reste même persuadé que vous n'avez jamais compris Leng et le but final qu'il s'était fixé, poursuivit Pendergast. De son point de vue, prolonger la vie n'était pas une fin en soi, mais un moyen de parvenir à son véritable objectif.

Des années passées à la tête d'une grande entreprise avaient appris à Fairhaven à maîtriser ses émotions, à ne jamais laisser son visage trahir sa pensée. Cette fois, pourtant, il eut le plus grand mal à dissimuler son étonnement face aux affirmations de son adversaire. Presque aussitôt, la surprise laissa place à l'incrédulité. Quel véritable objectif ? De quoi pouvait bien parler Pendergast ?

Il n'avait pas l'intention de révéler son trouble à l'inspecteur en lui posant la moindre question, mais Fairhaven connaissait bien la nature humaine, et attendait que l'inspecteur lui fournisse les explications dont il avait besoin.

Mais contre toute attente, Pendergast conservait le silence. Imperturbablement appuyé contre son mur, il regardait autour de lui avec une insolence qui agaçait souverainement Fairhaven. Les minutes s'écoulaient et le Chirurgien commençait à s'inquiéter pour son sujet, toujours prostré sur la table d'opération. Tout en maintenant le pistolet braqué sur le policier, il jeta un coup d'œil rapide aux moniteurs. Le patient était encore en vie, mais les organes vitaux montraient des signes de faiblesse ; s'il ne reprenait pas au plus vite l'opération, le sujet risquait d'être irrémédiablement perdu.

Tue-le, fit à nouveau la voix.

— Vous avez parlé du véritable objectif de Leng. Lequel ? finit-il par demander.

Pendergast ne prit même pas la peine de répondre.

Fairhaven fut brusquement saisi d'un doute. À quoi jouait donc Pendergast ? Il voulait sans doute lui faire perdre du temps, et il devait avoir une bonne raison pour ça. Il valait mieux l'abattre sans attendre. La fille ne risquait pas de s'échapper de ce sous-sol inexpugnable, et il aurait tout le temps de s'occuper d'elle par la suite. Son doigt se crispa sur la détente.

Il allait tirer lorsque Pendergast reprit la parole :

— Je suppose que Leng ne vous aura rien dit, et que vous l'aurez torturé inutilement. Sinon, vous n'en seriez pas là, à sacrifier la vie de tous ces gens pour rien. Mais il est vrai que vous n'avez pas les mêmes raisons que moi de connaître le fonctionnement de Leng. Moi, je le connais, et je le connais même fort bien. C'est curieux, tout de même. Vous n'avez pas été frappé par notre ressemblance ?

— Quoi ?

Une nouvelle fois, Fairhaven s'était laissé prendre au dépourvu.

— Eh oui, Leng était mon arrière-grand-oncle.

Fairhaven, stupéfait par cette révélation, comprit immédiatement que son adversaire ne mentait pas, et son étreinte se desserra machinalement autour du pistolet. Il se souvenait parfaitement des traits délicats de Leng, de la pâleur de son visage, de ses cheveux d'un blond presque blanc, de ses yeux délavés qui le fixaient froidement sans une plainte, sans une supplique, même lorsque la douleur était devenue insoutenable. Pendergast avait les mêmes yeux, mais cela ne l'empêcherait pas de mourir, tout comme Leng.

Cela ne l'empêchera pas de mourir, insista la voix dans sa tête. *Il doit mourir, même si tu ne dois jamais savoir ce qu'il a voulu dire. Tu n'auras guère de mal à trouver d'autres cobayes pour tes expériences. Tue-le.*

Le doigt de Fairhaven se crispa à nouveau sur la détente. À cette distance, il lui était impossible de rater son adversaire.

— Le grand secret de Leng est dissimulé ici, dans cette vieille demeure, et vous ne l'avez pas trouvé. Vous faites fausse route depuis le début. Vous n'avez rien compris et vous mourrez de vieillesse à petit feu, comme tout le monde. Vous ne réussirez jamais.

Ne l'écoute pas, appuie sur la gâchette, persévéra la voix.

Mais le Chirurgien ne pouvait se résoudre à écouter sa voix intérieure. Quelque chose dans le ton de Pendergast lui disait qu'il était en train de passer à côté d'un élément essentiel. Fairhaven avait connu assez de tricheurs dans sa vie pour savoir que Pendergast ne bluffait pas.

— Vous feriez mieux de parler tout de suite, dit Fairhaven, ou je serai obligé de vous tuer.

— Très bien. Suivez-moi, je vais vous montrer.

— Me montrer quoi ?

— Le grand projet auquel travaillait Leng. Ici, dans cette maison, sous votre nez.

Dans la tête de Fairhaven, la voix ne murmurait plus, elle criait : *Ne l'écoute pas, ne le laisse pas continuer, même s'il sait vraiment quelque chose. Tue-le ! Tue-le immédiatement !*

À force d'entendre les injonctions de la voix Fairhaven finit par se laisser convaincre.

Pendergast se trouvait en équilibre instable, une épaule posée contre le mur, les mains bien en vue. Même s'il avait dissimulé une arme dans une poche de sa veste – et il n'en avait pas, Fairhaven s'en était assuré en le fouillant –, jamais il n'aurait trouvé le moyen de s'en emparer. Alors autant prendre son temps pour le tuer. Fairhaven le visa longuement et pressa sur la détente. Le revolver aboya furieusement en faisant un bond dans sa main, et Fairhaven eut la certitude d'avoir fait mouche.

80

La porte de la cellule était restée entrouverte après le départ de Pendergast, et un peu de lumière filtrait du couloir. Nora attendait sagement, recroquevillée sur elle-même derrière la porte. Dix minutes. Pendergast lui avait bien recommandé de ne pas bouger, de ne rien tenter pendant dix minutes. Toute seule dans le noir, le cœur battant à tout rompre, elle avait perdu toute notion du temps et les minutes s'écoulaient comme des heures. Pour ne pas risquer de se tromper, mais aussi pour apprivoiser sa peur, elle s'obligeait à compter les secondes. *Deux cents, deux cent un, deux cent deux…* Chaque seconde qui passait lui rappelait le calvaire de Smithback et le sort qui attendait le malheureux. S'il n'était pas déjà mort.

Pendergast lui avait clairement dit ce qu'il en pensait. À son avis, Smithback ne pouvait avoir survécu. Il s'était montré franc avec elle, presque brutal, afin de lui épargner le pire au moment où elle découvrirait le corps du journaliste. Bill est mort. Bill est mort. Nora s'efforçait d'accepter la terrible réalité, sans y parvenir tout à fait. Cette aventure lui paraissait tellement inouïe. *Deux cent trente, deux cent trente et un, deux cent trente-deux…* Lentement mais inexorablement, les secondes s'égrenaient les unes après les autres.

Six minutes et vingt-cinq secondes s'étaient écoulées lorsqu'un coup de feu retentit, dont l'écho assourdissant ne voulait pas s'éteindre entre les murs humides de la geôle.

Nora sursauta violemment, mais elle parvint à ne pas hurler. Prostrée, elle attendit longtemps que les battements de son cœur acceptent enfin de se calmer, comme si les vibrations provoquées par la détonation continuaient à secouer son corps meurtri par l'angoisse. Elle attendit que le silence s'installe à nouveau. Un silence de mort.

La jeune femme ne respirait plus, elle hoquetait

littéralement, au point qu'elle avait toutes les peines du monde à compter les secondes.

Pendergast lui avait fait promettre d'attendre dix minutes. Comment savoir combien de temps s'était écoulé depuis le coup de feu ? Une minute, peut-être ? Elle décida arbitrairement de reprendre à quatre cents, avec le secret espoir que sa litanie monotone l'aiderait à calmer ses nerfs. Elle ne tarda pas à s'apercevoir qu'il n'en était rien.

À un moment, elle entendit des bruits de pas sur un sol de pierre. Des pas rapides et syncopés, ceux de quelqu'un dévalant des escaliers à toute vitesse. Peu à peu, la cavalcade disparut et le silence reprit ses droits.

Arrivée à six cents, elle s'arrêta. Les dix minutes étaient passées, il était temps d'agir.

Comment savoir si le monstre se trouvait encore là ? Que faire si elle trouvait le corps sans vie de Smithback ? Et Pendergast, était-il encore vivant, lui aussi ? Trouverait-elle la force de s'enfuir, de résister, ou alors de se donner la mort pour ne pas se faire prendre et échapper au sort peu enviable qui l'attendait ?

L'heure n'était plus aux atermoiements. Elle avait donné sa parole à Pendergast, et elle avait l'intention de s'y tenir.

Faisant un effort terrible sur elle-même, elle se releva et franchit la porte avec mille précautions. Un couloir s'ouvrait devant elle. Un couloir dallé de pierre, aux murs humides recouverts de salpêtre. À l'autre extrémité, une porte ouverte donnait sur une pièce vivement éclairée, et Nora comprit que la lumière du couloir provenait de là. Elle avait vu

Pendergast partir dans cette direction, et c'était de là qu'était venu le coup de feu, suivi d'une cavalcade.

Les jambes flageolantes, Nora avança timidement en direction du rectangle de lumière vive.

81

Le Chirurgien n'en croyait pas ses yeux. Pendergast aurait dû se trouver là, devant lui, baignant dans son sang, mais il s'était évaporé, comme happé par le mur. L'inspecteur avait disparu !

Inquiet, il regarda autour de lui. C'était tout simplement impossible, et son esprit cartésien se refusait à accepter l'inconcevable. Il devait forcément y avoir une explication rationnelle. En s'approchant, il s'aperçut que le pan de mur contre lequel s'était appuyé Pendergast avait pivoté pour laisser place à une ouverture béante dans la pierre. Une porte dont il ignorait l'existence, malgré les recherches effectuées dans la demeure mystérieuse après la mort de Leng.

Le Chirurgien attendit d'avoir recouvré son calme avant de poursuivre ses recherches plus avant. Il savait d'expérience que l'énervement et la précipitation poussent inévitablement à commettre des erreurs. Il avait fait preuve de sang-froid tout au long de son existence, et il n'avait pas l'intention de changer de comportement maintenant, face au danger.

Il s'avança, le pistolet de Pendergast à la main. De l'autre côté de la porte dérobée, un escalier de pierre s'enfonçait dans l'obscurité. L'inspecteur avait visiblement voulu l'inviter à le suivre, mais Fairhaven n'avait pas l'intention de tomber dans un piège aussi grossier. Un peu plus bas, l'escalier se perdait derrière un mur de pierre, et il n'était pas question de foncer tête baissée dans le traquenard que lui tendait le policier.

Après avoir pris le temps de la réflexion, le Chirurgien finit par réaliser qu'il n'avait guère le choix. Il ne pouvait se permettre de laisser Pendergast libre de ses mouvements. Il lui fallait surtout savoir ce que Leng avait pu dissimuler dans les entrailles de sa maison. Fairhaven était armé, contrairement à Pendergast qui était peut-être même blessé. Il s'arrêta un instant pour examiner le pistolet.

Lui-même grand amateur d'armes, Fairhaven avait pu constater que le Colt de Pendergast était un modèle gouvernemental, un Les Baer amélioré de calibre .45. Il soupesa l'arme et la manipula dans tous les sens d'un air approbateur : avec son viseur de nuit et son rayon laser, ce joujou devait coûter près de trois mille dollars. Pendergast avait bon goût. *Dommage qu'une telle arme ait choisi de se retourner contre son propriétaire*, se dit Fairhaven en souriant.

Il s'éloigna à reculons de l'ouverture secrète et, sans quitter l'escalier des yeux, alla prendre dans un tiroir une torche puissante tout en jetant un regard plein d'amertume au corps de Smithback. À en croire les moniteurs, le journaliste ne tiendrait plus très longtemps, jamais Fairhaven ne serait de retour à temps pour achever l'opération. Il avait bien l'intention de faire payer Pendergast aussi pour ça.

Il s'approcha à nouveau de l'escalier et fit glisser

le faisceau de sa lampe le long des marches. On voyait clairement les empreintes de pas de Pendergast dans la poussière épaisse recouvrant les degrés. À côté des empreintes, Fairhaven aperçut une tache de sang, puis une autre.

Il ne s'était donc pas trompé, Pendergast avait bien été blessé. Il allait falloir redoubler de précautions. Les hommes, comme les animaux, sont toujours plus dangereux lorsqu'ils sont blessés.

Il s'apprêtait à descendre lorsqu'il se demanda s'il ne ferait pas mieux de commencer par s'occuper de la femme. Il ne savait même pas si elle était encore enchaînée dans sa cellule, ou bien si Pendergast avait pris le temps de la délivrer. Après tout, il verrait plus tard. Le sous-sol était une véritable forteresse dont elle ne risquait pas de s'échapper. Le problème le plus urgent, c'était Pendergast. Une fois que Fairhaven se serait occupé de lui, il serait toujours temps de régler le sort de son dernier cobaye en lui faisant prendre la place de Smithback. Il avait eu tort d'écouter Pendergast la première fois, dans la salle d'opération, et il n'avait pas l'intention de commettre à nouveau la même erreur. Cette fois, il avait la ferme intention de tuer Pendergast avant même qu'il ait pu ouvrir la bouche.

L'escalier en colimaçon s'enfonçait dans les entrailles de la terre et le Chirurgien descendait lentement, une marche à la fois, scrutant le moindre recoin à l'aide de sa torche pour ne pas risquer de se faire surprendre. Au bout de ce qui lui parut une éternité, il parvint au bas des marches. L'escalier débouchait sur une vaste pièce plongée dans l'obscurité. Fairhaven fut immédiatement assailli par une odeur de terre et de salpêtre, que venaient relever des effluves chimiques, en particulier de l'ammoniaque et du benzène. Sur le sol poussiéreux, il releva de nouvelles traces de pas et d'autres taches de sang. Pendergast s'était arrêté là.

Le Chirurgien fit courir le pinceau de sa lampe sur le mur le plus proche, découvrant une rangée de vieilles lanternes accrochées à des chevilles de bois. Il en manquait une.

Il fit un pas de côté pour se protéger derrière l'escalier de pierre et balaya le reste de la pièce à l'aide de sa puissante torche.

Il s'attendait à tout, sauf à se trouver face à un mur de pierres précieuses ; des milliers de pierres de toutes les couleurs dont les reflets irisés brillaient sous l'éclat de sa lampe comme les yeux d'une mouche gigantesque. Une fois remis de sa surprise, il reprit sa marche prudemment, son arme à la main, et pénétra dans une longue salle voûtée dont le plafond en ogive reposait sur de lourds piliers. Tout autour de la pièce, des milliers de flacons, tous de même forme et de mêmes dimensions, s'étageaient du sol au plafond dans des placards vitrés.

Fairhaven n'avait jamais vu autant de bocaux, et son cœur se mit à battre en réalisant qu'il venait enfin de découvrir le laboratoire secret de Leng, celui dans lequel le savant avait mis au point sa formule de jouvence. C'était pour protéger ce jardin secret que Leng avait refusé de parler, même sous les pires tortures. Fairhaven se souvenait de l'immense sentiment de déception – pour ne pas parler de désespoir – qui l'avait submergé en s'apercevant que le cœur de Leng avait cessé de battre. Aujourd'hui, ce n'était plus qu'un mauvais souvenir, car la formule se trouvait enfin à sa portée, ainsi que Pendergast le lui avait annoncé.

Mais il se souvenait également de ce que Pendergast avait ajouté, prétendant que Leng travaillait à un projet d'une tout autre ampleur. Le Chirurgien n'y croyait guère ; sans doute le policier avait-il voulu le lancer sur une fausse piste. Quel secret pouvait être plus important que celui de la vie ? À quoi aurait pu servir cette myriade de composants chimiques, sinon à ce but suprême ?

Ce n'était pas le moment de réfléchir à cette hypothèse. Il serait toujours temps de faire le point quand Pendergast aurait été éliminé, et la fille opérée.

Il fit glisser le rayon de sa torche sur le sol et découvrit des taches de sang frais, constatant avec satisfaction que les pas du policier se faisaient de plus en plus traînants. Pendergast avait traversé la pièce sans s'arrêter, sans se soucier des milliers de flacons qui l'entouraient. Il ne s'agissait pas de se faire piéger, et Fairhaven redoubla de prudence. Il n'aurait pas voulu être contraint de tirer ici, au risque de détruire les précieux flacons et de perdre à tout jamais la chance de parvenir à ses fins. Il leva son arme, appuya légèrement sur la détente et un minuscule point rouge s'afficha sur le mur d'en face. Parfait ! Même si le laser n'était pas idéalement réglé, sa cible ne pouvait pas lui échapper.

Relâchant la gâchette, le Chirurgien traversa le laboratoire avec mille précautions. En s'approchant, il constata que chaque flacon était identifié au moyen d'une étiquette sur laquelle figuraient le nom et la formule chimique de son contenu, rédigés de la main de Leng. Arrivé de l'autre côté de la salle, il se baissa pour traverser un boyau voûté conduisant à une cave quasiment identique à la précédente. Cette fois, les flacons contenaient des produits chimiques à l'état solide : des pépites de métal, des cristaux, des poudres, des copeaux métalliques…

La formule de Leng devait être beaucoup plus complexe que Fairhaven ne l'avait imaginé au départ. Sinon, pourquoi avoir pris la peine de stocker autant de composants ?

Il suivait toujours Pendergast à la trace. À en juger par les empreintes de ses pas dans la poussière, le policier n'avait pas traversé la salle en ligne droite, contrairement à la précédente. Il avait même fait halte à plusieurs endroits, comme s'il cherchait quelque chose.

Quelques instants plus tard, Fairhaven parvenait à une arche romane fermée par une tapisserie lourdement décorée. Il s'approcha lentement, se protégeant derrière un pilier avant d'écarter prudemment la tenture à l'aide du canon de son arme tout en essayant de voir plus loin avec le rayon de sa lampe. La salle qui s'ouvrait devant lui était nettement plus vaste et contenait une multitude de vitrines en bois entre lesquelles s'enfonçait la piste de Pendergast.

Le Chirurgien pénétra dans la salle avec la plus grande circonspection. Cette fois encore, Pendergast s'était intéressé aux collections de son grand-oncle, prenant le temps de s'arrêter devant plusieurs des vitrines. Ses traces, de plus en plus irrégulières, faisaient penser à celles d'un animal touché à mort ; les taches de sang se multipliaient même, comme s'il avait été touché au ventre. Le temps jouait en la faveur du Chirurgien, il lui suffisait de laisser le policier se vider petit à petit de ses forces.

Un peu plus loin, le faisceau de sa lampe se refléta sur une flaque de sang, juste devant une vitrine. Pendergast s'était manifestement arrêté là, mais Fairhaven aurait voulu comprendre ce que cherchait son adversaire. Au lieu de découvrir de nouveaux composants chimiques, il distingua des milliers de spécimens d'un insecte étrange dont la tête mordorée était armée de cornes pointues. Le contenu de la vitrine suivante était encore plus inattendu puisqu'il s'agissait cette fois de parties d'insectes conservées dans des flacons de verre : des ailes de libellules, des têtes de sauterelles, des abdomens d'abeilles… La vitrine voisine renfermait des bocaux pleins de petites araignées blanches, ainsi que des salamandres et des grenouilles de toutes sortes. Sur une étagère, Fairhaven distingua une rangée de flacons contenant des queues de scorpions, d'autres remplis à ras bord de guêpes effrayantes. Un peu plus loin, c'étaient des pots entiers de poissons séchés, d'escargots et d'insectes indescriptibles, tous soigneusement étiquetés et rangés les uns à côté des autres. On se serait cru dans l'antre d'une sorcière de conte de fées.

Fairhaven avait du mal à s'expliquer comment un esprit éclairé comme Leng avait pu perdre son temps à collectionner de telles niaiseries. À moins qu'il n'ait fini par s'adonner à l'alchimie, comme Isaac Newton à la fin de sa vie. Pendergast n'avait peut-être pas tout à fait tort en parlant d'un « grand projet » ; qui sait si Leng n'avait pas la folie des grandeurs et n'espérait pas transmuter le plomb en or ?

À l'autre extrémité de l'immense cave, les pas de Pendergast s'éloignaient des vitrines pour se diriger vers un nouveau passage voûté. Le Chirurgien, son arme à la main, le suivait toujours à la trace. Au-delà du boyau, on découvrait une enfilade de petites cryptes. Chacune correspondait à une collection différente, et les empreintes de pas de Pendergast allaient de l'une à l'autre, comme s'il cherchait désespérément quelque chose. Cette fois, les placards vitrés contenaient des morceaux d'écorce, des feuilles et des fleurs séchées.

Fairhaven s'arrêta quelques instants pour regarder autour de lui, avant de se souvenir que sa priorité était Pendergast. À en juger par les empreintes sinueuses du policier, il avançait très péniblement.

Le Chirurgien se méfiait de Pendergast dont il connaissait la capacité à ruser. Pris de soupçon, il s'accroupit devant l'une des taches écarlates maculant le sol et y trempa deux doigts qu'il frotta l'un contre l'autre avant de les porter à sa bouche. Aucun doute, il s'agissait bien de sang humain encore tiède. Pendergast était blessé, et même gravement blessé.

Fairhaven se releva, l'arme au poing, et poursuivit sa traque à pas prudents, fouillant les ténèbres à l'aide de sa torche.

82

Nora se glissa craintivement dans la pièce. Après des heures passées dans l'obscurité de sa cellule, la lumière vive l'aveuglait et elle recula machinalement en clignant des paupières.

Se protégeant les yeux d'une main, elle se résolut enfin à avancer et découvrit un spectacle étrange : plusieurs petites tables couvertes d'instruments chirurgicaux brillant d'un éclat sinistre sous une batterie de projecteurs, un lit à roulettes, et une silhouette allongée sur le ventre au centre d'une table métallique. De chaque côté de la table, de petites gouttières creusées dans le métal convergeaient vers une sorte de déversoir rempli de sang.

Le corps du patient était entièrement recouvert de linges chirurgicaux vert pâle, à l'exception de la partie inférieure du dos. En s'approchant, Nora découvrit une plaie béante de plus de cinquante centimètres de long. Des pinces métalliques écartaient soigneusement la peau et l'on apercevait distinctement une colonne vertébrale d'un blanc grisâtre tranchant avec les chairs sanguinolentes. L'horrible blessure avait abondamment saigné, comme l'indiquaient les traces coagulées partant des deux côtés du dos en direction des gouttières de la table.

Nora reconnut sans peine le corps de Smithback et elle étouffa un sanglot, faisant un effort désespéré pour ne pas céder au désespoir. Les paroles de Pendergast lui revinrent en mémoire. Sans perdre une minute, elle voulut s'assurer que Smithback était bien mort.

Elle examina attentivement la table d'opération et constata qu'un tuyau de plastique transparent reliait le corps à un goutte-à-goutte fixé sur une potence. Elle aperçut également un caisson roulant équipé de multiples cadrans d'où émergeaient des tubes, et elle crut reconnaître un respirateur. Un peu plus loin, une cuvette en acier contenant plusieurs scalpels maculés de sang était posée sur une desserte, à côté de forceps, d'éponges stériles et d'un flacon en plastique rempli de Bétadine. D'autres instruments chirurgicaux étaient éparpillés sur le lit à roulettes, comme si leur utilisateur avait été interrompu en plein travail.

À la tête de la table, une batterie de moniteurs permettaient de suivre l'état de l'opéré. Contre toute attente, Nora constata qu'un signal vert luminescent s'agitait faiblement sur l'écran d'un électrocardiographe, indiquant que le cœur du patient battait encore. *Mon Dieu,* pensa-t-elle, *se pourrait-il que Bill soit encore vivant ?*

La jeune femme se précipita et écarta le linge recouvrant le haut du corps. Smithback reposait sur le ventre mais son visage était tourné de côté, et elle reconnut sans peine ses traits fins, ses bras maigres et ses épaules étroites, ses boucles brunes et son épi rebelle. Elle avança timidement la main vers le cou du journaliste pour tâter son pouls à hauteur de la carotide.

Aucun doute, Smithback respirait toujours, mais sa vie ne tenait plus qu'à un fil.

Il était sans doute sous anesthésiant, et Nora ne savait pas très bien comment s'y prendre pour le sauver.

Elle eut un court moment de faiblesse, mais elle ne tarda pas à se reprendre, consciente que la survie de Smithback reposait désormais sur ses épaules. Se souvenant des conseils de Pendergast, elle s'obligea à respirer plus posément afin de mettre de l'ordre dans ses pensées. Elle jeta un regard autour d'elle, espérant que la vue de tous ces appareils ravive le souvenir de ses cours d'anatomie et de biologie au lycée. Elle avait également fait un peu de secourisme à l'université, et même travaillé bénévolement dans un hôpital pendant quelque mois, ce qui pouvait toujours servir.

Elle se pencha sur un autre écran de contrôle et constata que la tension du journaliste était descendue à 9/6. Le cœur battait peut-être correctement, mais la tension était bien trop faible. Une petite lumière accrochée à l'index de la main droite de l'opéré était reliée par un fil à un autre appareil ; Nora se souvenait que son oncle avait eu le même lorsqu'elle lui avait rendu visite à l'hôpital quelques mois plus tôt. Il avait fait une crise cardiaque, et cette drôle de lumière permettait de mesurer le taux de saturation en oxygène du sang. Le cadran indiquait un taux de 80. Nora croyait se souvenir qu'en dessous de 95 %, l'oxygénation du sang était insuffisante.

Elle examina à nouveau l'électrocardiographe et vit que le pouls battait à 125.

Soudain, l'appareil de contrôle de la tension sanguine se mit à couiner.

Nora se pencha aussitôt sur Smithback afin de vérifier sa respiration. Elle était rapide et quasiment inaudible.

Elle se redressa et regarda les divers moniteurs d'un air désespéré. Elle ne savait plus quoi faire. Le déplacer pour le sortir de cet enfer, et c'était la mort assurée. Elle n'avait donc pas le choix, il fallait agir tout de suite. Sans aide, Smithback ne tiendrait pas longtemps.

Surtout, ne pas paniquer, rassembler ses maigres connaissances médicales, et procéder par ordre. Tension faible, rythme cardiaque trop rapide, pas assez d'oxygène dans le sang… Tous les symptômes d'un exsanguination caractérisée. Elle jeta un coup d'œil affolé à la mare de liquide rouge sombre dans le déversoir. Smithback avait perdu énormément de sang.

Il s'agissait de faire quelque chose sans tarder. Procéder par ordre, en commençant par analyser les symptômes un à un. La tachycardie, tout d'abord : le cœur bat trop vite pour compenser la mauvaise oxygénation des tissus. Ensuite, l'irrigation des membres ; elle posa sa main sur celle de Smithback. Comme elle s'y attendait, les doigts du journaliste étaient glacés, sa peau cyanosée. Dans un réflexe de survie, le corps cesse spontanément d'irriguer les extrémités afin de fournir davantage d'oxygène aux organes vitaux.

La tension artérielle, enfin. Une baisse majeure précédait généralement la fin, et la tension de Smithback commençait déjà à faiblir dangereusement. Encore quelques minutes…

Nora ne voulait pas penser à ce qui risquait de se produire d'ici quelques minutes. Son impuissance et son manque d'expérience la rendaient nauséeuse.

Elle n'était pas médecin et le moindre geste inadapté pouvait coûter la vie à Smithback.

Elle regarda d'un air dégoûté l'effroyable plaie. Même si elle en avait été capable, refermer et suturer l'incision n'aurait servi à rien. Smithback avait perdu beaucoup trop de sang. Elle n'avait rien pour lui faire une transfusion et, de toute façon, elle ne savait pas comment s'y prendre. En revanche, elle savait que les blessés ayant perdu beaucoup de sang pouvaient être réhydratés à l'aide de solutions cristalloïdes ou salines.

En regardant autour d'elle, elle aperçut la poche de solution saline accrochée à la potence, et la perfusion intraveineuse qui allait jusqu'au poignet du journaliste. Le robinet de plastique était en position fermée. Une seringue hypodermique à moitié vide était plantée dans le tuyau de la perfusion. Il ne pouvait s'agir que d'un produit anesthésiant, probablement du Versed administré au goutte-à-goutte, puisque le produit ne fait effet que quelques minutes. Sous l'effet du Versed, la victime reste consciente, mais elle est incapable de la moindre résistance. Nora se demanda pourquoi le Chirurgien n'avait pas utilisé un anesthésiant plus puissant, administré par voie spinale.

Il serait toujours temps de se poser la question plus tard. Il fallait avant tout réhydrater le corps de Smithback et faire remonter sa tension.

Elle retira la seringue d'un geste rageur et la lança à l'autre bout de la pièce, avant d'ouvrir en grand le robinet de la perfusion.

Ce n'est pas suffisant, se dit-elle en voyant le liquide commencer à descendre. *Et surtout, ça ne suffira jamais, il a perdu bien trop de sang. Mais que faire, mon Dieu, que faire ?*

Nora ne connaissait que trop bien la réponse à sa question : il n'y avait rien à faire.

Elle recula d'un pas, impuissante, et regarda les moniteurs. Le pouls de Smithback était monté à 140 et sa tension avait chuté à 8/4,5.

Elle se pencha et prit la main glacée de Smithback entre les siennes.

— Je t'en supplie, Bill, murmura-t-elle, fais quelque chose. Ne me laisse pas tomber. Je t'en supplie, accroche-toi.

Immobile sous les projecteurs, les yeux rivés sur les cadrans des moniteurs, Nora n'attendait plus qu'un miracle.

83

Les caves souterraines du 891 Riverside Drive avaient des relents de poussière, de terre moisie et d'ammoniaque. Pendergast avançait péniblement dans l'obscurité, se contentant de relever à intervalles réguliers le volet aveuglant de sa lanterne, autant pour trouver son chemin que pour examiner le contenu des placards vitrés de Leng. Le souffle court, il s'arrêta quelques instants au milieu d'une pièce pleine de bocaux de verre et de boîtes remplies de spécimens plus ou moins rares. Il tendit l'oreille. L'inspecteur avait l'ouïe particulièrement fine, et il identifia sans peine le bruit furtif des pas de Fairhaven. Le

Chirurgien le suivait à la trace, à deux ou trois salles de distance. Il ne disposait donc que de très peu de temps devant lui. D'autant moins de temps qu'il était désarmé et gravement blessé. Il ne pouvait compter que sur les étranges collections de son grand-oncle pour trouver une solution et s'en sortir. Le seul moyen de venir à bout de son adversaire aurait été de deviner la nature exacte du grand projet de Leng, de comprendre pourquoi il avait tout tenté pour vivre si longtemps.

Il fit glisser brièvement le volet de sa lanterne pour regarder le placard qui lui faisait face. Les bocaux rangés sous ses yeux contenaient des insectes morts dont les carapaces irisées brillaient à la lueur de sa lampe. Sur l'étiquette de l'un des bocaux, Pendergast lut la mention *Pseudopena velenatus,* un hanneton venimeux des marais du Mato Grosso dont les indigènes utilisaient le venin dans la fabrication de remèdes. Sur l'étagère inférieure, d'autres bocaux contenaient les corps desséchés de centaines d'araignées ougandaises, des araignées jaune et violet dont la piqûre était mortelle. Pendergast poursuivit son exploration dans la partie inférieure du placard, découvrant totalement sa lanterne. Cette fois, les flacons contenaient des lézards séchés : Pendergast identifia sans mal une espèce albinos inoffensive couramment trouvée dans les grottes du Costa Rica, mais aussi des glandes salivaires appartenant aux terribles monstres de Gila du désert du Sonora, ainsi que deux bocaux remplis de petits lézards australiens à ventre rouge. Un peu plus loin, il remarqua des milliers de cafards de toutes sortes et de toutes dimensions, depuis le cafard sifflant géant de Madagascar jusqu'aux superbes cafards verts de Cuba qui brillaient comme des émeraudes sous le feu de sa lanterne.

Pendergast avait déjà compris que Leng ne collectionnait pas ces animaux pour le plaisir de les classifier. Un taxinomiste se contente généralement d'un ou deux exemplaires d'une espèce dans le cadre de ses recherches, et il préfère de loin travailler sur des sujets qui n'ont pas eu le temps de se dessécher pour mieux en détailler l'anatomie. De plus, les placards vitrés de Leng étaient rangés en dépit du bon sens d'un simple point de vue taxinomique.

Cela ne pouvait donc signifier qu'une seule chose : Leng collectionnait ces sujets uniquement pour leur composition chimique et biologique. Il fallait donc considérer ces bocaux comme la suite logique des composants chimiques découverts dans les salles précédentes.

Cette découverte venait conforter Pendergast dans sa certitude que cet immense cabinet de curiosités souterrain, ou plutôt cette extraordinaire collection de produits chimiques, était lié aux activités secrètes de Leng. Voilà qui expliquait les carences détectées dans les collections du rez-de-chaussée de la vieille demeure, Antoine Leng Pendergast ayant préféré réunir dans le secret de ces caves le cabinet de curiosités idéal.

Mais à l'inverse des autres collections dont l'unique intérêt était d'être exhibées, celle-ci avait été conçue pour servir, comme le confirmaient certains bocaux à moitié pleins ou quasiment vides. Pour la réalisation de son grand œuvre, quel qu'il soit, Leng avait eu besoin de composants chimiques en grandes quantités. Restait à déterminer la nature exacte de ce grand œuvre…

Pendergast occulta sa lanterne, essayant d'oublier sa blessure qui l'empêchait de se concentrer. À en croire sa grand-tante, Leng parlait de sauver l'humanité lorsqu'il avait soudain disparu de La Nouvelle-Orléans. Ou plutôt de guérir l'humanité, pour reprendre le terme utilisé par la vieille demoiselle. Leng entendait guérir le monde, et cet extraordinaire cabinet de curiosités dédié aux composants chimiques les plus divers devait jouer un rôle de tout premier plan dans ce projet. Un projet censé soulager la terre entière.

Pendergast fut brusquement rappelé à la réalité par un spasme de douleur qui le plia littéralement en deux. Il lui fallut faire un effort considérable sur lui-même pour se redresser. Il devait absolument continuer ses explorations s'il espérait trouver à temps la réponse à ce mystère.

Il s'éloigna des placards vitrés et traversa un couloir voûté masqué par une tenture en direction de la salle suivante. Sur le seuil, il fut pris d'une nouvelle crise et dut attendre quelques instants que la douleur s'atténue avant d'aller plus loin.

Dès son entrée dans la salle d'opération, il avait prévu de trouver refuge dans le passage secret lorsque le Chirurgien ouvrirait le feu, mais la manœuvre avait bien failli rater. Pendergast n'avait pourtant jamais quitté des yeux le visage du Chirurgien. Quand un individu s'apprête à en abattre un autre, sa figure trahit généralement ses desseins meurtriers un millième de seconde avant qu'il n'appuie sur la gâchette. Pendergast avait compté sur cette règle quasiment infaillible, mais Fairhaven n'avait rien laissé paraître de son intention et il avait tiré avec un détachement dont Pendergast avait été le premier surpris. Le Chirurgien s'était servi du propre Colt de Pendergast. Une arme semi-automatique de calibre 45, l'une des plus dangereuses qui soient. Fairhaven savait visiblement s'en servir, et s'il n'avait pas marqué une hésitation presque imperceptible juste avant de tirer, Pendergast aurait été tué sur le coup.

Au lieu de cela, il avait été touché du côté gauche, juste au-dessous de la cage thoracique, et la balle avait traversé le péritoine. Pendergast s'efforça une nouvelle fois de dompter sa douleur. La balle lui avait très certainement éclaté la rate, peut-être même avait-elle perforé le côlon. Elle était miraculeusement passée à côté de l'aorte abdominale, sinon il serait déjà mort, mais plusieurs veines avaient été touchées, provoquant une hémorragie conséquente. Le Colt de Pendergast était équipé de balles réglementaires de type Black Talon, des projectiles extrêmement meurtriers. À moins d'être soigné rapidement, Pendergast savait que sa blessure était trop grave pour y survivre longtemps. En attendant, elle le handicapait terriblement. La douleur était atroce, mais l'inspecteur savait depuis longtemps apprivoiser la souffrance et se sentait capable de tenir encore quelque temps. Il ne pouvait rien en revanche contre l'engourdissement qui s'emparait peu à peu de ses membres. Déjà affaibli par sa chute dans la cage d'ascenseur et encore mal remis de la blessure à l'arme blanche reçue quelque temps plus tôt, Pendergast manquait de réserves et ses forces ne tarderaient pas à l'abandonner.

Immobile dans l'obscurité, il tenta d'analyser les raisons de son échec. Depuis le départ, il se doutait que cette enquête serait l'une des plus difficiles de sa carrière, mais il avait sous-estimé sa propre subjectivité. Cette affaire lui tenait trop à cœur. Il avait oublié toute impartialité, au point de douter à présent de ses chances de survie. La mort ne lui faisait pas peur, mais il fallait penser à Nora, à Smithback, à tous les innocents qui risquaient de disparaître si ce fou restait en liberté.

Pendergast tâta sa blessure afin d'en évaluer le sérieux, et vit qu'il perdait beaucoup de sang. Il retira sa veste et la serra du mieux qu'il le pouvait autour de son ventre avant d'éclairer brièvement la salle dans laquelle il se trouvait.

La pièce était nettement plus petite que les précédentes, et une surprise l'attendait. Alors qu'il pensait trouver de nouveaux composants organiques, il découvrit des vitrines remplies d'oiseaux empaillés. Des oiseaux migrateurs, classés par familles. Une collection splendide comprenant même quelques pigeons voyageurs d'une race éteinte depuis des décennies. Quel rapport pouvait bien avoir cette collection ornithologique avec les autres ? Pendergast avait beau se creuser la tête, il ne comprenait toujours pas. Il s'était pourtant suffisamment familiarisé avec la pensée de Leng pour être certain que celui-ci ne laissait jamais rien au hasard. Tout cela faisait partie d'une même logique, mais laquelle ?

Il avança péniblement jusqu'à la salle suivante,

veillant à économiser ses forces. Il souleva le volet de sa lanterne et s'immobilisa, stupéfait.

La collection qui s'étalait sous ses yeux n'avait plus le moindre rapport avec les précédentes. Ébahi, il contemplait un curieux mélange de costumes et d'objets hétéroclites, exposés sur des mannequins et dans des vitrines alignées tout autour de la pièce : des anneaux, des chapeaux, des colliers, des stylos à plume, des parapluies, des robes, des gants, des chaussures, des montres, des foulards, tous en parfait état et présentés comme dans un musée. Des accessoires et des ustensiles de toutes les époques et de tous les continents, posés les uns à côtés des autres, sans aucune logique apparente. Que pouvait bien faire cette paire de gants en chevreau fabriquée par un artisan parisien du XIXe siècle à côté de ce pendentif médiéval ? Quel rapport entre ces boucles d'oreilles de la Rome antique et ce parapluie anglais, cette montre Rolex et ces chaussures à hauts talons des années folles ? Pendergast avança péniblement de quelques pas. Sur le mur du fond, il entrevit une surprenante collection de boutons de porte sans grand intérêt apparent, à côté d'une rangée de perruques poudrées du XVIIe siècle.

Pendergast masqua sa lanterne, perplexe. Il n'arrivait pas à voir la logique reliant entre eux ces objets banals du quotidien, classés sans la moindre rigueur géographique ou historique. Leng les avait pourtant disposés là dans des vitrines, comme ses plus beaux trésors.

Immobile dans le noir, le silence rythmé par le bruit mat de son sang qui gouttait sur le sol, Pendergast se demanda pour la première fois si Leng n'avait pas fini par perdre la raison. On aurait dit la collection hétéroclite d'un fou. Leng avait peut-être réussi à empêcher le vieillissement de son corps, mais qui sait si son cerveau avait résisté à l'épreuve du temps ? Tout cela n'avait pas de sens.

Le policier secoua doucement la tête. Une fois de plus, il laissait sa raison céder le pas à ses émotions, poussé par la honte des agissements de son arrière-grand-oncle. Leng n'avait pas pu sombrer dans la démence. Les extraordinaires collections de composants chimiques et organiques découvertes un peu plus tôt ne pouvaient pas être l'œuvre d'un fou. Ces objets disparates avaient nécessairement un rapport avec les travaux de Leng, et Pendergast en revenait invariablement à la même conclusion : il existait une logique derrière tout cela dont il s'agissait de percer le secret au plus vite, sinon…

Pendergast fut brusquement tiré de sa réflexion par le raclement d'une chaussure sur le sol, au moment précis où la lampe de Fairhaven s'arrêtait sur lui. Un minuscule point laser rouge jaillit presque aussitôt sur sa chemise à hauteur de sa poitrine et il n'eut que le temps de se jeter de côté alors qu'une détonation assourdissante résonnait dans la pièce.

La balle l'atteignit au coude droit, et la violence du choc le projeta au sol. Il lui fallut quelques instants pour reprendre ses esprits, mais, le point rouge fouillait déjà l'air poussiéreux et il boita péniblement de vitrine en vitrine en direction de la pièce suivante.

Il s'était laissé distraire par cette étrange collection d'accessoires, oubliant de tendre l'oreille à l'approche de Fairhaven. Ce nouvel échec venait lui rappeler de façon cuisante à quel point ses chances de survie étaient minces.

Il fit un pas en avant en se tenant le coude. La balle avait pulvérisé l'os avant de ressortir au niveau du cubitus, provoquant une nouvelle hémorragie qui ne tarderait pas à l'affaiblir encore davantage. Il lui fallait *à tout prix* parvenir jusqu'à la salle suivante. Chacune d'entre elles constituait une pièce d'un même puzzle, et Pendergast n'avait plus qu'à espérer deviner très vite le secret de Leng.

Soudainement, il fut pris d'une nausée terrible, sa tête se mit à tourner, et il dut se retenir à l'une des vitrines pour ne pas tomber.

Le pinceau de la torche de Fairhaven éclairait si bien la pièce qu'il parvint à se glisser dans le boyau conduisant à la salle suivante. À bout de forces, il entrevoyait déjà le moment où il sombrerait dans l'inconscience. Il s'appuya un instant contre le mur du couloir, le souffle court, les yeux exorbités.

La lampe du Chirurgien éclaira un instant le passage obscur avant de s'éloigner, mais Pendergast avait eu le temps d'entrevoir dans la salle voisine des rangées entières d'éprouvettes, de cornues, de vases à bec et de colonnes de distillation posés sur des paillasses en céramique.

Il venait enfin de découvrir le laboratoire secret d'Enoch Leng.

84

Nora, paralysée par l'angoisse, regardait tour à tour les écrans et la table d'opération sur laquelle Smithback luttait contre la mort. Elle avait fini par retirer les écarteurs après avoir nettoyé la plaie du mieux qu'elle le pouvait. L'hémorragie paraissait stoppée, mais le mal était fait. La tension du journaliste était toujours aussi faible et la machine continuait à pousser son hululement lugubre. Elle jeta un œil à la perfusion. La poche de solution saline était presque vide, mais le cathéter était étroit ; même ouvert au maximum, le goutte-à-goutte ne permettrait jamais au corps de se réhydrater assez vite pour compenser les pertes subies au cours de l'opération.

Elle sursauta en entendant un nouveau coup de feu s'échapper des profondeurs du sous-sol, étouffé par la distance. Elle resta un instant pétrifiée par la peur. Que se passait-il ? Comment savoir qui avait tiré, de Pendergast ou de son adversaire ?

Surmontant sa crainte, elle se pencha sur la silhouette inerte de Smithback. Elle savait déjà qu'une seule personne émergerait vivante de l'escalier dérobé : Pendergast, ou bien alors l'autre… Il serait toujours temps d'aviser le moment venu. Pour l'heure, sa priorité était Smithback, et elle n'avait pas la moindre intention de l'abandonner à son triste sort.

Elle regarda à nouveau les moniteurs : la tension était tombée à 7/3,5, mais le rythme cardiaque avait ralenti et s'était stabilisé aux alentours de 80 pulsations minute. Elle s'en était tout d'abord réjoui, avant de comprendre que loin d'annoncer une amélioration, il s'agissait peut-être du début de la fin. Elle posa sa main sur le front du journaliste ; il était presque aussi glacé que ses mains. Elle avait déjà entendu parler de bradycardie dans des cas similaires. Lorsqu'un malade a perdu trop de sang et que le corps ne sait plus où puiser de nouvelles réserves d'oxygène, les fonctions vitales lâchent l'une après l'autre, le cœur ralentit et s'arrête.

Sa main toujours posée sur le front de Smithback, Nora regardait désespérément l'écran de l'électrocardiographe. L'amplitude de la bille verte sur l'écran diminuait peu à peu. Le pouls était tombé à cinquante pulsations minute.

Elle prit Smithback par les épaules et le secoua de toutes ses forces.

— Bill ! cria-t-elle. Mais putain, Bill, fais quelque chose ! Je t'en supplie, ne me laisse pas tomber !

Le tracé de l'électrocardiographe était de plus en plus irrégulier, et il ralentissait encore. Nora, désespérée, ne savait plus que faire. Elle regardait fixement les écrans, impuissante. Anéantie, elle ferma les yeux, enfouit sa tête entre les épaules glaciales de Smithback, et se mit à sangloter.

85

Pendergast trébucha. Il faillit tomber et se rattrapa de justesse sur les paillasses carrelées du laboratoire. Une douleur fulgurante lui scia le ventre, le contraignant à s'immobiliser quelques instants. S'évanouir aurait été un soulagement, une délivrance, mais il n'en était pas question. Malgré la gravité de ses blessures, il avait réussi à préserver un semblant de clarté dans un recoin reculé de son esprit enfiévré. Il tenta de s'y réfugier tout entier, pour échapper à la souffrance qui le tenaillait. Il fallait tenir. Tenir pour observer. Observer pour comprendre.

Des réchauds à gaz, des cornues, des vases à bec, des colonnes de distillation, tout un appareillage complexe de verre et d'acier. Mais rien qui puisse lui indiquer dans quel but Leng s'en était servi, quel objectif obscur il s'était acharné à poursuivre pendant plus d'un siècle. Tous les laboratoires se ressemblent ; on y trouve les mêmes équipements et la même atmosphère, quel que soit l'objet des recherches entreprises. Une chose pourtant intriguait Pendergast : il ne s'était pas attendu à découvrir autant de gants et de masques de protection, comme si Leng avait manipulé toutes sortes de poisons ou de substances radioactives au cours de ses expériences. Mais pas le moindre indice supplémentaire.

Le plus curieux, peut-être, était le côté daté et vieillot de ce fameux laboratoire. Ni spectrographe de masse, ni appareil de diffraction des rayons X, ni appareillage d'électrophorèse, encore moins de séquenceur d'ADN. Pas le moindre ordinateur, pas même l'ombre d'un circuit intégré. Rien qui puisse suggérer que Leng avait bénéficié, de près ou de loin, des révolutions technologiques ayant bouleversé le paysage de la biochimie depuis les années 1960. À en juger par l'état d'abandon des équipements du laboratoire, tout semblait même indiquer qu'il n'était plus en service depuis l'après-guerre.

Ce qui n'avait aucun sens. Leng se passionnait depuis toujours pour les avancées de la science. Il aurait été le premier à se procurer les équipements les plus modernes pour faire avancer ses recherches. Et pourtant, jusqu'à une date très récente, il était encore en vie, visiblement en pleine possession de ses moyens.

Alors, quelle conclusion en tirer ? Leng avait-il fait aboutir son projet ? Si tel était le cas, qu'en avait-il fait ? La question que se posait Pendergast restait invariablement la même, lancinante : en quoi pouvait bien consister ce fameux projet ? En subsistait-il des traces quelque part dans cet immense sous-sol ? C'était fort possible, mais l'inspecteur avait trop peu de temps devant lui pour s'en assurer. Restait une dernière hypothèse : Leng aurait-il renoncé au but qu'il s'était fixé ?

La lampe de Fairhaven se rapprochait dangereusement, et Pendergast n'eut pas l'opportunité de pousser sa réflexion plus avant. Il fallait aller plus loin, toujours plus loin. À la lueur de la torche du Chirurgien, il aperçut une porte à l'autre extrémité de la pièce. Il s'y traîna péniblement. S'il se trouvait bien dans le laboratoire secret de Leng, il ne pouvait y avoir plus d'une ou deux salles de travail au-delà.

Pendergast avait de plus en plus de vertiges, et ses jambes ne le portaient quasiment plus. Plus que jamais, son avenir dépendait de ce qu'il allait trouver ensuite. Les minutes à venir s'annonçaient décisives. Il entrouvrit la porte et fit quelques pas dans la pièce avant de soulever le volet de sa lanterne. Il eut toutes les peines du monde à lever le bras pour éclairer le décor qui l'entourait, le cœur battant à l'idée de trouver enfin la clé du mystère.

Soudain, ses jambes se dérobèrent sous lui.

Dans sa chute, sa lanterne roula sur le sol en projetant des ombres dansantes sur les murs, faisant briller des centaines de pointes d'acier acérées.

86

Le Chirurgien balaya impatiemment la pièce à l'aide de sa torche. L'écho du coup de feu résonnait encore à ses oreilles, mais Pendergast avait à nouveau disparu. Le faisceau de sa lampe, traversé par des nuages de poussière, faisait émerger de l'obscurité de vieux costumes mités et un micmac indescriptible d'objets hétéroclites soigneusement rangés dans de vieilles vitrines de bois. En revanche, toujours aucune trace du policier. Il était pourtant sûr de l'avoir touché une nouvelle fois.

La première balle, celle avec laquelle il avait blessé Pendergast au ventre, était la plus meurtrière. Une mauvaise blessure susceptible de l'handicaper gravement, et qui risquait d'empirer de minute en minute. De plus, la douleur ne pouvait que freiner sa fuite. Quant à la seconde balle, elle avait dû l'atteindre au bras. Car si Pendergast avait disparu, c'est qu'il était toujours capable de marcher. Avec un peu de chance, le Chirurgien avait touché une veine, provoquant une nouvelle hémorragie.

Il s'arrêta un instant à l'endroit où se trouvait le policier lorsqu'il l'avait atteint. Il aperçut une traînée de sang sur une vitrine voisine, ainsi qu'une petite flaque un peu plus loin, là où Pendergast avait roulé à terre.

Fairhaven fit un pas en arrière et regarda tout autour de lui d'un air condescendant. Décidément, ce pauvre Leng collectionnait vraiment n'importe quoi, comme le prouvait cette accumulation d'accessoires inutiles. Tout dans la maison de Leng respirait la névrose. Contrairement à ce qu'avait l'air de penser Pendergast, ce n'était pas aujourd'hui qu'il découvrirait la pierre philosophale. La pierre philosophale ! L'arcane suprême ! Il repensa au boniment que lui avait servi Pendergast sur le grand projet secret de Leng. Du baratin, une façon comme une autre de le déstabiliser, mais ça ne prenait pas. Comme s'il pouvait y avoir un secret plus précieux que celui de l'éternité. Si cette collection ridicule de parapluies, de cannes et de perruques mitées était un exemple du grand projet de Leng, le pauvre vieux ne méritait pas le génie qu'on lui attribuait. À force de rester cloîtré dans cette demeure sinistre, il avait probablement sombré dans la folie.

Leng avait pourtant l'air sain d'esprit lorsque Fairhaven s'était retrouvé face à lui six mois plus tôt – si tant est qu'on puisse juger de l'équilibre mental de quelqu'un qui refuse obstinément de parler sous la torture –, mais il ne faut jamais se fier aux apparences. On ne peut jamais savoir ce qui se passe dans la tête des gens. Finalement, tout ça n'avait guère d'importance. C'était à lui, Anthony Fairhaven, qu'échoyait la formule de jouvence, et Leng n'avait été qu'un envoyé du Destin. Tout comme saint Jean-Baptiste avait ouvert la voie au Christ. Fairhaven était béni des dieux, c'était à lui que revenait l'honneur de profiter de cette formule divine. Malgré son intelligence, Leng ne s'était pas montré à la hauteur.

Son but atteint, Fairhaven n'avait pas l'intention de se cloîtrer dans cette vieille demeure en attendant que les années passent. Une fois la formule parfaitement au point, il pourrait enfin laisser libre cours à sa vraie nature. La chrysalide se métamorphoserait en papillon, et il n'aurait plus qu'à profiter de cette jeunesse éternelle pour voyager à travers le monde en multipliant les expériences sensuelles et intellectuelles. L'argent n'était pas un problème, il en avait bien assez pour assouvir toutes ses envies, et même davantage.

Mais il serait toujours temps de rêver plus tard. Pour l'heure, il s'agissait de ne pas perdre la trace de cette vipère de Pendergast. Les traces de pas sur le sol étaient de plus en plus floues, comme si le policier traînait des pieds. Le connaissant, il était parfaitement capable de simuler une blessure grave, mais Fairhaven n'y croyait pas. Il avait été touché à deux reprises, et les taches sur le sol prouvaient qu'il perdait beaucoup de sang.

Fairhaven se faufila dans le boyau et pénétra dans la salle suivante, découvrant avec stupeur ce qui avait tout l'air d'un laboratoire, avec d'immenses paillasses couvertes d'instruments de toutes sortes. Une épaisse poussière recouvrait tout, et le contenu des éprouvettes s'était desséché en laissant des dépôts couleur ocre. L'endroit était abandonné depuis des années. Un râtelier en fer, rongé par la rouille, s'était cassé en deux sous le poids des tubes et des éprouvettes dont les morceaux s'étaient éparpillés sur l'une des paillasses.

Les traces de Pendergast traversaient le laboratoire en direction d'une autre porte. Fairhave pressa le pas, l'arme au poing prêt à tirer. *Il est temps d'en finir,* grommela-t-il entre ses dents d'un air décidé.

87

Fairhaven venait tout juste de franchir le seuil de la pièce lorsqu'il aperçut Pendergast. Le policier était à genoux, plié en deux, baignant dans une mare de sang. L'heure du règlement de compte avait sonné.

En le voyant, Fairhaven pensa à un animal touché à mort par un chasseur. Dans ces cas-là, la fin est rarement immédiate, elle survient par étapes. L'animal commence par rester debout, sous le choc, les jambes flageolantes, avant de tomber à genoux sur ses pattes de devant comme pour une ultime prière. Les pattes arrière fléchissent à leur tour et l'animal reste ainsi plusieurs minutes avant de s'écrouler brusquement. Ce ballet au ralenti se termine invariablement par un spasme violent, les jambes se détendant brutalement à l'instant où le cœur s'arrête de battre.

Pendergast n'en était pas encore là, mais presque. Avec un peu de chance, il lui restait encore quelques heures à vivre, mais il était désormais totalement inoffensif. De toute façon, le Chirurgien n'avait pas l'intention de lui faire grâce d'autant de temps. La chasse à l'homme est un sport amusant, c'est vrai, mais toutes les bonnes choses ont une fin et il était loin d'avoir terminé là-haut. Smithback ne lui était plus d'aucune utilité, mais il restait encore la fille.

Le Chirurgien s'approcha de Penderast, son arme à la main, prenant le temps de savourer son triomphe. Le grand, le génial, le formidable inspecteur Pendergast était à sa merci, pitoyable d'impuissance. Il recula de quelques pas pour le mettre en joue tranquillement avant d'éclairer le contenu de la salle avec sa lampe. Autant éviter de casser quelque chose de précieux en abattant Pendergast, au cas peu probable où la pièce aurait contenu des objets de valeur.

Fairhaven resta cloué sur place, stupéfait. Il avait pu constater que Leng avait le goût des collections bizarres, mais celle-ci dépassait les bornes de l'entendement. Suspendus aux murs ou accrochés sur des mannequins, il découvrait un assortiment unique d'armes et d'équipements guerriers : des épées, des dagues, des arbalètes avec leurs carreaux, des arquebuses, des lances, des flèches et des masses d'armes, exposées à côté d'une incroyable panoplie de revolvers, pistolets, fusils, matraques, grenades et autres lance-roquettes. Sans parler des armures de l'époque médiévale, des cottes de maille, des heaumes, des uniformes datant de la guerre de Crimée et du conflit de 1898 entre les États-Unis et l'Espagne, des casques de la Grande Guerre, de très vieux gilets pare-balles et des tonnes de munitions. Un incroyable arsenal guerrier illustrant les penchants belliqueux de l'humanité depuis la Rome antique jusqu'au début du XXe siècle.

Le Chirurgien secoua la tête en souriant. *Quelle ironie, tout de même !* Si Pendergast était arrivé là quelques minutes plus tôt, il aurait trouvé de quoi résister à un bataillon, et la situation aurait pu mal tourner. Mais cet idiot avait perdu du temps et de l'énergie à examiner le contenu des salles précédentes, malgré ses blessures. Maintenant, il était trop tard, il croupissait dans son sang, à moitié mort, sa lanterne à ses pieds. Fairhaven ne put s'empêcher d'éclater d'un rire sinistre qui se répercuta le long des murs et des voûtes. Reprenant brusquement son sérieux, il ajusta sa cible.

Le rire du Chirurgien sembla tirer de sa torpeur Pendergast qui leva sur lui des yeux vitreux.

— Tout ce que je vous demanderai, c'est de faire vite, balbutia-t-il.

Ne lui laisse pas le temps de te parler, murmura la voix dans la tête de Fairhaven. *Tue-le sans attendre.*

Fairhaven leva son arme ; la tête de Pendergast s'affichait au centre de son viseur. Une seule des Black Talons réglementaires du Colt, et l'inspecteur était proprement décapité. Une mort rapide, nette et sans bavure. Son doigt se crispa sur la détente.

Il allait tirer lorsqu'il lui vint une idée.

Faites vite, l'avait imploré Pendergast. Pourquoi lui laisser cet ultime plaisir ? L'inspecteur avait tout fait pour lui mettre des bâtons dans les roues depuis le début. Il l'avait poursuivi jusque dans son repaire, et il avait même eu le front de l'interrompre au moment où il s'apprêtait à prélever la moelle épinière de Smithback. À cause de lui, l'opération avait raté et Fairhaven allait être contraint de trouver un cobaye de remplacement.

Le Chirurgien sentit une bouffée de haine monter en lui envers cette misérable chiffe affalée à ses pieds. Une haine comparable à celle qu'il avait ressentie en face de Leng, lorsque ce dernier avait obstinément refusé de lui parler. Leng auquel Pendergast ressemblait tant. Une haine comparable à celle qu'il vouait aux professeurs de médecine qui n'avaient jamais voulu croire en lui. Une haine absolue pour la bassesse et la médiocrité de cette humanité qui empêchait les esprits éclairés, dont il faisait partie, de faire valoir leur supériorité.

Pendergast lui avait demandé de faire vite, et il allait être servi. Ce n'étaient pas les possibilités qui manquaient, avec cet incroyable arsenal à portée de la main.

Fairhaven s'approcha de Pendergast qu'il fouilla soigneusement. Il eut un mouvement de dégoût en passant la main sur la chemise détrempée de sang du policier. Rien à craindre. Pendergast n'avait pas eu la force de s'emparer d'une arme. Mais comme deux précautions valent mieux qu'une, il observa les traces de son adversaire dans la poussière et constata que l'inspecteur était tombé au milieu de la pièce avant d'avoir eu le temps de s'approcher des murs où étaient exposés les trésors de guerre de Leng. Il fallait tout de même faire attention. Pendergast, même dans l'état dans lequel il se trouvait, pouvait encore se révéler dangereux. S'il faisait seulement mine de se lever, il l'achèverait sans la moindre hésitation. Et surtout, ne pas l'écouter. Pendergast avait le don de semer le doute dès qu'il ouvrait la bouche.

Fairhaven regarda à nouveau autour de lui, prenant son temps. C'était absolument ahurissant. Il avait toutes les armes possibles et imaginables à sa disposition, sagement alignées. Il avait lu suffisamment de traités et visité assez de musées pour reconnaître la plupart d'entre elles. Le choix n'en était que plus piquant.

Tant qu'à faire, Fairhaven avait l'intention de savourer sa vengeance.

Sans quitter Pendergast de l'œil, il fit glisser le faisceau de sa torche d'un mur à l'autre avant de fixer son choix sur un sabre incrusté de pierres précieuses. Il le sortit de son fourreau avant de l'examiner minutieusement à la lumière de sa lampe. Une arme superbe, mais un peu trop lourde à son goût ; il avait surtout peur que la lame rouillée ne soit plus assez tranchante, et la poignée était légèrement poisseuse. Il remit le sabre en place et s'essuya les mains sur son tablier de chirurgien.

Pendergast, prostré, le fixait de ses yeux délavés, et Fairhaven ricana.

— Alors, cher ami, une préférence ?

Le policier ne répondit pas, mais Fairhaven lut une immense détresse dans son regard.

— Eh oui, cher inspecteur. J'ai changé d'avis et il n'est malheureusement plus question de faire vite, comme vous me l'avez si gentiment demandé.

Les yeux écarquillés, Pendergast semblait terrorisé, et Fairhaven en éprouvait une satisfaction quasiment jouissive.

Il reprit son exploration des collections de Leng, s'emparant d'un poignard au manche d'or et d'argent qu'il retourna entre ses mains avant de le reposer. À côté, il aperçut un heaume en forme de tête, muni de pointes qui s'enfonçaient dans le crâne du supplicié à l'aide d'un mécanisme spécial. Trop primitif, et pas assez propre, se dit-il. Un peu plus loin, un énorme entonnoir en cuir était accroché à un clou. Fairhaven n'en avait jamais vu, mais il en avait entendu parler : on plaçait l'entonnoir de force dans la gorge de la victime avant de le remplir d'eau, jusqu'à ce que le malheureux meure d'étouffement, ou bien l'estomac éclaté. Une méthode originale, mais un peu fastidieuse. On trouvait également une roue sur laquelle on attachait autrefois les condamnés pour leur briser les membres les uns après les autres. Trop fatigant. Un martinet dont les lanières se terminaient par des crochets acérés. Fairhaven le prit en main et fouetta l'air deux ou trois fois, mais il finit par le reposer avant de s'essuyer à nouveau les mains. Tous les accessoires de Leng étaient collants de crasse ; ils devaient se trouver là depuis un siècle au moins.

Fairhaven prenait son temps. Il finirait bien par trouver ce dont il avait besoin. C'est alors que son regard tomba sur une lourde hache.

— Tiens, tiens ! fit-il avec un large sourire. Qui sait si votre souhait ne sera pas exaucé, en fin de compte ?

Il arracha littéralement la hache des crochets qui la retenaient au mur et exécuta plusieurs moulinets au-dessus de sa tête. La lame, coupante comme une lame de rasoir, sifflait en fendant l'air, et le manche, recouvert sur toute sa longueur de plusieurs rangées de clous en laiton, mesurait un mètre cinquante de long. Au pied du mur se trouvait le complément indispensable de cet instrument de mort : un billot taillé dans une vieille souche, usé par les ans et patiné par le sang des victimes. Une gouttière avait été creusée à même le bois pour recevoir le cou du condamné, et l'on apercevait encore les traces des coups assénés par le bourreau. Fairhaven reposa l'arme et fit rouler le billot en direction de Pendergast avant de l'installer juste devant le policier.

Pendergast fit mine de résister, mais les forces lui manquaient et le Chirurgien se contenta de lui donner un grand coup de pied dans les côtes, du côté de sa blessure. Le policier, ivre de douleur, s'effondra. Fairhaven regretta aussitôt son geste ; il avait gardé un mauvais souvenir de la façon dont le cœur de Leng avait lâché sous la torture, et il n'entendait pas être privé à nouveau de sa victime. Rien de tel cette fois, heureusement : Pendergast, les yeux grands ouverts malgré sa souffrance, était toujours conscient. Pour que le plaisir de Fairhaven soit complet, il fallait que Pendergast soit lucide lorsqu'il lui couperait la tête.

Le Chirurgien se souvenait que lorsque Henri VIII avait fait mettre à mort Anne Boleyn, celle-ci avait fait appel à un bourreau français pour qu'il la décapite à l'aide d'une épée. Une arme plus rapide et plus sûre, contrairement à la hache avec laquelle il fallait parfois s'y reprendre à deux fois. La reine déchue s'était agenouillée et avait tendu le cou, évitant ainsi l'horreur d'un billot sordide. La rumeur disait qu'elle avait largement récompensé l'exécuteur. D'avance, bien sûr.

Le Chirurgien soupesa la hache. Elle lui parut plus lourde que précédemment, mais il se sentait parfaitement capable de l'abattre directement sur le cou de sa victime. Ce serait nettement plus grisant de se passer du billot.

Il repoussa la vieille souche du pied. Pendergast s'était mis à genoux, comme s'il se résignait au sort qui l'attendait, la tête penchée, les bras ballants.

— Je vous devais bien ça pour tous les ennuis que vous m'avez causés, fit le Chirurgien. Mais ne vous inquiétez pas. Je devrais y arriver en… je ne sais pas exactement, mais pas plus de deux ou trois coups. Vous avez de la chance, vous allez vivre une expérience qui m'a toujours intrigué. Je me suis souvent demandé combien de temps on restait conscient après avoir eu la tête tranchée. Est-ce que la terre se met à tourner quand la tête roule dans le panier rempli de sciure ? Quand les bourreaux de la Tour de Londres exhibaient la tête des condamnés en s'écriant : « Voilà une tête de traître ! », on dit que les lèvres et les paupières de certaines victimes bougeaient encore. Mais j'aimerais surtout savoir si le supplicié voit vraiment son corps décapité.

Il fit à nouveau tournoyer la hache au-dessus de sa tête pour s'entraîner. Curieusement, il avait l'impression que l'arme devenait de plus en plus lourde, mais il y avait quelque chose de jouissif à faire durer le plaisir.

— Savez-vous que Charlotte Corday, la femme guillotinée pendant la Révolution française pour avoir assassiné Marat, a rougi lorsque le bourreau a giflé sa tête coupée devant le peuple de Paris rassemblé pour l'occasion ? Je me demande également si vous connaissez l'histoire de ce pirate condamné à mort. On a disposé ses hommes en rang d'oignons devant lui, et on lui a promis d'épargner tous ceux devant lesquels il marcherait après avoir été décapité. On lui a coupé la tête comme de juste, et les témoins de la scène ont raconté que le capitaine sans tête avait mis un pied devant l'autre et qu'il s'était même avancé de plusieurs mètres avant que le bourreau, furieux d'être privé de ses futures victimes, lui fasse un croche-pied pour le faire tomber.

Visiblement content de ses histoires macabres, Fairhaven éclata de rire, mais Pendergast n'avait pas l'air de goûter la plaisanterie.

— Enfin ! fit le Chirurgien d'un air désolé. Je ne saurai jamais combien de temps on reste conscient après avoir eu la tête coupée. Mais vous, vous n'allez pas tarder à le savoir.

Il leva la terrible hache au-dessus de sa tête et calcula longuement son coup.

— Tant que vous y êtes, transmettez mon meilleur souvenir à votre cher arrière-grand-oncle, ajouta-t-il en bandant ses muscles.

88

La tête posée sur les épaules de Smithback, Nora pleurait à chaudes larmes, les yeux fermés. L'angoisse avait fait place au découragement, et le peu de forces qui lui restaient encore étaient en train de l'abandonner. Elle avait tenté l'impossible, mais cela n'avait pas suffi.

Au plus fort de son désespoir, elle eut brusquement l'impression que quelque chose avait changé autour d'elle. Elle mit quelques instants à comprendre qu'il s'agissait de l'électrocardiographe dont les bips semblaient plus réguliers.

Elle releva la tête et regarda le moniteur afin de s'assurer qu'elle ne rêvait pas. Sur l'écran, la bille verte avait repris une course presque normale à un rythme de soixante pulsations minute, et la tension de Smithback s'était également stabilisée.

Debout à côté de la table d'opération, Nora tremblait de tous ses membres. En réhydratant le corps, l'injection massive de solution saline avait fait la différence.

— Merci, oh, merci ! balbutia-t-elle.

Smithback s'accrochait à la vie, mais il était loin d'être tiré d'affaire. À moins de renouveler la perfusion, les symptômes pouvaient très bien reprendre.

La poche de solution saline était quasiment vide. Elle fit des yeux le tour de la pièce et remarqua un petit réfrigérateur vers lequel elle se précipita, et dans lequel elle découvrit une demi-douzaine de poches du même type que la première. Elle en prit une et décrocha la précédente du cathéter pour la remplacer. En l'espace de quelques instants, le goutte-à- goutte avait repris, et les organes vitaux de Smithback, encore très faibles, restaient stables. Avec un peu de chance, il pourrait s'en tirer, à condition toutefois qu'elle parvienne à lui faire quitter ce sous-sol pour le conduire dans un hôpital.

Le matelas du lit à roulettes se détachait et elle se débrouillerait toujours pour arrimer Smithback et le hisser jusqu'au rez-de-chaussée, mais encore fallait-il trouver une issue.

Elle fouilla fébrilement les placards et découvrit

une pile de linges opératoires verts qu'elle étala tant bien que mal sur le corps de Smithback pour le maintenir au chaud. Dans un tiroir, elle trouva une lampe médicale qu'elle mit dans sa poche. Elle jeta un regard aux écrans disposés près de la table d'opération et se dirigea vers l'ouverture secrète donnant sur l'escalier qui s'enfonçait dans le noir. C'était de là qu'était monté le second coup de feu ; le salut ne pouvait donc venir que des étages supérieurs, et non des entrailles de cette affreuse demeure. Elle s'en voulait d'abandonner Smithback à son sort, ne fût-ce que quelques minutes, mais il fallait absolument trouver de l'aide.

Elle tira la lampe de sa poche et s'engagea dans le couloir par lequel elle était arrivée.

Il lui fallut à peine cinq minutes pour explorer le sous-sol et s'apercevoir qu'il se limitait à une suite de passages menant à des caves humides, semblables à celle dans laquelle elle avait été enfermée. Les couloirs étaient sombres et bas de plafond, et elle perdit son chemin à plusieurs reprises avant de découvrir les restes de l'ascenseur et le corps du malheureux sergent O'Shaughnessy. La cabine était totalement défoncée et elle n'avait rien pour se hisser jusqu'au rez-de-chaussée. Il lui fallait trouver une autre issue et elle finit par dénicher une lourde porte en fer, mais elle était verrouillée. Pendergast aurait sans doute pu en venir à bout, mais il n'était pas là…

Découragée, elle retourna dans la salle d'opération. S'il existait une autre sortie, elle était bien cachée et elle ne savait plus où chercher. Aucun doute, ils étaient prisonniers de la vieille demeure.

Elle s'approcha de la forme inerte de Smithback et

lui caressa doucement les cheveux. Ses yeux s'arrêtèrent à nouveau sur le pan de mur donnant sur l'escalier dérobé. Les marches étaient plongées dans l'obscurité et tout avait l'air silencieux. À bien y réfléchir, elle n'avait rien entendu depuis le second coup de feu. *Que s'est-il passé là-dessous ?* se demanda-t-elle. *Et si Pendergast…*

— Nora ? fit soudain Smithback d'une voix à peine audible.

Surprise, elle baissa aussitôt la tête. Il avait les yeux pochés et les traits tirés sous l'effet de la douleur.

— Oh, Bill ! s'écria-t-elle en lui prenant les mains. Dieu soit loué !

— Ça commence à bien faire, murmura-t-il.

— Quoi ?

Nora crut un instant qu'il délirait, mais il poursuivit :

— À chaque fois, c'est la même chose : je suis blessé, et je me réveille dans tes bras. Comme en Utah, tu te souviens ? Une fois, ça suffit.

Il voulut lui faire un sourire, mais la douleur le fit grimacer.

— Ne parle pas, Bill, lui dit-elle d'une voix douce en lui caressant la joue. Tout ira bien, tu verras. On va te sortir de là. Je vais trouver un…

Elle n'alla pas plus loin, car Smithback avait déjà replongé dans l'inconscience. Elle vérifia les appareils de contrôle et constata avec soulagement que son état allait en s'améliorant. La perfusion continuait à faire son effet.

C'est à ce moment-là qu'elle entendit distinctement un cri atroce provenant des escaliers.

Jamais de toute son existence elle n'avait entendu un hurlement aussi effrayant. Un hurlement suraigu, déchirant, inhumain, qui se prolongea pendant près d'une minute avant de baisser d'intensité et de s'effriter pour laisser place à un feulement rauque, presque plus terrible encore. Nora eut le temps de reconnaître un bruit de métal sur la pierre, et le silence reprit ses droits.

Elle regardait fixement l'ouverture secrète dans le mur, les yeux écarquillés, se demandant ce qui avait bien pu se passer. Pendergast était-il mort ? Ou bien alors était-ce son adversaire ? À moins qu'ils ne se soient entretués.

Si Pendergast était blessé, il fallait l'aider. Lui seul était capable de forcer la serrure de la porte en fer ou de trouver un moyen de faire sortir Smithback dé cet enfer. À l'inverse, s'il était mort et que le Chirurgien avait survécu, elle se retrouverait face à lui à un moment ou un autre. Autant savoir tout de suite. Attendre sagement que le Chirurgien la surprenne et achève Smithback sous ses yeux ? Jamais !

Elle saisit sur la desserte le plus gros scalpel qu'elle put trouver et s'approcha du panneau pivotant dissimulé dans le mur.

L'escalier s'enfonçait dans le noir. Nora, le scalpel dans une main et sa lampe de poche dans l'autre, descendit prudemment les marches une à une, évitant de faire le moindre bruit.

Arrivée en bas, elle éteignit sa torche et attendit, le cœur battant, ne sachant que faire. Le rayon de sa lampe, si elle la rallumait, risquait d'alerter le Chirurgien au cas où il la guetterait dans le noir. Elle ne pouvait pourtant pas continuer ainsi.

Elle décida de prendre le risque, ralluma sa torche et poussa un cri de surprise.

Elle se trouvait dans une pièce étroite aux rayonnages remplis de flacons et de bocaux. Le faisceau de sa lampe faisait danser des milliers de couleurs autour d'elle, comme si elle était entourée de vitraux.

Encore des collections. Mais pourquoi ?

Elle verrait plus tard. Deux séries d'empreintes se dirigeaient de l'autre côté de la pièce, et des taches de sang maculaient le sol.

Avançant aussi vite que possible, elle traversa un petit couloir avant d'arriver dans une nouvelle salle pleine de flacons. Les traces de pas continuaient à travers une tenture dissimulant un petit couloir.

Elle éteignit sa lampe et avança à tâtons, puis elle s'arrêta pour tendre l'oreille. Rien, pas le moindre bruit. Avec d'infinies précautions, elle écarta la tapisserie et tenta de percer l'obscurité, en vain. La pièce suivante avait l'air vide, mais elle n'avait aucun moyen de s'en assurer sans rallumer sa torche, et elle décida de prendre le risque.

La pièce, nettement plus grande, contenait de nombreux placards vitrés. Elle traversa la salle et s'introduisit dans un boyau donnant sur plusieurs cryptes. Elle se dissimula dans la première, éteignit sa lumière et écouta pour s'assurer que personne n'avait remarqué sa présence. Toujours rien. Elle poussa le bouton de sa torche et se retrouva bientôt dans une salle pleine de grenouilles, de lézards, de serpents, de cafards et d'araignées de toutes tailles et de toutes couleurs. Le cabinet de curiosités de Leng n'en finirait donc jamais !

Arrivée à l'autre extrémité de la pièce, elle découvrit un nouveau passage voûté plongé dans les ténèbres. Elle s'accroupit, masqua sa lumière et attendit.

Cette fois, elle perçut un bruit.

Un bruit très faible, déformé par les parois en pierre du souterrain qui s'ouvrait un peu plus loin. Son sang se glaça dans ses veines en croyant reconnaître un râle qui n'avait plus rien d'humain.

Nora, terrorisée, se demanda un instant s'il ne serait pas plus prudent de rebrousser chemin. S'armant de courage, consciente qu'elle devrait affronter le danger tôt ou tard et que Pendergast pouvait avoir besoin d'elle, elle ralluma sa torche et courut droit devant elle.

Elle traversa successivement plusieurs salles contenant de nouvelles vitrines, reconnut au passage des mannequins revêtus de costumes anciens, et pénétra dans un laboratoire abandonné avec ses appareillages étranges, ses éprouvettes brisées et ses colonnes de distillation. Elle s'arrêta entre les paillasses carrelées pour tendre l'oreille et distingua un bruit tout proche, provenant apparemment de la pièce suivante. On aurait dit quelqu'un qui marchait, ou plutôt qui titubait.

Sans réfléchir, elle se jeta sous la paillasse la plus proche et éteignit sa lampe.

Un nouveau bruit la fit sursauter. Un bruit à la fois bestial et humain, comme un claquement de dents, ponctué de halètements rauques qui se transformèrent bientôt en un hurlement funèbre, à la limite du supportable. La plainte cessa aussi brusquement qu'elle avait commencé et Nora entendit, dans le silence retrouvé, des pas traînants.

Terrorisée, elle n'osait faire un geste de peur d'attirer l'attention de la chose qui s'approchait inexorablement d'elle dans l'obscurité. Un hurlement atroce déchira les ténèbres, suivi d'une toux douloureuse qui se termina par un vomissement terrifiant, tandis qu'une masse visqueuse s'écrasait sur les dalles de pierre. Réverbéré à l'infini par l'enfilade des pièces voûtées, le cri n'en finissait pas de s'éteindre.

Nora aurait voulu modérer les battements de son cœur. En dépit de tout ce qu'elle avait entendu, elle essayait de se convaincre que la chose qui se tenait là, à quelques mètres d'elle, était un être humain. Il ne pouvait en être autrement. Restait à savoir s'il s'agissait de Pendergast, ou bien alors du Chirurgien. Nora aurait été bien en peine de dire pourquoi, mais elle était convaincue qu'il s'agissait du Chirurgien, blessé à mort par Pendergast, ou bien alors fou à lier.

Elle avait sur lui un net avantage, puisqu'il n'avait pas l'air de se douter de sa présence dans la pièce. Il lui suffisait d'attendre le bon moment pour lui planter son scalpel dans le corps. Si elle en trouvait la force.

Accroupie sous sa paillasse, une main crispée sur le scalpel et l'autre serrée autour de la torche, Nora attendait. Les pas traînants s'étaient arrêtés. Une minute s'écoula, ou plutôt une éternité, et la créature reprit son avancée. Elle se trouvait à présent dans le laboratoire.

La chose avait une démarche irrégulière qui l'obligeait à s'arrêter fréquemment. Une autre éternité s'écoula dans un silence terrifiant et la créature se traîna d'une dizaine de pas. Nora percevait sa respiration à présent. Si l'on pouvait parler de respiration pour décrire le halètement humide qui permettait à la chose de respirer.

La créature trébucha sur l'une des paillasses, entraînant dans sa chute une montagne d'éprouvettes et de cornues qui s'écrasèrent sur le sol avec un bruit assourdissant dont l'écho se répercuta longtemps entre les voûtes de pierre.

Rester là, sans bouger, sans respirer, et surtout ne pas hurler, pensait Nora pour éviter de devenir folle. *S'il s'agit bien du Chirurgien, Pendergast doit l'avoir blessé à mort. Mais si c'est le cas, où se trouve Pendergast ?Pourquoi ne le poursuit-il pas ?*

L'être était tombé à quelques mètres d'elle à peine. Il grognait et suffoquait tout à la fois. Nora entendit un bruit de verre écrasé, et elle devina qu'il se relevait. Un bruit de pas lourd et pénible le lui confirma. Le monstre continuait d'avancer avec une lenteur effrayante. Et toujours ce halètement, comme un plongeur aspirant de l'air à l'aide d'un tuba percé. Un sifflement monstrueux que Nora n'oublierait jamais.

Il se trouvait à présent à moins de trois mètres d'elle. Nora serra le scalpel désespérément dans sa main, se préparant au pire. Au moment de sauter sur l'homme, elle comptait allumer sa lampe et profiter de l'effet de surprise, surtout s'il était blessé.

Un nouveau halètement rauque et visqueux, quelques pas inertes et lourds, comme si la créature traînait le poids du monde sur son dos. Il était là, tout près. Si elle l'avait voulu, Nora aurait pu le toucher. Les muscles tendus, prête à bondir, elle n'avait plus qu'à pousser l'interrupteur de sa torche pour aveugler son adversaire et lui porter un coup fatal.

L'homme fit un pas en grognant et Nora passa à l'attaque. Elle alluma sa lampe, mais au moment de se précipiter sur l'homme, elle se pétrifia, le bras levé, la lame du scalpel jetant un éclat inquiétant à la lueur de sa torche.

Et ce fut à son tour de hurler à s'en arracher les cordes vocales.

89

Du haut de l'escalier monumental du Muséum d'histoire naturelle, le capitaine Custer dominait la marée des journalistes avec une satisfaction mal dissimulée. Il avait le maire de New York en personne à sa gauche, entouré d'une nuée d'assistants et de collaborateurs, et à sa droite le préfet de police Rocker. La présence derrière lui de deux de ses hommes et de son fidèle Noyes le confortait encore davantage dans son assurance.

Le spectacle ne manquait pas de panache. La foule qui se pressait là était si compacte que l'on avait été contraint de fermer Central Park West à la circulation. Les hélicoptères des chaînes de télévision, toutes caméras dehors, bourdonnaient au-dessus de leurs têtes dans une débauche de projecteurs. L'arrestation de Roger C. Brisbane, conseil juridique et premier vice-président du Muséum, plus connu du grand public sous le pseudonyme du Chirurgien, faisait sensation. Le tueur en série qui terrorisait la ville depuis des jours n'était pas un simple déséquilibré ou un SDF habitué à dormir sous un morceau de carton dans Central Park. Il faisait partie du tout-Manhattan, et son visage n'était pas celui d'un inconnu puisqu'on l'avait souvent aperçu dans les colonnes de la presse grand public à l'occasion d'un gala de bienfaisance ou d'un dîner mondain, vêtu d'un smoking impeccable, un sourire bienveillant vissé aux lèvres. Désormais, il allait faire la une des journaux pour avoir semé la panique dans l'une des plus grandes métropoles du monde. Pour toute la presse réunie, cette affaire était du pain bénit, et c'était à Custer qu'elle le devait.

Le maire s'entretenait à voix basse avec le préfet et le directeur du Muséum, le distingué docteur Collopy, que l'on avait fini par trouver dans sa résidence du West End. Le regard de Custer se posa un instant sur Collopy. Derrière sa silhouette austère de pasteur presbytérien et son costume sombre, l'homme cachait bien son jeu. Les hommes de Custer, flairant quelque chose de louche en constatant que des ombres bougeaient derrière les rideaux alors que personne ne répondait à leurs coups de sonnette répétés, avaient enfoncé la porte pour trouver Collopy en sous-vêtements de dentelle rose, attaché aux montants de son lit, sa femme et une comparse en tenue de dominatrice. Custer avait encore du mal à y croire. Ce soir, Collopy était un peu débraillé, c'est vrai ; mais de là à imaginer qu'il se faisait fouetter par deux chiennes…

Custer remarqua brusquement que le maire

Montefiori le regardait fixement. On parlait visiblement de lui. Il avait beau s'efforcer de ne rien laisser paraître, il ne put s'empêcher de rougir de plaisir.

Le préfet Rocker se détacha du groupe pour le rejoindre. Contre toute attente, il n'avait pas l'air particulièrement content.

— Capitaine.

— Oui, monsieur le préfet.

Le préfet restait là, indécis, le visage soucieux. Il finit par murmurer à l'oreille de Custer :

— Dites-moi, capitaine, j'ose espérer que vous êtes sûr de votre fait.

— Sûr de mon quoi, monsieur le préfet ?

— Sûr que c'est bien Brisbane.

L'espace d'un instant, Custer fut saisi d'un doute, mais il se reprit aussitôt. Non, tout désignait le premier vice-président, il n'avait pas pu se tromper.

— Absolument, monsieur le préfet.

— Je suppose qu'il a avoué.

— Avouer, c'est beaucoup dire, mais il a fait un certain nombre de déclarations pour le moins compromettantes. Si vous voulez mon avis, monsieur le préfet – et c'est l'homme d'expérience qui s'exprime –, il ne tardera pas à cracher le morceau. Ces types-là finissent toujours par passer à table. Je veux dire, les tueurs en série. Sans parler de toutes les pièces à conviction découvertes dans son bureau et…

— Vous êtes certain de ne pas vous tromper ? M. Brisbane est quelqu'un d'important. Je dirais même, de très important.

— Aucun risque, monsieur le préfet.

Rocker dévisagea longuement Custer qui dansait

d'une jambe sur l'autre, mal à l'aise. Lui qui s'attendait à des félicitations, et voilà qu'on le mettait sur le gril.

Le préfet s'approcha plus encore. Sa voix n'était plus qu'un souffle dans l'oreille du capitaine :

— En tout cas, Custer, j'ose espérer *pour vous* que vous ne vous êtes pas trompé.

— Oui, monsieur le préfet. Je veux dire, non, monsieur le préfet, je ne me suis pas trompé.

Le préfet hocha la tête d'un air dubitatif, pas vraiment rassuré.

Custer en profita pour faire un pas en arrière afin de laisser le maire, son aréopage, Collopy et le préfet s'avancer en direction des journalistes. L'ambiance était chargée, presque électrique.

Le maire leva la main et le brouhaha se tut aussitôt. Custer comprit que l'heure était grave en voyant que le maire ne laissait même pas à sa porte-parole le soin d'annoncer son intervention. Il avait décidé de prendre lui-même les choses en main. Avec les élections prévues dans quelques jours, il était hors de question de laisser passer une telle chance de se mettre en avant.

— Mesdames et messieurs, chers amis de la presse et des médias, commença-t-il, nous venons de procéder à une arrestation dans le cadre de l'affaire dite du Chirurgien. Le suspect retenu ce soir par la police n'est autre que Roger C. Brisbane, troisième du nom, premier vice-président et conseil juridique attitré du Muséum d'histoire naturelle de New York.

Un long « Ooooh » monta de la foule des journalistes. Tout le monde connaissait déjà la rumeur, mais c'était le maire en personne qui officialisait l'information.

— S'il vous plaît, mesdames et messieurs. Il est de mon devoir de préciser que, même si M. Brisbane reste innocent tant qu'il n'a pas été reconnu coupable, conformément aux principes les plus élémentaires de notre justice, les charges qui pèsent sur lui sont écrasantes.

Le maire ponctua sa phrase d'un court silence, avant de reprendre :

— En tant que maire de cette ville, je n'ai pas besoin de préciser à quel point cette triste affaire me tenait à cœur, au point d'en faire l'une de mes priorités. Ce soir, je souhaite remercier tout particulièrement les responsables de notre police municipale, à commencer par le préfet Rocker, ainsi que les enquêteurs et les enquêtrices qui n'ont ménagé ni leurs efforts ni leur temps pour parvenir à ce résultat. Je tiens plus précisément à remercier le capitaine Sherwood Custer pour avoir assumé la charge de cette enquête difficile, et élucidé en personne cette affaire. Comme nombre d'entre vous, j'ai été extrêmement choqué en apprenant l'identité du coupable, pour avoir eu l'occasion de rencontrer M. Brisbane à plusieurs reprises par le passé. Le préfet m'affirme ce soir que le doute n'est plus permis, et que cette personne que nous considérions tous comme un citoyen au-dessus de tout soupçon est bien notre homme. J'ai trop d'estime à l'égard du préfet Rocker et des services qu'il dirige pour remettre en cause sa conviction.

Le maire marqua une pause.

— Le directeur du Muséum d'histoire naturelle,

le docteur Collopy, souhaite à présent vous dire quelques mots.

Custer se raidit. Collopy risquait de vouloir défendre son bras droit bec et ongles, quitte à remettre en cause le travail de la police, en particulier le sien.

Collopy, raide comme la justice, s'approcha du micro, les mains derrière le dos comme à son habitude, s'adressant à la presse d'un ton économe et circonspect.

— Tout d'abord, permettez-moi d'adresser mes plus profonds remerciements aux hommes et aux femmes des services de police, ainsi qu'au préfet et au maire, pour leur travail remarquable tout au long de cette tragique affaire. Je n'ai pas besoin de vous le préciser, c'est un jour infiniment triste pour le Muséum en général, et pour moi en particulier. Je souhaite d'ailleurs présenter ici mes excuses les plus sincères à tous les habitants de cette ville, et plus spécifiquement aux familles des victimes pour les actes barbares et incompréhensibles dont s'est rendu coupable d'un des employés les plus éminents du Muséum.

Custer se sentait déjà mieux. Si Brisbane était lâché par son propre patron, il n'y avait plus rien à craindre. La position de Collopy rendait d'autant plus incompréhensible la méfiance dont le préfet avait fait preuve à son endroit. Comment pouvait-il remettre en cause la culpabilité de Brisbane si Collopy lui-même n'en doutait plus ?

Collopy recula de quelques pas et le maire reprit le micro.

— À présent, mesdames et messieurs, je suis tout prêt à répondre à vos questions.

Des dizaines de mains se levèrent en même temps dans un tumulte indescriptible. La porte-parole du maire, Mary Hill, s'avança aussitôt pour faire le tri des questions.

Custer en profita pour regarder la foule, et il fut heureux en n'apercevant nulle part ce fouille-merde de Smithmachin.

Mary Hill venait de donner la parole à un journaliste qui était obligé de hurler pour se faire entendre.

— Pour quelle raison M. Brisbane a-t-il commis ces crimes ? Avait-il sérieusement l'intention de mettre au point une formule susceptible de défier la vieillesse ?

Le maire secoua la tête.

— Il est malheureusement trop tôt pour se prononcer sur les motivations du coupable.

— Une question pour le capitaine Custer, cria quelqu'un. Comment avez-vous fait pour démasquer Brisbane ? Qu'est-ce qui vous a mis sur la voie ?

Custer s'avança, un masque d'humilité sur le visage.

— Un chapeau melon, un chapeau et un costume noir à l'ancienne, se contenta-t-il de déclarer en pesant chacune de ses paroles. Plusieurs témoins nous ont affirmé avoir aperçu celui que l'on a surnommé le Chirurgien habillé de la sorte lorsqu'il poursuivait ses victimes. J'ai moi-même découvert ce déguisement dans le bureau de M. Brisbane.

— Avez-vous retrouvé l'arme du crime ?

— Nous continuons actuellement à fouiller son bureau, et plusieurs équipes passent au peigne fin son appartement et sa résidence secondaire de Long Island. Je préciserai que nous avons l'intention de faire appel à des chiens spécialisés au cas où il y aurait des corps enterrés dans le jardin de la maison de Long Island, ajouta-t-il d'un air sentencieux.

— Quel rôle a joué le FBI dans cette affaire ? demanda un journaliste de télévision.

— Pas le moindre rôle, se hâta de répondre le préfet Rocker. Le FBI n'avait rien à voir dans cette affaire qui a été élucidée uniquement grâce à l'efficacité de la police locale. Je suppose que vous faites allusion à la présence d'un inspecteur du FBI au début de cette affaire, mais les pistes sur lesquelles il travaillait n'ont rien donné et, à ma connaissance, il a fini par abandonner l'affaire.

— Une autre question pour le capitaine Custer, s'il vous plaît ! Quel effet ça vous fait, capitaine, d'avoir résolu l'affaire criminelle la plus importante depuis l'arrestation de David Berkowitz au milieu des années 1970 ?

La question était posée par Bryce Harriman, ce journaliste aux allures de premier de la classe. Il faudrait que Custer pense à le remercier, c'était la question qu'il attendait depuis le début. Il prit son ton le plus faussement modeste pour répondre :

— Je n'ai fait que mon devoir. Ni plus, ni moins.

La mine grave, il se recula, savourant intérieurement le crépitement des flashs qui s'abattaient sur lui.

90

Nora s'attendait tellement peu à ce qu'elle découvrit en allumant sa lampe qu'elle hurla d'horreur avant de s'enfuir à toutes jambes en laissant échapper son scalpel. Mue par un réflexe de survie, elle n'avait plus qu'une pensée en tête : s'éloigner le plus rapidement possible de cette vision dantesque.

Arrivée à l'entrée du laboratoire, elle s'arrêta. L'homme – il fallait bien qu'elle se résolve à l'appeler ainsi, même si la créature n'avait plus grand-chose d'humain – ne prenait même pas la peine de la poursuivre. Il ne semblait pas avoir remarqué sa présence et continuait à se traîner à travers la pièce tel un zombie. D'une main tremblante, Nora dirigea le faisceau de sa lampe sur lui.

Les vêtements de l'homme étaient lacérés, mais ce n'était rien comparé à sa peau tuméfiée et sanguinolente qui partait en lambeaux, comme s'il émergeait d'un combat avec un monstre titanesque. Au niveau de ce qui avait été autrefois un visage, le cuir chevelu s'était déchiré et pendait par plaques entières, laissant apparaître la boîte crânienne. L'homme tenait entre les doigts crispés de sa main droite des touffes de cheveux sanguinolentes ; des doigts crochus dont la peau cloquée s'éffritait littéralement. Il n'avait plus de bouche, mais des lèvres monstrueuses et boursouflées, tavelées de taches noires comme une peau de banane pourrie, entre lesquelles émergeait une langue énorme et craquelée, pleine de bubons purulents. Le gargouillement infâme qui avait tant effrayé Nora quelques minutes plus tôt sortait des profondeurs de la gorge de l'homme dont la langue vibrait dans un bouillonnement de bave à chaque fois qu'il tentait de respirer. À travers les déchirures de sa chemise, sa poitrine et son ventre, couverts de chancres abominables, ressemblaient à un champ de mines dévasté. L'homme marchait avec les bras levés et l'on apercevait à hauteur des aisselles des colonies de pustules saignantes grossissant à vue d'œil, comme des fruits trop mûrs filmés en accéléré. L'une d'entre elles éclata dans un giclement de pus avec un bruit sinistre sous les yeux horrifiés de Nora, alors que d'autres poussaient déjà au même endroit.

Mais le plus terrifiant peut-être était le regard du monstre, dont les yeux avaient perdu toute humanité. Le gauche, tout injecté de sang et de la taille d'un œil de bœuf, avait jailli de son orbite et tournait dans tous les sens sans rien voir. L'œil droit, en revanche, n'était plus qu'une bille vitreuse et racornie qui semblait fixer le lointain.

Nora, révulsée par cette vision cauchemardesque, fut parcourue d'un frisson d'horreur. Il ne pouvait s'agir que de l'une des victimes du Chirurgien ; quelle torture abominable avait-il fait subir au malheureux pour le mettre dans un état pareil ?

Incapable du moindre mouvement, pétrifiée d'épouvante, elle vit la créature s'arrêter et regarder dans sa direction. Elle leva la tête et son œil monstrueux arrêta un instant sa course folle pour se poser sur Nora, comme s'il l'apercevait pour la première fois. Elle se raidit, prête à fuir, mais l'homme fut pris d'un violent tremblement et baissa la tête avant de reprendre sa terrible progression, sans but apparent.

Nora, prête à vomir, tourna le rayon de sa torche de l'autre côté du laboratoire, essayant d'effacer de son regard cette vision insoutenable. Une vision d'autant plus effroyable qu'elle avait cru reconnaître le malheureux lorsque son œil gigantesque et exorbité s'était posé sur elle. Derrière ce masque terrifiant se dissimulait un visage familier, celui du personnage sûr de lui et légèrement condescendant qu'elle avait vu émerger d'une limousine quelques jours plus tôt à l'entrée du chantier de Catherine Street.

Le souffle coupé, elle regardait, hébétée, la terrible silhouette s'éloigner dans les profondeurs du sous-sol. Elle aurait voulu pouvoir faire quelque chose pour lui, mais comment savoir ce que lui avait fait le Chirurgien ?

Alors qu'un sentiment de pitié faisait pour la première fois surface au fond de son être, elle comprit qu'il était de toute façon trop tard. Résolue à accepter l'inacceptable, elle baissa machinalement sa lampe tandis que la silhouette se fondait lentement dans l'obscurité, et elle en dirigea le faisceau vers la salle suivante.

C'est alors qu'elle aperçut Pendergast.

L'inspecteur, allongé sur les dalles de pierre, reposait dans une mare de sang. Elle crut tout d'abord qu'il était mort. Une énorme hache rouillée gisait à côté de lui, et un billot de bois semblable à ceux dont se servaient autrefois les bourreaux reposait un peu plus loin.

Retenant un hurlement, elle se précipita et s'agenouilla à côté de lui. Contre toute attente, l'inspecteur ouvrit les yeux.

— Que s'est-il passé ? s'écria-t-elle. Vous êtes blessé ?

Pendergast la gratifia d'un pauvre sourire.

— Décidément, on ne peut rien vous cacher, professeur Kelly, ironisa-t-il.

La torche de la jeune femme se reflétait dans la flaque de sang, qui allait en s'élargissant.

— Il faut faire quelque chose ! hurla-t-elle.

Pendergast leva sur elle ses yeux délavés.

— Oui, je crois que je vais avoir besoin de vous, fit-il d'une voix éteinte.

— Mais que s'est-il passé ? Où se trouve le Chirurgien ?

Un éclat fugitif passa dans le regard de Pendergast.

— Vous ne l'avez pas vu ? Il est pourtant passé tout près de vous.

— Quoi ? Ce malheureux couvert de plaies effroyables ? Fairhaven ? C'est donc lui, l'assassin ?

Pendergast hocha imperceptiblement la tête.

— Mon Dieu ! Et que lui est-il arrivé ?

— Empoisonné.

— Mais comment ?

— Il a touché plusieurs objets de cette pièce. Évitez de suivre son exemple, si vous tenez à la vie. Toutes les armes entreposées dans cette salle constituent un vaste champ d'expérimentation. En saisissant l'une après l'autre plusieurs d'entre elles, Fairhaven a été contaminé par un cocktail de poisons plutôt explosif, à en juger par les effets désastreux provoqués sur sa personne. Des neurotoxines foudroyantes, très certainement.

Pendergast agrippa brusquement la main de la jeune femme.

— Smithback ? demanda-t-il.

— Il est vivant.

— Dieu merci.

— Mais Fairhaven avait déjà commencé à l'opérer.

— Je sais. Dans quel état se trouve-t-il ?

— À peu près stable, mais je ne sais pas pour combien de temps. Il faut le conduire au plus vite à l'hôpital. Vous aussi.

Pendergast acquiesça.

— J'ai un ami médecin qui se chargera de tout.

— Comment allons-nous faire pour sortir d'ici ?

L'arme de Pendergast était tombée un peu plus loin et il la saisit en grimaçant de douleur.

— Aidez-moi à me relever, si cela ne vous dérange pas. Il nous faut remonter jusqu'à la salle d'opération. Je dois m'occuper de Smithback et tout faire pour stopper ma propre hémorragie.

Péniblement, Nora passa son bras autour de l'inspecteur pour l'aider à se remettre debout. Il chercha son équilibre et parvint à se mettre en marche, toujours soutenu par la jeune femme.

— Je vous demanderai de bien vouloir éclairer notre ami quelques instants, fit-il.

La silhouette monstrueuse de Fairhaven se traînait misérablement le long de l'un des murs du laboratoire. Il se heurta contre un grand placard, s'arrêta, recula d'un pas maladroit et se cogna à nouveau, incapable de contourner l'obstacle. Pendergast l'observa un long moment avant de détourner le regard.

— Plus aucun risque de ce côté-là, murmura-t-il.

Il est temps de remonter, à présent. Il n'y a plus une minute à perdre.

Toujours soutenu par Nora, il retraversa l'enfilade des pièces souterraines en s'arrêtant à intervalles réguliers afin de reprendre des forces. La remontée de l'escalier de pierre fut particulièrement pénible, l'inspecteur étant obligé de marquer une pause à chaque marche ou presque.

Enfin parvenus dans la salle d'opération, ils retrouvèrent Smithback, toujours inconscient.

Nora s'empressa de vérifier les écrans et constata que les signaux étaient faibles, mais réguliers. La perfusion de solution saline était quasiment vide et elle la changea après avoir pris une nouvelle poche dans le petit réfrigérateur. Pendergast se pencha au-dessus du journaliste, retira les champs opératoires et procéda à un examen complet de la plaie.

— Il s'en tirera, se contenta-t-il de déclarer au bout de quelques minutes, au grand soulagement de Nora. Maintenant, il va falloir que vous m'aidiez à retirer ma veste et ma chemise.

Avec des gestes aussi doux que possible, Nora s'appliqua à dénouer la veste que l'inspecteur avait appliquée contre sa blessure, puis elle l'aida à se débarrasser de sa chemise, dévoilant un trou béant à hauteur de l'abdomen. Du sang s'écoulait également d'une blessure au coude. En le regardant, elle constata que l'inspecteur, en dépit de son allure frêle, était solidement musclé.

— Veuillez approcher cette table, lui demanda-t-il en désignant de son bras valide une desserte roulante sur laquelle étaient disposés divers instruments chirurgicaux.

Nora obtempéra.

— Ensuite, apportez-moi les pinces que vous apercevez là-bas, poursuivit-il.

Pendergast nettoya soigneusement le sang coagulé autour de la plaie qu'il avait au ventre et l'arrosa copieusement de Bétadine.

— Vous êtes sûr que vous ne voulez pas quelque chose contre la douleur ? proposa-t-elle. Il y a…

— Nous n'avons pas le temps.

Pendergast laissa tomber sur le sol le morceau de gaze plein de sang avec lequel il s'était épongé, puis il orienta l'éclairage vers sa blessure abdominale.

— Je vais devoir suturer ces veines afin de stopper l'hémorragie, fit-il.

Nora le regardait avec des yeux inquiets.

— Approchez un peu la lumière, je vous prie. Comme cela, très bien. Maintenant, passez-moi cette pince.

Nora avait beau avoir l'estomac bien accroché, elle faillit se sentir mal en voyant Pendergast sonder lui-même sa blessure. Il reposa la pince au bout de quelques minutes, s'empara d'un scalpel et pratiqua une incision perpendiculaire à la plaie.

— Vous n'allez tout de même pas vous opérer vous-même ? fit-elle, désorientée.

Pendergast fit non de la tête.

— Je me contente de faire de mon mieux pour stopper les saignements. Mais il me faut atteindre coûte que coûte la veine colique qui a eu la mauvaise idée de se rétracter.

Il effectua une seconde incision, moins longue cette fois, avant de sonder à nouveau la plaie à l'aide d'une petite pince.

Nora fit la grimace et détourna les yeux.

— Comment allons-nous faire pour sortir d'ici ? demanda-t-elle à nouveau.

— Nous emprunterons les souterrains. Les recherches que j'ai pu entreprendre ces derniers temps montrent qu'un brigand écumait autrefois cette partie de Riverside Drive. À en juger par l'étendue des caves qui courent sous nos pieds, je suis à présent convaincu que nous nous trouvons dans son ancien repaire. Vous aurez sans doute remarqué que cette demeure surplombe l'Hudson River, et que la vue est saisissante.

— Non, je dois dire que j'avais la tête ailleurs, répliqua-t-elle.

— Bien sûr. De plus, la station d'épuration de la North River cache désormais une bonne partie du paysage, reprit Pendergast tout en extrayant une grosse veine à l'aide de sa pince. Il y a cent cinquante ans, cette maison possédait une vue unique sur la partie inférieure de l'Hudson. Et ce n'étaient pas les pirates d'eau douce qui manquaient dans ces parages. Ils se glissaient sur l'eau à la nuit tombée pour prendre à l'abordage les navires ancrés dans les environs et kidnapper leurs passagers.

Il s'arrêta pour examiner la veine d'un œil de connaisseur.

— Leng devait le savoir en achetant cette propriété, reprit-il, car il recherchait avant tout de vastes souterrains. Nous trouverons très certainement le moyen de rejoindre le fleuve en poursuivant notre exploration des souterrains. Donnez-moi ce rouleau de fil chirurgical, voulez-vous ? Non, pas celui-là. L'autre, de taille 4-0. Je vous remercie.

Nora fit la grimace en voyant Pendergast recoudre lui-même l'énorme veine.

— Parfait, dit-il quelques minutes plus tard en lâchant la pince avant de reposer la boîte de fil. C'est principalement à cause de cette veine que je perdais autant de sang. Je ne peux malheureusement pas grand-chose pour ma rate, qui a été touchée par le premier projectile. Je me contenterai à présent de cautériser les plus petites veines avant de suturer la plaie. Pourriez-vous me passer le cautérisateur ? Il s'agit de ce petit appareil électrique, là-bas.

Nora s'empressa de lui tendre l'instrument demandé - une sorte de petit stylo bleu relié à un bloc moteur par un fil, muni d'un interrupteur sur le côté. Pendergast se pencha sur sa blessure, poussa l'interrupteur et le stylo émit un crépitement strident tandis qu'il cautérisait la veine. Un autre crépitement, nettement plus long, retentit et un filet de fumée s'éleva de la plaie. Nora détourna le regard, s'efforçant de penser à autre chose.

— Mais alors, quel était le fameux grand projet de Leng ?

Pendergast ne répondit pas immédiatement.

— Enoch Leng avait décidé de guérir l'humanité tout entière, finit-il par dire sans quitter des yeux sa blessure. Il voulait sauver le monde, pas moins.

Nora crut avoir mal entendu.

— Sauver le monde ? Mais il faisait justement l'inverse, puisqu'il assassinait des gens par dizaines.

— En effet, fit Pendergast, laconique, tandis que l'appareil crépitait de plus belle.

— J'avoue avoir du mal à comprendre comment il comptait s'y prendre.

— C'était tout simple. En *éliminant* l'humanité.

Nora ouvrit des yeux ronds.

— C'était bien là l'ambiguïté du grand projet de Leng. Réduire l'espèce humaine à néant, pour mieux la protéger d'elle-même et la guérir à tout jamais de ses insuffisances. Il tentait de mettre au point un poison universel, d'où ces pièces remplies de produits toxiques, de plantes, de reptiles et autres insectes venimeux. Ce n'étaient d'ailleurs pas les indices qui me manquaient depuis le début de mon enquête. Je pense, par exemple, aux traces de poison sur les fragments de verre retrouvés dans son ancien laboratoire. Ou encore à cette devise en grec ancien figurant sur ses armoiries au-dessus de la porte d'entrée, et que vous n'aurez pas manqué de voir en entrant ici.

Nora hocha la tête d'un air songeur.

— Il s'agit des ultimes paroles prononcées par Socrate au moment de boire la coupe de ciguë : *ὦ Κρίτων, τῶ᾿ Ασκληπιώ ὀφείλομεν άλεκτρυόνα. ὰλλὰ άπόδοτε και μὴ άμελὴσητε.* « Criton, je dois un coq à Asclepius ; pcnsc à payer ma dette. » Un autre indice qui aurait dû me mettre sur la voie.

Il marqua une pause, le temps de cautériser une nouvelle veine.

— Ce n'est qu'en voyant cette pièce pleine d'armes que j'ai enfin établi le lien et que la nature de son projet insensé m'est enfin apparue en pleine lumière. Il ne lui suffisait pas de fabriquer le poison idéal. Encore lui fallait-il imaginer un moyen de le diffuser à grande échelle pour empoisonner la terre entière. C'est à partir de là que les éléments les plus surprenants de son étrange cabinet – les costumes, les armes, les oiseaux migrateurs et tout le reste – prenaient soudain tout leur sens. Entre autres choses, il avait accumulé des objets empoisonnés de toutes sortes au cours de ses recherches, aussi bien des vêtements que des accessoires divers, qu'il conservait au terme de ses expériences.

— Comment peut-on avoir des idées pareilles ! s'exclama Nora.

— Le projet était pour le moins ambitieux, ce n'est pas moi qui vous contredirai sur ce point. Un projet impossible à réaliser en l'espace d'une seule vie, d'où son besoin initial de mettre au point une méthode susceptible de prolonger durablement sa propre existence.

Pendergast reposa doucement l'appareil à cautériser.

— Je ne crois pas avoir aperçu ici les accessoires nécessaires pour refermer convenablement ces incisions, dit-il. Il faut dire que Fairhaven n'en avait nul besoin. Si vous voulez bien avoir la gentillesse de me passer un peu de gaze et de sparadrap, je me débrouillerai tant bien que mal pour habiller la plaie en attendant d'avoir recours aux services d'un médecin. Je vais à nouveau avoir besoin de votre aide.

Nora lui tendit la gaze et le sparadrap et l'aida à maintenir fermés les bords de la plaie.

— Savez-vous s'il a fini par trouver le poison universel qu'il recherchait ?

— Non, et à en juger par l'état d'abandon dans lequel se trouve son laboratoire secret, je dirais qu'il a dû y renoncer aux alentours de 1950.

— Pour quelle raison ?

— Je serais bien incapable de vous le dire, répondit Pendergast en fixant un morceau de gaze sur le trou par lequel était sortie la balle, avant de poursuivre, soucieux :

— C'est même extrêmement curieux et je dois avouer que la question me taraude.

Son pansement terminé, il se redressa. À sa demande, Nora confectionna une écharpe pour son bras blessé en déchirant des morceaux de tissu, puis elle l'aida à remettre sa chemise maculée de sang.

Pendergast se tourna alors vers la forme immobile de Smithback et observa quelques instants les signaux émis par les moniteurs. Il tâta le pouls du journaliste et examina le pansement sommaire que Nora avait confectionné un peu plus tôt. Il se dirigea alors vers l'une des dessertes. Il fouilla le tiroir pour en extraire une seringue hypodermique dont il injecta le contenu dans la solution saline.

— Voilà qui devrait suffire à le maintenir en état de léthargie jusqu'à ce que vous ayez eu le temps de quitter les lieux et d'aller quérir mon ami médecin, précisa-t-il.

— Moi ? demanda Nora.

— Très chère Nora, l'un d'entre nous doit impérativement rester au chevet de Smithback. Il serait extrêmement imprudent de le transporter dans cet état. Avec un bras en écharpe et une blessure par balle à hauteur de l'abdomen, je me vois mal crapahuter dans ces souterrains, et encore moins me servir d'une paire de rames.

— Mais… je ne comprends pas.

— Vous ne tarderez pas à comprendre. En attendant, aidez-moi à redescendre ces maudits escaliers.

Après avoir lancé un dernier regard à Smithback, Nora redescendit dans les souterrains en compagnie de Pendergast. Observant le plus profond silence, ils traversèrent l'une après l'autre les salles voûtées où Leng avait accumulé ses collections insolites. L'atmosphère qui régnait dans les souterrains était d'autant plus inquiétante qu'ils connaissaient désormais la façon dont le vieux savant avait souhaité les utiliser.

Nora ralentit en franchissant le seuil du laboratoire. Elle fit courir le faisceau de sa lampe sur la salle d'armes et aperçut la silhouette monstrueuse de Fairhaven, accroupie dans un coin de la pièce. Pendergast regarda longuement son adversaire, puis il s'avança vers une lourde porte en chêne qu'il ouvrit. Un nouvel escalier, grossièrement taillé dans le roc, s'enfonçait plus profondément encore dans les entrailles de la terre.

— Jusqu'où ces marches vont-elles ? demanda Nora.

— Très certainement jusqu'aux bords de l'Hudson.

Ils descendirent les marches recouvertes de mousse et de salpêtre. Arrivés tout en bas, la torche de Nora révéla un quai de pierre contre lequel venait taper l'eau du fleuve dans un clapotis régulier. Au fond de la grotte, un tunnel s'enfonçait dans l'obscurité.

Une vieille barque en bois renversée sur le quai semblait les attendre. Nora l'examina à la lueur de sa lampe.

— Je suppose que vous savez ramer, s'enquit Pendergast.

— Bien sûr, j'ai fait ça toute ma vie.

— Fort bien. Si je ne m'abuse, vous trouverez une vieille digue un peu plus au sud en descendant le long de la rive orientale de l'Hudson. Profitez-en pour aborder, précipitezvous vers la première cabine téléphonique venue, et appelez mon chauffeur, Proctor, au numéro suivant : 645 78 84. Racontez-lui nos aventures en quelques mots. Il viendra aussitôt vous chercher et s'occupera de tout, notamment de contacter mon médecin pour Smithback et moi-même.

Nora retourna la barque qu'elle fit glisser dans l'onde. Le vieil esquif prenait l'eau, mais il tiendrait toujours assez longtemps pour le court trajet qu'elle avait à effectuer.

— Merci de bien veiller sur Smithback pendant mon absence, recommanda-t-elle à son compagnon.

Pendergast acquiesça. À la lumière de la lampe de poche, l'eau se reflétait sur son visage blême. Sans plus attendre, Nora s'installa prudemmcnt dans la barquc.

Au moment où elle s'apprêtait à s'en aller, Pendergast fit un pas en avant.

— Professeur Kelly, fit-il à mi-voix. J'aurais une dernière recommandation à vous faire.

Elle le regarda d'un air interrogatif.

— Cette maison et tout ce qu'elle contient devront rester secrets. Personne ne doit jamais savoir. *Personne.* Je suis convaincu que la méthode mise au point par Leng pour prolonger son existence se trouve quelque part entre ces murs. Vous me comprenez, n'est-ce pas ?

— Oui, je comprends, répondit Nora après un long silence.

Songeuse, elle le regardait attentivement, brusquement consciente des implications de ce qu'il lui demandait. Un moyen de prolonger la vie... Tout ça était tellement incroyable...

— J'avoue avoir une raison toute personnelle pour ne pas vouloir ébruiter ce secret. Je ne voudrais pas que le nom de Pendergast se trouvât souillé à jamais.

— Le nom de Pendergast ? Leng était donc l'un de vos ancêtres ? Mais... c'est pour cette raison qu'il vous ressemblait autant.

— Oui, il s'agissait de mon arrière-grand-oncle.

Nora hocha la tête en posant les rames dans les dames de nage. Pendergast avait sans doute une conception bien désuète de l'honneur familial, mais elle respectait suffisamment l'homme pour accepter son point de vue.

— Mon médecin personnel se chargera de faire transporter Smithback dans une clinique privée, loin d'ici. Personne ne songera à lui poser la moindre question. J'en profiterai pour me faire opérer, moi aussi. Mais personne ne doit jamais savoir ce qui nous est arrivé. J'insiste sur ce point.

— Je comprends, répéta Nora.

— Les gens se demanderont sans doute ce qui est arrivé à Fairhaven, mais je doute que la police établisse jamais un lien entre lui et le Chirurgien, et encore moins avec le 891 Riverside Drive.

— Vous voulez dire que les meurtres du Chirurgien ne seront jamais élucidés ?

— Oui, vous m'avez parfaitement compris. D'un

autre côté, les affaires les plus mystérieuses sont indéniablement les plus palpitantes, vous ne me contredirez pas sur ce point. Allons, il est temps de partir à présent. Quel numéro devez-vous appeler ?

— Le six quatre cinq sept huit huit quatre.

— Parfait. Faites au plus vite, professeur Kelly. Smithback et moi-même comptons sur vous.

Elle éloigna la barque du quai d'un coup de rame avant de regarder une dernière fois Pendergast. Le frêle esquif dansait sur l'eau.

— À mon tour de vous faire une requête. Comment diable avez-vous fait pour vous dégager de vos chaînes ? Vous êtes un vrai magicien.

Dans la pénombre, elle vit les lèvres de Pendergast s'étirer imperceptiblement.

— Je sais. Vous me l'avez déjà dit lors de l'une de nos premières rencontres, au Muséum.

— Sérieusement, comment avez-vous fait ?

— Il existe une longue histoire d'amour entre les Pendergast et l'univers de la prestidigitation. On trouve des magiciens dans ma famille depuis dix générations au moins. Nous y avons tous touché de près ou de loin. Antoine Leng Pendergast ne faisait pas exception à la règle, il était même l'un des plus doués de nous tous. Vous souvenez- vous de tous ces accessoires de magie aperçus au rez-de-chaussée de la maison ? Sans parler des portes dérobées, des pans de mur pivotants et autres chausse-trappes ? Sans le savoir, Fairhaven se servait de menottes truquées pour attacher les pieds et les mains de ses victimes. Je m'en suis immédiatement rendu compte ; n'importe quel prestidigitateur digne de ce nom aurait reconnu des menottes Guitteau et des fers Bean Prison, avec leur goupille caractéristique qui s'enlève en un clin d'œil à l'aide des doigts ou des dents. Un véritable jeu d'enfant pour un initié, conclut-il avec un petit rire silencieux.

Nora s'éloignait déjà, et le bruit des rames sur l'eau se répercutait sous les voûtes du tunnel taillé dans le rocher. Quelques minutes plus tard, elle passait à travers une ouverture étroite dissimulée par des plantes aquatiques et se retrouvait brusquement à l'air libre, sur les eaux calmes de l'Hudson.

L'énorme masse de la station d'épuration de la North River s'élevait au-dessus de sa tête, et elle apercevait un peu plus au nord la courbe scintillante du pont George Washington. Nora ferma les yeux et aspira une longue bouffée d'air frais. Elle n'arrivait pas à croire qu'ils s'en étaient sortis vivants.

Elle se retourna pour regarder le trou par lequel elle avait débouché quelques instants auparavant. Dissimulé par les herbes folles et quelques rochers, il avait déjà disparu.

Arc-boutée sur les rames de la barque, avec en arrière-plan les buildings de Manhattan, elle crut entendre dans la nuit paisible le rire silencieux de Pendergast.

Épilogue

LE GRAND SECRET

On était au début du mois de décembre, et l'automne laissait lentement place à l'hiver. Par l'une des ces journées ensoleillées, avant les premiers flocons, où le monde semble presque cristallin dans sa perfection, Nora Kelly et Smithback remontaient Riverside Drive en se tenant par la main. Tout en marchant, Nora contemplait les eaux tranquilles de l'Hudson charriant déjà les premiers blocs de glace venus du nord. La silhouette des faubourgs du New Jersey se découpait dans le soleil et le pont George Washington donnait l'impression de flotter au-dessus de l'eau dans le ciel argenté.

Nora et Smithback avaient finalement pris un appartement ensemble sur West End Avenue, au nord de la 90e Rue. Lorsque Pendergast leur avait téléphoné pour les inviter à le retrouver au 891 Riverside Drive, ils avaient choisi de parcourir à pied les trois kilomètres les séparant de l'ancienne maison de Leng afin de mieux profiter de cette superbe journée.

Pour la première fois depuis la découverte du charnier sur le chantier de Catherine Street, Nora avait l'impression de retrouver une certaine paix intérieure. Ses travaux de recherche commençaient à donner des résultats encourageants. Les datations au carbone 14 des spécimens retrouvés lors de ses fouilles en Utah étaient venues confirmer sa théorie sur les liens entre les civilisations anasazi et aztèque. Au Muséum, plus personne ne songeait à remettre en cause l'intérêt de ses travaux, et Nora pouvait désormais travailler en toute quiétude. L'équipe de direction avait été entièrement renouvelée, à l'exception du docteur Collopy ; avec son savoir-faire et sa prestance naturelle, ce dernier avait réussi le tour de force de passer entre les gouttes, et l'on aurait même pu penser que sa réputation et son prestige se trouvaient grandis par l'épreuve traversée. Collopy avait même proposé à Nora un poste de choix dans la hiérarchie administrative du Muséum, mais elle avait poliment décliné l'offre.

Quant au pauvre Roger Brisbane, le mandat d'arrêt lancé contre lui avait été annulé, et il avait été libéré à la veille des élections municipales lorsque son avocat avait pu fournir des alibis incontestables pour les trois meurtres dont on l'accusait. Un juge avait fait remarquer à la police, en des termes très directs, que le dossier ne contenait pas le moindre indice à charge contre Brisbane, et celui-ci s'était empressé d'intenter un procès aux autorités municipales pour arrestation arbitraire. Toute cette agitation faisait bien évidemment le jeu de la presse, les journalistes s'étonnant à longueur de colonnes que le Chirurgien coure encore. Comme on pouvait s'y attendre, le maire n'avait pas été réélu, et le capitaine Custer s'était retrouvé à la circulation.

Dans le même temps, on avait pu lire des dizaines d'articles sur la disparition inexpliquée d'Anthony Fairhaven ; les hypothèses les plus folles avaient circulé, jusqu'à ce qu'une enquête des services fiscaux se charge de faire taire la rumeur en laissant entendre que le promoteur avait choisi de s'exiler dans un paradis doré pour échapper à la vindicte du Trésor Public. Une bonne âme prétendait même l'avoir aperçu sur une plage des Antilles néerlandaises, occupé à lire le *Wall Street Journal* en sirotant un daïquiri.

En tout et pour tout, Smithback avait passé deux semaines dans un établissement privé de la région de Cold Spring, la clinique Feversham, où sa blessure, remarquablement bien soignée, s'était refermée étonnamment vite. L'inspecteur Pendergast avait été admis dans le même établissement, mais son médecin l'avait astreint à un séjour bien plus long. On avait dû l'opérer au coude et à l'abdomen, et sa convalescence avait été d'autant plus difficile qu'il sortait déjà d'une intervention chirurgicale majeure, à la suite de son agression par le Chirurgien. Aussitôt sorti de clinique, il s'était évaporé dans la nature, si bien que Nora et Smithback n'avaient plus entendu parler de lui jusqu'à ce matin de décembre où leur était parvenue cette invitation mystérieuse.

— J'ai du mal à croire qu'on se retrouve dans ce quartier, fit Smithback en désignant les immeubles délabrés de cette partie de Riverside Drive.

— Mais enfin, Bill, tu n'as pas envie de savoir ce que nous veut Pendergast ?

— Bien sûr que si, mais il aurait tout de même pu choisir un lieu de rendez-vous un peu plus gai. Je ne sais pas moi, le restaurant du Carlyle, par exemple.

— Le connaissant, il doit avoir de bonnes raisons de nous faire venir ici. De toute façon, nous n'allons pas tarder à le savoir.

— Sans doute. En attendant, s'il ose nous concocter un cocktail de bienvenue avec les produits chimiques de ce cher Leng, je te préviens tout de suite, je m'en vais en courant.

La silhouette gothique de la vieille demeure leur apparut bientôt un peu plus haut sur l'avenue. Même en plein soleil, l'endroit était particulièrement sinistre ; on aurait dit une maison hantée de film d'horreur, avec son jardin en friche aux arbres décharnés, et ses fenêtres sombres donnant sur la rivière.

La vue de la maison raviva des souvenirs pénibles chez Nora et Smithback, qui s'arrêtèrent machinalement sur le trottoir.

— Tu vas peut-être trouver ça idiot, Nora, mais rien que de regarder cette vieille bâtisse, j'en ai la chair de poule, marmonna Smithback. Je n'arrête pas de repenser au moment où Fairhaven m'a posé sur cette table d'opération glaciale et où il a commencé à m'ouvrir le dos avec…

— Bill, je t'en prie ! Épargne-moi les détails, réagit aussitôt Nora.

Depuis qu'il était tiré d'affaire, Smithback avait pris la fâcheuse habitude de lui raconter son calvaire par le menu. Il passa affectueusement un bras autour de l'épaule de la jeune femme. Son beau costume bleu Armani ne lui allait plus tout à fait aussi bien, car il était loin d'avoir retrouvé son poids d'origine. Il avait encore un teint cireux et les traits tirés, mais il n'avait rien perdu de son esprit moqueur et ses yeux pétillaient plus que jamais.

Ils reprirent leur promenade et traversèrent la 137e Rue avant d'arriver à la grille du parc, toujours encombrée de détritus de toutes sortes. Smithback fit une nouvelle halte, observant longuement la façade de la maison. Ses yeux s'immobilisèrent sur la fenêtre du premier étage qu'il avait dû briser pour pénétrer dans la vieille demeure, et Nora le vit pâlir. Surmontant son appréhension, il suivit la jeune femme qui frappait déjà à la porte d'entrée.

Une minute s'écoula, puis deux. La porte s'ouvrit enfin en grinçant, révélant la silhouette élancée de Pendergast. Il portait de gros gants en caoutchouc, et son costume sombre de coupe élégante était couvert de poussière de plâtre. Sans un mot de bienvenue, il tourna les talons et les guida à travers un dédale de couloirs sonores jusqu'à la grande bibliothèque. Des projecteurs halogènes disposés un peu partout donnaient à l'ancienne demeure de Leng une apparence irréelle. Mais en dépit de cet éclairage agressif, Nora ne put s'empêcher de ressentir un petit pincement au cœur en se souvenant de sa première visite. L'odeur de moisi avait disparu pour laisser place à des relents de détergents. Les pièces n'avaient plus grand-chose à voir avec ce qu'elles étaient encore quelques semaines plus tôt. Les boiseries avaient été arrachées des murs, les tiroirs des meubles étaient dans tous les sens, la tuyauterie mise à nue, le plancher désossé, comme si une équipe de terrassiers s'était appliquée à fouiller les lieux de fond en comble.

Les draps à moitié décomposés qui recouvraient autrefois les animaux empaillés et les squelettes exposés dans la bibliothèque avaient disparu. Il régnait dans la pièce une lumière plus douce, et Nora constata que les rayonnages étaient à moitié vides.

Des piles de livres anciens, soigneusement triés et classés, étaient entassées sur le plancher. Pendergast se fraya un chemin dans ce capharnaüm jusqu'à l'immense cheminée, avant de se tourner vers ses invités.

— Professeur Kelly, fit-il avec un petit mouvement de tête, monsieur Smithback, je constate avec grand plaisir que vous êtes remis de nos émotions communes.

— Votre ami le docteur Bloom n'est pas seulement un chirurgien hors pair, c'est un véritable artiste, s'exclama Smithback avec une bonne humeur un peu forcée. Je n'ai pas encore reçu sa note, mais j'espère que sa clinique a passé un accord avec ma mutuelle.

Pendergast se contenta de lui répondre par un petit sourire.

— Allez-vous enfin nous dire pourquoi vous nous avez fait venir ici, inspecteur ? fit Nora, rompant le silence qui s'était installé.

— J'ai bien conscience des moments tragiques que vous avez traversés, répliqua Pendergast en retirant ses gants de caoutchouc. Aucun être humain ne devrait avoir à subir de telles souffrances, et j'en suis d'autant plus contrit que je ne suis pas étranger à ce qui vous est arrivé.

— Les amis sont faits pour ça, ironisa Smithback pour détendre l'atmosphère.

Pendergast semblait ne pas l'avoir entendu.

— J'ai appris bien des choses au cours des semaines passées. Des choses qui ne permettront malheureusement pas de ramener à la vie celles et ceux qui se sont trouvés en première ligne tout au long de cette triste affaire. Je pense, à Mary Greene, à Doreen Hollander, à Mandy Eklund, à Reinhart Puck, à Patrick O'Shaughnessy. Il est trop tard pour eux, mais il me semble que je vous dois des explications sur ce qui s'est réellement passé, ne fût-ce que pour exorciser certains démons. Je tiens toutefois à préciser que tout ceci doit rester *strictement confidentiel.* Personne d'autre, je dis bien *personne,* ne dois jamais connaître la nature des secrets que je m'apprête à vous révéler.

La recommandation de Pendergast était trop formelle pour appeler le moindre commentaire, et ses deux visiteurs préférèrent conserver le silence. Comme l'inspecteur ne disait toujours rien, Smithback laissa tomber d'une voix d'où avait disparu toute trace d'ironie :

— Nous vous écoutons.

Pendergast regarda tour à tour Nora et le journaliste avant d'entamer son récit.

— Depuis sa plus tendre enfance, Fairhaven était obsédé par la mort. La disparition de son frère aîné à l'âge de seize ans des suites de la maladie de Hutchinson-Gilford n'aura sans doute pas été étrangère à cet état de fait.

— Little Arthur, murmura Smithback.

Pendergast le regarda d'un air étrange.

— Little Arthur, absolument.

— La maladie de Hutchinson-Gilford ? demanda Nora. Je n'en ai jamais entendu parler. De quoi s'agit-il ?

— Il s'agit d'une affection fort rare, couramment connue sous le nom de progérie. Dès les semaines qui suivent la naissance, le sujet se met à vieillir à une vitesse accélérée. La croissance se ralentit dans un premier temps, puis elle s'arrête tout à fait ; les cheveux deviennent blancs avant de tomber en laissant apparaître les veines du crâne, comme c'est le cas chez les vieillards. Les patients atteints de ce mal n'ont généralement plus de cils ni de sourcils, et leurs yeux sont disproportionnés. Des taches de vieillesse et des rides apparaissent, la peau se dessèche et s'écaille, les os du corps se décalcifient, et le sujet n'a pas encore atteint l'âge adulte qu'il a déjà toutes les apparences d'une personne âgée, avec les conséquences médicales qu'entraîne ce vieillissement précoce : athérosclérose, attaques, crises cardiaques, et *cætera*. C'est d'ailleurs un infarctus qui a emporté Arthur Fairhaven à l'âge de seize ans.

« Son cadet s'est trouvé confronté à la mort très tôt en voyant l'état de son frère se dégrader de façon terrifiante en l'espace de cinq ou six ans. Il ne s'en est jamais remis. Nous craignons tous la mort, à des degrés divers, mais dans le cas d'Anthony Fairhaven, il s'agissait d'une véritable obsession. Ceci expliquant cela, il a entamé des études de médecine au sortir du lycée, avant d'être renvoyé au bout de deux ans après avoir tenté des expériences peu recommandables ; je n'en connais pas encore les détails, mais je m'applique actuellement à les découvrir. Quoi qu'il en soit, il s'est trouvé contraint de renoncer à ses projets pour succéder à son père à la tête de son entreprise immobilière. Tout ce qui était lié à la santé n'en continuait pas moins de le hanter, au point qu'il consommait en grandes quantités toutes sortes de vitamines et de produits biologiques, suivait des régimes alimentaires très stricts, partait régulièrement en cure et fréquentait les saunas finlandais, bref, toute la panoplie habituelle accompagnant certaines névroses. »

« Dans le même temps, il a trouvé un certain réconfort dans la foi chrétienne, dont la doctrine prône la vie éternelle, comme chacun sait. Il semble pourtant que la religion n'ait pas pleinement répondu à ses attentes ; parallèlement à sa ferveur religieuse, il se passionnait pour les avancées de la science et de la médecine, ce qui l'aura conduit à s'intéresser de près à l'histoire naturelle. Sa réussite personnelle lui permettait d'effectuer des dons extrêmement généreux à divers instituts de recherche plus ou moins fumeux, mais aussi à des institutions tout à fait respectables comme l'école de médecine de Columbia, l'institut Smithsonian, ou encore le Muséum d'histoire naturelle de New York. Enfin, il a fondé un institut de traitement et de recherche consacré aux maladies infantiles les plus rares, la clinique Little Arthur. »

« Il est difficile de savoir avec précision par quel biais il a entendu parler pour la première fois d'Enoch Leng et de ses recherches. Il semble avoir passé énormément de temps enfermé dans les archives du Muséum pour y effectuer des recherches dont on ne connaîtra sans doute jamais la nature exacte. Toujours est-il qu'il est tombé un jour, par hasard, sur des informations relatives à Leng. En particulier, des renseignements très précis sur la nature des recherches de ce dernier, et sur l'emplacement de son premier laboratoire. On imagine aisément à quel point un homme tel que Fairhaven s'est senti concerné par ces découvertes, notamment lorsqu'il apprit que Leng prétendait avoir mis au point une formule susceptible de retarder le vieillissement humain, voire de le stopper. Il lui fallait impérativement en découvrir davantage, et savoir si Leng avait véritablement réussi dans son entreprise. »

« Vous l'aurez compris, il ne pouvait se permettre de laisser M. Puck en vie car celui-ci était au courant de ses nombreuses visites aux archives et connaissait la nature de ses recherches. C'est pour cette raison qu'il l'a tué, au lendemain de la découverte de la fameuse lettre de Shottum. Il suffisait que M. Puck mentionne le nom de Fairhaven au détour d'une conversation pour qu'un lien soit établi avec Leng et que le promoteur devienne notre premier suspect. En vous attirant dans le local des archives, professeur Kelly, Fairhaven comptait faire d'une pierre deux coups, car vous commenciez également à devenir dangereuse. »

« Mais j'avance trop vite dans mon récit, et il me faut revenir en arrière. Fairhaven ayant donc découvert la nature des travaux de Leng, il lui restait à savoir si ce dernier avait pu mettre au point sa formule. En un mot, s'il était toujours vivant. Il a donc décidé de partir en chasse et de le traquer. Lorsque j'ai moi-même tenté de retrouver la trace de mon arrière-grand-oncle, j'ai eu l'étrange impression à plusieurs reprises d'avoir été précédé dans cette entreprise. Ce n'était que trop vrai. »

« Fairhaven a en effet fini par dénicher l'adresse de Leng, et il est arrivé un beau jour dans cette vieille maison. Imaginez un instant son exaltation en découvrant que mon arrière-grand-oncle était toujours en vie, qu'il était donc parvenu à mettre au point cette formule de jouvence censée lui ouvrir les portes de l'éternité. À force de recherches et de ténacité, Leng avait réussi à percer le secret que Fairhaven convoitait depuis si longtemps. »

« Fairhaven a voulu arracher son précieux secret à Leng, mais celui-ci refusait obstinément de parler. Comme nous le savons désormais, Leng avait renoncé depuis longtemps à mener à bien son grand projet. Je sais maintenant pourquoi. En compulsant les documents abandonnés dans son laboratoire, je me suis aperçu qu'il avait stoppé ses travaux au début du mois de mars 1954. Pourquoi cette date ? Je me suis longtemps posé la question, avant de me souvenir que cette date correspondait à l'opération Castle Bravo. »

— Castle Bravo ? interrogea Nora, perplexe.

— Il s'agit du nom de code donné à l'époque à la première bombe thermonucléaire que les autorités militaires ont fait exploser au-dessus de l'atoll de Bikini. Une bombe de quinze mégatonnes dont le champignon s'étalait sur plus de six kilomètres de diamètre. En apprenant la nouvelle, Leng s'est convaincu que cette terrible invention signifiait à terme la fin de la race humaine. Il ne doutait pas que l'humanité finirait par se détruire elle-même grâce à cet engin destructeur, de manière beaucoup plus efficace que tout ce qu'il avait pu imaginer lui-même. Il a donc décidé de mettre un terme à ses travaux sur le poison absolu. Il pouvait désormais vieillir et mourir en paix, certain que son rêve de débarrasser la planète des méfaits de l'humanité finirait inévitablement par se réaliser.

« Lorsque Fairhaven a finalement retrouvé Leng,

celui-ci ne faisait plus usage de son élixir miraculeux depuis de nombreuses années déjà. Précisément depuis le printemps 1954, comme je vous l'ai expliqué. Leng était devenu un vieil homme, il attendait peut-être même la mort avec une certaine impatience après avoir résisté si longtemps aux assauts du temps. Toujours est-il qu'il a catégoriquement refusé de divulguer le secret de sa longévité à Fairhaven, même sous les tortures les plus atroces. Il ne fait guère de doute que Fairhaven aura été trop loin, et Leng en est mort. »

« Mais tout n'était pas perdu pour Fairhaven. Il connaissait l'adresse de l'ancien laboratoire d'Enoch Leng et espérait pouvoir y découvrir de précieuses informations : des restes humains, sans doute, et surtout le journal scientifique de Leng sur lequel il n'avait jamais pu mettre la main. Grâce à ses recherches, Fairhaven savait que l'ancien laboratoire de Leng se trouvait dans les sous-sols du cabinet Shottum. En l'espace d'un siècle, cette partie de la ville avait laissé place à des logements, mais Fairhaven était mieux placé que quiconque pour racheter ces terrains et raser les vieux immeubles qui s'y trouvaient, avec l'excuse officielle d'y construire une tour résidentielle. En interrogeant les ouvriers présents sur le chantier de Catherine Street, j'ai appris que Fairhaven se rendait très souvent sur les lieux, contrairement à ses habitudes. L'un des terrassiers m'a ainsi certifié que Fairhaven avait même été la première personne à pénétrer dans le souterrain, après l'ouvrier responsable de la découverte du charnier. C'est là qu'il a retrouvé le carnet de notes de Leng. En outre, il a demandé à récupérer les restes des malheureuses victimes de Leng, prétendument pour les faire enterrer dignement, en réalité pour être en mesure de fouiller à loisir leurs effets personnels, et surtout d'examiner de près la technique permettant à Leng de prélever la moelle épinière de ses cobayes. Ce qui explique l'incroyable similitude entre les opérations pratiquées autrefois par mon arrière-grand-oncle, et celles de Fairhaven. »

« Fairhaven se trouvait donc en possession des précieuses notes de Leng, et il s'est ingénié à marcher dans ses pas en pratiquant des expérimentations similaires avec l'espoir de parvenir à un résultat identique. Un espoir aussi insensé que vain, car Fairhaven était un amateur sans génie, incapable de comprendre la portée réelle des travaux de Leng. »

Pendergast marqua une pause dans son récit. La vieille demeure formait un cocon de silence, et ses deux visiteurs attendaient avec impatience la suite de son récit.

— J'ai du mal à croire à toute cette histoire, finit par dire Smithback. Quand je suis allé l'interviewer à son bureau, Fairhaven avait l'air si calme et sûr de lui. Jamais il ne m'est venu à l'idée qu'il pouvait être… dérangé.

— La folie ne sait que trop bien dissimuler son vrai visage, répondit Pendergast. L'obsession de Fairhaven était trop profondément ancrée en lui pour influer sur son comportement au quotidien. Et si tous les chemins mènent à Rome, que dire de ceux qui conduisent aux portes de l'enfer ? Fairhaven avait une conception presque mystique de sa mission. Il était convaincu que la formule de jouvence de Leng lui était destinée. Après avoir pris la vie de

Leng, il devenait son successeur. Ou plutôt, *il devenait* Leng à son tour, corrigeant ainsi ce qu'il considérait comme une grossière erreur de l'histoire. Il se déguisait en Leng et agissait comme lui, tuant de la même manière. Et non pas à la façon d'un simple imitateur, comme la police locale a eu la faiblesse de le croire. D'ailleurs, si cela peut vous rassurer, monsieur Smithback, j'ajouterai que votre article dans le *New York Times* n'a joué aucun rôle déclencheur chez lui. Sa décision était déjà prise, et elle était irrévocable.

— Pourquoi avoir tenté de vous assassiner ? demanda le journaliste. C'était extrêmement risqué, et le jeu n'en valait pas la chandelle.

— Fairhaven était un personnage fort clairvoyant, capable d'envisager les choses à très long terme, ce qui, entre parenthèses, explique en partie sa réussite dans le monde de l'immobilier. Cette capacité de projection dans l'avenir éclaire également sa peur du vieillissement et de la mort. Lorsque j'ai découvert l'adresse de Mary Greene, il a immédiatement compris que je parviendrais à retrouver celle de Leng. C'était inévitable. Leng mort ou vivant, je finirais par me rendre dans cette maison, ce qui ne faisait pas son affaire, comme vous pouvez vous en douter. Il suffisait que je vienne fourrer mon nez ici – si vous me passez l'expression – pour établir un lien entre le tueur actuel, celui que la presse populaire surnommait le Chirurgien, et le tueur de jadis, c'est-à-dire Leng. Il en allait de même pour Nora, qui était sur sa piste et commençait à le serrer de trop près. L'homme était fort bien informé et savait qu'elle avait rendu visite à la fille de

Tinbury McFadden. Il savait surtout qu'elle était une archéologue chevronnée, un talent que je ne possède malheureusement pas. Tôt ou tard, nous finirions par découvrir l'adresse de Leng. Il fallait donc nous arrêter à tout prix.

— Et O'Shaughnessy ? Pourquoi l'avoir tué ?

Pendergast baissa la tête,

— Je ne me pardonnerai jamais sa mort. J'ai cru lui confier une mission sans risque en lui demandant d'enquêter sur New Amsterdam Chemists, la pharmacie où Leng s'était longtemps procuré ses composants chimiques. O'Shaughnessy semble avoir eu la chance de retrouver là-bas d'anciens livres de comptes remontant aux années 1920. J'use à tort du mot « chance » car c'est tout le contraire qui s'est produit. J'étais loin de me douter à ce moment-là que Fairhaven surveillait le moindre de nos mouvements. Comprenant qu'O'Shaughnessy avait découvert l'endroit où Leng se ravitaillait pour ses expériences, constatant en outre qu'il avait pu mettre la main sur ces vieux registres, il a décidé de le supprimer pour éviter toute indiscrétion. Qui sait ce que nous aurions trouvé dans les livres de comptes de la pharmacie ?

— Pauvre Patrick, fit Smithback. Quelle mort atroce.

— Atroce. Le mot n'est pas trop faible, répondit Pendergast à mi-voix, le visage décomposé. Et dire que j'en suis responsable. O'Shaughnessy était un être généreux, et un policier exemplaire.

Dans le silence qui suivit cette épitaphe, Nora détourna pudiquement les yeux, mais le décor qui l'entourait n'avait rien de rassurant, et elle frissonna en apercevant les piles de livres aux reliures de cuir usées, les tapisseries mitées et le papier en lambeaux sur les murs.

— Mon Dieu, murmura Smithback en secouant la tête. Et dire que je ne pourrai jamais raconter toute cette histoire à mes lecteurs.

Soudain, il releva la tête.

— À propos, comment est mort Fairhaven ? Que lui est-il arrivé en fin de compte ?

— La mort, cette ennemie fidèle et implacable qu'il redoutait tant, a fini par l'emporter. Clin d'œil un peu macabre à la Edgar Allen Poe, j'ai emmuré son cadavre dans l'une des niches des souterrains. Il ne fallait pas que l'on puisse un jour retrouver son corps.

Après un court moment de silence, Nora demanda :

— Que comptez-vous faire de cette maison et de toutes ces collections ?

Pendergast esquissa un pâle sourire.

— Par le jeu de la descendance et des héritages, cette vieille demeure et tout son contenu me reviennent de droit. Il est fort probable que les pièces les plus intéressantes du cabinet de Leng feront un jour l'objet de dons anonymes aux grands musées de la planète, mais pas dans l'immédiat.

— Comment se fait-il que la maison soit aujourd'hui dans un tel état ? On dirait qu'elle a été dévastée par un ouragan.

— Votre question m'amène tout droit à la raison pour laquelle je vous ai demandé de venir ici aujourd'hui. J'ai une ultime requête à vous faire à tous les deux.

— Laquelle. ?

— Suivez-moi.

Nora et Smithback emboîtèrent le pas à Pendergast. Quelques instants plus tard, ils se retrouvaient tous les trois dans le vestibule, et l'inspecteur ouvrit la porte d'entrée. La Rolls ronronnait sagement devant la porte, symbole d'un luxe parfaitement incongru au cœur de cette enclave de misère et d'abandon.

— Où allons-nous ? demanda Smithback.

— Au cimetière des Portes du Paradis.

Il fallut moins d'une demi-heure à la Silver Wraith pour quitter Manhattan et se rendre dans les collines de Westchester, pétrifiées par l'hiver. Assis sur la banquette de cuir blanc, Pendergast n'avait pas desserré les dents de tout le trajet, perdu dans ses pensées. Ils parvinrent enfin à l'entrée du cimetière dont ils franchirent les grilles en voiture avant de s'enfoncer à travers le paysage vallonné des Portes du Paradis. Le lieu, véritable nécropole moderne parsemée de caveaux et de tombes monumentales, s'étalait sur une succession de petites collines. Le chauffeur arrêta la Rolls tout au fond de l'immense cimetière, dans un endroit reculé au gazon impeccable moucheté de marbre blanc.

L'inspecteur Pendergast sortit le premier, suivi de Nora et de Smithback. Ensemble, ils empruntèrent un petit sentier conduisant à une rangée de sépultures récentes. Nulle pierre tombale, ni fleur ni inscription n'identifiaient les rectangles de terre fraîchement remuée dessinés avec précision au milieu du gazon. Un piquet en aluminium avait été placé en haut de chacune des tombes ; un cadre y était fixé, dans lequel était glissé un simple carton avec un numéro, déjà attaqué par la mousse et à moitié effacé par le soleil.

Ils longèrent les rangées de tombes. Arrivé à celle portant le numéro 12, Pendergast s'immobilisa. Il restait là, tête baissée, les mains croisées. Il semblait prier. Dans le cimetière désert, les rayons du soleil perçaient péniblement la brume des collines, filtrant à travers les branches décharnées des vieux chênes.

Au bout d'un moment, Smithback rompit le silence :

— Où sommes-nous ? À quoi correspondent ces tombes ?

— C'est ici que Fairhaven a fait enterrer les trente-six squelettes retrouvés dans le tunnel à charbon de Catherine Street. Je dois dire qu'il s'y est pris avec beaucoup de finesse. Il savait pertinemment qu'une autorisation du tribunal est nécessaire avant de procéder à toute exhumation. Il s'agit d'une procédure longue et complexe. La loi lui interdisant de faire incinérer les victimes de Leng, cette solution était de loin la plus efficace pour s'en débarrasser sans mal. Il ne pouvait en effet se permettre de laisser quiconque s'intéresser à ces squelettes.

L'inspecteur Pendergast se tut un instant pour désigner du doigt la sépulture devant laquelle ils étaient arrêtés.

— C'est ici, au numéro 12, qu'a été enterrée la jeune Mary Greene. Elle sera finalement sortie de l'anonymat, comme elle l'avait souhaité.

Pendergast fouilla dans sa poche et sortit une feuille de papier froissé, pliée en accordéon. La feuille tremblait sous le souffle du vent glacé qui balayait les collines. Il tendit la main au-dessus de la tombe, comme pour une offrande rituelle.

— De quoi s'agit-il ? lui demanda Smithback, intrigué.

— Du grand secret.

— Le grand secret ?

— La formule mise au point par Leng afin de retarder le vieillissement. La formule définitive, grâce à laquelle il n'avait plus besoin de recourir à des cobayes humains. C'est pour cette raison qu'il a cessé de tuer en 1935.

Nora et Smithback échangèrent des regards surpris.

— Leng tenait enfin le grand secret qu'il cherchait depuis si longtemps, reprit l'inspecteur. Il lui aura fallu attendre la fin des années 1920 et l'apparition de certains opiacés synthétiques et autres composants biochimiques modernes pour y parvenir. Grâce à cette formule améliorée, il n'avait plus besoin de donneurs. Leng n'avait jamais tué par plaisir. C'était un scientifique, poussé au crime par sa passion de la recherche, contrairement à Fairhaven qui éprouvait visiblement le plus grand plaisir à torturer ses victimes.

Smithback était comme hypnotisé par la feuille de papier froissé. Il n'en croyait pas ses yeux.

— Attendez une minute… Vous êtes en train de nous dire que c'est le secret de l'éternité que vous tenez entre vos mains ?

— L'éternité, comme vous dites, est un leurre, monsieur Smithback. Tout du moins dans ce bas monde. Cette formule ne permet pas de s'affranchir de la mort, mais de la défier un temps en prolongeant la vie humaine. En ralentissant considérablement le processus de vieillissement, cette formule permet de gagner un siècle de vie, peut-être davantage, je ne saurais le dire.

— Où l'avez-vous trouvée ?

— Leng avait soigneusement dissimulé ce document dans sa maison. Comme je le pensais, il n'avait pu se résoudre à détruire un tel secret. C'était le fruit d'un labeur trop coûteux pour qu'il n'en ait pas conservé un exemplaire quelque part.

Le visage torturé de Pendergast trahissait son trouble extrême.

— Je ne pouvais prendre le risque de laisser le premier venu retrouver un jour ce morceau de papier. Que se passerait-il si cette formule tombait entre les mains de…

Il laissa sa phrase en suspens.

— Je suppose que vous avez dû y jeter un œil, tout de même ? insista Nora.

Pendergast hocha la tête.

— Et alors ?

— Il s'agit d'une formule complexe, mais parfaitement réalisable à l'aide de composants chimiques relativement courants. Un produit de synthèse biochimique que n'importe quel étudiant en chimie de bon niveau serait capable d'obtenir, à condition d'avoir accès à un laboratoire digne de ce nom. Il y a toutefois un « truc », une subtilité qui rend très improbable la redécouverte de cette formule par un autre, tout du moins dans un avenir proche. C'est en cela qu'on peut voir le génie de Leng.

Nora et Smithback ne disaient rien. Après un

long silence, le journaliste demanda d'une petite voix :

— Et… que comptez-vous faire de ce papier ?

Pendergast ne répondit pas, mais un claquement discret retentit dans l'air glacé, suivi d'un frottement. L'inspecteur tenait à la main un élégant briquet en or dont la flamme dansait dans le jour tombant. Sans prononcer une parole, il approcha la flamme de la feuille de papier.

— Attendez, ne faites pas ça ! s'écria Smithback en se precipitant pour lui prendre le papier des mains.

Mais la feuille se consumait déjà, que Pendergast tenait à bout de bras pour éviter que le journaliste ne s'en empare.

— Qu'avez-vous fait ? hurla Smithback en cherchant à lui arracher la formule. Pour l'amour du ciel, donnez-moi ça tout de suite…

La feuille en accordéon, déjà brûlée aux trois quarts, se recroquevillait entre les doigts de l'inspecteur qui en chassait les cendres au fur et à mesure en secouant la main. Bientôt, le grand secret de Leng ne serait plus qu'un souvenir calciné.

— Vous ne pouvez pas faire ça ! s'exclama Smithback, cherchant toujours à sauver ce qui restait du document. Pensez un instant à tout ce que…

— Croyez-moi, monsieur Smithback, j'y ai longuement réfléchi, répondit Pendergast d'un ton apaisé. Je n'ai même fait que cela au cours des six dernières semaines, alors que je tentais désespérément de mettre la main sur ce document. À mon grand déshonneur, cette formule a été découverte par un membre de la famille Pendergast. Pensez à tous ceux qui sont morts pour que ce terrible secret puisse naître. Pensez à Mary Greene, à tous ceux qui ont connu un sort comparable au sien, et dont l'histoire ne connaîtra jamais les noms. Ayant retrouvé ce papier, c'était à moi et à moi seul qu'il revenait de le détruire. Croyez-moi, c'était la seule solution. Trop d'innocents ont payé de leur vie et de leur souffrances, cette formule ne peut décemment leur survivre.

La flamme était sur le point de s'éteindre, faute de combustible. Pendergast écarta les doigts et le dernier petit carré de papier s'enflamma aussitôt avant de partir en cendres qui tombèrent sur la terre gelée. L'inspecteur se baissa et, d'un geste d'une infinie douceur, les éparpilla sur la tombe de Mary Greene. Lorsqu'il se redressa, c'est tout juste si l'on apercevait encore de minuscules taches noires sur la terre ocre.

Il régnait à présent dans le cimetière une atmosphère oppressante.

Smithback se prit soudain la tête entre les mains.

— Je n'en reviens pas. Surtout, je n'arrive pas à comprendre pourquoi vous nous avez fait venir ici et pourquoi vous avez voulu détruire ce papier sous nos yeux.

L'inspecteur Pendergast répondit par un petit mouvement de tête.

— Pourquoi ? Mais pourquoi ? insista Smithback.

— Tout simplement parce que ce geste était trop grave pour que je l'accomplisse seul. Il fallait qu'il reste des témoins, ne fût-ce qu'au regard de l'histoire.

En regardant Pendergast, Nora constata que derrière le trouble de l'inspecteur se dissimulait une tristesse infinie, proche du renoncement.

Smithback, comme hébété, secouait la tête d'un air désespéré.

— Vous ne comprenez donc pas ? Vous venez de détruire la plus formidable avancée de la science depuis les débuts de l'humanité.

L'inspecteur lui répondit d'une voix sourde :

— C'est vous qui ne comprenez pas. Cette formule aurait inévitablement fini par conduire le monde à sa perte, comme le souhaitait Leng. Curieusement, il n'a pas réalisé qu'il détenait le moyen de parvenir au but qu'il s'était fixé, et c'est bien le plus paradoxal dans toute cette affaire. Il lui aurait suffi de divulguer son secret pour entraîner l'humanité à sa perte, mais il manquait de recul, et il ne l'a pas compris.

Smithback ne disait plus rien. Pendergast l'observa un long moment avant de baisser les yeux sur la tombe de Mary Greene. Le dos voûté, les épaules tombantes, on aurait dit qu'il avait vieilli de dix ans en l'espace de quelques minutes.

Depuis qu'ils se trouvaient là, Nora avait choisi de se tenir légèrement en retrait, se contentant de regarder et d'écouter les deux hommes sans mot dire. Soudain, elle prit la parole :

— Je vous comprends, fit-elle. Je comprends aussi à quel point cette décision a dû être difficile à prendre, mais je suis convaincue que vous avez fait preuve de sagesse.

Pendergast l'écoutait, les yeux rivés au sol. Il leva lentement la tête et posa son regard sur la jeune femme. Elle se trompait peut-être, mais on aurait dit que le visage de l'inspecteur s'était apaisé.

— Je vous remercie, Nora, murmura-t-il.

Composition et mise en pages réalisées
par IND - 39100 Brevans

Achevé d'imprimer par N.I.I.A.G.
en avril 2006
pour le compte de France Loisirs, Paris

N° d'éditeur : 45223
Dépôt légal : Mai 2006
Imprimé en Italie